Robert Jordan

Zwielicht

DAS RAD DER ZEIT 10

Aus dem Amerikanischen von
Uwe Luserke

Piper München Zürich

Zu den lieferbaren Büchern von Robert Jordan bei Piper
siehe Seite 525.

FSC

Dieses Taschenbuch wurde auf FSC-zertifiziertem Papier gedruckt. FSC (Forest Stewardship Council) ist eine nichtstaatliche, gemeinnützige Organisation, die sich für eine ökologische und sozialverantwortliche Nutzung der Wälder unserer Erde einsetzt (vgl. Logo auf der Umschlagrückseite).

Deutsche Erstausgabe
1. Auflage August 2004
2. Auflage Juli 2006

Titel der amerikanischen Originalausgabe:
»The Fires of Heaven 1«, Tom Doherty Associates (TOR Books),
New York 1993

Deutsche Erstausgabe:
Wilhelm Heyne Verlag GmbH & Co. KG, München 1995
Umschlagkonzept: Büro Hamburg
Umschlaggestaltung: Nele Schütz Design, München
Umschlagabbildung: Darrell K. Sweet via Agentur Schlück
Innenillustrationen: Johann Peterka
Karte: Erhard Ringer
Autorenfoto: Jack Alterman
Satz: Schaber Satz- und Datentechnik, Wels
Papier: Munken Print von Arctic Paper Munkedals AB, Schweden
Druck und Bindung: Clausen und Bosse, Leck
Printed in Germany
ISBN-13: 978-3-492-28560-5
ISBN-10: 3-492-28560-0

www.piper.de

INHALT

Für Harriet

Das Strahlen ihrer Augen
ist mein Licht.

Mit seinem Kommen werden auch die grauenhaften Feuer wiedergeboren. Die Hügel brennen, und das Land verdorrt. Die Gezeiten des Menschen verrinnen, und die Stunden schwinden.

Die Mauer wird durchstoßen und der Schleier des Abschieds gelüftet. Gewitter toben jenseits des Horizonts, und die Feuer des Himmels säubern die Erde. Es gibt keine Rettung ohne Zerstörung und keine Hoffnung auf dieser Seite des Todes.

Fragment aus den *Prophezeiungen des Drachen*
vermutlich übersetzt von N'Delia Basolaine,
der Ersten Magd und Schwertgeschworenen
des Raidhen von Hol Cuchone,
um 400 NZ

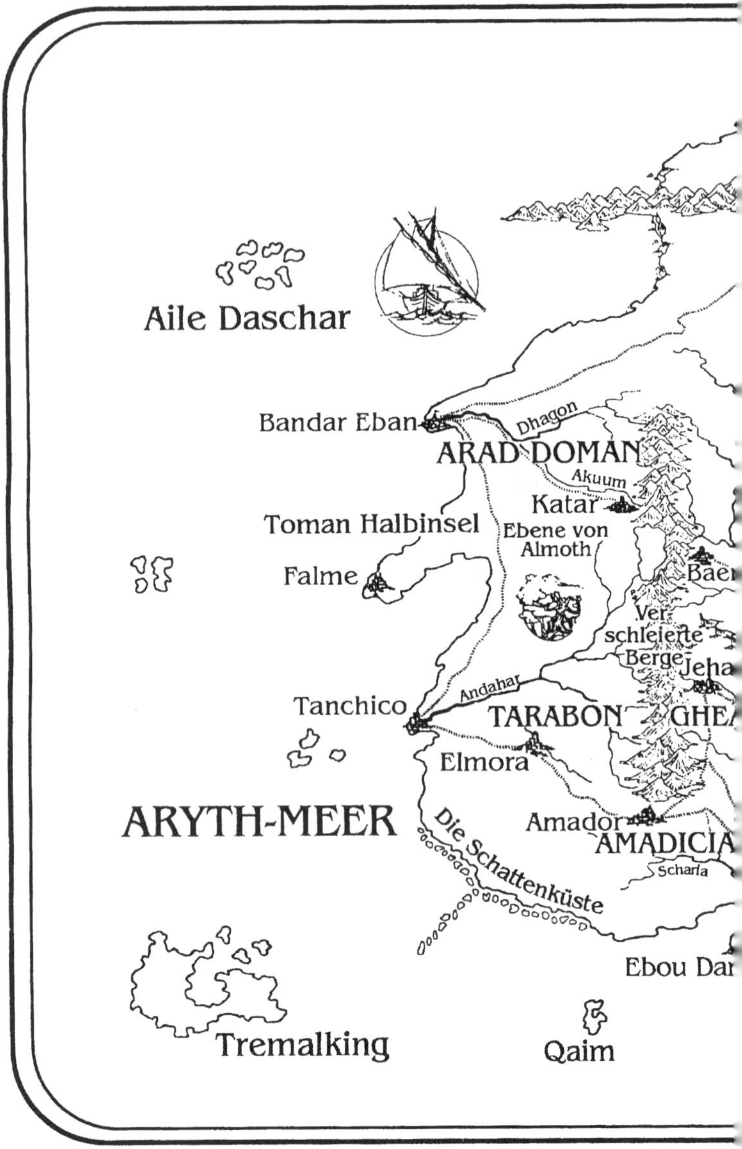

Aile Daschar
Bandar Eban
Dhagon
ARAD DOMAN
Akuum
Katar
Toman Halbinsel
Ebene von Almoth
Falme
Ver-schleierte Berge
Andahar
Tanchico
TARABON
Elmora
ARYTH-MEER
Die Schattenküste
Amador
AMADICIA
Scharla
Tremalking
Qaim

Die
Große Fäule
Schayol Ghul
Das Verdorbene Land
Berge des Verderbens
Tarwin Paß
Fal
Dara
Niamh Paß
Chachin
Schol Arbela
Fal Moran
KANDOR
ARAFEL
SCHIENAR
SALDAEA
Aiel
Wüste
Ivo
Schwarze Hügel
Luan
Tar Valon
Bruder mörders
Dolch
Drachenberg
Haevin
Jangai Paß
Gaelin
Caralain
Steppe
Cairhien
CAIRHIEN
Alguenya
Rückgrat der Welt
ANDOR
Caemlyn
Weißbrücke
Vier Könige
Aringill
Manetherendrelle
Storn
Hügel
von
Kintara
Erinin
Iralell
Lugard
MURANDY
Far
Madding
Haddon-Sümpfe
Cary
Stedding
Schangtai
ALTARA
Ebenen
von Maredo
TEAR
ILLIAN
Tear
Godan
Illian
Mayene
MEER
DER STÜRME
Inseln der Meerleute
Cindaking

PROLOG

Die ersten Funken fliegen

Elaida do Avriny a'Roihan tastete geistesabwesend nach der langen, in sieben Farben gestreiften Stola, die über ihre Schultern hing, der Stola, die den Rang des Amyrlin-Sitzes repräsentierte, während sie hinter ihrem breiten Schreibtisch saß. Auf den ersten Blick hätten viele sie für schön gehalten, aber ein genaueres Hinsehen machte doch klar, daß die Strenge in ihrem alterslosen Aes-Sedai-Gesicht keiner momentanen Laune entsprach. Heute lag noch etwas mehr Härte in ihren Zügen als sonst. In ihren dunklen Augen glühte der Zorn. Doch es war niemand da, der das hätte bemerken können.

Sie lauschte kaum dem, was die Frauen sagten, die vor ihr aufgereiht auf Stühlen saßen. Bei ihren Kleidern war jede Farbe vertreten, von Weiß bis zum dunkelsten Rot, und sie waren aus Seide oder Wolle gefertigt, wie es dem Geschmack jeder dieser Frauen entsprach, doch alle außer einer trugen ihre offiziellen Stolen, in der Farbe ihrer jeweiligen Ajah gehalten und mit der Weißen Flamme von Tar Valon bestickt, ganz so, als sei dies eine offizielle Sitzung des Burgsaals. Sie besprachen Berichte und Gerüchte über weltliche Ereignisse, bemühten sich, die Wahrheit aus den wild ausgeschmückten Geschichten herauszufiltern, sich zu entscheiden, wie die Burg auf das eine oder andere reagieren solle, aber sie sahen nur selten die Frau hinter dem Schreibtisch an, die Frau, der sie Gehorsam geschworen hatten. Elaida war nicht in der Lage, ihnen ihre ganze

Aufmerksamkeit zu widmen. Sie wußten nicht, was wirklich wesentlich war. Oder besser, sie wußten es wohl, scheuten sich aber, davon zu sprechen.

»Offensichtlich ist in Schienar etwas im Gange.« Das war Danelle, eine zierliche Frau, die sich oft in ihren Träumen zu verlieren schien, die einzige Braune Schwester in der Runde. Auch von den Grünen und Gelben war jeweils nur eine Schwester anwesend, und darüber war keine der drei Ajahs besonders erfreut. Die Blauen waren gar nicht vertreten. Der Blick aus Danelles großen blauen Augen war nachdenklich nach innen gerichtet. Ihre Wange zierte ein unbemerkter Tintenklecks, und ihr dunkelgraues Wollkleid war zerknittert. »Es gibt Gerüchte über Scharmützel. Nicht mit den Trollocs und auch nicht mit den Aiel, obwohl deren Raubzüge über die Niamh-Pässe zuzunehmen scheinen. Nein, zwischen den Schienarern selbst. Das ist in den Grenzlanden etwas Ungewöhnliches. Die kämpfen doch sonst kaum jemals untereinander.«

»Falls sie vorhaben, einen Bürgerkrieg anzufangen, dann haben sie den richtigen Zeitpunkt dafür gewählt«, sagte Alviarin kühl. Sie war hochgewachsen und schlank, ganz in weiße Seide gekleidet und die einzige hier ohne die Stola ihrer Ajah. Dafür trug sie jene der Behüterin der Chronik in Weiß, so daß man die Ajah daran erkennen konnte, aus der heraus sie auf ihre neue Position erhoben worden war. Sie war also im Gegensatz zur Tradition keine Rote, wie Elaida vor ihrer Wahl. Und Weiße zeigten niemals auch nur eine Gefühlsregung. »Die Trollocs könnten genausogut völlig verschwunden sein. Die ganze Fäule erscheint so friedlich, daß zwei Bauern und eine Novizin als Wächter ausreichen könnten.«

Teslyns knochige Finger spielten mit den Papieren auf ihrem Schoß; sie sah aber gar nicht hin. Sie war eine von vier anwesenden Roten Schwestern – mehr als von jeder anderen Ajah. Außerdem kam sie an Strenge ihres gesamten Ausdrucks fast Elaida gleich; nur hätte sie im Gegensatz zu Elaida niemand jemals für schön gehalten. »Vielleicht besser, wenn es nicht sein so ruhig«, sagte Teslyn. Ihr Illianer Dialekt war heute besonders deutlich zu hören. »Ich haben heute morgen eine Nachricht erhalten, daß der Generalmarschall von Saldaea ein Heer in Marsch gesetzt haben. Nicht zur Fäule hin, sondern in die entgegengesetzte Richtung. Nach Südost. Er hätten das niemals getan, wenn es nicht so ruhig in der Fäule sein.«

»Die Nachrichten in bezug auf Mazrim Taim sickern langsam durch.« Bei Alviarin klang das nicht anders, als spreche sie über das Wetter oder die Teppichpreise, statt von einer potentiellen Katastrophe. Es hatte einiges an Mühe gekostet, Taim gefangenzunehmen, und ebensoviel, seine Flucht zu verschleiern. Es würde dem Ruf der Weißen Burg nicht gerade zuträglich sein, wenn alle Welt erfuhr, daß sie nicht in der Lage waren, einen falschen Drachen in Gefangenschaft zu halten, nachdem sie ihn einmal hatten. »Und es scheint, daß entweder Königin Tenobia oder Davram Bashere oder beide uns nicht mehr für vertrauenswürdig halten und uns nicht mehr zutrauen, ihn wieder einzufangen.«

Bei der Erwähnung Taims breitete sich Totenstille aus. Der Mann konnte die Macht lenken. Er hatte sich auf dem Weg nach Tar Valon befunden, um einer Dämpfung unterzogen und damit für immer von der Wahren Quelle abgeschnitten zu werden, als er befreit worden war. Aber diese Tatsache war es nicht, die nun ihre Zungen lähmte. Die Existenz eines Mannes, der mit der Einen Macht umgehen konnte, war einst ihr schlimmstes Trauma gewesen. Solche Männer zu jagen und dingfest zu machen war der Hauptgrund dafür, daß es die Roten Ajah überhaupt gab, und die anderen Ajah halfen kräftig mit. Aber jetzt rutschten die meisten Frauen am Tisch nervös auf ihren Stühlen umher und vermieden es, einander anzusehen, denn ein Gespräch über Taim brachte sie einem anderen Thema zu nahe, und davon wollten sie nicht sprechen. Selbst Elaida spürte, wie sich ihr Magen bei dem Gedanken zusammenzog.

Offensichtlich aber hatte Alviarin keinerlei Hemmungen in dieser Hinsicht. Lediglich einer ihrer Mundwinkel zuckte kurz. Es war nicht ablesbar, ob sie lächeln oder einfach den Mund verziehen wollte, aber es dauerte auch nur einen kurzen Augenblick. »Ich werde unsere Anstrengungen verdoppeln, Taim wieder einzufangen. Und ich schlage vor, daß wir eine Schwester an den Hof von Königin Tenobia senden, um sie zu beraten. Es müßte jemand sein, die mit der halsstarrigen Verbohrtheit dieser jungen Frau fertigwerden kann.«

Nun fielen auch andere in das Gespräch mit ein, um das lähmende Schweigen zu überbrücken.

Joline rückte ihre Stola mit den grünen Fransen daran auf den schmalen Schultern zurecht und lächelte ein wenig gezwungen. »Ja. Sie braucht einfach eine Aes Sedai neben sich. Eine, die auch mit Bashere fertig wird. Er hat einen enormen Einfluß auf Tenobia. Er muß sein Heer zurückziehen, damit es eingesetzt werden kann, sobald die Fäule wieder erwacht.« Ihr Ausschnitt gab den Blick auf entschieden zuviel Busen frei, und das hellgrüne Seidenkleid saß zu eng und betonte ihren Körper zu stark. Und sie lächelte zuviel für Elaidas Geschmack. Besonders, wenn Männer in der Nähe waren. Das war typisch für die Grünen.

»Das Letzte, was wir im Moment gebrauchen können, ist ein weiteres Heer auf dem Marsch«, warf Shemerin, die Gelbe Schwester, ein. Sie war eine etwas mollige Frau, die es irgendwie niemals fertiggebracht hatte, sich die typische äußerliche Ruhe der Aes Sedai anzugewöhnen. Um ihre Augen lag häufig etwas Gehetztes, Nervöses, und in letzter Zeit hatte sich das noch verstärkt.

»Und wir müssen jemanden nach Schienar schicken«,

fügte Javindhra hinzu, eine andere Rote. Trotz der glatten Wangen wirkte ihr Gesicht so hart, als könne man damit Nägel in die Wand treiben. Ihre Stimme klang rauh. »Diese Art von Problemen in den Grenzlanden paßt mir nicht. Das Letzte, was wir brauchen, ist ein so geschwächtes Schienar, daß ein Trolloc-Heer am Ende noch durchbrechen könnte.«

»Vielleicht.« Alviarin nickte nachdenklich. »Aber wir haben Agenten in Schienar – Rote, da bin ich sicher, und vielleicht auch andere« – die vier Roten Schwestern nickten, wenn auch unwillig –, »die uns warnen können, falls diese kleinen Zusammenstöße zu etwas Besorgniserregendem eskalieren.«

Es war ein offenes Geheimnis, daß alle Ajah mit Ausnahme der Weißen, die sich ganz auf Fragen der Logik und Philosophie beschränkten, ihre Beobachter und Spione in allen Ländern verteilt hatten. Lediglich das Spionagenetz der Gelben galt als äußerst dürftig. Von denen, die nicht mit der Macht umzugehen wußten, konnten sie ja auch nichts in bezug auf das Heilen von Krankheiten und Verletzungen lernen. Einige Schwestern hatten auch ihre eigenen Augen-und-Ohren in anderen Ländern und hüteten dieses Geheimnis noch intensiver, als das bei den Ajah der Fall war. Die Blauen hatten das größte Agentennetz von allen, sowohl, was die offiziellen der Ajahs betraf, wie auch privat.

»Was Tenobia und Davram Bashere betrifft«, fuhr Alviarin fort, »sind wir uns wohl einig, daß wir Schwestern dorthin schicken müssen?« Sie wartete kaum auf das Kopfnicken der anderen. »Gut. Das wird erledigt. Memara ist am besten geeignet. Sie wird sich von Tenobia nicht auf der Nase herumtanzen lassen, aber nie offensichtlich die Führung übernehmen. Etwas anderes. Hat jemand Neuigkeiten aus Arad Doman oder Tarabon? Wenn wir nicht bald dort eingreifen, werden wir demnächst die Situation vorfinden, daß Pedron Niall mit seinen Weißmänteln von Bandar Eban bis zur

Schattenküste die Oberhand gewinnt. Evanellein, habt Ihr etwas?« Arad Doman und Tarabon wurden von Bürgerkriegen und noch Schlimmerem zerrissen. Nirgendwo mehr Gesetz und Ordnung. Elaida war überrascht, daß sie dieses Thema anschnitten.

»Nur ein Gerücht«, erwiderte die Graue Schwester. Ihr Seidenkleid in der Farbe der Fransen an ihrer Stola war von feinem Schnitt und am Hals recht tief ausgeschnitten. Oft hatte Elaida sich schon gedacht, daß diese Frau eher zu den Grünen gehören sollte, bei ihrem Aussehen und ihrer Putzsucht. »Fast alle in diesen armen Ländern sind mittlerweile zu Flüchtlingen geworden, diejenigen eingeschlossen, die uns Nachrichten übermitteln sollten. Die Panarchin Amathera ist offensichtlich verschwunden, und wie es scheint, könnte eine Aes Sedai darin verwickelt sein …«

Elaidas Hand verkrampfte sich um ihre Stola. Ihr Gesichtsausdruck änderte sich nicht, aber ihre Augen glühten. Die Sache mit dem Heer aus Saldaea war erledigt. Wenigstens war Memara eine Rote, und das überraschte sie. Doch sie hatten sie nicht einmal nach ihrer Meinung gefragt. Nun, man hatte einfach entschieden. Die überraschende Möglichkeit, daß eine Aes Sedai am Verschwinden der Panarchin beteiligt gewesen sein könnte – falls das nicht wieder eines dieser unmöglichen Gerüchte war, die von der Westküste herüberkamen –, konnte Elaida nicht darüber hinwegbringen. Aes Sedai waren überall, vom Aryth-Meer bis zum Rückgrat der Welt, und wenigstens die Blauen mochten etwas unternehmen. Vor weniger als zwei Monaten hatten sie noch alle vor ihr gekniet und ihr als der Verkörperung der Weißen Burg Gehorsam geschworen, und nun trafen sie eine Entscheidung, ohne sie auch nur eines Blickes zu würdigen.

Das Arbeitszimmer der Amyrlin lag nur wenige Stockwerke hoch im Hauptgebäude – dem Turm – der Weißen Burg, doch es war das Herz der Burg, genau wie diese selbst das Herz der großen Inselstadt Tar Valon darstellte, die zwischen den Armen des Erinin eingebettet lag. Und Tar Valon war – oder sollte es zumindest sein – das Herz der Welt. Der Raum erzählte von der Macht, die eine lange Reihe von Frauen von hier aus ausgeübt hatten. Der Fußboden bestand aus hochglänzendem Sandstein aus den Verschleierten Bergen, der hohe Kamin war aus goldenem Kandori-Marmor, die Wandtäfelung aus einem seltsam gemaserten Holz, in das man vor mehr als tausend Jahren wundervolle, fremdartige Vögel und andere Tiere geschnitzt hatte. Die hohen Bogenfenster waren mit einem Stein eingefaßt, der glitzerte wie tausend Perlen und den man einst in einer namenlosen Stadt gefunden hatte, die während der Zerstörung der Welt vom Meer der Stürme verschlungen worden war. Niemand kannte diese Art von Stein. Dahinter lag der Balkon, von dem aus man in den privaten Garten der Amyrlin blicken konnte. Der Raum strömte Macht aus – ein Abglanz der Amyrlins, die fast dreitausend Jahre lang Könige und Königinnen am Gängelband geführt hatten. Und sie wollten noch nicht einmal ihre Meinung hören.

Solchen Kränkungen war sie zu oft ausgesetzt. Und was am schlimmsten war: Das alles untergrub ihre Autorität, ohne daß sie auch nur einen Gedanken daran verschwendeten. Sie wußten, wie sie an die Stola gekommen war und daß sie das nur ihrer Hilfe zu verdanken hatte. Ihr war das selbst nur zu bewußt. Doch sie gingen einfach zu weit. Bald würde es an der Zeit sein, sie eines Besseren zu belehren. Noch aber war es zu früh.

Sie hatte dem Raum ihre eigene Persönlichkeit aufgeprägt, so gut das eben ging: en Schreibtisch, in den als Ornament dreifach verbundene Ringe eingeschnitzt waren, und ein schwerer Stuhl, auf dessen hoher Lehne über Kopfhöhe eine mit Elfenbein eingelegte Flamme von Tar Valon wie eine große, weiße Träne prangten.

Drei lackierte Holzkästchen aus Altara standen auf dem Tisch, säuberlich angeordnet, jedes im gleichen Abstand von den anderen; in einem befanden sich die feinsten Stücke aus ihrer Sammlung von geschnitzten Miniaturen. Eine weiße Vase auf einem einfachen Sockel an einer Wand war mit roten Rosen gefüllt, die den Raum mit ihrem süßen Duft erfüllten. Es hatte keinen Regen mehr gegeben, seit sie zur Amyrlin erhoben worden war, aber mit Hilfe der Macht konnte sie ständig für frische Blüten sorgen, und Blumen hatte sie immer schon geliebt. Man konnte sie so leicht beschneiden und aufpfropfen und dafür sorgen, daß sie Schönes hervorbrachten.

Zwei Gemälde hingen so, daß sie sie im Sitzen bequem sehen konnte. Die anderen vermieden es, sie anzusehen. Von allen Aes Sedai, die in Elaidas Arbeitszimmer kamen, warf höchstens Alviarin einmal einen Blick auf die Bilder.

»Gibt es irgend etwas Neues von Elayne?« fragte Andaya schüchtern. Die anwesende zweite Graue wirkte kaum wie eine Vermittlerin, so dünn und vogelähnlich, wie sie war, und so scheu, trotz ihrer Aes-Sedai-Gesichtszüge, aber sie war eine der besten, die man finden konnte. In ihrer Stimme war noch ein wenig von ihrer Abstammung aus Tarabon zu hören. »Oder von Galad? Wenn Morgase herausfindet, daß wir ihren Stiefsohn aus den Augen verloren haben, fängt sie möglicherweise an, unbequeme Fragen über den Aufenthaltsort ihrer Tochter zu stellen, ja? Und wenn sie erfährt, daß die Tochter-Erbin weg ist, wird uns Andor ebenso verschlossen sein wie Amadicia.«

Ein paar der Frauen schüttelten die Köpfe. Es gab nichts Neues. Javindhra sagte: »Im königlichen Palast befindet sich ja eine Rote Schwester. Sie ist erst kürzlich zur Schwester erhoben worden und sieht deshalb noch nicht so offensichtlich nach einer Aes Sedai aus.« Sie meinte damit, daß die Gesichtszüge der Frau noch nicht die typische Alterslosigkeit zeigten, die vom langen Gebrauch der Macht herrührte. Wenn jemand das Alter der Frauen in diesem Arbeitszimmer hätte schätzen wollen, er hätte sich wohl in einem Spielraum von mindestens zwanzig Jahren bewegt, und in manchem Fall hätte er sich vielleicht sogar um das Doppelte vertan. »Sie ist gut ausgebildet und ziemlich stark und außerdem eine gute Beobachterin. Morgase ist ganz damit beschäftigt, ihren Anspruch auf den Thron von Cairhien zu rechtfertigen.« Mehrere Frauen rutschten nervös auf ihrem Stühlen herum, und Javindhra fuhr schnell fort, als sei ihr klargeworden, daß sie sich auf gefährlichem Boden bewegte: »Und ansonsten scheint ihr neuer Liebhaber, Lord Gaebril, sie sehr zu beschäftigen.« Ihr schmaler Mund verzog sich etwas. »Sie ist total verschossen in diesen Mann.«

»Er sorgt dafür, daß sie sich auf Cairhien konzentriert«, sagte Alviarin. »Die Lage dort ist beinahe genauso schlimm wie in Tarabon und Arad Doman. Jedes Adelshaus streitet sich mit den anderen um die Nachfolge auf dem Sonnenthron, und überall herrscht Hungersnot. Morgase will die Ordnung wiederherstellen, aber sie wird einige Zeit brauchen, bis sie den Thron wirklich sicher hat. Bis es soweit ist, wird sie nicht viel Energie für andere Dinge übrig haben, auch nicht für die Tochter-Erbin. Und ich habe eine Sekretärin angewiesen, ihr von Zeit zu Zeit Briefe zu schicken. Die Frau kann Elaynes Handschrift recht gut imitieren. Morgase kann warten, bis wir sie wieder richtig unter Kontrolle haben.«

»Wenigstens haben wir ihren Sohn noch immer in der Hand.« Joline lächelte.

»Gawyn sich wohl kaum in unserer Hand befindet«, sagte Teslyn in scharfem Tonfall. »Die Jünglinge, die ihm folgen, mit den Weißmänteln ständig sich liefern Gefechte auf beiden Seiten von Fluß. Er machen, was er wollen, und nicht nur uns folgen.«

»Er wird wieder unter Kontrolle gebracht«, versprach Alviarin. Elaida spürte, wie diese ständige Kühle und Beherrschtheit der Weißen sie langsam, aber sicher in Rage brachte.

»Wenn wir schon die Weißmäntel erwähnen«, warf Danelle ein, »dann noch etwas. Wie es scheint, führt Pedron Niall Geheimverhandlungen, in denen er sich bemüht, Altara und Murandy dazu zu bringen, daß sie Land an Illian abtreten, damit der Rat der Neun davon absieht, eines von ihnen oder auch beide Länder anzugreifen.«

Nachdem sie das heikle Thema glücklich hinter sich gebracht hatten, plapperten die Frauen auf der anderen Seite des Tisches geschäftig weiter und bemühten sich, zu entscheiden, ob die Verhandlungen des kommandierenden Lordhauptmanns den Kindern des Lichts zuviel Einfluß verschaffen würden. Vielleicht sollte man sogar die Verhandlungen stören und dafür sorgen, daß die Weiße Burg dort die Rolle Nialls übernahm.

Elaida verzog den Mund. Die Burg war in ihrer langen Geschichte oft sehr vorsichtig vorgegangen, einfach aus der Notwendigkeit heraus. Zu viele Menschen fürchteten die Aes Sedai oder mißtrauten ihnen. Doch noch nie hatten sie selbst sich vor etwas oder vor jemandem *gefürchtet*. Und jetzt hatten sie Angst.

Ihr Blick wanderte zu den Gemälden hinüber. Das eine bestand aus drei Holztafeln, die Bonwhin zeigten. Sie war die letzte Rote gewesen, die zum Amyrlin-Sitz erhoben worden war, vor über tausend Jahren, und sie war auch der Grund dafür, daß seither keine Rote mehr die Stola getragen hatte. Bis jetzt. Bis zu Elaida. Bonwhin, hochgewachsen und stolz, die den Aes Sedai befohlen hatte, Artur Falkenflügel zu manipulieren. Bonwhin, trotzig, auf der Weißen Mauer von Tar Valon, das von Falkenflügels Heer belagert wurde. Noch einmal Bonwhin, demütig auf den Knien vor dem Burgrat, als sie ihr die Stola und den Stab abnahmen, weil sie beinahe die Burg zerstört hatte.

Viele fragten sich, wieso Elaida das Triptychon aus dem Lager hatte holen lassen, wo es von einer dicken Staubschicht bedeckt gelegen hatte. Keine sprach sie wohl darauf an, doch sie hörte das Getuschel. Sie verstanden nicht, warum es notwendig war, sich ständig daran zu erinnern, welchen Preis man für sein Versagen zu entrichten hatte.

Das zweite Gemälde entsprach der augenblicklichen Mode. Es war die Kopie der Skizze eines Künstlers aus dem fernen Westen, auf Leinwand, die man über einen Rahmen gespannt hatte. Es löste noch mehr Unbehagen unter den Aes Sedai aus, die es zu Gesicht bekamen. Zwei Männer kämpften in den Wolken miteinander, hoch droben am Himmel, mit Blitzen bewaffnet. Einer hatte ein Gesicht aus Feuer. Der andere war groß und jung und hatte rötliches Haar. Es war der Jüngling, der das Unbehagen auslöste und der Elaida immer wieder dazu brachte, die Zähne zusammenzubeißen. Sie wußte selbst nicht genau, ob es aus Zorn geschah oder um ein Zittern zu unterdrücken. Doch mit der Furcht konnte und mußte sie fertigwerden. Selbstbeherrschung war alles.

»Dann sind wir also fertig«, sagte Alviarin und erhob sich geschmeidig von ihrem Hocker. Die anderen taten es ihr nach, glätteten ihre Röcke und rückten die Stolen zurecht, um würdevoll hinausschreiten zu können. »In drei Tagen erwarte ich …«

»Habe ich Euch erlaubt, zu gehen, Töchter?« Das waren die ersten Worte, die Elaida sprach, seit sie die anderen aufgefordert hatte, sich zu setzen. Sie blickten sie vollkommen überrascht an. Einige gingen zu ihren Hockern zurück, doch ohne jede Eile. Und ohne ein Wort der Entschuldigung! Sie hatte das zu lange durchgehen lassen. »Da Ihr nun schon steht, werdet Ihr so lange stehen bleiben, bis ich fertig bin.« Diejenigen, die schon beinahe wieder saßen, richteten sich verwirrt und unsicher auf. »Ich habe nicht gehört, daß jemand die Suche nach dieser Frau und ihren Begleitern erwähnte.«

Nicht notwendig, den Namen *dieser Frau* zu erwähnen, Elaidas Vorgängerin. Sie wußten, wen sie meinte, und Elaida fiel es mit jedem Tag schwerer, auch nur an den Namen der früheren Amyrlin zu denken. Alle ihre augenblicklichen Probleme – alle! – gingen auf *diese Frau* zurück.

»Das ist schwierig«, sagte Alviarin gelassen, »da wir ja das Gerücht ausgestreut haben, sie sei hingerichtet worden.« Die Frau hatte Eis statt Blut in den Adern. Elaida blickte ihr fest in die Augen, bis sie ein verspätetes »Mutter« hinzufügte. Doch auch das klang unterkühlt und beinahe nebensächlich.

Elaidas Blick wanderte zu den anderen hinüber, und sie bemühte sich, in stählernem Tonfall zu sprechen: »Joline, Ihr seid verantwortlich für diese Suche und für die Untersuchung der näheren Umstände ihrer Flucht. In beiden Fällen höre ich immer wieder nur von Schwierigkeiten. Vielleicht wird eine tägliche Buße Euren Eifer fördern, Tochter. Schreibt auf, was Ihr passend fändet, und dann reicht es bei mir ein. Sollte ich es … für etwas zu sanft halten, werde ich es verdreifachen.«

Jolines allgegenwärtiges Lächeln verflog auf der Stelle. Sie öffnete den Mund und schloß ihn dann unter Elaidas entschlossenem Blick wieder. Schließlich knickste sie tief. »Wie Ihr befehlt, Mutter.« Die Worte klangen gezwungen wie auch ihre Demut, aber für den Augenblick genügte es.

»Und wie steht es mit dem Versuch, diejenigen zurückzuholen, die geflohen sind?« Wenn überhaupt möglich, klang Elaidas Stimme noch härter. Die Rückkehr der Aes Sedai, die geflohen waren, als man *diese Frau* abgesetzt hatte, würde bedeuten, daß sich wieder

Blaue in der Burg befanden. Sie war sich nicht sicher, daß sie jemals einer Blauen würde trauen können. Aber andererseits konnte sie wohl sowieso keiner mehr trauen, die davongelaufen war, anstatt ihre Thronbesteigung freudig zu begrüßen. Doch die Burg mußte wieder geschlossen auftreten.

Javindhra war für diese Aufgabe zuständig. »Es gibt auch hier Schwierigkeiten.« Ihre Gesichtszüge blieben genauso ernst wie sonst, doch sie fuhr sich hastig mit der Zunge über die Lippen, als sie den Sturm wahrnahm, der lautlos auf Elaidas Gesicht aufzog. »Mutter.«

Elaida schüttelte den Kopf. »Ich will nichts von Schwierigkeiten hören, Tochter. Morgen werdet Ihr mir eine Liste vorlegen, was Ihr bisher alles unternommen habt, und das schließt Eure Maßnahmen ein, jegliche Uneinigkeit in der Weißen Burg vor der Welt zu verbergen.« Das war lebenswichtig. Es gab wohl eine neue Amyrlin, doch die Welt mußte die Burg für genauso stark und einig halten wie bisher. »Solltet Ihr nicht genug Zeit für die Aufgaben haben, die ich Euch zuteile, wäre es vielleicht besser, Euren Platz als Sitzende für die Roten im Saal aufzugeben. Ich werde mir das überlegen.«

»Das wird nicht notwendig sein, Mutter«, sagte die Frau mit dem harten Gesicht schnell. »Ihr werdet den Bericht morgen erhalten. Ich bin sicher, daß viele bald zurückkehren werden.«

Elaida war da nicht so sicher, obwohl sie es ja wünschte, denn die Burg *mußte* stark sein, aber sie hatte ihren Standpunkt klargemacht. In aller Augen, von Alviarin abgesehen, stand besorgte Nachdenklichkeit. Wenn Elaida bereit war, mit einer Angehörigen ihrer eigenen früheren Ajah so umzuspringen und eine Grüne, die vom ersten Tag an auf ihrer Seite gestanden hatte, noch härter anzufassen, hatten sie vielleicht einen Fehler gemacht, sie nur als Strohmann zu betrachten. Vielleicht hatten sie alle geholfen, Elaida auf den Amyrlin-

Sitz zu heben, doch nun war sie eben die Amyrlin. Sie würde an den kommenden Tagen noch ein paar Exempel statuieren, und dann sollte die Lektion sitzen. Wenn notwendig, würde sie jeder Anwesenden Strafen aufbürden, bis sie um Gnade bettelten.

»In Cairhien befinden sich nicht nur Soldaten aus Tear, sondern auch aus Andor«, fuhr sie fort, wobei sie die abgewandten Blicke einfach ignorierte. »Soldaten aus Tear, die von dem Mann geschickt wurden, der den Stein eroberte.« Shemerin rang die dicken Hände, und Teslyn zuckte zusammen. Nur Alviarin blieb ungerührt wie ein zugefrorener Teich. Elaida streckte eine Hand aus und deutete auf das Gemälde mit den beiden Männern, die sich gegenseitig mit Blitzen bekämpften. »Seht hin! Schaut! Oder ich lasse jede einzelne von Euch auf den Knien den Fußboden schrubben! Wenn Ihr noch nicht einmal genug Rückgrat besitzt, um ein Gemälde zu betrachten, wo werdet Ihr dann den Mut für das hernehmen, was auf uns zukommt? Die Burg kann keine Feiglinge gebrauchen!«

Langsam hoben sich die Blicke. Sie traten von einem Fuß auf den anderen wie nervöse Mädchen und nicht wie Aes Sedai. Nur Alviarin sah gelassen hin, und sie schien als einzige von dem allen unberührt. Shemerin rang wieder die Hände, und in ihren Augen standen tatsächlich Tränen. Sie würde etwas in bezug auf diese Frau unternehmen müssen.

»Rand al'Thor. Ein Mann, der die Macht benützen kann.« Die Worte kamen aus Elaidas Mund wie Peitschenhiebe. Ihr eigener Magen verkrampfte sich, bis sie fürchtete, sich übergeben zu müssen. Irgendwie brachte sie es aber fertig, ihr Gesicht nicht zu verziehen, und dann fuhr sie fort, preßte die Worte aus sich heraus, schleuderte sie den anderen entgegen wie Steine aus einem Katapult. »Ein Mann, dessen Schicksal es sein wird, wahnsinnig zu werden und vor seinem Tod mit der Macht unvorstellbar Schlimmes anzurichten. Aber da ist noch mehr. Seinetwegen herrscht heller Aufruhr in Arad Doman und Tarabon und allen Gebieten dazwischen. Wenn man ihm vielleicht auch nicht den Bürgerkrieg und die Hungersnot in Cairhien ankreiden kann, beschwört er doch auf jeden Fall einen großen Krieg zwischen Tear und Andor herauf, und das zu einer Zeit, wo die Burg Frieden benötigt! In Ghealdan predigt ein verrückter Schienarer von ihm und hat einen derartigen Zulauf, daß selbst Alliandres Heer nichts ausrichten kann. Die größte Gefahr, der die Burg jemals gegenüberstand, die größte Bedrohung aller Zeiten für die ganze Welt, und Ihr bringt es nicht einmal fertig, von ihm zu sprechen? Ihr könnt nicht einmal sein Bild ansehen?«

Ihre Antwort war betretenes Schweigen. Alle außer Alviarin standen da, als sei ihnen die Zunge eingefroren. Die meisten blickten wie hypnotisiert den jungen Mann auf dem Gemälde an.

»Rand al'Thor.« Der Name rief einen bitteren Geschmack auf Elaidas Zunge hervor. Einst hatte sie den jungen Mann, der so unschuldig wirkte, direkt vor ihrer Nase gehabt. Und sie hatte nicht gemerkt, was er war. Ihre Vorgängerin hatte Bescheid gewußt, das Licht wußte, wie lange schon, und hatte ihn frei herumlaufen lassen. *Diese Frau* hatte ihr vieles gesagt, bevor sie entkam, hatte unter scharfer Befragung Dinge gesagt, die Elaida einfach nicht glauben wollte – falls die Verlorenen wirklich frei waren, war wohl alles verloren –, aber auf irgendeine Art hatte sie es fertiggebracht, einigen Fragen auszuweichen. Und dann war sie entkommen, bevor man sie erneut verhören konnte. *Diese Frau* und Moiraine. *Diese Frau* und die Blaue hatten es die ganze Zeit gewußt. Elaida mußte beide unbedingt wieder in der Burg zurückhaben. Sie würden jede Einzelheit preisgeben, die sie kannten. Sie würden sie auf den Knien um den Tod anflehen, bevor sie mit ihnen fertig war.

Sie zwang sich zum Weitersprechen, obwohl ihr die Worte im Mund gefroren: »Rand al'Thor ist der Wiedergeborene Drache, Töchter.« Sheremins Knie gaben nach, und sie setzte sich hart auf den Boden. Einige der anderen schienen ebenfalls weiche Knie zu haben. Elaidas Blick strafte sie mit Verachtung. »Es kann keinen Zweifel geben. Er ist derjenige, von dem die Prophezeiungen berichten. Der Dunkle König ist dabei, sich aus seinem Gefängnis zu befreien, die Letzte Schlacht kommt und der Wiedergeborene Drache muß ihm gegenübertreten, sonst ist die Welt für alle Zeiten dem Feuer und der Zerstörung ausgesetzt. Und er ist frei, Töchter. Wir wissen nicht, wo er sich befindet. Wir wissen von einem Dutzend Orten, an denen er sich nicht befindet. Er ist nicht mehr in Tear. Er ist auch nicht hier in der Burg und sicher abgeschirmt, wie es sein sollte. Er bringt einen Wirbelsturm über die Welt, und wir müssen das verhindern, wenn wir eine Chance haben wollen, Tarmon Gai'don zu überleben. Wir müssen ihn in die Hand bekommen und dafür sorgen, daß er in dieser Letzten Schlacht kämpft. Oder glaubt eine von Euch, daß er freiwillig in den vorhergesagten Tod gehen wird, um die Welt zu retten? Ein Mann, der schon jetzt dabeisein dürfte, dem Wahnsinn zu verfallen? Wir müssen ihn unter unsere Kontrolle bekommen!«

»Mutter«, begann Alviarin in dieser irritierenden Gefühllosigkeit, aber Elaidas wilder Blick ließ sie verstummen.

»Rand al'Thor in die Hand zu bekommen ist um vieles wichtiger als Scharmützel in Schienar oder die Frage, ob die Fäule friedlich ist, wichtiger noch, als Elayne oder Galad zu finden, wichtiger sogar als Mazrim Taim. Ihr werdet ihn finden! Auf jeden Fall! Wenn ich Euch das nächste Mal empfange, wird jede von Euch darauf vorbereitet sein, mir in allen Einzelheiten zu berichten, was Ihr unternommen habt, um dieses

Ziel zu erreichen. Nun dürft Ihr mich verlassen, Töchter.«

Eine Welle unsicherer Knickse durchlief die Ansammlung. Sie hauchten eingeschüchtert: »Wie Ihr befehlt, Mutter«, und dann rannten sie beinahe hinaus. Joline half Shemerin, mit weichen Knien aufzustehen. An der Gelben Schwester konnte sie am besten das nächste Exempel statuieren. Es war notwendig, um sicherzugehen, daß keine in den alten, lethargischen Zustand zurückfiel, und die Gelbe war einfach zu schwach, um einen Platz in diesem Rat verdient zu haben. Natürlich würde auch dieser Rat nicht mehr allzu lange Bestand haben, dafür mußte sie sorgen. Der Saal würde ihre Worte hören und springen.

Alle bis auf Alviarin gingen.

Nachdem sich die Tür geschlossen hatte, sahen sich die beiden Frauen eine ganze Weile lang in die Augen. Alviarin war die erste, die allererste gewesen, die die Anklagen gegen Elaidas Vorgängerin gehört und ihnen zugestimmt hatte. Und Alviarin wußte sehr wohl, warum sie die Stola der Behüterin der Chronik trug und nicht irgendeine Rote. Die Roten Ajah hatten einstimmig hinter Elaida gestanden, aber die Weißen nicht, und ohne die volle Unterstützung der Weißen hätten sich viele andere nicht überzeugen lassen. Die Folge wäre gewesen, daß Elaida nun in einer Zelle säße anstatt auf dem Amyrlin-Sitz. Falls nicht die Überreste ihres Kopfes auf einer Pike steckten, damit die Raben etwas zum Spielen hätten. Alviarin ließ sich nicht so schnell einschüchtern wie die anderen; falls man sie überhaupt einschüchtern konnte. In Alviarins festem Blick lag ein beunruhigender Anflug von Ebenbürtigkeit.

Das Klopfen an die Tür klang durch die Stille besonders laut.

»Herein!« fauchte Elaida.

Eine der Aufgenommenen, ein blasses, schlankes

Mädchen, trat zögernd in den Raum und knickste sofort so tief, daß ihr weißer Rock mit den sieben Farbstreifen am Saum um sie ausgebreitet am Boden lag. Aus ihren weit aufgerissenen Augen und dem zu Boden gewandten Blick konnte man schließen, daß sie wohl die Stimmung unter den Frauen, die den Saal verließen, wahrgenommen hatte. Ein Ort, den Aes Sedai zitternd verließen, mußte auf eine Aufgenommene ausgesprochen gefährlich wirken. »M-Mutter, Meister F-Fain ist hier. Er sagte, Ihr w-würdet ihn um d-diese Stunde empfangen.« Das Mädchen wankte in ihrer gebückten Haltung und fiel vor blanker Furcht beinahe um.

»Dann schickt ihn herein, Mädchen, statt ihn warten zu lassen«, grollte Elaida, aber sie hätte dem Mädchen die Haut bei lebendigem Leibe abgezogen, wenn sie den Mann gleich mitgebracht hätte. Der Zorn, den sie Alviarin gegenüber nicht zu zeigen wagte, und sie wollte gar nicht daran denken, daß sie nicht *wagte,* ihn herauszulassen, dieser Zorn quoll nun in ihr hoch. »Und wenn Ihr nicht lernen könnt, mit uns zu sprechen, wie es sich gehört, ist vielleicht die Küche ein besserer Ort für Euch als das Vorzimmer der Amyrlin. Also? Werdet Ihr jetzt tun, was Euch befohlen wurde? Bewegt Euch, Mädchen! Und richtet der Herrin der Novizinnen aus, daß sie Euch lehren soll, unverzüglich Euren Befehlen nachzukommen!«

Das Mädchen quiekste etwas, das sehr wohl eine korrekte Antwort sein mochte, und schoß hinaus.

Elaida beherrschte sich mit Mühe. Es war ihr gleich, ob Silviana, die neue Herrin über die Novizinnen, das Mädchen bis zur Bewußtlosigkeit prügelte oder es lediglich mit einem Vortrag bewenden ließ. Sie sah kaum jemals die Novizinnen oder die Aufgenommenen, außer sie kamen direkt zu ihr, und sie waren ihr auch gleichgültig. Sie wollte viel lieber Alviarin demütigen und auf den Knien liegen sehen.

Doch nun war also Fain da. Sie tippte sich mit dem Zeigefinger auf die Lippen. Ein knochiger, kleiner Mann mit einer großen Nase, der erst vor ein paar Tagen in verschmutzter, einst guter, aber viel zu großer Kleidung in der Burg eingetroffen war. Er benahm sich einmal arrogant und dann wieder kriecherisch, als er um eine Audienz bei der Amyrlin nachsuchte. Abgesehen von denen, die in der Burg arbeiteten, kamen nur wenige Männer hierher, nur unter großer Belastung oder in größter Not, und selbst von denen bat keiner um eine Audienz bei der Amyrlin. Auf gewisse Art mußte er wohl ein Narr sein oder vielleicht ein Verrückter. Er behauptete, aus Lugard in Murandy zu kommen, sprach aber mit wechselnden Akzenten. Manchmal änderte er den Dialekt mitten im Satz. Doch es schien ihr, als könne er durchaus nützlich sein.

Alviarin sah sie immer noch an, eisig ruhig, und nur eine Andeutung all der Fragen, die ihr Fains wegen durch den Kopf gehen mußten, fand sich in ihrem Blick. Elaidas Züge verhärteten sich. Beinahe hätte sie nach *Saidar* gegriffen, der weiblichen Hälfte der Wahren Quelle, um die Frau mit Hilfe der Macht zu lehren, wo sie in der Rangfolge der Burg stand. Aber so ging das nicht. Alviarin würde vielleicht sogar kämpfen, und sich wie ein Bauernmädchen im Hühnerhof herumzuprügeln war nicht die richtige Methode, um ihre Autorität als Amyrlin durchzusetzen. Aber Alviarin würde auch noch das Gehorchen lernen, genauso wie alle anderen. Der erste Schritt dazu war, Alviarin nichts über Meister Fain wissen zu lassen, oder wie er sonst heißen mochte.

Padan Fain vergaß die hektische junge Aufgenommene, als er in das Arbeitszimmer der Amyrlin trat. Sie war wohl ein süßes Ding, und er hatte es gern, wenn sie wie kleine Vögel in seiner Hand flatterten, aber er mußte sich jetzt auf andere Dinge konzentrieren. Er rang die

Hände und neigte den Kopf, wie es sich gehörte, aber die beiden, die ihn erwarteten, schienen seine Anwesenheit zunächst gar nicht zu bemerken, so vertieft standen sie sich Auge in Auge gegenüber. Er mußte sich zwingen, nicht seine Hand auszustrecken, um die Spannung zwischen den Frauen zu ertasten. Überall in der Weißen Burg herrschte nervöse Spannung und Uneinigkeit. Das war auch gut so. Anspannung konnte man verstärken und Uneinigkeit ausnützen, wie man es gerade für nötig befand.

Er war überrascht gewesen, Elaida auf dem Amyrlin-Sitz vorzufinden. Doch das war noch besser, als er erwartet hatte. Auf gewisse Art war sie nicht so hartnäckig wie die Frau, die vor ihr die Stola getragen hatte. Das hatte man ihm jedenfalls erzählt. Härter, ja, und grausamer, aber auch zerbrechlicher. Wahrscheinlich schwieriger, sie seinem Willen gefügig zu machen, aber leichter zu zerbrechen, falls das eine oder das andere notwendig werden sollte. Trotzdem war es ihm im Prinzip gleich, welche Aes Sedai, welche Amyrlin er vor sich hatte. Alles Närrinnen. Gefährliche Närrinnen, sicher, aber auch manchmal nützlich ihrer Leichtgläubigkeit wegen.

Schließlich jedoch bemerkten sie seine Anwesenheit. Die Amyrlin zog die Augenbrauen hoch, weil sie offensichtlich überrascht worden war, während sich die Behüterin der Chronik nichts anmerken ließ. »Ihr dürft jetzt gehen, Tochter«, sagte Elaida entschlossen, wobei sie das ›jetzt‹ leicht, aber doch hörbar betonte. O ja. Die Spannungen zwischen ihnen, die Risse im Machtgefüge. Risse, in die man Samen setzen konnte. Fain ertappte sich dabei, daß er beinahe gekichert hätte.

Alviarin zögerte und knickste dann ganz leicht. Als sie aus dem Zimmer rauschte, streifte ihn ihr Blick, ausdruckslos und doch verwirrend. Unwillkürlich zog er den Kopf ein und schob die Schultern schützend nach vorn. Seine Oberlippe bebte. Fast hätte er ihre schlanke

Rückenpartie angeknurrt. Er hatte das Gefühl, wenn auch nur einen Augenblick lang, daß sie zuviel über ihn wisse. Doch er wußte nicht einmal, wieso er das empfand. Ihr kühles Gesicht und ihr kühler Blick veränderten sich nie. Zu solchen Anlässen hätte er sie nur zu gern geändert. Furcht. Schmerz. Betteln. Er hätte bei diesem Gedanken fast gelacht. Sinnlos natürlich. Sie konnte nichts wissen. Geduld, dann würde er bald mit ihr und ihren immer gleich blickenden Augen fertigwerden.

In den Schatzkammern der Burg ruhten viele Dinge, die ein wenig Geduld wert waren. Das Horn von Valere war dort, das sagenhafte Horn, mit dem man tote Helden aus den Gräbern zur Letzten Schlacht zurückrufen konnte. Selbst die meisten Aes Sedai wußten das nicht, aber er war in der Lage, solche Dinge zu wittern. Der Dolch befand sich dort. Er spürte seine Anziehung von dem Fleck aus, auf dem er stand. Er hätte darauf zeigen können. Er gehörte ihm, war ein Teil seiner selbst, das ihm von den Aes Sedai gestohlen und hier beschmutzt und versteckt worden war. Den Dolch zu besitzen würde so vieles wiedergutmachen, was er verloren hatte. Er wußte wohl nicht genau, auf welche Weise, aber er war sich da ganz sicher. Für das verlorene Aridhol. Zu gefährlich, nach Aridhol zurückzukehren und vielleicht wieder dort gefangen zu sein. Er zitterte. So lange war er dort gefangen gewesen. Nicht noch einmal.

Natürlich wurde es jetzt nicht mehr Aridhol genannt, sondern Shadar Logoth. Wo der Schatten Wartet. Ein passender Name. Soviel hatte sich geändert. Selbst er. Padan Fain. Mordeth. Ordeith. Manchmal war er sich nicht sicher, welcher Name wirklich zu ihm gehörte, wer er wirklich war. Eines war aber sicher: Er war nicht das, was die anderen glaubten. Diejenigen, die sich einbildeten, ihn zu kennen, irrten sich gewaltig. Er war jetzt verklärt. Er war nun selbst eine Macht und stand jenseits aller anderen Mächte. Sie würden es noch merken.

Mit einemmal wurde ihm bewußt, daß die Amyrlin etwas gesagt hatte, und er fuhr zusammen. Er suchte in seinem Gedächtnis und fand die Antwort: »Ja, Mutter, das Wams steht mir sehr gut.« Er strich mit der Hand über den schwarzen Samt, um zu zeigen, wie schön er den Stoff fand, als spielte Kleidung irgendeine Rolle. »Ist ein sehr gutes Wams. Herzlichen Dank, Mutter.« Er war darauf vorbereitet, noch mehr Komplimente über sich ergehen lassen zu müssen, damit er sich ›entspannte‹, bereit, niederzuknien und ihren Ring zu küssen, doch diesmal kam sie geradewegs zur Sache: »Berichtet mir, was Ihr noch über Rand al'Thor wißt, Meister Fain.«

Fains Blick glitt hinüber zu dem Gemälde mit den beiden Männern, und während er es betrachtete, richtete er sich kerzengerade auf. Al'Thors Portrait wurmte ihn beinahe genauso wie der Mann selbst, ließ ihm Wut und Haß durch die Adern schießen. Wegen dieses jungen Mannes hatte er Schmerzen jenseits aller Vorstellung erdulden müssen, Schmerzen, an die er sich gar nicht erinnern wollte. Und er hatte noch Schlimmeres als Schmerzen ertragen müssen. Al'Thors wegen war er zerbrochen und war wieder ins Leben gerufen worden. Natürlich gab ihm diese Wiedergeburt auch die Mittel zu seiner Rache in die Hand, aber das war nicht das Entscheidende. Neben seinem Wunsch, al'Thor zu vernichten, verblaßte alles andere.

Als er sich wieder der Amyrlin zuwandte, war ihm nicht klar, daß sein Verhalten genauso beherrschend wirken mußte wie das ihre. Er blickte ihr geradewegs in die Augen. »Rand al'Thor ist gerissen und schlau. Er kümmert sich nicht um andere. Bei ihm steht nur die eigene Macht im Mittelpunkt.« Närrische Frau. »Er ist keiner, der tut, was Ihr von ihm erwartet.« Doch wenn sie ihm al'Thor in die Hände spielte … »Er ist schwer zu führen – sehr schwer –, aber ich glaube, man kann es fertigbringen. Zuerst müßt Ihr einen der wenigen an die Leine nehmen, denen er traut …« Wenn sie ihm al'Thor übergab, würde er sie vielleicht sogar am Leben lassen, obwohl sie ja eine Aes Sedai war. Wenn er hier fertig war.

Rahvin lümmelte in Hemdsärmeln auf einem vergoldeten Sessel, ein Bein mitsamt Stiefel über die gepolsterte Lehne gelegt, und lächelte, als die Frau vor dem Kamin wiederholte, was er ihr gesagt hatte. Ihre großen, braunen Augen wirkten ein wenig glasig. Sie war eine junge, hübsche Frau. Das sah man sogar trotz des einfachen, grauen Wollstoffs, den sie als Verkleidung trug. Doch das war es nicht, was ihn an ihr interessierte.

Durch die hohen Fenster des Raums drang kein Hauch frischer Luft. Schweiß rann der jungen Frau beim Sprechen über das Gesicht, und auch auf dem schmalen Gesicht des anderen anwesenden Mannes standen Schweißperlen. Der Mann trug einen feinen Kurzmantel aus roter Seide, reich mit Gold verziert obendrein, und trotzdem stand er in Habachtstellung da wie ein Diener. Das war er allerdings auf gewisse Weise auch, aber im Gegensatz zu der Frau war er es freiwillig. Und natürlich war er im Augenblick taub und blind.

Rahvin spielte leicht mit den Strängen aus Luft, die er um das Paar gewebt hatte. Es wäre unnötig, wertvolle Diener zu verletzen.

Selbstverständlich schwitzte er selbst nicht; die brütende Sommerhitze berührte ihn nicht einmal. Er war ein hochgewachsener Mann, kräftig, dunkelhaarig und gutaussehend, trotz der bereits grauen Schläfen. Die Anwendung von Zwang hatte ihm bei dieser Frau keine Schwierigkeiten eingebracht.

Sein Gesicht verzog sich unwillig. Bei einigen hatte es Schwierigkeiten gegeben. Ein paar, wenn auch nur wenige, hatten die innere Kraft besessen, sich unbewußt gegen ihn zu wehren, Schlupfwinkel zu suchen, um ihm zu entgehen. Es war sein Pech, daß er eine solche noch benötigte. Man konnte sie schon anleiten, aber sie versuchte ständig zu entkommen, obwohl sie gar nicht wußte, daß sie in seiner Falle zappelte. Irgendwann würde er sie natürlich nicht mehr benötigen. Dann mußte er sich entscheiden, ob er sie ihres Weges ziehen lassen oder sie auf etwas dauerhaftere Weise loswerden wollte. Beides barg Gefahren in sich. Sicher, es konnte für ihn nicht bedrohlich werden, aber er war ein vorsichtiger und gewissenhafter Mann. Kleine Gefahren wuchsen gewöhnlich, wenn man sie nicht beachtete, und er wählte meist den Weg des geringsten Risikos. Sie töten oder bei sich behalten?

Als die Frau zu sprechen aufhörte, wurde er aus seinen Überlegungen gerissen. »Wenn du hier hinausgehst«, sagte er zu ihr, »dann wirst du dich nicht an Einzelheiten deines Besuchs erinnern. Du wirst dich nur daran erinnern, daß du deinen üblichen Morgenspaziergang gemacht hast.« Sie nickte eifrig, um ihm zu Gefallen zu sein, und er löste sanft die Stränge aus Geist, damit sie aus ihrem Verstand verdunsten konnten, kurz nachdem sie die Straße erreichen würde. Wenn er sie häufig unter Druck setzte, gehorchte sie wohl eher, solange der Druck anhielt, doch es bestand die Gefahr, daß jemand den Gebrauch der Macht spürte.

Als das vollbracht war, ließ er auch Elegars Verstand frei. Lord Elegar. Von niedrigerem Adel, aber treu und gehorsam, wie er es geschworen hatte. Er leckte sich nervös die dünnen Lippen und blickte zu der Frau hinüber. Dann fiel er aber sofort vor Rahvin auf ein Knie nieder. Freunde der Dunkelheit – heutzutage nannte man sie Schattenfreunde – hatten angefangen, zu begreifen, wie strikt sie sich an ihre Eide halten mußten, jetzt, da Rahvin und die anderen befreit waren.

»Bringt sie hinten hinaus auf die Straße«, sagte Rahvin, »und laßt sie dort laufen. Sie soll nicht gesehen werden.«

»Wie Ihr befehlt, Großer Meister«, sagte Elegar und verbeugte sich im Knien. Dann erhob er sich und ging rückwärts unter weiteren Verbeugungen hinaus, wobei er die Frau an einem Arm mitzog. Natürlich ging sie gehorsam mit, die Augen noch immer etwas glasig. Elegar würde ihr keine Fragen stellen. Er wußte genug, um sicherzugehen, daß er sich für bestimmte Dinge eben nicht zu interessieren hatte.

»Eines deiner hübschen Spielzeuge?« fragte eine Frauenstimme hinter ihm, als sich die geschnitzte Holztür geschlossen hatte. »Bist du jetzt dazu übergegangen, sie in diesem Stil einzukleiden?«

Er riß *Saidin* an sich, füllte sich mit der Macht, wobei die Verderbnis der männlichen Hälfte der Wahren Quelle am Schutz seiner Bindungen und Eide abprallte. Diese Bindungen fesselten ihn an eine Macht, die er für größer hielt als die des Lichts oder selbst die des Schöpfers.

Mitten im Raum schwebte über dem rotgoldenen Teppich ein Tor, eine Öffnung, die an irgendeinen anderen Ort führte. Ganz kurz blickte er in ein Zimmer mit schneeweißen seidenen Wandbehängen, doch dann verschwand das Tor, und zurück blieb eine ganz in Weiß gekleidete Frau mit einem aus Silberfäden gewebten Gürtel. Ein leichtes Prickeln auf seiner Haut, wie eine ferne Ahnung von Kälte, war alles, was ihn davor warnte, daß sie die Macht einsetzte. Hochgewachsen und schlank war sie genauso schön wie er auf seine männliche Art. Ihre dunklen Augen waren unergründliche Seen, und ihr Haar, mit silbernen Sternen und Halbmonden besteckt, fiel in ebenmäßigen Wellen auf ihre Schultern herab. Den meisten Männern hätte bei ihrem Anblick vor Begehren die Stimme versagt.

»Sag mal, wieso schleichst du dich so an, Lanfear?«

fragte er grob. Er ließ die Macht nicht fahren, sondern bereitete sicherheitshalber ein paar hinterhältige Überraschungseffekte vor, falls es notwendig würde. »Wenn du mit mir sprechen willst, dann schicke einen Boten, und ich werde entscheiden, wann und wo wir uns treffen. Und ob überhaupt.«

Lanfear zeigte dieses süße, trügerische Lächeln. »Du warst schon immer ein Schwein, Rahvin, aber zumindest kein Narr. Diese Frau ist eine Aes Sedai. Was ist, wenn sie vermißt wird? Schickst du auch Herolde aus, um zu verkünden, wo du dich aufhältst?«

»Sie könnte außerdem die Macht benützen?« höhnte er. »Sie ist nicht stark genug, um sie ohne Kindermädchen auf die Straße zu lassen. Man nennt unausgebildete Kinder heutzutage Aes Sedai, obwohl die Hälfte ihres Wissens aus kleinen Tricks besteht, die sie sich selbst beigebracht haben, und die andere Hälfte kaum die Oberfläche ankratzt.«

»Wärst du immer noch so ruhig, wenn diese unausgebildeten Kinder einen Kreis von dreizehn um dich legten?« Ihre kühle, spöttische Stimme traf ihn tief, aber er zeigte keine Reaktion.

»Ich treffe meine eigenen Vorkehrungen, Lanfear. Und sie ist keines meiner ›hübschen Spielzeuge‹, wie du das nennst, sondern die Spionin der Burg hier. Jetzt wird sie genau das berichten, was ich will, und sie ist auch noch ganz begierig darauf. Diejenigen in der Burg, die den Auserwählten dienen, haben mir genau gesagt, wo ich sie finden könne.« Bald würde der Tag kommen, an dem die Welt die Bezeichnung ›Verlorene‹ aufgab und vor den ›Auserwählten‹ auf die Knie fiel. Das war ihnen vor so langer Zeit versprochen worden. »Warum bist du hier, Lanfear? Bestimmt doch nicht, um schwachen Frauen zu helfen.«

Sie zuckte lediglich die Achseln. »Was mich betrifft, kannst du soviel herumspielen, wie du willst. Da du mir nicht einmal etwas anbietest, Rahvin, wirst du mir wohl verzeihen …« Eine silberne Kanne schwebte von Rahvins Nachttisch hoch und neigte sich, um Rotwein in einen goldgerandeten Pokal zu gießen. Als die Kanne wieder stand, schwebte der Pokal zu Lanfears Hand herüber. Er fühlte natürlich nichts als ein leichtes Prickeln und sah auch keine gewebten Stränge. Das hatte ihm noch nie gepaßt. Es tröstete ihn auch kaum, daß sie von seinen Strängen genausowenig sehen konnte.

»Warum?« fragte er noch einmal.

Sie nippte seelenruhig an ihrem Wein, bevor sie antwortete: »Da du den Rest von uns meidest, werden ein paar der Auserwählten hierher zu dir kommen. Ich bin als erste gekommen, damit du nicht glaubst, es sei ein Angriff.«

»Andere? Ist das einer deiner Pläne? Ich habe es doch nicht nötig, mich nach den Plänen anderer zu richten!« Plötzlich lachte er. Es war ein tiefes, hallendes Lachen. »Also ist es kein Angriff, oder doch? Du bist ja niemand, der andere offen angreifen würde, ja? Vielleicht nicht so schlimm wie Moghedien, aber du hast immer am liebsten die Flanken und von hinten her angegriffen. Ich werde dir diesmal trauen, jedenfalls lange genug, um zu hören, was du zu bieten hast. Solange ich dich genau im Auge habe.« Wer Lanfear traute, wenn sie sich hinter ihm befand, war selbst schuld, wenn er ein Messer in den Rücken bekam. Nicht, daß sie besonders vertrauenswürdig gewesen wäre, selbst wenn man sie im Auge hatte. Man konnte bei ihr nie sicher sein, ob sie nicht einen Wutanfall bekommen würde. »Wer soll denn noch an dieser Aktion beteiligt sein?«

Diesmal war die Warnung eindeutiger, denn es war ein Mann, der sich näherte. Ein weiteres Tor öffnete sich. Dahinter zeigten sich Marmorarkaden vor einem breiten Steinbalkon, und in einem wolkenlos blauen Himmel kreisten kreischende Möwen. Schließlich erschien ein Mann und trat hindurch. Der Torweg schloß sich hinter ihm.

Sammael war ein kräftig gebauter Mann, der größer erschien, als er tatsächlich war. Sein Schritt war schnell und energiegeladen, und sein Auftreten wirkte schroff. Mit seinen blauen Augen, dem goldenen Haar, dem sauber und eckig geschnittenen Bart hätte er vielleicht überdurchschnittlich gut ausgesehen, doch den Eindruck störte eine schräg verlaufende, lange Narbe, als hätte ein glühender Schürhaken seine Spur vom Haaransatz bis zum Kinn hinunter gezogen. Er hätte sie ja durchaus entfernen können, kaum, daß er die Verwundung erlitten hatte, vor so langer Zeit, doch er hatte sich dagegen entschieden.

Er war genauso eng wie Rahvin mit *Saidin* verbunden. Aus dieser Nähe konnte Rahvin es sogar spüren, wenn auch nur schwach. Sammael musterte ihn mißtrauisch. »Ich habe Dienerinnen und Tänzerinnen hier erwartet, Rahvin. Hattest du nach all diesen Jahren endlich die Nase voll von deinem Lieblingsvergnügen?« Lanfear lachte leise in ihren Wein hinein.

»Hat jemand das Wort ›Vergnügen‹ erwähnt?«

Rahvin hatte das dritte Tor noch gar nicht bemerkt, hinter dem ein großer Saal voller Brunnen und kannelierter Säulen, voller fast nackter Akrobaten und Diener, die noch weniger Kleidung trugen, zu sehen war. Seltsam, daß ein hagerer alter Mann in verknittertem Wams verloren zwischen den Akrobaten herumsaß. Ein Dienerpaar in durchscheinenden, winzigen Kleidungsstücken – der eine ein muskulöser Mann mit einem Tablett aus gehämmertem Goldblech und sie eine üppige Frau, die mit zitternden Händen Wein aus einer Kristallkaraffe in einen dazu passenden Becher auf dem Tablett goß – folgte dem eigentlichen Neuankömmling, bevor die Türöffnung verschwand.

In jeder anderen Gesellschaft als der ausgerechnet Lanfears hätte Graendal durch ihre reife und üppige Schönheit den gesamten Raum beherrscht. Ihr grünseidenes Kleid war tief ausgeschnitten. Zwischen ihren

Brüsten hing ein Rubin von Hühnereigröße, und auf ihrem langen Haar von der Farbe der Sonne ruhte ein Diadem, das mit weiteren Rubinen besetzt war. Neben Lanfear wirkte sie aber lediglich mollig und hübsch. Falls sie der unvermeidliche Vergleich störte, ließ sie sich das aber nicht anmerken und lächelte lediglich amüsiert.

Goldene Armreifen klapperten, als sie mit einer stark beringten Hand nach hinten zu winkte. Ihre Dienerin reichte ihr schnell den gefüllten Kristallbecher und lächelte dabei unterwürfig, genau wie der Mann. Graendal beachtete es nicht. »Also«, sagte sie heiter. »Beinahe die Hälfte der überlebenden Auserwählten befinden sich am gleichen Ort. Und keiner versucht, den anderen umzubringen. Wer hätte das erwartet, und noch bevor der Große Herr der Dunkelheit zurückkehrt? Ishamael hat es eine Weile lang fertiggebracht, uns davon abzuhalten, daß wir uns gegenseitig an die Kehlen gehen, aber jetzt …«

»Sprichst du immer so offen vor deinen Dienern?« fragte Sammael mit leicht verzogenem Gesicht.

Graendal riß die Augen auf und blickte das Paar an, als habe sie die beiden vergessen gehabt. »Sie plaudern schon nicht. Sie verehren mich doch. Oder?« Die beiden fielen auf die Knie nieder und beteuerten fieberhaft ihre anbetungsvolle Liebe zu ihr. Es klang echt: Sie liebten sie wirklich. Jetzt. Nach einem Augenblick des Zuhörens runzelte sie ganz leicht die Stirn, und die Diener erstarrten mit offenen Mündern. »Sie reden wirklich ein bißchen viel. Na ja, nun werden sie dich wohl nicht mehr stören. Habe ich recht?«

Rahvin schüttelte den Kopf. Er fragte sich, wer sie wohl seien oder gewesen waren. Äußerliche Schönheit reichte Graendal bei ihren Dienern nicht aus; sie mußten auch Macht besitzen und hochstehende Persönlichkeiten gewesen sein. Einen früheren Lord als Lakai und eine Lady, die ihr das Bad richtete, so etwas gefiel Graendal. Sich damit zu amüsieren war ja auch schön und gut, doch sie verschwendete zuviel gutes Material. Wenn man sie richtig manipulierte, konnte dieses Paar von großem Nutzen sein, aber Graendal verlangte solche Hingabe von ihnen, daß sie nun wenig mehr als bloße Dekoration waren. Der Frau fehlte echtes Fingerspitzengefühl.

»Sollte ich mehr erwarten, Lanfear?« grollte er. »Hast du Demandred davon überzeugt, daß er doch nicht der Alleinerbe des Großen Herrn ist?«

»Ich bezweifle, daß er derart arrogant ist«, antwortete Lanfear verbindlich. »Er sieht ja, was das Ishamael eingebracht hat. Und das ist auch das Wesentliche. Graendal hat das vor einiger Zeit treffend ausgedrückt. Einst waren wir dreizehn Unsterbliche. Nun sind vier tot und einer hat uns verraten. Wir vier sind alle, die heute zusammentreffen, und das muß eben reichen.«

»Bist du sicher, daß Asmodean zum Überläufer geworden ist?« wollte Sammael wissen. »Er hatte doch sonst nicht den Mut, ein Risiko einzugehen. Woher hat er nun die Entschlossenheit, sich einer zum Scheitern verurteilten Sache anzuschließen?«

Lanfears kurzes Lächeln wirkte ausgesprochen amüsiert. »Er hatte den Mut, einen Hinterhalt zu legen, der ihn im Falle eines Erfolgs über uns alle gestellt hätte. Und als er vor der Wahl stand, entweder zu sterben, oder sich einer zum Scheitern verurteilten Sache anzuschließen, war nicht mehr viel Mut notwendig, um sich für letztere zu entscheiden.«

»Und er hat es sich wohl auch kaum lange überlegen müssen, wette ich.« Die Narbe ließ Sammaels höhnische Grimasse noch beißender erscheinen. »Wenn du nahe genug warst, um das alles zu wissen, warum hast du ihn dann am Leben gelassen? Du hättest ihn töten können, bevor er überhaupt wußte, daß du in der Nähe warst.«

»Ich töte nicht so schnell wie du. Es ist zu endgültig, auswegslos, und für gewöhnlich gibt es andere und profitablere Lösungen. Außerdem, um es in deiner Sprache auszudrücken, wollte ich keinen Frontalangriff auf überlegene Kräfte beginnen.«

»Ist er wirklich so stark?« fragte Rahvin leise. »Dieser Rand al'Thor. Hätte er dich in offener Auseinandersetzung überwältigen können?« Nicht, daß er oder Sammael das nicht gekonnt hätten, obwohl sich bei einem Versuch ihrerseits Graendal vermutlich Lanfear angeschlossen hätte. Was das betraf, waren beide Frauen höchstwahrscheinlich bis zum Bersten mit der Macht angefüllt und bereit, beim geringsten Verdacht sofort gegen einen der Männer loszuschlagen. Oder auch gegeneinander. Aber dieser Bauernbursche. Ein unausgebildeter Schafhirte! Unausgebildet, außer, falls Asmodean sich nun darum bemühte.

»Er ist der wiedergeborene Lews Therin Telamon«, sagte Lanfear genauso leise, »und Lews Therin war ebenso stark.« Sammael rieb sich geistesabwesend die Narbe in seinem Gesicht. Die hatte er Lews Therin zu verdanken. Das war mehr als dreitausend Jahre her, vor der Zerstörung der Welt, bevor der Große Herr in den Kerker gesperrt wurde, vor so schrecklich langer Zeit, doch Sammael vergaß so etwas nie.

»Na so etwas«, stellte Graendal fest, »da wären wir doch tatsächlich bei dem Thema angelangt, das wir hier besprechen wollten.«

Rahvin zuckte leicht verärgert zusammen. Die beiden Diener waren immer noch erstarrt – oder vielleicht auch wieder. Sammael knurrte etwas in sich hinein.

»Wenn dieser Rand al'Thor wirklich der wiedergeborene Lews Therin Telamon ist«, fuhr Graendal fort, wobei sie sich auf den Rücken des hinter ihr auf allen vieren knienden Mannes setzte, als sei er eine Sitzbank, »dann bin ich überrascht, daß du nicht versucht hast, ihn in dein Bett zu locken, Lanfear. Oder ist das vielleicht gar nicht so einfach? Ich erinnere mich dunkel daran, daß Lews Therin dich an der Nase herumgeführt hat, und nicht du ihn. Hat deine kleinen Wutanfälle abgewürgt und dich dafür durch die Gegend gescheucht, wenn man so will.« Sie stellte ihr Weinglas auf das Tablett, das ihre blicklos am Boden kniende Dienerin immer noch steif in der Hand hielt. »Du warst so besessen von ihm, daß du dich am Boden ausgestreckt hättest, wenn er nur das Wort ›Bettvorleger‹ ausgesprochen hätte.«

Lanfears dunkle Augen glitzerten einen Moment lang gefährlich, doch dann hatte sie sich wieder unter Kontrolle. »Er mag ja der wiedergeborene Lews Therin sein, aber er ist nicht Lews Therin selbst.«

»Woher weißt du das?« fragte Graendal und lächelte, als sei alles nur ein Scherz. »Es kann durchaus sein, wie viele glauben, daß alle geboren und wiedergeboren werden, wie sich das Rad dreht, aber ich habe nie davon gelesen, daß so etwas schon einmal geschehen wäre. Ein ganz bestimmter Mann, der nach einer Weissagung wiedergeboren wird. Wer weiß, was er tatsächlich ist?«

Lanfear grinste abwertend. »Ich habe ihn genau beobachtet. Er ist nicht mehr als der Schafhirte, der er immer war, und ein ziemlich naiver dazu.« Die Verachtung verflog, und ihre Miene wurde wieder ernst. »Aber jetzt hat er Asmodean, so schwach ein solcher Verbündeter auch sein mag. Und auch schon vor der Sache mit Asmodean sind vier der Auserwählten gestorben, als sie sich ihm zum Kampf stellten.«

»Laßt ihn doch weiterhin abgestorbene Äste absägen«, sagte Sammael mürrisch. Er webte Stränge aus Luft, um einen Stuhl über den Teppich heranzuziehen, und dann ließ er sich darauf fallen, die an den Knöcheln gekreuzten Beine über eine Lehne gelegt, und einen Arm ließ er nach hinten über die Rückseite baumeln. Jeder, der jedoch geglaubt hätte, er habe sich entspannt, wäre ein Narr gewesen. Sammael hatte seine Feinde immer schon getäuscht, indem er sie glauben machte, man könne ihn leicht überraschen. »So werden wir Übriggebliebenen am Tag der Rückkehr eben mehr bekommen. Oder glaubst du, er könne etwa Tarmon Gai'don gewinnen, Lanfear? Selbst wenn er Asmodean wieder Rückgrat einflößt, hat er doch diesmal nicht die Hundert Gefährten zur Verfügung. Mit Asmodean oder allein: Der große Herr wird ihn auslöschen wie eine zerbrochene Sar-Lampe.«

Der Blick, den ihm Lanfear zuwarf, triefte vor Verachtung. »Wie viele von uns werden noch am Leben sein, wenn der Große Herr endlich befreit ist? Vier sind bereits von uns gegangen. Wird er sich als nächsten dich vornehmen, Sammael? Das würde dir vielleicht gefallen. Wenn du ihn besiegst, kannst du endlich diese Narbe loswerden. Aber ich vergaß: Wie viele Male hast du ihm im Krieg um die Macht gegenübergestanden? Hast du jemals gesiegt? Ich kann mich irgendwie nicht daran erinnern.« Ohne innezuhalten, fuhr sie über Graendal her: »Oder du könntest an der Reihe sein. Aus irgendeinem Grund zögert er, Frauen etwas anzutun, aber du wärst nicht einmal in der Lage, Asmodeans Entscheidung nachzuvollziehen. Du kannst ihm nicht mehr beibringen als ein Stein dem anderen. Es sei denn, er entschlösse sich, dich als Spielzeug zu behalten. Das wäre doch einmal eine Abwechslung, oder? Anstatt dir zu überlegen, welcher deiner hübschen Gespielen dir am besten gefällt, wärst du es, die zu gefallen lernen muß.«

Graendals Gesicht verzerrte sich, und Rahvin bereitete sich darauf vor, sich gegen alles abzuschirmen, was die Frauen einander entgegenschleudern könnten. Er war sogar bereit, schnell ein Fluchttor zu öffnen oder ein klein wenig Baalsfeuer zu schleudern. Dann spürte er, wie Sammael von der Macht durchströmt wurde, spürte auch einen Unterschied darin. Sammael hätte wohl dazu gesagt, er wolle nur einen taktischen Vorteil ergreifen. Er beugte sich schnell vor und packte den anderen Mann am Arm. Sammael schüttelte ihn zornig ab, doch der richtige Augenblick war vorüber. Nun blickten die beiden Frauen zur Abwechslung sie an. Keine konnte wissen, was sich beinahe abgespielt hätte, aber sicher war etwas zwischen Rahvin und Sammael gewesen, was sie mißtrauisch dreinblicken ließ.

»Ich möchte hören, was Lanfear zu sagen hat.« Er sah Sammael nicht an, aber es war für ihn bestimmt. »Es muß doch mehr dran sein als ein närrischer Versuch, uns Angst einzujagen.« Sammael ruckte mit dem Kopf, was sowohl ein zustimmendes Nicken sein konnte wie auch bloße Ungeduld. Das würde reichen.

»Aber sicher, obwohl ein wenig Angst durchaus angebracht wäre.« In Lanfears dunklen Augen war immer noch Mißtrauen zu sehen, doch ihre Stimme war klar wie kristallen sprudelndes Wasser. »Ishamael versuchte, ihn unter seine Kontrolle zu bringen, und er scheiterte. Als er ihn schließlich zu töten versuchte, scheiterte er erneut. Aber Ishamael hat es mit Druck und Angst versucht, und Druck wirkt bei Rand al'Thor nicht.«

»Ishamael war doch schon mehr als zur Hälfte wahnsinnig«, knurrte Sammael, »und weniger als zur Hälfte noch Mensch.«

»Aber wir sind es?« Graendal zog eine Augenbraue hoch. »Einfach nur menschlich? Sicher sind wir doch etwas mehr. Das hier ist menschlich.« Sie streichelte mit einem Finger über die Wange der Frau, die neben ihr kniete. »Man wird einen neuen Ausdruck prägen müssen, um uns zu beschreiben.«

»Was wir auch sein mögen«, sagte Lanfear, »uns kann auf jeden Fall gelingen, woran Ishamael scheiterte.« Sie hatte sich leicht vorgebeugt, als wolle sie den Worten Nachdruck verleihen. Lanfear zeigte selten Anspannung. Warum dann jetzt?

»Warum nur wir vier?« fragte Rahvin. Seine andere Frage würde noch warten müssen.

»Warum sollten wir mehr sein?« gab Lanfear zur Antwort. »Wenn wir es schaffen, am Tag der Rückkehr dem Großen Herrn den Wiedergeborenen Drachen auf Knien zu präsentieren, warum sollten wir dann die Ehre – und die Belohnung – mit anderen teilen, wenn es nicht unbedingt notwendig ist? Und vielleicht kann man ihn sogar dazu benützen, um – wie hast du das ausgedrückt, Sammael? – um abgestorbene Äste abzusägen …«

Das war die Art von Antwort, die bei Rahvin ankam. Nicht, daß er ihr oder den anderen vertraut hätte, ganz gewiß nicht, aber für Ehrgeiz hatte er Verständnis. Die Auserwählten hatten gegeneinander intrigiert bis zu dem Tag, an dem Lews Therin sie mit dem Großen Herrn in dessen Kerker gesperrt hatte. Und dann hatten sie am Tag ihrer Befreiung wieder damit begonnen. Er mußte eben nur sichergehen, daß Lanfears Plan nicht seine eigenen durcheinanderbrachte. »Sprich weiter«, sagte er zu ihr.

»Zuerst einmal: Irgend jemand anders bemüht sich, ihn unter Kontrolle zu bringen. Möglicherweise, um ihn zu töten. Ich habe Moghedien oder Demandred im Verdacht. Moghedien hat immer versucht, aus dem Schatten heraus zu arbeiten, und Demandred hat Lews Therin schon immer gehaßt.« Sammael lächelte oder zog vielmehr eine Grimasse. Sein Haß verblaßte vor demjenigen Demandreds, obwohl er den gewichtigeren Grund hatte.

»Woher weißt du, daß es keiner von uns hier ist?« fragte Graendal schlagfertig.

Lanfears Lächeln entblößte genauso viele Zähne wie das der anderen Frau und verströmte genauso wenig Wärme. »Weil ihr drei euch erst einmal eure eigenen Pfründe erworben und eure Machtpositionen gesichert habt, während die anderen nur aufeinander losgegangen sind. Und aus anderen Gründen. Ich sagte euch ja, daß ich Rand al'Thor genau überwache.«

Was sie über die anderen gesagt hatte, stimmte durchaus. Rahvin selbst bevorzugte Diplomatie und geheime Manipulationen einem offenen Konflikt gegenüber, obwohl er ihn nicht scheute, wenn er notwendig war. Sammael dagegen hatte immer am liebsten Heere zur Eroberung eingesetzt. Er würde sich Lews Therin, nicht einmal dem als Schafhirten wiedergeborenen, auf keinen Fall nähern, bevor er sich seines Sieges nicht sicher war. Auch Graendal zog die Eroberung vor, aber ihre Methoden hatten nichts mit Soldaten zu tun. Obwohl sie sich ständig mit ihren menschlichen Spielzeugen beschäftigte, tat sie normalerweise einen sicheren Schritt nach dem anderen. Ganz offen, was die Auserwählten eben als offen betrachteten, aber sie wagte sich bei keinem Schritt zu weit vor.

»Ihr wißt ja, daß ich ihn unbemerkt im Auge behalten kann«, fuhr Lanfear fort, »aber ihr anderen müßt euch von ihm fernhalten, denn sonst riskiert ihr die Entdeckung. Wir müssen ihn zurückholen …«

Graendal beugte sich interessiert vor, und Sammael begann zu nicken, als sie weitersprach. Rahvin enthielt sich noch seiner Meinung. Es könnte so funktionieren. Falls nicht, sah er mehrere Möglichkeiten, durch ein paar kleine Änderungen Vorteile zu erlangen. Das Ganze könnte sich wirklich gut entwickeln.

KAPITEL 1

Das Feuer wird entfacht

Das Rad der Zeit dreht sich, und die Zeitalter kommen und gehen, hinterlassen Erinnerungen, die zu Legenden werden, verblassen zu bloßen Mythen und sind längst vergessen, wenn das Zeitalter wiederkehrt, das diese Legende einst gebar. In einem Zeitalter, von einigen das Dritte genannt, einem Zeitalter, das noch kommen wird und das schon lange vorbei ist, erhob sich ein Wind im großen Wald, den man den Braem-Forst nannte. Der Wind stand nicht am Anfang. Es gibt weder Anfang noch Ende, wenn sich das Rad der Zeit dreht. Aber es war *ein* Anfang.

Nach Südwesten wehte der Wind unter einer Sonnenscheibe aus geschmolzenem Gold. Im Land unter dem Wind hatte es wochenlang nicht mehr geregnet, und die Hitze dieses Spätsommers wuchs von Tag zu Tag. Zu früh braun verfärbte Blätter sprenkelten einen Teil der Bäume, und blanke Steine wurden von der Sonne gebacken, wo Bäche fließen sollten. Auf einer offenen Fläche, von der das Gras längst verschwunden war und deren dünne Krume nur von den Wurzeln dürrer, verwitterter Sträucher festgehalten wurde, begann der Wind, lange begrabene Steine freizulegen. Auch sie waren verwittert und von der Zeit gezeichnet. Kein menschliches Auge hätte darin die Überreste einer Stadt zu erkennen vermocht, die, längst vergessen, zum Stoff von Legenden geworden war.

Vereinzelt tauchten Dörfer auf, bevor der Wind über die Grenze nach Andor fegte. Auf den Feldern pflügten besorgte Bauern trockene Furchen. Der Wald war zu bloßen Dickichten geschrumpft, als der Wind schließlich den Staub über die einzige Straße eines Dorfes namens Korequellen wirbelte. Selbst die Quellen hier begannen diesen Sommer zu versiegen. Ein paar Hunde lagen schwer schnaufend in der drückenden Schwüle, und zwei Jungen mit bloßen Oberkörpern rannten hinter einer luftgefüllten Rindsblase her, die sie mit Stöcken über den Boden trieben. Sonst rührte sich nichts, außer natürlich dem Wind und dem Staub und dem knarrend einherschwingenden Schild über dem Eingang der Schenke, die wie jedes andere Gebäude an der Straße aus rotem Backstein erbaut und mit einem strohgedeckten Dach versehen war. Mit zwei Stockwerken war es aber das höchste und auch ansonsten größte Gebäude in Korequellen, einem sauberen und ordentlich wirkendem kleinen Dorf. Die gesattelten Pferde, die vor den Schenke angebunden waren, zuckten kaum mit den Schweifen. Das geschnitzte Wirtshausschild gab den Namen als ›Der Guten Königin Recht‹ an.

Min blinzelte in den Staub hinein und preßte ihr Gesicht wieder gegen die grobe Holzwand des Schuppens, damit sie mit einem Auge durch einen Spalt schielen konnte. Sie konnte gerade noch die Schulter des Wachtpostens an der Schuppentür erkennen, doch ihre Aufmerksamkeit galt ganz und gar der Schenke weiter unten an der Straße. Sie wünschte, der Name würde nicht gar so gut als Omen auf ihre Situation passen. Ihr Richter, der hier regierende Lord, war offensichtlich vor einiger Zeit angekommen, aber sie hatte ihn nicht zu sehen bekommen. Zweifellos hörte er sich jetzt die Anklagen der Bauern an. Admer Nem, zusammen mit seinen Brüdern und Cousins und all ihren Frauen, hatte ja dafür gestimmt, sie schnell aufzuhängen, bevor einer aus dem Gefolge des Lords vorbeikam. Sie fragte sich, welche Strafe einen hier erwartete, wenn man eine Scheune samt den darin stehenden Milchkühen niederbrannte. Natürlich unfreiwillig, aber sie glaubte, das zähle wahrscheinlich nicht viel, nachdem sie ja unerlaubt das Land des Besitzers betreten hatten.

Logain war in der allgemeinen Verwirrung entkommen und hatte sie verlassen. Das sah ihm ähnlich – verdammter Kerl! Sie wußte nicht einmal, ob sie darüber froh sein sollte oder nicht. Es war er gewesen, der Nem zu Boden gestoßen hatte, als er sie kurz vor Sonnenaufgang entdeckte. Dabei fiel die Laterne des Mannes ins Stroh. Wenn überhaupt, dann war es seine Schuld. Manchmal fiel es ihm schwer, das zu beachten, was er selbst sagte. Vielleicht war es gut, daß er weg war.

Sie drehte sich um und lehnte sich an die Wand. Dann wischte sie sich den Schweiß vom Gesicht, aber gleich rollten die nächsten Tropfen über ihre Stirn. Im Inneren des Schuppens war es unmenschlich heiß, doch ihre beiden Begleiterinnen schienen das gar nicht zu bemerken. Siuan lag auf dem Rücken ausgestreckt. Sie trug ein dunkles, wollenes Reitkleid, ähnlich dem Mins, und sie blickte hoch zum Dach des Schuppens, wobei sie mit einem Strohhalm gelangweilt auf ihr Kinn klopfte. Leane mit der kupferfarbenen Haut, gertenschlank und groß wie ein Mann, saß im Schneidersitz am Boden, nur im Unterhemd, und arbeitete mit Nadel und Faden an ihrem Kleid. Man hatte ihnen ihre Satteltaschen gelassen, nachdem man sie nach Schwertern oder Äxten oder anderen Dingen abgesucht hatte, die ihnen bei einer Flucht behilflich sein könnten.

»Wie bestraft man in Andor das Niederbrennen einer Scheune?« fragte Min. »Wenn wir Glück haben«, antwortete Siuan ungerührt, »dann prügelt man uns auf dem Dorfplatz. Wenn unser Glück nicht reicht, peitscht man uns richtig aus.«

»Licht!« hauchte Min. »Wie könnt Ihr so etwas als Glück bezeichnen?«

Siuan drehte sich auf die Seite und stützte sich auf einen Ellbogen. Sie war eine kräftige Frau, nicht schön, aber immerhin gutaussehend, und sie wirkte höchstens ein paar Jahre älter als Min, doch diese scharfen, blauen Augen verströmten eine Autorität, wie sie so gar nicht zu einer jungen Frau paßte, die in einem Hinterwäldlerschuppen auf ihre Verurteilung wartete. Manchmal war Siuan genauso schlimm wie Logain, wenn sie sich vergaß, oder vielleicht noch schlimmer. »Wenn man verprügelt wird«, sagte sie in einem ›Red-keinen-Unsinn-und-bleib-auf-dem-Teppich‹-Tonfall, »dann ist es schnell vorbei, und wir können uns wieder auf den Weg machen. Dabei versäumen wir weniger Zeit, als bei jeder anderen Strafe, die ich mir vorstellen kann. Erheblich weniger als durch Hängen, beispielsweise. Aber ich glaube nicht, daß es dazu kommen wird, jedenfalls, soweit ich die Gesetze in Andor kenne.«

Min wurde einen Augenblick lang von Lachen durchgeschüttelt, aber sonst wäre sie vermutlich in Tränen ausgebrochen. »Zeit? Wo wir hingehen, haben wir alle Zeit der Welt. Ich schwöre, daß wir jedes Dorf zwischen Tar Valon und dem hier abgeklappert haben, und doch haben wir nichts gefunden. Keinen Schimmer, nicht einmal ein Gerücht. Ich glaube nicht, daß es tatsächlich einen Treffpunkt gibt. Und wir sind jetzt auch noch zu Fuß. Nach dem zu schließen, was ich aufschnappen konnte, hat Logain die Pferde mitgenommen. Zu Fuß, in einen Schuppen gesperrt, und dann noch auf das Licht weiß was warten müssen!«

»Sprecht keine Namen aus!« flüsterte Siuan scharf. Sie warf einen warnenden Blick in Richtung der grob gezimmerten Tür, hinter der ein Wächter wartete. »Eine lose Zunge, und Ihr zappelt selbst im Netz anstatt des Fisches.«

Min verzog das Gesicht, teils, weil sie die Fischerweisheiten Siuans aus ihrer tairenischen Heimat langsam nicht mehr hören konnte, teils, weil die Frau auch noch dazu recht hatte. Bisher waren sie schneller gewesen als mögliche Berichte über sie, die sie in Verlegenheit bringen konnten – nun ja, tödliche Berichte, um ehrlich zu sein –, aber es gab eben Dinge, die irgendwie an einem Tag hundert Meilen zurücklegen konnten. Siuan war als ›Mara‹ gereist, Leane als ›Amaena‹, und Logain hatte den Namen ›Dalyn‹ angenommen, nachdem ihn Siuan davon überzeugt hatte, daß ›Guaire‹ absolut närrisch gewesen wäre. Min glaubte nach wie vor, niemand werde ihren richtigen Namen herausfinden, doch Siuan bestand darauf, sie ›Serenla‹ zu nennen. Selbst Logain kannte ihre wirklichen Namen nicht.

Das Schlimmste war, daß Siuan nicht daran dachte, aufzugeben. Wochenlang nichts als Mißerfolge, und nun das, aber wenn sie auch nur Tear erwähnte – das vernünftigste Ziel –, dann explodierte sie und schüchterte selbst Logain durch ihre Heftigkeit ein. Je länger sie suchten, ohne zu finden, was immer Siuan zu finden hoffte, desto schlimmer wurden deren Launen. *Na ja, vorher war sie auch schon schlimm genug.* Min war aber klug genug, so etwas nicht auszusprechen.

Leane beendete endlich die Arbeit an ihrem Kleid, zog es sich über den Kopf und faßte dann mit beiden Händen nach hinten, um es zuzuknöpfen. Min begriff nicht, warum sie sich soviel Mühe damit machte; sie selbst haßte die Stopferei oder überhaupt alle Handarbeiten. Der Ausschnitt war jetzt ein wenig tiefer und zeigte etwas von Leanes Busen. Außerdem saß das Kleid jetzt ein bißchen enger an der Brust wie um die Hüften. Aber was wollte sie ausgerechnet hier damit erreichen? In diesem Backofen von Schuppen würde niemand sie zum Tanzen auffordern.

Leane kramte in Mins Satteltaschen herum und zog schließlich das Holzkästchen mit Farbstoffen und Pudern und allen möglichen Kosmetika heraus, das Laras Min noch aufgedrängt hatte, bevor sie aufbrachen. Min hatte es die ganze Zeit über wegwerfen wollen, aber irgendwie hatte sie sich dann doch nie dazu durchringen können. In dem Deckel des Kästchens war ein kleiner Spiegel angebracht, und nach wenigen Augenblicken machte sich Leane mit kleinen Pinseln aus Kaninchenfell an ihrem Gesicht zu schaffen. Zuvor hatte sie sich nie für so etwas interessiert. Jetzt schien sie sich sogar aufzuregen, weil nur eine Ebenholz-Haarbürste vorhanden war und dazu ein kleiner Elfenbeinkamm. Und sie knurrte empört, weil es keine Möglichkeit gab, den Lockenstab zu erhitzen! Ihr dunkles Haar war ein ganzes Stück gewachsen, seit Siuan ihre Suche begonnen hatte, doch es hatte ihre Schultern noch nicht erreicht.

Nachdem sie eine Weile zugesehen hatte, fragte Min: »Was habt Ihr vor, Le… Amaena?« Sie mied es, Siuan anzublicken. Sie hielt ja sonst wirklich den Mund. Aber hier eingesperrt zu sein und lebendig gebacken zu werden, und dazu noch auf eine Gerichtsverhandlung warten zu müssen… Aufgehängt oder öffentlich verprügelt zu werden! Tolle Alternativen! »Habt Ihr euch entschlossen, mit jemandem zu flirten?« Sie hatte es als Scherz gemeint, um etwas Heiterkeit zu verbreiten, doch die sonst immer so nüchterne und tüchtige Frau überraschte sie.

»Ja«, antwortete Leane knapp. Sie blickte mit weit geöffneten Augen in den Spiegel, während sie sorgfältig an ihren Augenbrauen arbeitete. »Und wenn ich mit dem richtigen Mann flirte, müssen wir uns vielleicht keine Sorgen mehr über Prügelstrafe oder ähnliches machen. Zumindest kommen wir dann aber vielleicht etwas leichter weg.«

Min hatte die Hand halb erhoben, um sich das Gesicht wieder abzuwischen, doch nun schnappte sie nach Luft. Das war, als ob eine Eule verkündete, sie werde ab jetzt zum Kolibri werden. Siuan jedoch setzte sich lediglich zurecht und warf Leane einen durchdringenden Blick zu. »Was hat das denn ausgelöst?« fragte sie.

Hätte Siuan sie so angesehen, dann hätte Min vermutlich alles zugegeben, was sie schon längst vergessen glaubte. Wenn sich Siuan so auf jemanden konzentrierte, dann ertappte man sich dabei, wie man knickste und sprang, um schnell jedem Auftrag nachzukommen, bevor es einem selbst klar wurde. Das passierte meistens sogar Logain. Außer, daß er bestimmt nicht knickste.

Leane tupfte sich gelassen mit einem winzigen Pinselchen über die Backenknochen und musterte das Ergebnis in dem kleinen Spiegel. Sie blickte kurz zu Siuan hinüber, aber was sie dort auch immer gesehen haben mochte, jedenfalls antwortete sie im gleichen knappen Ton wie sonst: »Meine Mutter war eine Händlerin, wie Ihr wißt. Sie verkaufte vor allem Felle und Holz. Ich habe einmal beobachtet, wie sie den Verstand eines Lords aus Saldaea so verwirrte, daß er ihr seinen ganzen Jahresbestand an Holz zum halben Preis verkaufte, und ich bezweifle, daß ihm das klar wurde, bevor er wieder zu Hause war. Wenn überhaupt. Später hat er ihr einen Armreif aus Mondstein geschickt. Der Ruf der Domani-Frauen mag übertrieben sein, da er hauptsächlich von prüden alten Jungfern erfunden wurde, die sie auch nur vom Hörensagen kannten, aber einiges daran ist zumindest nicht ganz falsch. Das habe ich bei meiner Mutter und meinen Tanten und natürlich meinen Schwestern und Cousinen gesehen.«

Sie blickte an sich herunter, schüttelte den Kopf und fuhr seufzend fort, während sie fleißig weiterpinselte: »Doch ich fürchte, ich war bereits an meinem vierzehnten Namenstag so groß wie heute. Nur Knie und Ellbogen, die an mir auffielen, wie bei einem Fohlen, das zu schnell gewachsen ist. Und nicht lange, nachdem ich gelernt hatte, durch ein Zimmer zu schreiten, ohne dabei wenigstens zweimal zu stolpern« – sie atmete erst einmal tief durch –, »erfuhr ich, daß mein Leben mich sowieso in eine ganz andere Richtung führen werde und nicht wie die anderen zum Handel. Nun ja, das ist nun auch schon wieder vorüber. Es wird Zeit, daß ich ein wenig von dem verwende, was man mir vor so vielen Jahren beigebracht hat. Unter den gegebenen Umständen könnte ich mir keinen besseren Zeitpunkt und Ort dafür vorstellen.«

Siuan musterte sie einen Augenblick lang abschätzend. »Das ist aber nicht der wahre Grund. Jedenfalls nicht alles. Heraus damit!«

Leane warf einen kleinen Pinsel vehement in das Kästchen und fuhr wütend auf: »Der ganze Grund? Ich kenne den ganzen Grund selbst nicht. Ich weiß nur, daß ich etwas brauche, das in meinem Leben den Platz einnimmt, der früher … was eben jetzt nicht mehr da ist. Ihr habt mir doch selbst gesagt, daß nur darin die Hoffnung auf ein Überleben liege. Für mich reicht Rache als Motivation einfach nicht aus. Ich weiß, daß Eure Sache notwendig ist und vielleicht sogar wertvoll, aber das Licht helfe mir: es reicht nicht aus. Ich kann darin nicht so aufgehen wie Ihr. Vielleicht bin ich damals schon zu alt gewesen. Ich werde bei Euch bleiben, aber Euer Feldzug ist mir eben nicht genug.«

Ihr Zorn verrauchte, als sie begann, die Tiegel und Röhrchen wieder zu verschließen und zurückzulegen. Allerdings tat sie es etwas heftiger als eigentlich notwendig. Die feinste Andeutung von Rosenduft umgab sie. »Ich weiß, daß man die Leere nicht durch Flirten ausfüllen kann, aber wenigstens kann es den Augenblick doch etwas verschönern. Vielleicht reicht es, wenn ich einfach diejenige bin, als die ich geboren wurde. Ich weiß es eben nicht. Das ist auch kein neuer Einfall. Ich wollte immer wie meine Mutter und meine Tanten sein. Ich habe manches Mal noch davon geträumt, als ich längst erwachsen war.«

Leane wurde sichtlich nachdenklich und packte die letzten Gegenstände nun vorsichtiger in das Kästchen ein. »Ich glaube, ich hatte immer schon das Gefühl, mich hinter der Maske einer ganz anderen Person zu verbergen, einer Maske, die ich so sorgfältig formte, bis sie mir zur zweiten Natur wurde. Es galt, ernsthafte Dinge zu vollbringen, gewiß Wichtigeres, als eine Kauffrau zu tun hat, und als mir endlich klar wurde, daß es auch so einen Ausweg gegeben hätte, saß die Maske viel zu fest, um sie wieder abzunehmen. Nun, das ist ja nun alles vorüber, und die Maske fällt jetzt. Ich habe sogar vor einer Woche noch daran gedacht, mit Logain den Anfang zu machen – nur zur Übung natürlich. Allerdings bin ich außer Übung, und er ist die Sorte von Mann, die vielleicht mehr nimmt, als ihr geboten wird.« Ihre Lippen wurden mit einemmal von einem leichten Lächeln umspielt. »Meine Mutter sagte immer, falls so etwas geschehe, habe man sich böse verrechnet. Falls es keinen Ausweg mehr gibt, muß man entweder alle Würde aufgeben und davonlaufen, oder den Preis bezahlen und es als Lehrstunde betrachten.« Das Lächeln wirkte plötzlich ausgesprochen spitzbübisch. »Tante Resara meinte allerdings, man solle den Preis bezahlen und genießen.«

Min konnte da nur den Kopf schütteln. Es war, als sei aus Leane eine ganz andere Frau geworden. So über etwas zu sprechen, das …! Sie konnte kaum glauben, was sie gehört hatte. Und noch dazu sah Leane nun auch tatsächlich verändert aus. Trotz aller Kosmetika, die sie benützt hatte, entdeckte Min auf ihrem Gesicht keine Spur von Puder oder Farbe, und doch wirkten ihre Lippen voller, die Backenknochen höher und die Augen größer. Sie war schon immer eine mehr als nur hübsche Frau gewesen, doch jetzt war sie mindestens fünfmal schöner als zuvor.

Siuan war aber noch nicht ganz fertig mit ihr. »Und wenn dieser Landedelmann genauso wie Logain ist?« fragte sie leise. »Was werdet Ihr dann tun?«

Leane richtete sich steif auf die Knie auf und schluckte erst einmal, bevor sie antwortete. Dann klang ihre Stimme wieder vollkommen beherrscht: »Wenn Ihr die Wahl hättet, was würdet Ihr dann tun?«

Keine zuckte mit der Wimper, und die Stille dehnte sich.

Bevor Siuan antworten konnte, falls sie das überhaupt vorhatte, und Min hätte einiges dafür gegeben, diese Antwort zu hören, rasselte die Kette auf der anderen Seite der Tür, und ein Schlüssel klapperte am Schloß.

Die anderen beiden Frauen standen langsam auf und griffen gelassen nach ihren Satteltaschen, doch Min fuhr hastig hoch und wünschte sich ihr Messer zurück. *Blödsinnig, sich ausgerechnet so etwas zu wünschen,* dachte sie. *Das würde mich in noch größere Schwierigkeiten bringen. Ich bin doch keine verdammte Heldin aus irgendeiner Legende. Selbst wenn ich den Wächter überrumpelte ...*

Die Tür öffnete sich, und ein Mann mit einer langen Lederweste über dem Hemd füllte die gesamte Öffnung aus. Er war kein Typ, wie ihn junge Frauen angreifen würden, nicht einmal mit einem Messer. Vielleicht noch nicht einmal mit einer Axt. Breit gebaut war er und dick. Die wenigen übriggebliebenen Haare auf seinem Kopf waren mehr oder weniger weiß, aber trotz allem wirkte er so hart wie ein alter Eichenstumpf. »Zeit für Euch, Mädels, dem Lord vorgeführt zu werden«, sagte er mürrisch. »Geht Ihr mit, oder müssen wir Euch wie Getreidesäcke schleppen? Ihr werdet auf jeden Fall hingebracht, aber bei dieser Hitze möchte ich Euch nicht gern schleppen.«

Min spähte an ihm vorbei und sah zwei weitere Männer dort warten, grauhaarig, doch genauso hart, wenn auch nicht ganz so groß. »Wir gehen mit«, sagte Siuan trocken zu ihm.

»Gut. Dann kommt. Beeilt Euch. Lord Gareth wird es nicht besonders gefallen, wenn er warten muß.«

Obgleich sie versprochen hatten, mitzukommen, wurde jede von ihnen von einem der Männer mit festem Griff am Arm gepackt. Dann gingen sie die staubige Straße hinauf. Die Hand des beinahe kahlköpfigen

Mannes umschloß Mins Arm wie eine Handschelle. *Na ja, vergessen wir das Wegrennen,* dachte sie bitter. Sie überlegte, ob sie ihm gegen ein gestiefeltes Bein treten solle, in der Hoffnung, er werde dann den Griff lockern, aber er wirkte so massiv, daß sie vermutete, es werde ihr lediglich einen kaputten Zeh einbringen und dann würde er sie wohl den Rest des Weges hinter sich herschleifen.

Leane schien gedankenverloren. Sie gestikulierte ein wenig mit ihrer freien Hand und bewegte lautlos die Lippen, als probe sie, was sie sagen wolle, doch immer wieder schüttelte sie den Kopf und begann erneut. Auch Siuans Blick war nach innen gerichtet, doch sie hatte ganz offen besorgt die Stirn gerunzelt und kaute auf ihrer Unterlippe herum. Siuan zeigte doch sonst nicht solche Nervosität! Alles in allem half der Anblick der beiden Min gewiß nicht, mehr Mut zu gewinnen.

Der Schankraum von ›Der Guten Königin Recht‹ mit seinen mächtigen Deckenbalken tat ein übriges, ihr Herz weiter sinken zu lassen. Admer Nem, mit strähnigem Haar und einer gelblich angelaufenen Schwellung um das eine Auge, stand an der einen Seite, zusammen mit einem halben Dutzend genauso kräftiger Brüder und Cousins und ihren Frauen, alle mit dem besten Wams und die Frauen mit weißen Schürzen angetan. Die Bauern musterten die drei Gefangenen mit einer Mischung aus Zorn und Befriedigung, die Min den Magen umdrehte. Allerdings waren die Blicke der Bauersfrauen schlimmer als die der Männer: Purer Haß schlug ihnen da entgegen. An den übrigen Wänden des Schankraums standen die Dorfbewohner in Sechserreihen, alle zur Arbeit gekleidet, die sie unterbrochen hatten, um hier zu erscheinen. Der Schmied trug noch seinen Lederschurz und einige der Frauen hatten die Ärmel hochgekrempelt, und an ihren Armen klebte noch Mehl. Der Raum war erfüllt von ihrem Schwatzen. Die Alten redeten mindestens genausoviel wie die wenigen anwesenden Kinder, und aller Blicke waren genau wie die der Nems auf die drei Frauen gerichtet. Min hatte das Gefühl, sie seien in etwa die größte Sensation, die Korequellen jemals erlebt hatte. Einmal schon hatte sie eine Menschenmenge in diesem Erregungszustand erlebt. Das war bei einer Hinrichtung gewesen.

Man hatte alle Tische entfernt, bis auf einen, der vor dem großen, gemauerten Kamin stand. Hier saß ein breitgesichtiger, stämmiger Mann mit dicken grauen Strähnen im Haar und einem gutgeschnittenen Wams aus grüner Seide bekleidet und blickte sie, die Hände vor sich auf der Tischplatte gefaltet, an. Daneben stand eine schlanke Frau, etwa gleichen Alters in einem vornehmen grauen Wollkleid, dessen Halsausschnitt mit weißen Blumenstickereien eingefaßt war. Wohl der Herr dieser Gegend mit seiner Gattin, vermutete Min – Landadel, der meist nicht besser wußte, was in der Welt vor sich ging, als die Pächter und Kleinbauern.

Die Wächter führten sie vor den Tisch des Lords und traten dann in die Zuschauermenge zurück. Die grau gekleidete Frau trat vor und das Gemurmel erstarb.

»Alle hier Anwesenden, hört und leiht mir Euer Ohr«, verkündete die Frau, »denn heute wird Lord Gareth Bryne Gerechtigkeit walten lassen. Gefangene, Ihr wurdet gerufen, um das Urteil von Lord Bryne zu empfangen.« Also war sie zumindest nicht Lady Bryne, sondern vielleicht nur irgendeine Beamtin. Gareth Bryne? Soweit sich Min noch erinnerte, war er Generalhauptmann der Königlichen Garde in Caemlyn gewesen; falls dies derselbe Mann war. Sie blickte zu Siuan hinüber, doch die hatte den Blick auf die breiten Holzbohlen des Fußbodens gesenkt und blickte nicht auf. Wer er auch sei, dieser Bryne jedenfalls wirkte müde.

»Ihr werdet beschuldigt«, fuhr die Frau in Grau fort, »nachts unerlaubt fremdes Eigentum betreten zu haben, dazu der Brandstiftung, der Zerstörung eines

Gebäudes und dessen, was es enthielt, der Tötung von wertvollem Viehbestand, des körperlichen Angriffs auf die Person von Admer Nem und des Diebstahls einer Börse, die Gold und Silbermünzen enthalten haben soll. Es wird angenommen, daß der Angriff und der Diebstahl das Werk Eures entflohenen Begleiters waren, aber unter dem Gesetz seid auch Ihr drei gleichermaßen verantwortlich und müßt dafür belangt werden.«

Sie legte eine Pause ein, damit auch alle ihre Worte begriffen, und Min tauschte einen bedauernden Blick mit Leane. Logain mußte auch unbedingt etwas stehlen, um das Durcheinander noch zu vergrößern! Er war wohl mittlerweile auf halbem Weg nach Murandy, wenn nicht noch weiter weg.

Einen Augenblick später begann die Frau von neuem: »Eure Ankläger befinden sich hier, um Euch gegenüberzutreten.« Sie deutete auch die Gruppe der Nems. »Admer Nem, Ihr werdet nun Eure Aussage machen.«

Der kräftige Mann schob sich vorwärts, einerseits aufgeblasen vor Wichtigtuerei, andererseits aber sichtlich nervös. Er zupfte an seinem Wams herum, dessen Holzknöpfe mit Mühe seinen Bauch zurückhielten, und dann fuhr er sich mit den Händen durch sein dünnes Haar, das ihm immer wieder ins Gesicht fiel. »Wie ich schon sagte, Lord Gareth, war es also so …«

Er berichtete einigermaßen klar und ohne Abschweifungen, wie er sie auf dem Heuboden entdeckt und zum Gehen aufgefordert hatte. Allerdings machte er Logain beinahe einen Fuß größer, als er tatsächlich war, und aus dem einzigen Schlag des Mannes machte er eine Rauferei, in der er – Nem – genausoviel ausgeteilt wie abbekommen habe. Die Laterne fiel um, das Heu brannte lichterloh, und der Rest der Familie stürzte aus dem Bauernhaus in die beginnende Dämmerung hinaus. Man packte die Gefangenen, und die Scheune brannte bis zum Grund ab. Dann entdeckte man den Verlust der Börse, die sich im Haus befunden hatte. Er streifte den Teil des Berichts lediglich ganz kurz, als der Dienstmann Lord Brynes vorbeigeritten war, während einige Familienmitglieder gerade Seile geholt und die Äste der umstehenden Bäume prüfend beäugt hatten.

Als er schließlich erneut bei der Rauferei landete und diesmal gar zu gewinnen schien, unterbrach ihn Bryne: »Das genügt schon, Meister Nem. Ihr könnt zurücktreten.«

Statt dessen trat jedoch eine der Nemfrauen – typisch rundes Gesicht und etwa gleichalt wie Nem, vermutlich seine Frau – zu ihm hin. Rund war ihr Gesicht wohl, doch es wirkte nicht weich: rund wie eine Bratpfanne oder ein Flußkiesel und rot vor Zorn. »Laßt nur diese Schlampen tüchtig auspeitschen, Lord Gareth, ja? Laßt sie tüchtig auspeitschen und dann rädern, bis sie nach Jornhill gerollt sind!«

»Niemand hat Euch zu sprechen aufgerufen, Maigan«, sagte die schlanke Frau in Grau in scharfem Ton. »Das hier ist eine Gerichtsverhandlung, und Petitionen sind hier nicht erwünscht! Admer und Ihr werdet jetzt zurücktreten. Sofort!« Sie gehorchten; Admer eine wenig eifriger als Maigan. Die graugekleidete Frau wandte sich nun Min und ihren Gefährtinnen zu. »Wenn Ihr wünscht, eine Aussage zu machen, ob zu Eurer Verteidigung oder um Strafmilderung zu erbitten, dann dürft Ihr jetzt sprechen.« In ihrer Stimme schwang keinerlei Sympathie mit, aber auch sonst kein Gefühl.

Min erwartete, daß sich Siuan nun äußern werde, denn sie übernahm ja auch sonst die Führung und sprach für die anderen, doch die rührte sich nicht und blickte nicht einmal auf. Statt dessen trat Leane zum Tisch hin und sah den Mann dahinter an.

Sie stand so gerade aufgerichtet da wie immer. Normalerweise bewegte sie sich durchaus graziös, wenn auch nicht weiter auffällig, doch nun war aus ihrem Schritt ein Dahingleiten geworden, mit einem leicht angedeuteten Hüftschwung dazu. Irgendwie wirkten ihre Hüften und ihr Busen auffälliger als sonst. Nicht, daß sie etwas übermäßig betonte; man wurde sich dessen lediglich etwas mehr bewußt als für gewöhnlich. »Mein Lord, wir sind drei hilflose Frauen, Flüchtlinge vor den Stürmen, die über die Welt fegen.« Ihr knapper, geschäftsmäßiger Tonfall war verschwunden. Nun klang ihre Stimme wie eine samtige Liebkosung. In ihren dunklen Augen leuchtete etwas wie eine unterschwellige Herausforderung. »Mittellos und verirrt suchten wir Unterschlupf in Meister Nems Scheune. Ich weiß, daß es nicht gut war, aber wir fürchteten die Nacht.« Eine kleine Geste nur – halb erhobene Hände, die Innenseiten ihrer Handgelenke Bryne zugewandt – ließ sie einen Moment lang völlig hilflos erscheinen. Allerdings nur einen Moment lang. »Der Mann Dalyn war an sich ein Fremder für uns, ein Mann, der uns seinen Schutz anbot. Heutzutage müssen alleinstehende Frauen einen Beschützer haben, mein Lord, doch ich fürchte, wir haben eine schlechte Wahl getroffen.« Ihre Augen weiteten sich. Ein hilfesuchender Blick sagte ihm, er sei ein weit besserer Beschützer für sie. »Er hat tatsächlich Meister Nem angegriffen, mein Lord. Wir wären ansonsten geflohen oder hätten zur Bezahlung unserer nächtlichen Unterkunft gearbeitet.« Sie ging um den Tisch herum und kniete graziös neben Brynes Stuhl nieder. Die Finger ihrer einen Hand ruhten auf seinem Unterarm, während sie zu ihm aufblickte. Ein leichtes Beben schlich sich in ihre Stimme ein, doch ihr angedeutetes Lächeln würde wohl den Herzschlag jedes Mannes beschleunigen. »Mein Lord, wir sind eines winzig kleinen Verbrechens schuldig, aber keineswegs all dessen, wessen wir beschuldigt werden. Wir unterwerfen uns Eurer Gnade. Ich bitte Euch, mein Lord, habt Mitleid mit uns und schützt uns.«

Einen langen Augenblick über sah ihr Bryne in die Augen. Dann räusperte er sich laut, schob seinen Stuhl nach hinten und ging auf der anderen Seite des Tisches herum nach vorn. Unruhe breitete sich unter den Dorfbewohnern und Bauern aus. Die Männer räusperten sich wie ihr Lord zuvor, und die Frauen schwatzten leise vor sich hin. Bryne blieb vor Min stehen. »Wie heißt Ihr, Mädchen?«

»Min, mein Lord.« Sie vernahm einen gedämpften Laut aus Siuans Richtung und fügte hastig hinzu: »Serenla Min. Jeder nennt mich nur Serenla, Lord.«

»Eure Mutter muß eine Vorahnung gehabt haben«, murmelte er lächelnd. Er war nicht der erste, der auf diesen Namen so reagierte. »Habt Ihr irgendeine Aussage zu machen, Serenla?«

»Nur, daß es mir sehr leid tut, Lord Gareth, und daß es wirklich nicht unsere Schuld war. Dalyn hat alles getan. Ich bitte um Gnade, Lord.« Das schien sehr schwach, verglichen mit Leanes Vorstellung, doch die war so gut gewesen, daß einfach alles daneben verblassen mußte. Ihr fiel nichts Besseres ein. Ihr Mund war ebenso trocken wie die Straße draußen. Was, wenn er sich entschloß, sie aufzuhängen?

Er nickte und trat vor Siuan hin, die immer noch den Fußboden betrachtete. So faßte er mit der Hand unter ihr Kinn und hob ihren Kopf an, damit er in ihre Augen sehen konnte. »Und wie heißt Ihr, Mädchen?«

Mit einem Ruck entzog Siuan ihr Kinn seinem Griff und trat einen Schritt zurück. »Mara, mein Lord«, flüsterte sie. »Mara Tomanes.«

Min stöhnte leise. Siuan hatte offensichtlich Angst, und doch starrte sie gleichzeitig den Mann trotzig an. Beinahe hätte sie erwartet, daß Siuan im nächsten Moment von Bryne verlangte, er solle sie auf der Stelle laufen lassen. Er fragte sie statt dessen, ob sie eine Aussage machen wolle, und sie lehnte es mit einem weiteren zittrigen Flüstern ab. Dabei sah sie ihn die ganze Zeit

über an, als trage sie hier die Verantwortung. Ihre Zunge hatte sie unter Kontrolle, ihre Augen aber ganz gewiß nicht.

Nach einer Weile wandte sich Bryne ab. »Nehmt wieder Euren Platz bei Euren Freundinnen ein, Mädchen«, sagte er zu Leane, als er zu seinem Stuhl zurückkehrte. Sie schloß sich den beiden anderen mit offener Enttäuschung im Blick an. Auch ein wenig Gereiztheit schien Min in diesem Blick zu liegen.

»Ich habe meine Entscheidung getroffen«, sagte Bryne in den Raum hinein, ohne jemanden direkt anzusprechen. »Die Verbrechen sind ernst zu nehmen, und nichts von dem, was ich gehört habe, ändert etwas daran. Wenn sich drei Männer in das Haus eines anderen einschleichen, um seine Kerzenhalter zu stehlen, und einer davon greift auch noch den Eigentümer an, dann sind alle drei in gleichem Maße schuldig. Es muß eine Entschädigung geben. Meister Nem, ich werde Euch die Kosten ersetzen, damit Ihr eure Scheune wieder aufbauen könnt, und dazu noch den Preis von sechs Milchkühen.« Die Augen des kräftigen Bauern begannen zu strahlen, bis Bryne hinzufügte: »Caralin wird Euch auszahlen, sobald sie sich von den Kosten und Preisen überzeugt hat. Einige Eurer Kühe gaben keine Milch mehr, wie ich hörte.« Die schlanke Frau in Grau nickte befriedigt. »Für die Beule an Eurem Kopf gewähre ich Euch eine Silbermark. Beklagt Euch nicht«, sagte er streng, als Nem den Mund öffnete. »Maigan hat Euch schon schlimmere Beulen geschlagen, weil Ihr zuviel getrunken habt.« Gelächter machte sich unter den Zuschauern breit, und das wurde auch durch Nems teils schuldbewußtes, aber zorniges Funkeln nicht gedämpft. Ja, der Blick, den Maigan ihrem Mann zuwarf, sorgte womöglich noch für mehr Heiterkeit. »Ich werde auch den Betrag in der gestohlenen Börse ersetzen. Sobald Caralin unwiderruflich festgestellt hat, wieviel darin war.« Nem und seine Frau erschienen diesmal in gleichem Maße verärgert, aber sie hielten den Mund. Es war eindeutig, daß er ihnen soviel zuerkannt hatte, wie es ihm richtig erschien, und nichts mehr hinzufügen werde. In Min keimte wieder Hoffnung auf.

Bryne stützte die Ellbogen auf den Tisch und wandte seine Aufmerksamkeit Min und den anderen beiden zu. Seine bedächtigen Worte verursachten ihr Magenkrämpfe. »Ihr drei werdet für mich arbeiten, und zwar zum normalen Lohn für die Euch zugewiesenen Arbeiten, bis der von mir angeordnete Betrag wieder zurückverdient ist. Haltet mich nicht für milde. Falls Ihr einen Eid ablegt, der mich zufriedenstellt, könnt Ihr unbewacht in meinem Herrenhaus arbeiten. Falls nicht, bedeutet das für Euch Feldarbeit, wo Euch immer jemand im Auge hat. Die Löhne dafür sind niedriger, aber Ihr habt die Wahl.«

Verzweifelt zerbrach sie sich den Kopf nach dem schwächsten Eid, mit dem sie hier noch durchkäme. Sie haßte normalerweise, ihr Wort zu brechen, aber sie hatte vor, davonzulaufen, sobald sich eine passende Gelegenheit böte. Allerdings wollte sie auch keinen zu schlimmen Meineid auf dem Gewissen haben.

Auch Leane schien nach einer Lösung zu suchen, aber Siuan zögerte kaum. Sie kniete nieder und faltete die Hände über dem Herz. Ihr Blick ruhte fest in dem Brynes, und die Herausforderung darin war kein bißchen schwächer geworden. »Beim Licht und bei meiner Hoffnung auf Rettung und Wiedergeburt schwöre ich, Euch auf jede Art zu dienen, wie Ihr es für notwendig haltet und solange Ihr es verlangt, sonst soll der Schöpfer auf ewig sein Antlitz von mir wenden und die Dunkelheit meine Seele verschlingen.« Sie sprach schwer atmend und im Flüsterton, doch ihre Worte riefen Totenstille hervor. Es gab keinen stärkeren Eid, außer höchstens demjenigen, mit dem eine Frau zur Aes Sedai gemacht wurde und an den die Eidesrute sie band, als sei er ein Teil ihrer selbst.

Leane starrte Siuan an. Dann lag auch sie auf den Knien. »Beim Licht und meiner Hoffnung auf Rettung und Wiedergeburt ...«

Min dachte krampfhaft nach und suchte nach einem Ausweg. Wenn sie einen weniger bedeutsamen Eid schwor als die anderen, würde sie bestimmt auf die Felder geschickt. Dann stand sie dauernd unter Beobachtung. Aber dieser Eid ... Man hatte sie gelehrt, daß in diesem Fall ein Meineid nicht viel weniger bedeutete als ein Mord. Doch sie fand einfach keinen Ausweg. Entweder dieser Eid, oder vielleicht jahrelang den ganzen Tag über auf dem Feld schuften und nachts möglicherweise auch noch eingeschlossen werden. So sank sie neben den beiden anderen Frauen auf die Knie und murmelte die Eidesformel. In ihr war alles aufgewühlt. *Siuan, du bist völlig verrückt geworden! Wo hast du mich jetzt hineingezogen? Ich kann nicht hierbleiben! Ich muß zu Rand! Oh, Licht, hilf mir!*

»Also«, hauchte Bryne, als das letzte Wort gefallen war, »das hatte ich nicht erwartet. Aber es reicht ganz sicher aus. Caralin, würdet Ihr euch mit Meister Nem zusammensetzen und herausfinden, wie hoch er seinen Verlust beziffert? Und laßt alle bis auf diese drei nun aus dem Raum entfernen, bitte. Könnt Ihr auch dafür sorgen, daß man sie zum Herrenhaus bringt? Unter diesen Umständen halte ich eine Bewachung für überflüssig.«

Die schlanke Frau warf ihm einen frustrierten Blick zu, doch nach kurzer Zeit hatte sie die Menschenmenge dazu gebracht, den Raum in einem wilden Durcheinander zu verlassen. Admer Nem und seine männliche Verwandtschaft hielten sich bei ihr auf und warteten. Auf seinem Gesicht stand ganz deutlich die Gier geschrieben. Die Nemfrauen wirkten ein bißchen weniger raffgierig, aber sie warfen dafür Min und den anderen beiden, die nach wie vor am Boden knieten, noch ein paar böse Blicke zu. Min glaubte ohnehin, daß ihre

Beine sie nicht mehr tragen würden, so schwach fühlte sie sich. In ihrem Verstand drehte sich alles um die gleichen Sätze: *Oh, Siuan, warum nur? Ich kann doch nicht hierbleiben! Ich kann nicht!*

»Wir haben hier nicht viele Flüchtlinge zu sehen bekommen«, sagte Bryne, als die letzten der Dorfbewohner weg waren. Er lehnte sich auf seinem Stuhl zurück und musterte sie. »Und ganz sicher kein so eigenartiges Trio wie Euch. Eine Domani. Eine aus Tear?« Siuan nickte knapp. Sie und Leane erhoben sich. Die schlanke Frau mit der kupferfarbenen Haut strich sich sanft den Staub von den Knien, während Siuan einfach dastand. Min schaffte es schließlich, ebenfalls aufzustehen, aber mit sehr weichen Knien. »Und Ihr, Serenla.« Wieder stand auf seinem Gesicht ein Anflug von Lächeln, als er ihren Namen aussprach. »Irgendwo aus dem Westen Andors, wenn ich Euren Dialekt richtig einordne.«

»Baerlon«, stammelte sie und biß sich zu spät auf die Zunge. Vielleicht wußte jemand, daß Min aus Baerlon stammte.

»Ich habe aus dem Westen doch gar nichts Beunruhigendes gehört, was die Menschen zum Fliehen bringen könnte«, kommentierte er in erstauntem Ton. Als sie aber schwieg, ließ er es damit bewenden. »Nachdem Ihr eure Schuld abgearbeitet habt, könnt Ihr gern in meinen Diensten verbleiben. Das Leben ist oft sehr schwer für Menschen, die ihr Heim verloren haben, und selbst der Schlafplatz einer Dienstmagd ist noch besser, als unter einem Busch schlafen zu müssen.«

»Vielen Dank, Eure Lordschaft«, sagte Leane einschmeichelnd, und sie machte einen so graziösen Knicks, daß es selbst bei ihrem grobgewebten Reitkleid wirkte, als sei es Teil eines Tanzes. Mins Echo klang bleiern und sie vertraute ihrer Standfestigkeit nicht genug, um einen Knicks zu wagen. Siuan stand da, sah ihn an und sagte nichts.

»Wie schade, daß Euer Begleiter die Pferde mitgenommen hat. Vier Pferde würde Eure Schulden um einiges reduzieren.«

»Er war ein Fremder und ein Schurke dazu«, sagte Leane zu ihm, und ihre Stimme klang, als sage sie ihm etwas sehr Intimes. »Was mich betrifft, bin ich nur zu froh, Euren Schutz gegen den Seinen zu tauschen, mein Lord.«

Bryne betrachtete sie – anerkennend, wie Min meinte –, doch alles, was er sagte, war: »Zumindest werdet Ihr im Herrenhaus vor den Nems sicher sein.«

Er bekam keine Antwort darauf. Min dachte sich, daß der Unterschied nicht gerade groß sei, ob man nun in Brynes Herrenhaus den Fußboden schrubbte oder im Bauernhaus der Nems. *Wie komme ich hier nur heraus? Licht, wie bloß?*

Das Schweigen dehnte sich. Lediglich das Geräusch von Brynes Fingern war zu hören, mit denen er auf den Tisch trommelte. Man hätte glauben können, er wisse einfach nicht, was er sagen sollte, doch Min glaubte nicht, daß dieser Mann je aus dem Gleichgewicht kam. Eher war er leicht erzürnt darüber, daß außer Leane keine von ihnen Dankbarkeit zeigte. Sie schätzte, von seiner Warte aus gesehen hätte das Urteil durchaus viel strenger ausfallen können. Vielleicht hatten sich Leanes heiße Blicke und ihre stimmlichen Streicheleinheiten doch ausgewirkt, aber Min wünschte sich trotzdem, die Frau wäre dieselbe geblieben wie vorher. An den Armen auf dem Dorfplatz aufgehängt zu werden wäre noch besser als dies jetzt.

Endlich kehrte Caralin zurück, wobei sie in sich hineingrollte. Es klang äußerst spitz, als sie Bryne berichtete: »Es wird Tage dauern, aus den Nems ehrliche Antworten herauszukriegen, Lord Gareth. Admer hätte am liebsten fünf neue Scheunen und fünfzig Kühe, wenn ich ihm freie Hand ließe. Ich glaube wohl, daß da tatsächlich eine Geldbörse war, aber wieviel sich drin befand …« Sie schüttelte den Kopf und seufzte. »Ich werde es schon noch herausfinden. Joni ist jedenfalls bereit, diese Mädchen zum Herrenhaus zu bringen, falls Ihr mit ihnen fertig seid.«

»Bringt sie weg, Caralin«, sagte Bryne und erhob sich. »Wenn Ihr sie weggebracht habt, kommt zu mir in die Ziegelei.« Er klang nun wieder erschöpft. »Dieser Haren sagt, er brauche mehr Wasser, wenn er weiterhin Ziegel machen soll, und das Licht allein weiß, woher ich ihm das besorgen kann.« Er schritt aus dem Schankraum, als habe er die drei Frauen vergessen, die eben erst geschworen hatten, ihm zu dienen.

Joni stellte sich als der breit gebaute Mann mit der Halbglatze heraus, der sie aus dem Schuppen geholt hatte. Er wartete vor der Schenke neben einem hochrädrigen, mit einer Zeltplane bedeckten Karren und einem mageren braunen Pferd zwischen den Deichseln. Ein paar Dorfbewohner standen herum, um ihre Abfahrt zu beobachten, aber die meisten schienen wieder nach Hause gegangen zu sein, um sich nicht länger als notwendig dieser Hitze auszusetzen. Gareth Bryne befand sich bereits ein gutes Stück weiter unten auf der Lehmstraße.

»Joni wird Euch sicher zum Herrenhaus bringen«, sagte Caralin. »Tut, was man Euch aufträgt, und Ihr werdet sehen, daß Euer Leben keineswegs schwer sein wird.« Einen Augenblick lang musterte sie die drei abschätzend. Ihre dunklen Augen blickten beinahe so scharf drein wie die Siuans. Dann nickte sie zufrieden und eilte hinter Bryne her.

Joni hielt ihnen die Plane am hinteren Ende des Karrens hoch, half ihnen aber nicht beim Hineinklettern. Sie suchten sich ihre Sitzplätze auf dem Holzboden des Gefährts. Es war nicht einmal eine Handvoll Stroh zum Auspolstern vorhanden, und unter der schweren Plane staute sich die Hitze. Er sagte kein Wort. Der Karren schaukelte, als er auf den Bock kletterte. Die Plane war vorn geschlossen und deshalb konnten sie ihn nicht sehen. Min hörte, wie er dem Pferd zuschnalzte, und dann setzte sich das Gefährt schlingernd in Bewegung. Die Räder quietschten leicht, wenn sie gelegentlich über Schlaglöcher fuhren.

Der Spalt in der Plane hinten war gerade breit genug, daß Min beobachten konnte, wie sich hinter ihnen das Dorf entfernte, bis es ihrem Blick schließlich entschwand. Es wurde ersetzt durch Reihen von Hecken und eingezäunte Felder. Sie war immer noch zu betäubt, um mit den anderen zu sprechen. Siuans großartige Lebensaufgabe endete damit, daß sie Töpfe und Fußböden schrubbten. Sie hätte dieser Frau niemals helfen oder sie gar begleiten dürfen. Statt dessen hätte sie bei der ersten Gelegenheit nach Tear reiten sollen.

»Na also«, sagte Leane mit einemmal, »das hat sich heute ja gar nicht so schlecht entwickelt.« Sie sprach wieder in dem üblichen knappen Tonfall, doch etwas Erregung – freudige Erregung! – schwang darin mit, und ihre Wangen waren gerötet. »Es hätte besser laufen können, aber mit mehr Übung klappt das schon.« Ihr leises Lachen klang schon beinahe wie Kichern. »Es war mir überhaupt nicht klar, wieviel Spaß so etwas machen kann. Als ich spürte, wie sich sein Pulsschlag beschleunigte …« Einen Augenblick hielt sie ihre Hand genauso, wie sie sie auf Brynes Unterarm gelegt hatte. »Ich habe mich wohl noch nie so lebendig, so wach gefühlt. Tante Resara hat ja immer behauptet, die Jagd auf Männer mache mehr Spaß als die Falkenbeiz, aber das hatte ich bis heute nie richtig verstanden.«

Min hielt sich mühsam fest, um das Schwanken des Karrens auszugleichen, und blickte Leane mit großen Augen an. »Ihr müßt verrückt geworden sein«, sagte sie schließlich. »Für wie viele Jahre haben wir unseren Diensteid geschworen? Zwei? Fünf? Ich schätze, Ihr hofft, daß Ihr sie mehr oder weniger auf Gareth Brynes Schoß verbringen werdet? Also, ich hoffe ja, er wird

Euch statt dessen übers Knie legen! Und zwar jeden Tag!« Leanes überraschter Gesichtsausdruck reichte nicht, um ihre Laune zu verbessern. Erwartete sie von Min, daß sie alles genauso ruhig hinnehmen werde wie sie selbst? Aber eigentlich war Min ja nicht auf Leane so wütend. So drehte sie sich zur Seite und funkelte Siuan zornig an. »Und Ihr! Wenn Ihr euch entschließt, aufzugeben, dann tut Ihr das wohl in ganz großem Stil! Dann spielt Ihr gleich das Schlachtopfer. Warum habt Ihr ausgerechnet *diesen* Eid gewählt? Licht, warum?«

Siuan entgegnete: »Weil genau der der einzige Eid war, bei dem ich sicher sein konnte, daß man uns danach nicht Tag und Nacht unter Bewachung halten würde, ob wir nun im Herrenhaus sind oder woanders.« Sie streckte sich auf den rauhen Planken des Karrenbodens ein wenig aus und ließ alles so selbstverständlich klingen, als sei es das Einfachste auf der Welt. Und Leane schien vollkommen mit ihr übereinzustimmen.

»Ihr habt vor, meineidig zu werden«, sagte Min nach einem Augenblick des erschrockenen Überlegens. Es kam als verängstigtes Flüstern heraus, und dabei blickte sie noch besorgt die Plane an, hinter der Joni verborgen saß. Sie glaubte aber nicht, daß er es gehört haben konnte.

»Ich werde tun, was sein muß«, sagte Siuan mit fester Stimme, wenn auch leise. »In zwei oder drei Tagen, wenn ich sicher sein kann, daß sie uns auch wirklich nicht mehr kontrollieren, fliehen wir. Ich fürchte, wir müssen Pferde stehlen, da unsere eigenen weg sind. Bryne dürfte gute Stallungen haben. Das werde ich bedauern.« Und Leane saß einfach nur da wie eine Katze mit Sahne auf den Schnurrbarthaaren. Ihr mußte dieser Plan von Anfang an klargewesen sein. Deshalb hatte sie nicht gezögert, den Eid abzulegen.

»Ihr würdet es bedauern, Pferde zu stehlen?« fragte Min heiser und sarkastisch. »Ihr plant, einen Eid zu brechen, den jeder bis auf einen Schattenfreund einhalten würde, und dann bedauert Ihr es, Pferde zu stehlen? Ich kann Euch beiden einfach nicht folgen. Ich *kenne* Euch beide ja überhaupt nicht!«

»Wollt Ihr im Ernst hierbleiben und Töpfe auskratzen?« fragte Leane mit ebenso leiser Stimme. »Und das, obwohl Rand dort draußen ist und Euer Herz in der Tasche trägt?«

Min starrte schweigend und zornig vor sich hin. Sie wünschte, die beiden hätten niemals herausbekommen, daß sie Rand al'Thor liebte. Manchmal wünschte sie sich, ihr selbst wäre das niemals klar geworden. Ein Mann, dem kaum bewußt war, daß es sie gab! Was er jetzt nicht mehr war, schien ihr genauso bedeutungsvoll, wie die Tatsache, daß er sie nie richtig beachtet hatte. Es paßte wirklich alles zusammen. Sie hätte gern gesagt, sie werde sich an ihren Eid halten und Rand vergessen, bis sie die Schuld abgearbeitet habe. Nur brachte sie den Mund nicht auf, um die Worte auszusprechen. *Seng ihn! Wenn ich ihn niemals kennengelernt hätte, wäre ich jetzt nicht in dieser Klemme!*

Als sich das Schweigen zwischen ihnen viel zu lange gehalten hatte, was Min unangenehm berührte, und nur das rhythmische Quietschen der Räder und das gedämpfte Hufegeklapper des Pferdes zu hören war, sagte Siuan schließlich: »Ich habe vor, zu tun, was ich geschworen habe. Nachdem ich das erledigt habe, was ich zuerst in Angriff nehmen *muß*. Ich habe nicht geschworen, ihm jetzt sofort zu dienen. Ich habe mir Mühe gegeben, das nicht einmal in Worten anzudeuten. Ich weiß, das ist nur eine Spitzfindigkeit, die Gareth Bryne möglicherweise nicht einsehen wird, aber es stimmt trotzdem.«

Min sackte erschlagen in sich zusammen und ließ sich widerstandslos vom Karren durchschütteln. »Ihr habt vor, davonzulaufen, und dann wollt Ihr in ein paar Jahren wieder auftauchen und Euch Bryne ausliefern? Der Mann wird Eure Haut an eine Gerberei verkaufen! Unsere Haut!« Erst nachdem sie das ausgesprochen hatte, wurde ihr bewußt, daß sie Siuans Lösung akzeptiert hatte. Weglaufen, und dann zurückkommen und … *Das kann ich nicht! Ich liebe Rand. Und er würde es nicht einmal bemerken, falls mich Gareth Bryne den Rest meines Lebens über in seiner Küche schuften läßt!*

»Kein Mann, dessen Zorn man erregen sollte, da stimme ich Euch zu«, seufzte Siuan. »Ich bin ihm schon einmal begegnet. Ich hatte furchtbare Angst, daß er heute meine Stimme erkennen könnte. Gesichter mögen sich ändern, aber Stimmen nicht.« Sie berührte staunend ihr eigenes Gesicht. Das war eine Angewohnheit bei ihr, die sie offensichtlich gar nicht bemerkte. »Gesichter verändern sich«, murmelte sie. Dann klang ihre Stimme wieder entschlossen. »Ich habe bereits einen hohen Preis für das bezahlt, was ich tun mußte, und ich werde auch diesen zahlen. Irgendwann einmal. Wenn Ihr die Wahl habt, entweder zu ertrinken oder auf einem Hai zu reiten, dann reitet Ihr eben und hofft, es werde gut gehen. Mehr ist da nicht dran, Serenla.«

»Ich würde eine Zukunft als Dienerin nicht gerade freiwillig erwählen«, sagte Leane, »aber es liegt nun einmal in der Zukunft, und wer weiß, was bis dahin alles geschieht? Ich kann mich noch zu gut daran erinnern, daß ich glaubte, ich hätte überhaupt keine Zukunft.« Ein leichtes Lächeln umspielte ihre Lippen, sie schloß die Augen halb, und ihre Stimme klang wie Samt: »Außerdem glaube ich nicht, daß er unsere Haut zu Markte tragen wird. Laßt mich ein paar Jahre Übung haben und gebt mir dann wenige Minuten mit Lord Gareth Bryne. Dann wird er uns mit offenen Armen empfangen und uns in seinen besten Zimmern einquartieren. Er wird uns mit Seide bedecken und uns seine Kutsche anbieten, um damit zu fahren, wohin wir nur wollen.«

Min ließ ihr diesen Traum. Manchmal glaubte sie, die

beiden anderen Frauen lebten in Traumwelten. Dann fiel ihr etwas anderes ein. Nur eine Kleinigkeit, doch es begann, sie zu irritieren. »Ach, Mara, sagt mir bitte etwas. Ich habe bemerkt, daß manche Leute lächeln, wenn Ihr mich mit meinem Namen ansprecht. Serenla. Bryne hat gelächelt und er sagte etwas davon, daß meine Mutter wohl eine Vorahnung gehabt habe. Warum?«

»In der Alten Sprache«, antwortete Siuan, »bedeutet das ›halsstarrige Tochter‹. Euch haftete ja auch eine gewisse Sturheit an, als wir uns kennenlernten. Eine ziemlich große Portion sogar.« Und das von Siuan! Siuan, die sturste Frau der ganzen Welt! Ihr Lächeln war beinahe so breit wie ihr Gesicht. »Aber natürlich scheint es, als hättet Ihr gelernt. Vielleicht benützt Ihr im nächsten Dorf den Namen Chalinda. Das heißt ›süßes Mädchen‹. Oder vielleicht ...«

Plötzlich schlingerte der Karren schlimmer als je zuvor, und dann wurde er schneller, als galoppiere das Pferd kräftig los. Sie wurden wie Getreidekörner auf dem Spreusieb auf und nieder geschleudert. Überrascht sahen sich die drei Frauen an. Dann stemmte sich Siuan hoch und zog die Zeltplane zur Seite, hinter der sich der Bock befand. Joni war weg. Siuan warf sich auf den Bock und griff nach den Zügeln. Sie straffte sie und brachte mit einiger Mühe das Pferd zum Stehen. Min warf die Zeltplane hoch, um sich umzusehen.

Die Straße verlief durch ein Dickicht, beinahe schon einen kleinen Wald mit Eichen, Ulmen, Kiefern und Lederblattbäumen. Der Staub, den ihr kurzer Galopp aufgewirbelt hatte, legte sich gerade langsam. Einiges davon fiel auf Joni, der mehr als sechzig Schritt entfernt neben der harten Lehmstraße leblos auf dem Boden lag. Instinktiv sprang Min hinunter und rannte zu ihm hin. Sie kniete neben dem großen, kräftigen Mann nieder. Er atmete wohl, aber seine Augen waren geschlossen, und um eine blutende Kopfwunde an der Seite schwoll die Haut bereits zu einer dunkelroten Beule an.

Leane schubste sie beiseite und betastete mit selbstbewußter Geste seinen Kopf. »Er wird es überleben«, sagte sie knapp. »Er scheint sich nichts gebrochen zu haben, aber wenn er aufwacht, wird er noch tagelang Kopfschmerzen haben.« Sie setzte sich auf die Fersen zurück, faltete die Hände und sagte mit trauriger Stimme: »Ich kann ohnehin nichts für ihn tun. Verdammt, ich hatte mir doch vorgenommen, deshalb nicht mehr zu weinen.«

»Die Frage ist…« Min mußte schlucken und begann noch einmal: »Die Frage ist, ob wir ihn auf den Karren laden und zum Herrenhaus bringen, oder ob wir… fliehen?« *Licht, ich bin auch nicht besser als Siuan!*

»Wir könnten ihn bis zum nächsten Bauernhof bringen«, schlug Leane bedächtig vor.

Siuan kam zurück und führte das Pferd, als habe sie Angst, von dem friedlichen Tier gebissen zu werden. Ein Blick auf den Mann am Boden, und sie runzelte die Stirn. »Die Wunde stammt nicht von einem Sturz vom Kutschbock. Ich sehe hier weder eine Wurzel, noch einen Stein, der das verursacht haben könnte.« Sie begann, den Wald in ihrer Umgebung abzusuchen, und da ritt auch schon ein Mann auf einem großen, schwarzen Hengst unter den Bäumen hervor. Er führte drei Stuten an der Leine, eine davon zerzaust und um zwei Handbreit kleiner als die anderen.

Es war ein hochgewachsener Mann in einem blauen Seidenwams, dunkel im Teint und gut aussehend, wenn sein Gesicht auch eine Härte aufwies, als habe ihn ein Unglück tief verbittert. Und er war der allerletzte, den Min zu sehen erwartet hatte.

»Ist das Euer Werk?« wollte Siuan von ihm wissen.

Logain lächelte, als er sein Pferd neben dem Karren zum Stehen brachte. Es lag allerdings wenig Heiterkeit in diesem Lächeln. »Eine Schleuder ist etwas sehr Nützliches, Mara. Ihr habt Glück, daß ich hier bin. Ich hatte erwartet, daß Ihr erst in ein paar Stunden das

Dorf verlaßt und dann wohl kaum zu Gehen imstande wärt. Der hiesige Lord war also nachsichtig, wie es scheint.« Mit einemmal wurde sein Gesichtsausdruck noch düsterer, und seine Stimme klang rauh und steinern. »Habt Ihr geglaubt, ich würde Euch eurem Schicksal überlassen? Vielleicht hätte ich das tun sollen. Ihr habt mir einiges versprochen, Mara. Ich will die Rache, die Ihr mir verspracht. Ich bin Euch auf dieser Suche auf dem halben Weg zum Meer der Stürme gefolgt, obwohl Ihr mir den Zweck dieser Reise nicht verratet. Ich habe Euch nicht gefragt, wie Ihr es anstellen wollt, mir zu geben, was Ihr verspracht. Aber eines sage ich Euch jetzt: Eure Zeit läuft langsam ab. Beendet Eure Suche bald und haltet Eure Versprechen, sonst gehe ich und lasse Euch allein weitersuchen. Ihr werdet schnell herausfinden, daß die meisten Dorfbewohner wenig Sympathie für mittellose Fremde empfinden. Drei hübsche Frauen ganz allein? Dieser Anblick ...« – er berührte dabei das Schwert an seiner Hüfte – »... hat Eure Sicherheit schon öfter gewährleistet, als Euch klar ist. Findet bald, was Ihr sucht, Mara.«

Zu Anfang ihrer Reise war er nicht so arrogant gewesen. Damals war er ganz demütig und dankbar für *ihre* Hilfe gewesen – jedenfalls so demütig, wie ein Mann von der Art Logains sein konnte. Es schien, daß die Zeit und der Mangel an Ergebnissen seine Dankbarkeit gemindert habe.

Siuan aber wich vor seinem Blick keineswegs zurück. »Ich hoffe doch«, sagte sie entschlossen. »Doch wenn Ihr zu gehen wünscht, dann laßt unsere Pferde da und geht! Wenn Ihr nicht rudern wollt, dann springt aus dem Boot und schwimmt allein weiter. Seht nur zu, wie weit Ihr allein mit Euren Racheplänen kommt.«

Logains große Hände verkrampften sich um die Zügel, bis Min hörte, wie seine Gelenke vor Anstrengung knackten. Er bebte, weil er sich so beherrschen mußte. »Ich bleibe noch eine Weile bei Euch, Mara«, sagte er schließlich. »Eine kleine Weile noch.«

Vor Mins Augen flammte einen Augenblick lang um seinen Kopf eine Aura auf, eine strahlende Krone in Gold und Blau. Siuan und Leane sahen natürlich nichts, obwohl sie wußten, wozu Min fähig war. Manchmal hatte sie Visionen bei Menschen – entweder Bilder oder solche Auren. Und manchmal wußte sie sogar, was sie zu bedeuten hatten. Diese Frau würde heiraten. Dieser Mann würde sterben. Kleinigkeiten oder auch große Ereignisse, ob gut oder schlimm, aber nie hatte sie eine Ahnung, bei wem, wo und wann sie etwas sehen würde. Aes Sedai und Behüter hatten immer eine Aura um sich; die meisten anderen Menschen niemals. Das Wissen um solche Schicksale machte sie nicht immer glücklich.

Sie hatte Logains Aura schon früher gesehen und wußte, was sie bedeutete: kommenden Ruhm. Aber bei ihm, vielleicht noch mehr als bei allen anderen Männern, ergab das keinen rechten Sinn. Sein Pferd, das Schwert und das Wams hatte er beim Würfelspiel gewonnen, aber Min war nicht sicher, wie ehrlich diese Spiele gewesen waren. Er besaß sonst nichts und hatte keine Zukunft vor sich, außer in Siuans Versprechungen, und wie wollte sie die jemals halten? Sein Name bedeutete mit hoher Wahrscheinlichkeit auch sein Todesurteil. Es ergab einfach keinen Sinn.

Logains Humor kehrte ebenso schnell zurück, wie er vorher verflogen war. Er zog eine pralle, grobgewebte Geldbörse aus seiner Gürteltasche und hielt sie ihnen entgegen. »Ich bin über ein paar Münzen gestolpert. Wir müssen die nächste Zeit über nicht mehr in Scheunen schlafen.«

»Wir haben davon gehört«, sagte Siuan trocken. »Ich schätze, ich hätte von Euch nichts Besseres erwarten sollen.«

»Nehmt es als Beitrag für Eure Suche.« Sie streckte

die Hand nach der Börse aus, aber er packte sie zurück in seine Gürteltasche, wobei er spöttisch grinste. »Ich will Eure Hand nicht mit gestohlenem Geld beschmutzen, Mara. Außerdem kann ich so wenigstens sicher sein, daß *Ihr* nicht weglauft und *mich* verlaßt.« Siuan sah aus, als wolle sie Eisennägel zerbeißen, sagte aber nichts. Logain stellte sich in die Steigbügel und spähte die Straße hinunter in Richtung Korequellen. »Ich sehe eine Schafherde in unsere Richtung kommen. Zwei Jungen sind dabei. Es wird Zeit, daß wir reiten. Sie werden von dem hier berichten, und wenn sie noch so schnell rennen müssen.« Er setzte sich wieder in den Sattel und blickte auf Joni hinunter, der immer noch bewußtlos am Boden lag. »Und sie werden dem Burschen da Hilfe bringen. Ich glaube nicht, daß ich ihn wirklich schwer verletzt habe. Dazu habe ich ihn nicht hart genug getroffen.«

Min schüttelte den Kopf. Der Mann überraschte sie immer wieder. Sie hätte nicht gedacht, daß er auch nur einen Gedanken an den Mann verschwenden werde, dem er gerade noch eins auf den Schädel verpaßt hatte.

Siuan und Leane verloren keine Zeit. Sie kletterten in ihre hochgezogenen Sättel – Leane auf die graue Stute, der sie den Namen Mondblume gegeben hatte, Siuan auf Bela, die kleine, zottige Stute. Bei Siuan mußte man eher von ›hinaufkrabbeln‹ reden. Sie war keine Reiterin. Nach Wochen im Sattel behandelte sie die friedliche Bela immer noch wie ein feuriges Schlachtroß. Leane ging mühelos und elegant mit Mondblume um. Min wußte, daß sie selbst irgendwo dazwischen lag. So erkletterte sie Wildrose, ihre braune Stute, mit erheblich mehr Grazie als Siuan, wenn auch nicht so gewandt wie Leane.

»Glaubt Ihr, daß er uns verfolgen wird?« fragte Min, als sie in Richtung Süden lostrabten, weg von Korequellen. Sie hatte Siuan gefragt, doch Logain antwortete: »Der hiesige Lord? Ich bezweifle, daß er Euch für wichtig genug erachtet. Sicher wird er wohl einen Dienstmann aussenden und Eure Beschreibungen weitergeben lassen. Wir reiten eben, so weit wir können, bevor wir lagern, und morgen genauso.« Wie es schien, hatte er die Führung übernommen.

»Wir sind gewiß nicht wichtig genug«, sagte Siuan, die ungeschickt in ihrem Sattel auf und ab hüpfte. Sie hatte vielleicht noch Angst vor Bela, doch der Blick, den sie Logains Rücken zuwarf, sagte, daß diese Bedrohung ihrer Autorität nicht lange anhalten werde.

Was sie betraf, hoffte Min inständig, daß Bryne sie wirklich für unwichtig erachten werde. Jedenfalls solange er ihre wirklichen Namen nicht erfuhr. Logain ließ den Hengst schneller traben, und sie gab Wildrose ihre Fersen zu spüren, um mit ihm Schritt zu halten. Ihre Gedanken richtete sie auf die Zukunft und nicht auf die Vergangenheit.

Gareth Bryne steckte seine Handschuhe in den Schwertgürtel und nahm seinen Samthut mit der hochgestellten Krempe vom Schreibtisch. Der Hut entsprach der neuesten Mode in Caemlyn. Caralin hatte dafür gesorgt. Ihm waren Moderichtungen völlig egal, aber sie war der Meinung, er müsse sich seinem Rang entsprechend kleiden, und deshalb legte sie morgens Samt und Seide für ihn bereit.

Als er den hohen Hut aufsetzte, bemerkte er sein verschwommenes Spiegelbild in einem der Fenster seines Arbeitszimmers. Es paßte, daß es so verschwommen und dünn wirkte. Und wenn er noch so sehr blinzelte – der graue Hut und das graue Seidenwams mit den silbernen Dekorationen an den Ärmeln und am Kragen konnten einfach Helm und Rüstung nicht ersetzen, an die er gewöhnt war. Doch das war nun vorbei und erledigt. Und dies jetzt… Es war nur eine Beschäftigung für die unausgefüllten Stunden. Das war alles.

»Seid Ihr sicher, daß Ihr das tun wollt, Lord Gareth?«

Er wandte sich vom Fenster ab und Caralin zu, die neben ihrem eigenen Schreibtisch stand, dem seinen gegenüber. Vor ihr lag ein ganzer Stapel von Büchern mit Abrechnungen und ähnlichem. Sie hatte in all den Jahren seiner Abwesenheit seine Güter verwaltet, und zweifellos tat sie das viel besser, als er es vermochte.

»Wenn Ihr sie zu Admer Nem geschickt hättet, um ihre Schuld abzuarbeiten, wie es das Gesetz verlangt«, fuhr sie fort, »wäre das jetzt überhaupt nicht mehr Eure Angelegenheit.«

»Aber das habe ich nicht«, sagte er zu ihr. »Und ich würde es nicht tun, wenn ich erneut vor derselben Entscheidung stünde. Ihr wißt doch genau wie ich, daß Nem und seine männliche Verwandtschaft Tag und Nacht versuchen würden, die Mädchen zu belästigen. Und Maigan und die anderen Frauen würden ihnen das Leben zur Hölle machen, wenn nicht gar alle drei Mädchen auf einmal zufällig in einen Brunnen fielen und ums Leben kämen.«

»Selbst Maigan würde dazu keinen Brunnen benutzen«, sagte Caralin trocken, »jedenfalls nicht bei dem Wetter, das wir gerade erleben. Ja, ich sehe es ein, Lord Gareth. Aber sie haben jetzt fast einen Tag und eine Nacht lang Zeit gehabt, um in jedwede Richtung davonzulaufen. Wohin sie geflohen sind, könnt Ihr genauso schnell erfahren, wenn Ihr Boten aussendet. Falls sie überhaupt auffindbar sind.«

»Thad kann sie aufspüren.« Thad war über siebzig, aber er konnte immer noch den Wind von gestern bei Mondschein über eine Steinebene verfolgen. Er war mehr als glücklich gewesen, die Ziegelei seinem Sohn zu überlassen.

»Wenn Ihr meint, Lord Gareth.« Sie kam mit Thad nicht gut aus. »Nun ja, wenn Ihr sie zurückbringt, kann ich ganz sicher ihre Hilfe im Haus gebrauchen.«

Etwas an ihrem Tonfall, so nebensächlich alles auch klang, erregte seine Aufmerksamkeit. Praktisch vom ersten Tag nach seiner Rückkehr an hatte Caralin eine schier endlose Reihe hübscher Dienstmädchen und Bauerntöchter ins Herrenhaus geschleppt, die gewillt und eifrig waren, dem Lord zu helfen, sein Elend zu vergessen. »Sie sind Meineidige, Caralin. Ich fürchte, sie müssen auf den Feldern schuften.«

Ein kurzes, frustriertes Anspannen ihrer Mundpartie bestätigte seinen Verdacht, doch sie behielt ihren nichtssagenden Tonfall bei. »Die anderen beiden vielleicht, Lord Gareth, aber die Schönheit des Domani-Mädchens wäre auf den Feldern verschwendet, während sie gut hierher passen würde, um bei Tisch zu bedienen. Eine außergewöhnlich hübsche junge Frau. Nun, es wird selbstverständlich so geschehen, wie Ihr es wünscht.«

Also die hatte Caralin erwählt. Tatsächlich eine außergewöhnlich hübsche junge Frau. Wenn auch auf eigenartige Weise anders als die Domanifrauen, die er kennengelernt hatte. Ein wenig zögerlich hier, ein wenig überhastet dort. Beinahe, als probiere sie ihre Kunst zum erstenmal. Das war natürlich unmöglich. Domanifrauen lehrten ihre Töchter beinahe von der Wiege an, wie man Männer um den Finger wickelt. Sie hatte damit auch durchaus Erfolg gehabt, gab er innerlich zu. Falls Caralin sie mit den Bauernmädchen bei ihm eingeführt hätte … Bemerkenswert hübsch.

Warum aber hatte er nicht dieses Gesicht vor Augen? Warum dachte er statt dessen an ein blaues Augenpaar? Es forderte ihn heraus, als wünsche sie, ein Schwert in Händen zu halten, angsterfüllt, und doch weigerte sie sich, der Angst nachzugeben. Mara Tomanes. Er war sich so sicher gewesen, daß zumindest sie ihr Wort halten werde, auch ohne einen Eid. »Ich hole sie zurück«, murmelte er in sich hinein. »Ich werde erfahren, warum sie meineidig wurde.«

»Wie Ihr meint, mein Lord«, sagte Caralin. »Ich hatte daran gedacht, sie als Euer Zimmermädchen einzusetzen. Sela wird langsam ein bißchen zu alt, um die Treppen auf und ab zu rennen, wenn Ihr nachts etwas braucht.«

Bryne blickte sie mit großen Augen an. Was? Ach so. Das Domani-Mädchen. Er schüttelte den Kopf über Caralins Torheit. Aber war er selbst nicht genauso töricht? Er war der Lord hier und sollte auch hierbleiben, um sich um das Wohlergehen seiner Untertanen zu kümmern. Doch Caralin hatte das in all den langen Jahren viel besser getan als er, während er weg gewesen war. Er wußte nur von Lagern und Soldaten und Feldzügen und vielleicht ein wenig um die Intrigen am Hof. Sie hatte recht. Er sollte sein Schwert abschnallen, diesen idiotischen Hut abnehmen und Caralin ihre Beschreibungen aufschreiben lassen, um sie ...

Statt dessen sagte er: »Behaltet Admer Nem und seine Familie gut im Auge. Sie werden versuchen, Euch übers Ohr zu hauen, wie sie nur können.«

»Wie Ihr wünscht, mein Lord.« Die Worte waren absolut respektvoll gesprochen, doch der Tonfall sagte ihm, er solle gehen und seinem Großvater beibringen, wie man Schafe schert. Er schmunzelte in sich hinein, als er nach draußen ging.

Das Herrenhaus war in Wirklichkeit nicht viel mehr als ein übergroß geratenes Bauernhaus: zwei breit ausgelegte Stockwerke aus Backstein und Naturstein unter einem Schieferdach, an die Generationen von Brynes immer wieder angebaut hatten. Das Haus Bryne besaß dieses Land – oder war von diesem Land besessen worden –, seit Andor vor tausend Jahren aus den Trümmern von Artur Falkenflügels Reich entstanden war. In all diesen Jahren seither hatte es seine Söhne ausgesandt, um in den Kriegen für Andor zu kämpfen. Er würde keine Schlachten mehr schlagen, aber für das Haus Bryne war es zu spät. Es hatte zu viele Kriege, zu viele Schlachten gegeben. Er war der letzte von seinem Blut. Keine Frau, kein Sohn, keine Tochter. Bei ihm endete der Stammbaum. Alles mußte einmal zu Ende sein; das Rad der Zeit drehte sich.

Zwanzig Mann warteten neben gesattelten Pferden auf dem gepflasterten Hof vor dem Herrenhaus. Zumeist waren die Männer noch grauhaariger als er, falls sie überhaupt noch Haare aufwiesen. Alle waren erfahrene Soldaten, frühere Gardisten, Gruppenführer und Bannerträger, die irgendwann im Laufe seiner Karriere unter ihm gedient hatten. Joni Shagrin, einst ranghöchster Bannerträger der Garde, befand sich an der Spitze. Er trug eine Bandage um die Schläfen. Dabei wußte Bryne ganz genau, daß seine Töchter ihre Kinder als Wachen eingestellt hatten, damit er im Bett blieb und sich erholte. Er war einer der wenigen mit Familie. Die meisten hatten sich entschlossen, lieber wieder unter Gareth Bryne zu dienen, als ihre Pension zu versaufen und dabei in Erinnerungen zu schwelgen, die sowieso nur ein anderer alter Soldat hören wollte.

Alle hatten Schwertgürtel über die Mäntel geschnallt, und ein paar trugen lange Lanzen mit Stahlspitzen, die bis zu diesem Morgen jahrelang an einer Wand gehangen hatten. Hinter jedem Sattel war eine pralle Deckenrolle festgemacht, und die Satteltaschen beulten sich aus. Dazu hingen noch Töpfe oder Kessel und volle Wasserschläuche daran, als hätten sie vor, auf einen langen Feldzug zu gehen und nicht bloß eine Woche wegzureiten, um drei Frauen einzufangen, die eine Scheune in Brand gesteckt hatten. Sie sahen darin eben eine Chance, die alten Tage wiederzuerleben oder zumindest so zu tun.

Er fragte sich, ob er nicht aus dem gleichen Gefühl heraus aufbrach. Er war doch eigentlich zu alt, um loszureiten wegen des hübschen Augenpaars einer Frau, die jung genug war, um seine Tochter zu sein. Vielleicht sogar seine Enkelin. *Ich bin doch kein so großer Narr,* sagte er sich ganz entschlossen. Caralin konnte alles besser erledigen, wenn er ihr nicht ständig im Weg stand.

Ein magerer brauner Wallach kam die Eichenallee entlanggaloppiert, die bis zur Straße führte, und der Reiter warf sich aus dem Sattel, noch bevor das Tier richtig zum Stehen gekommen war. Der Mann stolperte fast, schaffte es aber noch, die Faust zum militärischen Gruß ans Herz zu heben. Barim Halle, der vor Jahren unter ihm als Obergruppenführer gedient hatte, war ein harter und drahtiger Mann, dessen Kopf wie ein Lederei wirkte und dessen weiße Augenbrauen den Verlust seiner übrigen Kopfhaare vergessen machten. »Seid Ihr nach Caemlyn zurückgerufen worden, Generalhauptmann?« schnaufte er.

»Nein«, antwortete Bryne in etwas zu scharfem Ton. »Was soll denn das bedeuten, daß Ihr hier hereinreitet, als sei Euch die ganze Kavallerie von Cairhien auf den Fersen?« Einige der anderen Pferde begannen, herumzutänzeln, von der Nervosität des Braunen angesteckt.

»Solch einen harten Ritt habe ich nur hinter mich gebracht, wenn wir *ihnen* auf den Fersen waren, mein Lord.« Barims Grinsen verflog, als er sah, daß der Angesprochene keineswegs lachte.

»Ja, also, mein Lord, ich habe die Pferde gesehen und ich dachte mir...« Der Mann riskierte einen weiteren Blick auf Brynes Miene und ließ das Thema sein. »Also, ich meine, ich habe auch ein paar Neuigkeiten. Ich war drüben in Neubräm, um meine Schwester zu besuchen, und da habe ich eine Menge vernommen.«

Neubräm war älter als Andor. Das ›alte‹ Bräm war während der Trolloc-Kriege zerstört worden, tausend Jahre vor Artur Falkenflügel. In Neubräm konnte man immer die allerletzten Neuigkeiten und Gerüchte erfahren. Es war eine mittelgroße Grenzstadt weit im Osten seiner Güter an der Straße von Caemlyn nach Tar Valon. Trotz Morgases augenblicklicher Zurückhaltung Tar Valon gegenüber war die Straße durch die vielen

Kaufleute stark belebt. »Nun, heraus damit, Mann. Wenn es Neuigkeiten gibt, dann laßt sie hören!«

»Ach, ich weiß gar nicht, wo ich anfangen soll, mein Lord.« Barim richtete sich unbewußt gerade auf, als liefere er einen Rapport ab. »Ich denke, die wichtigste Neuigkeit ist, daß Tear gefallen sei. Aielmänner haben den Stein eingenommen, und das Unberührbare Schwert ist nun halt doch berührt worden. Jemand hat es herausgezogen, wird behauptet.«

»Ein Aielmann hat es gezogen?« fragte Bryne ungläubig. Ein Aiel würde lieber sterben, als ein Schwert zu berühren. Das hatte er selbst während des Aielkriegs erlebt. Obwohl man ja sagte, *Callandor* sei überhaupt kein richtiges Schwert. Was das nun wieder zu bedeuten hatte …

»Das haben sie nicht behauptet, mein Lord. Ich hörte Namen, am häufigsten Ran oder wie der auch heißen mag. Aber sie haben es als Tatsache weitergegeben, nicht als Gerücht. Als ob jedermann Bescheid wisse.«

Bryne runzelte besorgt die Stirn. Falls etwas daran war, war es mehr als nur beunruhigend. Falls *Callandor* herausgezogen worden war, war der Drache wiedergeboren. Den Prophezeiungen nach bedeutete das, das man sich der Letzten Schlacht näherte und der Dunkle König bald freikommen werde. Der Wiedergeborene Drache werde die Welt wohl retten, war geweissagt worden, aber sie auch zerstören. Allein schon diese Überlegungen waren es wert gewesen, daß sich Halle so beeilte, falls ihm das klar war.

Aber der wettergegerbte Bursche war noch nicht fertig. »Die Nachricht, die aus Tar Valon heruntergekommen ist, steht der anderen nicht viel nach, mein Lord. Sie sagen, es gebe eine neue Amyrlin dort. Elaida, Lord Gareth, die Ratgeberin der Königin.« Halle zuckte selbst kurz zusammen, weil er dieses Thema berührt hatte, und fuhr dann schnell fort. Morgase durfte nicht erwähnt werden. Das wußte jeder auf den Gütern, obwohl Bryne es nie verboten hatte. »Sie behaupten, die alte Amyrlin, Siuan Sanche, sei einer Dämpfung unterzogen und hingerichtet worden. Und Logain sei ebenfalls gestorben. Dieser falsche Drache, den sie letztes Jahr gefangen und auch einer Dämpfung unterzogen hatten. Sie haben so darüber gesprochen, als sei es wahr, mein Lord. Ein paar von ihnen haben behauptet, sie seien in Tar Valon gewesen, als alles geschah.«

Das mit Logain war nicht so wichtig, obwohl er ja in Ghealdan einen Krieg ausgelöst hatte, als er behauptete, der Wiedergeborene Drache zu sein. Es hatte in den letzten Jahren mehrere falsche Drachen gegeben. Allerdings beherrschte er die Macht. Das war eine unbestreitbare Tatsache – bis ihn die Aes Sedai der Dämpfung unterzogen. Nun ja, er war wirklich nicht der erste Mann, den man gefangen und dem man seine Kräfte genommen hatte, damit er nie wieder die Macht lenken konnte. Man sagte, daß solche Männer, ob sie nun falsche Drachen waren oder nur arme Narren, die den Roten Ajah in die Hände gefallen waren, fast niemals mehr lange lebten. Es hieß, sie wollten danach einfach nicht mehr leben.

Mit Siuan Sanche war das etwas ganz anderes. Er hatte sie vor fast drei Jahren einmal kennengelernt. Eine Frau, die absoluten Gehorsam verlangte und keinem Rechenschaft ablegte. So zäh wie ein alter Stiefel, mit einer Zunge wie einer Feile und einer Laune wie die eines Bären mit einem eiternden Zahn. Er hätte eigentlich von ihr erwartet, daß sie jeden Emporkömmling mit bloßen Händen in der Luft zerriß, bevor sie sich übertölpeln ließ. Daß eine Frau der Dämpfung unterzogen wurde, war viel seltener als bei Männern. Und bei einer Amyrlin erst recht. In dreitausend Jahren war das nur zwei Amyrlins widerfahren, soweit die Burg es zugab, wenn es natürlich auch möglich war, daß sie dabei einiges verschwiegen hatten. Die Burg beherrschte es, unerwünschte Dinge zu verschweigen.

Doch eine Exekution, nachdem man sie bereits der Dämpfung unterzogen hatte, schien etwas übertrieben. Es hieß ja schließlich, daß Frauen die Dämpfung genauso selten lange überlebten wie Männer.

Das alles stank zum Himmel. Jeder wußte, daß die Burg mächtige Partner hatte, daß ihre Fäden bis hin zu Thronen verliefen und sie mächtige Lords und Ladies als Marionetten benutzten. Wenn eine neue Amyrlin auf diese Weise an die Macht gekommen war, würde bestimmt bald irgend jemand ausprobieren, ob die Aes Sedai immer noch so genau hinsahen wie bisher. Und sobald dieser Kerl in Tear allen Widerstand niedergeknüppelt hatte – nicht, daß sich viel Widerstand regen würde, wenn er wirklich den Stein in der Hand hatte –, würde er losschlagen, entweder gegen Illian oder gegen Cairhien. Die Frage war nur, wie schnell er ins Feld ziehen konnte. Würden zuerst die Heere gegen ihn stehen, oder war er schneller? Er mußte der echte Wiedergeborene Drache sein, aber die Häuser konnten sich so oder so entscheiden, und die Völker ebenfalls. Und wenn dann auch noch kleine Streitigkeiten überall ausbrachen, weil die Burg …

»Alter Narr«, knurrte er. Als er sah, daß Barim zusammenzuckte, fügte er hinzu: »Nicht Ihr. Ein anderer alter Narr.« Nichts von alledem ging ihn noch etwas an. Außer natürlich, daß er zu entscheiden hatte, wem sich das Haus Bryne anschloß, wenn es an der Zeit war. Nicht, daß dies irgend jemanden kümmern würde. Lediglich wollten sie wissen, ob sie ihn angreifen sollten oder nicht. Bryne war noch nie ein sehr mächtiges oder großes Adelshaus gewesen.

»Eh, Lord Gareth?« Barim blickte hinüber zu den Männern, die mit ihren Pferden auf Bryne warteten. »Glaubt Ihr, daß Ihr mich gebrauchen könnt, mein Lord?«

Er fragte nicht einmal, warum und wohin es gehe. Er war nicht der einzige, den das Landleben langweilte.

»Seht, daß Ihr uns einholt, wenn Ihr eure Ausrüstung beieinander habt. Wir werden uns zunächst auf der Straße nach Vier Könige in Richtung Süden bewegen.« Barim salutierte und schoß los. Das Pferd zerrte er am Zügel hinter sich her.

Bryne kletterte in den Sattel und deutete wortlos nach vorn. Die Männer schlossen sich ihm in einer Doppelreihe an, als er die Eichenallee hinunterritt. Er wollte Antworten erhalten. Und wenn er diese Mara beim Genick packen und durchschütteln mußte, um Antworten zu erhalten.

Hochlady Alteima entspannte sich, als sich das Tor zum Königlichen Palast von Andor öffnete und ihre Kutsche hineinrollte. Sie war nicht sicher gewesen, ob sie eingelassen würde. Es hatte schon lange genug gedauert, einen Brief hineinzubringen, und noch länger, eine Antwort zu erhalten. Ihre Dienerin, ein mageres Mädchen, das sie hier in Caemlyn aufgelesen hatte, machte große Augen und hüpfte beinahe auf dem gegenüberliegenden Sitz vor Aufregung auf und ab, weil sie nun in den Palast hineinkamen.

Alteima klappte ihren Spitzenfächer auf und bemühte sich, ein wenig kühlenden Luftstrom zu erzeugen. Es war noch nicht einmal Mittagszeit, und die Hitze würde noch erheblich schlimmer werden. Und sie hatte Andor immer für ein kühles Land gehalten! Schnell ging sie im Geist noch einmal durch, was sie alles vorbringen wollte. Sie war eine hübsche Frau, und das wußte sie auch ganz genau, mit großen, braunen Augen, die andere glauben machten, sie sei ein unschuldiges, sogar harmloses Wesen. Sie war keines von beiden, aber es paßte ihr sehr wohl, wenn andere das von ihr glaubten. Besonders hier und heute. Diese Kutsche hatte sie beinahe ihr letztes Gold gekostet, das sie auf ihrer Flucht aus Tear mitnehmen konnte. Wenn sie wieder hochkommen wollte, benötigte sie zuerst einmal mächtige Freunde, und in Andor gab es niemand mit mehr Macht als die Frau, die sie nun besuchen durfte.

Die Kutsche blieb in der Nähe eines Brunnens in einem von Säulen umringten Innenhof stehen und ein Diener in roter und weißer Livree eilte heran und öffnete die Tür. Alteima würdigte den Diener und den Hof kaum eines Blickes. Sie war ganz auf das vor ihr liegende Zusammentreffen konzentriert. Schwarzes Haar fiel unter einer Haube aus Zuchtperlen bis zur Mitte ihres Rückens herab, und die feinen Fältchen an ihrem hochgeschlossenen, wassergrünen Seidenkleid wurden ebenfalls durch Perlenreihen hervorgehoben. Sie hatte Morgase einmal kurz kennengelernt, und zwar anläßlich eines Staatsbesuchs vor fünf Jahren. Morgase war eine Frau, die Macht ausstrahlte, dabei reserviert und würdevoll war, wie es sich für eine Königin geziemte, und von schicklichem Benehmen, was die andoranische Auffassung betraf. In anderen Worten: altjüngferlich. Die Gerüchte in der Stadt, sie habe einen Liebhaber, wie es schien, einen recht unbeliebten Mann, paßten natürlich nicht zu diesem Bild. Aber Alteimas Erinnerungen nach sollte das hochgeschlossene, altmodische Kleid Morgase eigentlich gefallen.

Sobald Alteimas Schuhe sicher auf den Pflastersteinen ruhten, sprang auch die Dienerin, Cara, herunter und begann sich an ihrem Kleid zu schaffen zu machen. Allerdings verlor Alteima schnell die Geduld, klappte ihren Fächer zu und ließ ihn auf den Unterarm des Mädchens klatschen. Der Innenhof war nicht der richtige Ort für so etwas. Cara – was für ein törichter Name – zuckte zurück und hielt sich den Arm mit dem Blick eines verwundeten Rehs und Tränen in den Augen.

Alteima preßte irritiert die Lippen aufeinander. Das Mädchen konnte noch nicht einmal einen milden Tadel vertragen. Sie hatte sich getäuscht: Es hatte mit diesem

Mädchen keinen Zweck. Sie war zu offensichtlich unausgebildet. Doch eine Lady mußte ihre Zofe haben, besonders, wenn sie sich von der Masse der Flüchtlinge in Andor abheben wollte. Sie hatte Männer und Frauen in den Überresten zweifellos adliger Kleidung aus Cairhien im glühenden Sonnenschein schuften oder sogar betteln sehen. Sie glaubte, den einen oder anderen erkannt zu haben. Vielleicht sollte sie jemanden aus diesen Kreisen in Dienst nehmen. Wer kannte die Pflichten der Zofe einer Lady besser als eine Lady selbst? Wenn sie schon so tief gesunken waren, mit ihren eigenen Händen zu arbeiten, sollten sie eigentlich eine solche Chance beim Schopf ergreifen. Es könnte sich als amüsant erweisen, eine frühere ›Freundin‹ zur Dienerin zu haben. Heute aber war es dafür zu spät. Und eine unausgebildete Zofe, ein Mädchen aus dem Ort noch dazu, sagte etwas zu deutlich aus, daß Alteima an der Grenze ihrer Mittel angelangt war, nur einen Schritt von den Bettlern entfernt.

Sie bemühte sich, besorgt und sanft dreinzuschauen. »Habe ich dir weh getan, Cara?« fragte sie in süßlichem Tonfall. »Bleib nur hier in der Kutsche und pflege deinen Arm. Ich bin sicher, jemand wird dir kühles Wasser zu trinken bringen.« Die hirnlose Dankbarkeit auf der Miene des Mädchens war überwältigend.

Die livrierten Männer, offensichtlich gut ausgebildet, standen da und blickten ins Leere. Trotzdem würde sich die Kunde von Alteimas Freundlichkeit verbreiten, falls sie etwas von Dienern verstand.

Ein hochgewachsener junger Mann im roten Wams mit weißem Kragen und auf Hochglanz poliertem Harnisch, der Uniform der Königlichen Garde, erschien vor ihr und verbeugte sich mit einer Hand am Schwertgriff. »Ich bin Gardeleutnant Tallanvor, Hochlady. Wenn Ihr mich begleiten würdet, bringe ich Euch zu Königin Morgase.« Er bot ihr seinen Arm. Sie ergriff ihn, obwohl sie sich ansonsten seiner kaum bewußt war. Sie war nicht an Soldaten unterhalb der Ränge eines Generals und eines Lords interessiert.

Während er sie durch breite Korridore führte, auf denen geschäftiges Treiben herrschte – die livrierten Männer und Frauen gaben sich selbstverständlich alle Mühe, sie nicht zu behindern oder aufzuhalten –, betrachtete sie heimlich die schönen Wandbehänge, die mit Elfenbein eingelegten Truhen und Kommoden, die Schalen und Vasen mit Gold- oder Silberauflage oder das feine Porzellan aus der Fertigung des Meervolks. Der Königliche Palast protzte nicht mit Reichtümern wie der Stein von Tear, aber Andor war immer noch ein reiches Land, vielleicht sogar genauso reich wie Tear. Ein älterer Lord würde ihr vollkommen ausreichen, der sich von einer immer noch jungen Frau um den Finger wickeln ließ. Vielleicht sollte er schon etwas schwächlich und senil sein, aber mit großen Gütern ausgestattet. Das wäre ein guter Beginn, während sie herausfand, wo genau die Fäden der Macht in Andor verliefen. Die paar Worte, die sie vor einigen Jahren mit Morgase gewechselt hatte, taugten nicht viel als Einführung, aber sie hatte das, was eine mächtige Königin wollte und brauchte: Informationen.

Schließlich ließ Tallanvor sie vor sich in ein großes Empfangszimmer treten. Die hochgewölbte Decke war mit Vogel-, Wolken- und Himmelsmotiven bemalt. Kunstvoll geschnitzte und vergoldete Stühle standen vor einem glänzend weißen Marmorkamin. Ein Teil von Alteimas Verstand registrierte amüsiert, daß der breite rot-weiße Teppich aus Tear stammte. Der junge Mann fiel auf ein Knie nieder. »Meine Königin«, sagte er mit plötzlich rauher Stimme, »wie Ihr befohlen habt, bringe ich Euch die Hochlady Alteima aus Tear.«

Morgase schickte ihn mit einem Wink fort. »Ihr seid willkommen, Alteima. Es ist schön, Euch wiederzusehen. Nehmt Platz und wir können plaudern.«

Alteima brachte einen Knicks zustande und murmelte ihren Dank, bevor sie auf einem der Stühle Platz nahm. Der Neid stieg in ihr auf. Sie hatte Morgase als schöne Frau in Erinnerung, doch die goldhaarige Wirklichkeit zeigte ihr, wie blaß diese Erinnerung war. Morgase war eine Rose in voller Blüte, in der Lage, jede andere Blume in den Schatten zu stellen. Alteima hatte Verständnis für den jungen Soldaten, als er auf dem Weg zur Tür gestolpert war. Davon abgesehen war sie froh, daß er sich nicht mehr hier befand und sie beide zusammen sehen und vergleichen konnte.

Aber es hatte sich auch einiges verändert. Eine Menge sogar. Morgase, von der Gnade des Lichts Königin von Andor, Verteidigerin des Reichs, Beschützerin des Volks, Hochsitz des Hauses Trakand, so reserviert und würdevoll und schicklich, trug eine Robe aus schimmernder weißer Seide, die genug Busen zeigte, um jede Serviererin im Mauleviertel zu schockieren. An Hüfte und Schenkeln lag sie so eng an, daß sie auch einem Flittchen aus Tarabon angestanden hätte. Die Gerüchte entsprachen eindeutig der Wahrheit. Und daß sie sich so stark verändert hatte, zeigte auch ganz klar eines: Sie wollte diesem Gaebril gefallen und nicht etwa ihn dazu bringen, ihr zu gefallen. Von Morgase ging noch immer dieses Gefühl von Macht aus, und ihre Präsenz schien den Raum auszufüllen, aber das Kleid verwandelte beides in etwas Niederes.

Alteima war nun doppelt froh, daß sie ein hochgeschlossenes Kleid angezogen hatte. Eine Frau, die sich derart unter dem Einfluß eines Mannes befand, konnte bei der geringsten Provokation vor blinder Eifersucht zuschlagen. Manchmal auch ohne jede Provokation. Falls sie Gaebril kennenlernte, würde sie ihm mit soviel Gleichgültigkeit gegenübertreten, wie es die Höflichkeit gerade noch zuließ. Selbst der geringste Verdacht, selbst der bloße Gedanke, daß sie Morgases Liebhaber wegnehmen wolle, könnte ihr einen Strick um den Hals einbringen anstatt eines alten Tattergreises als Ehemann. Sie hätte es selbst nicht anders gemacht.

Eine Frau in Rot und Weiß brachte Wein, einen ausgezeichneten Murandiner, und goß ihn in Kristallbecher, in die der sich aufbäumende Löwe von Andor eingraviert war. Als Morgase einen Becher in die Hand nahm, bemerkte Alteima ihren Ring in der Form einer goldenen Schlange, die ihren eigenen Schwanz verschlang. Der Große Schlangenring wurde von einigen Frauen getragen, die in der Weißen Burg ausgebildet worden waren, so wie Morgase, auch ohne den Rang einer Aes Sedai, und dann sowieso von allen Aes Sedai. Tausend Jahre alt war die Tradition, die spätere Königin von Andor in der Burg ausbilden zu lassen. Aber überall gingen nun die Gerüchte über den Bruch zwischen Morgase und Tar Valon um. Die Anti-Aes-Sedai-Ausbrüche auf den Straßen hätte Morgase leicht unterdrücken können, wenn sie es wünschte. Warum trug sie den Ring immer noch? Alteima würde sich sehr gut überlegen, was sie sagte, bis sie die Antwort kannte.

Die livrierte Dienerin zog sich an das gegenüberliegende Ende des Raums zurück, außer Hörweite, doch nahe genug, um zu sehen, wann sie die Becher nachfüllen mußte.

Morgase nippte an ihrem und sagte: »Es ist lange her, daß wir uns kennenlernten. Geht es Eurem Mann gut? Ist er auch hier in Caemlyn?«

Schnell änderte Alteima ihre Pläne. Ihr war nicht klargewesen, daß Morgase von ihrem Ehemann wußte, aber sie war ja immer geistig beweglich gewesen. »Tedosian ging es gut, als ich ihn zuletzt sah.« Das Licht gebe, daß er bald das Zeitliche segnen möge. Aber nun mußte sie weitermachen, was nun einmal angefangen war. »Er hatte einige Zweifel daran, ob er diesem Rand al'Thor dienen solle, und das war ein gefährlicher Abgrund, an dessen Kante er da stand. Licht, selbst Lords sind dort aufgehängt worden wie gewöhnliche Kriminelle.«

»Rand al'Thor«, sagte Morgase nachdenklich. »Ich habe ihn einmal getroffen. Er wirkte nicht wie einer, der sich zum Wiedergeborenen Drachen ausrufen lassen würde. Ein verängstigter Schafhirte, der sich bemühte, die Angst nicht zu zeigen. Wenn ich so zurückdenke, möchte ich beinahe sagen, daß er nach einem … Ausweg suchte.« Ihre blauen Augen blickten nach innen. »Elaida hat mich vor ihm gewarnt.« Sie schien gar nicht zu bemerken, daß sie das Letztere laut ausgesprochen hatte.

»Elaida war damals Eure Ratgeberin?« fragte Alteima vorsichtig. Sie wußte es ja, und das ließ die Gerüchte über den Bruch zwischen beiden noch unwahrscheinlicher klingen. Sie mußte einfach wissen, was daran war. »Habt Ihr sie durch eine andere ersetzt, jetzt, da sie die Amyrlin ist?«

Morgases Blick klärte sich wieder. »Habe ich nicht!« Im nächsten Moment wurde ihre Stimme jedoch wieder sanfter. »Meine Tochter Elayne ist zur Ausbildung in der Burg. Sie ist bereits zur Aufgenommenen erhoben worden.«

Alteima wedelte mit ihrem Fächer und hoffte, daß sich auf ihrer Stirn kein Schweiß zeigte. Falls Morgase sich über die eigenen Gefühle der Burg gegenüber nicht im klaren war, konnte sie selbst im Grunde überhaupt nichts sagen, ohne sich in Gefahr zu bringen. Mit ihrem Plan stand sie gefährlich nah am Rande eines Abgrunds.

Dann rettete Morgase sie und den Plan. »Ihr sagt, Euer Mann sei geteilter Meinung in bezug auf Rand al'Thor gewesen? Und wie steht es mit Euch?«

Sie hätte fast vor Erleichterung aufgeseufzt. Morgase mochte sich ja diesem Gaebril gegenüber wie ein verliebtes Bauernmädchen benehmen, aber sie behielt doch wohl klaren Kopf, was ihre Machtansprüche und die möglichen Gefahren für ihren Herrschaftsbereich betraf. »Ich habe ihn natürlich im Stein genau beobachtet.« Das sollte eigentlich den Keim pflanzen, falls es noch notwendig war. »Er kann die Macht lenken, und einen Mann, der das beherrscht, muß man in jedem Fall fürchten. Aber er ist der Wiedergeborene Drache. Daran gibt es keinen Zweifel. Der Stein fiel, und *Callandor* ruhte in seiner Hand, als das geschah. Die Prophezeiungen … Ich fürchte, ich muß die Entscheidung darüber, was man in bezug auf den Wiedergeborenen Drachen unternehmen muß, weiseren überlassen, als ich es bin. Ich weiß nur, daß ich Angst davor habe, dort zu bleiben, wo er regiert. Selbst eine Hochlady von Tear kann nicht den Mut der Königin von Andor aufbringen.«

Die goldhaarige Frau warf ihr einen so scharfen Blick zu, daß sie schon fürchtete, die Schmeichelei übertrieben zu haben. Manche mochten solch offene Schmeicheleien nicht. Doch Morgase lehnte sich lediglich auf ihrem Stuhl zurück und nippte wieder an ihrem Wein. »Erzählt mir von ihm, von dem Mann, der uns angeblich retten und dabei vernichten wird.«

Erfolg. Oder zumindest ein Anfangserfolg. »Er ist – über die Frage der Einen Macht hinaus – ein gefährlicher Mann. Ein Löwe scheint faul und schläfrig, bis er plötzlich angreift. Dann ist er mit einemmal ungeheuer schnell und kraftvoll. Rand al'Thor scheint unschuldig, nicht faul, und naiv, aber nicht schläfrig, doch wenn er angreift … Er hat überhaupt nicht den nötigen Respekt vor Persönlichkeit und Rang. Ich habe nicht übertrieben, als ich sagte, er habe selbst Lords aufhängen lassen. Er ist ein Born der Anarchie. In Tear kann durch seine neuen Gesetze selbst ein Hochlord oder eine Hochlady vor den Magistrat geladen und dort zu Geldstrafen oder noch Schlimmerem verurteilt werden, und das auf die Anklage des gemeinsten Bauern oder Fischers hin. Er …«

Sie hielt sich genau an die Wahrheit, wie sie die Dinge sah. Wenn es nötig war, sagte sie die Wahrheit ebenso unverblümt, wie sie bei Bedarf log. Morgase schlürfte ihren Wein und lauschte. Alteima hätte glauben können, sie säße lediglich unaufmerksam da, aber an ihren Augen konnte sie ablesen, daß die Frau jedes Wort hörte und aufnahm. »Ihr müßt verstehen«, schloß Alteima also, »daß ich damit nur die Oberfläche gestreift habe. Rand al'Thor und was er in Tear getan hat, sind der Stoff für stundenlange Berichte.«

»Die Stunden werdet Ihr haben«, sagte Morgase und Alteima lächelte innerlich. Erfolg. »Ist es wahr«, fuhr die Königin fort, »daß er Aiel mit zum Stein brachte?«

»O ja. Große Wilde, deren Gesichter die Hälfte der Zeit über verschleiert sind, und selbst die Frauen sind allzeit bereit, eher zu töten als zuerst zu fragen. Sie folgten ihm wie Hunde, haben alle terrorisiert und aus dem Stein mitgenommen, was sie wollten.«

»Ich hatte das nur für ein wildes Gerücht gehalten«, überlegte Morgase laut. »Es hat ja letztes Jahr schon Gerüchte darüber gegeben, aber sie sind zwanzig Jahre lang nicht aus ihrer Wüste hervorgekommen, nicht mehr seit dem Aielkrieg. Die Welt kann es nicht gerade gebrauchen, daß dieser Rand al'Thor die Aiel wieder über sie bringt.« Ihr Blick wurde wieder schärfer. »Ihr sagtet ›mitgenommen‹. Sind sie nicht mehr dort?»

Alteima nickte. »Kurz bevor ich Tear verließ. Und er ist mitgegangen.«

»Mitgegangen!« rief Morgase erstaunt. »Ich fürchtete, er sei jetzt in Cairhien …«

»Hast du einen Gast, Morgase? Man hätte es mir sagen sollen, damit ich sie begrüße.«

Ein großer Mann schlenderte in den Raum, hochgewachsen, mit einem goldbestickten roten Seidenmantel angetan, der sich um seine breiten Schultern und den mächtigen Brustkorb spannte. Alteima mußte nicht erst den bewundernden Blick Morgases bemerken, um zu wissen, daß es sich um Lord Gaebril handelte. Die Selbstsicherheit, mit der er die Königin unterbrochen hatte, sprach Bände. Er hob einen Finger, und die Dienerin knickste und ging schnell hinaus. Er bat auch nicht erst um Morgases Erlaubnis, ihre Diener wegzuschicken. Er sah mit seinem dunklen Teint sehr gut aus, unwahrscheinlich gut sogar. Seine Schläfen waren wie weiße Flügel.

Alteima bemühte sich, ein nichtssagendes Gesicht zu machen und ein mehr oder weniger freundliches Lächeln aufzusetzen, wie man einen ältlichen Onkel ohne Macht, Reichtum und Einfluß begrüßte. Er mochte wohl ein prachtvolles Exemplar von Mann sein, aber selbst wenn er nicht zu Morgase gehörte, wäre er doch nicht der Typ, den sie zu manipulieren versuchen würde, es sei denn, es müßte unbedingt sein. Um ihn lag eine Ausstrahlung von Macht, die jene Morgases noch übertraf.

Gaebril blieb neben Morgase stehen und legte seine Hand mit einer vertrauten Geste auf ihre nackte Schulter. Sie hätte wohl beinahe ihre Wange an seinen Handrücken geschmiegt, doch sein Blick ruhte auf Alteima. Sie war daran gewöhnt, von Männern gemustert zu werden, aber dieser Blick machte sie nervös. Er war viel zu durchdringend und sah viel zuviel.

»Ihr kommt aus Tear?« Der Klang seiner tiefen Stimme jagte ihr einen Schauer über den Rücken; ihre Haut, ja selbst ihre Knochen, gaben ihr das Gefühl, in eisig kaltes Wasser getaucht zu werden. Doch seltsamerweise verschwand ihre kurz aufgeflammte Furcht augenblicklich wieder.

Es war Morgase, die ihm antwortete. Alteima brachte den Mund nicht auf, während er sie so musterte. »Darf ich dir die Hochlady Alteima vorstellen, Gaebril? Sie hat mir von dem Wiedergeborenen Drachen berichtet. Sie befand sich im Stein von Tear, als er erobert wurde. Gaebril, es waren wirklich Aiel ...« Ein Druck seiner

Hand ließ sie verstummen. Ärger blitzte in ihren Augen auf, doch verschwand diese Regung blitzartig, und statt dessen strahlte sie ihn von unten her an.

Sein Blick, der immer noch auf Alteima ruhte, ließ sie wieder erschauern, und diesmal schnappte sie hörbar nach Luft. »Soviel zu reden muß dich doch ermüdet haben, Morgase«, sagte er, ohne den Blick von Alteima zu wenden. »Du arbeitest zuviel. Geh in dein Schlafgemach und schlafe ein wenig. Geh nur jetzt gleich. Ich werde dich aufwecken, wenn du genug geruht hast.«

Morgase stand augenblicklich auf, wobei sie ihn weiterhin hingebungsvoll anlächelte. »Ja, ich bin müde. Ich werde mich ein wenig hinlegen und schlafen, Gaebril.«

Sie schlüpfte ohne einen weiteren Blick auf Alteima aus dem Raum, doch deren Aufmerksamkeit galt ohnehin nur Gaebril. Ihr Herzschlag beschleunigte sich, und das Atmen fiel ihr schwer. Er war auf jeden Fall der bestaussehende Mann, den sie je erblickt hatte. Der tollste, stärkste, mächtigste... Superlative überschwemmten ihren Verstand und ertränkten ihn.

Gaebril beachtete Morgases Abgang genausowenig wie sie. Er nahm sich den Stuhl, auf dem die Königin gesessen hatte, und setzte sich bequem darauf zurecht, die Beine ausgestreckt. »Erzählt mir, warum Ihr nach Caemlyn gekommen seid, Alteima.« Wieder durchlief sie ein Beben. »Die absolute Wahrheit, aber macht es kurz. Ihr könnt mir später noch Einzelheiten berichten, wenn ich sie brauchen sollte.«

Sie zögerte nicht. »Ich habe versucht, meinen Mann zu vergiften, und mußte fliehen, bevor Tedosian und diese Schlampe Estanda mich statt dessen umbringen oder noch Schlimmeres mit mir anstellen konnten. Rand al'Thor wollte es ihnen gestatten, um ein Exempel zu statuieren.« Beim Erzählen krümmte sie sich unwillkürlich zusammen. Das aber nicht, weil es ein so wohlbehütetes Geheimnis gewesen war – nein, mehr als alles auf der Welt wollte sie ihm eine Freude machen, und sie fürchtete, er werde sie wegschicken. Doch er wollte die Wahrheit von ihr. »Ich habe Caemlyn zum Ziel genommen, weil ich Illian nicht ertragen kann, und obwohl Andor auch nicht viel besser ist, wurde Cairhien beinahe ganz zerstört. In Caemlyn kann ich einen reichen Mann finden, oder einen, der meinen Beschützer spielen möchte, wenn es notwendig ist, und dann seine Macht benützen, um ...«

Er unterbrach sie mit einer Handbewegung und schmunzelte dabei. »Eine hinterhältige kleine Katze, aber hübsch. Vielleicht hübsch genug, um dich zu behalten, wenn ich dir vorher die Zähne und Klauen ziehe.« Plötzlich wurde sein Gesichtsausdruck eindringlicher. »Berichte mir alles, was du weißt, über Rand al'Thor und besonders über seine Freunde, falls er welche hat, seine Begleiter und Verbündete.«

So berichtete sie, sprach, bis ihr die Kehle austrocknete und ihre Stimme rauh und erschöpft klang. Sie hob ihren Becher solange nicht, bis er ihr sagte, sie solle trinken. Dann kippte sie den Wein herunter und sprach weiter. Sie würde es ihm ganz bestimmt recht machen. Sie würde ihm mehr Befriedigung verschaffen, als es Morgase im Traum einfiel.

Die Zofen, die Morgases Bettgemach herrichteten, knicksten hastig und überrascht, sie mitten am Vormittag hier anzutreffen. Sie winkte sie aus dem Raum und legte sich voll angezogen auf ihr Bett. Eine Weile lag sie nur da und betrachtete die vergoldeten Schnitzereien an den Bettpfosten. Hier waren nicht die Löwen von Andor zu sehen, sondern Rosen. Sie standen für die Rosenkrone von Andor, und überhaupt hatte sie mehr für Rosen übrig als für Löwen.

Sei nicht so stur, befahl sie sich selbst, und dann fragte sie sich, warum. Sie hatte Gaebril gesagt, sie sei müde, und ... Oder hatte er das zu ihr gesagt? Unmöglich. Sie war die Königin von Andor, und kein Mann befahl ihr etwas. *Gareth.* Warum mußte sie ausgerechnet jetzt an Gareth Bryne denken? Er hatte ihr bestimmt nie etwas befohlen; der Generalhauptmann der Königlichen Garde gehorchte der Königin und nicht umgekehrt. Aber stur war er schon gewesen, hatte sich manchmal gegen ihre Entscheidungen gestemmt, bis sie schließlich ihre Meinung geändert hatte. *Warum muß ich an ihn denken? Ich wünschte, er sei hier.* Das war doch lächerlich. Sie hatte ihn fortgeschickt, weil er ihren Befehlen zuwiderhandelte. Sie wußte nicht mehr genau, worum es gegangen war, aber das war nicht so wichtig. Er hatte sich gegen sie gestellt. Sie konnte sich nur vage an ihre Gefühle ihm gegenüber erinnern, als sei er schon jahrelang weg. So lange konnte es doch noch nicht her sein? *Sei nicht so stur!* Ihre Augen schlossen sich, und sie schlief augenblicklich ein. Ihr Schlaf wurde durch rastlose Träume gestört, in denen sie vor etwas davonlief, was sie nicht sehen konnte.

KAPITEL 2

Rhuidean

Hoch droben in der Stadt Rhuidean blickte Rand al'Thor aus einer der großen Fensteröffnungen. Das Glas, oder was auch immer einst in das Fenster eingesetzt gewesen war, war schon lange nicht mehr da. Die Schatten tief unter ihm zeigten nach Osten. Im Zimmer hinter ihm klimperte leise die Harfe eines Barden. Der Schweiß an seiner Stirn verdunstete beinahe so schnell, wie er auf seine Haut trat. Sein rotseidener Mantel – zwischen den Schulterblättern feucht vom Schweiß – stand offen wie eine vergebliche Einladung für jeden Luftzug, und das Hemd hatte er bis weit auf die Brust hinunter aufgebunden. Die Nacht in der Aiel-Wüste würde beißend kalt werden, doch während des Tages brachte nicht einmal eine leichte Brise die geringste Kühlung.

Er hatte die Hände gehoben und hielt sich damit an dem glatten, steinernen Fensterrahmen fest. Die Ärmel seines Mantels waren heruntergerutscht und entblößten so die Vorderteile der Figuren, die sich um seine Unterarme zogen: goldmähnige, schlangenartige Geschöpfe mit Augen wie die Sonne, mit roten und goldenen Schuppen und fünf goldenen Klauen an jedem Fuß. Das waren keine Tätowierungen, sondern sie waren Teil seiner Haut, glitzerten metallisch wie wertvollste Edelsteine und schienen im Schein der Spätnachmittagssonne wie zum Leben erwacht.

Sie zeichneten ihn. Für das Volk auf dieser Seite der Bergkette, die man sowohl als Drachenmauer wie als das Rückgrat der Welt bezeichnete, bedeuteten sie, daß er derjenige war, Der Mit Der Morgendämmerung Kommt. Und zusammen mit den in seine Handflächen eingebrannten Reihern machten sie ihn für jene, die jenseits der Drachenmauer lebten, zum Wiedergeborenen Drachen, wie es geweissagt worden war. Und für sie alle gleichermaßen war prophezeit worden, er werde sie einen, retten – und vernichten.

Auf diese Namen hätte er nur zu gern verzichtet, aber dazu war es viel zu spät, wenn es überhaupt je eine Chance dafür gegeben hatte, und so dachte er gar nicht mehr daran. Oder wenn doch, was selten genug der Fall war, dann tat er es mit dem vagen Bedauern eines Mannes, der sich an einen törichten Kindertraum erinnert. Als sei er seiner Kindheit nicht noch immer nahe genug, um eigentlich jeden Moment daran zu denken. Statt dessen bemühte er sich, nur an die vor ihm liegenden Aufgaben zu denken. Schicksal und Pflicht hielten ihn wie straffe Zügel auf dem Weg, und doch hatte man ihn oft als stur und halsstarrig bezeichnet. Er mußte das Ende der Straße erreichen, aber wenn er das auf einem anderen, eigenen Weg schaffen konnte, war es vielleicht gar nicht das Ende. Eine kleine Hoffnung nur. Er hatte mit Sicherheit kaum eine Chance. Die Prophezeiungen verlangten nach seinem Blut.

Rhuidean erstreckte sich unter ihm, von einer gnadenlosen Sonne versengt, die langsam zu den zerklüfteten Gipfeln heruntersank, den kahlen Bergen, auf denen kaum ein Anzeichen einer Vegetation zu sehen war. Dieses rauhe, zerklüftete Land, in dem sich Menschen gegenseitig getötet hatten, nur wegen eines Wasserlochs, das sie mit einem Schritt überqueren konnten, war der letzte Ort auf der Welt, an dem man eine große Stadt erwartete. Ihre Erbauer hatten ihre vor langer, langer Zeit begonnene Arbeit niemals beendet. Überall standen unmöglich hohe Gebäude, abgestufte oder aus mächtigen Platten erbaute Paläste, die manchmal nach acht oder sogar zehn Stockwerken abrupt ohne Dach endeten, gewöhnlich mit dem Rohbau eines weiteren halbfertigen Stockwerks. Die Türme ragten noch höher auf, endeten aber meist genauso abrupt und unregelmäßig. Ein gutes Viertel der großen Gebäude mit ihren massiven Säulen und enormen Fenstern aus buntem Glas lagen zu Schutthaufen zerfallen auf den breiten Straßen, die in der Mitte jeweils einen Streifen bloßen Erdbodens aufwiesen, auf dem aber niemals die Bäume gepflanzt worden waren, die dorthin gehörten. Die prächtigen Brunnen standen verstaubt und trocken da, wie seit Jahrhunderten und Aberjahrhunderten. All diese Arbeit war umsonst gewesen. Die Erbauer waren gestorben, ohne sie vollenden zu können. Doch manchmal glaubte Rand, der Bau der Stadt sei nur deshalb begonnen worden, damit er sie eines Tages finden konnte.

Zu stolz, dachte er. *Ein Mann muß schon wenigstens halb übergeschnappt sein, um solchen Stolz zu entwickeln.* Er konnte nicht anders, als leise in sich hineinzulachen. Es waren auch Aes Sedai bei den Männern und Frauen gewesen, die vor so langer Zeit hierhergekommen waren, und sie hatten den *Karaethon-Zyklus* sehr wohl gekannt, die ›Prophezeiungen des Drachen‹. Oder vielleicht hatten sie diese auch selbst geschrieben? *Um das Zehnfache zu stolz.*

Gleich unter ihm lag ein riesiger Platz, der bereits zur Hälfte von den langgezogenen Schatten verdunkelt wurde. Er war übersät mit den Trümmerstücken von Statuen und kristallenen Stühlen, eigenartigen Gegenständen und verdrehten Formen aus Metall oder Glas oder Stein, Dinge, für die er keine Bezeichnungen fand und die in unregelmäßigen Schutthaufen dort lagen, als habe ein Sturm sie angeweht.

Auch im Schatten war es nur kühl, wenn man es mit dem Sonnenschein verglich. Männer in grober Kleidung – keine Aiel – luden schwitzend Dinge auf Wagen, die eine kleine, schlanke Frau in reinster blauer

Seide ausgewählt hatte. Hoch aufgerichtet glitt sie von einem Punkt zum nächsten, als mache ihr die Hitze keineswegs soviel aus wie all den anderen. Trotzdem, selbst sie trug ein feuchtes, weißes Tuch um die Schläfen und beherrschte sich lediglich, um die Auswirkungen der Hitze nicht so deutlich zu zeigen. Rand hätte von hier oben aus wetten können, daß sie nicht einmal schwitze.

Der Vorarbeiter war ein dunkler, massiger Mann namens Hadnan Kadere, angeblich ein fahrender Händler, der ganz in beige Seide gekleidet war. Heute allerdings war seine Kleidung schweißdurchnäßt. Er wischte sich ständig mit einem großen Taschentuch übers Gesicht und schrie den Männern – seinen Wagenfahrern und Leibwächtern – Flüche zu, doch er sprang genauso schnell und packte mit zu wie die anderen, wenn die schlanke Frau auf etwas deutete, ob groß oder klein. Aes Sedai mußten nicht groß sein, um anderen ihren Willen aufzuzwingen, aber Rand glaubte, Moiraine würde das auch fertigbringen, wenn sie niemals in der Weißen Burg gewesen wäre.

Zwei der Männer versuchten gerade, einen Gegenstand aufzuladen, der wie ein seltsam verdrehter Türrahmen aus Sandstein wirkte. Die Ecken stimmten irgendwie nicht überein, und das Auge weigerte sich, den scheinbar geraden senkrechten Linien zu folgen. Das Ganze blieb immer aufrecht. Sie konnten es drehen, wie sie wollten, doch kippen ließ es sich nicht, damit sie es leichter beim Aufladen gehabt hätten. Dann rutschte einer der beiden Männer aus und stürzte bis zur Hüfte in die Türöffnung hinein. Rand verkrampfte sich. Einen Augenblick lang schien der Oberkörper des Mannes nicht mehr zu existieren, und seine Beine zuckten in wilder Panik. Bis Lan, ein hochgewachsener Mann, in unauffällige Grünschattierungen gekleidet, heranschritt und ihn am Gürtel wieder heraushievte. Lan war Moiraines Behüter, durch einen Eid, dessen Wirkungsweise Rand nicht ganz verstand, an die Aes Sedai gebunden. Er war ein harter Mann, der sich wie ein Aiel bewegte, wie ein jagender Wolf. Das Schwert an seiner Hüfte schien nicht nur ein Teil von ihm zu sein, es *war* ein Teil seiner selbst. Er ließ den Arbeiter mit dem Hinterteil zuerst auf die Pflastersteine fallen und dort sitzen. Die angsterfüllten Schreie des Burschen drangen dünn und klagend bis zu Rand hinauf, und sein Kamerad war wohl auf dem Sprung, einfach wegzulaufen. Mehrere von Kaderes Männern, die nahe genug gewesen waren, um alles zu beobachten, blickten sich gegenseitig an und wogen wohl ihre Chancen ab.

Moiraine stand jedoch derart schnell zwischen ihnen, als habe sie die Macht dazu benützt, sich unter sie zu begeben, und bewegte sich elegant von einem zum anderen. Von ihren Gesten konnte Rand beinahe ablesen, welche kühlen, beherrschenden Anweisungen sie den Männern gab, so erfüllt von dem sicheren Bewußtsein, sie würden ihnen nachkommen, daß überhaupt kein Zweifel daran aufkommen konnte. So knüppelte sie jeden Widerspruch nieder, zerstampfte alle Einwände und jagte jeden einzelnen zurück an seine Arbeit. Das Paar mit dem Türrahmen zerrte und schob bald wieder wie vorher, wenn sie auch gelegentlich Moiraine Seitenblicke zuwarfen, in Momenten, wo sie glaubten, sie sehe nicht her. Auf ihre Art war sie sogar noch härter als Lan.

Soweit Rand wußte, waren all diese Artefakte entweder *Angreal* oder *Sa'Angreal* oder *Ter'Angreal,* die vor der Zerstörung der Welt angefertigt worden waren, um die Eine Macht zu verstärken oder auf verschiedene Arten zu benützen. Sicher hatte man sie mit Hilfe der Macht angefertigt, aber selbst die Aes Sedai wußten heute nicht mehr, wie man solche Dinge herstellt. Bei dem verdrehten Türrahmen wußte er ja über den Gebrauch Bescheid – eine Tür in eine andere Welt –, aber was die anderen betraf, hatte er keine Ahnung. Keiner wußte das. Deshalb arbeitete Moiraine so hart, um so viele davon wie möglich zur Weißen Burg zu schaffen, damit man sie dort untersuchen konnte. Es war durchaus möglich, daß sich selbst in der Burg nicht so viele *Angreal* befanden, wie hier auf dem Platz verstreut lagen, obwohl doch dort angeblich die größte Sammlung der Welt aufbewahrt wurde. Und auch bei denen wußten die Aes Sedai nur von einigen wenigen, wie sie zu gebrauchen seien.

Was sich bereits in den Wagen befand oder auf dem Pflaster verstreut herumlag, interessierte Rand nicht. Er hatte das, was er brauchen konnte, bereits in Sicherheit gebracht. Auf gewisse Weise hatte er sogar mehr mitgenommen, als er wollte.

Im Mittelpunkt des Platzes, nahe den verbrannten Überresten eines großen, hundert Fuß hohen Baums, stand ein kleiner Wald aus Glassäulen, jede beinahe so hoch wie der Baum und so schlank, daß es schien, der erste Windstoß müsse sie alle zum Umstürzen bringen. Obwohl der Rand des Schattens sie bereits berührte, fingen und reflektierten sie den Sonnenschein glitzernd und funkelnd. Ungezählte Jahre lang hatten Aielmänner diesen gläsernen Wald betreten und waren wie Rand gezeichnet daraus hervorgekommen, doch nur an einem Arm und damit als Clanhäuptlinge bestätigt. Sie kamen gezeichnet zurück, oder sie kehrten überhaupt nicht wieder. Auch Aielfrauen hatten sich in diese Stadt begeben, um Weise Frauen zu werden. Sonst niemand. Kein anderer hätte es überlebt. *Ein Mann kann ein einziges Mal nach Rhuidean gehen, eine Frau zweimal; mehr würde den Tod bringen.* Das hatten die Weisen Frauen behauptet, und damals entsprach es der Wahrheit. Nun konnte jeder Rhuidean betreten.

Hunderte von Aiel gingen auf den Straßen einher, und eine ständig anwachsende Zahl wohnte sogar in den Gebäuden. Jeden Tag konnte er beobachten, wie auf immer größeren Flächen der Erdstreifen in der Mitte der Straße Bohnen sprossen, oder Kürbisse oder *Zemai,* die sorgfältig und sparsam aus Tongefäßen gegossen wurden. Das Wasser holte man aus dem großen neuen See, der das Südende des Tals ausfüllte – dem einzigen solchen Gewässer im ganzen Land. Tausende lagerten an den umliegenden Hängen, selbst am Chaendaer, zu dem sie vorher nur zu großen Zeremonien gepilgert waren, um von dort aus einen einzelnen Mann oder eine einzelne Frau nach Rhuidean zu schicken.

Wohin er auch ging, überall brachte Rand Veränderungen und Zerstörungen mit sich. Diesmal hoffte er trotz allem, daß die Veränderung Gutes gebracht hatte. Es konnte doch immer noch alles gut werden. Der verbrannte Baum sprach allerdings seinen Bemühungen Hohn: *Avendesora,* der legendäre ›Baum des Lebens‹. Die Legenden erwähnten nie, wo er sich befand, und es war eine große Überraschung gewesen, ihn hier vorzufinden. Moiraine behauptete, es sei immer noch Leben in ihm und er werde wieder sprießen, doch bisher sah er nur geschwärzte Rinde und kahle Äste.

Seufzend wandte er sich vom Fenster ab dem großen Raum zu, der wohl nicht der größte in Rhuidean war, aber mit seinen hohen Fenstern auf beiden Seiten und mit der Kuppeldecke, die als Mosaik mit Bildern von geflügelten Menschen und Tieren ausgelegt war, wirkte er doch sehr geräumig. Die meisten in der Stadt zurückgebliebenen Möbel waren selbst in dieser trockenen Luft der Zeit zum Opfer gefallen, und das wenige, was noch übrig war, war wurmstichig und wimmelte von Käfern. Nur auf der gegenüberliegenden Seite des Raums stand ein solider, vollständig erhaltener Stuhl mit hoher Lehne, sogar mit kaum abgeblätterter Vergoldung. Er paßte allerdings nicht zu dem davorstehenden Tisch, einer breiten Holzfläche, deren Beine und Ecken durch Schnitzereien in Blumenform verziert waren. Jemand hatte das Holz mit Bienenwachs poliert, bis es trotz seines Alters matt schimmerte. Die Aiel hatten diese Möbelstücke für ihn aufgespürt und die Köpfe geschüttelt ob solcher Verschwendung. Es gab in der Wüste nur wenige Bäume, von denen die langen, geraden Hölzer stammen konnten, aus denen der Stuhl gebaut war, und schon gar keine, die dem Tisch Pate gestanden hätten.

Das waren bereits sämtliche Möbelstücke, die er als solche betrachtete. Im Mittelpunkt des Raums lag auf den dunkelroten Bodenfliesen ein schöner Teppich illianischer Handarbeit, ganz in Blau und Gold gehalten, der wohl nach einer lang vergessenen Schlacht als Beutestück mitgebracht worden war. Überall lagen Kissen aus bunter Seide und mit Fransen auf dem Boden verstreut. Sie wurden von den Aiel statt Stühlen benützt, wenn sie nicht gerade nur einfach auf den Fersen hockten, was für sie genauso bequem war wie ein Polstersessel.

Sechs Männer saßen auf den Kissen auf dem Teppich. Sechs Clanhäuptlinge, und sie vertraten die Clans, die bisher erschienen waren, um Rands Ruf Folge zu leisten. Oder genauer, um demjenigen, Der Mit Der Morgendämmerung Kommt, Folge zu leisten. Nicht immer gern. Er nahm an, daß Rhuarc, ein breitschultriger, blauäugiger Mann mit kräftigen weißen Strähnen im dunkelroten Haar für ihn Freundschaft empfand, aber die anderen gewiß nicht. Und es waren nur sechs von den zwölf Clans.

Rand mißachtete den Stuhl und setzte sich mit übergeschlagenen Beinen den Aiel gegenüber hin. Außerhalb Rhuideans waren die einzigen Stühle in der ganzen Wüste die der Clanhäuptlinge, die nur von ihnen und nur aus drei Gründen benützt wurden: um zum Clanhäuptling ausgerufen zu werden, um die ehrenvolle Unterwerfung eines Gegners entgegenzunehmen oder um Gericht zu halten. Wenn er vor diesen

Männern jetzt den Stuhl benützte, würde das heißen, einer dieser drei Gründe träfe zu. Sie trugen alle den *Cadin'sor,* Wams und Hose in verschiedenen Grau- und Braunschattierungen, deren Farbe dem Boden in der Wüste angepaßt war, und weiche, bis zum Knie geschnürte Stiefel. Selbst hier und bei einem Treffen mit dem Mann, den sie selbst zum *Car'a'carn,* zum Häuptling aller Häuptlinge, ausgerufen hatten, hatte jeder ein Messer mit breiter, schwerer Klinge am Gürtel und die graubraune Schufa wie ein Halstuch umgehängt. Falls ein Mann sein Gesicht mit dem schwarzen Schleier verhüllte, der ein Teil der Schufa war, hieß das, er sei zum Töten bereit. Und das war keineswegs ausgeschlossen. Diese Männer hatten in einem nie endenden Zyklus von Überfällen und Schlachten und Fehden gegeneinander gekämpft. Sie beobachteten ihn, warteten auf ihn, aber die Wartehaltung eines Aiel sprach immer von Kampfbereitschaft, von schnellem und tödlichem Zuschlagen.

Bael, der größte Mann, den Rand je gesehen hatte, und Jheran, schlank wie eine Klinge und schnell wie eine Natter, lagen so weit wie überhaupt auf dem Teppich möglich voneinander entfernt. Zwischen Baels Goshien und Jherans Shaarad herrschte Blutfehde. Sie war wohl durch die Anwesenheit des *Car'a'carn* ausgesetzt, aber keineswegs vergessen. Und vielleicht hielt auch noch der Friede von Rhuidean, trotz allem, was geschehen war. Dennoch bildeten die lieblichen Klänge der Harfe einen harten Kontrast zu der Weigerung Baels und Jherans, einander auch nur anzublicken. Sechs Augenpaare, blau oder grün oder grau, in sonnenverbrannten Gesichtern; neben den Aiel wirkte selbst ein Habicht noch zahm.

»Was muß ich tun, um Reyn für mich zu gewinnen?« fragte er. »Ihr wart doch sicher, daß er kommen werde, Rhuarc.«

Der Häuptling der Taardad blickte ihn gelassen an.

Sein Gesicht war so ausdruckslos, daß es hätte aus Stein gemeißelt sein können. »Wartet. Einfach nur warten. Dhearic wird sie herbringen. Nach einer Weile.«

Der weißhaarige Han, der neben Rhuarc saß, verzog den Mund, als wolle er ausspucken. Sein wettergegerbtes Gesicht zeigte wie immer einen säuerlichen Ausdruck. »Dhearic hat schon bei zu vielen Männern und Töchtern des Speers zusehen müssen, wie sie tagelang dasaßen und in die Luft starrten und dann ihre Speere wegwarfen. Weggeworfen haben sie sie!«

»Und dann sind sie weggelaufen«, fügte Bael leise hinzu. »Ich habe selbst welche gesehen unter den Goshien, sogar aus meiner eigenen Septime, die wegliefen. Genau wie du, Han, unter den Tomanelle. Wir alle haben zuschauen müssen, wie das geschah. Ich glaube nicht, daß ihnen klar ist, wohin sie rennen oder wovor sie weglaufen.«

»Feige Schlangen«, fauchte Jheran. Sein hellbraunes Haar war bereits mit Grau durchsetzt. Es gab keine jungen Männer unter den Clanhäuptlingen der Aiel. »Stinkottern, die sich vor den eigenen Schatten davonwinden.« Ein Seitenblick zum gegenüberliegenden Ende des Teppichs machte klar, daß er damit die Goshien meinte und nicht nur diejenigen, die ihre Speere weggeworfen hatten. Bael machte Anstalten, sich zu erheben, wobei sich sein Gesicht womöglich noch mehr verhärtete, aber sein Nebenmann legte ihm beruhigend eine Hand auf den Arm. Bruan von den Nakai war groß und stark genug für zwei Grobschmiede, doch er hatte eine ruhige und friedliche Natur, die gar nicht zu den Aiel zu passen schien. »Wir alle haben Töchter und Männer weglaufen sehen.« Wie er es sagte, klang es beinahe schläfrig, genau wie seine grauen Augen dreinblickten, doch Rand wußte es besser. Selbst Rhuarc betrachtete Bruan als einen tödlichen Gegner und einen gewiegten Taktiker. Glücklicherweise war er neben Rhuarc Rands wichtigste Stütze. Oder besser: er folgte

Ihm, Der Mit Der Morgendämmerung Kommt, während er Rand al'Thor kaum kannte. »Genau wie du, Jheran. Du weißt, wie schwer es war, dem ins Gesicht zu sehen, was sie in Konflikte brachte. Wenn du diejenigen nicht als Feiglinge bezeichnest, die starben, weil sie sich diesem Wissen nicht stellen wollten, dann kannst du doch wohl diejenigen nicht Feiglinge nennen, die aus dem gleichen Grund weglaufen, oder?«

»Sie hätten es nie erfahren sollen«, knurrte Han und grub die Hände in sein blaues Fransenkissen, als sei es die Kehle eines Feindes. »Das war nur für die bestimmt, die Rhuidean betreten und überleben konnten.«

Er sprach zu niemandem bestimmten, aber natürlich waren die Worte für Rands Ohren gedacht. Es war Rand gewesen, der allen enthüllt hatte, was ein Mann erfuhr, wenn er den Wald der Glassäulen auf dem großen Platz betrat, der genug enthüllt hatte, daß die Häuptlinge und die Weisen Frauen sich schließlich nicht weigern konnten, auch den Rest zu erzählen. Falls es jetzt noch in der Wüste einen Aiel gab, der die Wahrheit nicht wußte, dann mußte er bereits einen Monat lang mit keiner Menschenseele mehr gesprochen haben.

Die Aiel trugen keineswegs, wie die meisten geglaubt hatten, das Erbe ruhmreicher Schlachten in sich, sondern sie hatten ihre Geschichte als hilflose Flüchtlinge nach der Zerstörung der Welt begonnen. Natürlich war damals jeder Überlebende zum Flüchtling geworden, aber die Aiel hatten sich nie als hilflos angesehen. Noch schlimmer: Sie waren Anhänger des ›Wegs des Blattes‹ gewesen und hatten sich somit geweigert, Gewalt anzuwenden, sogar zur Verteidigung des eigenen Lebens. Aiel hieß in der Alten Sprache ›hingegeben‹, und sie hatten sich dem Frieden hingegeben. Diejenigen, die sich heute Aiel nannten, waren die Nachkommen solcher, die den Schwur unzähliger Generationen gebrochen hatten. Von der alten Lehre war nur noch ein kleiner Rest geblieben: Ein Aiel würde lieber sterben, als ein Schwert in die Hand nehmen. Das hatten sie immer als Teil ihres Stolzes angesehen, etwas, das sie von den anderen unterschied, die außerhalb der Wüste lebten.

Er hatte Aiel sagen hören, daß sie eine Sünde begangen haben mußten, für die sie in die unwegsame Wüste verbannt worden waren. Jetzt wußten sie, was der Grund gewesen war. Die Männer und Frauen, die Rhuidean erbaut hatten und hier gestorben waren, die man die Jenn Aiel genannt hatte oder den ›Clan, den es nicht gab‹, wenn man überhaupt von ihnen sprach, waren diejenigen gewesen, die den Aes Sedai aus der Zeit vor der Zerstörung die Treue gehalten hatten. Es war schwer, mit dem konfrontiert zu werden, was man immer für eine Lüge gehalten hatte.

»Es mußte gesagt werden«, sagte Rand. *Sie hatten ein Recht darauf, es zu erfahren. Ein Mensch sollte nicht eine Lüge leben müssen. Ihre eigene Weissagung behauptete, ich würde sie zerstören. Und ich hätte sowieso nicht anders handeln können.* Die Vergangenheit war vergangen und vorbei; jetzt mußte er sich über die Zukunft Gedanken machen. *Einigen dieser Männer bin ich unsympathisch, andere hassen mich, weil ich nicht als einer von ihnen geboren wurde, aber sie folgen mir. Ich brauche sie alle.* »Wie steht es mit den Miagoma?«

Erim, der zwischen Rhuarc und Han lag, schüttelte den Kopf. Sein einstmals leuchtend rotes Haar war zur Hälfte weiß, aber seine grünen Augen blickten genauso lebhaft drein wie die eines jungen Mannes. Seine großen Hände, breit, lang und hart, zeigten, daß auch seine Arme noch stark sein mußten. »Timolan läßt seine Füße nicht wissen, wohin er springen wird, bis er bereits gesprungen ist.«

»Als Timolan noch ein junger Häuptling war«, sagte Jheran, »versuchte er, die Clans zu vereinen, und scheiterte. Es wird ihm nicht leichtfallen, anzuerkennen, daß nun endlich einer gekommen ist, der schafft, woran er scheiterte.«

»Er wird kommen«, sagte Rhuarc. »Timolan hat sich selbst nie für Ihn gehalten, Der Mit Der Morgendämmerung kommt. Und Janwin wird die Shiande bringen. Aber sie warten noch. Sie müssen erst ihre innere Zerrissenheit beherrschen lernen.«

»Sie müssen damit fertigwerden, daß Er, Der Mit Der Morgendämmerung Kommt, ein Feuchtländer ist«, wetterte Han. »Nichts für ungut, *Car'a'carn*.« In seiner Stimme schwang keinerlei Unterwürfigkeit mit; ein Häuptling war zwar kein König, aber der Häuptling aller Häuptlinge eben auch nicht. Im besten Fall war er der Erste unter Gleichen.

»Ich glaube, auch die Daryne und die Codarra werden schließlich kommen«, sagte Bruan ruhig. Und schnell, damit aus seinem Schweigen kein Grund erwachsen konnte, den Tanz der Speere zu tanzen. Im besten Fall der Erste unter Gleichen. »Sie haben mehr als alle anderen Clans an die Trostlosigkeit verloren.« Die Aiel hatten sich angewöhnt, die lange Periode so zu nennen, in denen jemand ins Leere starrte, bevor er oder sie vor der Tatsache wegzulaufen versuchte, ein Aiel zu sein. »Im Augenblick sind Mandelain und Indirian damit beschäftigt, ihre Clans zusammenzuhalten, und beide werden die Drachen an Euren Armen selbst begutachten wollen, deshalb werden sie kommen.«

Damit blieb nur noch ein Clan unerwähnt, den keiner der Häuptlinge ins Spiel bringen wollte. »Was gibt es Neues von Couladin und den Shaido?« fragte Rand schließlich von sich aus.

Schweigen folgte seinen Worten, nur durchbrochen von den leisen, getragenen Klängen der Harfe im Hintergrund. Jeder wartete darauf, daß der andere spräche, und alle zeigten – soweit man das einem Aiel ansehen konnte – etwas wie Unbehagen. Jheran blickte finster seinen Daumennagel an, und Bruan spielte mit einer der silbernen Fransen an seinem grünen Sitzkissen. Selbst Rhuarc betrachtete interessiert den Teppich.

In Weiß gehüllte Männer und Frauen mit eleganten Bewegungen füllten die Stille, indem sie Wein in gehämmerte Silberbecher gossen, die neben jedem Mann standen. Sie brachten dazu noch kleine Silberschalen mit Oliven, die in der Wüste eine Seltenheit darstellten, weißen Schafskäse und die hellen, gerunzelten Nüsse, die man bei den Aiel *Pecara* nannte. Die Aielgesichter unter den weißen Kapuzen wirkten ungewohnt demütig. Den Blick hatten sie meist zu Boden gesenkt.

Ob sie nun nach einer Schlacht gefangengenommen oder bei einem Überfall geraubt worden waren, hatten die *Gai'schain* schwören müssen, ein Jahr und einen Tag lang gehorsam zu dienen, keine Waffe zu berühren, keine Gewalt zu gebrauchen, und nach Ablauf dieser Frist durften sie zum eigenen Clan und der eigenen Septime zurückkehren, als sei nichts geschehen. Ein eigenartiges Echo, sicher auch noch vom Weg des Blattes ausgelöst. *Ji'e'toh,* Ehre und Pflicht, verlangten es so, und *Ji'e'toh* zu brechen war wohl das Schlimmste, was ein Aiel tun konnte. Es war durchaus möglich, daß einige dieser Männer und Frauen den eigenen Clanhäuptling bedienten, aber niemand würde das auch nur durch ein Wimpernzucken zeigen, solange er oder sie noch als *Gai'schain* dienen mußte – nicht einmal ein Sohn oder eine Tochter würde hier den eigenen Vater begrüßen.

Mit einemmal kam Rand der Gedanke, daß hier auch der wahre Grund zu suchen sei, warum einige Aiel das, was er ihnen enthüllt hatte, so schwer nahmen. Ihnen mußte es vorkommen, als hätten ihre Vorfahren einen Eid als *Gai'schain* abgelegt, der nicht nur für sie selbst, sondern für alle künftigen Generationen galt. Und diese Generationen – alle, bis zum heutigen Tag – hatten gegen *Ji'e'toh* verstoßen, indem sie den Speer aufnahmen. Hatten die Männer, die jetzt vor ihm saßen und lagen, diesen Gedanken ebenfalls durchgespielt? *Ji'e'toh* war für die Aiel eine sehr ernste Angelegenheit.

Die *Gai'schain* schlüpften auf weichen Sohlen fast lautlos hinaus. Keiner der Clanhäuptlinge jedoch berührte den Wein oder die Speisen.

»Gibt es Anlaß zur Hoffnung, daß Couladin sich mit mir zu Verhandlungen trifft?« Rand war klar, daß es keine Hoffnung gab. Er hatte aufgehört, Boten mit der Aufforderung zu einem Zusammentreffen hinzuschicken, als er erfuhr, daß Couladin den Boten bei lebendigem Leib die Haut abziehen ließ. Aber auf diese Weise wollte er die anderen zum Sprechen bringen.

Han schnaubte. »Das einzige, was wir von ihm hörten, war, daß er beim nächsten Zusammentreffen *Euch* die Haut abziehen will. Klingt das, als sei er zum Verhandeln bereit?«

»Kann ich ihm die Shaido abspenstig machen?«

»Sie folgen ihm«, sagte Rhuarc. »Er ist nicht einmal Häuptling, aber sie nehmen es ihm ab.« Couladin war niemals zwischen jene Glassäulen getreten. Vielleicht glaubte er sogar, so wie er behauptete, daß alles, was Rand gesagt hatte, bloße Lüge sei. »Er sagt, er sei der *Car'a'carn,* und auch das glauben sie ihm. Die Töchter des Speers von den Shaido kamen ausschließlich ihrer Gemeinschaft wegen hierher, denn die *Far Dareis Mai* bewahrten Eure Ehre. Die anderen werden nicht kommen.«

»Wir schicken Kundschafter, um sie unter Beobachtung zu halten«, sagte Bruan, »und die Shaido töten sie, wenn sie können. Couladin ist dabei, ein halbes Dutzend verschiedener Blutfehden auszulösen. Doch wenigstens gibt es noch kein Anzeichen dafür, daß er uns hier angreifen will. Ich habe gehört, er behaupte, wir hätten Rhuidean entweiht, und wenn er uns jetzt angreift, würde das nur die Entweihung verschlimmern.«

Erim knurrte etwas und verlagerte sein Gewicht auf dem Kissen. »Er meint damit, hier befänden sich genügend Speere, um jeden seiner Shaido zweimal zu töten und noch mehr.« Er schob sich einen Brocken weißen Käse in den Mund und grollte noch: »Die Shaido waren schon immer Feiglinge und Diebe.«

»Ehrlose Hunde«, sagten Bael und Jheran im Chor, und dann sahen sie sich an, als fürchteten sie, der andere habe sie irgendwie zu dieser Aussage verführt.

»Ehrlos oder nicht«, warf Bruan beruhigend ein, »Couladins Heer wächst jedenfalls.« So ruhig er auch klang, er mußte doch erst einen tiefen Zug aus seinem Becher nehmen, bevor er weitersprach: »Ihr wißt alle, wovon ich spreche. Einige von denen, die nach der Trostlosigkeit weglaufen, werfen ihre Speere nicht fort. Statt dessen vereinigen sie sich mit denen aus ihrer Gemeinschaft unter den Shaido.«

»Kein Tomanelle hat jemals seinen Clan verlassen«, rief Han zornig.

Bruan blickte an Rhuarc und Erim vorbei den Häuptling der Tomanelle an und sagte betont: »Das ist in jedem Clan mittlerweile vorgekommen.« Ohne auf einen weiteren Widerspruch zu warten, legte er sich auf seinem Kissen zurück. »Man kann das auch nicht so sehen, daß sie ihren Clan verließen. Sie schließen sich ihrer Kriegergemeinschaft an. Wie die Töchter des Speers von den Shaido, die hierher zu ihrem Dach gekommen sind.«

Es gab ein wenig Gemurre, doch diesmal widersprach keiner. Die Regeln in bezug auf die Kriegergemeinschaften der Aiel waren kompliziert, und auf gewisse Weise fühlten sich ihre Mitglieder genauso an sie gebunden wie an ihren Clan. So kämpften beispielsweise Mitglieder der gleichen Gemeinschaft nicht gegeneinander, auch wenn ihre Clans eine Blutfehde ausfochten. Einige Männer heirateten eine Frau nicht, wenn sie zu eng mit einem Mitglied der eigenen

Kriegergemeinschaft verwandt war, als sei sie dadurch eine eigene Blutsverwandte. Über die Sitten der *Far Dareis Mai,* der Töchter des Speers, wollte Rand lieber erst gar nicht nachdenken.

»Ich muß wissen, was Couladin vorhat«, sagte er zu ihnen. Couladin war wie ein Stier mit einer Biene im Ohr – er konnte in jeder möglichen Richtung losstürmen. Rand zögerte. »Würde es die Ehre verletzen, wenn wir Leute aussenden, die sich den Mitgliedern ihrer Gemeinschaften bei den Shaido anschließen?« Er mußte sich nicht ausführlicher erklären. Alle versteiften sich auf ihren Kissen und starrten ihn voller Kälte an, als wollten sie die Hitze aus dem Raum vertreiben.

»Auf diese Weise zu spionieren« – Erim verzog den Mund bei dem Ausdruck ›spionieren‹, als sei das bloße Wort schon eine Beleidigung – »wäre genauso, als verrate man die Geheimnisse der eigenen Septime. Niemand mit Ehre im Leib würde so etwas tun!«

Rand verkniff es sich, zu fragen, ob man vielleicht jemanden mit einem etwas lockereren Ehrbegriff finden könne. Der Humor bei den Aiel war eine eigenartige Sache, oftmals sogar grausam, aber es gab Fälle, in denen verstanden sie absolut keinen Spaß.

Um das Thema zu wechseln, fragte er: »Gibt es irgendwelche Nachrichten von jenseits des Drachenwalls?« Er kannte die Antwort, denn diese Art von Neuigkeiten sprach sich selbst bei der Anzahl von Aiel schnell herum, wie sie hier vor Rhuidean versammelt war.

»Nichts Nennenswertes«, antwortete Rhuarc. »Bei den Streitigkeiten unter den Baummördern kommen nur wenige Händler ins Dreifache Land.« So nannten die Aiel ihre Wüste: zum einen Buße für ihre Sünde, dann als Ort, an dem sie ihren Mut beweisen mußten, und schließlich als Amboß, auf dem sie zurechtgeschmiedet wurden. Als Baummörder bezeichneten sie die Bewohner Cairhiens. »Das Drachenbanner weht noch über dem Stein von Tear. Die Taierener sind nach Norden marschiert, wie Ihr angeordnet hattet, und haben unter den Baummördern Lebensmittel verteilt. Sonst nichts.«

»Ihr hättet die Baummörder verhungern lassen sollen«, brummte Bael, und Jheran schloß eiligst den Mund. Rand vermutete, er habe gerade dasselbe sagen wollen.

»Die Baummörder sind zu nichts anderem gut, als entweder getötet oder wie Vieh in Shara verkauft zu werden«, sagte Erim zornig. Das waren zwei der Strafen, die bei den Aiel üblich waren, wenn man uneingeladen in die Wüste kam. Nur Gaukler, Händler und Kesselflicker hatten uneingeschränkt Zugang, obwohl die Aiel die Kesselflicker mieden wie die Pest. Shara nannten sie die Länder jenseits der Wüste. Nicht einmal die Aiel wußten viel über sie.

Aus dem Augenwinkel sah Rand zwei Frauen, die erwartungsvoll gerade innerhalb des hohen Türbogens standen. Jemand hatte einen Vorhang aus mit bunten Glasperlen behängten Schnüren angebracht, rot und blau, um die fehlende Tür zu ersetzen. Eine der Frauen war Moiraine. Einen Augenblick lang überlegte er sich, ob er sie warten lassen solle. Moiraine hatte wieder diesen aufreizenden Kommandoblick an sich und erwartete offensichtlich, daß sie alles unterbrächen, um sie anzuhören. Andererseits war aller Diskussionsstoff ohnehin verbraucht, und sie sah wohl auch den Männern an, daß sie keine Lust zum Plaudern hatten. Nicht jetzt, wo man gerade an die Trostlosigkeit und die Shaido denken mußte.

Seufzend stand er auf, und die Häuptlinge taten es ihm nach. Alle außer Han waren genauso groß oder noch größer als er. Wo Rand aufgewachsen war, hätte man Hans Größe als durchschnittlich oder sogar etwas überdurchschnittlich betrachtet, während er unter den Aiel als klein galt. »Ihr wißt, was Ihr zu tun habt. Holt die restlichen Clans her und behaltet die Shaido im Auge.« Er schwieg einen Moment lang und fügte dann hinzu: »Es wird schon gut ausgehen. So gut für die Aiel, wie ich es nur fertigbringe.«

»Es wurde geweissagt, daß Ihr uns vernichten werdet«, sagte Han mürrisch, »und Ihr habt gut damit begonnen. Und doch werden wir Euch folgen. Bis der Schatten verflogen«, zitierte er, »bis das Wasser versickert ist, in den Schatten hinein mit gebleckten Zähnen, bis zum letzten Atemzug Widerspruch schreiend, um am Letzten Tag dem Sichtblender ins Auge zu spucken.« Sichtblender war eine der Aielbezeichnungen für den Dunklen König.

Rand blieb nichts anderes übrig, als eine geziemende Antwort zu geben. Einst hatte er sie nicht gekannt. »Bei meiner Ehre und dem Licht wird mein Leben zum Dolch im Herzen des Sichtblenders werden.«

»Bis zum Letzten Tag«, beendete der Aiel die zeremoniellen Sätze, »und zum Shayol Ghul selbst.« Der Harfner spielte friedlich weiter. Die Häuptlinge drängten sich an den beiden Frauen vorbei, wobei sie Moiraine mit respektvollen Blicken bedachten. Sie hatten aber offensichtlich keine Angst vor ihr. Rand wünschte, er besäße ebensoviel Selbstsicherheit. Moiraine hatte zu viele Pläne für ihn, zu viele Möglichkeiten, ihn als Marionette zu benützen, ohne daß er es überhaupt bemerkte.

Die beiden Frauen traten ein, sobald die Häuptlinge weg waren. Moiraine wirkte so kühl und elegant wie immer: eine kleine, hübsche Frau, ob mit oder ohne die typische Alterslosigkeit der Aes Sedai. Sie hatte das feuchte Tuch zur Kühlung ihrer Schläfen abgelegt. Statt dessen hing auf ihrer Stirn an einer feinen goldenen Kette, die in ihrem dunklen Haar befestigt war, ein kleiner blauer Edelstein. Es hätte aber auch nichts bedeutet, wenn sie an dieser Stelle das Tuch belassen hätte; nichts konnte ihre königliche Haltung mindern. Sie erschien allen für gewöhnlich einen Fuß größer, als sie tatsächlich war, und in ihren Augen standen Selbstvertrauen und Überlegenheit.

Die andere Frau war größer, wenn sie ihm auch nicht bis an die Schulter reichte, und jung, also keineswegs alterslos. Es war Egwene, mit der er aufgewachsen war. Nun konnte sie sich fast, wenn man die großen, dunklen Augen mißachtete, als Aielfrau ausgeben, und das nicht nur ihres sonnenverbrannten Gesichts und der Hände wegen. Sie trug den bei den Aiel üblichen Rock aus brauner Wolle und eine lose hängende weiße Bluse aus einer Pflanzenfaser, die *Algode* genannt wurde. *Algode* war weicher als selbst die feinstgesponnene Wolle. Falls er je die Aiel dazu bringen konnte, wäre das eine hervorragende Handelsware. Um Egwenes Schultern hing ein graues Dreieckstuch, und sie hatte sich einen ebenfalls grauen Schal zusammengerollt und um die Stirn gebunden, der ihr schulterlanges, dunkles Haar zurückhielt. Anders als die Aielfrauen trug sie aber nur einen Armreif aus Elfenbein, in Form eines Flammenringes geschnitzt, und nur eine einzige Halskette aus Gold mit Elfenbeinperlen. Und noch etwas: einen Großen Schlangenring an der linken Hand.

Egwene hatte sich von einigen Weisen Frauen der Aiel ausbilden lassen. Rand wußte nicht genau, worin, er vermutete aber, es müsse um Träume gehen. Egwene und die Aielfrauen hüllten sich in Schweigen, wenn es um dieses Thema ging. Vorher aber hatte sie auch in der Weißen Burg studiert. Sie war dort eine der Aufgenommenen und auf dem Weg, eine Aes Sedai zu werden. Und zumindest hier und in Tear hatte sie sich bereits als fertige Aes Sedai ausgegeben. Manchmal zog er sie deshalb auf, doch sie vertrug seine Scherze in dieser Beziehung offensichtlich nicht.

»Die Wagen werden bald bereit sein, nach Tar Valon zu fahren«, sagte Moiraine. Ihre Stimme klang kristallklar und melodiös.

»Schickt eine starke Bewachung mit«, sagte Rand, »sonst bringt Kadere sie vielleicht nicht dorthin, wo Ihr sie haben wollt.« Er wandte sich wieder den Fenstern zu, weil er hinausblicken und über Kadere nachdenken wollte. »Ihr habt mich ja auch zuvor nicht gebraucht, um Euer Händchen zu halten oder Euch eine Erlaubnis zu erteilen.«

Plötzlich schien ihn etwas von hinten auf die Schulter zu treffen, wie ein Schlag mit einem dicken Hickorystock. Nur eine leichte Gänsehaut, so unwahrscheinlich das bei dieser Hitze war, sagte ihm, daß eine der Frauen soeben die Macht benützt hatte.

Er drehte sich schnell zu ihnen hin, griff gleichzeitig nach *Saidin* und füllte sich mit der Einen Macht. Es war ein Gefühl, als wachse das Leben selbst in ihm, als lebte er mit einem Mal zehnfach, hundertfach. Auch die Verderbnis des Dunklen Königs füllte ihn mit Tod und Verwesung, als krabbelten Maden in seinem Mund. Der ganze Strom drohte ihn wegzuschwemmen. Er mußte jeden Augenblick gegen die reißende Flut ankämpfen. Er war inzwischen schon fast daran gewöhnt, und doch würde er sich nie daran gewöhnen können. Er wollte sich für alle Ewigkeit an der Süße *Saidins* festklammern, und doch hätte er sich fast übergeben. Und die ganze Zeit über bemühte sich diese Sintflut, ihn bis auf die Knochen zu entblößen und auch noch die Knochen selbst zu Asche zu verbrennen.

Die Verderbnis würde ihn eines Tages in den Wahnsinn treiben, falls ihn die Macht nicht schon vorher ausbrannte. Es war wie ein Wettrennen zwischen beiden. Der Wahnsinn war jedem Mann zum Verhängnis geworden, der seit dem Beginn der Zerstörung der Welt die Macht benützt hatte, seit dem Tag, an dem Lews Therin Telamon, der Drache, und seine Hundert Gefährten das Gefängnis des Dunklen Königs im Shayol Ghul versiegelt hatten. Der letzte Rückstoß der Macht bei dieser Versiegelung hatte die männliche Hälfte der

Wahren Quelle vergiftet, und Männer, die mit der Macht umgehen konnten, Wahnsinnige, die die Macht lenkten, hatten die Welt entzweigefetzt.

Er füllte sich mit der Macht... Und er wußte trotzdem nicht, welche der beiden Frauen das getan hatte. Beide blickten ihn voller Unschuld an, jede mit beinahe gleichermaßen fragend hochgezogener Augenbraue, unschuldig, doch leicht amüsiert. Eine von ihnen oder sogar beide füllten sich vielleicht in diesem Augenblick mit der Macht aus der weiblichen Hälfte der Wahren Quelle, aber er konnte das nicht feststellen.

Sicher, ein Stockschlag über die Schultern war nicht Moiraines Stil. Sie fand gewöhnlich andere Wege, um zu bestrafen, subtilere, die am Ende dann um so schmerzhafter waren. So war er sich einigermaßen sicher, daß es Egwene gewesen war, aber er unternahm nichts. *Beweise.* Der Gedanke glitt an der Außenwand des Nichts entlang, während er drinnen schwebte, in der Leere, in der alle Gedanken und Gefühle, selbst sein Zorn, weit weg waren. *Ich werde nichts ohne Beweise unternehmen. Diesmal lasse ich mich nicht zu einer Reaktion verführen.* Sie war ja auch nicht mehr die alte Egwene, mit der er aufgewachsen war. Seit Moiraine sie hingesandt hatte, war sie ein Teil der Burg geworden. Wieder Moiraine. Immer Moiraine. Manchmal wünschte er, er könne Moiraine loswerden. *Nur manchmal?*

Er konzentrierte sich auf sie. »Was wollt Ihr von mir?« Seine Stimme klang gepreßt und kalt in den eigenen Ohren. Die Macht raste in ihm. Egwene hatte ihm erzählt, daß die Berührung *Saidars,* der weiblichen Hälfte der Wahren Quelle, wie eine Umarmung sei. Bei einem Mann dagegen war es immer ein gnadenloser Kampf. »Und erwähnt die Wagen nicht mehr, kleine Schwester. Gewöhnlich erfahre ich erst, was Ihr vorhabt, lange nachdem Ihr es getan habt.«

Die Aes Sedai runzelte die Stirn, und das war ja auch kein Wunder. Sie war bestimmt nicht daran gewöhnt, so genannt zu werden, von keinem Mann, auch nicht dem Wiedergeborenen Drachen. Er hatte selbst keine Ahnung, wie er auf dieses ›kleine Schwester‹ gekommen war. In letzter Zeit tauchten immer wieder ungewollt Worte in seinem Verstand auf. Vielleicht war das ein Anflug des Wahnsinns. Er lag oftmals nachts stundenlang im Bett und konnte nicht schlafen, weil er darüber nachgrübelte. Innerhalb des Nichts schien es, als müsse sich ein ganz anderer darüber Gedanken machen.

»Wir sollten allein miteinander sprechen.« Sie warf dem Harfner einen kühlen Blick zu.

Jasin Natael, wie er sich hier nannte, lag halb ausgestreckt auf Kissen an einer der fensterlosen Wände und spielte leise auf der Harfe, die er auf ein Knie gestützt hatte. Der obere Arm des Instruments war so geschnitzt und vergoldet, daß er den Geschöpfen auf Rands Unterarmen glich. Drachen, wie die Aiel sie nannten. Rand konnte nur vermuten, woher Natael das Ding hatte. Er war ein dunkelhaariger Mann, der außerhalb der Aiel-Wüste sicher als hochgewachsen gegolten hätte, und von mittleren Jahren. Wams und Hose bestanden aus dunkelblauer Seide, die gut an einen Königshof gepaßt hätte bei dieser Qualität, und waren mit kunstvollen Goldstickereien an Kragen und Manschetten verziert. Er hatte seine Kleidung trotz der Hitze bis obenhin zugeknöpft und -gebunden. Die feinen Kleider paßten nicht zu seinem Gauklerumhang, der neben ihm ausgebreitet lag. Es war ein durchaus fester Umhang, aber mit Hunderten von Flicken in beinahe ebenso vielen Farben geschmückt, die so aufgenäht waren, daß sie beim kleinsten Luftzug flatterten. Dieser Umhang bedeutete, daß man es mit einem fahrenden Gaukler zu tun hatte, einem Jongleur und Akrobaten, Musiker und Geschichtenerzähler, der von Dorf zu Dorf wanderte. Und das war ja wohl kein Mann, der Seide tragen würde. Der Mann war offensichtlich eitel. Er schien im Moment ganz in seiner Musik aufzugehen.

»Ihr könnt alles, was Ihr wollt, vor Natael sagen«, gab ihr Rand zur Antwort. »Er ist schließlich der persönliche Gaukler des Wiedergeborenen Drachen.« Falls die Geheimhaltung in diesem Fall wirklich so wichtig war, würde sie darauf bestehen, und er würde Natael wegschicken, obwohl er den Mann nicht gern aus den Augen verlor.

Egwene schnaubte vernehmlich und rückte die Stola auf ihren Schultern zurecht. »Dein Kopf ist geschwollen wie eine überreife Melone, Rand al'Thor.« Sie sagte das emotionslos wie eine klare Feststellung.

Zorn stieg außerhalb des Nichts empor. Nicht, weil sie das gesagt hatte; schon als sie Kinder waren, hatte sie ihn immer wieder zurechtgestutzt, ob er es verdient hatte oder nicht. Aber in letzter Zeit hatte sie sich angewöhnt, Hand in Hand mit Moiraine zu arbeiten, ihn aus dem Gleichgewicht zu bringen, damit ihn die Aes Sedai dann herumschubsen konnte, wie sie wollte. Als sie jünger waren, bevor sie erfuhren, was er war, hatten Egwene und er immer erwartet, eines Tages zu heiraten. Und nun schlug sie sich gegen ihn auf die Seite Moiraines.

Mit hartem Gesichtsausdruck sprach er grober, als er eigentlich wollte: »Sagt mir, was Ihr wünscht, Moiraine. Sagt es mir hier und jetzt, oder wartet damit, bis ich Zeit für Euch habe. Ich bin sehr beschäftigt.« Das war eine glatte Lüge. Die meiste Zeit über übte er sich mit Lan im Schwertkampf oder mit Rhuarc im Umgang mit dem Speer, oder er lernte von beiden, wie man nur mit Händen und Füßen kämpft. Aber wenn er heute mit Grobheit etwas erreichen konnte, dann nur zu. Natael konnte ruhig alles hören. Fast alles. Solange Rand nur immer wußte, wo er sich gerade aufhielt.

Moiraine und Egwene machten böse Mienen, doch die echte Aes Sedai schien schließlich einzusehen, daß er diesmal nicht nachgeben werde. Sie warf Natael einen Blick zu und verzog leicht den Mund. Der Mann schien nach wie vor in seiner Musik aufzugehen. Dann zog sie ein dickes, in graue Seide gewickeltes Bündel aus ihrer Tasche.

Sie wickelte es auf und legte den Inhalt auf den Tisch: eine Scheibe von der Größe einer Männerhand, zur Hälfte matt schwarz und die andere Hälfte reinstes Weiß. Die beiden Farben trafen sich in einer Schlangenlinie genau in der Mitte und bildeten so zwei aneinandergefügte Tränen. Das war vor der Zerstörung der Welt das Symbol der Aes Sedai gewesen, doch diese Scheibe war mehr als das. Nur sieben davon waren jemals angefertigt worden – als Siegel auf dem Gefängnis des Dunklen Königs. Oder genauer: Jede war ein Brennpunkt für eines der Siegel. Sie zog ihr Messer vom Gürtel. Mit der scharfen Klinge kratzte Moiraine vorsichtig an der Kante der Scheibe. Und ein dünner, tiefschwarzer Splitter sprang ab.

Selbst in der Blase des Nichts geborgen schnappte Rand nach Luft. Die Leere bebte, und einen Augenblick lang hätte ihn fast die Macht überwältigt. »Ist das eine Kopie? Eine Fälschung?«

»Ich habe es unten auf dem Platz gefunden«, sagte Moiraine. »Es ist tatsächlich echt. Das eine, das ich von Tear mitgebracht habe, ist genau gleich.« So wie sie es sagte, hätte sie auch über Erbsensuppe zum Mittagessen sprechen können. Egwene andererseits hatte ihre Stola zusammengezogen, als fröre sie.

Rand spürte, wie sich auch in ihm die Angst breitmachte und über die Oberfläche des Nichts rann. Es kostete Mühe, *Saidin* fahren zu lassen, doch er zwang sich dazu. Falls seine Konzentration zu sehr gestört wurde, würde ihn die Macht auf der Stelle ausbrennen, und er brauchte seine ganze Aufmerksamkeit für das vor ihm auf dem Tisch liegende Problem. Trotzdem und obwohl er froh war, die Verderbnis nicht mehr zu spüren, war es für ihn wie ein schwerer Verlust.

Dieser Splitter, der jetzt auf der Tischfläche schimmerte, war eine Unmöglichkeit. Diese Scheiben waren aus *Cuendillar* angefertigt, Herzstein, und nichts aus diesem Material konnte zerbrechen. Nicht einmal mit Hilfe der Einen Macht konnte man es zerstören. Welche Kraft auch immer dagegen eingesetzt wurde, machte es nur immer stärker. Das Geheimnis der Anfertigung von Herzstein war während der Zerstörung der Welt verlorengegangen, aber was auch im Zeitalter der Legenden daraus angefertigt worden war, existierte noch immer, selbst die zerbrechlichste Vase, selbst, wenn es durch die Zerstörung auf den tiefsten Meeresgrund versunken oder unter einem Berg begraben worden war. Sicher, drei der sieben Siegel waren bereits erbrochen, aber dazu hatte ganz gewiß etwas mehr gehört als ein Messer.

Davon abgesehen wußte er auch nicht, wie diese drei wirklich erbrochen worden waren. Wenn außer dem Schöpfer selbst nichts Herzstein zerbrechen konnte, dann sollte das doch unmöglich sein.

»Wie?« fragte er und war überrascht, daß seine Stimme genauso fest klang wie zu der Zeit, als ihn das Nichts umgeben hatte.

»Ich weiß es nicht«, sagte Moiraine mit derselben äußerlichen Ruhe. »Aber Ihr seht, wo das Problem liegt? Das hier könnte durch einen bloßen Fall vom Tisch zerbrechen. Falls die anderen, wo sie sich auch befinden mögen, im gleichen Zustand sind, könnten vier Männer mit Hämmern das Loch im Gefängnis des Dunklen Königs wieder aufbrechen. Und wer weiß, wie wirksam sie in diesem Zustand überhaupt noch sind?«

Das sah Rand ein. *Ich bin noch nicht bereit.* Er war nicht sicher, ob er jemals bereit sein würde, aber jetzt war es ganz sicher zu früh. Egwene sah aus, als blicke sie in ihr eigenes offenes Grab.

Moiraine wickelte die Scheibe wieder ein und steckte

sie in die Tasche zurück. »Vielleicht fällt mir eine Möglichkeit ein, bevor ich das nach Tar Valon bringe. Wenn wir wissen, wie das geschah, finden wir vielleicht eine Möglichkeit, etwas dagegen zu tun.« Ihn packte die Vision, wie der Dunkle König wieder vom Shayol Ghul aus nach der Welt griff, schließlich wieder ganz in Freiheit war ... In seiner Vorstellung bedeckten Feuer und Dunkelheit die Welt, Flammen, die verschlangen und dennoch kein Licht warfen; Schwärze, so fest wie Stein, die selbst die Luft erdrückte. Mit diesem Bild im Kopf dauerte es einen Augenblick, bis er aufnahm, was Moiraine gerade gesagt hatte. »Ihr wollt selbst hinreisen?« Er hatte geglaubt, sie werde weiter an ihm kleben wie Moos an einem Felsblock. *Willst du das nicht auch?*

»Irgendwann«, erwiderte Moiraine leise. »Irgendwann werde ich hingehen, denn schließlich muß ich Euch einmal verlassen. Was sein wird, muß sein.« Rand glaubte zu bemerken, daß sie bebte, doch es geschah zu schnell, und er konnte es sich auch eingebildet haben. Im nächsten Moment war sie wieder vollkommen sicher und beherrscht. »Ihr müßt bereit sein.« Das weckte unangenehme Erinnerungen an seine eigenen Zweifel. »Wir sollten über Eure Planung sprechen. Ihr könnt hier nicht viel länger herumsitzen. Selbst wenn die Verlorenen gar nicht planen, Euch zu verfolgen, sind sie doch dort draußen und vergrößern ihre Macht. Die Aiel zusammenzurufen wird Euch nicht viel nützen, wenn Ihr anschließend herausfindet, daß alles Land jenseits des Rückgrats der Welt in ihren Händen ist.«

Schmunzelnd lehnte sich Rand an den Tisch. Also war dies auch wieder nur einer ihrer Winkelzüge; wenn er nicht wollte, daß sie ging, würde er möglicherweise eher auf sie hören und könnte leichter gelenkt werden. Sie konnte natürlich nicht lügen; jedenfalls nicht direkt. Dafür sorgte einer der berühmten Drei Eide: Sie konnte kein unwahres Wort über die Lippen bringen. Doch er hatte erfahren, daß dies noch immer reichlich Ellbogenfreiheit ließ. Sie würde ihn jedenfalls irgendwann allein lassen. Zweifellos nach seinem Tod.

»Ihr wollt also über *meine* Planung sprechen«, sagte er trocken. Er zog eine kurzstielige Pfeife und einen ledernen Tabaksbeutel aus der Tasche, stopfte die Pfeife mit dem Daumen und berührte ganz kurz *Saidin,* um eine kleine Flamme über dem Tabak tanzen zu lassen. »Warum? Es sind *meine* Pläne.« Er paffte gemütlich und wartete, trotz Egwenes wütender Miene.

Der Gesichtsausdruck der Aes Sedai änderte sich nicht, aber ihre großen, dunklen Augen schienen zu glühen. »Was habt Ihr angerichtet, als Ihr Euch geweigert habt, Euch meiner Führung anzuvertrauen?« Ihre Stimme klang genauso kühl, wie ihr Gesicht wirkte, doch die Worte kamen wie Peitschenhiebe heraus. »Wo immer Ihr hinkamt, habt Ihr Tod, Zerstörung und Krieg hinterlassen.«

»In Tear nicht«, sagte er ein wenig zu schnell. Und zu schuldbewußt. Er durfte sich nicht von ihr aus dem Gleichgewicht bringen lassen. Entschlossen und langsam paffte er an seiner Pfeife.

»Nein«, gab sie zu, »in Tear nicht. Zum erstenmal hattet Ihr eine Nation hinter Euch, ein Volk, und was habt Ihr damit gemacht? Mehr Gerechtigkeit nach Tear zu bringen war lobenswert. Ihr habt Beifall verdient, weil Ihr in Cairhien wieder die Ordnung herstellen ließt und die Hungrigen gespeist habt. Zu jeder anderen Zeit würde ich Euch dafür loben.« Sie stammte selbst aus Cairhien. »Aber das alles hilft Euch nicht, wenn der Tag von Tarmon Gai'don naht.« Die Frau wich nicht von ihrer Richtung ab, und alles andere ließ sie kalt, selbst ihr eigenes Land. Sollte er nicht genauso zielbewußt handeln?

»Was hätte ich denn Eurer Meinung nach tun sollen? Einen nach den anderen unter den Verlorenen jagen und zur Strecke bringen?« Wieder zwang er sich, vor dem Weitersprechen langsam an seiner Pfeife zu ziehen, obwohl es ihn Mühe kostete. »Wißt Ihr überhaupt, wo sie sich aufhalten? Oh, Sammael befindet sich in Illian – das wissen wir –, aber die anderen? Was wird, wenn ich Sammael angreife, wie Ihr es wohl wünscht, und statt dessen treffe ich zwei oder drei oder vier von ihnen auf einmal an? Oder gar alle neun?«

»Ihr hättet dreien oder vieren gegenübertreten können, vielleicht sogar allen neun Überlebenden«, sagte sie eisig, »hättet Ihr nicht *Callandor* in Tear zurückgelassen. In Wirklichkeit rennt Ihr vor ihnen davon. Ihr habt überhaupt keinen Plan, jedenfalls keinen, um Euch auf die Letzte Schlacht vorzubereiten. Ihr rennt von einem Ort zum anderen und hofft, daß sich irgendwie alles zum Besten entwickeln wird. Ihr hofft lediglich, weil Ihr nicht wißt, was Ihr sonst tun sollt. Wenn Ihr meinen Rat beherzigt, dann hättet Ihr wenigstens …« Er unterbrach sie mit einer scharfen Geste mit der Pfeife, ohne die wütenden Blicke zu beachten, die beide Frauen ihm zuwarfen.

»Ich habe einen Plan.« Wenn sie es wissen wollten, dann sollten sie. Er wollte verdammt sein, wenn er auch nur ein Wort änderte. »Zuerst habe ich vor, die Kriege und das Töten zu beenden, ob ich sie nun ausgelöst habe oder nicht. Wenn Menschen unbedingt töten müssen, dann sollen sie Trollocs töten und nicht sich gegenseitig. Im Aielkrieg haben vier Clans die Drachenmauer überquert und konnten sich mehr als zwei Jahre lang ziemlich ungehindert bewegen. Sie haben Cairhien geplündert und niedergebrannt und jedes Heer besiegt, das gegen sie ausgesandt wurde. Wenn sie gewollt hätten, dann hätten sie auch Tar Valon eingenommen. Die Burg hätte sie Eurer Drei Eide wegen nicht aufhalten können.« Sie durften die Macht nicht als Waffe verwenden, es sei denn gegen Schattenwesen oder Schattenfreunde oder in Selbstverteidigung, so lautete einer der Eide, und die Aiel hatten die Burg selbst nicht bedroht. Nun hatte ihn der Zorn fest im

Griff. Wegrennen und hoffen, was? »Vier Clans haben das fertiggebracht. Was geschieht, wenn ich elf Clans über das Rückgrat der Welt führe?« Es würde sich auf elf beschränken müssen; die Shaido würde er wohl kaum mitbringen können. »Wenn die Länder so weit sind, daß sie an eine Vereinigung denken, wird es bereits zu spät sein. Sie werden meinen Frieden annehmen, oder ich will im Can Breat begraben werden.« Die Harfe gab einen schrillen Mißton von sich, und Natael beugte sich kopfschüttelnd über das Instrument. Einen Augenblick später erklangen die beruhigenden Töne wieder.

»Keine Melone könnte so anschwellen wie dein Kopf«, knurrte Egwene und faltete die Arme unter der Brust. »Und kein Stein könnte sturer sein. Moiraine versucht doch nur, dir zu helfen! Warum kannst du das nicht einsehen?«

Die Aes Sedai strich ihren Seidenrock glatt, ohne daß er es nötig hatte. »Die Aiel über die Drachenmauer zu führen könnte sich als das Schlimmste erweisen, was Ihr überhaupt anstellen könnt.« Ihre Stimme klang hart vor Ärger oder Enttäuschung. Wenigstens wurde ihr langsam klar, daß er keine Marionette war. »Zu dieser Zeit wird die Amyrlin nämlich Kontakt mit allen Herrschern jeder Nation herstellen, die noch einen Herrscher besitzt, und ihnen die Beweise vorlegen, daß Ihr der Wiedergeborene Drache seid. Sie kennen die Prophezeiungen, und sie wissen, für welche Aufgabe Ihr geboren wurdet. Sobald sie davon überzeugt sind, wer und was Ihr seid, akzeptieren sie Euch aus der reinen Notwendigkeit heraus. Die Letzte Schlacht kommt näher, und Ihr seid ihre einzige Hoffnung, die einzige Hoffnung der Menschheit.«

Rand lachte schallend los. Es war allerdings ein bitteres Lachen. Er steckte wieder die Pfeife zwischen die Zähne, drückte sich hoch und setzte sich im Schneidersitz auf den Tisch. Dann sah er sie wieder an. »Also glaubt Ihr und Siuan Sanche immer noch, Ihr wüßtet alles, was es Wissenswertes gibt.« Das Licht gebe, daß sie bei weitem nicht alles über ihn wußten und den Rest auch niemals herausfinden würden. »Ihr seid beide Närrinnen.«

»Zeige gefälligst etwas Respekt!« grollte Egwene, aber Rand beachtete sie gar nicht und sprach weiter: »Die Hochlords in Tear kennen die Prophezeiungen ebenfalls, und sie wußten, wer ich bin, sobald sie das Unberührbare Schwert in meiner Hand erblickten. Die Hälfte von ihnen erwartet, daß ich ihnen Macht oder Ruhm oder beides verschaffe, während die andere Hälfte mir am liebsten ein Messer in den Rücken rennen möchte und dann versuchen, zu vergessen, daß sich der Wiedergeborene Drache jemals in Tear befunden hat. *So* werden die Länder den Wiedergeborenen Drachen begrüßen. Es sei denn, ich unterdrücke das von Anfang an, genauso wie in Tear. Wißt Ihr, warum ich *Callandor* in Tear zurückgelassen habe? Um sie an mich zu erinnern! Jeden Tag, an dem ihnen bewußt ist, daß es da ist und im Herzen des Steins steckt, wissen sie auch, daß ich zurückkommen werde, um es zu holen. Das ist es, was sie an mich bindet.« Das war *ein* Grund dafür, warum er das Schwert, Das Kein Schwert Ist, zurückgelassen hatte. Er dachte nicht gern an den anderen.

»Seid sehr vorsichtig«, mahnte ihn Moiraine nach kurzer Überlegung. Nicht mehr, und das mit einer in Ruhe erstarrten Stimme. Er hörte den warnenden Unterton in diesen Worten. Einmal hatte sie ihm im gleichen Tonfall gesagt, sie werde eher dafür sorgen, daß er stürbe, als ihn dem Schatten zu überlassen. Eine harte Frau.

Sie blickte ihn einen langen Augenblick schweigend an. Ihre Augen waren wie dunkle Seen, die ihn zu verschlingen drohten. Dann machte sie einen perfekten Knicks. »Mit Eurer Genehmigung, Lord Drache, werde ich nun Meister Kadere anweisen, wo er morgen zu arbeiten hat.«

Niemand hätte an ihren Bewegungen und Worten auch nur den geringsten Anflug von Spott ablesen können, doch Rand spürte ihn deutlich. Sie versuchte aber auch alles, um ihn aus dem Gleichgewicht zu bringen und ihn durch Schuld- oder Schamgefühle oder Unsicherheit oder was sonst noch ihrem Willen gefügig zu machen. Er sah ihr nach, bis die klickenden Perlen im Türvorhang ihren Abgang verdeckten.

»Es ist gar nicht nötig, solch eine finstere Miene zu machen, Rand al'Thor.« Egwenes Stimme war leise, ihr Blick gereizt, und sie umklammerte ihre Stola, als wolle sie ihn damit erwürgen. »Lord Drache – daß ich nicht lache! Was du sonst auch sein magst: Du bist ein unhöflicher Klotz mit schlechten Manieren. Du hättest erheblich mehr verdient gehabt. Es würde dich nicht umbringen, wenn du dich zur Abwechslung anständig benähmst!«

»Also warst du es doch«, fuhr er sie an, aber zu seiner Überraschung schüttelte sie bereits halb den Kopf, bis sie sich fing. Moiraine war es gewesen, soviel wußte er nun. Wenn die Aes Sedai aber solche Launen zeigte, mußte ihr schon etwas den letzten Nerv rauben. Wahrscheinlich war er daran schuld. Vielleicht sollte er sich entschuldigen. *Ich schätze, es wäre wirklich nicht so schlimm, einmal wieder höflich zu sein.* Andererseits sah er nicht ein, warum er gute Manieren zeigen sollte, während die Aes Sedai versuchte, ihn an die Leine zu legen.

Doch wenn er selbst daran dachte, sich mehr Höflichkeit anzugewöhnen, tat Egwene dies keineswegs. Falls glühende Kohlen dunkelbraun wären, hätten sie genauso ausgesehen wie Egwenes Augen. »Du bist ein wollköpfiger Narr, Rand al 'Thor, und ich hätte niemals Elayne sagen dürfen, daß du gut genug für sie seist! Du bist nicht einmal gut genug für ein Wiesel! Nimm die

Nase herunter! Ich erinnere mich daran, wie du geschwitzt und versucht hast, dich aus Sachen herauszureden, in die dich Mat hineingezogen hatte. Ich erinnere mich daran, wie dich Nynaeve verhauen hat, bis du am Heulen warst und ein Kissen brauchtest, um den Rest des Tages überhaupt noch sitzen zu können. Und das ist noch gar nicht so viele Jahre her. Ich sollte Elayne sagen, daß sie dich vergessen kann! Wenn sie wüßte, wie du dich entwickelt hast ...«

Er starrte sie mit offenem Mund an, als ihre Tirade weiterging. Sie war wütender als je, seit sie den Raum durch den Perlenvorhang betreten hatte. Dann traf es ihn unvermittelt. Dieses leichte und ganz sicher unbeabsichtigte Kopfschütteln, mit dem sie ihn wissen ließ, daß es Moiraine gewesen sei, die ihm mit Hilfe der Macht eines verpaßt hatte. Egwene bemühte sich so sehr, alles, was sie anpackte, richtig und fehlerfrei zu tun. Sie lernte bei den Weisen Frauen, und so trug sie Aielkleidung. Es konnte durchaus sein, daß sie auch andere Sitten der Aiel hier für sich annahm. Das sähe ihr ähnlich. Aber die ganze Zeit über arbeitete sie hart daran, eine richtige Aes Sedai zu werden, obwohl sie ja erst zu den Aufgenommenen gehörte. Aes Sedai beherrschten sich im allgemeinen eisern und verrieten sich nie, wenn sie etwas verbergen oder verschleiern wollten.

Ilyena hat es mich nie so spüren lassen, wenn sie auf sich selbst böse war. Wenn sie mich durch die Mangel gedreht hat, dann nur ... Einen Moment lang erstarrte sein Verstand. Er hatte in seinem ganzen Leben noch nie eine Frau namens Ilyena kennengelernt. Und doch konnte er ihr Gesicht aus seiner Erinnerung heraufbeschwören, trüb jedenfalls: ein hübsches Gesicht, Haut wie Milch, goldenes Haar genau wie das Elaynes. Das mußte einfach der beginnende Wahnsinn sein. Sich an eine eingebildete Frau zu erinnern! Vielleicht würde er sich eines Tages mit Leuten unterhalten, die gar nicht da waren.

Egwenes Gardinenpredigt endete in einem besorgten

Blick. »Geht es dir gut, Rand?« Der Zorn war aus ihrer Stimme gewichen, als habe er nie existiert. »Stimmt etwas nicht? Soll ich Moiraine zurückholen, damit sie dich…«

»Nein!« sagte er, und fast im gleichen Moment besänftigte nun auch er seinen Tonfall. »Sie kann das nicht heilen…« Selbst eine Aes Sedai konnte einen wahnsinnig gewordenen Verstand nicht heilen. Niemand konnte ihn von dem heilen, woran er krankte. »Geht es Elayne gut?«

»Es geht ihr gut.« Trotz ihres ganzen Wortschwalls von vorher schwang nun doch etwas Sympathie in ihrer Stimme mit. Das war alles, was er erwarten durfte. Alles außer dem, was er sowieso schon bei Elaynes Abreise aus Tear wußte, ging nur die Aes Sedai an und nicht ihn. Das hatte ihm Egwene schon mehr als einmal gesagt, und Moiraine genauso. Die drei Weisen Frauen, die Traumgängerinnen, von denen Egwene ausgebildet wurde, hatten noch weniger gesagt. Sie hatten ihre eigenen Gründe dafür, warum sie mit seiner Handlungsweise nicht einverstanden waren.

»Ich sollte am besten nun auch gehen«, fuhr Egwene fort und legte sich die Stola wieder über die Oberarme. »Du bist müde.« Dann runzelte sie leicht die Stirn und fragte: »Rand, was bedeutet es, im Can Breat begraben zu sein?«

Er wollte sie schon fragen, wovon beim Licht sie eigentlich sprach, doch dann erinnerte er sich daran, diese Bezeichnung benützt zu haben. »Nur etwas, das ich mal gehört habe«, log er. Er hatte genausowenig Ahnung, was es bedeutete, wie davon, woher er das hatte.

»Ruh dich aus, Rand«, sagte sie und klang, als sei sie zwanzig Jahre älter und nicht zwei jünger. »Versprich es mir. Du brauchst es.« Er nickte. Sie blickte einen Moment lang forschend sein Gesicht an, als suche sie darin die Wahrheit, und dann ging sie zur Tür.

Rands silberner Becher schwebte vom Teppich empor und zu ihm herüber. Hastig schnappte er ihn aus der Luft, bevor sich Egwene noch einmal nach hinten umsah.

»Vielleicht sollte ich dir das gar nicht sagen«, brachte sie zögernd heraus. »Elayne hat mir das nicht als Botschaft für dich anvertraut, aber ... Sie sagte, daß sie dich liebt. Vielleicht ist dir das ja schon klar, wenn aber noch nicht, dann solltest du darüber nachdenken.« Damit war sie draußen, und die Perlen klickten leise, als die Vorhangschnüre zurückschwangen.

Rand sprang vom Tisch, schleuderte den Becher von sich, daß der Wein über die Bodenfliesen spritzte, und fuhr wütend Jasin Natael an.

KAPITEL 3

Bleiche Schatten

Rand griff nach *Saidin,* lenkte die Macht und wob damit Stränge aus Luft, die Natael von seinen Kissen hochrissen. Die vergoldete Harfe polterte auf die dunkelroten Fliesen, während der Mann gegen die Wand gepreßt wurde, so daß er seinen Körper vom Hals bis zu den Waden nicht mehr bewegen konnte. Seine Füße hingen einen halben Schritt über dem Fußboden in der Luft. »Ich habe Euch gewarnt! Gebraucht nie die Macht, wenn jemand anders zugegen ist! Niemals!«

Natael hielt den Kopf auf seine typische Weise schräg, als wolle er Rand von der Seite her ansehen oder ihn beobachten, ohne daß es bemerkt wurde. »Wenn sie es gesehen hätte, dann hätte sie doch geglaubt, Ihr wärt es selbst gewesen.« In seiner Stimme lag keine Entschuldigung, keine Unterwürfigkeit, aber auch keine Herausforderung. Er schien es einfach für eine vernünftige Erklärung zu halten. »Außerdem habt Ihr durstig gewirkt. Ein Hofbarde muß seinem Herrn die Wünsche an den Augen ablesen.« Das war eine seiner kleinen Eitelkeiten, die sich immer wieder einschlichen: Wenn Rand schon der Lord Drache war, dann mußte er der Hofbarde sein und nicht nur ein einfacher Gaukler.

Rand war wütend auf sich selbst, genau wie auf den Mann. Er löste das Gewebe auf und ließ ihn fallen. Ihn so hart anzupacken war dasselbe, als provoziere er Streit mit einem zehnjährigen Jungen. Er konnte die Abschirmung nicht sehen, die den anderen Mann von

Saidin abschnitt, da sie das Werk einer Frau war, aber er wußte, sie war vorhanden. Jetzt waren die Kräfte Nataels darauf beschränkt, höchstens einmal wie eben einen Becher zum Schweben zu bringen. Glücklicherweise war die Abschirmung auch für die Wahrnehmung von Frauen unsichtbar. Natael bezeichnete so etwas als ›invertieren‹, aber er schien auch nicht in der Lage zu sein, es näher zu erklären. »Und wenn sie mein Gesicht beobachtet hätte und mißtrauisch geworden wäre? Ich war so überrascht, als wäre der Becher plötzlich von allein losgeflogen!« Er steckte die Pfeife wieder in den Mund und paffte drauflos, daß dicke Rauchschwaden seinen Kopf umgaben.

»Sie wird trotzdem nicht draufkommen.« Der andere Mann ließ sich wieder auf seine Kissen sinken und nahm die Harfe auf. Er zupfte eine Melodie, die irgendwie falsch klang. »Wie könnte denn jemand mißtrauisch werden? Ich glaube das alles ja selbst kaum.« Lag da etwas Bitterkeit in seinem Tonfall? Rand konnte es nicht sagen.

Er konnte die ganze Lage ja auch kaum glauben, obwohl er hart genug daran gearbeitet hatte, es soweit kommen zu lassen. Der Mann vor ihm, Jasin Natael, trug eigentlich einen anderen Namen: Asmodean.

Wie er so gelangweilt auf der Harfe klimperte, wirkte Asmodean überhaupt nicht wie einer der gefürchteten Verlorenen. Er sah sogar recht gut aus, und Rand fand, er wirke bestimmt anziehend auf Frauen. Es schien ja oftmals eigenartig, daß Böses äußerlich nicht zu erkennen war. Jedenfalls war er einer der Verlorenen, und anstatt ihn zu töten, verbarg Rand seine wirkliche Persönlichkeit vor Moiraine und allen anderen. Er benötigte einen Lehrer.

Wenn das auch für Männer galt, was für die Frauen zutraf, die von den Aes Sedai als ›Wilde‹ bezeichnet wurden, dann überlebte einer von Vieren den Versuch, den Gebrauch der Macht allein und ohne richtige Anleitung zu erlernen. Und dabei rechnete er die Gefahr des Wahnsinnigwerdens gar nicht mit ein. Sein Lehrer mußte ein Mann sein. Moiraine und andere hatten ihm oft genug erklärt, daß ein Vogel einem Fisch nicht beibringen könne, wie man fliegt, und der Fisch dem Vogel nicht, wie man schwimmt. Und sein Lehrer mußte über Erfahrung verfügen, mußte bereits all das kennen, was er lernen mußte. Da die Aes Sedai jeden Mann einer Dämpfung unterzogen, den man beim Gebrauch der Macht ertappte – und jedes Jahr wurden weniger gefunden –, hatte er keine andere Wahl. Ein Mann, der lediglich diese Fähigkeit zum Gebrauch der Macht an sich entdeckt hatte, wußte auch nicht mehr als er selbst. Ein falscher Drache, der mit der Macht umgehen konnte – falls Rand einen aufspürte, der noch nicht gefangen und der Dämpfung unterzogen war –, würde kaum seine eigenen Träume vom Ruhm für einen anderen aufgeben, der ebenfalls behauptete, der Wiedergeborene Drache zu sein. Was blieb da noch, an wen sollte er sich halten, wenn nicht an einen der Verlorenen?

Asmodean spielte einige freie Akkorde, während sich Rand ihm gegenüber auf ein Kissen setzte. Es war wichtig, sich immer daran zu erinnern, daß der Mann sich nicht geändert hatte, innerlich jedenfalls nicht, seit dem Tag vor so langer Zeit, als er seine Seele dem Schatten verschworen hatte. Was er jetzt tat, geschah nur unter Zwang. Er hatte sich nicht zum Licht bekehrt. »Denkt Ihr gelegentlich daran, zurückzukehren, Natael?« Er achtete immer darauf, diesen Namen zu benützen. Eine Andeutung von ›Asmodean‹, und Moiraine wäre sicher, daß er selbst zum Schatten übergelaufen sei. Moiraine, und andere vielleicht auch. Das würden sowohl er wie auch Asmodean vermutlich nicht überleben.

Die Hände des Mannes an den Saiten erstarrten; sein Gesicht blieb jedoch völlig ausdruckslos. »Zurückkehren? Demandred, Rahvin, jeder von ihnen würde mich jetzt augenblicklich töten. Falls ich Glück habe. Alle außer vielleicht Lanfear, und Ihr werdet verstehen, daß ich sie auch nicht gern auf die Probe stellen möchte. Semirhage könnte einen Felsblock dazu bringen, daß er sie um Gnade bittet und ihr für den Tod noch dankt. Und was den Großen Herrn ...«

»Den Dunklen König«, unterbrach ihn Rand in scharfem Ton, ohne die Pfeife aus dem Mund zu nehmen. Die Schattenfreunde nannten den Dunklen König den ›Großen Herrn der Dunkelheit‹. Die Schattenfreunde und die Verlorenen.

Asmodean neigte kurz und gehorsam den Kopf. »Wenn der Dunkle König freikommt ...« Vorher war sein Gesicht ausdruckslos gewesen, doch nun zeigte sich vollkommene Niedergeschlagenheit auf seinen Zügen. »Es wird genügen, wenn ich Euch sage, daß ich in diesem Falle Semirhage aufsuche und mich in ihre Hände gebe, bevor ich mich der Strafe des ... des Dunklen Königs für meinen Verrat stelle.«

»Dann ist es ja gut, wenn Ihr Euch hier befindet und mich weiter ausbildet.«

Trauermusik erklang von der Harfe, erzählte von Verlust und Tod. »›Der Todesmarsch‹«, erklärte Asmodean beim Spielen, »der letzte Satz des *Großen Passionszyklus,* der etwa dreihundert Jahre vor dem Krieg um die Macht komponiert wurde, ich glaube, von ...«

Rand schnitt ihm das Wort ab: »Ihr unterrichtet mich nicht sehr gut.«

»So gut, wie man es unter diesen Bedingungen erwarten kann. Mittlerweile könnt Ihr jedesmal *Saidin* erreichen, wenn Ihr es versucht, und auch einen Strang vom anderen unterscheiden und sie auseinanderhalten. Ihr könnt Euch abschirmen, und die Macht tut, was Ihr wollt.« Er hörte mit dem Harfespielen auf und runzelte die Stirn, sah aber Rand nicht an. »Glaubt Ihr, Lanfear wollte, daß ich Euch wirklich alles beibringe? Wenn sie das beabsichtigt hätte, wäre sie hiergeblieben, damit sie uns verknüpfen hätte können. Sie will, daß Ihr überlebt, Lews Therin, aber diesmal will sie die stärkere von Euch beiden sein.«

»Nennt mich nicht so!« fuhr ihn Rand an, aber Asmodean schien nicht hinzuhören.

»Falls Ihr das gemeinsam geplant habt – mir eine Falle zu stellen …« Rand spürte, wie etwas in Asmodean anschwoll, als überprüfe der Verlorene die Abschirmung, die Lanfear um ihn gewoben hatte. Frauen, die die Macht lenken konnten, sahen einen Lichtschein um eine andere Frau, die gerade Verbindung mit *Saidar* hatte, und fühlten auch ganz deutlich, wie sie wob, doch er sah niemals Asmodean etwas an und spürte nur wenig. »Falls Ihr das zusammen geplant habt, dann habt Ihr euch von ihr auf mehr als nur einer Ebene überlisten lassen. Ich habe Euch doch gesagt, daß ich kein sehr guter Lehrer bin, besonders ohne eine Verknüpfung. Ihr habt das doch gemeinsam geplant, oder?« Jetzt blickte er Rand an, wohl von der Seite her, aber doch sehr eindringlich. »An wieviel erinnert Ihr euch? An Euer Leben als Lews Therin, meine ich. Sie behauptete, Ihr erinnert Euch an gar nichts, aber sie könnte auch den Gr … den Dunklen König selbst belügen.«

»Diesmal hat sie die Wahrheit gesagt.« Er setzte sich auf dem Kissen zurecht und ließ mit Hilfe der Macht einen von den Häuptlingen unberührten Silberbecher heranschweben. Selbst eine so kurze Berührung *Saidins* war ein erhebendes Gefühl – und schmutzig. Und es war schwer, wieder loszulassen. Er wollte nicht von Lews Therin sprechen. Er hatte genug davon, daß Menschen glaubten, er *sei* Lews Therin. Bei der Pafferei war der Kopf seiner Pfeife ganz heiß geworden, also hielt er sie am Stiel und gestikulierte damit. »Wenn das Verknüpfen Euch dabei hilft, mich zu unterweisen, warum tun wir's dann nicht?«

Asmodean sah ihn an, als habe er ihn gefragt, warum er keine Steine äße, und schüttelte dann den Kopf. »Ich vergesse immer, wie wenig Ihr tatsächlich wißt. Ihr und ich, wir können uns nicht verknüpfen. Nicht ohne eine Frau als Bindeglied. Ihr könntet vielleicht Moiraine darum bitten, schätze ich, oder das Mädchen Egwene. Eine von ihnen findet vielleicht die richtige Methode heraus. Falls Ihr nichts dagegen habt, daß sie herausfinden, wer ich bin.«

»Lügt mich nicht an, Natael«, grollte Rand. Lange bevor er Natael kennenlernte, hatte er erfahren, daß sich das Weben der Macht bei Männern und Frauen so unterschied, wie eben Männer und Frauen unterschiedlich waren, aber er stellte alles, was der Mann sagte, lieber erst einmal in Frage. »Ich habe gehört, wie Egwene und andere darüber sprachen, daß Aes Sedai ihre Kräfte miteinander verknüpfen. Wenn sie das können, warum dann nicht Ihr und ich?«

»Weil wir das eben nicht können.« Asmodeans Tonfall sprach von Frustration. »Fragt einen Philosophen, wenn Ihr wissen wollt, warum das so ist. Warum können Hunde nicht fliegen? Vielleicht gleicht das Muster auf diese Art aus, daß Männer im allgemeinen stärker sind als Frauen? Wir können uns ohne ihre Hilfe nicht verknüpfen, aber sie können es ohne uns. Jedenfalls bis zu dreizehn von ihnen. Ein kleiner Trost, denn darüber hinaus benötigen sie doch wieder Männer, um den Kreis zu erweitern.«

Rand war diesmal sicher, ihn bei einer Lüge ertappt zu haben. Moiraine hatte gesagt, daß im Zeitalter der Legenden Männer und Frauen gleich stark im Gebrauch der Macht gewesen seien, und sie konnte nicht lügen. Das sagte er ihm und fügte noch hinzu: »Die Fünf Mächte sind gleichwertig.«

»Erde, Feuer, Luft, Wasser und Geist.« Natael ließ für jede einen Akkord erklingen. »Sie sind gleichwertig, das stimmt, und es ist auch wahr, daß alles, was ein

Mann mit einer davon erreichen kann, auch von einer Frau erreicht werden kann. Jedenfalls Entsprechendes. Aber das hat nichts damit zu tun, daß Männer stärker sind. Was Moiraine für wahr hält, das berichtet sie als Tatsache, ob es nun eine ist oder nicht. Das ist eine von tausend Schwächen an diesen närrischen Eiden.« Er spielte etwas, das wirklich ziemlich närrisch klang. »Einige Frauen haben stärkere Arme als einige Männer, aber im allgemeinen verhält es sich andersherum. Dasselbe gilt für die Stärke im Umgang mit der Macht, und zwar etwa im gleichen Verhältnis.«

Rand nickte bedächtig. Es ergab schon einen Sinn – auf gewisse Weise. Elayne und Egwene hielt man für zwei der stärksten Frauen, die in den letzten tausend Jahren oder mehr in der Burg ausgebildet wurden. Er hatte einmal seine Kräfte an ihnen ausprobiert, und Elayne hatte ihm später gestanden, sie habe sich gefühlt wie ein Kätzchen, das von einem Kampfhund gepackt wird.

Asmodean war noch nicht fertig. »Wenn sich zwei Frauen verknüpfen, verdoppeln sie ihre Kraft, obwohl das Verknüpfen nicht so einfach ist, da man nicht bloß die Kräfte der einzelnen zusammenwerfen kann. Doch wenn sie stark genug sind, können sie es mit einem Mann aufnehmen. Und wenn sie gar einen Kreis von dreizehn bilden, müßt Ihr euch in acht nehmen. Dreizehn Frauen könnten es verknüpft wohl auch mit dem stärksten Mann aufnehmen, selbst wenn sie noch kaum die Macht beherrschen. Die dreizehn schwächsten Frauen in der Burg könnten Euch oder jeden anderen Mann überwältigen und kämen dabei nicht einmal außer Atem. Ich habe in Arad Doman einmal ein Sprichwort gehört: Je mehr Frauen in der Nähe sind, desto unauffälliger verhält sich der weise Mann. Es wäre vielleicht gut, Euch später daran zu erinnern.«

Rand schauderte und dachte zurück an die Zeit, als er sich unter weit mehr als dreizehn Aes Sedai aufgehalten hatte. Sicher, die meisten von ihnen hatten nicht gewußt, wer er war. Falls sie das geahnt hätten ... *Wenn Egwene und Moiraine sich verknüpften ...* Er wollte nicht glauben, daß sich Egwene so weit der Burg genähert und sich von ihrer Freundschaft entfernt hatte. *Was sie auch tut, unternimmt sie von ganzem Herzen, und sie will eine Aes Sedai werden. Genau wie Elayne.*

Er trank lange, doch auch der halbe Becher Wein konnte den Gedanken nicht wegspülen. »Was könnt Ihr mir noch von den Verlorenen berichten?« Er war sicher, diese Frage schon hundertmal gestellt zu haben, aber er hoffte immer, es ergäbe sich noch irgendeine Kleinigkeit, die auszugraben sich lohnte. Besser, als daran zu denken, daß sich Egwene und Moiraine verknüpften, um ...

»Ich habe Euch alles gesagt, was ich weiß.« Asmodean seufzte schwer. »Wir waren selbst im besten Fall kaum so etwas wie Freunde. Glaubt Ihr, ich verberge Euch etwas? Ich weiß nicht, wo sich die anderen aufhalten, falls es das ist, was Ihr hören wollt. Außer bei Sammael, und Ihr wußtet bereits, daß er sich in Illian auf den Königsthron gesetzt hat, bevor ich es Euch sagte. Graendal befand sich eine Zeitlang in Arad Doman, aber ich denke, sie wird wohl mittlerweile weg sein. Ihr ist ein bequemes Leben lieber. Ich glaube, daß sich Moghedien ebenfalls irgendwo im Westen aufhält oder zumindest eine Zeitlang dort war, aber niemand kann die Spinne aufspüren, wenn sie sich nicht finden lassen will. Rahvin hat eine Königin unter seinen kleinen Geliebten, aber ich weiß genausowenig wie Ihr, welches Land sie für ihn regiert. Und das ist alles, was ich weiß, um Euch zu helfen, sie ausfindig zu machen.«

Rand hatte das alles schon gehört. Ihm schien, Asmodean habe alles, was er über die Verlorenen wußte, bestimmt schon fünfzigmal wiederholt. So oft, daß es ihm manchmal schien, er habe schon immer gewußt, was ihm der Mann berichtete. Manches davon hätte er lieber gar nicht erfahren, wie beispielsweise die Dinge, die Semirhage amüsant fand, und einiges ergab auch keinen Sinn. Demandred sollte zum Schatten übergelaufen sein, weil er Lews Therin Telamon beneidete? Rand konnte sich nicht vorstellen, daß man jemanden derart beneidete, um etwas dagegen zu unternehmen, und wenn, dann ganz bestimmt nicht ausgerechnet das! Asmodean behauptete, ihn habe der Gedanke an Unsterblichkeit, an endlose Zeitalter voller Musik, dazu verführt. Er sei auch vorher schon ein bekannter Komponist gewesen. Sinnlos. Und doch konnte in dieser Fülle von oftmals grauenhaften Informationen der Schlüssel zu finden sein, wie er Tarmon Gai'don überlebte. Was er auch Moiraine erzählte: Er wußte, er würde sich ihnen spätestens dann, vielleicht aber früher, zum Kampf stellen müssen. So leerte er seinen Becher und stellte ihn auf den Boden. Mit dem Wein konnte er die Wirklichkeit nicht wegspülen.

Der Vorhang aus Perlenschnüren klickte heftig, und er sah sich nach hinten um. *Gai'schain* kamen herein, in Weiß gehüllt und schweigend, wie immer. Während ein paar begannen, die Speisen und Getränke abzuräumen, die sie für ihn und die Häuptlinge aufgetragen hatten, trug ein anderer, ein Mann, ein großes Silbertablett zum Tisch. Darauf standen bedeckte Schüsseln, ein Silberbecher und zwei große, grüngestreifte Steingutkrüge. Im einen befand sich bestimmt Wein und im anderen Wasser. Eine *Gai'schain*-Frau brachte eine bereits angezündete vergoldete Lampe herein und stellte sie neben das Tablett. Durch die Fenster sah er, daß der Himmel sich im Sonnenuntergang gelbrötlich färbte. Während dieser kurzen Zeitspanne zwischen Glut und Eiseskälte war die Luft tatsächlich von einer angenehmen Temperatur.

Rand stand auf, als die *Gai'schain* hinausgingen, ging aber noch nicht hinüber. »Was haltet Ihr von meinen Chancen, wenn die Letzte Schlacht kommt, Natael?«

Asmodean, der gerade rot-blau-gestreifte Wolldecken

hinter den Sitzkissen hervorzog, zögerte und blickte zu ihm auf. Den Kopf hielt er auf seine typische Art etwas geneigt. »Ihr habt … etwas gefunden … auf dem Platz, als wir dort zusammentrafen.«

»Vergeßt es«, sagte Rand mit harter Stimme. Es waren außerdem zwei gewesen und nicht nur einer. »Ich habe es sowieso zerstört.« Er glaubte, Asmodeans Schultern ein wenig herabsacken zu sehen.

»Dann wird – der Dunkle König – Euch lebendig verschlingen. Was mich betrifft, beabsichtige ich, mir in der Stunde, in der ich erfahre, er sei frei, die Pulsadern aufzuschneiden. Ein schneller Tod ist besser als das, was ich sonst finden werde.« Er warf die Decken zur Seite und setzte sich, wobei er trübselig ins Leere starrte. »Besser als wahnsinnig zu werden. Jetzt bin ich dem ja genauso ausgeliefert wie Ihr. Ihr habt die Bande zerrissen, die mich davor bewahrten.« Es lag keine Bitterkeit in seinem Tonfall; nur Hoffnungslosigkeit.

»Was ist, wenn es noch eine andere Möglichkeit gibt, sich gegen die Verderbnis zu schützen?« wollte Rand wissen. »Was, wenn es irgendwie entfernt werden kann? Würdet Ihr euch dann auch noch umbringen?«

Asmodeans hartes Lachen wirkte absolut ätzend. »Der Schatten soll mich holen! Ihr müßt wohl langsam glauben, Ihr wärt der verdammte Schöpfer selbst! Wir sind tot! Beide. Tot! Seid Ihr zu blind vor Stolz, um das einzusehen? Oder seid Ihr einfach zu schwer von Begriff, Ihr hoffnungsloser Schafhirte?«

Rand ließ sich nicht provozieren. »Warum macht Ihr dann nicht zu und beendet Euer Leben?« fragte er mit tonloser Stimme. *Ich war nicht so blind, daß ich nicht gemerkt hätte, was du und Lanfear vorhattet. Ich war nicht schwer genug von Begriff, um sie zu überlisten und dich in die Falle zu locken.* »Wenn es keine Hoffnung gibt, keine Chance, nicht einmal die kleinste … warum seid Ihr dann noch am Leben?«

Asmodean blickte ihn immer noch nicht an und rieb

sich dafür den einen Nasenflügel. »Ich habe einst einen Mann gesehen, der an einer Klippe hing«, sagte er nachdenklich. »Die Kante ist unter seinen Fingern abgebröckelt, und alles, woran er sich festhalten konnte, war ein Grasbüschel, nur ein paar lange Halme, deren Wurzeln sich mühsam an den Felsen klammerten. Das war die einzige Chance, die er besaß, um wieder auf die Klippe hochzuklettern. Also hat er zugepackt.« In seinem plötzlichen leisen Auflachen schwang keinerlei Freude mit. »Er muß gewußt haben, daß sich das Grasbüschel lösen würde.«

»Habt Ihr ihn gerettet?« fragte Rand, doch Asmodean antwortete nicht.

Als Rand zur Tür gehen wollte, erklang hinter ihm wieder die Melodie des ›Todesmarsches‹.

Die Perlenschnüre fielen hinter ihm zu, und die fünf Töchter des Speers, die in dem breiten, leeren Flur gewartet hatten, standen leichtfüßig auf, nachdem sie offenbar die ganze Zeit über auf den hellblauen Fliesen gehockt hatten. Alle bis auf eine waren sehr groß für Frauen, allerdings nicht unbedingt nach Aielmaßstäben. Ihrer Anführerin, Adelin, fehlte kaum mehr als eine Handbreit, um ihm in die Augen sehen zu können. Die Ausnahme, ein feuriger Rotschopf namens Enaila, war nicht größer als Egwene und außerordentlich empfindlich ihrer geringen Größe wegen. Wie bei den Clanhäuptlingen waren ihre Augen alle blau oder grau oder grün und ihr Haar hellbraun oder blond oder rot. Das Haar hatten sie kurz geschnitten bis auf eine Art von Pferdeschwanz. Auf der einen Seite ihrer Gürtel hingen gefüllte Köcher und auf der anderen lange Messer. Auf dem Rücken trugen sie in Futterale gesteckte Hornbögen. Jede hielt drei oder vier kurze Speere mit langen, blattförmigen Spitzen in der Hand und hatte am Arm einen runden Schild aus Stierleder. Aielfrauen, die Herd und Kinder ablehnten, hatten ihre eigene Kriegergemeinschaft: *Far Dareis Mai,* die Töchter des Speers.

Er begrüßte sie mit einer leichten Verbeugung, was sie zum Lächeln brachte. Es war keine Aielsitte, jedenfalls nicht auf diese Art und Weise, wie man sie ihm beigebracht hatte. »Ich sehe Euch, Adelin«, sagte er. »Wo ist Joinde? Ich dachte, sie sei vorher bei Euch gewesen? Ist sie krank geworden?«

»Ich sehe Euch, Rand al'Thor«, antwortete sie. Ihr hellblondes Haar erschien noch bleicher, da es ein sonnengebräuntes Gesicht umrahmte. Über eine Wange verlief eine dünne, weiße Narbe. »Auf gewisse Weise. Sie hat den ganzen Tag schon Selbstgespräche geführt, und vor nicht einmal einer Stunde ging sie los, um Garan von den Jhirad-Goshien einen Brautkranz vor die Füße zu legen.« Ein paar der anderen schüttelten die Köpfe. Zu heiraten bedeutete auch, den Speer aufgeben zu müssen. »Morgen ist sein letzter Tag als ihr *Gai'schain.* Joinde gehört zu den Schwarzfelsen-Shaarad«, fügte sie in bedeutungsvollem Tonfall hinzu. Es hatte auch seine Bedeutung, denn obwohl es öfters vorkam, daß Männer oder Frauen heirateten, die als *Gai'schain* dienen mußten, geschah das nur selten zwischen Clans, die eine Blutfehde ausfochten, auch wenn diese gerade ausgesetzt war.

»Das ist eine Krankheit, die sich im Augenblick ausbreitet«, stellte Enaida hitzig fest. Ihre Stimme klang gewöhnlich so rotglühend, wie ihr Haar war. »Jeden Tag, seit wir nach Rhuidean kamen, flechten ein oder zwei Töchter des Speers Brautkränze.«

Rand nickte und hoffte, sie würden es als Sympathiekundgebung auffassen. Dabei war alles seine Schuld. Doch wenn er ihnen das sagte, müßte er sich fragen, wie viele noch riskieren würden, in seiner Nähe zu bleiben. Vielleicht alle, denn die Ehre verlangte es von ihnen, und Angst hatten sie genausowenig wie die Clanhäuptlinge. Zumindest drohten bisher nur Hochzeiten, und selbst die Töchter des Speers würden eine Heirat dem vorziehen, was andere schon erlebt hatten.

Vielleicht – oder? »Ich werde gleich gehen, nur einen Moment noch«, sagte er zu ihnen.

»Wir werden geduldig warten«, sagte Adelin. Es sah aber kaum geduldig aus, wie sie alle dastanden, katzengleich, bereit, im nächsten Augenblick zu springen.

Er brauchte wirklich nur einen Moment, um zu tun, was er sich vorgenommen hatte. Er verwob Stränge von Geist und Feuer um den gesamten Raum herum und nabelte sie ab, damit das Gewebe von allein hielt. Jeder konnte den Raum betreten oder verlassen – außer einem Mann, der die Macht benützen konnte. Wenn er selbst oder Asmodean einträten, wäre das, als durchschritten sie eine massive Flammenmauer. Er hatte dieses Gewebe durch Zufall entdeckt, und auch, daß Asmodean, so abgeschirmt wie er jetzt war, zu schwach war, um sich mit Hilfe der Macht daraus zu befreien. Wahrscheinlich würde niemand die Aktivitäten eines Gauklers in Frage stellen, aber falls doch, dann hatte Jasin Natael es eben vorgezogen, so weit wie in Rhuidean möglich von den Aiel entfernt zu schlafen. Das war etwas, das ihm zumindest Hadnan Kaderes Fahrer und Wächter nachfühlen konnten. Und auf diese Weise wußte Rand genau, wo sich der Mann bei Nacht aufhielt. Die Töchter stellten ihm keine Fragen.

Er wandte sich ab. Die Töchter folgten ihm, bildeten einen schützenden Fächer um ihn, als erwarteten sie jeden Moment einen Angriff, und das sogar hier. Asmodean spielte immer noch seine Totenklage.

Mat Cauthon hatte die Arme nach beiden Seiten ausgestreckt und schritt damit über die breite weiße Umrandung des trockenen Brunnens, wobei er den Männern vorsang, die ihm im schwächer werdenden Tageslicht zusahen.

Wir trinken den Wein, bis der Becher geleert,
und küssen das Mädchen, bis es sich nicht mehr wehrt.

Wir würfeln um alles, was des Würfelns wert,
und dann tanzen wir mit dem Schwarzen Mann.

Nach der Hitze des Tages schien die Luft richtig kalt, und er dachte kurz daran, seinen feinen grünseidenen Mantel mit den goldenen Stickereien zuzuknöpfen, doch dieses von den Aiel *Oosquai* genannte Getränk ließ seinen Kopf schwimmen, und so verflog der Gedanke wieder. Auf einem kleinen Sockel im staubigen Brunnenbecken standen weiße Steinfiguren in Form von drei Frauen, zwanzig Fuß hoch und unbekleidet. Jede hatte eine Hand erhoben, während die andere einen mächtigen Steinkrug auf der Schulter festhielt. Die Krüge waren geneigt, um ihr Wasser in das Becken zu gießen. Bei einer fehlten der Kopf und die erhobene Hand, und bei einer anderen war der Krug zersprungen.

Wir tanzen und unsre Füße sind bloß.
Dann springen die Mädchen uns auf den Schoß.
Am Morgen erst lassen wir sie wieder los,
und dann tanzen wir mit dem Schwarzen Mann.

»Ein schönes Lied, und dann auch noch über den Tod!« rief einer der Wagenfahrer im Lugarder Dialekt. Kaderes Männer hielten sich eng zusammengedrängt an einer Seite des Brunnens auf, so weit wie möglich von den Aielmännern entfernt. Es waren wohl alles kampferprobte Männer mit harten Gesichtern, aber jedem von ihnen war klar, daß jeder einzelne der Aiel ihnen bei einem falschen Blick die Kehle aufschlitzen könne. Und ganz unrecht hatten sie damit nicht. »Ich habe meine alte Großmutter vom Schwarzen Mann erzählen hören«, fuhr der Lugarder mit den abstehenden Ohren fort. »Ich find's nicht richtig, so über den Tod zu singen.«

Mat überlegte mit trunkenem Hirn, wie er auf dieses Lied gekommen war. Er verzog das Gesicht. Keiner hatte ›Tanz mit dem Schwarzen Mann‹ mehr gehört, seit Aldeschar erobert wurde. In seinem Kopf erklang immer noch das trotzige Lied, das die Goldenen Löwen bei ihrem letzten vergeblichen Angriff auf das Heer Artur Falkenflügels gesungen hatten, als sie bereits eingeschlossen waren. Na, wenigstens hatte er nicht wieder in der Alten Sprache geplappert. Er war auch nicht halb so betrunken, wie er nun wirken mochte, aber natürlich hatte er schon ein paar Becher *Oosquai* zuviel getrunken. Das Zeug sah aus und schmeckte auch wie braunes Wasser, aber man bekam davon einen Schlag, als ob einen ein Maultier vor den Kopf trat. *Moiraine wird mich doch noch in die Burg verfrachten, wenn ich nicht vorsichtig bin. Na, das würde mich zumindest von Rand und der Wüste wegbringen.* Vielleicht war er doch trunkener, als er selbst glaubte, wenn er das schon für einen guten Tausch hielt. So nahm er sich ein anderes Lied vor, den ›Kesselflicker in der Küche‹.

Kesselflicker in der Küche, schaff nur, schaff geschwind.
Die Hausfrau zieht sich oben aus, denn fort sind Mann und Kind.
Sie tanzt die Trepp herab und löst dabei den Zopf.
»Kesselflickerjunge, ach, flickst du mir noch einen Topf?«

Einige von Kaderes Männern grölten mit, während er zu dem Fleck zurücktanzte, an dem er begonnen hatte. Die Aiel sangen nicht mit, denn bei ihnen sangen Männer ausschließlich Schlachtengesänge oder Totenklagen für die Gefallenen, und die Töchter des Speers sangen auch nur, wenn sie allein beieinander waren.

Zwei Aielmänner saßen auf dem Brunnenrand und zeigten keinerlei Anzeichen der Wirkung des *Oosquai,* den sie konsumiert hatten. Höchstens wirkten ihre Augen ein ganz klein wenig glasig. Er wäre so gern wieder in Gegenden gelangt, wo diese hellen Augen eine Seltenheit waren. Wo er aufgewachsen war, hatte er – von Rand abgesehen – nur braune oder schwarze Augen gesehen.

Ein paar Holzstücke, meist wurmstichige Beine oder Armlehnen von Stühlen, lagen auf den breiten Pflastersteinen herum. Dort standen keine Zuschauer. Ein leeres rotes Tongefäß lag neben dem Brunnenrand, und dazu eines, das noch etwas *Oosquai* enthielt. Auch ein silberner Becher lag dabei. Diese Dinge dienten einem Spiel. Man mußte in einem Zug trinken und dann mit dem Messer ein in die Luft geworfenes Ziel treffen. Keiner von Kaderes Männern und nur wenige Aiel wollten noch mit ihm würfeln, da er so oft gewann, und Karten spielten sie nicht. Messerwerfen galt dagegen als etwas ganz anderes, besonders, wenn auch noch der *Oosquai* im Spiel war. Er hatte nicht so oft gewonnen wie beim Würfeln, aber im Becken unter seinem Platz am Brunnenrand lagen ein halbes Dutzend gehämmerter Goldbecher, ein paar Armreifen und Halsketten mit Rubinen, Mondsteinen oder Saphiren, und auch noch ein kleiner Stapel Münzen. Neben seinen Gewinnen lagen noch sein flacher Hut und ein eigenartiger Speer mit einem schwarzen Schaft. Einige der Gegenstände waren sogar von Aiel selbst hergestellt worden, wie man sah. Normalerweise zahlten sie lieber mit Beutestücken als mit Münzen, wenn sie verloren hatten.

Corman, einer der beiden Aiel auf der Umrandung, blickte zu ihm auf, als er mit Singen innehielt. Schräg über seine Nase verlief eine weiße Narbe. »Ihr seid beinahe genauso gut mit dem Messer wie beim Würfeln, Matrim Cauthon. Sollen wir Schluß machen? Die Sonne geht unter.«

»Es ist doch noch hell genug.« Mat blinzelte zum Himmel empor. Bleiche Schatten bedeckten alles hier im Tal von Rhuidean, doch gegen den Himmel konnte man immer noch sehen, wie sich die Gebäude abzeichneten. »Bei dem Licht konnte auch meine Großmutter noch ihr Ziel treffen. Ich könnte es mit verbundenen Augen schaffen.«

Jenric, der andere der beiden Aiel, sah sich nach den Zuschauern um. »Sind hier auch Frauen zugegen?« Er war wie ein Bär gebaut und hielt sich für geistreich. »So redet ein Mann doch nur, wenn er Frauen beeindrucken will.« Die unter den Zuschauern verstreuten Töchter des Speers lachten genauso wie die anderen Männer, wenn nicht noch schallender.

»Glaubt Ihr etwa, ich kann das nicht?« knurrte Mat und zog sich das dunkle Halstuch ab, mit dem er immer die Narbe verbarg, wo man ihn aufgehängt hatte. »Schrei einfach ›Jetzt‹, wenn du es hochwirfst, Corman.« Schnell band er sich das Halstuch über die Augen und zog eines seiner Messer aus dem Ärmel. Das lauteste Geräusch, das er hören konnte, war das schwere Atmen der Zuschauer. *Nicht betrunken? Ich muß doch stockbesoffen sein!* Und doch fühlte er plötzlich sein Glück aufsteigen, diesen eigenartigen Schwall, wie sonst, wenn er wußte, wie viele Augen die Würfel zeigen würden, sobald sie still lagen. Sein Kopf schien dadurch sogar ein wenig klarer zu werden. »Werf schon«, murmelte er gelassen.

»Jetzt!« rief Corman, und Mats Arm bog sich zurück und schnellte dann nach vorn.

In der Stille klang der wuchtige Aufschlag von Stahl in Holz genauso laut wie das Klappern des Ziels auf das Pflaster.

Keiner sprach ein Wort, als er sich das Tuch wieder um den Hals schlang. Auf der offenen Fläche lag ein Stück von einer Stuhllehne, nicht größer als seine Hand. Sein Messer steckte tief und genau in der Mitte. Corman hatte, wie es schien, auch noch ein viel kleineres Ziel geworfen als üblich. Nun, er hatte ja kein bestimmtes Ziel mit ihm abgesprochen. Mit einem Mal wurde ihm klar, daß er nicht einmal gewettet hatte.

Schließlich stieß einer von Kaderes Männern hervor: »Das Glück des Dunklen Königs war das!«

»Das Glück ist wie jedes andere Pferd. Man kann darauf reiten«, sagte Mat leise, mehr zu sich selbst. Gleich, wo es herrührte. Er hatte ja auch keine Ahnung, wieso er solches Glück hatte, doch ausnützen wollte er es, so gut es überhaupt möglich war.

So leise er auch gesprochen hatte: Jenric sah ihn mit gerunzelter Stirn an. »Was habt Ihr da gesagt, Matrim Cauthon?«

Mat öffnete den Mund, um seine Worte zu wiederholen, doch dann schloß er ihn wieder, als er die Worte klar vor sich sah: *Sene sovya caba'donde ain dovienya.* Die Alte Sprache. »Ach, nichts«, murmelte er. »Ich führe nur Selbstgespräche.« Die Zuschauer zerstreuten sich nun langsam. »Ich denke, nun ist es wirklich langsam zu dunkel, um weiterzumachen.«

Corman stellte einen Fuß auf das Holzstück, um Mats Messer herauszuziehen, und brachte es ihm zurück. »Irgendwann einmal wieder, Matrim Cauthon. Irgendwann.« So drückten sich die Aiel aus, wenn sie ›nie‹ meinten, es aber nicht aussprechen wollten.

Mat nickte, als er die Klinge in eine der Scheiden in seinem Ärmel zurücksteckte. Es war das gleiche wie damals, als er dreiundzwanzigmal hintereinander sechs Sechser gewürfelt hatte. Er konnte es ihnen kaum übelnehmen. Aber Glück zu haben war doch noch keineswegs alles. Mit etwas Neid stellte er fest, daß keiner der Aiel auch nur im geringsten schwankte, als er sich der sich zerstreuenden Menge anschloß.

Mat fuhr sich mit der Hand durchs Haar und setzte sich schwerfällig auf den Brunnenrand. Die fremden Erinnerungen, die einst wie die Rosinen im Kuchen in seinem Verstand eingebettet gelegen hatten, verschwammen nun mit seinen eigenen. Mit einem Teil seines Verstands wußte er, daß er vor zwanzig Jahren im

Gebiet der Zwei Flüsse geboren worden war, aber andererseits erinnerte er sich auch deutlich daran, wie er den Flügelangriff geleitet hatte, der die Trollocs bei Maighande zurückgeschlagen hatte, oder daran, wie er am Hof von Tarmandewin getanzt hatte, und an hundert, ja tausend andere Dinge. Zumeist an Schlachten. Er erinnerte sich daran, öfter gestorben zu sein, als ihm lieb war. Es gab keine deutlichen Nahtstellen mehr zwischen den Leben. Er konnte nur noch mit äußerster Konzentration die eigenen Erinnerungen von den fremden unterscheiden.

Er faßte nach hinten und setzte sich den breitkrempigen Hut auf. Dann holte er den eigenartigen Speer nach vorn und legte ihn sich über die Knie. Statt einer normalen Speerspitze wies er etwas auf, das wie eine zwei Fuß lange Schwertklinge aussah, mit einem Paar eingravierter Raben darauf. Lan sagte, diese Klinge sei während des Kriegs um die Macht, des Schattenkriegs, mit Hilfe der Einen Macht geschmiedet worden. Der Behüter behauptete, sie müsse niemals geschärft werden und würde nie brechen. Mat hatte nicht vor, darauf zu vertrauen, außer er war dazu gezwungen. Sie hatte ja dreitausend Jahre überdauert, doch er traute der Einen Macht recht wenig. Am schwarzen Schaft zog sich eine kursiv geschriebene Textzeile entlang, die an beiden Seiten jeweils in einem Raben endete. Das Ganze war in einem Metall eingelegt, das noch dunkler als das Holz selbst war. In der Alten Sprache, aber die konnte er natürlich jetzt lesen.

Somit ist unser Vertrag festgelegt und die Vereinbarung
geschlossen. Der Gedanke ist der Pfeil der Zeit;
die Erinnerung verblaßt niemals. Was verlangt worden
war, wurde gegeben. Der Preis ist bezahlt.

Etwa eine halbe Meile entfernt die breite Straße hinunter befand sich ein Platz, den man in jeder anderen

Stadt als groß bezeichnet hätte. Die Aielhändler waren zur Nacht verschwunden, aber ihre Buden standen noch da. Sie bestanden aus einer Art graubrauner Wolle, wie sie die Aiel für ihre Zelte verwendeten. Hunderte von Händlern aus allen Teilen der Wüste waren nach Rhuidean gekommen. So war der größte Markt entstanden, den die Aiel jemals erlebt hatten, und es kamen jeden Tag noch immer mehr an. Die Händler hatten zu den ersten gehört, die sich tatsächlich in der Stadt fest niedergelassen hatten und nun hier wohnten.

In die andere Richtung wollte Mat gar nicht schauen. Dort befand sich der große Platz. Er konnte dort die Umrisse von Kaderes Wagen ausmachen, die morgen weiter beladen würden. Heute nachmittag hatte man in einen davon etwas eingeladen, was wie ein verdrehter Sandstein-Türrahmen wirkte. Moiraine hatte sich besondere Mühe gegeben, ihn so festzurren zu lassen, wie sie es für richtig hielt.

Ihm war nicht klar, was sie darüber wußte, und er würde sie ganz bestimmt nicht danach fragen. Es war besser, sie vergaß, daß es ihn überhaupt noch gab, obwohl er diesbezüglich nicht viel Hoffnung hatte. Was sie auch über den Türrahmen wissen mochte, er wußte jedenfalls mehr darüber. Er war hindurchgetreten – ein Narr, der nach Antworten suchte. Was er statt dessen bekommen hatte, war ein Kopf voll Erinnerungen anderer Männer. Toter Männer. Er zog das Tuch enger um seinen Hals zusammen. Und noch zwei andere Dinge. Ein silbernes Medaillon in Form eines Fuchskopfes, das er unter dem Hemd trug, und die Waffe auf seinen Knien. Eine dürftige Entschädigung. Er fuhr mit den Fingern sanft die Schriftzeichen nach. *Die Erinnerung verblaßt niemals.* Sie hatten einen Sinn für Humor, der zu den Aiel paßte, die Leute auf der anderen Seite der Tür.

»Schafft Ihr das eigentlich jedesmal?«

Er riß den Kopf herum und erblickte eine Tochter des Speers, die sich gerade neben ihn gesetzt hatte. Sie war selbst für eine Aielfrau groß, möglicherweise größer als er, ihr Haar war wie gesponnenes Gold und die Augen von der Farbe des klaren Morgenhimmels. Sie war älter als er, vielleicht um zehn Jahre, aber das hatte ihn noch nie abgeschreckt. Allerdings war sie eben eine *Far Dareis Mai.*

»Ich heiße Melindhra«, fuhr sie fort, »und gehöre zur Jumai-Septime. Schafft Ihr das wirklich jedesmal?«

Nun erst wurde ihm bewußt, daß sie vom Messerwerfen sprach. Sie nannte ihre Septime, aber keinen Clan. Das taten die Aiel fast nie. Aber ... Sie mußte eine der Shaido-Töchter sein, die gekommen waren, um sich Rand anzuschließen. Er verstand all das Zeug mit den Kriegergemeinschaften nicht so ganz, aber was die Shaido betraf, erinnerte er sich nur zu gut daran, wie sie ihn mit Speeren hatten spicken wollen. Couladin konnte niemanden leiden, der mit Rand irgendwie verbunden war, und was Couladin haßte, haßten auch die Shaido. Andererseits war Melindhra hierher nach Rhuidean gekommen. Eine Tochter des Speers. Und nun lächelte sie ihn leicht an. In ihrem Blick funkelte etwas Einladendes.

»Meistens, ja«, antwortete er wahrheitsgemäß. Auch wenn er es nicht direkt spürte, hatte er noch Glück, und wenn er es aufwallen fühlte, konnte überhaupt nichts schiefgehen. Sie schmunzelte. Ihr Lächeln wurde breiter, als halte sie ihn für einen Angeber. Frauen schienen sich immer schon entschieden zu haben, ob man log oder nicht, bevor sie auch nur einen Beweis gesehen hatten. Auf der anderen Seite war es so: Wenn sie einen mochten, dann war es ihnen entweder egal oder sie fielen ins andere Extrem und hielten dann auch seine dickste Lüge für wahr.

Töchter des Speers konnten unabhängig von ihrem Clan gefährlich werden, doch das traf, wie er aus eigener Erfahrung wußte, auf alle Frauen zu. Jedenfalls hatte Melindhra nicht nur Augen für ihn allein.

Also kramte er in seinen Gewinnen und zog eine Halskette mit vielen Goldspiralen heraus, in deren Zentrum jeweils ein tiefblauer Saphir befestigt war. Der größte hatte immerhin die Größe seines Daumennagels. Er erinnerte sich noch an eine Zeit – diesmal in seiner eigenen Erinnerung –, als ihn der kleinste dieser Steine noch zum Schwitzen gebracht hätte.

»Die passen wunderschön zu Euren Augen«, sagte er und legte das schwere Kollier in ihre Hände. Er hatte wohl noch nie gesehen, daß eine der Töchter Halsschmuck trug, doch seiner Erfahrung nach hatte jede Frau Schmuck gern. Und seltsamerweise gefielen ihnen allen auch Blumen fast genauso wie Schmuck. Er verstand das wohl nicht, aber er gab sowieso zu, daß er Frauen noch weniger verstand als sein Glück oder das, was auf der anderen Seite des verdrehten Türrahmens geschehen war.

»Sehr schöne Arbeit«, sagte sie, als sie es hochgehalten und gemustert hatte. »Ich nehme Euer Angebot an.« Die Halskette verschwand in ihrer Gürteltasche und sie beugte sich herüber, um ihm den Hut aus dem Gesicht zu schieben. »Du hast hübsche Augen. Wie dunkle, hochglänzende Tigeraugen, falls du die Steine kennst.« Sie drehte sich ein wenig um und zog die Beine auf den Brunnenrand empor. Dann schlang sie die Arme um die Beine, saß einfach so da und musterte ihn eindringlich. »Meine Speerschwestern haben mir von dir erzählt.«

Mat rückte seinen Hut wieder zurecht und beobachtete sie mißtrauisch unter der Krempe hervor. Was hatten sie ihr erzählt? Und welches ›Angebot‹? Es war doch nur eine Halskette. Die Einladung war aus ihrem Blick verschwunden. Nun wirkte sie wie eine Katze, die eine Maus betrachtet. Das war eben das Problem bei diesen Töchtern des Speers. Manchmal konnte man kaum unterscheiden, ob sie mit dir tanzen, dich küssen oder dich töten wollten.

Die Straße leerte sich, die Schatten wurden tiefer, aber er erkannte Rand trotzdem, der ein Stückchen weiter unten schräg über die Straße ging, die Pfeife zwischen den Zähnen. Er war der einzige Mann in Rhuidean, der immer mit einem Schwarm von *Far Dareis Mai* herumlief. *Sie sind immer bei ihm,* dachte Mat. *Sie behüten ihn wie ein Rudel Wölfinnen und springen, sobald er ein Wort sagt.* Einige Männer würden ihn deshalb vielleicht beneiden. Nicht so Mat. Wenn es allerdings ein Rudel Mädchen vom Typ Isendres wäre …

»Entschuldige mich einen Moment«, sagte er schnell zu Melindhra. Er lehnte seinen Speer an die niedrige Brüstung vor dem Brunnen, sprang auf und rannte los. In seinem Kopf summte es immer noch, wenn auch nicht mehr so stark, und er wankte nicht. Er machte sich keine Sorgen um seine Gewinne. Die Aiel hatten ganz klare Ansichten in bezug auf das, was erlaubt war und was nicht. Während eines Kriegszugs Beute zu machen war absolut legitim, Diebstahl aber nicht. Kaderes Männer hatten schnell gelernt, die Hände in den Taschen stecken zu lassen, nachdem einer von ihnen beim Stehlen erwischt worden war. Man hatte ihn verprügelt, daß er von den Schultern bis zu den Fersen von Striemen bedeckt war, und dann hatte man ihn weggeschickt. Der einzige Wasserschlauch, den sie ihm mitgegeben hatten, dürfte wohl bei weitem nicht gereicht haben, um die Drachenmauer zu erreichen, selbst in bekleidetem Zustand, doch sie hatten ihn ja nackt davongejagt. Jetzt hoben Kaderes Männer noch nicht einmal eine Münze auf, wenn sie herrenlos auf der Straße lag.

»Rand?« Der andere Mann schritt von seiner weiblichen Eskorte umgeben weiter. »Rand?« Rand war noch nicht einmal zehn Schritt entfernt, doch er zeigte kein Anzeichen des Erkennens. Nur ein paar der Töchter des Speers blickten sich um, nicht aber Rand. Mat fror plötzlich, und das hatte nichts mit dem Einbruch der Nacht zu tun. Er leckte sich die Lippen und sprach noch einmal, aber nicht sehr laut: »Lews Therin.« Und Rand drehte sich um. Mat wünschte fast, er hätte sich auch jetzt nicht umgewandt.

Eine Weile lang blickten sie sich im Zwielicht des Abends schweigend an. Mat zögerte, näher heranzutreten. Er versuchte, sich einzureden, das sei wegen der Töchter des Speers. Adelin war eine von denen gewesen, die ihn ein sogenanntes Spiel gelehrt hatten, das man den ›Kuß der Jungfrau‹ nannte. Das würde er niemals mehr vergessen und auch niemals mehr spielen, soweit es in seiner Macht lag. Und Enailas Blick fuhr ihm wie ein Bohrer in den Schädel. Wer erwartete denn auch, daß eine Frau gleich hochging wie ein Feuerwerkskörper, weil man ihr sagt, sie sei die hübscheste kleine Blume, die man je gesehen hat?

Und dann Rand. Er und Rand waren zusammen aufgewachsen. Sie und dazu Perrin, der Gehilfe des Schmieds zu Hause in Emondsfeld, hatten zusammen gejagt, gefischt, waren gemeinsam durch die Sandhügel gewandert bis zum Rand der Verschleierten Berge, hatten unter dem Sternenzelt kampiert. Rand war sein Freund. Nur war er jetzt ein Freund, der einem vielleicht den Kopf einschlagen würde, ohne es zu wollen. Und Perrin war möglicherweise Rands wegen tot.

Er zwang sich dazu, auf Armeslänge an den anderen Mann heranzutreten. Rand war beinahe einen Kopf größer, und im Zwielicht dieses frühen Abends wirkte er sogar noch größer. Kälter, als er gewesen war. »Ich habe nachgedacht, Rand.« Mat wünschte, seine Stimme klänge nicht so heiser. Er hoffte, Rand werde diesmal auf seinen richtigen Namen reagieren. »Ich war lange von zu Hause weg.«

»Wir beide«, sagte Rand leise. »Lange Zeit.« Plötzlich lachte er auf, nicht laut, doch beinahe wie der alte

Rand. »Fängst du an, dich danach zu sehnen, daß du die Kühe deines Vaters melken kannst?«

Mat kratzte sich am Ohr und grinste ein wenig. »Das nicht gerade.« Wenn er niemals mehr eine Scheune von innen sah, war ihm das nur zu recht. »Aber ich dachte daran, mitzufahren, wenn Kadere mit seinen Wagen aufbricht.«

Rand schwieg. Als er wieder sprach, war der Anflug von Heiterkeit vorbei. »Den ganzen Weg nach Tar Valon?«

Nun war die Reihe, zu zögern, wieder an Mat. *Er würde mich doch nicht an Moiraine verraten? Oder doch?* »Vielleicht«, sagte er, als sei es nebensächlich. »Ich weiß noch nicht. Dort würde Moiraine mich ja sowieso am liebsten hinbringen. Vielleicht finde ich auch eine Möglichkeit, zu den Zwei Flüssen zurückzukehren. Mal sehen, ob zu Hause alles in Ordnung ist.« *Nachsehen, ob Perrin noch am Leben ist. Und meine Schwestern und Mutter und Pa.*

»Wir alle müssen tun, was sein muß, Mat. Nicht das, was wir gern wollen. Jedenfalls nicht oft. Was wir müssen.«

Für Mat klang das wie eine Entschuldigung, als bitte ihn Rand um sein Verständnis. Nur, daß auch er selbst einige Male getan hatte, was er mußte. *Ich kann ihn nicht für Perrin verantwortlich machen, nicht ihn selbst. Und niemand hat mich verdammt noch mal gezwungen, Rand wie ein blutiges Schoßhündchen hinterherzulaufen.* Aber auch das stimmte nicht. Er war gezwungen gewesen. Nur eben nicht von Rand. »Du wirst ... mich nicht aufhalten, wenn ich weg will?«

»Ich versuche gar nicht erst, dir zu sagen, ob du kommen oder gehen sollst, Mat«, sagte Rand müde. »Das Rad webt das Muster, und nicht ich. Und das Rad webt, wie es will.« Ausgerechnet er sprach schon wie eine verdammte Aes Sedai! Rand wandte sich schon halb zum Gehen, fügte aber dann noch hinzu: »Traue

Kadere nicht, Mat. Auf gewisse Art ist er einer der gefährlichsten Männer, die du je kennengelernt hast. Vertraue ihm kein bißchen, oder jemand schneidet dir vielleicht die Kehle durch. Du und ich wären nicht die einzigen, die das bedauern würden.« Damit war er weg, die Straße hinunter in die tiefer sinkende Dämmerung hinein. Die Töchter des Speers umgaben ihn wie ein Rudel Wölfe.

Mat sah ihm nach. Dem Händler vertrauen? *Ich würde Kadere nicht trauen, und wenn er gefesselt in einem Sack steckte.* Also webte nicht Rand das Muster? Aber er kam dem doch ziemlich nahe! Bevor noch jemals einer von ihnen erfahren hatte, daß die Prophezeiungen ausgerechnet mit ihnen zu tun hatten, hatten sie erfahren, daß Rand ein *Ta'veren* war, einer jener seltenen Menschen, die nicht willkürlich in das Muster hineingewoben wurden, sondern statt dessen das Muster zwangen, sich um sie herum zu gestalten. Mat wußte wohl, was es hieß, ein *Ta'veren* zu sein, denn er war selbst einer, wenn auch nicht so stark wie Rand. Manchmal konnte Rand das Leben anderer Menschen beeinflussen, seinen Lauf ändern, nur, weil er sich im gleichen Ort aufhielt. Auch Perrin war ein *Ta'veren,* oder war es vielleicht gewesen. Moiraine hatte es für bedeutsam gehalten, daß sie gleich drei junge Männer aus dem gleichen Dorf aufgespürt hatte, deren Schicksal sie zu *Ta'veren* werden ließ. Sie hatte auf jeden Fall vor, sie alle in ihre Pläne einzubeziehen, was sie auch sein mochten.

Es sollte ja angeblich eine ganz tolle Sache sein. Alle *Ta'veren,* von denen Mat jemals gehört hatte, waren Männer wie Artur Falkenflügel gewesen oder Frauen wie Mabriam en Shereed, von der die Legenden behaupteten, sie habe nach der Zerstörung der Welt den Pakt der Zehn Nationen begründet. Aber keine Legende berichtete, was geschah, wenn sich ein *Ta'veren* so nahe bei einem anderen und noch dazu so starken wie Rand befand. Man fühlte sich dann wie ein Blatt in einem Mahlstrom.

Melindhra trat an seine Seite und reichte ihm den Speer und einen schweren, grob gewebten Sack, in dem es klapperte. »Ich habe deine Gewinne hineingetan, ja?« Sie war tatsächlich größer als er – eine gute Handbreit. Sie blickte Rand hinterher. »Ich hatte gehört, daß du ein Beinahe-Bruder von Rand al'Thor seist.«

»Wenn man so will«, sagte er trocken.

»Es spielt keine Rolle«, tat sie es ab und konzentrierte sich auf ihn. Die Fäuste hatte sie auf die Hüften gestemmt. »Du hast mein Interesse erregt, Mat Cauthon, noch bevor du mir diese Aufmerksamkeit gabst. Natürlich werde ich deshalb nicht den Speer für dich aufgeben, aber ich habe dich schon seit Tagen im Auge. Du hast ein Lächeln an dir, wie ein Junge, der gleich etwas anstellen wird. Das gefällt mir. Und diese Augen.« Im versagenden Tageslicht schien ihm ihr Lächeln bedächtig und breit – und warm. »Mir gefallen deine Augen wirklich.«

Mat rückte den Hut gerade, obwohl er gar nicht schief gesessen hatte. Vom Verfolger zum Verfolgten, vom Jäger zum Gejagten, und das innerhalb eines Wimpernschlags. Solches konnte einem bei den Aielfrauen passieren. Besonders bei den Töchtern des Speers. »Sagt dir die Bezeichnung ›Tochter der Neun Monde‹ irgend etwas?« Die Frage hatte er schon ein paarmal Frauen gestellt. Die falsche Antwort würde ihn noch heute Abend aus Rhuidean vertreiben, und wenn er zu Fuß durch die ganze Wüste marschieren müßte.

»Nein, nichts«, sagte sie. »Aber es gibt Sachen, die ich gern bei Mondschein unternehme.«

Sie legte ihm einen Arm um die Schultern, nahm seinen Hut ab und begann, ihm etwas ins Ohr zu flüstern. Nach kurzer Zeit grinste er sehr viel breiter als sie zuvor.

KAPITEL 4

Zwielicht

Mit seiner Eskorte von *Far Dareis Mai* näherte sich Rand dem Dach der Töchter des Speers in Rhuidean. Weiße Treppen über die ganze Breite des großen Gebäudes, jede Stufe einen Schritt tief, führten hinauf zu mächtigen, zwanzig Schritt hohen Säulen, die im Dämmerlicht schwarz wirkten, aber bei Tag ein strahlendes Blau zeigten, und deren Mantel in Spiralen gearbeitet war. Die Außenwände des Gebäudes bestanden aus einem Mosaik glasierter Fliesen, weiß und blau, deren Spiralmuster dem Augen endlos erschien. Ein riesiges Fenster gleich über den Säulen wies ein farbiges Glasmosaik auf. Es zeigte eine fünfzehn Fuß hohe, schwarzhaarige Frau. Sie trug ein faltenreiches, blaues Gewand und hatte die rechte Hand erhoben, entweder um zu segnen oder um Einhalt zu gebieten. Ihr Gesicht wirkte würdevoll und streng zugleich. Wer sie auch gewesen sein mochte, eine Aiel war sie jedenfalls nicht, bei der blassen Haut und diesen dunklen Augen. Vielleicht eine Aes Sedai. Er klopfte die Pfeife am Absatz seines Stiefels aus und steckte sie in die Manteltasche, bevor er die Treppe hinaufging.

Außer den *Gai'schain* durfte eigentlich kein Mann unter ein Dach der Töchter des Speers treten, kein einziger Mann und in keiner Festung der ganzen Wüste. Selbst ein Häuptling oder der Blutsverwandte einer der Töchter könnte den Tod erleiden, sollte er es versuchen, aber natürlich dachte kein Aielmann auch nur an so etwas. Das galt übrigens für alle Kriegergemeinschaften; nur Mitglieder und die *Gai'schain* durften hineingehen.

Die beiden Töchter, die an der hohen Bronzetür Wache hielten, unterhielten sich und sahen nur kurz zu ihm herüber, als er zwischen den Säulen hindurchschritt. Dann tauschten sie ein leichtes Grinsen. Er wünschte, er wüßte, was sie gesagt hatten. Selbst in einem so trockenen Land wie der Wüste lief Bronze mit der Zeit an und wurde blind, doch *Gai'schain* hatten diese Türflügel poliert, bis sie wie neu glänzten. Sie standen nun weit offen, und die beiden Wächterinnen machten keine Anstalten, ihn am Hineingehen zu hindern, mit Adelin und den anderen auf den Fersen.

Die breiten, weißgefliesten Korridore und die großflächigen Zimmer waren voll von Töchtern des Speers. Sie saßen auf bunten Kissen, tratschten, pflegten ihre Waffen, spielten Fingerspiele oder Brettspiele oder ›Tausend Blumen‹, ein Aielspiel, bei dem man mit flachen Spielsteinen, die anscheinend hundert verschiedene Symbole zeigten, Muster legen mußte. Natürlich glitten unzählige *Gai'schain* mit eleganten Schritten durch das Gebäude, gingen ihren Aufgaben nach, putzten, bedienten, reparierten, füllten die Öllampen auf, von denen man eine große Bandbreite sah: von einfachen, glasierten Tonlampen bis zu vergoldeten Beutestücken von irgendwoher, und den hohen Stehlampen, die man in der Stadt vorgefunden hatte. In den meisten Zimmern bedeckten bunte Teppiche und leuchtende Wandbehänge Böden und Wände. Man sah beinahe so viele Muster und Stilformen, wie Teppiche und Gobelins vorhanden waren. Darüber hinaus zeigten die Wände und Decken detaillierte Mosaikarbeiten in Form von Wäldern und Flüssen und Himmeln, wie man sie in der Wüste niemals sah.

Ob jung oder alt: die Töchter lächelten ihn an, wenn sie seiner gewahr wurden, und einige nickten ihm vertraut zu oder klopften ihm sogar auf die Schulter. Andere sprachen ihn an, fragten nach seinem Befinden, ob er schon gegessen habe, ob er wolle, daß ihm die *Gai'schain* Wein oder Wasser brächten. Er erwiderte das meiste mit einem Lächeln. Es gehe ihm gut, und er habe weder Hunger noch Durst. Er ging weiter und verlangsamte seinen Schritt nicht, wenn er ihnen antwortete. Wenn er langsamer ging, würde das unweigerlich dazu führen, daß er bei ihnen stehenblieb, und das war ihm heute abend zuviel.

Die *Far Dareis Mai* hatten ihn auf gewisse Weise adoptiert. Einige behandelten ihn wie ihren Sohn, andere wie einen Bruder. Das Alter schien dabei keine Rolle zu spielen. Frauen mit weißen Strähnen im Haar tranken Tee mit ihm und sprachen mit ihm wie mit einem Bruder, während Töchter, die kaum ein Jahr älter waren als er, ihn bemutterten, indem sie ihm sagten, was er bei dieser Hitze an Kleidung zu tragen habe. Dieses Bemuttern ließ sich nicht vermeiden. Sie verhielten sich einfach so, und er wußte auch nicht, wie er es verhindern konnte, ohne die Eine Macht gegen sie alle auf einmal einzusetzen.

Er hatte daran gedacht, vielleicht eine andere Kriegergemeinschaft zu seinem eigenen Schutz einzusetzen, die *Shae'en M'taal* zum Beispiel, die Steinhunde, oder die *Aethan Dor,* die Roten Schilde – Rhuarc hatte zu den Roten Schilden gehört, bevor er Häuptling wurde –, nur, welche Begründung konnte er ihnen dafür liefern? Sicherlich nicht die Wahrheit. Wenn er nur daran dachte, Rhuarc und den anderen das zu erklären, wurde er nervös. Bei dem eigenartigen Humor der Aiel würde ihm vielleicht sogar der griesgrämige alte Han vor Lachen die Rippen brechen. Außerdem würde wahrscheinlich jeder mögliche Grund die Ehre jeder einzelnen Tochter des Speers verletzen. Wenigstens bemutterten sie ihn selten außerhalb, nur unter ihrem Dach, wenn niemand anders zusehen konnte als höchstens die *Gai'schain,* und die wußten es besser, als irgendwo herumzuerzählen, was hier geschehen war. »Die Töchter«, hatte er selbst einmal gesagt, »tragen meine Ehre.« Daran erinnerte sich wohl jeder, und die Töchter waren genauso stolz darauf, als habe er sie auf einen Thron gesetzt. Doch wie es schien, trugen sie seine Ehre auf eine Art und Weise, die sie selbst bestimmten.

Adelin und die anderen vier verließen ihn und schlossen sich ihren Freundinnen an, doch er war deshalb nicht allein, als er die breiten weißen Wendeltreppen emporstieg. Er mußte die gleichen Fragen praktisch auf jeder Stufe beantworten. Nein, er habe keinen Hunger. Ja, er wisse, daß er sich noch nicht an die Hitze gewöhnt hatte, und nein, er hatte nicht zuviel Zeit in der prallen Sonne verbracht. Er ertrug alles geduldig, aber er stieß einen Seufzer der Erleichterung aus, als er den zweiten Stock über dem riesigen Fenster erreicht hatte. Hier waren keine Töchter und keine *Gai'schain* mehr zu sehen, weder in den breiten Gängen, noch auf der Treppe nach weiter oben. Die kahlen Wände und leeren Zimmer betonten noch die Abwesenheit der Menschen, aber nach all dem Trubel drunten war die Einsamkeit ein Segen für ihn.

Sein Schlafzimmer war eine fensterlose Kammer nahe dem Mittelpunkt des Gebäudes, einer der wenigen Räume, die nicht riesengroß waren, wenn auch mit einer sehr hohen Decke. Die Höhe war das ausgeprägteste Merkmal dieses Zimmers. Er hatte keine Ahnung, wofür es ursprünglich vorgesehen gewesen war. Den einzigen Schmuck stellte ein Rankenmosaik um den kleinen Kamin dar. Er hätte ja gesagt, es sei das Zimmer eines Dieners gewesen, aber die Zimmer von Dienern wiesen wohl kaum eine bronzeverkleidete, wenn auch einfach gestaltete Tür auf. Er schob sie fast ganz zu. *Gai'schain* hatten die Metallfläche poliert, so daß sie jetzt matt glänzte. Auf den blauen Fußbodenfliesen lagen ein paar gefranste Sitzkissen verstreut, und zum

Schlafen hatte man ihm auf mehrere bunte Läufer eine dicke Steppdecke gelegt. Nahe diesem ›Bett‹ standen ein einfacher, blauglasierter Krug mit Wasser und ein dunkelgrüner Becher. Das war alles, bis auf zwei bereits entzündete dreibeinige Stehlampen und einen schritthohen Stapel von Büchern in einer Ecke. Mit einem erschöpften Aufseufzen legte er sich, immer noch in Mantel und Stiefeln, auf die Steppdecke. Wie er sich auch drehte und wendete, es war auch nicht viel weicher als der blanke Fußboden.

Die Kühle der Nacht drang bereits in die Kammer, aber er machte sich nicht die Mühe, den getrockneten Kuhmist im Kamin zu entzünden. Ihm war die Kälte lieber als der Gestank. Asmodean hatte ihm einen einfachen Trick gezeigt, um den Raum warmzuhalten; einfach, doch etwas, das der Mann nun selbst nicht mehr fertigbrachte, weil ihm dazu die Kraft fehlte. Das einzige Mal, als Rand ihn ausprobiert hatte, war er mitten in der Nacht aufgewacht und hatte nach Luft geschnappt, während die Kanten der Läufer bereits von der Hitze des Fußbodens entzündet glimmten. Danach hatte er keinen weiteren Versuch mehr unternommen.

Er hatte dieses Gebäude als Quartier ausgewählt, weil es unbeschädigt war und nahe dem großen Platz lag. Die hohen Decken ließen selbst am heißesten Tag noch etwas wie Kühle erahnen, und die dicken Wände hielten bei Nacht die schlimmste Kälte ab. Natürlich war es anfangs nicht das Dach der Töchter des Speers gewesen. Eines Morgens war er aufgewacht und hatte das Gebäude einfach besetzt vorgefunden: Töchter in jedem Zimmer der ersten beiden Stockwerke und ihre Wächterinnen an seiner Tür. Er hatte eine Weile gebraucht, bis ihm klar wurde, daß sie dieses Gebäude als Dach für ihre Gemeinschaft hier in Rhuidean in Anspruch genommen hatten und doch erwarteten, daß er weiterhin darin wohnte. Tatsächlich wären sie bereit gewesen, ihr Dach überallhin zu verlegen, wo er sich aufhielt. Deshalb hatte er sich an einem anderen Ort mit den Clanhäuptlingen treffen müssen. Wenigstens hatte er es fertiggebracht, sie zu überzeugen, unterhalb des Stockwerks zu bleiben, in dem er selbst schlief. Das hatte sie unwahrscheinlich erheitert. *Selbst der Car'a'carn ist kein König,* rief er sich trocken ins Gedächtnis zurück. Zweimal bereits war er nach weiter oben umgezogen, als sich die Anzahl der Töchter ständig erhöhte. Gelangweilt versuchte er auszurechnen, wie viele noch ankommen müßten, bis er schließlich auf dem Dach schlief.

Das war besser, als immer daran denken zu müssen, wie er sich wieder von Moiraine hatte provozieren lassen. Er hatte sie eigentlich über seinen Plan im Ungewissen lassen wollen bis zu dem Tag, an dem er mit den Aiel ausrückte. Sie wußte eben genau, wie sie seine Gefühle manipulieren konnte, wie sie ihn so wütend machen konnte, daß er mehr sagte, als ihm lieb war. *Ich bin doch früher nie so wütend geworden. Warum habe ich solche Schwierigkeiten, mich zu beherrschen?* Nun, sie konnte jedenfalls nichts unternehmen, um ihn zurückzuhalten. Er glaubte zumindest nicht, daß es eine Möglichkeit gab. Er mußte aber nächstens rechtzeitig daran denken, bei ihr einfach vorsichtiger zu sein. Seine ständig wachsenden Fähigkeiten ließen ihn ihr gegenüber leichtsinnig werden, doch wenn er auch viel stärker war, hatte sie viel mehr Erfahrung, und die konnte ihn Asmodean nicht lehren.

Auf gewisse Weise war es weniger wichtig, wenn er Asmodean seine Pläne wissen ließ, als sein Vorhaben der Aes Sedai zu enthüllen. *Für Moiraine bin ich immer noch ein Schafhirte, den sie zum Besten der Burg benützen kann, aber für Asmodean bin ich der einzige Ast, an dem er sich in der rasenden Flut festklammern kann.* Seltsam, wenn er bedachte, daß er einem der Verlorenen wahrscheinlich eher vertrauen konnte als Moiraine. Andererseits, er konnte wohl beiden nicht gerade weitgehend trauen. Asmodean. Wenn seine Bindung an den Dunklen König ihn gegen die Verderbnis *Saidins* hatte schützen können, dann mußte es auch eine andere Möglichkeit geben, das zu erreichen. Oder *Saidin* zu reinigen.

Das Problem war, daß die Verlorenen vor ihrem Überlaufen zum Schatten zu den mächtigsten Aes Sedai im Zeitalter der Legenden gehört hatten, als Dinge noch selbstverständlich waren, von denen heutzutage die Weiße Burg nur träumen konnte. Wenn Asmodean nicht wußte, wie man *Saidin* reinigte, dann ging es vielleicht überhaupt nicht. *Aber es muß einen Weg geben! Irgend etwas kann das vollbringen. Ich werde nicht bloß dasitzen und darauf warten, wahnsinnig zu werden und zu sterben.*

Das war doch alles einfach idiotisch. Die Prophezeiung hatte ihm ein Zusammentreffen am Shayol Ghul vorhergesagt. Wann, das wußte er nicht, aber hinterher würde er sich keine Gedanken mehr darüber machen müssen, ob er nun wahnsinnig würde oder nicht. Er schauderte und wollte schon seine Decken über sich ziehen.

Das leise Geräusch von Schritten im Flur ließ ihn hochfahren. Ich habe es ihnen doch gesagt! Wenn sie nicht …! Die Frau, die nun die Tür aufdrückte und mit Armen voll von dicken Wolldecken in den Raum trat, war keine, die er hier erwartet hätte.

Aviendha blieb gleich hinter der Tür stehen und betrachtete ihn mit kühlen, blaugrünen Augen. Sie war eine mehr als nur hübsche Frau, etwa gleich alt wie er, einst eine Tochter des Speers, doch dann hatte sie den Speer aufgegeben, um eine Weise Frau zu werden. Das war noch gar nicht lange her. Ihr dunkelrotes Haar reichte ihr noch nicht ganz bis auf die Schultern, und das gefaltete braune Tuch, das sie um den Kopf gebunden hatte, war eigentlich unnötig, denn die Haare konnten ihr noch nicht ins Gesicht fallen. Sie schien, was das Tuch betraf, ein wenig ungeschickt, und mit ihrem weiten grauen Rock ziemlich ungeduldig.

Die Eifersucht versetzte ihm einen kleinen Stich, als er die silberne Halskette entdeckte, die sie heute trug; kunstvoll aneinandergereihte gehämmerte Scheiben, von denen jede anders verziert war. *Wer hat ihr das gegeben?* Sie hatte es bestimmt nicht selbst ausgewählt, denn sie schien Schmuck nicht zu mögen. Das einzige andere Schmuckstück, das sie trug, war ein breiter Elfenbein-Armreif, der mit kunstvoll geschnitzten Rosen verziert war. Den hatte er ihr geschenkt, und er war sich nicht sicher, ob sie ihm das bereits verziehen habe. Außerdem war es sowieso dumm von ihm, eifersüchtig zu sein.

»Ich habe Euch schon zehn Tage lang nicht mehr gesehen«, sagte er. »Ich hatte damit gerechnet, daß Euch die Weisen Frauen an meinem Arm festbinden, sobald ihnen klar wurde, daß ich meine Träume gegen sie abgeschirmt hatte.« Asmodean hatte sich über diese erste Sache amüsiert, nach der er ihn gefragt hatte, und dann war er enttäuscht gewesen, weil Rand so lange gebraucht hatte, um das Abschirmen zu erlernen.

»Ich muß in meiner Ausbildung vorankommen, Rand al'Thor.« Sie würde eine jener wenigen Weisen Frauen werden, die mit der Macht arbeiten konnten. Das war ein Teil der Gründe, weshalb sie ausgebildet wurde. »Ich bin keine von Euren Feuchtländerfrauen, die nur herumstehen, daß Ihr sie ansehen könnt, wann immer Ihr wünscht.« Obwohl sie ja Egwene und letzten Endes auch Elayne kannte, hatte sie eine eigenartig falsche Vorstellung von dem, was sie ›Feuchtländerfrauen‹ nannte, und außerdem von den Feuchtländern im allgemeinen. »Es hat ihnen nicht gefallen, was Ihr getan habt.« Sie sprach von Amys, Bair und Melaine, den drei Weisen Frauen und Traumgängerinnen, die sie ausbildeten und versuchten, ihn zu überwachen. Aviendha schüttelte bedauernd den Kopf. »Vor allem

waren sie nicht erfreut darüber, daß ich Euch davon erzählte, wie sie in Euren Träumen wandelten.«

Er starrte sie an. »Habt Ihr ihnen das erzählt? Aber Ihr habt eigentlich gar nichts gesagt. Ich habe mir das selbst überlegt, und auch wenn Euch keine Andeutung entschlüpft wäre, wäre ich von allein draufgekommen. Aviendha, *sie* haben mir ja selbst gesagt, daß sie im Traum mit Menschen sprechen könnten. Von da aus war es doch nur einen Schritt weiter.«

»Wollt Ihr, daß ich mich selbst noch weiter entehre?« Ihre Stimme klang wohl beherrscht, aber ihr Blick hätte beinahe das Brennmaterial im Kamin entzündet. »Ich werde mich nicht entehren, weder für Euch, noch für einen anderen Mann! Ich zeigte Euch den Weg, dem Ihr folgen mußtet, und ich werde meine Schande nicht ableugnen. Ich hätte Euch erfrieren lassen sollen.« Und damit warf sie ihm die Decken an den Kopf.

Er befreite sich von ihnen und legte sie neben die Steppdecke, während er überlegte, was er ihr sagen konnte. Das war wieder einmal *Ji'e'toh*. Die Frau hatte ein Gemüt wie ein Dornbusch. Angeblich hatte man ihr die Aufgabe anvertraut, ihn über die Sitten und Bräuche der Aiel aufzuklären, aber er kannte ihre wahre Aufgabe, nämlich für die Weisen Frauen zu spionieren. Welche Schande das Spionieren auch für die Aiel darstellen mochte, für die Weisen Frauen galt das offensichtlich nicht. Sie wußten, daß er Bescheid wußte, aber aus irgendeinem Grund kümmerte sie das nicht, und solange sie die Dinge so beließen, wie sie lagen, war es ihm auch recht. Zum einen war Aviendha keine gute Spionin. Sie versuchte fast nie ernsthaft, etwas herauszufinden, und ihr eigenes Temperament verhinderte immer wieder, daß sie ihn zu Wutausbrüchen provozierte, wie Moiraine das tat. Zum anderen war sie manchmal wirklich eine angenehme Gesellschafterin, wenn sie vergaß, die Krallen auszufahren. Wenigstens wußte er, wen Amys und die anderen zu seiner Überwachung abgestellt hatten. Wenn nicht sie, wäre es eine andere, und er müßte sich ständig fragen, wer. Außerdem wurde sie bei ihm niemals mißtrauisch.

Mat, Egwene und sogar Moiraine warfen ihm manchmal Blicke zu, als sähen sie nur den Wiedergeborenen Drachen in ihm oder zumindest die Gefahr, die von einem Mann ausging, der die Macht gebrauchen konnte. Die Clanhäuptlinge und die Weisen Frauen sahen in ihm Ihn, Der Mit Der Morgendämmerung Kommt, den Mann, von dem geweissagt worden war, er werde die Aiel zerbrechen wie trockenes Reisig. Wenn sie ihn auch vielleicht nicht fürchteten, behandelten sie ihn trotzdem manchmal wie eine giftige Wüstenschlange, mit der sie notgedrungen leben mußten. Was auch Aviendha in ihm sehen mochte, es hinderte sie nicht daran, ihn anzugreifen, wann immer ihr danach zumute war, und das war meistens der Fall.

Das war schon ein eigenartiger Rückhalt für ihn, doch verglichen mit dem Rest, war es tatsächlich eine Art von Rückhalt. Sie hatte ihm gefehlt. Er hatte sogar Blumen für sie gepflückt – die Blüten, die in der Umgebung Rhuideans auf Dornbüschen wuchsen – und sich dabei blutige Finger geholt, bis er begriff, daß er es mit Hilfe der Macht einfacher tun konnte. Er hatte sie ihr bringen lassen; ein halbes Dutzend Mal. Töchter des Speers hatten sie überbracht, weil er sie nicht den *Gai'schain* anvertrauen wollte. Natürlich hatte sie niemals irgendein Anzeichen von Dankbarkeit geäußert.

»Danke schön«, sagte er schließlich, wobei er auf die Decken deutete. Das schien ihm wenigstens ein neutrales Gesprächsthema. »Ich schätze, bei den Nächten hier kann man gar nicht genug davon haben.«

»Enaila hat mich gebeten, sie Euch zu bringen, als sie herausfand, daß ich Euch besuchen wollte.« Ihre Lippen zuckten und sie begann, amüsiert zu lächeln. »Einige der Speerschwestern waren besorgt darüber, daß es Euch nicht warm genug sein könne. Ich soll dafür sorgen, daß Ihr heute Feuer macht; letzte Nacht habt Ihr das nicht getan.«

Rand spürte, wie er rot anlief. Sie wußte Bescheid. *Na ja, ist ja eigentlich klar. Die verdammten Töchter erzählen ihr heutzutage vielleicht nicht mehr alles, aber sie bemühen sich auch nicht, irgend etwas vor ihr zu verbergen.* »Warum wolltet Ihr mich sehen?«

Zu seiner Überraschung verschränkte sie die Arme unter der Brust und ging zweimal nachdenklich durch den Raum, bevor sie stehenblieb und ihn anfunkelte. »Das hier war nicht als Geschenk gedacht, um Aufmerksamkeit zu erregen«, sagte sie anschuldigend, wobei sie ihr Armband in seine Richtung schüttelte. »Das habt Ihr praktisch zugegeben.« Das entsprach der Wahrheit, doch hatte er gefürchtet, sie werde ihm ein Messer in die Rippen rennen, wenn er keinen Rückzieher machte. »Es war einfach ein närrisches Geschenk von einem unwissenden Mann, dem völlig egal war, was meine … was die Speerschwestern davon halten würden. Also, dann hat dies auch keine Bedeutung.« Sie zog etwas aus ihrer Gürteltasche und warf es auf die Steppdecke neben ihn. »Jetzt hebt eben das eine das andere auf.«

Rand hob auf, was sie ihm hingeworfen hatte, und drehte es in seinen Händen hin und her. Es war eine Gürtelschnalle in Gestalt eines Drachen, kunstvoll aus gutem Stahl getrieben und mit Gold eingelegt. »Danke schön. Es ist schön. Aviendha, es gibt nichts, was Ihr damit aufheben oder wiedergutmachen müßtet.«

»Wenn Ihr es nicht gegen meine Schuld aufwiegen wollt«, sagte sie mit fester Stimme, »dann werft es weg. Ich werde auch etwas anderes finden, um meine Schulden zu begleichen. Es ist nur eine Nichtigkeit.«

»Wohl kaum eine Nichtigkeit. Das habt Ihr extra anfertigen lassen.«

»Glaubt ja nicht, daß es irgendeine Bedeutung hat, Rand al'Thor. Als ich … den Speer aufgab, meine

Speere, meine Messer« – unbewußt berührte sie mit der Hand ihren Gürtel, wo gewöhnlich ein Messer mit langer Klinge gehangen hatte –, »nahm man mir sogar die Pfeilspitzen ab und gab sie einem Schmied, um daraus einfache Dinge zum Verschenken zu machen. Das meiste habe ich Freundinnen gegeben, aber die Weisen Frauen zwangen mich, ihnen die drei Männer und die drei Frauen zu nennen, die ich am meisten hasse, und sie sagten mir, ich solle jedem davon persönlich ein aus meinen Waffen angefertigtes Geschenk geben. Bair sagt, daraus lerne man Demut.« Hochaufgerichtet und mit funkelnden Augen und so, wie sie die Worte förmlich ausspuckte, war sie keineswegs ein Abbild von Demut. »Damit Ihr nicht glaubt, es bedeute etwas.«

»Es bedeutet also nichts«, sagte er und nickte traurig. Nicht, daß er dem Geschenk gern eine Bedeutung beigemessen hätte, wirklich nicht, aber es wäre ja doch schön gewesen, glauben zu können, daß sie in ihm langsam einen Freund sah. Es war absolut idiotisch, ihretwegen eifersüchtig zu werden. *Wer mag ihr das gegeben haben?* »Aviendha? War ich einer von denen, die Ihr so haßt?«

»Ja, Rand al'Thor.« Mit einemmal klang ihre Stimme heiser. Einen Moment lang wandte sie ihr Gesicht ab, hatte die Augen geschlossen und ihre Lider bebten sichtlich. »Ich hasse Euch von ganzem Herzen. So ist es. Und ich werde Euch immer hassen.«

Er fragte nicht erst, warum. Einmal hatte er sie gefragt, warum sie ihn nicht leiden könne, und sie hätte ihm beinahe die Nase abgebissen. Aber sie hatte ihm keinen Grund genannt. Diesmal war es allerdings mehr als nur ein Nicht-Leiden-Können, das sie manchmal ohnehin vergaß. »Wenn Ihr mich wirklich haßt«, sagte er zögernd, »bitte ich die Weisen Frauen, mir eine andere als Lehrerin zu schicken.«

»Nein!«

»Aber wenn Ihr ...«

»Nein!« Wenn überhaupt, dann war ihre Ablehnung nun noch heftiger als zuvor. Sie stemmte energisch die Fäuste in die Hüften und hielt ihm einen Vortrag, als wolle sie ihm jedes Wort einzeln ins Herz rammen: »Selbst wenn mir die Weisen Frauen gestatteten, damit aufzuhören, dann habe ich doch noch *Toh,* Pflicht und Schuldigkeit, meiner Nächstschwester Elayne gegenüber, auf Euch aufzupassen. Ihr gehört zu ihr, Rand al'Thor. Zu ihr und sonst keiner Frau. Denkt daran!«

Er hatte das Gefühl, abwehrend die Hände heben zu müssen. Wenigstens beschrieb sie ihm diesmal nicht in allen Einzelheiten, wie Elayne ausgezogen aussehe. An manche Aielsitten konnte er sich noch schwerer gewöhnen als an andere. Er fragte sich manches Mal auch, ob sie und Elayne diese ›Beobachtung‹ miteinander abgesprochen hätten. Er glaubte es nicht, aber andererseits benahmen sich auch Frauen, die keineswegs Aiel waren, oftmals recht eigenartig. Und darüber hinaus fragte er sich auch, gegen wen ihn Aviendha eigentlich beschützen solle. Außer den Töchtern und den Weisen Frauen betrachteten ihn die übrigen Aielfrauen als etwas wie eine fleischgewordene Prophezeiung und sahen keinen Menschen in ihm. Er mußte wohl auf sie wirken, wie eine Giftschlange, die sich in ihr Kinderzimmer eingeschlichen hatte. Die Weisen Frauen waren fast genauso schlimm wie Moiraine, wenn es darum ging, ihn dazu zu bringen, daß er tat, was sie wollten, nun, und über die Töchter des Speers wollte er lieber gar nicht erst nachdenken. Das Ganze machte ihn wütend.

»Jetzt hört mir gefälligst einmal zu! Ich habe Elayne gerade ein paarmal geküßt, und ich glaube, es hat ihr genauso gut gefallen wie mir, aber deshalb bin ich keineswegs irgend jemandem versprochen. Ich bin noch nicht einmal sicher, ob sie mich immer noch mag.« Innerhalb von wenigen Stunden hatte sie ihm zwei Briefe geschrieben. Im einen nannte sie ihn den Sonnenschein ihres Herzens, und der Rest hatte ihn zutiefst erröten lassen, während sie ihn im zweiten als kaltherzigen Miesling bezeichnet hatte, den sie nie wieder sehen wolle, und dann hatte sie ihn in der Luft zerrissen, schlimmer noch als dies Aviendha je vermocht hätte. Frauen waren wirklich eigenartige Geschöpfe. »Ich habe sowieso keine Zeit, an Frauen zu denken. Das einzige, was ich jetzt im Kopf habe, ist das Problem, die Aiel zu vereinigen und selbst die Shaido einzuschließen, falls ich das vermag. Ich ...« Er brach mit einem Stöhnen ab, als die allerletzte Frau, die er hier sehen wollte, in den Raum schwebte, begleitet vom Klimpern ihres Schmucks. Sie trug ein Silbertablett mit einer Glaskaraffe voll Wein und zwei silbernen Bechern.

Das durchscheinende rote Seidentuch, das sich Isendre um den Kopf gewickelt hatte, verdeckte keineswegs ihr blasses, schönes, herzförmiges Gesicht. Ihre vollen, leicht schmollenden Lippen waren zu einem einladenden Lächeln verzogen – bis sie Aviendha erblickte. Dann wurde aus dem Lächeln ein kränkelnder Gesichtsausdruck. Außer dem Tuch trug sie noch ein Dutzend oder mehr Halsketten aus Gold und Elfenbein, einige davon mit Perlen oder glänzenden Edelsteinen verziert. Genausoviele Armreifen beschwerten jeden Unterarm, und selbst um die Knöchel ihrer wohlgeformten Beine trug sie noch weitere. Und das war alles, weiter trug sie nichts. Er bemühte sich krampfhaft, nur ihr Gesicht anzusehen, aber auch so hatte er heiße Wangen.

Aviendha sah aus wie eine Gewitterwolke, aus der im nächsten Augenblick Blitze hervorbrechen würden, Isendre dagegen wie eine Frau, die gerade erfahren hat, daß man sie bei lebendigem Leib kochen werde. Rand wünschte sich in den Schlund des Verderbens am Shayol Ghul oder sonstwohin, nur nicht hierher. Trotzdem stand er auf, denn er besaß mehr Autorität, wenn er auf sie herabblickte, als umgekehrt. »Aviendha«, begann er, doch sie beachtete ihn gar nicht.

»Hat Euch jemand mit dem Tablett geschickt?« fragte sie kalt.

Isendre öffnete den Mund, und auf ihrem Gesicht stand ganz klar die beabsichtigte Lüge zu lesen, doch dann schluckte sie und flüsterte: »Nein.«

»Ihr seid vor so etwas gewarnt worden, *Sorda*.« Eine *Sorda* war eine Art von Ratte, sehr schlau, den Erzählungen der Aiel nach, und zu absolut nichts zu gebrauchen. Ihr Fleisch schmeckte so ranzig, daß selbst die Katzen sie kaum jemals fraßen, wenn sie sie erlegt hatten. »Adelin dachte, das letzte Mal hätte Euch gereicht.«

Isendre zuckte zusammen und wankte, als falle sie gleich in Ohnmacht.

Rand raffte sich auf. »Aviendha, ob sie nun geschickt wurde oder nicht, spielt keine Rolle. Ich habe ein wenig Durst, und wenn sie so freundlich war, mir Wein zu bringen, dann sollte man ihr auch danken.« Aviendha blickte die beiden Becher kühl an und zog die Augenbrauen hoch. Er atmete tief durch. »Sie sollte nicht bestraft werden, nur weil sie mir etwas zu trinken bringt.« Er vermied es betont, das Tablett anzusehen. »Die Hälfte der Töchter unter diesem Dach dürften gefragt haben, ob ich ...«

»Sie wurde von den Töchtern gefangengesetzt, weil sie Töchter bestohlen hatte, Rand al'Thor.« Aviendhas Stimme klang noch kälter als vorher der anderen Frau gegenüber. »Ihr habt Euch bereits viel zuviel in die Angelegenheiten der *Far Dareis Mai* eingemischt, mehr, als Euch gestattet sei. Nicht einmal der *Car'a'carn* kann sich der Gerechtigkeit in den Weg stellen. Das hier geht Euch nichts an.«

Er verzog das Gesicht und beließ es dabei. Was die Töchter auch mit ihr machen würden, Isendre hatte es jedenfalls verdient. Nicht nur für das eben. Sie war mit Hadnan Kadere in die Wüste gekommen, aber Kadere hatte sich nicht gerade vor Kummer umgebracht, als die Töchter des Speers sie gefangennahmen, weil sie den Schmuck gestohlen hatte, den sie ihr jetzt als einzige Bekleidung ließen. Rand hatte alle Hände voll zu tun gehabt, daß sie sie nicht wie eine Ziege gefesselt nach Shara geschickt hatten, oder sie nackt zur Drachenmauer laufen ließen, nur mit einem Wassersack ausgerüstet. Als er sie um Gnade bitten hörte, sobald ihr klar wurde, was die Töchter mit ihr vorhatten, konnte er nicht einfach abseits bleiben und schweigen. Einmal hatte er eine Frau getötet, die allerdings ihn töten wollte, doch diese Erinnerung verursachte ihm immer noch Schmerzen. Er glaubte nicht, daß er jemals wieder zu so etwas fähig sein werde, selbst wenn sein Leben auf dem Spiel stand. Das war wohl sehr töricht, da ihm immerhin weibliche Verlorene ans Leben wollten oder noch Schlimmeres, aber so war es eben. Und wenn er schon keine Frau töten konnte, wie konnte er dann denebenstehen und eine Frau umkommen lassen? Obwohl sie es vielleicht verdiente?

Das war natürlich der springende Punkt. In jedem Land westlich der Drachenmauer müßte Isendre bei allem, was er von ihr wußte, entweder den Galgen oder die Enthauptung erwarten. Sie und auch Kadere und möglicherweise die meisten Bediensteten des Händlers, wenn nicht alle. Sie waren Schattenfreunde. Und er konnte sie nicht bloßstellen. Es war ihnen auch gar nicht klar, daß er Bescheid wußte.

Falls einer von ihnen als Schattenfreund entlarvt wurde… Isendre erduldete alles, so gut sie konnte. Es war immer noch besser, als Dienerin und nackt zu arbeiten, als an Händen und Füßen gefesselt in der Sonnenglut zu verderben. Doch wenn Moiraine sie einmal in die Finger bekam, würde niemand mehr schweigen. Die Aes Sedai kannten ebensowenig Gnade mit Schattenfreunden wie alle anderen. Sie würde ihre Zungen schon lösen. Und auch Asmodean war mit dem Händlerzug in die Wüste gekommen. Soweit Kadere und die anderen informiert waren, war er nur ein weiterer Schattenfreund, aber immerhin einer, der etwas zu sagen hatte. Zweifellos glaubten sie, er habe sich dem Wiedergeborenen Drachen auf Befehl einer höheren Macht angeschlossen. Um seinen Lehrer behalten zu können und Moiraine davon abzuhalten, sie möglicherweise beide umbringen zu wollen, mußte Rand ihr Geheimnis wahren.

Glücklicherweise fragte niemand danach, warum die Aiel dem Händler und seinen Männern so genau auf die Finger sahen. Moiraine hielt es für das übliche Mißtrauen der Aiel gegenüber Außenseitern in der Wüste, verstärkt durch ihren Aufenthalt in Rhuidean. Sie hatte all ihre Überzeugungskraft gebraucht, um die Aiel dazu zu bringen, daß Kadere und seine Wagen überhaupt in die Stadt durften. Das Mißtrauen war da; wahrscheinlich hätten auch Rhuarc und die anderen Häuptlinge den Händlerzug unter Bewachung gestellt, wenn Rand das nicht schon von allein angeordnet hätte. Und Kadere schien lediglich froh darüber zu sein, daß er keinen Speer in die Rippen bekam.

Rand hatte keine Ahnung, wie er dieses Problem angehen sollte. Oder ob es überhaupt lösbar sei. Es war ein tolles Durcheinander. In den Geschichten der Gaukler wurden immer nur die Bösewichte in ein solches Dilemma verwickelt.

Sobald sie sicher war, daß er sich nicht weiter einmischen werde, wandte Aviendha ihre Aufmerksamkeit wieder der anderen Frau zu. »Ihr könnt den Wein hinstellen.«

Isendre beugte anmutig die Knie und stellte das Tablett neben sein Lager. Ihr Gesichtsausdruck dabei kam Rand eigenartig vor. Er brauchte aber ein paar Augenblicke, um zu begreifen, daß sie versuchte, ihn anzulächeln, ohne es die Aielfrau sehen zu lassen.

»Und nun lauft Ihr zur ersten Tochter des Speers, die ihr finden könnt«, fuhr Aviendha fort, »und sagt ihr, was Ihr getan habt. Lauft, *Sorda!*« Isendre stöhnte und rang die Hände, aber sie rannte doch unter großem Geklapper ihres Schmucks davon. Sobald sie aus dem Zimmer war, fuhr Aviendha ihn an: »Ihr gehört zu Elayne! Ihr habt kein Recht, eine Frau herzulocken, und ganz besonders nicht diese!«

»Sie?« Rand schnappte nach Luft. »Glaubt Ihr etwa …? Glaubt mir, Aviendha, und wenn sie die letzte Frau auf der Welt wäre, würde ich immer noch so schnell ich könnte davonrennen, um nicht bei ihr sein zu müssen.«

»Das behauptet Ihr vielleicht.« Sie schnaubte. »Sie ist bereits siebenmal – siebenmal! – ausgepeitscht worden, weil sie versucht hat, sich in Euer Bett einzuschleichen. Sie würde nicht so darauf beharren, wenn Ihr sie nicht ermutigen würdet. Sie steht unter der Gerichtsbarkeit der *Far Dareis Mai* und geht nicht einmal den *Car'a'carn* etwas an. Nehmt das als Eure heutige Lektion in bezug auf unsere Sitten. Und denkt daran, daß Ihr zu meiner Nächstschwester gehört!« Ohne ihn auch nur ein Wort herausbringen zu lassen, stolzierte sie hinaus. Er hatte das Gefühl, Isendre werde ein erneutes Zusammentreffen mit Aviendha möglicherweise nicht überleben.

Er atmete heftig aus und stand auf, nur um das Tablett mit dem Wein in eine Ecke der Kammer zu stellen. Er würde nichts trinken, was ihm Isendre gebracht hatte.

Siebenmal hat sie versucht, zu mir durchzukommen? Sie mußte mitbekommen haben, daß er zu ihren Gunsten eingegriffen hatte. Bei ihrem Denken lag die Überlegung nah: Wenn er das schon für einen Schlafzimmerblick und ein Lächeln getan hatte, was würde er dann für eingehendere ›Dienste‹ tun? Er schauderte bei diesem Gedankengang genauso wie der wachsenden Kälte wegen. Lieber noch ein Skorpion im Bett. Wenn die Töchter sie nicht endgültig von solchen Ideen abbrachten, würde er ihnen vielleicht doch erzählen müssen, was er über sie wußte. Das würde dann jedem ihrer Pläne ein Ende bereiten.

So blies er die Lampen aus und kroch im Dunklen auf sein Lager, immer noch voll angezogen und in Stiefeln. Er langte um sich herum, bis er endlich sämtliche Decken über sich gezogen hatte. Ohne ein Feuer im Kamin würde er vermutlich Aviendha bis zum Morgen ehrlich dankbar sein. Die Abschirmung aus dem Element Geist zu errichten, die jedes Eindringen in seine Träume verhinderte, war ihm mittlerweile fast schon zur zweiten Natur geworden, und trotzdem schmunzelte er dabei. Er hätte ja eigentlich auch ins Bett gehen und dann erst die Lampen mit Hilfe der Macht löschen können. An die einfachsten Dinge im Gebrauch der Macht dachte er für gewöhnlich nicht.

Eine Weile lang lag er da und wartete darauf, daß seine Körperwärme das Innere der Deckenschicht erwärmte. Er verstand einfach nicht, wie es am gleichen Ort bei Tag so heiß und bei Nacht so kalt sein konnte. Er steckte eine Hand unter sein Hemd und fühlte nach der halb zugeheilten Narbe an seiner Seite. Diese Wunde, die selbst Moiraine bei all ihrer Kunst nicht heilen konnte, würde ihn eines Tages umbringen. Da war er sicher. Sein Blut auf den Felsen des Shayol Ghul. Das hatten die Prophezeiungen für ihn auf Lager.

Aber heute nacht nicht. Heute nacht werde ich nicht daran denken. Ich habe schon noch etwas Zeit. Doch wenn man jetzt die Siegel mit einem Messer absplittern kann, halten sie dann noch lange ...? Nein. Heute nacht nicht.

Unter den Decken wurde es ein wenig wärmer, und er wälzte sich herum, im vergeblichen Versuch, eine bequemere Haltung beim Liegen einzunehmen. Das Lager war einfach zu hart. *Ich hätte mich noch waschen sollen,* dachte er schläfrig. Egwene befand sich wahrscheinlich jetzt gerade in einem schönen, warmen Dampfzelt und schwitzte. Fast jedesmal, wenn er eines benutzen wollte, versuchte eine ganze Schar von Töchtern des Speers, mit ihm hineinzugehen. Wenn er darauf bestand, daß sie draußenblieben, kugelten sie sich fast vor Lachen. Und dann war es schlimm genug, wenn er sich erst drinnen im Dampf ausziehen und später wieder anziehen mußte.

Schließlich übermannte ihn der Schlaf und damit auch sichere, gut beschützte Träume, sicher vor den Weisen Frauen und wer weiß, wem noch. Allerdings nicht sicher vor seinen eigenen Grübeleien. Ständig tauchten drei Frauen darin auf. Nicht Isendre, obwohl auch sie in einem kurzen Alptraum erschien, der ihn fast aufgeweckt hätte. Nacheinander träumte er von Elayne und Min und Aviendha, nacheinander, aber auch von allen zusammen. Nur Elayne hatte ihn bisher als Mann angesehen, aber alle drei sahen ihn als Person und nicht als das, was er war. Abgesehen von dem Alptraum waren es angenehme Träume.

KAPITEL 5

Bei den weisen Frauen

Egwene stand so dicht wie möglich bei dem kleinen Feuer in der Mitte des Zeltes. Trotzdem zitterte sie vor Kälte, als sie Wasser aus dem großen Teekessel in eine weite, blaugestreifte Schüssel goß. Sie hatte die Seitenwände des Zeltes heruntergelassen, aber dennoch kam die Kälte durch die Schichten bunter Läufer auf dem Boden hindurch, während die ganze Wärme des Feuers zum Rauchabzug in der Mitte des Zeltdaches aufzusteigen schien. Zurück blieb nur der Gestank nach brennendem Kuhmist. Ihre Zähne klapperten.

Selbst der Wasserdampf verflog bereits wieder. Sie griff einen Augenblick lang nach *Saidar* und lenkte etwas vom Element Feuer in das Wasser, um es weiter zu erhitzen. Amys und Bair hätten sich wahrscheinlich nur mit kaltem Wasser gewaschen, aber dafür genossen sie auch ständig Dampfbäder. *Ich bin nicht so abgehärtet wie die beiden. Ich bin auch nicht in der Wüste aufgewachsen. Ich muß ja nicht halb erfrieren und mich dann noch kalt waschen, wenn ich nicht will.* Sie empfand aber trotzdem Schuldgefühle, als sie mit einem Stück Lavendelseife, das sie von Hadnan Kadere gekauft hatte, über ihren Waschlappen fuhr. Die Weisen Frauen hatten ihr nie gesagt, sie solle es anders machen, aber irgendwie hatte sie das Gefühl, sie zu hintergehen.

Als sie die Wahre Quelle wieder losließ, seufzte sie bedauernd. Und dann lachte sie, obwohl sie vor Kälte zitterte, über ihre eigene Torheit. Das herrliche Gefühl, von der Macht gefüllt zu werden, dieser wundervolle Schwall von Leben und Bewußtsein, barg seine eigenen

Gefahren. Je mehr von *Saidar* man an sich zog, desto mehr wollte man noch an sich reißen, und ohne die nötige Selbstdisziplin füllte man sich irgendwann mit mehr Energie, als man ertragen konnte, und dann starb man entweder oder erlebte eine Selbstdämpfung. Und das war ganz gewiß nicht mehr lachhaft.

Das ist einer deiner größten Fehler, hielt sie sich selbst energisch vor. *Du willst immer mehr tun, als man von dir erwartet. Du solltest dich mit kaltem Wasser waschen – das lehrt dich Selbstdisziplin.* Nur gab es eben soviel zu lernen, und manchmal schien ihr, ein ganzes Leben sei zu kurz dafür. Ihre Lehrerinnen waren auch immer übervorsichtig. Ob es nun Weise Frauen oder die Aes Sedai in der Burg waren: Es war so schwer, sich immer bremsen zu müssen, obwohl sie wußte, daß sie ihnen in vieler Hinsicht bereits überlegen war. *Ich kann mehr vollbringen, als ihnen klar ist.*

Ein eiskalter Luftstrom traf sie. Der Rauch des Feuers wurde im Zelt umhergewirbelt. Dann sagte eine Frauenstimme: »Wenn es Euch recht ist…«

Egwene fuhr hoch und jaulte schrill auf, bevor sie hervorstieß: »Macht das wieder zu!« Sie schlang ihre Arme um sich, damit sie nicht vor Kälte hin und her tanzte. »Kommt herein oder geht heraus, aber macht das Zelt zu!« All die Mühe, um sich warm zu halten, und nun hatte sie von Kopf bis Fuß wieder eine Gänsehaut!

Die weißgekleidete Frau rutschte auf den Knien in das Zelt hinein und ließ hinter sich die Zeltklappe fallen. Sie schlug die Augen nieder und faltete demütig die Hände. Sie hätte das gleiche getan, wenn Egwene sie geschlagen hätte und nicht nur einfach angeschrien. »Wenn es Euch recht ist«, sagte sie leise, »hat mich die Weise Frau Amys geschickt, um Euch zum Dampfzelt zu bringen.«

Egwene stöhnte und wünschte, sie könne sich mitten ins Feuer stellen. *Das Licht senge Bair und ihre Sturheit!*

Wenn es nicht immer nach der weißhaarigen, alten Weisen Frau ginge, könnten sie in der Stadt in richtigen Zimmern wohnen anstatt in Zelten hier draußen am Stadtrand. *Ich könnte ein Zimmer mit einem schönen Kamin haben. Und mit einer Tür.* Sie hätte wetten können, daß Rand nicht ständig mit Leuten zu tun hatte, die einfach zu ihm hereinkamen, wie sie wollten. *Rand, der verdammte al'Thor, schnippt mit den Fingern und die Töchter springen wie Zofen um ihn herum. Ich wette, sie haben ein richtiges Bett für ihn aufgetrieben, anstatt eines Lagers auf dem Boden.* Und sie war sicher, daß er jeden Abend ein heißes Bad genoß. *Die Töchter schleppen wahrscheinlich das heiße Wasser eimerweise hinauf zu seinen Gemächern. Ich wette, sie haben auch noch eine echte Kupferbadewanne für ihn besorgt.*

Amys und sogar Melaine hatten Egwenes Vorschlag durchaus annehmbar gefunden, aber Bair hatte sich dagegengestellt, und sie gehorchten wie *Gai'schain*. Egwene glaubte, da Rand schon so viele Veränderungen gebracht hatte, wolle Bair an möglichst vielen Traditionen festhalten, aber es wäre ihr lieber gewesen, wenn sich die alte Frau dafür etwas anderes ausgesucht hätte, woran sie sich klammern konnte.

Kein Gedanke, sich einfach zu weigern. Sie hatte den Weisen Frauen versprochen, zu vergessen, daß sie eine Aes Sedai war – was ihr leicht fiel, da sie ja keine war – und genau das zu machen, was man ihr sagte. Und das fiel ihr schwer. Sie war schon so lange nicht mehr in der Burg gewesen, daß sie sich wieder ganz als ihr eigener Herr fühlte. Doch Amys hatte ihr entschieden erklärt, das Traumwandeln sei gefährlich, sogar nachdem man schließlich genau wußte, was man tat, und vorher sowieso. Wenn sie in der Welt der Wirklichkeit nicht gehorchte, konnten sie von ihr erst recht nicht erwarten, daß sie in der Welt der Träume gehorchen werde. Dafür wollten sie keine Verantwortung übernehmen. Also erledigte sie zusammen mit Aviendha niedrige Arbeiten, akzeptierte auch Strafen so gefaßt sie konnte und hüpfte, wenn Amys oder Melaine oder Bair nur Frosch sagten. Oder so ähnlich. Keine von ihnen hatte jemals einen Frosch gesehen. *Vermutlich soll ich ihnen bloß wieder den Tee servieren oder dergleichen.* Nein, heute abend war Aviendha mit dem Bedienen dran.

Sie dachte kurz daran, Strümpfe anzuziehen, doch dann bückte sie sich lediglich, um in die Schuhe zu schlüpfen. Es waren feste Schuhe, wie man sie in der Wüste gut gebrauchen konnte. Trotzdem sehnte sie sich nach den Seidenpantoffeln, die sie in Tear getragen hatte. »Wie heißt Ihr?« fragte sie in dem Bemühen, freundlicher zu sein.

»Cowinde«, kam die unterwürfige Antwort.

Egwene seufzte. Sie bemühte sich ständig um ein freundschaftliches Verhältnis zu den *Gai'schain,* doch diese reagierten nie darauf. Das einzige, woran sie sich bisher noch nicht hatte gewöhnen können, waren Diener, obwohl natürlich die *Gai'schain* nicht direkt Diener waren. »Wart Ihr eine Tochter des Speers?«

Ein kurzes, stolzes Aufleuchten in den tiefblauen Augen zeigte ihr, daß sie den Nagel auf den Kopf getroffen hatte, doch der Blick wurde genauso schnell wieder gesenkt. »Ich bin *Gai'schain*. Vorher und nachher sind nicht jetzt, und nur das Jetzt existiert.«

»Zu welcher Septime und welchem Clan gehört Ihr denn?« Gewöhnlich mußte man danach gar nicht erst fragen, selbst bei den *Gai'schain*.

»Ich diene der Weisen Frau Melaine aus der Jhirad-Septime der Goshien Aiel.«

Während sie sich zwischen zwei Umhängen nicht entscheiden konnte, einem aus dicker, brauner Wolle und einem aus blauer Seide mit gestepptem Futter, den sie von Kadere gekauft hatte – der Händler hatte den kompletten Inhalt seiner Wagen zu sehr günstigen Preisen verkauft, um Platz für Moiraines Fracht zu schaffen –, blickte sie die Frau kurz mit gerunzelter Stirn an.

Das war keine korrekte Antwort gewesen. Sie hatte aber gehört, daß manche *Gai'schain* nach dem Jahr und Tag ihres Dienstes ebenfalls von einer Art der Trostlosigkeit befallen wurden und sich strikt weigerten, ihr Gewand abzulegen. »Wann ist Eure Dienstzeit vorüber?« fragte sie.

Cowinde duckte sich noch ein wenig mehr, so daß sie fast über ihre Knie gebeugt da hockte. »Ich bin *Gai'schain.*«

»Aber wann werdet Ihr wieder zu Eurer eigenen Septime in Eure eigene Festung zurückkehren dürfen?«

»Ich bin *Gai'schain*«, sagte die Frau heiser zu den Läufern, auf die sie hinabblickte. »Wenn Euch die Antwort nicht zufriedenstellt, bestraft mich, aber ich kann Euch keine andere geben.«

»Stellt Euch nicht so an«, sagte Egwene in scharfem Ton. »Und richtet Euch auf. Ihr seid doch keine Kröte.«

Die weißgekleidete Frau gehorchte augenblicklich und hockte aufgerichtet auf ihren Fersen, wobei sie ergeben auf den nächsten Befehl wartete. Dieses kurze Aufblitzen von Trotz oder Stolz war schon gar nicht mehr wahr.

Egwene atmete tief durch. Die Frau hatte sich offensichtlich auf ihre eigene Weise mit der Trostlosigkeit arrangiert. Es war wohl töricht, aber sie konnte nichts daran ändern. Außerdem erwartete man von ihr, daß sie sich auf dem Weg zum Dampfzelt befand und nicht mit Cowinde schwatzte.

Dann erinnerte sie sich an den kalten Luftzug und zögerte. Der eiskalte Windstoß hatte dazu geführt, daß sich zwei große weiße Blüten in einer flachen Schale mit Wasser zum Teil geschlossen hatten. Sie stammten von einer Pflanze, die hier Segade genannt wurde, einem fleischigen, blattlosen, ledrigen Ding, das vor Dornen starrte. Sie hatte heute morgen Aviendha getroffen, die auf diese Blüten in ihren Händen herabgeblickt hatte. Die Aielfrau war zusammengezuckt, als sie ihrer gewahr wurde, und dann hatte sie Egwene die Blüten in die Hand gedrückt und behauptet, sie habe sie für sie gepflückt. Ihrer Ansicht nach war Aviendha immer noch zusehr eine Tochter des Speers, um zuzugeben, daß sie Blumen mochte. Obwohl – ja, sie hatte eigentlich schon bemerkt, daß eine Tochter durchaus eine Blüte im Haar oder am Mantel trug.

Du versuchst nur, deinen Abgang hinauszuzögern, Egwene al'Vere. Hör jetzt auf, dich wie ein närrischer Wollkopf zu benehmen. Du bist genauso töricht wie Cowinde. »Geht voraus«, sagte sie und hatte gerade noch genug Zeit, den wollenen Umhang um ihre Nacktheit zu hüllen, bevor die Frau die Zeltklappe für sie aufriß und sie in die kälteklirrende Nacht entließ.

Über ihr standen die Sterne als klar umrissene Lichtpunkte in der Dunkelheit, und der dreiviertelvolle Mond schien hell. Das Lager der Weisen Frauen bestand aus einer Gruppe von zwei Dutzend niedrigen Erhebungen, keine hundert Schritt entfernt vom Ende einer der gepflasterten Straßen Rhuideans. Sie endete dort in hartem, gesprungenem Lehm, mit Steinen durchsetzt. Die vor dem Mondschein flüchtenden Schatten machten aus der Stadt ein Gebirge dräuender Klippen und tiefdunkler Schluchten. Bei jedem Zelt waren die Klappen geschlossen, und die Luft war erfüllt vom Duft der Feuer und siedenden Speisen.

Die anderen Weisen Frauen kamen fast täglich zu Beratungen her, doch sie verbrachten die Nächte bei ihren eigenen Septimen. Ein paar schliefen aber tatsächlich mittlerweile in Rhuidean. Bair allerdings nicht. Sie befanden sich jetzt so nah an Rhuidean, wie Bair überhaupt der Stadt kommen wollte. Wenn Rand nicht hiergewesen wäre, hätte sie zweifellos darauf bestanden, ihr Lager in den Bergen aufzuschlagen.

Egwene hielt ihren Umhang mit beiden Händen geschlossen und ging, so schnell sie nur konnte. Eisige Windfinger krochen unter dem Saum des Umhangs hindurch, jedesmal, wenn ihre nackten Beine einen Spalt darin öffneten. Cowinde mußte ihr weißes Gewand beim Gehen um die Knie raffen, um vor ihr zu bleiben. Egwene benötigte die Führung der *Gai'schain* keineswegs, aber da die Frau ausgesandt worden war, um sie hinzubringen, wäre sie beschämt und wahrscheinlich auch beleidigt, wenn sie ihr das nicht gestattete. So biß sie die Zähne zusammen, um sie am Klappern zu hindern, und wünschte, die Frau würde laufen.

Das Dampfzelt sah aus wie jedes andere, niedrig und breit, die Klappen auf allen Seiten heruntergelassen, aber den Rauchabzug hatte man abgedeckt. Gleich daneben war ein Feuer bereits bis auf die letzte Glut heruntergebrannt, die über ein paar männerkopfgroße Steine verteilt war. Der Lichtschein reichte nicht aus, um die kleinere dunkle Erhebung neben dem Zelteingang genau erkennen zu können, aber sie wußte, daß sie aus sauber zusammengelegter Frauenkleidung bestand.

Sie atmete noch einmal tief die eiskalte Luft ein, trat sich die Schuhe von den Füßen, ließ den Umhang fallen und hechtete beinahe in das Zelt hinein. Ein Augenblick der beißenden Kälte, dann fiel die Klappe hinter ihr zu und die dampfende Hitze umschloß sie. Innerhalb eines Moments trieb ihr die Hitze den Schweiß aus den Poren, obwohl sie noch nach Luft schnappte und zitterte.

Die drei Weisen Frauen, die sie im Traumwandeln unterwiesen, saßen unbeteiligt schwitzend drinnen. Ihre hüftlangen Haare hingen glatt und feucht herunter. Bair unterhielt sich mit Melaine, deren grünäugige Schönheit mit dem dazugehörigen rotgoldenen Haar einen harten Kontrast zum ledrigen Gesicht und den langen weißen Strähnen der älteren Frauen bildete. Auch Amys hatte weiße Haare – oder so hellblond, daß sie weiß erschienen –, doch sie wirkte nicht alt. Sie und Melaine konnten mit der Macht umgehen, und das war nicht bei sehr vielen Weisen Frauen der Fall. Beide hatten etwas wie die typische Alterslosigkeit der Aes Sedai an sich. Moiraine, die neben den anderen schmächtig und klein wirkte, saß ebenfalls völlig unberührt da, obwohl der Schweiß über ihre blasse Nacktheit rann und ihr Haar naß an der Kopfhaut klebte. Ihre würdevolle Haltung machte vergessen, daß sie unbekleidet war. Die Weisen Frauen benützten schmale, gekrümmte Bronzeschaber, *Staera* genannt, um sich den Schweiß und den Schmutz des Tages abzustreichen.

Aviendha hockte verschwitzt neben dem großen, schwarzen Kessel mit heißen, verrußten Steinbrocken in der Mitte des Zelts und holte vorsichtig mit einer Art Zange einen letzten Stein aus einem kleineren Kessel, um ihn in den großen zu legen. Anschließend spritzte sie Wasser aus einem ausgehöhlten Kürbis auf die Steine, so daß zischend neuer Dampf aufstieg. Wenn sie zu wenig Dampf erzeugte, würde man sie in scharfem Ton zurechtweisen oder vielleicht sogar bestrafen. Beim nächsten Zusammentreffen der Weisen Frauen im Dampfzelt war wieder Egwene an der Reihe, sich um die Steine zu kümmern.

Egwene setzte sich vorsichtig neben Bair. Statt der üblichen Schichten von Läufern saß sie hier nur auf dem blanken Felsboden – unangenehm heiß, hart und unregelmäßig und darüber hinaus natürlich feucht. Erschrocken wurde ihr klar, daß Aviendha verprügelt worden sein mußte, und zwar erst kürzlich. Als sich die Aielfrau schließlich neben sie setzte, war ihr Gesicht so steinern wie der Felsboden, doch das kurze Zusammenzucken konnte sie nicht ganz verbergen.

Das war etwas, was Egwene nicht erwartet hatte. Die Weisen Frauen führten wohl ein strenges Regiment, strenger sogar als die Weiße Burg, und das sollte etwas heißen, doch Aviendha arbeitete wirklich hart und mit grimmiger Entschlossenheit daran, den Gebrauch der Macht zu erlernen. Sie konnte nicht Traumwandeln, aber sie gab sich die gleiche Mühe, jedes bißchen Können aufzuschnappen, das ihr die Weisen Frauen vermittelten, wie zuvor, um als Tochter des Speers den Gebrauch der Waffen zu erlernen. Sicher, als sie gestanden hatte, daß sie Rand erzählt hatte, wie die Weisen Frauen ihn im Traum überwachten, hatten diese sie drei Tage lang schultertiefe Löcher graben und sie dann wieder auffüllen lassen, doch das war eine der ganz wenigen Gelegenheiten gewesen, bei denen Aviendha offensichtlich ins Fettnäpfchen getreten war. Amys und die anderen beiden hatten sie so oft Egwene als Musterbeispiel für blinden Gehorsam und gebührende innere Stärke vorgehalten, daß sie manchmal am liebsten geschrien hätte, obwohl Aviendha ihre Freundin war.

»Ihr habt Euch viel Zeit gelassen, hierher zu kommen«, kommentierte Bair mürrisch, während Egwene noch auf der Suche nach einer bequemeren Sitzposition umherrutschte. Ihre Stimme war dünn und schrill, aber eisenhart. Sie schabte sich weiter die Arme mit einer *Staera* ab.

»Es tut mir leid«, sagte Egwene. Also, das war ja wohl demütig genug.

Bair schnaubte. »Jenseits der Drachenmauer seid Ihr eine Aes Sedai, aber hier seid Ihr lediglich eine Schülerin, und Schülerinnen haben nicht zu trödeln. Wenn ich nach Aviendha rufe oder sie irgendwohin schicke, dann rennt sie, auch wenn ich nur eine Nadel brauche. Ihr würdet besser daran tun, Euch an ihr ein Beispiel zu nehmen.«

Errötend bemühte sich Egwene um einen unterwürfigen Tonfall. »Ich werde mir Mühe geben, Bair.« Das war das erste Mal, daß eine Weise Frau vor all den anderen diesen Vergleich gebraucht hatte. Sie warf Aviendha einen schnellen Seitenblick zu und war überrascht, sie so nachdenklich zu sehen. Manchmal wünschte sie, ihre ›Nächstschwester‹ wäre nicht immer so vorbildlich.

»Das Mädchen wird es lernen oder auch nicht, Bair«, warf Melaine ungeduldig ein. »Unterrichte sie später in bezug auf Pünktlichkeit, wenn es dann noch nötig ist.« Sie war kaum zehn oder zwölf Jahre älter als Aviendha und machte immer den Eindruck, eine Hummel unter dem Rock zu haben. Vielleicht saß sie ja auf einem scharfkantigen Stein. »Ich sage es Euch noch einmal, Moiraine Sedai: Die Aiel folgen Ihm, Der Mit Der Morgendämmerung Kommt, und nicht der Weißen Burg.«

Offensichtlich sollte Egwene lauschen, um im Lauf der Unterhaltung mitzubekommen, worum es ging.

»Es mag ja sein«, sagte Amys mit beherrschter Stimme, »daß die Aiel einst wieder den Aes Sedai dienen werden, doch diese Zeit ist noch nicht gekommen, Moiraine Sedai.« Sie hielt in ihrem Schaben kaum inne, während sie gelassen die Aes Sedai anblickte.

Egwene wußte, daß einiges nun, da Moiraine sich über die Eigenschaften einiger Weiser Frauen in bezug auf das Lenken der Macht im klaren war, unvermeidlich kommen mußte. Aes Sedai würden sich in die Wüste begeben, um Mädchen zu finden, die man ausbilden konnte, und sie würden mit großer Sicherheit versuchen, auch jede Weise Frau mit dem Talent zur Burg zurückzubringen. Einst hatte sie befürchtet, daß man die Weisen Frauen vielleicht geistig niedergeknüppelt und geknechtet wegschaffen würde, ob sie wollten oder nicht, denn die Aes Sedai ließen keine Frau lange frei herumlaufen, die mit der Macht umgehen konnte. Jetzt sorgte sie sich nicht mehr, obwohl sich die Weisen Frauen selbst ihre Gedanken zu machen schienen. Amys und Melaine würden es in einem Wettstreit der Willenskräfte mit jeder Aes Sedai aufnehmen. Das zeigte sich jeden Tag, wenn sie mit Moiraine sprachen. Bair könnte es wahrscheinlich fertigbringen, selbst Siuan Sanche durch einen Reifen springen zu lassen, und dabei konnte Bair noch nicht einmal die Macht gebrauchen.

Und Bair war wohl noch immer nicht die willensstärkste aller Weisen Frauen. Diese Ehre gebührte einer noch älteren Frau, Sorilea aus der Jarra-Septime der Chareen Aiel. Die Weise Frau der Schendefestung konnte noch weniger die Macht benützen als die meisten Novizinnen, aber sie hätte es wohl fertiggebracht, selbst eine andere Weise Frau als *Gai'schain* auf Botengänge zu schicken. Und sie wären gesprungen! Nein, es gab keinen Grund, sich darüber Sorgen zu machen, daß man die Weisen Frauen einschüchtern könnte.

»Es ist verständlich, daß Ihr euren Ländern diesen Kriegszug ersparen möchtet«, warf Bair ein, »aber Rand al'Thor hat offensichtlich nicht vor, uns in einer Strafaktion dorthin zu führen. Keinem, der sich Ihm, Der Mit Der Morgendämmerung Kommt und den Aiel unterwirft, wird etwas angetan werden.« Also darauf lief es hinaus. Klar.

»Ich will nicht nur Leben bewahren und Länder retten.« Moiraine wischte sich mit einer königlichen Geste mit einem Finger den Schweiß aus dem Gesicht, doch ihre Stimme klang beinahe genauso nervös wie die Melaines. »Wenn Ihr das zulaßt, werden die Folgen katastrophal sein. Jahrelange Planungen sollen nun Früchte tragen, und er will das alles zunichte machen.«

»Das sind die Pläne der Weißen Burg«, sagte Amys so unverbindlich, daß es auch Zustimmung bedeuten konnte. »Diese Pläne haben jedoch nichts mit uns zu tun. Wir und die anderen Weisen Frauen müssen uns danach richten, was für die Aiel das Beste ist. Und wir werden dafür sorgen, daß die Aiel tun, was für die Aiel das Beste ist.«

Egwene fragte sich, was die Clanhäuptlinge dazu sagen würden. Natürlich beklagten sie sich gelegentlich, daß sich die Weisen Frauen in Dinge einmischten, die sie nichts angingen, also würde es sie wohl nicht überraschen. Die Häuptlinge schienen allesamt willensstarke, intelligente Männer zu sein, aber sie glaubte nicht, daß sie mehr Chancen gegen die vereinigten Weisen Frauen hätten als zu Hause der Rat der Gemeinde der Versammlung der Frauen gegenüber.

Diesmal allerdings gab sie Moiraine recht.

»Wenn Rand ...«, begann Egwene, aber Bair ließ sie gar nicht erst zu Wort kommen.

»Wir werden uns später anhören, was Ihr zu sagen habt, Mädchen. Euer Wissen über Rand al'Thor ist wertvoll, aber Ihr werdet jetzt Ruhe geben und lauschen, bis Ihr nach Eurer Meinung gefragt werdet. Und hört auf, so zu schmollen, oder ich werde Euch mit Blaurippentee eindecken.«

Egwene verzog angewidert das Gesicht. Respekt, den man den Aes Sedai als Gleichgestellten entgegenbrachte, bezog sich leider nicht auf eine Schülerin, obwohl sie ja von ihr annahmen, sie sei wirklich auch eine Aes Sedai. Sie zog es vor, zu schweigen. Bair war imstande, sie loszuschicken, um ihre Kräuterbeutel zu holen und sie zu beauftragen, diesen unglaublich bitteren Tee zu brauen und dann selbst zu trinken. Er erfüllte eigentlich keinen Zweck als eben den, jemand vom Schmollen oder von mürrischem Gehabe zu heilen, oder was auch immer eine Weise Frau sonst noch auszusetzen hatte. Der Geschmack allein war dafür Heilmittel genug. Aviendha tätschelte ihr beruhigend den Arm.

»Glaubt Ihr, daß es für die Aiel keine katastrophalen Folgen haben wird?« Es mußte schwierig sein, so kühl wie ein Gebirgsbach im Winter zu sprechen, wenn man von Kopf bis Fuß vor Dampf und vor Schweiß glänzte, doch Moiraine bereitete das offensichtlich keine Schwierigkeiten. »Es wird eine Wiederholung des Aielkriegs geben. Ihr werdet töten und niederbrennen und Städte plündern wie damals, bis Ihr jeden Mann und jede Frau gegen Euch aufgebracht habt.«

»Der fünfte Teil steht uns zu, Aes Sedai«, sagte Melaine und warf ihr langes Haar über die Schulter nach hinten, damit sie sich mit einer *Staera* den Schweiß von der zarten Haut ihrer Schulter schaben konnte. Obwohl es schwer und feucht herunterhing, glänzte ihr Haar wie Seide. »Wir haben selbst den Baummördern nicht mehr abgenommen.« Der Blick, den sie Moiraine dabei zuwarf, war zu nichtssagend, als daß er keine Bedeutung gehabt hätte. Sie wußten, daß Moiraine aus Cairhien stammte. »Eure Könige und Königinnen nehmen Euch genausoviel als Steuern ab.«

»Und wenn sich die Länder gegen Euch wenden?« Moiraine gab nicht nach. »Im Aielkrieg warfen Euch die vereinigten Länder schließlich zurück. Das kann und wird wieder geschehen, und auf beiden Seiten werden die Verluste groß sein.«

»Niemand hier fürchtet sich vor dem Tod, Aes Sedai«, sagte Amys zu ihr und lächelte dabei so sanft, als erkläre sie das einem Kind. »Das Leben ist ein Traum, aus dem wir alle erwachen müssen, bevor wir wieder träumen können. Außerdem überquerten unter Janduin nur vier Clans die Drachenmauer. Nun sind bereits sechs hier, und Ihr sagtet ja selbst, daß Rand al'Thor vorhat, alle unsere Clans hinzuführen.«

»Die Prophezeiung von Rhuidean sagt, daß er uns zerbrechen wird.« Das Funkeln in Melaines grünen Augen konnte Moiraine gelten, oder aber sagte es aus, daß sie keineswegs so resigniert hatte, wie ihre Worte klangen. »Was spielt es schon für eine Rolle, ob das hier geschieht oder jenseits der Drachenmauer?«

»Ihr werdet ihn so der Unterstützung jeder Nation westlich der Drachenmauer berauben«, sagte Moiraine. Sie sah so ruhig aus wie immer, doch eine gewisse Härte in ihrer Stimme zeigte, daß sie bereit war, auch Steine zu kauen. »Er braucht aber ihre Unterstützung!«

»Er hat die Unterstützung der Aiel-Nation«, sagte Bair mit dieser zerbrechlichen, unnachgiebigen Stimme zu ihr. Sie unterstrich ihre Aussage durch eine kurze Bewegung mit der schmalen Metallklinge. »Die Clans sind noch nie eine Nation gewesen, aber jetzt schweißt er uns zu einer zusammen.«

»Wir werden Euch nicht dabei behilflich sein, ihn in dieser Sache umzustimmen, Moiraine Sedai«, fügte Amys genauso entschlossen hinzu.

»Ihr könnt uns jetzt verlassen, Aes Sedai, wenn es Euch recht ist«, sagte Bair. »Wir haben das Thema, über das Ihr zu sprechen wünschtet, so lange diskutiert, wie wir heute abend konnten.« Das war wohl höflich ausgedrückt, aber trotzdem eine Art von Hinauswurf.

»Ich werde Euch jetzt verlassen«, erwiderte Moiraine, wieder ganz getragene Ruhe. Es klang, als stammten der Vorschlag und die Entscheidung von ihr. Mittlerweile hatte sie sich auch daran gewöhnt, daß die Weisen Frauen immer wieder deutlich machten, sie stünden nicht unter dem Befehl der Burg. »Ich muß mich um andere Angelegenheiten kümmern.«

Das dürfte denn auch der Wahrheit entsprechen. Wahrscheinlich Angelegenheiten, die mit Rand zu tun hatten. Egwene hütete sich jedoch, danach zu fragen. Wenn Moiraine es sie wissen lassen wollte, würde sie es ihr sagen, und wenn nicht ... Wenn nicht, bekäme sie wieder die typische Ausweichantwort einer Aes Sedai zu hören, knapp an einer Lüge vorbei, oder sie würde ihr auch ganz plump ins Gesicht sagen, daß es sie nichts angehe. Moiraine wußte Bescheid über ihre Lüge, als sie sich als ›Egwene Sedai von den Grünen Ajah‹ ausgegeben hatte. In der Öffentlichkeit tolerierte sie das, doch ansonsten stutzte sie Egwene bei jeder Gelegenheit auf ihren wirklichen Rang zurecht.

Sobald Moiraine in einem kalten Luftzug gegangen war, sagte Amys: »Aviendha, schenk uns Tee ein.«

Die junge Aielfrau fuhr überrascht zusammen und öffnete zweimal zögernd den Mund, bevor sie mit schwacher Stimme herausbrachte: »Ich muß ihn erst brühen.« Damit wuselte sie auf allen vieren aus dem

Zelt. Der zweite Schwall kalter Luft von draußen ließ weiteren Dampf verschwinden.

Die Weisen Frauen tauschten Blicke, die beinahe genauso überrascht waren wie der Aviendhas zuvor. Und der Egwenes, davon abgesehen, denn Aviendha war sonst überaus pünktlich und ordentlich, was solche Aufgaben betraf, wenn sie auch nicht immer willig wirkte. Irgend etwas mußte ihr sehr zu schaffen machen, um sogar die Zubereitung des Tees zu vergessen. Die Weisen Frauen tranken immer ihren Tee.

»Mehr Dampf, Mädchen«, sagte Melaine.

Das galt, nachdem Aviendha weg war, ihr, wurde Egwene klar. Hastig spritzte sie mehr Wasser auf die Steine, gebrauchte ein wenig der Macht, um diese und den Kessel weiter zu erhitzen, bis sie hörte, wie die Steine knackten und der Kessel selbst Hitze wie ein Ofen ausstrahlte. Die Aiel waren vielleicht daran gewöhnt, einmal im eigenen Saft zu schmoren und dann gleich wieder zu erfrieren, sie aber nicht. Heiße, dichte Wolken quollen auf und füllten das Zelt. Amys nickte zustimmend; sie und Melaine sahen natürlich das Glühen *Saidars* um Egwene herum, auch wenn sie selbst das nicht erkennen konnte. Melaine fuhr gelassen fort, sich mit ihrer *Staera* zu schaben.

Sie ließ die Wahre Quelle los, setzte sich wieder und beugte sich zu Bair hinüber, damit sie ihr ins Ohr flüstern konnte: »Hat Aviendha etwas sehr Schlimmes angestellt?« Sie wollte Aviendha lieber nicht selbst fragen und auch den betroffenen Körperteil aus Rücksicht auf die Freundin nicht erwähnen, um sie nicht zu beschämen, nicht einmal hinter ihrem Rücken.

Bair hatte da keine Hemmungen. »Wegen der Striemen?« fragte sie in ganz normaler Lautstärke. »Sie kam zu mir und sagte, sie habe heute zweimal gelogen, erwähnte aber nicht, was und wen sie belogen hatte. Das ist natürlich auch ihre eigene Angelegenheit, solange sie keine Weise Frau anlügt. Doch sie meinte, ihre Ehre verlange danach, einem *Toh* Geltung zu verschaffen.«

»Sie hat Euch gebeten, sie zu …« Egwene schnappte nach Luft und konnte den Satz nicht beenden.

Bair nickte, als sei das etwas absolut Normales. »Ich habe ihr ein paar Streiche mehr versetzt, weil sie mich damit belästigte. Wenn es um *Ji* geht, besteht ihre Schuld nicht mir gegenüber. Sehr wahrscheinlich waren ihre sogenannten Lügen wieder einmal etwas, das höchstens eine *Far Dareis Mai* als solche empfindet. Die Töchter, selbst die ehemaligen, sind manchmal genauso pedantisch wie die Männer.« Amys warf ihr einen strafenden Blick zu, der sogar im dichten Dampf erkennbar war. Wie Aviendha war auch Amys eine *Far Dareis Mai* gewesen, bevor sie zur Weisen Frau wurde.

Egwene hatte noch nie einen oder eine Aiel kennengelernt, die nicht pedantisch in bezug auf *Ji'e'toh* gewesen wären, so wie sie es sah. Aber so etwas! Diese Aiel waren ja wirklich verrückt!

Offensichtlich hatte Bair dieses Thema bereits wieder abgehakt. »Es halten sich mehr Verirrte im Dreifachen Land auf, als jemals zuvor, soweit ich mich erinnern kann«, sagte sie in die Runde. So bezeichneten die Aiel die Kesselflicker oder Tuatha'an.

»Sie fliehen vor den Unruhen jenseits der Drachenmauer.« Der Hohn in Melaines Stimme war nicht zu überhören.

»Ich habe gehört«, sagte Amys bedächtig, »daß einige derer, die durch die Trostlosigkeit zum Weglaufen getrieben werden, sich zu den Verirrten begeben haben und darum baten, bei ihnen aufgenommen zu werden.« Dieser Feststellung folgte langes Schweigen. Sie wußten mittlerweile, daß die Tuatha'an von gleicher Abstammung waren wie sie selbst und sich von ihnen abgespaltet hatten, bevor die Aiel über das Rückgrat der Welt in die Wüste gewandert waren. Doch wenn dieses

Wissen überhaupt eine Wirkung hinterlassen hatte, dann höchstens eine noch tiefere Abneigung.

»Er bringt Veränderung mit sich«, flüsterte Melaine rauh in den Dampf.

»Ich glaubte, Ihr hättet Euch mit den Veränderungen abgefunden, die er der Welt bringt«, sagte Egwene mit viel Sympathie in der Stimme. Es mußte schon sehr schwer sein, wenn das ganze Leben auf den Kopf gestellt wurde. Sie erwartete beinahe, ihr werde wieder befohlen, den Mund zu halten, doch keine äußerte sich dazu.

»Abgefunden«, sagte Bair schließlich, als drehe sie das Wort prüfend im Mund herum. »Es wäre besser zu sagen, wir ertrügen sie, so gut wir können.«

»Er wandelt alles um.« Amys klang besorgt. »Rhuidean. Die Verirrten. Die Trostlosigkeit, weil er sagte, was nicht gesagt werden sollte.« Den Weisen Frauen – eigentlich allen Aiel – bereitete es noch immer große Schwierigkeiten, über diese Angelegenheit zu sprechen.

»Die Töchter hängen sich an ihn, als verdankten sie ihm mehr als ihren eigenen Clans«, fügte Bair hinzu. »Zum erstenmal überhaupt gestatten sie einem Mann, sich unter einem Dach der Töchter aufzuhalten.« Einen Augenblick lang schien es, als wolle Amys etwas sagen, aber was sie auch über das Innenleben der *Far Dareis Mai* wußte, teilte sie dann doch mit niemandem außer eben jenen, die selbst Töchter des Speers waren oder gewesen waren. »Die Häuptlinge hören nicht mehr so auf uns wie früher«, murrte Melaine. »O ja, sie bitten uns nach wie vor um Rat, da aus ihnen ja nicht plötzlich komplette Narren geworden sind, aber Bael erzählt mir nicht mehr, was er zu Rand al'Thor gesagt hat oder dieser zu ihm. Er sagt, ich müsse Rand al'Thor fragen, der mir wiederum sagt, ich solle mich an Bael wenden. Ich kann ja nichts gegen den Willen des *Car'a'carn* tun, aber bei Bael … Er war schon immer ein sturer Mann, der mich in Rage bringen konnte, aber jetzt ist er außer Rand und Band. Manchmal möchte ich ihm am liebsten einen Stock über den Schädel schlagen.« Amys und Bair schmunzelten, als sei das ein guter Witz gewesen. Vielleicht wollten sie auch nur ihre Unruhe über all diese Veränderungen damit überspielen.

»Es gibt nur drei Dinge, die man mit einem solchen Mann anfangen kann«, gluckste Bair amüsiert. »Sich entweder von ihm fernhalten, oder ihn töten oder ihn heiraten.«

Melaines versteifte sich und ihr sonnengebräuntes Gesicht färbte sich rot. Einen Augenblick lang glaubte Egwene, die goldhaarige Weise Frau wolle eine hitzige Antwort loswerden, doch dann kündete ein beißend kalter Luftschwall von Aviendhas Rückkehr. Sie trug ein gehämmertes Silbertablett, auf dem eine gelb glasierte Teekanne stand, feine Tassen aus dem goldenem Porzellan des Meervolks und ein Steintiegel mit Honig.

Sie schauderte noch, als sie den Tee eingoß. Zweifellos hatte sie sich nicht die Mühe gemacht, dort draußen etwas anzuziehen. Schnell teilte sie Tassen und Honig aus. Natürlich goß sie sich selbst und Egwene erst ein, als Amys es ihr erlaubte.

»Mehr Dampf«, sagte Melaine. Die kalte Luft schien ihren Zorn abgekühlt zu haben. Aviendha stellte ihre Tasse unberührt weg und krabbelte eiligst zu dem Kürbis hinüber. Sie versuchte wirklich alles, um ihren Fehler von vorher wiedergutzumachen. »Egwene«, sagte Amys und nippte an ihrem Tee, »wie würde es Rand al'Thor hinnehmen, wenn Aviendha ihn darum bäte, in seinem Schlafgemach zu schlafen?« Aviendha erstarrte mit dem Wasserkürbis in Händen. »In seinem …?« Egwene schnappte nach Luft. »So etwas könnt Ihr nicht von ihr verlangen! Das könnt Ihr nicht!«

»Törichtes Mädchen«, schimpfte Bair. »Wir verlangen ja nicht, daß sie sein Lager teilt. Aber wird er das glauben, wenn sie ihn fragt? Wird er es ihr erlauben? Männer sind im besten Fall schon eigenartige Geschöpfe, und da er nicht bei uns aufgewachsen ist, ist er noch seltsamer.«

»Das würde er ganz bestimmt nicht glauben«, sprudelte Egwene heraus, und dann fuhr sie etwas langsamer fort: »Ich glaube nicht, daß er es falsch verstehen würde. Aber es entspricht nicht den guten Sitten. Es darf einfach nicht sein.«

»Ich bitte darum, daß Ihr das nicht von mir verlangt«, sagte Aviendha, und es klang demütiger, als Egwene jemals von ihr erwartet hätte. Sie spritzte mit fahrigen Bewegungen Wasser auf die Steine und ließ immer dichtere Dampfwolken aufsteigen. »Ich habe in den letzten Tagen eine Menge gelernt, da ich keine Zeit mit ihm verbringen mußte. Seit Ihr gestattet habt, daß Egwene und Moiraine Sedai mir beim Gebrauch der Macht helfen, lerne ich immer schneller. Natürlich sind sie deshalb keine besseren Lehrerinnen als Ihr«, fügte sie dann hastig hinzu. »Aber ich möchte so gern lernen.«

»Ihr werdet gewiß weiterlernen«, sagte Melaine zu ihr. »Ihr müßt nicht jede Stunde mit ihm verbringen. Solange Ihr Euch Mühe gebt, wird Euer Unterricht kaum langsamer vonstatten gehen. Ihr lernt schließlich nicht, während Ihr schlaft.«

»Ich kann nicht«, murmelte Aviendha mit über den Kürbis gesenktem Kopf. Dann sagte sie noch entschlossener: »Ich werde das nicht tun.« Sie hob den Kopf, und in ihren Augen leuchtete blaugrünes Feuer. »Ich werde nicht dabeisein, wenn er wieder diesen Bettwärmer Isendre an sein Lager bestellt!«

Egwene sah sie mit offenem Mund an. »Isendre!« Sie hatte bemerkt – mit Abscheu übrigens –, wie die Töchter diese Frau gezwungen hatten, nackt herumzulaufen. Aber dies! »Ihr könnt doch nicht wirklich glauben, daß er …«

»Schweigt!« Bairs Stimme klang wie ein Peitschenhieb. Der Blick aus ihren blauen Augen hätte Steine in die Flucht geschlagen. »Beide! Ihr seid beide jung, aber selbst die Töchter sollten wissen, daß Männer Narren sein können, besonders, wenn sie keine Frau zur Seite haben, die sie führt.«

»Ich bin froh«, sagte Amys trocken, »zu bemerken, daß Ihr eure Gefühle nicht mehr in dem Maße unterdrückt wie vorher, Aviendha. Die Töchter sind genauso töricht wie Männer, was das betrifft. Ich erinnere mich noch gut daran, und es beschämt mich noch heute. Wenn man sich gehen läßt, trübt das die Urteilsfähigkeit einen Augenblick lang, doch wenn man seine Gefühle unterdrückt, trübt es die Urteilsfähigkeit immerzu. Geht nur sicher, daß Ihr Euch nicht zu oft gehen laßt oder gerade dann, wenn Ihr Euch unter Kontrolle haben solltet.«

Melaine beugte sich auf die Hände gestützt vor, bis beinahe der von ihrem Gesicht tropfende Schweiß in den heißen Kessel fiel. »Ihr kennt Eure Zukunft, Aviendha. Ihr werdet eine Weise Frau von großer Kraft und Autorität sein, und darüber hinaus noch mehr. Ihr besitzt die notwendige Kraft und tragt sie in Euch. Durch sie habt Ihr die erste Prüfung bestanden, und sie wird Euch auch helfen, dies zu bestehen.«

»Meine Ehre ...«, sagte Aviendha heiser. Dann schluckte sie und war nicht in der Lage, fortzufahren. Sie hockte lediglich da und umschloß den Wasserbehälter, als enthielte er die Ehre, die sie behüten wollte.

»Das Muster enthält kein *Ji'e'toh*«, sagte Bair zu ihr. Es schwang etwas wie eine Andeutung von Sympathie in ihrer Stimme mit. »Nur das, was sein muß und sein wird. Männer und Töchter des Speers kämpfen noch gegen das Schicksal an, wenn längst klar ist, daß das Muster trotz all ihrer Bemühungen weiterwebt, doch Ihr seid keine *Far Dareis Mai* mehr. Ihr müßt lernen, dem Schicksalsfaden zu folgen. Nur, wenn Ihr Euch dem Muster ergebt, werdet Ihr in der Lage sein, zumindest ein wenig Kontrolle über den Verlauf Eures eigenen Lebens auszuüben. Wenn Ihr dagegen ankämpft, wird Euch das Muster doch bezwingen, und Ihr erlebt nur Elend, wo Ihr statt dessen Erfüllung hättet finden können.«

In Egwenes Ohren klang das ganz nach dem, was man sie in der Burg über die Eine Macht gelehrt hatte. Um *Saidar* zu beherrschen, mußte man sich ihm zuerst ergeben. Wenn man dagegen ankämpfte, würde es unkontrolliert über einen herfallen oder einen überwältigen. Ergab man sich dagegen und lenkte *Saidar* ganz sanft, dann tat es, was man wünschte. Doch das erklärte nicht, warum sie Aviendha so etwas zumuteten. Deshalb fragte sie noch einmal und fügte gleich hinzu: »Es ist nicht schicklich.«

Statt zu antworten, sagte Amys: »Wird ihr Rand al'Thor die Erlaubnis verweigern? Wir können ihn nicht dazu zwingen.« Bair und Melaine blickten Egwene genauso eindringlich an wie Amys.

Sie würden ihr den Grund nicht nennen. Es war leichter, einen Stein zum Reden zu bringen, als aus einer Weisen Frau etwas gegen ihren Willen herauszuquetschen. Aviendha musterte mürrisch-resignierend ihre Zehen. Sie wußte: Die Weisen Frauen würden bekommen, was sie wollten, ganz gleich wie.

»Ich weiß es nicht«, sagte Egwene nachdenklich. »Ich kenne ihn nicht mehr so gut wie früher.« Sie bedauerte das, doch es war so vieles geschehen. Davon abgesehen war ihr mittlerweile klargeworden, daß sie ihn lediglich wie einen Bruder liebte, aber nicht mehr. Ihre Ausbildung, sowohl in der Burg wie auch hier, hatte vieles geändert, genauso wie die Tatsache, daß er der Wiedergeborene Drache war. »Wenn Ihr ihm einen stichhaltigen Grund liefert, macht er es vielleicht. Ich glaube, er mag Aviendha.« Die junge Aielfrau stieß einen schweren Seufzer aus, ohne dabei aufzublicken.

»Einen guten Grund«, schnaubte Bair. »Als ich ein

Mädchen war, wäre jeder Mann überglücklich gewesen, wenn eine junge Frau solches Interesse an ihm zeigt. Er wäre losgelaufen und hätte persönlich die Blumen für ihren Brautkranz gepflückt.« Aviendha zuckte zusammen und funkelte die Weisen Frauen mit einem Teil ihres früheren Temperaments an. »Nun, wir werden schon einen Grund finden, den sogar jemand akzeptieren kann, der als Feuchtländer aufgewachsen ist.«

»Es sind noch mehrere Nächte bis zu Eurem vereinbarten Zusammentreffen in *Tel'aran'rhiod*«, sagte Amys. »Diesmal mit Nynaeve.«

»Die könnte eine Menge lernen«, warf Bair ein, »wenn sie nicht so halsstarrig wäre.«

»Eure Nächte bis dahin sind frei von Aufgaben«, sagte Melaine. »Das heißt, wenn Ihr nicht ohne uns und heimlich *Tel'aran'rhiod* besucht.«

Egwene dachte sich, was nun kommen würde. »Natürlich nicht«, erwiderte sie. Sie war nur ein ganz klein wenig hineingegangen. Ein bißchen mehr, und sie würden es ganz sicher merken.

»Habt Ihr es geschafft, Nynaeves oder Elaynes Träume aufzuspüren?« fragte Amys ganz nebenhin, als sei es nur eine Kleinigkeit.

»Nein, Amys.«

Die Träume eines bestimmten Menschen zu finden war viel schwieriger, als *Tel'aran'rhiod* zu betreten, die Welt der Träume, besonders, wenn sich dieser Mensch auch noch in großer Entfernung befand. Es wurde mit geringerer Entfernung leichter, und auch dann, wenn man diesen Menschen besonders gut kannte. Die Weisen Frauen verlangten immer noch von ihr, daß sie *Tel'aran'rhiod* jedesmal in Begleitung wenigstens einer von ihnen betrat, aber die Träume einer anderen Person zu betreten beschwor ganz eigene Gefahren herauf. In *Tel'aran'rhiod* beherrschte sie sich selbst und alles in ihrer Umgebung in hohem Maße, es sei denn, eine der Weisen Frauen beschloß, selbst die Führung zu übernehmen. Sie lernte immer besser, mit der Welt der Träume umzugehen, doch konnte sie es noch nicht mit ihnen aufnehmen – bei ihrer Erfahrung. Im Traum eines anderen Menschen aber war sie ein Teil des Traums. Dann mußte man alle Kraft aufbringen, um sich nicht so zu verhalten, wie es das Unterbewußtsein des Träumers verlangte. Durch das Betreten des Traums wurde man verändert, und manchmal konnte man sich nicht dagegen wehren. Die Weisen Frauen hatten es bei der Beobachtung von Rands Träumen sorgsam vermieden, ganz in sie hineingezogen zu werden. Trotzdem bestanden sie darauf, daß Egwene es ebenfalls erlernte. Wenn sie ihr schon das Traumwandeln beibrachten, dann sollte sie ihr ganzes Wissen erhalten und nicht nur einen Teil.

Sie wollte eigentlich auch nicht zögern, aber die wenigen Male, als sie mit ihnen und einmal auch mit Rhuarc üben durfte, hatten sie ernüchtert. Die Weisen Frauen beherrschten ihre eigenen Träume in hohem Maße, und das, was sich dort abgespielt hatte – um ihr die Gefahren deutlich zu machen, wie sie sagten –, war alles ihr Werk gewesen. Doch sie war erschrocken, als ihr klar wurde, daß Rhuarc in ihr wenig mehr als ein Kind sah, wie eine seiner jüngsten Töchter. Da war ihre Selbstbeherrschung ins Wanken geraten, wenn auch nur für einen einzigen fatalen Moment. Danach war sie wenig mehr als ein Kind *gewesen*. Sie konnte den Mann nicht mehr ansehen, ohne daran denken zu müssen, wie er ihr eine Puppe geschenkt hatte, weil sie so fleißig im Lernen war. Und sie hatte sich genauso über das Geschenk wie über sein Lob gefreut. Amys war gekommen und hatte sie vom fröhlichen Spielen mit der Puppe weggerissen. Daß Ayms Bescheid wußte, war schlimm genug, aber sie vermutete stark, daß sich auch Rhuarc an einiges davon erinnerte.

»Ihr müßt es immer wieder versuchen«, sagte Amys. »Ihr habt die Kraft, sie zu erreichen, sogar über diese

Entfernung hinweg. Und es wird Euch nicht schaden, zu erfahren, wie sie Euch sehen.«

Da war sie sich nicht so sicher. Elayne war eine Freundin, aber Nynaeve war die meiste Zeit ihrer Jugend über die Seherin von Emondsfeld gewesen. Sie fürchtete, Nynaeves Träume könnten für sie schlimmer werden als die Rhuarcs. »Heute nacht werde ich ein Stück entfernt von den Zelten schlafen«, fuhr Amys fort. »Nicht weit. Ihr solltet leicht in der Lage sein, mich zu finden, wenn Ihr Euch Mühe gebt. Falls ich nicht von Euch träume, haben wir morgen etwas zu besprechen.«

Egwene unterdrückte ein Stöhnen. Amys hatte sie in Rhuarcs Träume geführt und war selbst nur einen Augenblick lang dort geblieben, kaum lange genug, um festzustellen, daß Rhuarc sie unverändert als die junge Frau sah, die er geheiratet hatte, und die Weisen Frauen hatten sich bisher wenigstens immer im gleichen Zelt mit ihr befunden, wenn sie einen Versuch unternahm.

»Also«, sagte Bair und rieb sich die Hände, »wir haben alles gehört, was sein mußte. Ihr anderen könnt ja hierbleiben, wenn ihr wollt, aber ich fühle mich sauber genug für mein Lager. Ich bin nun mal nicht mehr so jung wie ihr.« Jung oder nicht, wahrscheinlich konnte sie jede von ihnen in Grund und Boden rennen und sie dann den Rest des Weges tragen.

Als Bair aufstand, sprach Melaine sie an, und – ganz ungewöhnlich bei ihr – sie klang zögernd und unsicher. »Ich brauche ... Ich muß Euch um Hilfe bitten, Bair. Und auch Euch, Amys.« Die ältere Frau setzte sich wieder hin, und beide blickten Melaine erwartungsvoll an. »Ich ... ich möchte Euch bitten, für mich mit Dorindha zu sprechen.« Die letzten Worte sprudelten plötzlich heraus. Amys lächelte breit, und Bair gackerte laut los. Auch Aviendha schien zu verstehen und zeigte Überraschung. Nur Egwene saß verständnislos da.

Dann lachte Bair. »Ihr habt immer gesagt, Ihr braucht

keinen Ehemann und wollt auch keinen haben. Ich habe schon drei begraben und hätte nichts gegen einen weiteren einzuwenden. Sie sind sehr nützlich, wenn die Nächte kalt sind.«

»Eine Frau kann doch ihre Meinung ändern.« Melaines Stimme klang wohl fest genug, doch das tiefe Erröten ihrer Wangen strafte diese Standhaftigkeit Lügen. »Ich kann mich nicht von Bael fernhalten, und ich kann ihn nicht töten. Falls Dorindha mich als Schwesterfrau akzeptiert, werde ich meinen Brautkranz flechten und Bael zu Füßen legen.«

»Und was ist, wenn er darauf tritt, anstatt ihn zu nehmen?« wollte Bair wissen. Amys ließ sich nach hinten sacken, lachte schallend und klatschte sich auf die Schenkel.

Egwene hielt diese Gefahr für äußerst gering, jedenfalls ihren Kenntnissen der Aielsitten gemäß. Wenn Dorindha beschloß, Melaine als Schwesterfrau zu akzeptieren, würde Bael in dieser Sache nicht viel zu sagen haben. Es schockierte sie jedenfalls nicht mehr, daß ein Mann zwei Frauen haben konnte. Na ja, nicht sehr jedenfalls. *Andere Länder – andere Sitten,* redete sie sich entschlossen ein. Sie hatte es noch nicht fertiggebracht, danach zu fragen, aber ihrer Ansicht nach war es nicht unwahrscheinlich, daß es auch Aielfrauen mit zwei Ehemännern gab. Das war schon ein seltsames Volk.

»Ich bitte Euch, in diesem Fall als meine Erstschwestern zu handeln. Ich glaube, daß mich Dorindha gut genug leiden kann.«

Sobald Melaine ausgeredet hatte, änderte sich die Heiterkeit der anderen Frauen. Sie lachten wohl immer noch, aber sie umarmten sie und sagten ihr, wie glücklich sie für sie seien und wie gut sie es mit Bael haben werde. Amys und Bair zumindest nahmen Dorindhas Zustimmung für gegeben hin. Die drei duckten sich fast Arm-in-Arm aus dem Zelt und lachten oder kicherten immer noch wie kleine Mädchen. Zuvor befahlen sie Egwene und Aviendha allerdings noch, das Zelt aufzuräumen.

»Egwene, könnte eine Frau aus deinem Land eine Schwesterfrau akzeptieren?« fragte Aviendha und benützte einen Stock, um den Deckel vom Rauchabzug zu stoßen.

Egwene wünschte, sie hätte sich das bis zum Schluß aufgehoben, denn die Wärme begann sofort zu verfliegen. »Ich weiß nicht«, sagte sie und räumte schnell die Tassen und den Honigtopf auf das Tablett, zusammen mit den *Staera*. »Ich glaube eigentlich nicht. Vielleicht, wenn es eine enge Freundin ist«, fügte sie eiligst hinzu, denn sie wollte ja die Aielsitten nun nicht gerade herabwürdigen.

Aviendha knurrte nur und begann, die Seitenwände des Zelts hochzuziehen.

Egwenes Zähne klapperten ebenso laut wie die Teetassen und die Bronzeklingen auf dem Tablett. So hastete sie nach draußen. Die Weisen Frauen kleideten sich ohne Eile an, als sei dies eine laue Nacht und sie befänden sich in den Schlafgemächern irgendeiner Festung. Eine in Weiß gehüllte Gestalt, die im Mondschein blaß schimmerte, nahm ihr das Tablett ab, und sie machte sich schnell auf die Suche nach ihrem Umhang und den Schuhen. Sie befanden sich aber nirgends unter den übriggebliebenen Kleidungsstücken am Boden.

»Ich habe Eure Sachen zu Eurem Zelt bringen lassen«, sagte Bair, die gerade die Bändel ihrer Bluse zuschnürte. »Ihr werdet sie noch nicht benötigen.«

Egwene sank das Herz. Sie hüpfte auf dem Fleck auf und ab und schlug die Arme um sich in der vergeblichen Hoffnung auf ein wenig Wärme. Wenigstens befahlen sie ihr nicht, aufzuhören. Mit einemmal wurde ihr bewußt, daß die schneeweiß gekleidete Gestalt, die das Tablett wegtrug, viel zu groß selbst für eine Aielfrau war. Sie knirschte mit den Zähnen und funkelte die Weisen Frauen an, denen es völlig egal zu sein schien, ob sie auf und ab hüpfend den Kältetod starb. Den Aielfrauen mochte es gleichgültig sein, ob ein Mann sie unbekleidet gesehen hatte, zumindest, wenn er *Gai'schain* war, doch ihr war es ganz und gar nicht gleich!

Nach einem Augenblick schloß sich Aviendha ihr an, allerdings ohne wildes Herumhüpfen. Sie gab sich gar nicht erst Mühe, ihre Kleider zu suchen. Die Kälte schien sie genausowenig zu beeindrucken, wie das bei den Weisen Frauen der Fall war.

»Also«, sagte Bair und legte sich ihren Schal um die Schultern. »Ihr, Aviendha, seid nicht nur so halsstarrig wie ein Mann, nein, Ihr erinnert Euch noch nicht einmal an eine einfache Aufgabe, die Ihr bereits viele Male erledigt habt. Ihr, Egwene, seid genauso stur wie sie, und Ihr glaubt immer noch, Ihr könntet in Eurem Zelt herumtrödeln, obwohl ihr herbeigerufen wurdet. Laßt uns hoffen, daß fünfzig Runden um das Lager Eure Sturheit etwas dämpfen, Euren Verstand klären und Euch daran erinnern, wie Ihr auf einen Befehl oder eine Arbeit zu reagieren habt. Lauft schon los!«

Wortlos und augenblicklich begann Aviendha, zum Rand des Lagerplatzes zu rennen. Sie wich leichtfüßig den durch die Dunkelheit gespannten Zeltschnüren aus. Egwene zögerte nur einen Moment und folgte ihr dann. Die Aielfrau lief langsam genug, damit Egwene sie einholen konnte. Die Nachtluft ließ sie vor Kälte erstarren, und der steinige Lehmboden unter ihren Füßen war genauso kalt und versuchte ständig, sie zum Straucheln zu bringen. Aviendha lief mit der mühelosen Leichtigkeit langer Übung.

Als sie am letzten Zelt vorbeikamen und sich nach Süden wandten, sagte Aviendha: »Weißt du, warum ich mir soviel Mühe beim Lernen gebe?« Weder Kälte noch Anstrengung machten sich in ihrer Stimme bemerkbar.

Egwene zitterte beim Rennen so stark, daß sie kaum sprechen konnte: »Nein. Warum?«

»Weil Bair und die anderen dich mir immer vorhalten, weil sie mir sagen, wie leicht du lernst und daß man dir niemals etwas zweimal erklären müsse. Sie sagen, ich solle mehr wie du sein.« Sie warf Egwene einen Blick aus den Augenwinkeln zu, und Egwene ertappte sich dabei, wie sie gemeinsam mit Aviendha beim Weiterlaufen kicherte. »Das ist jedenfalls ein Teil der Begründung. Die Dinge, deren Gebrauch ich erlernen will …« Aviendha schüttelte den Kopf, und selbst im Mondschein war ihr Erstaunen leicht zu erkennen. »Und dann die Macht selbst. Ich habe mich noch nie zuvor so gefühlt. So lebendig. Ich kann die schwächsten Gerüche noch wahrnehmen und die leichteste Luftbewegung spüren!«

»Es ist aber gefährlich, zu lange daran festzuhalten oder zuviel der Macht an sich zu ziehen«, sagte Egwene. Das Laufen schien ihren Körper ein wenig zu erwärmen, doch von Zeit zu Zeit überlief sie immer noch ein Schaudern. »Ich habe dir das schon früher gesagt, und ich weiß, daß dich auch die Weisen Frauen gewarnt haben.«

Aviendha schnaubte lediglich. »Glaubst du, ich würde mir mit einem Speer in den eigenen Fuß stechen?«

Eine Weile rannten sie schweigend nebeneinander her.

»Hat Rand wirklich …?« begann Egwene schließlich stockend. Die Kälte hatte nichts mit ihren Schwierigkeiten zu tun, die richtigen Worte zu finden. Sie begann auf der Stelle wieder zu schwitzen. »Ich meine … Isendre?« Sie konnte sich nicht dazu bringen, es deutlicher zu sagen.

Schließlich sagte Aviendha bedächtig: »Ich glaube nicht, daß er es getan hat.« Es klang zornig. »Aber warum ignoriert sie ständig sämtliche Peitschenhiebe, wenn er kein Interesse an ihr gezeigt hat? Sie ist eine Feuchtländer-Schlampe, die nur darauf wartet, daß die Männer ihr zulaufen. Ich habe gesehen, wie er sie angeschaut hat, obwohl er versuchte, es zu verbergen. Ihm hat es recht gut gefallen, sie anzusehen.«

Egwene fragte sich, ob ihre Freundin jemals auch von ihr als einer Feuchtländer-Schlampe dachte. Wahrscheinlich nicht, sonst wären sie keine Freundinnen. Doch Aviendha hatte niemals gelernt, sich zu fragen, ob das, was sie sagte, jemandem weh tun könne. Sie wäre womöglich äußerst überrascht, zu erfahren, daß Egwene auch nur daran dachte, sich durch ihre Bemerkungen verletzt zu fühlen.

»So ausgezogen, wie die Töchter sie herumlaufen lassen«, gab Egwene zögernd zu, »würde jeder Mann hinschauen.« Was sie daran erinnerte, daß auch sie sich gerade ohne jedes Kleidungsstück im Freien befand. Sie stolperte und wäre fast gestürzt, als sie sich ängstlich umsah. Soweit sie erkennen konnte, war die Nacht menschenleer. Selbst die Weisen Frauen waren mittlerweile in ihre Zelte zurückgekehrt. Und lagen kuschlig warm unter ihren Decken. Sie dagegen schwitzte, doch die Tropfen zeigten die Tendenz, gleich bei ihrem Austreten zu Eis zu gefrieren.

»Er gehört Elayne«, sagte Aviendha energisch.

»Ich gebe ja zu, daß ich eure Sitten noch nicht ganz kenne, aber eure sind nicht die gleichen wie bei uns. Er ist nicht mit Elayne verlobt.« *Warum nehme ich ihn in Schutz? Er ist derjenige, der verprügelt gehört!* Doch die Ehrlichkeit ließ sie fortfahren: »Selbst eure Aielmänner haben das Recht, nein zu sagen, wenn man sie fragt.«

»Du und sie, ihr seid doch Nächstschwestern wie wir beide«, protestierte Aviendha. Sie verlangsamte ihren Schritt etwas, nahm aber dann doch ihr altes Tempo wieder auf. »Hast du mich nicht selbst gebeten, für Elayne auf ihn aufzupassen? Willst du nicht, daß sie ihn bekommt?«

»Natürlich will ich das. Wenn *er* sie will.« Das stimmte allerdings nicht ganz. Sie wünschte Elayne alles Glück der Welt, und so verliebt, wie sie in den Wiedergeborenen Drachen war, würde sie so ziemlich alles tun, um dafür zu sorgen, daß Elayne bekam, was sie wollte. Fast war sie gewillt, ihn an Armen und Beinen zu fesseln, damit er Elayne nicht fortlaufen konnte. Fast. Wenn es notwendig war? Aber das zuzugeben, war eine ganz andere Sache. Aielfrauen waren da viel offener, als sie es fertigbrachte. »Sonst wäre es nicht recht.«

»Er gehört ihr«, beharrte Aviendha stur.

Egwene seufzte. Aviendha verstand einfach keine anderen Sitten als die ihren. Die Aielfrau war immer noch erstaunt darüber, daß Elayne Rand nicht gefragt hatte, ob er sie heiraten wolle, und daß statt dessen ein Mann diese Frage stellen konnte. »Ich bin sicher, die Weisen Frauen werden morgen der Vernunft wieder zugänglich sein. Sie können dich nicht zwingen, im Zimmer eines Mannes zu schlafen.«

Die andere Frau blickte sie in offen gezeigter Überraschung an. Einen Augenblick lang verschwand die Eleganz ihrer Bewegungen, und sie stieß mit einem Zeh ziemlich hart gegen eine Unebenheit am Boden. Das Mißgeschick rief einige Flüche hervor, denen selbst Kaderes Wagenfahrer mit Interesse gelauscht hätten. Bair hätte bestimmt sofort zum Blaurippentee gegriffen. Sie lief jedoch ohne Unterbrechung weiter.

»Ich verstehe nicht, warum du dich darüber so aufregst«, sagte sie, als der letzte Fluch verklungen war. »Ich habe auf Kriegszügen viele Male neben einem Mann geschlafen und selbst mit ihm die Decken geteilt, wenn die Nacht sehr kalt war. Aber wenn es dich so beunruhigt, dann schlafe ich eben zehn Schritt entfernt von ihm. Ist das ein Teil eurer Sitten? Mir ist auch aufgefallen, daß du nicht mit den Männern zusammen im Dampfzelt baden willst. Vertraust du Rand al'Thor nicht? Oder bin ich es, der du nicht vertraust?« Am Ende erklang ihre Stimme nur noch in einem besorgten Flüsterton.

»Natürlich vertraue ich dir«, protestierte Egwene hitzig. »Und ihm. Es ist eben nur so, daß …« Sie ließ den Satz unbeendet, weil sie nicht sicher war, was sie eigentlich weiter sagen sollte. Manchmal waren die Aielregeln in bezug auf das, was schicklich war und was nicht, sehr viel strenger als die, mit denen sie aufgewachsen war, aber bei anderen dieser Ansichten wieder hätte die Versammlung der Frauen zu Hause vor der Entscheidung gestanden, entweder geschlossen in Ohnmacht zu fallen oder zu einem kräftigen Stock zu greifen. »Aviendha, wenn es irgendwie um deine Ehre gehen sollte …« Sie bewegte sich auf schlüpfrigem Boden. »Wenn du das den Weisen Frauen erklärst, werden sie dich doch sicherlich nicht gegen deine Ehre handeln lassen.«

»Es gibt da nichts zu erklären«, stellte die andere Frau kategorisch fest.

»Ich weiß ja, daß ich *Ji'e'toh* nicht verstehe …«, begann Egwene, doch Aviendha lachte nur.

»Du sagst, du verstündest es nicht, Aes Sedai, und doch richtest du dich in deinem Leben danach.« Egwene bereute, die Lüge selbst ihr gegenüber aufrechterhalten zu haben. Es war ihr danach schwergefallen, Aviendha dazu zu bringen, sie einfach als Egwene anzureden, und manchmal beging sie einen Rückfall. Aber sie mußte allen gegenüber dabei bleiben, damit es glaubhaft wirkte. »Du bist eine Aes Sedai und stark genug in der Beherrschung der Macht, daß du Amys und Melaine gemeinsam überwältigen könntest«, fuhr Aviendha fort, »aber du hast versprochen, zu gehorchen. Also kratzt du die Töpfe aus, wenn sie sagen, du solltest Töpfe auskratzen, und du rennst, wenn sie dir befehlen, zu rennen. Du kennst *Ji'e'toh* vielleicht nicht, aber du hältst dich daran.«

Natürlich war es keineswegs dasselbe. Sie biß die Zähne aufeinander und machte, was man von ihr wollte, weil es die einzige Möglichkeit für sie darstellte, das Traumwandeln zu erlernen, und sie wollte es lernen, sie wollte alles darüber lernen, mehr als über alles andere, was sie sich auf der Welt vorstellen konnte. Überhaupt nur daran zu denken, sie könne nach den Regeln dieses törichten *Ji'e'toh* leben, war einfach dumm. Sie tat, was sein mußte, und nur wenn es sein mußte, und weil sie halt dazu gezwungen war.

Sie näherten sich wieder dem Ausgangspunkt ihrer Laufstrecke. Als sie über den gleichen Fleck lief, an dem sie begonnen hatten, sagte Egwene: »Das wäre die erste Runde«, und rannte weiter durch die Dunkelheit, obwohl niemand außer Aviendha sie beobachten konnte und niemand außer Aviendha hätte petzen können, wenn sie jetzt zu ihrem Zelt zurückgegangen wäre. Aviendha hätte bestimmt nichts gesagt, aber Egwene kam überhaupt nicht auf den Gedanken, vor dem Ende der fünfzigsten Runde aufzuhören.

KAPITEL 6

Tore

Rand erwachte in völliger Finsternis, lag unter seinen Decken und grübelte darüber nach, was ihn wohl geweckt habe. Irgend etwas mußte da gewesen sein. Nicht der Traum; da hatte er Aviendha das Schwimmen beigebracht in einem Teich im Wasserwald zu Hause im Gebiet der Zwei Flüsse. Etwas anderes. Da kam es wieder – wie ein schwacher Hauch einer fauligen Ausdünstung, der unter der Tür hindurchgedrungen war. Nicht einmal ein wirklicher Geruch, sondern eher wie ein Gefühl der Andersartigkeit. Ja, so hatte er es empfunden. Ranzig, wie etwas Totes, das schon eine Woche lang im stillen Wasser eines Tümpels ruhte. Es verflog wieder, doch diesmal nicht vollständig.

So schlug er die Decken zur Seite, stand auf und hüllte sich in *Saidin*. Innerhalb des Nichts und von der Macht erfüllt spürte er wohl noch, wie sein Körper zitterte, doch die Kälte schien sich an einem anderen Ort zu befinden und nicht dort, wo er sich aufhielt. Vorsichtig öffnete er die Tür und trat hinaus. Mondschein drang durch die Fensterbögen zu beiden Enden des Korridors. Nach der Pechschwärze in seinem Zimmer kam ihm das beinahe wie Tageslicht vor. Nicht rührte sich, doch er spürte … etwas … das sich näherte. Etwas Böses. Beinahe wie die Verderbnis von *Saidin*, die ihn mit der Macht durchströmte.

Er steckte eine Hand in die Tasche seines Mantels und erfaßte die kleine geschnitzte Figur eines rundlichen kleinen Mannes, der ein Schwert über seinen

Knien trug. Ein *Angreal;* damit konnte er mehr Macht an sich binden und benützen, als selbst er sonst ohne Hilfe schaffte. Sehr wahrscheinlich würde er ihn gar nicht benötigen. Wer auch immer für diesen Angriff auf ihn verantwortlich war, wußte nicht, mit wem er oder sie es jetzt zu tun hatte. Sie hätten ihn niemals aufwachen lassen dürfen.

Einen Augenblick lang zögerte er. Er konnte durchaus den Kampf mit dem, was gegen ihn ausgesandt worden war, von sich aus aufnehmen, aber er hatte das Gefühl, es befinde sich noch ein Stück unter ihm; dort, wo dem Schweigen nach zu schließen die Töchter noch friedlich schliefen. Wenn sie Glück hatten, würden sie nicht behelligt, es sei denn, er eilte hinunter, um mitten unter ihnen zu kämpfen. Das würde sie auf jeden Fall aufwecken, und sie würden auch nicht gerade danebenstehen und zuschauen. Lan sagte immer, er solle sich das richtige Gelände zum Kämpfen möglichst selbst auswählen und den Feind zwingen, zu ihm zu kommen. Lächelnd rannte er mit trommelnden Stiefelsohlen die nächste Wendeltreppe nach oben und immer weiter, bis er sich im obersten Geschoß befand. Dieses Stockwerk bestand aus einem einzigen großen Raum mit leicht gewölbter Decke und verstreut stehenden schlanken, spiralförmig gearbeiteten Säulen. Der durch die glaslosen Bogenfenster einfallende Mondschein erhellte jede Ecke. Im Staub und Schmutz und Sand auf dem Fußboden waren noch immer die Abdrücke seiner eigenen Stiefel undeutlich zu sehen. Die waren bei der einzigen Gelegenheit entstanden, zu der er sich hier oben aufgehalten hatte. Sonst war offensichtlich niemand dagewesen. Es war der perfekte Ort.

Er schritt zur Mitte des Raums und stellte sich auf das Mosaik, das auf zehn Fuß Durchmesser das uralte Symbol der Aes Sedai darstellte. Hier paßte einfach alles. »Unter diesem Zeichen wird er erobern.« So hatte es die Prophezeiung von Rhuidean von ihm behauptet.

Er stand über der trennenden Schlangenlinie, einen Fuß auf der schwarzen Träne, die man nun als den Drachenfang bezeichnete und die für das Böse stand, den anderen auf dem weißen Teil, den man heutzutage die ›Flamme von Tar Valon‹ nannte. Einige Menschen behaupteten, sie stünde für das Licht. Also ein wirklich passender Ort, zwischen Licht und Dunkelheit, um sich dem erwarteten Angriff zu stellen.

Das ekelhafte Gefühl verstärkte sich, und der Gestank brennenden Schwefels füllte die Luft. Plötzlich bewegte sich etwas, löste sich wie Mondschatten von der Treppe und glitt außen um den Raum herum. Langsam traten die Umrisse deutlicher hervor, und Rand erblickte drei schwarze Hunde, dunkler als die Nacht und so groß wie Ponys. Mit silbrig glänzenden Augen umkreisten sie ihn wachsam. Durch die Macht in ihm konnte er ihre Herzen wie tiefe Baßtrommeln schlagen hören. Doch ihren Atem hörte er nicht; vielleicht atmeten sie auch gar nicht.

Er verwebte ein wenig der Macht, und in seinen Händen lag ein Schwert, dessen leicht gekrümmte, mit einem Reiher gekennzeichnete Klinge aus Flammen geschmiedet zu sein schien. Er hatte Myrddraal erwartet oder etwas noch Schlimmeres als die Augenlosen, aber für Hunde, selbst aus dem Schatten geborene Hunde, würde das Schwert ausreichen. Wer immer sie auch ausgesandt hatte, kannte ihn nicht. Lan hatte ihm gesagt, er besitze mittlerweile beinahe das Können eines echten Schwertmeisters, und der Behüter geizte sonst mit Lob, so daß er annehmen konnte, diese Stufe wirklich erreicht zu haben.

Die Hunde knurrten, als zermalmten sie Knochen zwischen ihren mächtigen Kiefern, und jagten von drei Seiten her auf ihn los, schneller als galoppierende Pferde.

Er bewegte sich nicht, bis sie ihn schon fast berührten. Dann glitt er, eins mit dem Schwert, von einer

Fechtposition in die andere, als tanze er lediglich. Innerhalb eines Wimpernschlags wurde aus der Figur, die man den ›Wirbelwind auf dem Berg‹ nannte, die nächste – ›Der Wind weht über die Mauer‹ – und die nächste ›Den Fächer öffnen‹. Große, schwarze Köpfe wurden von schwarzen Körpern abgetrennt. Ihre geifernden Fänge, wie polierter Stahl glänzend, waren noch gefletscht, als sie über den Boden rollten. Er trat bereits aus dem Mosaik heraus, als die dunklen Gestalten zu zuckenden, blutigen Massen auf dem Boden zusammenbrachen.

Er lachte in sich hinein und ließ das Schwert verschwinden, hielt aber an *Saidin* fest, an der tobenden Macht, der Süße und der Verderbnis. Verachtung glitt über die Blase des Nichts. Hunde. Schattenabkömmlinge, sicher, aber trotzdem nur … Das Lachen erstarb.

Langsam schmolzen die toten Hunde und ihre Köpfe, wurden zu Pfützen flüssigen Schattens, die leicht bebten, als lebten sie noch. Ihr Blut, über den Boden verschmiert, zitterte empor. Plötzlich flossen die kleineren Pfützen wie bösartige Rinnsale zusammen und verschmolzen mit den größeren, schwappten von dem Mosaik hinweg und bildeten einen immer höher werdenden Klumpen, bis wieder drei riesige schwarze Hunde dort standen, geiferten und knurrten, während sich ihre mächtigen Beinmuskeln zum Sprung spannten.

Er wußte nicht, wieso er eigentlich überrascht war. Er spürte es nur ganz vage, draußen vor der Leere. Hunde, ja, aber eben Schattenabkömmlinge. Wer sie ausgesandt hatte, war doch nicht so leichtsinnig gewesen, wie er angenommen hatte. Aber sie kannten ihn trotzdem immer noch nicht.

Statt erneut nach dem Schwert zu greifen, lenkte er die Macht auf eine Weise, an die er sich von vor längerer Zeit her erinnerte. Einmal schon hatte er sie so benützt. Heulend sprangen die riesigen Hunde hoch, und ein dicker Balken weißen Lichts schoß aus seinen Händen, wie geschmolzener Stahl, wie flüssiges Feuer. Er schwenkte den Strahl über die springenden Geschöpfe, und einen Augenblick lang wurden sie zu seltsam verzerrten Schatten ihrer selbst, alle Farben ins Gegenteil verkehrt, und dann bestanden sie nur noch aus glitzernden Lichtflecken, die auseinanderdrifteten, kleiner und kleiner wurden und ganz verschwanden, bevor sie den Boden erreichten.

Er ließ das, was er da erzeugt hatte, wieder fahren, und während er grimmig lächelte, zog sich noch ein rotglühender Lichtbalken als flimmerndes Nachbild durch sein Gesichtsfeld.

Auf der anderen Seite des großen Raums krachte ein Teil einer der Säulen auf die Fußbodenfliesen herab. Wo dieser Lichtstrahl aufgetroffen war – oder was es halt gewesen war; kein richtiges Licht natürlich –, hatte er glatte Stücke sauber aus den Säulen herausgeschnitten. Die halbe Wandbreite hinter den Säulen wies einen klaffenden Schnitt auf.

»Hat Euch einer von ihnen gebissen, oder wurdet Ihr nur von ihren Blutspritzern getroffen?«

Er fuhr herum, als Moiraines Stimme erklang. Er war so auf das konzentriert gewesen, was er getan hatte, daß er nicht gehört hatte, wie sie die Treppe heraufkam. Sie stand da, ihre Hände in den Rock verkrampft, das Gesicht im Schatten fast verborgen, und musterte ihn. Sie hatte bestimmt die Wesen genau wie er gespürt, aber um so schnell hierher zu kommen, mußte sie sich mächtig beeilt haben. »Haben Euch die Töchter durchgelassen? Seid Ihr jetzt auch eine *Far Dareis Mai* geworden, Moiraine?«

»Sie gewähren mir einige der Privilegien einer Weisen Frau«, sagte sie hastig. Die blanke Ungeduld schwang in ihrer sonst so melodiösen Stimme mit. »Ich habe den Wächterinnen gesagt, daß ich dringend mit Euch zu sprechen hätte. Antwortet mir aber jetzt! Haben die Schattenhunde Euch gebissen oder ihr Blut auf Euch verspritzt? Hat ihr Speichel Euch berührt?«

»Nein«, antwortete er bedächtig. Schattenhunde. Das wenige, was er über sie wußte, stammte aus alten Märchen, wie man sie in den Südländern benutzte, um Kinder damit zu erschrecken. Manche Erwachsenen glaubten auch daran. »Warum macht Ihr euch über einen Biß Gedanken? Ihr könntet ihn doch mit Hilfe der Macht heilen. Soll das vielleicht bedeuten, der Dunkle König sei frei?« So im Nichts eingebettet, war selbst die Angst nur ein ferner Schatten dieses Gefühls.

In den Geschichten, die man sich so erzählte, rannten die Schattenhunde nachts in der Wilden Jagd mit. Der Jäger war der Dunkle König selbst. Auch auf dem weichsten Untergrund hinterließen sie keine Fußspuren, aber dafür auf Stein, und sie gaben ihre Jagd nicht auf, bevor man sich ihnen nicht gestellt und sie besiegt hatte oder über fließendes Wasser entkommen war. Kreuzwege waren angeblich ein besonders gefährlicher Ort für ein Zusammentreffen mit ihnen, und dazu die Zeit gerade nach Sonnenuntergang oder kurz vor Sonnenaufgang. Er hatte mittlerweile schon so viele Legenden Wirklichkeit werden sehen, daß er geneigt war, diese Geschichten zu glauben.

»Nein, das nicht, Rand.« Sie schien wieder ihre Selbstbeherrschung erlangt zu haben, denn nun klang ihre Stimme wieder glockenklar, ruhig und kühl. »Sie sind nur eine andere Art von Schattenwesen, eine, die niemals hätte gezeugt werden dürfen. Doch ihr Biß ist der sichere Tod, wie ein Dolch im Herzen, und ich glaube nicht, daß ich eine solche Wunde heilen könnte, bevor Ihr daran sterbt. Ihr Blut und sogar ihr Speichel ist pures Gift. Ein Tropfen auf der Haut kann schon töten, langsam, und am Ende unter großen Schmerzen. Ihr hattet Glück, daß es nur drei waren. Oder habt Ihr noch mehr getötet, bevor ich eintrat? Ihre Meuten sind für gewöhnlich größer, oftmals zehn oder zwölf, wie die wenigen Berichte aus dem Schattenkrieg besagen.«

Größere Meuten. Er war nicht das einzige Ziel in Rhuidean für einen der Verlorenen …

»Wir müssen darüber reden, was Ihr gebraucht habt, um sie zu töten«, begann Moiraine, doch da war er bereits auf und davon, so schnell er nur konnte. Er ignorierte ihre Rufe, wo er denn hinwolle und warum.

Die Treppenfluchten hinunter und durch dunkle Korridore, in denen ihm schlaftrunkene Töchter des Speers, die von seinen hämmernden Stiefelschritten in ihren mondscheindurchfluteten Zimmern geweckt worden waren, verwirrt nachblickten. Durch den Vordereingang, an dem Lan unruhig mit zwei Wächterinnen zusammenstand, den farbverändernden Umhang der Behüter um die Schultern gelegt, so daß Teile seines Körpers in die Nacht überzugehen schienen.

»Wo ist Moiraine?« schrie er, als Rand an ihm vorbeihetzte, doch Rand sprang bereits die breiten Treppen hinunter, nahm immer zwei Stufen auf einmal, und antwortete nicht.

Die halbverheilte Wunde an seiner Seite zog sich zusammen wie eine Faust. Er war sich im Nichts der Schmerzen nur vage bewußt, als er schließlich das gesuchte Gebäude erreichte. Es stand am Stadtrand von Rhuidean, weit von dem großen Platz entfernt, so weit entfernt wie möglich von dem Lager, das sich Moiraine mit den Weisen Frauen teilte, und dennoch in der Stadt. Die oberen Stockwerke waren zu einem Schutthaufen zusammengebrochen, der sich bis hinaus auf den rissigen Erdboden jenseits der gepflasterten Straße erstreckte. Nur die beiden unteren Stockwerke waren intakt geblieben. Er wehrte sich mit aller Macht gegen den aufsteigenden Schmerz und jagte, noch immer in vollem Lauf, hinein.

Einst war der große Vorraum, der von einem Steinbalkon umrahmt wurde, bereits hoch gewesen, doch nun war er noch höher, nach oben offen unter dem Nachthimmel, und der helle Steinboden war mit Schutt übersät. In den Schatten, die der mondbeschienene Balkon warf, standen drei Schattenhunde auf den Hinterbeinen und kratzten und geiferten an einer bronzeverkleideten Tür, die unter ihrem Ansturm bebte. Der Gestank nach brennendem Schwefel hing dick in der Luft. Rand dachte daran, was vorher geschehen war, und lief zur Seite, während er bereits die Macht verwob. So zielte der Strahl flüssigen Feuers, mit dem er die Schattenhunde vernichtete, an der Tür vorbei. Er hatte sich diesmal bemüht, weniger Energie zu verwenden und so die Zerstörung auf die Schattenhunde zu beschränken, doch die dicke Wand am gegenüberliegenden Ende des Saals wies trotzdem ein in Schatten gehülltes Loch auf. Aber sie war offenbar nicht vollständig durchbrochen, auch wenn es schwer war, das beim Mondschein zu erkennen. Er würde einfach seine Beherrschung dieser Waffe verfeinern müssen.

Die Bronzeverkleidung der Tür war zerbeult und rissig, als hätten die Zähne und Krallen der Schattenhunde tatsächlich aus Stahl bestanden. Durch eine Anzahl kleinerer Löcher schimmerte der Lichtschein einer Lampe. Auf den Bodenfliesen waren Abdrücke der Pranken zu sehen, aber doch überraschend wenige. Er ließ *Saidin* fahren und suchte sich eine Stelle, wo er sich nicht die Hände verschrammen würde, und dort hämmerte er laut gegen die Tür. Mit einemmal war der Schmerz an seiner Seite wieder sehr real und gegenwärtig. Er holte tief Luft und bemühte sich, ihn zu vergessen. »Mat? Ich bin es, Rand! Mach auf, Mat!«

Einen Moment später öffnete sich die Tür einen Spalt breit, und Lampenschein fiel heraus. Mat blinzelte fragend aus dem Spalt, und dann zog er die Tür weiter auf und lehnte sich an den Türrahmen, als habe er zehn Meilen mit einer Ladung Steine auf dem Rücken hinter sich. Bis auf ein silbernes Medaillon in Form eines

Fuchskopfes mit einem Auge, das genau wie jenes uralte Symbol der Aes Sedai geformt war, an einer Kette um seinen Hals war er völlig nackt. Bei Mats Empfindungen den Aes Sedai gegenüber wunderte es Rand, daß der Freund das Ding nicht schon lange verkauft hatte. Weiter drinnen im Zimmer wickelte gerade eine hochgewachsene, goldhaarige Frau eine Decke um ihren Körper. Da Speere und Schild zu ihren Füßen lagen, nahm Rand an, es handle sich um eine Tochter des Speers.

Rand wandte schnell den Blick ab und räusperte sich. »Ich wollte nur sichergehen, daß alles mit dir in Ordnung ist.«

»Uns geht's gut.« Nervös blickte sich Mat im Vorraum um. »Jetzt jedenfalls. Hast du es umgebracht oder so ähnlich? Ich will gar nicht wissen, was es war, solange es nur weg ist. Manchmal ist es schon verdammt schwer für einen Mann, dein Freund zu sein.«

Nicht nur ein Freund. Ein anderer *Ta'veren*, und vielleicht der Schlüssel zum Sieg in Tarmon Gai'don. Jeder, der Rand schlagen wollte, hatte einen Grund, Mat genauso anzugreifen. Doch der bemühte sich immer, beides abzuleugnen. »Sie sind weg, Mat. Schattenhunde. Drei Stück.«

»Ich habe dir doch gesagt, ich wolle es nicht wissen«, stöhnte Mat. »Jetzt also Schattenhunde. Ich kann ja nicht behaupten, daß es bei dir keine Abwechslung gäbe. Man langweilt sich gewiß nicht, und das bis zum Tag, an dem man stirbt. Wenn ich nicht gerade auf den Beinen gewesen wäre, um einen Schluck Wein zu trinken, als sich die Tür zu öffnen begann ...« Er sprach nicht weiter, sondern begann zu zittern und kratzte sich einen roten Fleck am rechten Arm. Dabei betrachtete er die zerfetzte Metallverkleidung. »Weißt du, es ist schon komisch, welche Streiche einem die eigene Wahrnehmung spielt. Als ich mit aller Kraft versuchte, die Tür zuzudrücken, hätte ich schwören können, daß einer davon ein richtiges Loch darin aufgerissen hat. Ich konnte den verdammten Kopf sehen. Und die Zähne. Melindhras Speer hat ihn nicht einmal angekratzt.«

Diesmal war Moiraines Ankunft etwas spektakulärer. Sie hastete mit hochgerafftem Rock schnaufend und schäumend vor Wut herein. Lan folgte ihr mit gezogenem Schwert und Gewitterwolken auf dem steinernen Gesicht, und gleich dahinter kam eine ganze Schar von *Far Dareis Mai,* die bis auf die Straße hinaus standen. Einige der Töchter des Speers trugen lediglich Unterwäsche, doch jede hatte die Speere kampfbereit in der Hand und den schwarzen Schleier hochgezogen als Zeichen der Bereitschaft zu töten. Nur ihre Augen waren über den Schleiern sichtbar. Moiraine und Lan wenigstens wirkten erleichtert, als sie ihn dastehen und gelassen mit Mat sprechen sahen, wenn auch die Aes Sedai aussah, als wolle sie ihm einiges an den Kopf werfen. Bei den Aielfrauen konnte man der Schleier wegen nicht erraten, was sie dachten.

Mat jaulte laut auf und schoß in sein Zimmer zurück, wo er hastig eine Hose anzog. Dabei hüpfte er herum, weil er gleichzeitig an der Hose zu reißen und seinen Arm zu kratzen versuchte. Die goldhaarige Tochter beobachtete ihn mit einem breiten Grinsen, als würde sie am liebsten schallend loslachen.

»Was ist mit deinem Arm los?« fragte Rand.

»Ich habe dir doch gesagt, daß einem die eigene Wahrnehmung komische Streiche spielt«, sagte Mat, der immer noch gleichzeitig zu ziehen und zu kratzen versuchte. »Als ich glaubte, das Ding habe die Tür durchgebissen, glaubte ich auch, es sabbere auf meinen ganzen Arm, und nun brennt das Ding tatsächlich wie Feuer. Sieht sogar wie eine Verbrennung aus.«

Rand öffnete den Mund, doch Moiraine stieß ihn bereits zur Seite. Mat riß die Augen auf, als er sie kommen sah, und stürzte, weil er so verzweifelt versuchte, seine Hose ganz hochzubekommen. Sie kniete neben ihm nieder und legte trotz seines Protests beide Hände um seinen Kopf. Rand war von ihr früher schon mehrmals mit Hilfe der Macht geheilt worden und hatte auch bei anderen zugesehen, aber statt so zu reagieren, wie erwartet, schauderte Mat lediglich und hob das Medaillon an seiner Lederschnur so hoch, daß es an seiner Hand baumelte und diese berührte.

»Das verdammte Ding ist plötzlich kalt wie Eis«, knurrte er. »Was macht Ihr da, Moiraine? Wenn Ihr etwas tun wollt, dann heilt mich von diesem Brennen. Der ganze Arm brennt jetzt schon.« Sein rechter Arm war vom Handgelenk bis zur Schulter krebsrot und begann anzuschwellen.

Moiraine blickte ihn so entgeistert an, wie Rand das bei ihr noch nie erlebt hatte. Vielleicht nur dieses einzige Mal. »Das werde ich«, sagte sie bedächtig. »Wenn das Medaillon kalt ist, dann nehmt es doch ab.«

Mat runzelte die Stirn, zog dann aber doch endlich die Schnur über seinen Kopf und legte es neben sich. Wieder nahm sie seinen Kopf in die Hände, und er brüllte auf, als habe sie ihn mit dem Kopf voran in blankes Eis gesteckt. Seine Beine wurden steif, und der Rücken krümmte sich. Seine Augen starrten ins Leere, und er hatte sie so weit aufgerissen, wie es nur ging. Als Moiraine die Hände wegnahm, sackte er zusammen und sog gierig Luft ein. Rötung und Schwellung waren verschwunden. Er setzte dreimal an, bevor er sprechen konnte: »Blut und Asche! Muß es jedes verdammte Mal so verflucht unangenehm sein? Es war doch nur so ein idiotisches Jucken!«

»Hütet Eure Zunge mir gegenüber«, mahnte ihn Moiraine beim Aufstehen, »oder ich suche Nynaeve und übergebe Euch ihr.« Doch es war nicht sehr ernst gemeint; sie sprach eher wie im Schlaf. Dazu mied sie den Blick auf den Fuchskopf, den sich Mat wieder um den Hals hängte. »Ihr werdet Ruhe brauchen«, sagte sie geistesabwesend. »Bleibt morgen im Bett, wenn Ihr euch danach fühlt.«

Die in die Decke gehüllte Tochter des Speers – Melindhra? – kniete neben Mat nieder, legte ihm die Hände auf die Schultern und sah Moiraine über seinen Kopf hinweg an. »Ich werde dafür sorgen, daß er sich an Eure Weisung hält, Aes Sedai.« Mit plötzlichem Grinsen strich sie ihm durchs Haar. »Er ist jetzt mein kleiner Nichtsnutz.« Mats entsetztem Blick nach zu schließen, hätte er gern all seine Kraft zusammengenommen und wäre am liebsten davongelaufen.

Rand wurde bewußt, daß hinter ihm leises, unterdrücktes Lachen erklang. Die Töchter, die ihre Schufas und Schleier wieder um die Schultern gelegt hatten, hatten sich hereingedrängt und sahen sich im Zimmer um.

»Bring ihm doch das Singen bei, Speerschwester«, sagte Adelin, und die anderen Töchter krümmten sich vor Lachen.

Rand fuhr sie energisch an. »Laßt dem Mann seine Ruhe. Sollten sich einige von Euch nicht langsam ankleiden?« Zögernd machten sie Platz, versuchten aber immer noch, die Vorgänge im Zimmer zu beobachten, bis Moiraine herauskam.

»Würdet Ihr uns bitte verlassen?« sagte die Aes Sedai, während die demolierte Tür hinter ihr zukrachte. Sie warf einen Seitenblick über die Schulter, wobei sich ihr Mund irritiert verzog. »Ich muß mit Rand al'Thor allein sprechen.« Die Aielfrauen nickten und gingen zur Tür. Einige rissen noch Witze darüber, ob Melindhra – wie es schien eine Shaido; Rand wußte nicht, ob das Mat klar sei – Mat das Singen beibringen werde. Was immer das auch bedeuten mochte.

Rand hielt Adelin mit einer Hand auf ihrem nackten Arm zurück. Andere bemerkten das und blieben auch stehen. So wandte er sich an sie alle: »Wenn Ihr nicht geht, wenn ich es Euch sage, was tut Ihr dann, wenn ich Euch in die Schlacht führen muß?« Er hatte das nicht vor, falls es sich vermeiden ließ. Er wußte wohl, daß sie wilde Kriegerinnen waren, doch man hatte ihn in dem Glauben großgezogen, daß ein Mann sich im Notfall für eine Frau töten lassen müsse. Die Logik ließ das vielleicht töricht erscheinen, besonders, wenn es um Frauen wie diese ging, aber so empfand er eben. Allerdings durfte er ihnen das nicht sagen. »Werdet Ihr das dann für einen Scherz halten oder Euch einfach entschließen, zu kämpfen, wann es Euch paßt?«

Sie blickten ihn so konsterniert an wie jemanden, der nicht einmal die einfachsten Dinge zu verstehen in der Lage war. »Im Tanz der Speere«, sagte Adelin zu ihm, »folgen wir Euren Anweisungen, aber hier handelt es sich nicht um den Tanz. Außerdem habt Ihr uns nicht befohlen, zu gehen.«

»Selbst der *Car'a'carn* ist kein Feuchtländer-König«, fügte eine grauhaarige Tochter hinzu. Sie wirkte trotz ihres Alters sehnig und hart und trug nur ein kurzes Unterhemd und ihre Schufa. Von diesem Spruch hatte er so langsam die Nase voll.

Die Töchter nahmen ihr Scherzen wieder auf, als sie ihn mit Moiraine und Lan allein ließen. Endlich steckte der Behüter sein Schwert weg und wirkte wieder so entspannt, wie das bei ihm nur der Fall sein konnte. Das hieß, so reglos und ruhig wie sein Gesicht, das im Mondschein wie aus Stein gemeißelt erschien, doch mit einer Haltung, als könne er jeden Moment explodieren. Sogar die Aiel wirkten zahm dagegen. Eine geflochtene Lederschnur hielt Lans an den Schläfen ergrautes Haar zurück. Sein Blick hätte einem blauäugigen Falken gut gestanden.

»Ich muß mit Euch über …«, begann Moiraine.

»Wir können uns morgen unterhalten«, schnitt ihr Rand das Wort ab. Lans Gesichtsausdruck verhärtete sich noch mehr, falls das überhaupt möglich war. Behüter waren allzeit darauf eingestellt, ihre Aes Sedai – sowohl deren Rang wie auch deren Person – noch aufmerksamer zu beschützen als sich selbst. Rand beachtete Lan aber nicht. Er hätte sich am liebsten noch immer der Schmerzen an seiner Seite wegen zusammengekrümmt, doch es gelang ihm, sich aufrecht zu halten. Er wollte ihr gegenüber keine Schwäche zeigen. »Falls Ihr glaubt, ich werde Euch helfen, Mat diesen Fuchskopf abzuluchsen, habt Ihr euch getäuscht.« Irgendwie hatte das Medaillon ihr Machtgewebe abgeblockt. Oder zumindest hatte es verhindert, daß ihr Gebrauch der Macht Mat beeinflußte, während es ihn berührte. »Er hat einen bitteren Preis dafür bezahlt, Moiraine, und es gehört ihm.« Er mußte daran denken, wie sie ihm mit Hilfe der Macht einen Schlag auf die Schulter versetzt hatte, und so fügte er trocken hinzu: »Vielleicht frage ich ihn, ob er es mir borgen kann.« Er wandte sich von ihr ab. Er mußte sich noch um jemand anderen kümmern, obwohl es jetzt so oder so nicht mehr dringlich war, denn mittlerweile durften die Schattenhunde wohl ihre Aufgabe erfüllt haben.

»Bitte, Rand«, sagte Moiraine, und das offene Flehen in ihrem Tonfall ließ ihn auf der Stelle stehenbleiben. So etwas hatte er noch niemals von ihr vernommen.

Der Tonfall schien Lan aufzuregen. »Ich dachte, aus Euch sei ein Mann geworden«, sagte der Behüter grob. »Benimmt sich ein Mann so? Ihr verhaltet Euch wie ein arroganter Lümmel.« Lan übte ständig mit ihm den Schwertkampf – und er mochte ihn, wie Rand glaubte –, doch wenn Moiraine es befahl, würde der Behüter sein Bestes geben, ihn zu töten.

»Ich werde schließlich nicht immer bei Euch bleiben«, sagte Moiraine eindringlich. Ihre Hände hatte sie derart in den Rock verkrampft, daß sie zitterten. »Ich könnte doch schon beim nächsten Angriff sterben. Ich könnte vom Pferd stürzen und mir den Hals brechen oder den Pfeil eines Schattenfreunds ins Herz bekommen, und vom Tod kann mich niemand heilen. Ich habe mein ganzes Leben der Suche nach Euch gewidmet, Euch zu finden und zu helfen. Ihr kennt Eure eigene Stärke immer noch nicht und Ihr wißt in der Hälfte aller Fälle nicht, was Ihr tut. Ich … bitte Euch … inständigst um Verzeihung für alles, was ich Euch angetan habe.« Diese Worte – Worte, die er nie von ihr zu hören erwartet hatte – brachte sie schleppend und zögernd heraus, doch sie sprach sie aus, und sie konnte nicht lügen. »Laßt mich Euch helfen, so gut ich kann, solange ich noch die Möglichkeit dazu habe. Bitte.«

»Es fällt schwer, Euch zu vertrauen, Moiraine.« Er achtete nicht auf Lan, der sich im Mondschein leicht bewegte, und all seine Aufmerksamkeit galt ihr. »Ihr habt mich wie eine Marionette geführt, mich tanzen lassen, wie es Euch gefiel, vom Tage an, als wir uns kennenlernten. Die einzigen Gelegenheiten, bei denen ich frei von Euch war, ergaben sich entweder, wenn Ihr fern von mir wart oder wenn ich Euch einfach ignorierte. Und selbst das macht Ihr mir sehr schwer.«

Ihr Lachen klang so silbern wie der Mond am Himmel, doch es war von Bitterkeit getrübt. »Es war eher wie ein Ringkampf mit einem Bären, als die Fäden an einer Marionette zu ziehen. Wollt Ihr meinen Eid, daß ich Euch nicht zu manipulieren versuche? Ich leiste ihn für Euch.« Ihre Stimme verhärtete sich zu Kristall. »Ich schwöre sogar, Euch zu gehorchen wie eine der Töchter – wie eine der *Gai'schain,* wenn Ihr das verlangt – aber Ihr müßt …« Sie unterbrach sich, atmete tief durch und begann erneut, diesmal leiser: »Ich *bitte* Euch inständig, mir zu gestatten, Euch zu helfen.«

Lan sah sie mit großen Augen an, und Rand hatte das Gefühl, ihm selbst fielen fast die Augen aus dem Kopf. »Ich werde Eure Hilfe annehmen«, sagte er dann bedächtig. »Und ich bitte Euch um Verzeihung für all meine Grobheit und Unhöflichkeit.« Er hatte immer noch das Gefühl, manipuliert zu werden, denn er hatte gute Gründe für seine Grobheit gehabt, wenn er sich dazu hinreißen ließ, aber sie konnte nicht lügen.

Ihre innere Anspannung ließ spürbar nach. Sie trat näher an ihn heran und blickte zu ihm auf. »Was Ihr benützt habt, um die Schattenhunde zu töten, nennt man Baalsfeuer. Ich kann die Reste immer noch hier drinnen fühlen.« Er auch. Es war wie der langsam verfliegende Duft nach einem Apfelauflauf, der bereits aus dem Zimmer getragen worden war, oder die Erinnerung an etwas, das gerade außer Sicht gekommen war. »Der Gebrauch von Baalsfeuer ist schon seit der Zeit vor der Zerstörung der Welt verboten. Die Weiße Burg verbietet uns sogar, es auch nur zu erlernen. Im Krieg um die Macht haben selbst die Verlorenen und die Schattenverschworenen das Baalsfeuer nur zögernd angewandt.«

»Verboten?« sagte Rand mit einem Stirnrunzeln. »Ich habe aber gesehen, wie Ihr es einmal benützt habt.« Er konnte sich im blassen Mondschein nicht ganz sicher sein, glaubte aber zu sehen, wie sich ihre Wangen flammend rot überzogen. Dieses eine Mal hatte er sie wohl aus dem Gleichgewicht gebracht, ertappt.

»Manchmal ist es notwendig, etwas Verbotenes zu tun.« Falls sie sich ertappt fühlte, zeigte sich das nicht in ihrer Stimme. »Wenn etwas mit Baalsfeuer zerstört wird, hört es bereits *vor* dem Augenblick der Zerstörung auf zu existieren, wie ein Faden, der von der Stelle verbrennt, an der ihn die Flamme berührt hat. Je stärker das Baalsfeuer, desto weiter rückwärts in der Zeit hört das Ziel zu existieren auf. Das Stärkste, was ich fertigbringe, entfernt nur ein paar Sekunden aus dem Muster. Ihr seid viel stärker. Sehr viel stärker.«

»Aber wenn es nicht existiert, *bevor* Ihr es vernichtet ...« Rand fuhr sich verwirrt mit den Fingern durchs Haar.

»So beginnt Ihr nun, die Probleme und die Gefahren zu sehen? Mat erinnert sich daran, wie einer der Schattenhunde durch die Tür biß, aber es gibt kein Loch mehr. Hätte der so stark auf ihn gegeifert, wie er in seiner Erinnerung glaubt, wäre er tot gewesen, bevor ich ihn erreichte. Denn in dem Moment, als Ihr die Bestie vernichtet habt, existierte nichts mehr von dem, was im gleichen Augenblick geschehen war. Nur die Erinnerungen daran sind noch da bei denen, die es sahen oder am eigenen Leib erlebten. Nur das, was es zuvor angerichtet hatte, ist auch jetzt noch Wirklichkeit. Ein paar Zahnlöcher in der Tür und ein Tropfen Speichel auf Mats Arm.«

»Das klingt doch ganz gut«, sagte er. »Mat lebt aus diesem Grunde noch.«

»Es ist schrecklich, Rand.« Ihre Stimme wurde noch eindringlicher. »Warum, glaubt Ihr, hatten selbst die Verlorenen Angst davor, es zu benützen? Denkt an die Wirkung auf das Muster, wenn man aus nur einem einzigen Faden, dem Leben eines Menschen, Stunden oder Tage entfernt, die bereits gewoben wurden, als ziehe man Teile eines Fadens aus einem Stück Stoff heraus. Bruchstücke von Manuskripten aus dem Krieg um die Macht sagen aus, daß mehrere Städte mit Baalsfeuer vollständig vernichtet wurden, bevor beiden Seiten die Gefahr bewußt wurde. Hunderttausende von Fäden wurden aus dem Muster gerissen, alles ausradiert, was in den letzten Tagen mit ihnen geschehen war. Was diese Menschen getan hatten, war nun plötzlich nicht mehr getan, und keinem nützte mehr, was andere vollbracht hatten. Die Erinnerungen blieben, aber nicht die Handlungen. Die Wellen im Muster waren nicht mehr vorausberechenbar. Das ganze Muster hätte sich beinahe aufgetrennt. Das hätte die Vernichtung alles Bestehenden verursachen können: der Welt, der Zeit, selbst der Schöpfung.«

Rand schauderte, und das hatte nichts mit der Kälte zu tun, die durch seinen Mantel drang. »Ich kann Euch nicht versprechen, daß ich es nicht mehr benütze, Moiraine. Ihr habt selbst gesagt, es gebe Zeiten, da es notwendig sei, das Verbotene zu tun.«

»Ich habe auch nicht geglaubt, daß Ihr das versprechen würdet«, sagte sie kühl. Ihre Erregung verflog, und ihr seelisches Gleichgewicht war wiederhergestellt. »Aber Ihr müßt extrem vorsichtig sein.« Nun war sie wieder bei diesem ›müßt‹ angelangt. »Mit Hilfe eines *Sa'Angreal* wie *Callandor* könntet Ihr eine ganze Stadt mit Baalsfeuer auslöschen. Das Muster könnte auf Jahre hinaus gestört sein. Wer weiß schon, ob sich dann das Muster immer noch um Euch herum bilden würde, *Ta'veren* oder nicht, bis es sich wieder beruhigte? Doch gerade die Eigenschaft, ein *Ta'veren* zu sein und ein so starker noch dazu, könnte selbst in der Letzten Schlacht zum entscheidenden Vorteil werden.«

»Vielleicht wird es das«, sagte er düster. In ungezählten Heldenepen behauptete der Held, er wolle entweder den Sieg oder den Tod, aber nichts anderes. Wie es schien, war das Beste, das er sich erhoffen konnte, der Sieg *und* sein Tod. »Ich muß nach jemandem sehen«, fuhr er ruhig fort. »Wir treffen uns am Morgen wieder.« So sammelte er die Macht in sich, Leben und Tod in wirbelnden Schichten, öffnete ein Loch in der Luft, größer als er selbst war, einen Durchstieg in eine Dunkelheit, die den Mondschein wie helles Tageslicht erscheinen ließ. Ein Tor, wie Asmodean es einfach nannte.

»Was ist das?« Moiraine schnappte nach Luft.

»Sobald ich etwas einmal vollbracht habe, erinnere ich mich später daran, wie ich es anstellen muß. Meistens jedenfalls.« Das war keine Antwort, aber es wurde Zeit, Moiraines Schwüre auf die Probe zu stellen. Sie konnte wohl nicht lügen, aber eine Aes Sedai konnte selbst in einem Stein noch Schlupflöcher finden. »Ihr werdet Mat heute nacht in Ruhe lassen. Und Ihr werdet nicht versuchen, ihm das Medaillon abzunehmen.«

»Es gehört in die Burg, um dort untersucht zu werden, Rand. Es muß ein *Ter'Angreal* sein, aber man hat noch nie einen gefunden, der ...«

»Was es auch sein mag«, sagte er energisch, »es gehört jedenfalls ihm. Ihr werdet es ihm lassen.«

Einen Augenblick lang schien sie mit sich zu ringen. Ihr Rücken versteifte sich, und sie hob den Kopf, um ihn trotzig anzublicken. Sie war es bestimmt nicht gewohnt, von jemand anderem außer Siuan Sanche Befehle entgegenzunehmen, und Rand hätte wetten können, daß sie auch der Amyrlin nicht ohne Widerstand gehorcht hatte. Schließlich nickte sie und machte sogar die Andeutung eines Knickses. »Wie Ihr wünscht, Rand. Es gehört ihm. Seid bitte vorsichtig, Rand. Wenn man ganz allein etwas wie Baalsfeuer anzuwenden lernen will, kann das Selbstmord sein, und vom Tod kann man Euch nicht heilen.« Diesmal schwang kein Spott darin. »Bis zum Morgen.« Lan folgte ihr, als sie ging. Der Behüter warf Rand einen undurchschaubaren Blick zu. Ihm paßte diese Wende im Verhalten Moiraines sicher nicht.

Rand trat durch das Tor, und es verschwand.

Er stand auf einer Scheibe, einer Kopie jenes uralten Symbols der Aes Sedai mit einem Durchmesser von sechs Fuß. Selbst die schwarze Hälfte schien allerdings heller zu sein als die endlose Dunkelheit, die ihn umgab, oben wie unten. Er war sich sicher: Fiele er, dann würde er für alle Ewigkeit fallen. Asmodean behauptete, es gäbe eine schnellere Methode, einfach Reisen genannt, sich mit Hilfe der Tore fortzubewegen, aber er war nicht in der Lage gewesen, ihn darin zu unterweisen, teils, weil er durch Lanfears Abschirmung einfach nicht die Kraft dazu aufbringen konnte, ein Tor zu öffnen. Auf jeden Fall war es beim Reisen dieser Art wichtig, seinen Ausgangspunkt ganz genau zu kennen. Ihm erschien es eigentlich logischer, daß man sein Ziel besonders gut kennen mußte, aber Asmodean schien zu glauben, das sei, als ob man frage, warum die Luft nicht aus Wasser sei. Es gab eine ganze Menge, was Asmodean einfach für gegeben hinnahm. Jedenfalls war auch das Scheibenreiten schnell genug.

Sobald seine Stiefel festen Halt hatten, bewegte sich die Scheibe vielleicht einen Fuß weit vor und hielt an. Ein neues Tor öffnete sich vor ihm. Schnell genug also, besonders bei einer solch geringen Entfernung. Rand trat in den Flur außerhalb des Raums, in dem sich Asmodean aufhielt.

Der Mondschein, der durch die Fenster an beiden Endes des Flurs drang, war die einzige Beleuchtung. Asmodeans Lampe brannte nicht mehr. Die Stränge, die er um das Zimmer verwoben hatte, waren noch da und fest verknüpft. Nichts rührte sich, aber der schwache Gestank nach brennendem Schwefel lag noch in der Luft. Er trat nahe an den Perlenvorhang heran und spähte durch den offenen Eingang. Mondschatten füllten den Raum, aber einer davon war Asmodean, der sich in seinen Decken herumwälzte. Ins Nichts gehüllt fühlte Rand den Herzschlag des Verlorenen und roch den Schweiß beunruhigter Träume. Er bückte sich und betrachtete die hellblauen Bodenfliesen und die Fußabdrücke darin.

Er hatte als Junge das Spurensuchen gelernt, und hier bereitete es ohnehin keine Schwierigkeiten. Drei oder vier Schattenhunde waren hiergewesen. Sie hatten sich einer nach dem anderen dem Eingang genähert. Wie es schien, war jeder beinahe in die Fußstapfen des anderen getreten. Hatte sie dann das um den Raum gewebte Netz zurückgehalten? Oder waren sie lediglich ausgesandt worden, um zu beobachten und zu berichten? Es war beunruhigend, sich vorzustellen, daß sogar bloße Schattenwesen wie diese eine solche Intelligenz besitzen sollten. Aber andererseits benutzten Myrddraal Raben und Ratten als Spione, und auch andere Tiere, die irgendwie mit dem Tod zu tun hatten. Schattenaugen nannten die Aiel solche Tiere.

Er webte dünne Stränge aus dem Element Erde, glättete die Bodenfliesen und verwischte die Spuren. So gelangte er schließlich wieder hinaus auf die leere, nachtverhüllte Straße, und erst etwa hundert Schritt von dem hohen Gebäude entfernt hörte er auf. Am Morgen würde jeder die Spuren hier enden sehen, und niemand würde vermuten, daß sich die Schattenhunde Asmodean auch nur genähert hatten. Schattenhunde konnten ja wohl kein Interesse an Jasin Natael, dem Gaukler, haben.

Wahrscheinlich war mittlerweile jede Tochter des Speers in der Stadt aufgewacht. Unter dem Dach der Töchter schlief jedenfalls mit Sicherheit niemand mehr. Er schuf ein neues Tor gleich über der Straße, tiefere Dunkelheit als selbst in dieser Nacht, und ließ sich von der Scheibe zum eigenen Zimmer zurücktragen. Er fragte sich, wieso er sich gerade für das uralte Symbol entschieden hatte. Natürlich war es, wenn auch unbewußt, seine Entscheidung gewesen. Bei anderen Gelegenheiten war es eine Treppenstufe gewesen oder ein Stück des Fußbodens. Die Schattenhunde waren vor diesem Zeichen zerflossen, bevor sie sich neu bildeten. *Unter diesem Zeichen wird er erobern.*

Er stand in seinem pechschwarzen Schlafgemach und benützte die Macht, um die Lampen zu entzünden. *Saidin* ließ er nicht fahren. Statt dessen benützte er die Macht weiter, wenn auch vorsichtig, um keine der eigenen Fallen auszulösen, und ein Teil der einen Wand verschwand. Dahinter befand sich eine Nische, die er selbst dort geschaffen hatte.

In der kleinen Nische standen zwei jeweils einen Fuß hohe Figuren, ein Mann und eine Frau, jede mit fließenden Gewändern angetan und mit ernstem Gesichtsausdruck, und jede hielt eine Kristallkugel mit einer Hand empor. Er hatte Asmodean in bezug auf die beiden angelogen.

Es waren *Angreal* wie der rundliche kleine Mann

in Rands Manteltasche, und *Sa'Angreal* wie *Callandor,* die die Energiemenge erheblich vergrößern konnten, wenn er das brauchte. Mit einem davon beherrschte man soviel mehr der Macht einem *Angreal* gegenüber, wie mit diesem einem Menschen gegenüber, der allein die Macht lenken mußte. Beides war sehr selten zu finden und äußerst begehrt bei den Aes Sedai, obwohl sie nur diejenigen identifizieren konnten, die mit Frauen und damit *Saidar* verbunden waren. Diese beiden kleinen Standbilder waren allerdings etwas anderes, nicht ganz so selten, aber genauso wertvoll. Man hatte *Ter'Angreal* angefertigt, um mit ihrer Hilfe die Macht zu benützen und nicht zu verstärken, und zwar auf ganz bestimmte Weise zu benützen. Die Aes Sedai kannten die richtige Anwendung der meisten in der weißen Burg gesammelten *Ter'Angreal* nicht. Ein paar benützten sie, aber sie wußten dabei noch nicht einmal, ob der Zweck, den sie damit verfolgten, auf irgendeine Weise dem ursprünglich vorgesehenen glich. Rand jedenfalls kannte die Funktion dieser beiden.

Die männliche Figur konnte ihn an die eigene riesenhafte Nachbildung anschließen, den mächtigsten jemals geschaffenen *Sa'Angreal,* selbst wenn er sich auf der anderen Seite des Aryth-Meeres befand. Er war erst fertiggestellt worden, nachdem man das Gefängnis des Dunklen Königs wieder versiegelt hatte – *Woher weiß ich das?* –, und dann verborgen worden, bevor einer der männlichen Aes Sedai ihn von seinem Wahn umnachtet finden konnte. Die weibliche Figur tat dasselbe für eine Frau und schloß sie an das weibliche Äquivalent der großen Statue an, von der er hoffte, daß sie immer noch in Cairhien fast ganz unter der Erde verborgen sei. Mit soviel Macht… Moiraine hatte behauptet, vom Tod könne man niemanden heilen.

Ungebeten und unerwünscht tauchte wieder die Erinnerung an das vorletzte Mal in ihm auf, als er gewagt hatte, *Callandor* zu benützen. Die Bilder schwebten jenseits des Nichts.

Der Körper des dunkelhaarigen Mädchens, wenig mehr als ein Kind, lag ausgestreckt und mit weit aufgerissenen, starren, zur Decke gerichteten Augen vor ihm. Über der Brust war ihr Kleid schwarz von Blut, wo sie der Trolloc durchbohrt hatte. Die Macht erfüllte ihn. Callandor gleißte und er war die Macht. Er lenkte sie, ließ Stränge in den Körper des Kindes gleiten, suchte, probierte, unbeholfen… Sie zuckte hoch, kam auf die Beine. Arme und Beine waren unnatürlich steif und bewegten sich nur ruckartig.

»Rand, das könnt Ihr nicht tun!« schrie Moiraine. »Nicht!«

Atmen. Sie mußte atmen. Die Brust des Mädchens hob und senkte sich. Herz. Mußte schlagen. Blut, bereits zähflüssig und dunkel, quoll aus der Wunde in ihrer Brust. *Lebe, verdammt noch mal!* heulte sein Verstand auf. *Ich wollte nicht zu spät kommen!* Ihre Augen starrten ihn an, glasig, die in ihm tobende Macht mißachtend. Leblos. Tränen rannen ihm unbeachtet über die Wangen.

Er schob die Erinnerungen grob beiseite. Selbst in das Nichts eingehüllt schmerzten sie. Mit soviel Macht… Mit soviel Macht konnte man ihm nicht mehr trauen. »Ihr seid nicht der Schöpfer«, hatte ihm Moiraine gesagt, als er sich über dieses Kind beugte. Doch mit Hilfe dieser männlichen Figur, mit lediglich der Hälfte deren Macht, hatte er einmal sogar die Berge bewegt. Mit viel weniger, nur mit *Callandor* allein, war er sicher gewesen, das Rad zurückdrehen zu können und ein totes Kind wieder zum Leben zu erwecken. Nicht nur die Eine Macht selbst war verführerisch, nein, auch die bloße Energie darin verführte schon. Er sollte eigentlich beide Figuren vernichten. Statt dessen verwob er die Stränge wieder und aktivierte die Fallen erneut.

»Was machst du da?« fragte eine Frauenstimme, als die Wand offensichtlich wieder vollständig war.

Er band die Stränge hastig ab und auch den Knoten, der seine eigenen tödlichen Überraschungen barg, sog die Macht in sich auf und drehte sich um.

Neben Lanfear in Silber und Weiß würden selbst Elayne, Min oder Aviendha eher unauffällig wirken. Ihre dunklen Augen allein könnten einen Mann dazu bringen, seine Seele dafür zu geben. Bei ihrem Anblick verkrampfte sich sein Magen, als müsse er sich übergeben.

»Was wünscht Ihr?« wollte er wissen. Einmal hatte er sowohl Egwene wie auch Elayne gleichzeitig von der Wahren Quelle abgeschirmt, aber er erinnerte sich nicht mehr daran, wie er das fertiggebracht hatte. Solange Lanfear die Quelle berühren konnte, hatte er nicht mehr Chancen, sie gefangenzunehmen, als den Wind mit den Händen einzufangen. *Ein Strahl Baalsfeuer, und ...* Er brachte es nicht fertig. Sie war eine der Verlorenen, aber die Erinnerung an den Kopf einer Frau, der über den Boden rollte, lähmte ihn.

»Du hast zwei davon«, sagte sie schließlich. »Ich glaubte, sie gesehen zu haben ... Die eine ist eine Frau, nicht wahr?« Ihr Lächeln konnte einem Mann das Herz stillstehen lassen, und er wäre dabei noch glücklich gewesen. »Du fängst an, dich mit meinem Plan anzufreunden, ja? Mit diesen beiden zusammen werden die anderen Auserwählten zu unseren Füßen knien. Wir können selbst den Großen Herrn damit herausfordern, vielleicht sogar den Schöpfer. Wir ...«

»Du warst immer schon ehrgeizig, Mierin.« Seine Stimme klang häßlich in den eigenen Ohren. »Warum glaubst du, habe ich dich verlassen? Es war nicht Ilyenas Schuld, was du auch glauben willst. Du warst nicht mehr in meinem Herzen, lange bevor ich sie kennenlernte. Du bestehst nur aus Ehrgeiz. Macht ist alles, was du willst. Du ekelst mich an!«

Sie starrte ihn an, beide Hände mit aller Kraft auf die Magengegend gepreßt, und ihre dunklen Augen waren noch größer als sonst schon. »Graendal sagte …«, begann sie mit schwacher Stimme. Sie schluckte und fing noch einmal an: »Lews Therin? Ich liebe dich, Lews Therin. Ich habe dich immer geliebt und ich werde dich immer lieben. Das weißt du. Du mußt es wissen!«

Rands Gesicht war wie ein Steinblock; er hoffte, die steinerne Miene werde sein Erschrecken verbergen. Er hatte keine Ahnung, woher diese Worte gekommen waren, aber ihm schien, er könne sich von früher an sie erinnern. Eine blasse Erinnerung von früher her. *Ich bin nicht Lews Therin Telamon!* »Ich bin Rand al'Thor!« sagte er mit rauher Stimme.

»Natürlich bist du das.« Sie musterte ihn und nickte bedächtig in sich hinein. Ihre kühle Beherrschtheit kehrte zurück. »Natürlich. Asmodean hat dir Sachen erzählt über den Krieg um die Macht und über mich. Er lügt. Du hast mich geliebt. Bis diese blondhaarige Schlampe Ilyena dich mir gestohlen hat.« Einen Augenblick lang verzerrte die Wut ihr Gesicht. Er glaubte nicht, daß sie sich überhaupt darüber im klaren sei. »Hast du gewußt, daß Asmodean seine eigene Mutter von der Macht abgeschnitten hat? Was man jetzt als Dämpfung bezeichnet. Hat sie ausgebrannt und dann schreiend von Myrddraal wegschleifen lassen. Kannst du einem solchen Mann trauen?«

Rand lachte laut los. »Nachdem ich ihn gefangen hatte, habt Ihr mir geholfen, ihn zu fesseln, damit er mich unterrichtet. Und jetzt sagt Ihr, ich könne ihm nicht trauen?«

»Was das Unterrichten angeht, schon.« Sie schnaubte verächtlich. »Er spielt mit, weil er weiß, daß er endgültig auf dich angewiesen ist. Selbst wenn er die anderen davon überzeugen kann, daß er lediglich ein Gefangener war, würden sie ihn immer noch zerreißen, und das ist ihm klar. Das ist nun mal das Schicksal des schwächsten Hundes in der Meute. Außerdem überwache ich manchmal seine Träume. Er träumt davon, daß du den Großen Herrn besiegst und ihn auf einen hohen Rang neben dich erhebst. Manchmal träumt er auch von mir.« Ihr Lächeln sagte, daß diese Träume angenehm für sie gewesen waren, aber nicht unbedingt für Asmodean. »Aber er wird versuchen, dich gegen mich aufzuhetzen.«

»Warum seid Ihr hier?« fragte er. Gegen sie aufhetzen? Zweifellos war sie im Moment übervoll mit der Macht gefüllt und bereit, ihn sofort abzublocken, falls sie den Verdacht hatte, er wolle ihr etwas tun. Das hatte sie zuvor schon mit ernüchternder Leichtigkeit fertiggebracht.

»So gefällst du mir. Arrogant und stolz und deiner eigenen Stärke bewußt.«

Einst hatte sie gesagt, er gefalle ihr, wenn er unsicher sei, denn Lews Therin sei zu arrogant gewesen. »Warum seid Ihr hier?«

»Rahvin hat dir heute abend seine Schattenhunde geschickt«, sagte sie gelassen und faltete die Hände auf Hüfthöhe. »Ich wäre früher gekommen, um dir zu helfen, aber ich kann die anderen noch nicht wissen lassen, daß ich auf deiner Seite bin.«

Auf seiner Seite. Eine der Verlorenen liebte ihn, oder besser, liebte den Mann, der er vor dreitausend Jahren gewesen war, und alles, was sie von ihm wollte, war, seine Seele dem Schatten zu verschreiben und die Welt zusammen mit ihr zu regieren. Oder zumindest eine Stufe unter ihr. Das, nun ja, und dann sollten sie noch den Dunklen König und den Schöpfer selbst verdrängen. War sie denn vollkommen verrückt geworden? Oder könnte es wirklich sein, daß diese beiden riesigen *Sa'Angreal* eine solche Macht ausströmten? Nein, in diese Richtung wollte er nicht weiterdenken.

»Warum sollte mich Rahvin ausgerechnet jetzt angreifen? Asmodean sagt, er verfolge seine eigenen Interessen und daß er sich, wenn er kann, sogar noch in der Letzten Schlacht zurückhalten und abwarten werde, bis mich der Dunkle König vernichtet. Warum nicht Sammael oder Demandred? Asmodean meint, sie haßten mich.« *Nicht mich. Sie hassen Lews Therin.* Aber für die Verlorenen war es das gleiche. *Bitte, Licht, ich bin Rand al'Thor.* Er schob die plötzliche Erinnerung zur Seite, wie er diese Frau in seinen Armen hielt, wie sie beide jung gewesen waren und gerade gelernt hatten, was sie alles mit Hilfe der Macht erreichen konnten. *Ich bin Rand al'Thor!* »Warum nicht Semirhage oder Moghedien oder Graen …?«

»Aber jetzt stehst du in offenem Konflikt mit seinen Interessen.« Sie lachte. »Weißt du nicht, wo er sich aufhält? In Andor, in Caemlyn selbst. Er regiert dort praktisch, wenn auch nicht offiziell. Morgase himmelt ihn an und tanzt für ihn – sie und noch ein halbes Dutzend andere.« Sie verzog angewidert den Mund. »Er läßt Stadt und Land von Männern nach weiteren hübschen Spielzeugen absuchen.«

Einen Augenblick lähmte ihn der Schreck. Elaynes Mutter in den Händen eines der Verlorenen. Doch er wagte nicht, seine Anteilnahme zu zeigen. Lanfear hatte mehr als einmal vor Eifersucht gekocht. Sie war fähig, Elayne zu suchen und zu töten, falls sie auch nur glaubte, er hege tiefere Gefühle für sie. *Was empfinde ich eigentlich für sie?* Von dem allem abgesehen, blieb eine harte Tatsache außerhalb des Nichts, kalt und grausam und gleichwohl wahr. Er würde nicht zuschlagen und Rahvin angreifen, auch wenn das stimmte, was Lanfear sagte. *Vergib mir, Elayne, aber ich kann nicht.* Vielleicht log sie ja auch. Sie würde keinem Verlorenen eine Träne nachweinen, den er tötete, denn alle standen ja ihren eigenen Plänen im Weg. Auf jeden Fall hatte er genug davon, auf das zu reagieren, was andere taten. Wenn er schon reagierte, dann sollten sie rätseln, was er vorhatte. Dann sollten sie ruhig auf ihn reagieren und genauso überrascht werden wie Lanfear und Asmodean.

»Glaubt Rahvin etwa, ich würde hineilen und Morgase verteidigen?« sagte er. »Ich habe sie gerade einmal im Leben gesehen. Die Zwei Flüsse sind der Landkarte nach ein Teil Andors, aber ich habe dort noch nie einen Soldaten Andors gesehen. Da war generationenlang keiner mehr. Sagt einem Mann von den Zwei Flüssen, daß Morgase seine Königin sei, und er wird Euch möglicherweise für verrückt halten.«

»Ich bezweifle, daß Rahvin glaubt, du würdest eilen, um dein Heimatland zu verteidigen«, sagte Lanfear trocken, »aber er dürfte von dir erwarten, daß du deine ehrgeizigen Ziele verteidigst. Er will ja auch, daß Morgase auf dem Sonnenthron Cairhiens sitzt, damit er sie dort als Marionette benützen kann, bis die Zeit kommt, da er offen die Macht übernimmt. Jeden Tag rücken mehr andoranische Soldaten in Cairhien ein. Und du hast Soldaten aus Tear nach Norden gesandt, um deine eigenen Ansprüche auf dieses Land zu sichern. Kein Wunder, daß er dich angriff, sobald er erfuhr, wo du dich aufhältst.«

Rand schüttelte den Kopf. Es war ganz und gar nicht so gewesen, wie sie sagte, als er die Tairener ausgesandt hatte, aber er konnte nicht erwarten, daß sie das verstand. Sie würde es auch nicht glauben, wenn er es ihr erklärte. »Ich danke Euch für die Warnung.« Höflichkeit einer der Verlorenen gegenüber! Natürlich konnte er nichts anderes tun als hoffen, daß einiges von dem stimmte, was sie ihm gesagt hatte. *Ein guter Grund, sie nicht zu töten. Sie wird dir mehr erzählen, als sie eigentlich will, wenn du nur richtig zuhörst.* Er hoffte, das sei sein ureigener Gedanke, auch wenn er kalt und zynisch war.

»Du schirmst deine Träume gegen mich ab.«

»Gegen jeden.« Das war die simple Wahrheit, obwohl sie mindestens ebenso der Grund dafür war wie die Neugier der Weisen Frauen.

»Träume sind meine Angelegenheit. Du und deine Träume ganz besonders.« Ihr Gesicht blieb unverändert, doch ihre Stimme wurde härter. »Ich kann deine Abschirmung durchbrechen. Das würde dir nicht gefallen.«

Um zu zeigen, wie wenig ihn das beeindruckte, setzte er sich auf das untere Ende seines Lagers, die Beine übereinandergeschlagen und die Hände auf den Knien. Er glaubte, sein Gesichtsausdruck sei bestimmt genauso ruhig wie der ihre. In ihm wallte die Macht auf. Er hielt Stränge aus Luft bereit, um sie zu fesseln, und dazu Stränge aus Geist. Die konnte man verwenden, um jemanden von der Wahren Quelle abzuschneiden. Er zermarterte sein Hirn, um darauf zu kommen, wie man das machte – außerhalb der Blase des Nichts –, aber er würde sich sowieso nicht daran erinnern. Ohne das eine war das andere nutzlos. Sie konnte alles, was er webte, auseinandernehmen oder durchtrennen, auch wenn sie es nicht einmal sah. Asmodean bemühte sich, ihm das auch beizubringen, aber das war sehr schwierig, wenn man keine Frau dabei hatte, an deren Gewebe man üben konnte.

Lanfear musterte ihn leicht irritiert. Ein Stirnrunzeln minderte ihre Schönheit. »Ich habe die Träume der Aielfrauen überwacht. Dieser sogenannten Weisen Frauen. Sie können sich nicht sehr gut dagegen abschirmen. Ich könnte sie ja so erschrecken, daß sie nie wieder zu träumen wagen und ganz bestimmt nicht mehr daran denken, in deine Träume einzudringen.«

»Ich dachte, Ihr wolltet mir nicht offen zur Hilfe kommen?« Er wagte nicht, ihr zu sagen, sie solle die Weisen Frauen in Ruhe lassen. Sonst unternahm sie vielleicht mit Absicht etwas gegen seinen Willen. Sie hatte ihm von Anfang an klargemacht, wenn auch nicht in Worten, daß sie ihnen gegenüber die Führung nicht aus der Hand geben wolle. »Würde das nicht das Risiko erhöhen, daß einer der anderen Verlorenen das herausfindet? Ihr seid nicht die einzige, die weiß, wie man sich in die Träume anderer einschleicht.«

»Die Auserwählten«, verbesserte sie ihn geistesabwesend. Einen Moment lang kaute sie auf ihrer vollen Unterlippe herum. »Ich habe auch die Träume des Mädchens beobachtet. Egwene. Ich hatte einst geglaubt, du hegtest Gefühle für sie. Weißt du, von wem sie träumt? Von Morgases Sohn und Stiefsohn. Am häufigsten von ihrem Sohn Gawyn.« Lächelnd spielte sie die Schockierte: »Man sollte ja nicht glauben, daß ein Mädchen vom Land solche Träume hat!«

Sie wollte nur auf den Busch klopfen, ob er eifersüchtig sei, das war ihm klar. Sie glaubte am Ende wirklich, er verberge seine Träume vor ihr, weil er von einer anderen Frau träumte! »Die Töchter des Speers bewachen mich gut«, sagte er düster. »Wenn Ihr wissen wollt, wie gut, dann seht Euch Isendres Träume an.«

Rote Flecke erblühten auf ihren Wangen. Natürlich. Sie erwartete nicht, daß er durchschaute, was sie versuchte. Außerhalb des Nichts wogte Verwirrung. Oder glaubte sie etwa ...? Isendre? Lanfear wußte, daß sie zu den Schattenfreunden gehörte. Lanfear hatte Kadere und die Frau selbst in die Wüste geschickt. Und sie hatte Isendre den meisten Schmuck untergeschoben, dessen Diebstahls wegen die Frau verurteilt worden war. Selbst in Kleinigkeiten war Lanfears Rachsucht grausam. Doch wenn sie glaubte, er könne sie lieben, war die Tatsache, daß Isendre zu den Schattenfreunden gehörte, in ihren Augen kein Hindernis.

»Ich hätte sie wegschicken lassen sollen, damit sie versucht, die Drachenmauer zu erreichen«, sagte er, und es klang nebensächlich. »Aber wer weiß, was sie ausgesagt hätte, um sich zu retten? Ich muß sie und Kadere in einem gewissen Maße decken, damit Asmodean sicher ist.«

Die Röte ihrer Wangen verflog, doch als sie gerade den Mund öffnete, um zu antworten, klopfte es an die

Tür. Rand sprang auf. Niemand würde Lanfear erkennen, aber wenn man eine Frau in seinem Gemach entdeckte, noch dazu eine, die keine der Töchter ins Haus hatte hineingehen gesehen, würde man Fragen stellen, auf die er keine Antwort wußte.

Lanfear hatte jedoch bereits ein Tor geöffnet. Dahinter war ein Raum voller weißer Seidenbehänge und Silber sichtbar. »Denk daran, daß ich deine einzige echte Hoffnung aufs Überleben darstelle, mein Liebster.« Ihre Stimme klang allerdings schon ein wenig kühl für eine solche Liebesbezeugung. »An meiner Seite hast du nichts zu befürchten. An meiner Seite kannst du herrschen – über alles, was ist oder was sein wird.« Sie hob ihren schneeweißen Rock an, trat hindurch, und das Tor verschwand augenblicklich.

Das Klopfen erklang erneut, bevor er in der Lage war, *Saidin* fahren zu lassen und die Tür aufzureißen. Enaila blickte mißtrauisch an ihm vorbei und knurrte: »Ich dachte, daß vielleicht Isendre …« Sie blickte ihn anklagend an. »Die Speerschwestern suchen überall nach Euch. Niemand sah Euch zurückkehren.« Kopfschüttelnd streckte sie sich. Sie bemühte sich immer, so aufrecht wie möglich zu gehen, um größer zu wirken. »Die Häuptlinge sind gekommen, um mit dem *Car'a'carn* zu sprechen«, sagte sie dann ganz förmlich. »Sie warten unten.«

Sie warteten unter den Arkaden, wie sich herausstellte. Sie waren ja Männer und durften nicht hereinkommen. Der Himmel war noch dunkel, aber der erste Schimmer der Morgendämmerung ließ die Umrisse der Berge im Osten hervortreten. Falls sie ob der beiden Töchter, die zwischen ihnen und dem hohen Tor standen, Ungeduld empfanden, zeigte sich das zumindest nicht auf ihren schattendunklen Gesichtern.

»Die Shaido rücken aus«, platzte Han heraus, kaum daß Rand erschien. »Und die Reyn, die Miagoma, die Shiande … Jeder Clan!«

»Schließen sie sich Couladin an oder mir?« wollte Rand wissen.

»Die Shaido marschieren zum Jangai-Paß«, sagte Rhuarc. »Bei den anderen ist es noch zu früh, um etwas Sicheres sagen zu können. Aber sie marschieren mit jedem Speer, den sie nicht brauchen, um die Festungen und die Herden zu verteidigen.«

Rand nickte nur. All seine Entschlossenheit, sich von niemandem etwas aufzwingen zu lassen, und nun dies. Was auch die anderen Clans im Schilde führten – bei Couladin war klar, daß er den Übergang nach Cairhien plante. Da gingen nun seine hochfliegenden Pläne den Bach hinunter, den Ländern den Frieden aufzuzwingen, falls die Shaido Cairhien noch weiter verwüsteten, während er in Rhuidean saß und auf die übrigen Clans wartete.

»Dann rücken wir auch zum Jangai aus«, sagte er schließlich.

»Wir können ihn nicht einholen, falls er ihn überqueren will«, warf Erim ein, und Han fügte mürrisch hinzu: »Wenn sich welche von den anderen ihm anschließen, werden wir zerquetscht wie eine Kette Blindwürmer unter einem Stiefel.«

»Ich werde nicht hier herumsitzen, bis ich das sicher weiß«, sagte Rand. »Wenn ich Couladin schon nicht einholen kann, will ich doch wenigstens gleich hinter ihm nach Cairhien kommen. Weckt die Speere. Wir brechen so kurz nach Tagesanbruch auf, wie Ihr es ermöglichen könnt.«

Die Häuptlinge verbeugten sich auf diese eigenartige Weise, wie das die Aiel bei offiziellen Anlässen zu tun pflegten, der eine Fuß voraus und eine Hand ausgestreckt, und gingen dann. Nur Han sagte noch etwas: »Zum Shayol Ghul selbst.«

KAPITEL 7

Ein Aufbruch

Egwene gähnte in den grauenden Morgen hinein und zog sich müde auf ihre nebelfarbene Stute hinauf. Sofort hatte sie Mühe, ihr nervös tänzelndes Reittier zu beruhigen. Das Tier war wochenlang nicht mehr geritten worden. Die Aiel bevorzugten nicht nur die eigenen Beine, sondern vermieden es fast immer, reiten zu müssen, obwohl sie Packpferde und Maultiere als Lastenträger benützten. Hätten sie auch genug Holz besessen, um Wagen damit zu bauen, wäre trotzdem das Gelände in der Wüste nicht gerade für Wagenräder geeignet. Das hatte schon mehr als ein Händler mit seinem Wagenzug zum eigenen Leidwesen erfahren müssen.

Sie freute sich nicht gerade auf den langen Ritt nach Westen. Die Berge hielten jetzt noch die Sonnenstrahlen zurück, aber die Hitze würde stündlich steigen, wenn die Sonne erst einmal über dem Horizont stand, und diesmal würde es kein schützendes Zelt geben, in das sie nach Sonnenuntergang schlüpfen konnte. Sie war auch nicht sicher, ob die Aielkleidung für einen langen Ritt geeignet war. Der Schal, den sie um den Kopf gewickelt trug, hielt die drückende Sonnenhitze überraschend gut ab, aber wenn sie nicht vorsichtig war, würde dieser bauschige Rock beim Reiten ständig bis an ihre Schenkel hochrutschen. Dabei beunruhigte sie der Gedanke an die unvermeidlichen Brandblasen und den Sonnenbrand mindestens ebenso sehr wie die Tatsache, daß ihre Beine unanständig entblößt würden. *Auf der einen Seite die Sonne, und …* Ein Monat nicht mehr im Sattel hätte nicht dazu führen dürfen, daß sie derart verweichlichte. Hoffentlich war dem nicht so, denn sonst würde dies eine *äußerst* lange Reise.

Sobald sie ihre Stute beruhigt hatte und sich umsah, bemerkte sie, daß Ayms zu ihr herüberblickte. Sie tauschte ein kurzes Lächeln mit der Weisen Frau. Der Grund für ihre Müdigkeit lag nicht in der Rennerei der vergangenen Nacht. Das hatte ihr höchstens zu einem besseren Schlaf verholfen. Nein, sie hatte tatsächlich die Träume dieser Frau letzte Nacht gefunden, und um das zu feiern, hatten sie im Traum in der Kaltfelsenfestung Tee miteinander getrunken, an einem frühen Abend, als die Kinder auf den Gartenterrassen spielten und eine angenehme Brise unter der sinkenden Sonne durch das Tal wehte.

Natürlich hätte auch das nicht ausgereicht, um ihr den Rest der Nachtruhe zu rauben, aber als sie Amys' Traum verließ, war sie in einer solchen Hochstimmung gewesen, daß sie nicht aufhören wollte, nicht aufhören konnte, gleich, was Amys dazu gesagt hätte. Überall war sie von Träumen umgeben gewesen, obwohl sie bei den meisten nicht wissen konnte, wer sie eigentlich träumte. Bei den meisten, aber nicht bei allen. Melaine hatte davon geträumt, ein Kind an der Brust zu stillen, und Bair von einem ihrer verstorbenen Ehemänner, die beide einst jung und blond gewesen waren. Sie hatte sich allerdings besondere Mühe gegeben, nicht in diese Träume einzudringen, denn die Weisen Frauen hätten sofort einen Eindringling erkannt, und sie schauderte, dachte sie daran, was sie mit ihr gemacht hätten, bevor sie sie wieder zurückgeschickt hätten.

Rands Träume hatten natürlich eine Herausforderung dargestellt, und der konnte sie nicht widerstehen. Nachdem sie jetzt schon von Traum zu Traum flattern konnte, warum nicht versuchen, was die Weisen Frauen nicht geschafft hatten? Nur, der Versuch, seine Träume zu betreten, war so ausgegangen, als renne sie mit voller

Wucht, den Kopf voraus, gegen eine unsichtbare Mauer. Sie wußte, daß auf der anderen Seite seine Träume lagen, und sie war sicher, einen Weg hindurch finden zu können, aber sie hatte keinen Anhaltspunkt gefunden, nichts, was ihr eine Lücke geöffnet hätte. Eine Mauer aus Nichts. Das war ein Problem, in das sie sich verbiß. Sie wollte es schaffen und würde bis dahin nicht aufgeben. Wenn sie sich einmal etwas vorgenommen hatte, war sie so hartnäckig wie ein Dachs beim Höhlenbau.

Um sie herum huschten die *Gai'schain* und luden das gesamte Lager der Weisen Frauen auf die Mulis. In kurzer Zeit würde nur noch ein Aiel oder jemand, der genauso geschickt im Spurenlesen war, überhaupt feststellen können, daß auf diesem Fleck sonnenverbrannten Lehmbodens Zelte gestanden hatten. Auch auf den sie umgebenden Abhängen spielte sich das gleiche ab, und das Durcheinander hatte selbst die Stadt erfaßt. Nicht jeder würde mitgehen, aber immerhin Tausende. Aiel drängten sich auf den Straßen, und Meister Kaderes Wagenzug stand in langer Reihe auf dem großen Platz, mit Moiraines ausgewählten Stücken beladen. Den Schluß des Zugs bildeten die drei weißgestrichenen Wasserwagen. Wie riesige Fässer auf Rädern standen sie hinter Maultiergespannen mit jeweils zwanzig Zugtieren. Kaderes eigener Wohnwagen an der Spitze der Karawane war ein kleines weißes Haus auf Rädern mit Stufen an der Rückseite und einem metallenen Schornsteinrohr, das aus dem flachen Dach aufragte. Der dicke Händler mit der Adlernase, heute in elfenbeinfarbene Seide gekleidet, nahm mit großer Geste seinen unglaublich zerbeulten Hut ab, als sie vorbeiritt. Seine dunklen, schräggestellten Augen teilten das breite Lächeln nicht, das er ihr zuwarf.

Sie ignorierte ihn kalt. Seine Träume waren entschieden zu düster und unangenehm, wenn nicht auch noch lüstern. *Man sollte seinen Kopf in ein ganzes Faß mit Blaurippentee tauchen,* dachte sie grimmig.

Sie näherte sich dem Dach der Töchter und suchte sich ihren Weg zwischen den geschäftig umhereilenden *Gai'schain* und den geduldig dastehenden Mulis. Zu ihrer Überraschung trug eine der Gestalten, die das Gepäck der Töchter des Speers aufluden, ein schwarzes Gewand anstatt eines weißen. Der Größe nach mußte es eine Frau sein. Sie wankte unter dem Gewicht eines gut verschnürten Bündels auf ihrem Rücken. Sie bückte sich im Vorbeireiten, um einen Blick unter die Kapuze der Frau werfen zu können, und erblickte Isendres verhärmtes Gesicht. Schweiß rann der Frau bereits jetzt über die Wangen. Sie war froh, daß die Töchter ihr erspart hatten, mehr oder weniger nackt nach draußen zu gehen, aber es erschien ihr auch unnötig grausam, sie in Schwarz zu kleiden. Wenn sie jetzt schon derart schwitzte, würde sie beinahe umkommen, wenn die Hitze des Tages erst richtig zuschlug.

Trotzdem, die Angelegenheiten der *Far Dareis Mai* gingen sie nichts an. Das hatte ihr Aviendha sanft, aber entschieden beigebracht. Adelin und Enaila wären fast grob geworden deshalb, und eine drahtige, weißhaarige Tochter des Speers namens Sulin hatte ihr tatsächlich gedroht, sie an den Ohren zu den Weisen Frauen zurückzuschleifen. Trotz ihrer Anstrengungen, Aviendha davon abzuhalten, sie ständig als Aes Sedai anzureden, hatte es sie aufgeregt, daß sich nach einer Weile der Unsicherheit ihr gegenüber der Rest der Töchter entschlossen hatte, sie lediglich als eine weitere Schülerin der Weisen Frauen zu behandeln. Sie ließen sie noch nicht einmal ihr Dach betreten, wenn sie nicht behauptete, einen Auftrag erledigen zu müssen.

Die Schnelligkeit, mit der sie ihr Pferd weiter durch die Menge lenkte, hatte nichts damit zu tun, daß sie den Urteilsspruch der *Far Dareis Mai* akzeptierte oder mit dem kribbelnden Bewußtsein, von den Töchtern beobachtet zu werden, zweifellos bereit, ihr einen Vortrag zu halten, falls sie sich hätte einmischen wollen. Es hatte nicht einmal sehr viel mit ihrer Abneigung Isendre gegenüber zu tun. Sie wollte gar nicht erst an den kurzen Eindruck von den Träumen dieser Frau denken, den sie empfand, bevor Cowinde kam, um sie zu wecken. Das waren Alpträume gewesen von Folter, von Dingen, die man dieser Frau antat und vor denen Egwene entsetzt floh, mit etwas Dunklem und Bösem im Hintergrund, das sich amüsierte, als sie davor weglief. Kein Wunder, daß Isendre abgehärmt wirkte. Egwene war so schnell aus dem Schlaf hochgeschreckt, daß Cowinde, die ihr eine Hand auf die Schulter legen wollte, erschrocken zurückgesprungen war.

Rand stand auf der Straße vor dem Dach der Töchter. Er trug bereits die Schufa als Sonnenschutz und einen blauseidenen Kurzmantel mit genug Goldstickerei, um in jeden Palast zu passen. Allerdings hatte er ihn vorn halb offen gelassen. Sein Gürtel wies eine neue Schnalle auf, ein kunstvoll geschmiedetes Ding in Form eines Drachen. Er fing wirklich an, sich etwas auf sich selbst einzubilden, das war offensichtlich. Er stand neben Jeade'en, seinem Apfelschimmelhengst, und unterhielt sich mit den Clanhäuptlingen und ein paar der Aielhändler, die in Rhuidean verbleiben würden.

Jasin Natael, der beinahe auf Rands Fersen trat, die Harfe auf dem Rücken und die Zügel des gesattelten Maultiers, das er von Meister Kadere gekauft hatte, in der Hand, war sogar noch prachtvoller gekleidet. Silberstickereien bedeckten sein schwarzes Wams fast vollständig, und an Kragen und Manschetten quollen jeweils weiße Spitzen hervor. Selbst die Stiefel waren silberbeschlagen, wo sie am Knie heruntergeschlagen waren. Der Gauklerumhang mit seinen Flicken verdarb den Eindruck ein wenig, aber Gaukler waren eben ein seltsames Volk.

Die Männer unter den Händlern trugen die *Cadin'sor,* und obwohl die Messer an ihren Gürteln kürzer waren als bei den Kriegern, wußte Egwene, daß sie alle gut mit dem Speer umzugehen wußten, wenn es notwendig war. Sie hatten etwas an sich von der tödlichen Eleganz ihrer Brüder, die den Speer trugen. Die Frauen unter ihnen waren leichter von ihren kämpfenden Schwestern zu unterscheiden, weil sie lose hängende, weiße Blusen aus *Algode* und lange Wollröcke trugen, dazu Kopftücher und Schals. Abgesehen von den Töchtern und den *Gai'schain* – und Aviendha – sah man bei allen Aielfrauen unzählige Armreifen und Halsgehänge aus Gold und Elfenbein, Silber und Edelsteinen, manches davon aus der eigenen Herstellung, manches gekauft und viele als Beutestücke mitgebracht. Diejenigen unter den Aielhändlern allerdings trugen noch mindestens doppelt soviel Schmuck wie die anderen Frauen.

Sie schnappte einen Teil dessen auf, was Rand den Händlern zu sagen hatte.

»... laßt den Steinmetzen der Ogier freie Hand, zumindest für einen Teil dessen, was sie erbauen. Soviel wie möglich solltet Ihr selbst neu erschaffen. Es hat keinen Zweck, lediglich die Vergangenheit zu erhalten.«

Also ließ er sie Boten zum *Stedding* schicken, um Ogier für den Wiederaufbau Rhuideans zu gewinnen. Das war gut so. Vieles in Tar Valon war das Werk von Ogiern, und wo man es ihrem eigenen Urteil überließ, entstanden atemberaubende Bauwerke.

Mat saß schon auf seinem Wallach Pips, hatte den breitrandigen Hut heruntergezogen und den Schaft seines eigenartigen Speers auf einen Steigbügel gestützt. Wie üblich wirkte sein hochgeschlossener grüner Mantel, als habe er darin geschlafen. Sie hatte seine Träume gemieden. Eine der Töchter, eine sehr große Frau mit goldenem Haar, grinste Mat so spitzbübisch an, daß es ihm offensichtlich peinlich war. Und das sollte es wohl auch sein; sie war viel zu alt für ihn. Egwene schnaubte. *Ich weiß sehr wohl, wovon er träumte, danke schön!* Sie ließ nur deshalb ihr Pferd neben seinem stehenbleiben, weil sie sich nach Aviendha umsah.

»Er hat ihr gesagt, sie solle ruhig sein, und sie hat ihm tatsächlich gehorcht«, sagte er, als ihre Stute stehenblieb. Er nickte in Richtung Moiraine und Lan. Sie war in hellblaue Seide gekleidet und hielt die Zügel ihrer weißen Stute fest in der Hand, und Lan stand in seinen Behüterumhang gehüllt neben seinem großen, schwarzen Schlachtroß. Lan beobachtete Moiraine eindringlich, wie immer mit ausdrucksloser Miene, während sie aussah, als wolle sie vor Ungeduld platzen, und dabei Rand anfunkelte. »Sie hat angefangen, ihm zu erklären, daß dies alles völlig falsch sei. In meinen Ohren klang das, als habe sie es ihm schon hundertmal gesagt. Und er sagte einfach: ›Ich habe die Entscheidung getroffen, Moiraine. Bleibt dort drüben und schweigt, bis ich Zeit für Euch habe.‹ Als erwarte er von ihr, daß sie gehorche. Und tatsächlich hat sie gehorcht! Ist das Dampf, was ihr aus den Ohren kommt?«

Sein schnaubendes Lachen klang so erfreut und so selbstgefällig, daß sie beinahe *Saidar* ergriffen und ihm offen vor jedermann eine Lektion erteilt hätte. Statt dessen schnaubte sie vernehmlich, laut genug jedenfalls, um ihm zu verstehen zu geben, daß es ihm galt und seinem ›geistvollen‹ Humor. Er warf ihr einen amüsierten Seitenblick zu und schmunzelte erneut, was ihre Laune nicht gerade verbesserte.

Einen Augenblick lang sah sie erstaunt zu Moiraine hinüber. Die Aes Sedai hatte getan, was Rand wollte? Ohne zu protestieren? Das war genauso, als gehorche eine der Weisen Frauen oder als gehe die Sonne um Mitternacht auf. Sie hatte natürlich von dem Angriff gehört. Überall waren heute morgen Gerüchte über riesige Hunde umgegangen, die ihre Fußspuren auf Steinen hinterließen. Sie sah allerdings nicht ein, was das mit dem hier zu tun haben sollte, doch von den Nachrichten über die Shaido abgesehen war das das einzig wirklich Neue, und es reichte doch wohl nicht, um eine solche Reaktion hervorzurufen. *Nichts* von alledem, was ihr einfiel, würde Moiraine derart verändern. Zweifellos würde sie ihr wieder sagen, es gehe sie nichts an, aber auf die eine oder andere Weise würde sie der Sache schon auf den Grund kommen. Es paßte ihr nicht, Dinge nicht zu verstehen.

Sie entdeckte Aviendha, die auf der obersten Stufe der Treppe zum Dach der Töchter stand, und lenkte daraufhin ihr Pferd zur anderen Seite der Gruppe in Rands Umgebung. Die Aielfrau musterte ihn genauso eindringlich wie die Aes Sedai, doch in ihrem Gesicht stand nicht der geringste erkennbare Ausdruck. Sie drehte ständig an dem elfenbeinernen Armreif um ihr Handgelenk, spielte offensichtlich daran herum, ohne sich dessen bewußt zu sein. Auf irgendeine Weise hatte dieser Armreif mit den Schwierigkeiten zu tun, die Aviendha mit Rand hatte. Egwene verstand das alles nicht. Aviendha weigerte sich, darüber zu sprechen, und jemand anderen konnte sie nicht dazu befragen, nicht, wenn es ihrer Freundin peinlich wäre. Ihr eigenes flammenverziertes Elfenbeinarmband war ein Geschenk von Aviendha, um ihren Bund als Nächstschwestern zu besiegeln. Als Gegengeschenk hatte sie der anderen Frau die silberne Halskette gegeben, die sie jetzt trug. Kadere hatte behauptet, sie sei nach einem Muster aus Kandor gearbeitet, das man als Schneeflocken bezeichnete. Sie hatte Moiraine um Geld dafür bitten müssen, doch es war ihr passend erschienen für eine Frau, die niemals Schnee kennenlernen würde. Oder ihn nicht kennengelernt hätte, würde sie jetzt nicht die Wüste verlassen. Sie würden wohl kaum vor Anbruch des Winters hierher zurückkehren. Was das Armband auch zu bedeuten hatte, Egwene vertraute ihrer Hartnäckigkeit, herauszufinden, was es damit auf sich hatte.

»Geht es dir gut?« fragte sie. Als sie sich aus dem vorn und hinten hochgezogenen Sattel beugte, rutschte ihr Rock hoch, bis ihre Beine sichtbar waren, doch sie war so mit ihrer Freundin beschäftigt, daß sie es kaum bemerkte.

Sie mußte ihre Frage wiederholen, bevor Aviendha zusammenzuckte und zu ihr aufblickte. »Gut? Ja, sicher.«

»Laß mich mit den Weisen Frauen sprechen, Aviendha. Ich bin sicher, ich kann sie überzeugen, daß sie dich nicht einfach…« Sie brachte es nicht fertig, weiterzusprechen, jedenfalls nicht hier draußen, wo jeder aus der Menge ihre Worte aufschnappen könnte.

»Machst du dir *darüber* immer noch Gedanken?« Aviendha rückte ihren grauen Schal zurecht und schüttelte leicht den Kopf. »Eure Sitten sind mir immer noch unverständlich.« Ihr Blick wanderte zu Rand hinüber wie Eisenfeilspäne, die von einem Magneten angezogen werden.

»Du mußt keine Angst vor ihm haben.«

»Ich fürchte überhaupt keinen Mann«, fauchte die Freundin, und in ihren Augen blitzte grünes Feuer. »Ich will keinen Streit mit dir, Egwene, aber du solltest so etwas nicht sagen.«

Egwene seufzte. Freundin oder nicht, Aviendha war durchaus fähig, ihr eins hinter die Ohren zu geben, wenn sie beleidigt genug war. Jedenfalls mochte es schon sein, daß auch sie so etwas nicht zugegeben hätte. Aviendhas Traum war zu schmerzhaft gewesen, um lange darin zu verweilen. Nackt bis auf diesen elfenbeinernen Armreif, der an ihr zog, als wöge er hundert Pfund, war Aviendha gerannt, so schnell sie ihre Beine über die rissige, festgebackene Lehmebene trugen. Und hinter ihr war Rand her, ein Gigant, zweimal so groß wie ein Ogier, auf einem riesigen Jeade'en sitzend, und er holte langsam aber unaufhaltsam auf.

Doch man konnte einer Freundin nicht einfach sagen, daß sie lüge. Egwenes Gesicht rötete sich leicht. Besonders dann nicht, wenn man ihr sagen müßte, woher man das wußte. *Dann würde sie mir mit Sicherheit eins aufs Ohr geben. Ich mache es auch nicht wieder. In den Träumen anderer Menschen herumstöbern. Jedenfalls nicht in Aviendhas Träumen.* Es war nicht recht, die Träume einer Freundin auszuspionieren. Nuna, es war eigentlich kein Spionieren, aber trotzdem …

Die Gruppe um Rand begann, sich aufzulösen. Er schwang sich leichtfüßig in den Sattel, und Natael machte es ihm prompt nach. Eine der Händlerinnen, eine Frau mit breitem Gesicht und Feuerhaaren, die ein kleines Vermögen an Goldschmiedearbeiten, Edelsteinen und Elfenbeinschnitzereien mit sich herumtrug, verharrte allerdings. »*Car'a'carn,* wollt Ihr das Dreifache Land für immer verlassen? Ihr habt gesprochen, als würdet Ihr niemals zurückkehren.«

Die anderen blieben bei diesen Worten stehen und wandten sich um. Stille breitete sich auf einer Welle des Gemurmels aus, weil jeder dem anderen schnell die Worte wiederholte. Auch Rand schwieg einen Moment lang und blickte sich unter den ihm zugewandten Gesichtern um. Schließlich sagte er: »Ich hoffe, zurückzukehren, aber wer weiß schon, was geschehen wird? Das Rad webt, wie es dem Rad gefällt.« Er zögerte. Aller Augen waren auf ihn gerichtet. »Aber ich werde Euch etwas zurücklassen, das Euch an mich erinnern wird«, versprach er und steckte eine Hand in seine Manteltasche.

Mit einem Mal erwachte ein Brunnen nahe dem Dach der Töchter zum Leben. Wasser rauschte aus den Mäulern von auf ihren Schwänzen stehenden Delphinen. Jenseits dieses Brunnens stand eine Statue von einem jungen Mann mit einem zum Himmel erhobenen Horn, und aus diesem schoß plötzlich eine Wasserfontäne. Dann sprudelte Wasser aus den Händen von zwei steinernen Frauen ein Stück dahinter. In verblüfftem Schweigen sahen die Aiel zu, wie aus allen Brunnen Rhuideans wieder Wasser strömte.

»Das hätte ich schon lange tun sollen.« Rands Murmeln war sicher nur für ihn selbst bestimmt gewesen, aber in dieser Stille konnte Egwene es ganz deutlich hören. Das einzige andere Geräusch war das Sprudeln Hunderter von Brunnen. Natael zuckte die Achseln, als habe er nicht weniger erwartet.

Doch Egwene sah Rand an und nicht die Brunnen. Ein Mann, der die Macht benützen konnte. *Rand. Trotz allem ist er immer noch der alte Rand.* Doch jedesmal, wenn sie ihn beim Gebrauch der Macht sah, war es, als werde ihr zum erstenmal klar, was er vollbringen konnte. Als sie aufwuchs, hatte man ihr beigebracht, daß man nur den Dunklen König selbst mehr fürchten müsse als einen Mann, der mit der Macht umgehen konnte. *Vielleicht hat Aviendha recht, wenn sie sich vor ihm fürchtet.*

Aber als sie auf Aviendha niederblickte, strahlten offenes Staunen und Freude aus ihren Zügen. Soviel Wasser entzückte eine Aielfrau genauso, wie das feinste Seidenkleid Egwene entzückt hätte, oder ein Garten, voll der wunderbarsten Blumen.

»Es ist Zeit zum Abmarsch«, verkündete Rand, und er lenkte seinen Apfelschimmel westwärts. »Jeder, der noch nicht fertig ist, wird uns später einholen müssen.« Natael folgte dicht hinter ihm auf seinem Muli. Warum erlaubte es Rand einem solchen Kriecher, in seiner Nähe zu verweilen?

Die Clanhäuptlinge gaben augenblicklich Befehle aus, und das Gewirr verstärkte sich um das Zehnfache. Töchter des Speers und Wassersucher eilten voraus, und weitere *Far Dareis Mai* schlossen als Ehrengarde einen Ring um Rand, der zufällig nun auch Natael einschloß. Aviendha schritt neben Jeade'en gleich an Rands Steigbügel und hielt leichtfüßig trotz ihres bauschigen Rocks mit dem Hengst Schritt.

Egwene ritt neben Mat und hinter Rand und seiner Eskorte mit. Sie runzelte die Stirn. Ihre Freundin blickte wieder so grimmig entschlossen drein, als müsse sie ihren Arm in eine Schlangengrube legen. *Ich muß etwas unternehmen, um ihr zu helfen.* Egwene gab kein Problem verloren, wenn sie sich einmal darin verbissen hatte.

Moiraine setzte sich im Sattel zurecht und tätschelte Aldiebs stolz gekrümmten Hals mit einer handschuhbedeckten Hand. Doch sie folgte Rand nicht sofort. Hadnan Kadere ließ nun seine Wagen auf die Straße hinausrumpeln. Er fuhr den Führungswagen selbst. Sie hätte ihn zwingen sollen, auch den Aufbau dieses Wagens abzureißen und statt dessen Ladung zu übernehmen, genau wie bei dem zweiten Wohnwagen. Der Mann fürchtete sie, fürchtete die Aes Sedai, genug, um das tatsächlich zuzulassen. Der *Ter'Angreal* in Form eines Türrahmens war im Wagen gleich hinter Kadere gut festgezurrt worden. Sie hatten eine Zeltplane so fest darübergezogen, daß nicht wieder jemand durch Zufall hineinfallen konnte. Eine lange Reihe von Aiel – *Seia Doon,* Schwarzaugen – schritt zu beiden Seiten der Wagenkarawane entlang.

Kadere verbeugte sich vom Kutschbock aus zu ihr hin und lüftete seinen Hut, doch ihr Blick wanderte die ganze Reihe der Wagen entlang bis nach hinten zu dem großen Platz, der diesen Wald schlanker Glassäulen umgab, die bereits im Morgensonnenschein glitzerten. Sie hätte gern alles von diesem Platz mitgenommen und nicht nur den kleinen Bruchteil, der auf die Wagen paßte. Einige Stücke waren zu groß, wie beispielsweise die drei mattgrauen Metallringe, jeder mehr als zwei Schritt im Durchmesser, die auf der Kante standen und in der Mitte zusammengefügt waren. Um sie herum hatte man ein geflochtenes Lederseil gespannt, um alle zu warnen, daß man diesen Bereich nur mit Genehmigung der Weisen Frauen betreten dürfe. Nicht, daß irgend jemand es überhaupt versuchen würde. Nur die Clanhäuptlinge und die Weisen Frauen betraten überhaupt diesen Platz ohne Angst, und nur die Weisen

Frauen berührten irgend etwas dort, und das auch nur mit der gebührenden Ehrfurcht.

Ungezählte Jahre lang war es die zweite Prüfung für eine Aielfrau gewesen, die zur Weisen Frau erhoben werden wollte, diese Anordnung funkelnder Glassäulen zu betreten und dort genau dasselbe zu sehen wie die Männer. Die Frauen überlebten das häufiger als die Männer. Bair sagte, Frauen seien einfach zäher, während Amys der Meinung war, daß bei den Frauen bereits vorher eine strengere Auslese getroffen worden sei. Aber sicher war das alles keineswegs. Diejenigen, die überlebten, trugen keine besonderen Kennzeichen davon. Die Weisen Frauen behaupteten, nur Männer benötigten sichtbare Zeichen. Einer Frau reichte es, überlebt zu haben.

Die erste Prüfung und damit die erste Auslese, bevor sie überhaupt ausgebildet wurden, war gewesen, durch einen dieser drei Ringe zu treten. Es war gleich, durch welchen, oder vielleicht war es auch das Schicksal, das darüber entschied. Dieser Schritt führte sie wieder und wieder durch ihr eigenes Leben. Ihre Zukunft lag ausgebreitet vor ihr, all die möglichen Zukünfte, die von jeder Entscheidung abhingen, die sie den Rest ihres Lebens über traf. Auch der Tod war hier durchaus möglich; manche Frauen konnten der Zukunft nicht ins Auge sehen, und manche nicht ihrer Vergangenheit. Natürlich war es für einen menschlichen Verstand zuviel, alle möglichen Zukunftslinien zu behalten. Die meisten verschwammen miteinander und verblichen dann, aber eine Frau gewann doch einen gewissen Überblick über Dinge, die in ihrem Leben geschehen konnten, die geschehen würden oder auch mußten. Für gewöhnlich war aber auch das verborgen, bis der Augenblick des Geschehens herannahte. Allerdings nicht immer. Moiraine war durch diese Ringe getreten.

Ein Löffel voll Hoffnung und ein Becher voll Verzweiflung, dachte sie.

»Es gefällt mir nicht, Euch so zu sehen«, sagte Lan. Sowieso schon hochgewachsen und dann noch auf Mandarbs Rücken, blickte er auf sie herab, und Unruhe vertiefte die Fältchen um seine Augen. Das bedeutete bei ihm mindestens soviel wie Tränen der Verzweiflung bei einem anderen Mann.

Aiel strömten zu beiden Seiten an ihren Pferden vorbei und dazu *Gai'schain* mit Packtieren. Moiraine war überrascht, zu bemerken, daß Kaderes Wasserwagen ebenfalls schon vorbeigerumpelt sein mußten. Es war ihr nicht bewußt gewesen, daß sie so in den Anblick des Platzes versunken gewesen war.

»So? Was meint Ihr damit?« fragte sie, wobei sie ihre Stute wenden ließ, um sich dem Strom der Menschen anzuschließen. Rand und seine Eskorte hatten bereits die Grenze der Stadt überschritten.

»Besorgt«, sagte er geradeheraus, und auf seinem aus Stein gemeißelten Gesicht zeigte sich kein Ausdruck mehr. »Voller Angst. Ich habe noch nie gesehen, daß Ihr vor etwas Angst hattet, auch nicht, als wir von Trollocs und Myrddraal überrannt wurden, nicht einmal, als Ihr erfuhrt, daß die Verlorenen frei seien und Sammael uns beinahe schon erreicht hatte. Naht das Ende nun?«

Sie zuckte zusammen und verwünschte das im selben Augenblick. Er blickte wohl über den Kopf seines Hengstes hinweg geradeaus nach vorn, doch dem Mann entging niemals etwas. Manchmal glaubte sie, er bemerke sogar ein Blatt, das hinter ihm vom Baum fiel. »Meint Ihr Tarmon Gai'don? Ein Rotkehlchen in Seleisin weiß genausoviel darüber wie ich. Das Licht gebe, daß es noch nicht soweit ist, daß noch immer alle Siegel halten.« Das paar Siegel, daß sie nunmehr in Besitz hatte, befand sich ebenfalls auf Kaderes Wagen, jedes einzeln verpackt in einer mit Wolle ausgestopften Kiste. Es war ein anderer Wagen als der mit dem Sandstein-Türrahmen; darauf hatte sie persönlich geachtet.

»Was könnte ich sonst wohl meinen?« fragte er bedächtig. Er sah sie noch immer nicht an, und sie hätte sich auf die Zunge beißen mögen. »Ihr seid so … ungeduldig geworden. Ich erinnere mich daran, wie Ihr wochenlang auf eine einzige kleine Information gewartet habt, ein Wort nur, ohne auch nur mit der Wimper zu zucken, aber jetzt …« Nun blickte er sie an, und dieser Blick aus seinen blauen Augen hätte die meisten Frauen eingeschüchtert. Und die meisten Männer ebenso. »Der Eid, den Ihr dem Jungen geschworen habt, Moiraine. Was beim Licht hatte Euch da gepackt?«

»Er hat sich immer weiter von mir entfernt, Lan, und ich muß ihm nahe sein. Er benötigt jedes bißchen Führung, das ich ihm geben kann, und ich werde alles tun, außer sein Bett mit ihm zu teilen, um ihm diese Führung zu geben.« Die Ringe hatten ihr gesagt, daß das zur Katastrophe führen würde. Nicht, daß sie jemals auch nur daran gedacht hätte – selbst der bloße Gedanke schockierte sie –, aber in den Ringen gehörte es zu den Dingen, die sie sich in der Zukunft überlegen könnte oder würde. Das war zweifellos ein sicheres Zeichen ihrer wachsenden Verzweiflung, und in den Ringen hatte sie gesehen, daß sie damit alles ruinieren würde – alles. Sie wünschte, sie könne sich daran erinnern, auf welche Weise. In allem, was sie über Rand al'Thor in Erfahrung bringen konnte, lag ein weiterer Schlüssel zu seiner Person. Doch nur die einfache Tatsache des drohenden Verhängnisses war ihr im Gedächtnis geblieben.

»Vielleicht wird es Euch helfen, noch demütiger zu werden, wenn er Euch seine Pantoffeln holen und seine Pfeife anzünden läßt.«

Sie blickte ihn mit großen Augen an. Sollte das ein Scherz gewesen sein? Wenn ja, amüsierte es sie überhaupt nicht. Sie hatte noch niemals festgestellt, daß Demut in irgendeiner Situation half. Siuan behauptete, daß die Jugend im Sonnenpalast von Cairhien Moiraine einen tiefsitzenden Hochmut mitgegeben habe, den sie selbst überhaupt nicht sehen könne – was diese energisch bestritt –, und schließlich war Siuan die Tochter eines Fischers aus Tear, die jeder Königin ins Auge blicken konnte und für die der Hochmut anderer lediglich Widerstand gegen ihre eigenen Pläne bedeutete.

Falls Lan tatsächlich zu scherzen versucht hatte, wenn auch nur ansatzweise und am Ziel vorbei, dann änderte er sich offensichtlich. Beinahe zwanzig Jahre lang war er ihr gefolgt und hatte ihr Leben öfter gerettet, als sie noch zählen konnte, und das oft unter Einsatz seines eigenen Lebens. Immer hatte er sein eigenes Leben nur gering geachtet und nur deshalb für wertvoll, weil sie ihn brauchte. Manche behaupteten, er umwerbe den Tod wie ein Bräutigam die Braut. Sie hatte nie sein Herz besessen und war auch nie auf die Frauen eifersüchtig gewesen, die sich ihm zu Füßen zu werfen schienen. Oft hatte er von sich gesagt, er habe kein Herz. Aber im vergangenen Jahr hatte er herausgefunden, daß er doch eines besaß, als eine Frau es an eine Schnur band und sich um den Hals hängte.

Er leugnete das natürlich ab. Nicht seine Liebe zu Nynaeve al'Vere, der ehemaligen Seherin aus dem Gebiet der Zwei Flüsse und jetzigen Aufgenommenen in der Weißen Burg, wohl aber, daß er sie jemals besitzen könne. Er besaß zwei Dinge, sagte er: ein Schwert, das nicht zerbrach, und einen Krieg, der nicht enden konnte. Niemals würde er diese Dinge einer Braut anbieten. Moiraine hatte da allerdings einiges bereinigt, doch er würde das nicht erfahren, bis alles vorbei war. Wenn er es erführe, würde er sehr wahrscheinlich versuchen, die Dinge zu ändern, weil er eben ein so sturer Narr von Mann war.

»Dieses ausgetrocknete Land scheint dafür gesorgt zu haben, daß die Demut in Euch verdorrt, al'Lan Mandragoran. Ich muß Wasser auftreiben, damit sie wieder blüht.«

»Meine Demut hat eine rasiermesserscharfe Kante«, gab er trocken zurück. »Ihr habt sie nie stumpf werden lassen.« Er befeuchtete einen weißen Schal aus seiner ledernen Wasserflasche und reichte ihr das nasse Tuch. Sie band es kommentarlos um ihre Stirn. Die Sonne stieg bereits über die Berge hinter ihnen, ein sengender Ball aus geschmolzenem Gold.

Die breite Kolonne wand sich die unfruchtbaren Hänge des Chaendaer empor. Das Ende der Kolonne befand sich noch in Rhuidean, als die Spitze bereits den Kamm überquerte und sich hinunter in eine zerklüftete, hügelige Ebene bewegte, auf der hier und da Felsnadeln und abgeflachte Spitzkegel standen. Die vorherrschenden Farben waren Rot und Ockergelb, dazu Grau und Braun. Die Luft war so klar, daß Moiraine viele Meilen weit sehen konnte, auch dann noch, als sie die Hänge des Chaendaer längst verlassen hatten. Große, von der Natur geformte Felstore ragten vor ihnen auf, und in jeder Himmelsrichtung griffen gezackte Berge mit wilden Fingern nach dem Himmel. Ausgetrocknete Wasserläufe und Senken spalteten ein Land, auf dem nur gelegentlich niedrige Dornbüsche und blattlose, dürre Gewächse auftauchten. Die seltenen Bäume waren wie verkrüppelt, duckten sich am Boden und wiesen zumeist ebenfalls Dornen auf. Die Sonne verwandelte alles in einen Backofen. Ein hartes Land, das ein hartes Volk hervorgebracht hatte. Aber Lan war nicht der einzige, der sich änderte oder der verändert wurde. Sie wünschte, sie könne vorhersehen, was Rand am Ende aus den Aiel machen würde. Sie alle hatten noch eine lange Reise vor sich.

KAPITEL 8

Über die Grenze

Nynaeve hielt sich krampfhaft mit einer Hand auf ihrem Platz im hinteren Teil des heftig schaukelnden Wagens fest, und mit der anderen sicherte sie ihren Strohhut, während sie zurückblickte, wo der tobende Staubsturm sich in der Ferne verlor. Die breite Krempe warf Schatten auf ihr Gesicht und schützte sie gegen die morgendliche Hitze, doch der Fahrtwind, den der eilig dahinrumpelnde Karren erzeugte, hätte ausgereicht, ihr den Hut vom Kopf zu wehen, und das trotz des dunkelroten Schals, den sie darübergezogen und unter ihrem Kinn verknotet hatte. Niedrige, grasbewachsene Hügel, auf denen hier und da etwas Gestrüpp dem Auge Halt bot, zogen an ihr vorüber. Das Gras lag dürr und spärlich unter der Hitze des Spätsommers. Der von den Wagenrädern aufgewirbelte Staub nahm ihr gelegentlich etwas die Sicht und reizte sie zum Husten. Die weißen Wolken am Himmel trogen. Es hatte schon seit der Zeit vor ihrer Abreise aus Tanchico nicht mehr geregnet, und das lag Wochen zurück. Es mußte auch einige Zeit hersein, seit zuletzt Wagen über die breite, früher einmal vom Verkehr fest ausgefahrene Straße gerumpelt waren.

Kein Reiter tauchte aus diesem wie fest gemauerten Braun auf, und das konnte ihr nur recht sein. Ihr Zorn auf die Straßenräuber, die sie so kurz vor dem Verlassen des Wahnsinns, der sich in Tarabon abspielte, aufgehalten hatten, war verflogen, und solange sie nicht zornig war, konnte sie die Wahre Quelle nicht erreichen und somit die Macht nicht benützen. Sie war allerdings selbst davon überrascht worden, wie sie bei allem Zorn einen derartigen Sturm hatte erzeugen können. Sobald sie ihn einmal hochgepeitscht und mit ihrem Zorn erfüllt hatte, hatte er wie von selbst weitergewütet. Auch Elayne war von dem Ausmaß des Sturms überrascht worden, aber dankenswerterweise hatte sie das Thom und Juilin gegenüber nicht zugegeben. Doch trotz des ständigen Anwachsens ihrer Kraft, wie es ihre Lehrerinnen in der Burg vorhergesagt hatten, und von denen war keine stark genug, um so wie sie mit einem der Verlorenen fertigzuwerden, trotz dieser Steigerung also war sie noch immer auf ihren Zorn angewiesen und somit eingeschränkt. Wären jetzt weitere Banditen aufgetaucht, hätte Elayne ihnen allein gegenübertreten müssen, und das wollte sie nicht. So war wohl ihr früherer Zorn verflogen, aber sie bemühte sich, die nächste Gefühlsaufwallung vorzubereiten.

Sie kletterte mühsam über die Zeltplane, die über eine ganze Ladung Fässer gespannt war, und langte hinunter nach einem der Wasserfässer, die außen an den Seitenwänden des Wagens zusammen mit den Kisten, in denen sich ihre Habseligkeiten und Vorräte befanden, festgezurrt waren. Sofort verrutschte ihr der Hut wieder, schob sich auf den Hinterkopf, wo er nur noch von dem Schal festgehalten wurde. Ihre Fingerspitzen berührten gerade noch den Deckel des Fasses. Wenn sie das Seil, an dem sie sich mit der anderen Hand festklammerte, losließe, könnte sie das Wasserfaß erreichen, doch bei der Schaukelei würde sie vermutlichen den Halt verlieren und auf die Nase fallen.

Juilin Sandar lenkte den knochigen braunen Wallach, den er ritt – er hatte ihm den unpassenden Namen ›Schmoller‹ verliehen – näher an den Wagen heran und langte hinüber, um ihr einen der ledernen Wasserbehälter zu reichen, die er an seinem Sattel befestigt hatte. Dankbar trank sie, wenn auch nicht gerade manierlich.

Sie hing da wie eine Traube an einer vom Wind weggeblasenen Rebe und verschüttete beinahe die Hälfte Wasser auf ihr gutes graues Kleid.

Es war ein passendes Kleid für eine Händlerin, hochgeschlossen, von feiner Webart und feinem Schnitt, aber doch einfach. Die Brosche auf ihrer Brust, ein kleiner goldener Ring mit Granatsteinen besetzt, war vielleicht etwas übertrieben für eine Händlerin, aber es war ein Geschenk der Panarchin von Tarabon gewesen, zusammen mit anderem, viel prachtvollerem Schmuck, der in einem Fach unter dem Fahrersitz weggeschlossen war. Sie trug die Brosche, um immer daran zu denken, daß man selbst Frauen, die auf einem Thron saßen, von Zeit zu Zeit einmal beim Genick packen und durchschütteln mußte. Jetzt, da sie mit Amathera zu tun gehabt hatte, hatte sie auch etwas mehr Verständnis für die Art und Weise, wie die Burg Könige und Königinnen manipulierte.

Sie vermutete, Amatheras Geschenke seien mehr oder weniger als Bestechung gemeint gewesen, damit sie ja Tanchico schnell verließen. Die Frau war sogar gewillt gewesen, ein Schiff zu kaufen, daß sie keine Stunde länger als notwendig bleiben mußten, aber niemand war in der Lage gewesen, eines zu verkaufen. Auf den wenigen Schiffen, die im Hafen von Tanchico verblieben und geeignet waren, nicht nur die Küste entlangzusegeln, drängten sich die Flüchtlinge. Außerdem war ein Schiff zu offensichtlich, da es den schnellsten Weg darstellte, auf dem man Tanchico und Tarabon verlassen konnte. Nach allem, was geschehen war, hielten die Schwarzen Ajah vermutlich nach ihr und Elayne Ausschau. Sie waren ausgesandt worden, um Aes Sedai aufzuspüren, die dem Schatten dienten, und sich nicht umgekehrt von ihnen einfangen zu lassen. Deshalb also der Wagen und die lange Fahrt durch ein von Bürgerkrieg und Anarchie zerrissenes Land. Sie fing allmählich an, zu bereuen, daß sie sich gegen ein

Schiff ausgesprochen hatte. Das würde sie allerdings den anderen gegenüber niemals zugeben.

Als sie sich bemühte, Juilin den Wasserbehälter zurückzugeben, winkte der ab. Er war ein zäher, harter Mann, schien wie aus dunklem Holz geschnitzt und fühlte sich auf dem Rücken eines Pferdes nicht sehr wohl. In ihren Augen wirkte er sogar lächerlich, nicht, weil er so unsicher im Sattel saß, sondern wegen dieses dümmlichen roten Taraboner Huts, den er auf seinem glatten, schwarzen Haar trug, ohne Krempe, kegelförmig, hoch und mit abgeflachter Spitze. Er paßte überhaupt nicht zu seinem dunklen Halbmantel aus Tear, der an der Hüfte eng war und darunter ausgestellt. Sie war nicht der Meinung, daß er überhaupt zu etwas passe. Für sie sah es aus, als trage er einen Kuchen auf dem Kopf.

Unbeholfen krabbelte sie weiter nach vorn, in der einen Hand den Lederbehälter und mit flatterndem Hut, und fluchte dabei leise vor sich hin, auf den tairenischen Diebfänger – *kein Diebfänger – der doch nicht!* –, auf Thom Merrilin – *aufgeblasener Gaukler!* – und auf Elayne aus dem Hause Trakand, die Tochter-Erbin von Andor, die man auch mal am Genick packen sollte!

Sie hatte sich auf den hölzernen Kutschbock zwischen Thom und Elayne hinabgleiten lassen wollen, aber das Mädchen mit dem goldenen Haar hatte sich eng an Thom gedrückt. Ihr eigener Strohhut hing ihr auf dem Rücken. Sie klammerte sich an den Arm des alten Narren mit dem weißen Schnurrbart, als fürchte sie, herunterzufallen. Mit verzogenem Mund mußte sich Nynaeve mit Elaynes anderer Seite begnügen. Sie war froh, das Haar wieder zu einem richtigen Zopf geflochten tragen zu können, der ihr armdick bis zur Hüfte hinabhing. So konnte sie daran ziehen, anstatt Elayne eins aufs Ohr zu geben. Das Mädchen hatte sich ja anfangs recht vernünftig angestellt, aber in Tanchico schien ihr irgend etwas den Verstand geraubt zu haben.

»Sie verfolgen uns nicht mehr«, verkündete Nynaeve und zog sich den Hut wieder zurecht. »Ihr könnt dieses Ding nun langsamer fahren lassen, Thom.« Das hätte sie ihnen auch von hinten aus zurufen können, ohne über die Fässer zu klettern, aber hinten herumgebeutelt zu werden und ihnen zuzurufen, sie sollten langsamer fahren, wäre ihr auch nicht recht gewesen, denn dann hätte sie den anderen gegenüber ein Zeichen von Schwäche gezeigt. Und das war ihr zuwider. »Setz deinen Hut auf«, sagte sie zu Elayne. »Deiner blassen Haut tut dieser Sonnenschein nicht lange gut.«

Wie sie schon beinahe erwartet hatte, ignorierte das Mädchen ihren freundlichen Ratschlag. »Ihr fahrt so wunderbar«, säuselte sie, als Thom die Zügel raffte und das Vierergespann im Schritt gehen ließ. »Ihr habt keine Minute lang die Kontrolle verloren.«

Der hochgewachsene, drahtige Mann blickte auf sie hinunter. Seine buschigen weißen Augenbrauen zuckten leicht, doch er sagte lediglich: »Vor uns wartet weitere Gesellschaft, Kind.« Nun, vielleicht war er doch kein solch arger Narr.

Nynaeve hielt Ausschau und sah die in Schneeweiß gekleidete Kolonne über die nächste niedrige Erhebung auf sie zukommen. Es waren vielleicht fünfzig Mann in auf Hochglanz polierten Rüstungen und glänzenden, kegelförmigen Helmen, die etwa genauso viele schwerbeladene Wagen begleiteten. Kinder des Lichts. Sie war sich mit einemmal der Lederschnur um ihren Hals sehr bewußt, an der unter ihrem Kleid zwischen den Brüsten zwei Ringe baumelten. Lans schwerem goldenen Siegelring, dem Ring der Könige aus dem längst verlorenen Malkier, würden die Weißmäntel keine Bedeutung beimessen, aber falls sie den Ring mit der Großen Schlange sahen …

Törichte Frau! Den bekommen sie wohl kaum zu sehen, es sei denn, du entschließt dich, dich vor ihnen auszuziehen!

Schnell musterte sie ihre Begleiter. Elayne konnte

man nicht davon abhalten, schön auszusehen, und nun, da sie Thoms Arm losgelassen hatte und den grünen Schal wieder umband, der ihren Hut festhielt, wirkten ihre Gesten wieder so edel, daß sie eher in einen Thronsaal paßten, als auf einen Händlerkarren. Doch ihr Kleid unterschied sich nur in der Farbe – es war blau – von dem Nynaeves. Sie trug keinen Schmuck. Amatheras Geschenke hatte sie als ›protzig‹ abgetan. Es würde schon gehen, so, wie es seit Tanchico schon fünfzigmal glattgegangen war. Knapp jedenfalls. Nur war dies ihr erstes Zusammentreffen mit Weißmänteln. Thom in seiner groben braunen Wollkleidung konnte einer von tausend knorrigen, weißhaarigen Männern sein, die auf den Handelsstraßen arbeiteten. Und Juilin war eben Juilin. Er wußte genau, wie er sich verhalten mußte, obwohl er aussah, als befände er sich viel lieber auf dem sicheren Boden als auf einem Pferd. Er trug seinen üblichen Stab und am Gürtel einen geschlitzten Schwertbrecher.

Thom lenkte das Gespann an die eine Straßenseite und hielt an, als mehrere Weißmäntel sich aus der Spitze der Kolonne lösten und herangaloppierten. Nynaeve setzte ein einladendes Lächeln auf. Sie hoffte, die Weißmäntel hätten nicht gerade eben festgestellt, daß sie noch einen weiteren Wagen benötigten.

»Das Licht sei mit Euch, Hauptmann«, sagte sie zu dem Mann mit dem schmalen Gesicht, der anscheinend ihr Anführer war, der einzige, der keine Lanze mit Stahlspitze trug. Sie hatte keine Ahnung, welcher Rang mit den beiden goldenen Knoten auf der Vorderseite seines Umhangs verbunden war, direkt unter der strahlenden Sonne, die bei allen aufgestickt war, aber ihrer Erfahrung nach waren alle Männer Schmeicheleien zugänglich. »Wir sind sehr froh, Euch hier anzutreffen. Ein paar Meilen zurück haben uns Banditen überfallen wollen, doch zum Glück kam wie ein Wunder ein Staubsturm auf. Wir sind gerade noch ent…«

»Ihr seid Kaufleute? Seit einiger Zeit kommen nur noch wenige Kaufleute aus Tarabon.« Die Stimme des Mannes klang so hart, wie sein Gesicht aussah, und das wirkte, als habe man alle Lebensfreude herausgekocht, bevor er noch die Wiege verließ. Mißtrauen stand in seinen dunklen, tiefliegenden Augen. Nynaeve bezweifelte nicht, daß auch dieser Ausdruck von Dauer war. »Wohin wollt Ihr und welche Fracht führt Ihr?«

»Ich befördere Textilfarben, Hauptmann.« Sie hatte Mühe, unter diesem stetigen, starren Blick ihr Lächeln zu wahren. Es war eine Erleichterung, als dieser Blick kurz die anderen überflog. Thom brachte es ausgezeichnet fertig, gelangweilt zu wirken wie ein Fahrer, der ohnehin bezahlt wurde, ob er nun anhielt oder weiterfuhr, und Juilin hatte wohl diesen lächerlichen Hut nicht abgenommen, wie er das früher getan hätte, aber zumindest schien auch er nur flüchtig interessiert – ein angeworbener Mann, der nichts zu verbergen hatte. Als der Blick des Weißmantels auf Elayne fiel, spürte Nynaeve, wie die sich versteifte, und so fuhr sie hastig fort: »Textilfarben aus Tarabon. Die besten auf der Welt. Ich kann für sie in Andor einen guten Preis erzielen.«

Auf ein Zeichen des Hauptmanns hin – oder was er sonst sein mochte – trieb ein anderer Weißmantel sein Pferd an und ritt zum Heck des Wagens. Mit seinem Dolch durchschnitt er eines der Halteseile und zog ein Ende der Zeltplane weg. Darunter wurden drei oder vier Fässer sichtbar. »Sie zeigen das Brandzeichen von Tanchico, Leutnant. Auf diesem hier steht ›Karminrot‹. Wollt Ihr, daß ich ein paar davon öffne?«

Nynaeve hoffte, daß der Weißmantel-Offizier die Sorge auf ihrer Miene richtig deutete, also so, wie sie es wollte. Ohne sie anblicken zu müssen, konnte sie fast körperlich spüren, wie Elayne drauf und dran war, den Soldaten seiner Manieren wegen zu schelten, aber was sie betraf, würde sich jede richtige Kauffrau Sorgen machen, wenn ihre Farbstoffe offen dem Wetter ausgesetzt wurden. »Wenn Ihr mir zeigen wolltet, welche Ihr geöffnet haben wollt, Hauptmann, dann wäre ich nur zu froh, sie selbst für Euch zu öffnen.« Der Mann zeigte überhaupt keine Reaktion, weder auf Schmeicheleien, noch auf die Bereitschaft zur Zusammenarbeit. »Seht Ihr, die Fässer wurden versiegelt, damit kein Staub und kein Wasser hineinkommt. Wenn der Deckel eines Fasses aufgebrochen wird, bin ich nicht mehr in der Lage, ihn wieder ganz mit Wachs zu verschließen.«

Der Rest der Kolonne schloß zu ihnen auf und begann sich in einer Staubwolke an ihnen vorbeizuschieben. Die Wagenfahrer waren grob gekleidete, unauffällige Männer, aber die Soldaten ritten steif aufgerichtet, die langen Lanzen mit den Stahlspitzen alle im präzise gleichen Winkel erhoben. Selbst so verschwitzt und mit Staub bedeckt wirkten sie wie harte Männer. Nur die Fahrer sahen Nynaeve und die anderen neugierig an.

Der Leutnant der Weißmäntel wedelte sich mit einer im Kampfhandschuh steckenden Hand den Staub vor dem Gesicht weg und befahl dann dem Mann, sich von ihrem Wagen zu entfernen. Sein Blick verließ dabei Nynaeve nicht. »Ihr kommt aus Tanchico?«

Nynaeve nickte, ganz ein Bild von Hilfsbereitschaft und Offenheit. »Ja, Hauptmann. Aus Tanchico.«

»Was könnt Ihr mir von der Stadt berichten? Es hat Gerüchte gegeben.«

»Gerüchte, Hauptmann? Als wir abfuhren, war von Gesetz und Ordnung nicht mehr viel übriggeblieben. Die Stadt war voll von Flüchtlingen, und auf dem Land tummeln sich Rebellen und Banditen. Der Handel ist fast zum Erliegen gekommen.« Das war die simple Wahrheit, klar ausgesprochen. »Deshalb werden diese Farbstoffe besonders gute Preise erzielen. Es werden bestimmt lange Zeit keine Textilfarben mehr aus Tarabon angeboten werden, glaube ich.«

»Flüchtlinge, Handel oder Farbstoffe sind mir gleich,

Händlerin«, sagte der Offizier mit nichtssagender Stimme. »Saß Andric noch auf dem Thron?«

»Ja, Hauptmann.« Offensichtlich hatte es Gerüchte gegeben, jemand habe Tanchico eingenommen und den König verdrängt. Vielleicht war das mittlerweile tatsächlich geschehen. Aber wer? Einer der aufständischen Lords, die sich untereinander genauso energisch bekämpften wie den König, oder die Drachenverschworenen, die sich dem Wiedergeborenen Drachen angeschlossen hatten, ohne ihn jemals gesehen zu haben? »Andric war immer noch König und Amathera war Panarchin, als wir abfuhren.«

Seine Augen sagten, daß sie vielleicht log. »Man sagt, die Hexen aus Tar Valon seien darin verwickelt. Habt Ihr Aes Sedai dort gesehen oder von ihnen gehört?«

»Nein, Hauptmann«, sagte sie schnell. Der Große Schlangenring brannte ihr auf der Haut. Fünfzig Weißmäntel um sie herum. Diesmal konnte ihnen kein Sandsturm helfen, und außerdem empfand sie, auch wenn sie das vor sich selbst leugnete, mehr Angst als Zorn. »Einfache Kauffrauen wollen mit der Sorte nichts zu tun haben.« Er nickte und sie riskierte selbst eine Frage. Alles, um schnell das Thema zu wechseln. »Wenn Ihr so freundlich sein würdet, Hauptmann: Haben wir bereits Amadicia erreicht?«

»Die Grenze befindet sich fünf Meilen weit im Osten«, betonte er. »Wenigstens für den Augenblick. Das erste Dorf, das Ihr antreffen werdet, ist Mardecin. Haltet Euch an das Gesetz, und es wird Euch nichts geschehen. Dort befindet sich eine Garnison der Kinder.« Es klang, als habe die Garnison nichts anderes zu tun, als darüber zu wachen, daß sie sich an die Gesetze hielten.

»Seid Ihr gekommen, um die Grenze zu verschieben?« fragte Elayne mit einemmal kühl. Nynaeve hätte sie erwürgen können.

Der Blick aus diesen tiefliegenden, mißtrauischen

Augen wanderte zu Elayne hinüber, und Nynaeve sagte hastig: »Vergebt Ihr, mein Lordhauptmann. Sie ist die Tochter meiner ältesten Schwester. Sie glaubt, sie hätte als Lady geboren werden sollen, und außerdem kann sie die Finger nicht von den Jungen lassen. Deshalb hat ihre Mutter sie zu mir geschickt.« Elaynes wütendes Nach-Luft-Schnappen paßte perfekt. Es stimmte ja auch alles. Nynaeve hätte vielleicht nicht unbedingt das mit den Jungen anfügen müssen, aber es schien so gut zu passen.

Der Weißmantel starrte sie noch einen Augenblick lang an und sagte dann: »Der kommandierende Lordhauptmann schickt Lebensmittel nach Tarabon. Sonst käme bald dieses Taraboner Ungeziefer über die Grenze geschlichen und würde alles stehlen, was man kauen kann. Wandelt unter dem Licht«, fügte er hinzu, und dann wendete er sein Pferd und galoppierte zurück an die Spitze der Kolonne. Es hatte aber weder wie ein Vorschlag noch wie ein Segenswunsch geklungen.

Thom ließ den Wagen weiterrollen, sobald der Offizier weg war, doch alle saßen schweigend da und hüstelten höchstens einmal, bis sie weit von den letzten Soldaten entfernt und aus der Staubwolke ihrer Wagen herausgefahren waren.

Nynaeve befeuchtete ihre Kehle mit ein wenig Wasser und drückte den Behälter dann Elayne in die Hände. »Was hast du denn eigentlich dort hinten vorgehabt? Was hast du dir dabei gedacht?« fuhr sie sie an. »Wir befinden uns doch nicht im Thronsaal deiner Mutter, und die würde solche Fragen gar nicht zulassen!«

Elayne leerte zuerst den Wasserbehälter bis zur Neige, bevor sie ihr die Gnade einer Antwort gewährte. »Du bist vor ihm gekrochen, Nynaeve.« Sie verstellte ihre Stimme und flötete süßlich und unterwürfig: »Ich will sehr lieb und folgsam sein, Hauptmann. Darf ich Eure Stiefel küssen, Hauptmann?«

»Wir versuchen, Kaufleute zu spielen und keine Königinnen, die inkognito reisen!«

»Kaufleute müssen deshalb noch lange keine Speichellecker sein! Du hattest Glück, daß er nicht glaubte, wir versuchten etwas zu verbergen, so unterwürfig hast du getan!«

»Sie behandeln Weißmäntel in einer Stärke von fünfzig Lanzen auch nicht gerade von oben herab! Oder hast du geglaubt, wir könnten sie alle mit Hilfe der Macht überwältigen, falls es notwendig sei?«

»Warum hast du ihm gesagt, ich könne die Finger nicht von den Jungen lassen? Das war höchst überflüssig, Nynaeve!«

»Ich war bereit, ihm alles mögliche zu sagen, damit er wegritt und uns in Frieden ließ. Und du …!«

»Ihr beide haltet jetzt den Mund!« fauchte Thom plötzlich dazwischen, »sonst kommen sie am Ende noch zurück und sehen nach, welche von Euch die andere umbringt!«

Nynaeve drehte sich tatsächlich auf der harten Holzbank um, bevor ihr klar wurde, daß die Weißmäntel schon viel zu weit entfernt waren, um sie gehört zu haben. Sie hätten sogar schreien können, ohne noch von ihnen gehört zu werden. Vielleicht hatten sie ja auch geschrien. Daß Elayne mit gleicher Münze geantwortet hatte, half auch nicht weiter.

Nynaeve packte ihren Zopf ganz fest und funkelte Thom böse an, während sich Elayne an seinen Arm schmiegte und in beinahe verliebtem Ton säuselte: »Ihr habt recht, Thom. Es tut mir leid, daß ich die Stimme erhoben habe.« Juilin beobachtete sie von der Seite her, obwohl er so tat, als gehe ihn das alles nichts an, doch er war klug genug, sein Pferd nicht näher heranzutreiben, um nicht auch noch hineingezogen zu werden.

Nynaeve ließ ihren Zopf los, bevor sie sich die Haarwurzeln ausriß, rückte ihren Hut zurecht und setzte sich steif hin, so daß sie geradeaus über das Gespann hinwegblickte. Was auch in das Mädchen gefahren war, es war höchste Zeit, ihr das wieder auszutreiben.

Lediglich eine hohe Steinsäule auf jeder Straßenseite markierte die Grenze zwischen Tarabon und Amadicia. Außer ihnen gab es keinerlei Verkehr auf der Straße. Die Hügel wurden langsam etwas höher, ansonsten aber blieb das Land ziemlich unverändert: braunes Gras und Sträucher mit nur wenigen grünen Blättern und dazu gelegentlich ein paar Kiefern oder Lederblattbäume oder andere immergrüne Gewächse. Die Felder waren mit Steinmäuerchen eingegrenzt und hier und da standen Bauernhäuser mit Strohdächern an den Hängen oder in den Senken, doch sie wirkten verlassen. Kein Rauch quoll aus den Schornsteinen, es arbeitete niemand auf den Feldern, und auf den Weiden waren weder Kühe noch Schafe zu sehen. Manchmal sahen sie ein paar Hühner, die auf einem der Höfe in der Nähe der Straße scharrten, doch sie flohen, wenn sich der Wagen näherte. Offensichtlich waren sie verwildert. Weißmantel-Garnison hin oder her, offensichtlich wagte niemand hier in der Nähe der Grenze zu bleiben, wo jederzeit ein Überfall durch die Banditen aus Tarabon erfolgen konnte.

Als Mardecin von der Spitze einer kleinen Anhöhe aus in Sicht kam, mußte die Sonne immer noch ein gutes Stück steigen, um den Zenit zu erreichen. Die Ansiedlung vor ihnen wirkte zu groß, um sie noch als Dorf bezeichnen zu können. Sie maß bestimmt eine Meile im Durchmesser und lag zwischen zwei Hügeln an einer Brücke über ein kleines Flüßchen. Man sah dort sowohl Ziegeldächer wie strohgedeckte, und auf den breiten Straßen herrschte einiges Gedränge.

»Wir müssen neue Vorräte kaufen«, sagte Nynaeve, »aber es sollte schnell geschehen. Vor Sonnenuntergang können wir noch eine beträchtliche Strecke zurücklegen.«

»Langsam aber sicher packt uns die Erschöpfung,

Nynaeve«, sagte Thom. »Von Sonnenaufgang bis Sonnenuntergang, jeden Tag, beinahe einen Monat lang. Ein Tag Rast wird keinen großen Unterschied machen, wenn wir Tar Valon erreichen.« Er klang aber keineswegs erschöpft. Wahrscheinlich hatte er bloß vor, in einer der Tavernen Harfe oder Flöte zu spielen und sich von den Männern zum Wein einladen zu lassen.

Juilin hatte nun endlich sein Pferd neben den Wagen gelenkt und fügte hinzu: »Ich wäre auch gern mal wieder einen Tag auf den eigenen Beinen. Ich weiß nicht, was schlimmer ist – dieser Sattel oder der Kutschbock.«

»Ich glaube auch, daß wir nach einer Schenke suchen sollten«, sagte Elayne und blickte zu Thom auf. »Ich habe wahrlich genug davon, unter diesem Wagen zu schlafen, und ich würde Euch gern wieder einmal lauschen, wenn Ihr im Schankraum Eure Geschichten erzählt.«

»Kaufleute mit nur einem Wagen sind nicht viel mehr als fahrende Händler«, sagte Nynaeve in scharfem Ton. »Sie können sich keine Zimmer in den Schenken einer Stadt wie dieser leisten.«

Sie wußte nicht, ob das wirklich der Wahrheit entsprach, aber trotz ihrer eigenen Sehnsucht nach einem Bad und sauberen Bettüchern würde sie das Mädchen nicht so einfach davonkommen lassen. So etwas Thom vorzuschlagen und nicht ihr! Erst, als sie die Worte ausgesprochen hatte, wurde ihr mit einemmal klar, daß sie damit praktisch Thom und Juilin nachgegeben hatte. *Ein Tag wird nicht schaden. Es ist noch ein langer Weg nach Tar Valon.*

Sie wünschte, sie hätte auf einem Schiff bestanden. Auf einem schnellen Schiff, beispielsweise einem Klipper des Meervolks, hätten sie Tear in einem Drittel der Zeit erreicht, die sie benötigt hatten, um Tarabon zu durchqueren. Solange günstige Winde herrschten und bei der richtigen Windsucherin der Atha'an Miere wäre das kein Problem gewesen. Davon abgesehen hätten sie oder Elayne das schon im Griff gehabt. Die Tairener ihrerseits wußten, daß sie und Elayne mit Rand befreundet waren, und sie erwartete, daß diese Leute immer noch ins Schwitzen kamen aus Furcht, sie könnten den Wiedergeborenen Drachen erzürnen. Sie hätten dort bestimmt eine Kutsche mit Eskorte bekommen, um bis nach Tar Valon zu reisen.

»Sucht uns einen passenden Lagerplatz dort unten«, sagte sie schließlich zögernd. Sie hätte wirklich auf einer Schiffspassage bestehen sollen! Vielleicht wären sie dann jetzt schon wieder in der Weißen Burg.

KAPITEL 9

Ein Signal

Nynaeve mußte zugeben, daß Thom und Juilin sich auf einen sehr guten Lagerplatz geeinigt hatten, in einem spärlichen Dickicht an einem Osthang, kaum eine Meile von Mardecin entfernt. Alles war mit welkem Laub bedeckt und gepolstert. Einige verstreute Süßholzbüsche und niedrige Weiden, deren Zweige bis tief über dem Boden hingen, verdeckten den Wagen sowohl von der Straße wie auch vom Ort aus, und ein zwei Fuß breites Bächlein quoll unter einem Felsvorsprung nahe der Spitze der Anhöhe hervor und rann durch ein Bett aus trockenem Schlamm, das etwa doppelt so breit war. Für ihre Zwecke reichte das Wasser allemal. Es war sogar recht kühl unter den Bäumen, nicht zuletzt dank einer leichten und angenehmen Brise.

Sobald die Männer die Pferde mit Wasser versorgt und ihnen dann Fußfesseln angelegt hatten, damit sie am Hang grasen konnten, warfen sie eine Münze, um zu entscheiden, wer von ihnen auf dem dürren Wallach nach Mardecin reiten würde, um dort einzukaufen, was sie benötigten. Das Münzwerfen war ein Ritual, auf das sie sich seit einiger Zeit geeinigt hatten. Thom, dessen geschickte Finger so manchen Zaubertrick beherrschten, gewann jedesmal, wenn er die Münze warf, also besorgte Juilin das nun immer.

Thom gewann aber wieder, und während er Schmoller sattelte, steckte Nynaeve den Kopf unter den Kutschbock und hob mit ihrem Messer eines der Bodenbretter an. Neben zwei kleinen vergoldeten Behältern, in denen sich der Schmuck, den Amathera ihnen geschenkt hatte, befand, lagen in dem Fach noch mehrere prall mit Münzen gefüllte Lederbeutel. Die Panarchin war mehr als großzügig gewesen in ihrem Wunsch, sie möglichst schnell nur noch von hinten zu sehen. Im Vergleich dazu wirkten einige andere Gegenstände unbedeutend: ein kleines, dunkles Holzkästchen, glänzend, aber ohne jede schmückende Schnitzerei, und eine Waschledertasche, die ganz unten lag und eine Scheibe in ihrem Inneren erahnen ließ. Das Kästchen enthielt die beiden *Ter'Angreal,* die sie den Schwarzen Ajah wieder abgejagt hatten – beide hatten mit Träumen zu tun –, und in der Tasche... Das war das Wichtigste, was sie aus Tanchico mitgenommen hatten: eines der Siegel zum Gefängnis des Dunklen Königs.

So gern sie auch herausgefunden hätte, wohin Siuan Sanche sie als nächstes auf der Suche nach Schwarzen Ajah schicken wolle, war doch das Siegel der Grund dafür, daß sie es so eilig hatte, nach Tar Valon zurückzukehren. Sie holte aus einem der prallen Geldbeutel einige Münzen heraus und vermied dabei, die bewußte Tasche auch nur zu berühren. Je länger sie das bei sich hatte, desto stärker ihr Wunsch, es der Amyrlin zu übergeben und so loszuwerden. Manchmal, wenn sie sich dem Ding näherte, hatte sie das Gefühl, sie könne den Dunklen König dort drinnen fühlen, wie er auszubrechen versuchte.

Sie schickte Thom mit einer Tasche voll Silber und der ernsten Ermahnung los, Obst und Gemüse zu besorgen. Wenn sie das einem der Männer selbst überließ, kaufte er höchstwahrscheinlich nur wieder Fleisch und Bohnen und sonst nichts. Thoms Hinken, als er das Pferd am Zügel hinter sich her zur Straße zog, ließ sie das Gesicht schmerzhaft verziehen. Eine alte Verletzung, für die man jetzt nichts tun könne, hatte Moiraine gesagt. Das stank genauso wie das Hinken selbst. Nichts zu machen...

Als sie die Zwei Flüsse verlassen hatte, geschah das, um junge Menschen aus ihrem Dorf zu beschützen, die des Nachts von einer Aes Sedai einfach mitgenommen worden waren. Sie hatte die Hoffnung, diese Menschen behüten zu können, auch noch zur Weißen Burg mitgetragen und dazu das Vorhaben, Moiraine zur Strafe für ihr Werk zu Fall zu bringen. Seither hatte sich die Welt geändert. Oder vielleicht sah sie jetzt die Welt in einem anderen Licht. *Nein, ich bin es nicht, die sich geändert hat. Ich bin die gleiche, nur alles andere ist jetzt anders.*

Jetzt hatte sie alle Hände voll zu tun, um sich selbst zu schützen. Rand war, was er eben war, und da gab es kein Zurück mehr. Egwene ging voller Begeisterung ihren eigenen Weg und ließ sich durch nichts und niemanden davon abhalten, selbst wenn der Weg über eine Klippe führte. Mat hatte sich angewöhnt, an nichts weiter als an Frauen zu denken, an sein Vergnügen und an das Spielen. Es widerte sie ja selbst an, aber manchmal mußte sie Moiraine insgeheim recht geben. Wenigstens Perrin war mittlerweile nach Hause zurückgekehrt, wie sie von Egwene gehört hatte; vielleicht befand er sich in Sicherheit.

Die Schwarzen Ajah zu verfolgen war ja gut und schön und auch befriedigend – allerdings auch furchteinflößend. Sicher versuchte sie, ihre Angst zu verbergen, denn sie war ja schließlich eine erwachsene Frau und kein kleines Mädchen mehr, das sich hinter der Schürze der Mutter versteckt. Doch das war alles nicht der Hauptgrund dafür, daß sie gewillt war, weiterhin mit dem Kopf gegen eine Wand zu rennen und immer weiter zu versuchen, den Gebrauch der Macht zu erlernen, obwohl sie die meiste Zeit über genausowenig damit anfangen konnte wie Thom. Der Grund lag in dem Talent zum Heilen. Als Seherin von Emondsfeld war sie immer höchst zufrieden gewesen, wenn sie die Versammlung der Frauen von der Richtigkeit ihrer Anschauungen hatte überzeugen können, vor allem, weil die meisten Mitglieder alt genug waren, um ihre Mutter sein zu können. Sie war ja nur ein paar Jahre älter als Elayne und damit die jüngste Seherin aller Zeiten an den Zwei Flüssen. Noch besser hatte ihr gefallen, wenn sie den Rat der Gemeinde dazu brachte, zu tun, was eben ihrer Meinung nach sein mußte – diese sturen alten Männer. Doch die allergrößte Befriedigung hatte sie immer darin gefunden, die richtige Kombination von Heilkräutern herauszubekommen, um eine Krankheit heilen zu können. Und dann erst mit Hilfe der Einen Macht heilen zu können... Sie hatte es bereits fertiggebracht, unbeholfen freilich, um zu kurieren, was sie nicht mit Hilfe der Kräuter schaffte. Allein die Freude daran reichte aus, um sie zu Tränen zu rühren. Eines Tages wollte sie Thom heilen und ihn wieder tanzen sehen. Eines Tages würde sie selbst die Wunde an Rands Seite heilen. Es konnte doch einfach nichts geben, was man nicht zu heilen imstande war, jedenfalls nicht, wenn sich die Frau mit den heilenden Kräften genug anstrengte und nie aufgab.

Als sie sich vom Anblick Thoms losriß, sah sie, daß Elayne den Eimer gefüllt hatte, der normalerweise unter dem Wagen hing, und jetzt niederkniete, um sich Hände und Gesicht zu waschen. Sie hatte sich ein Handtuch um die Schultern gelegt, damit ihr Kleid nicht naß wurde. Das war etwas, was sie auch unbedingt tun wollte. Bei dieser Hitze war das Angenehmste und Erfrischendste, sich mit dem kühlen Wasser eines Bachs waschen zu können. Oft genug hatten sie nur das aus den Fässern, die seitlich an den Wagen gebunden waren, und das benötigte man dringender zum Trinken und Kochen als zum Waschen.

Juilin saß mit dem Rücken gegen eines der Wagenräder gelehnt. Sein daumendicker Stock aus hellem, seltsam gegliederten Holz stand neben ihm. Den Kopf hatte er gesenkt, und dieser idiotische Hut war ihm nach vorn fast über die Augen gerutscht, aber sie hätte nicht darauf wetten wollen, daß selbst ein Mann um diese Zeit am Morgen schlief. Es gab ja Dinge, die er und Thom nicht einmal ahnten, Dinge, von denen sie besser nie erfuhren.

Der dicke Teppich aus welken Blättern raschelte, als sie sich neben Elayne setzte. »Glaubst du, daß Tanchico wirklich erobert wurde?« Elayne fuhr sich langsam und genüßlich mit einem seifigen Waschlappen über das Gesicht und antwortete nicht. Also versuchte sie es noch mal: »Ich glaube, die Aes Sedai, die jener Weißmantel erwähnt hat, das waren wir.«

»Vielleicht.« Elaynes Stimme klang kühl, ihre Augen bestanden aus blauem Eis. Sie blickte Nynaeve nicht direkt an. »Und vielleicht haben sich Berichte über das, was wir taten, mit anderen Gerüchten vermischt. Es könnte durchaus sein, daß Tarabon mittlerweile einen neuen König und einen neuen Panarchen hat.«

Nynaeve beherrschte sich und griff nicht einmal nach ihrem Zopf. Statt dessen packte sie energisch ihre Knie. *Du versuchst, sie wieder zu versöhnen. Also hüte deine Zunge!* »Amathera war kein leichter Fall, aber ich möchte trotzdem nicht, daß ihr etwas zustößt. Was meinst du?«

»Eine hübsche Frau«, sagte Juilin, »vor allem im Kleid einer Taraboner Kellnerin und mit einem netten Lächeln auf dem Gesicht. Ich glaube, sie …« Er bemerkte, daß Elayne und sie ihn anblickten, und zog schnell den Hut wieder herab im Bemühen, Schlaf vorzutäuschen. Sie tauschte einen Blick mit Elayne und wußte, daß die andere den gleichen Gedanken hatte wie sie: *Männer!* »Was auch mit Amathera geschehen sein mag, Nynaeve, das liegt nun hinter uns.« Jetzt klang Elayne wieder etwas normaler. Ihre Bewegungen beim Waschen wurden langsamer. »Ich wünsche ihr Glück, aber vor allem hoffe ich, daß die Schwarzen Ajah nicht hinter uns her sind. Uns verfolgen, meine ich.«

Juilin bewegte sich unruhig, ohne den Kopf zu heben. Ihm fiel es immer noch schwer, sich damit abzufinden, daß es die Schwarzen Aes Sedai wirklich gab und sie nicht nur ein bloßes Gerücht waren.

Er sollte froh und glücklich sein, daß er nicht weiß, was wir wissen. Nynaeve mußte zugeben, daß dieser Gedankengang nicht ganz logisch war, aber hätte er gewußt, daß die Verlorenen frei waren, dann hätte selbst Rands törichte Anweisung, *auf sie und Elayne aufzupassen,* ihn nicht vom Davonlaufen abhalten können. Aber trotzdem war er gelegentlich sehr nützlich. Er, genau wie Thom. Es war Moiraine gewesen, die ihnen Thom aufgeladen hatte, und für einen gewöhnlichen Gaukler wußte der Mann eine ganze Menge über die Welt und was in ihr vorging.

»Wenn sie uns folgten, hätten sie uns bestimmt mittlerweile eingeholt.« Das entsprach der Wahrheit, wenn man an die Geschwindigkeit des mühsam dahinrumpelnden Karrens dachte. »Wenn wir Glück haben, wissen sie immer noch nicht, wer wir eigentlich sind.«

Elayne nickte, wohl grimmig, aber doch wieder ganz die alte, und wusch sich noch einmal das Gesicht. Sie konnte fast genauso energisch und stur ein Ziel verfolgen wie die Frauen der Zwei Flüsse. »Liandrin und die meisten ihrer Genossinnen dürften wohl aus Tanchico entkommen sein. Vielleicht sogar alle. Und wir wissen immer noch nicht, wer eigentlich die Schwarzen Ajah in der Burg befehligt. Wie Rand sagen würde: Wir müssen das noch erledigen, Nynaeve.«

Unwillkürlich fuhr Nynaeve zusammen. Sicher, sie hatten eine Liste mit elf Namen, aber sobald sie sich wieder in der Burg befanden, konnte beinahe jede Aes Sedai, mit der sie sprachen, insgeheim eine Schwarze Ajah sein. Oder auch jede, die sie auf der Straße antrafen. Davon abgesehen konnte ja auch jeder, den sie überhaupt kennenlernten, ein Schattenfreund sein, doch das war nicht dasselbe; bei weitem nicht.

»Noch mehr als über die Schwarzen Ajah«, fuhr Elayne fort, »mache ich mir Gedanken über Mo…« Nynaeve legte ihr blitzschnell die Hand auf den Arm und nickte leicht in Richtung Juilin. Elayne hustete und fuhr fort, als sei sie nur durch das Husten unterbrochen worden. »Über Mutter. Sie hat keinen Grund, dich in die Arme zu schließen, Nynaeve. Ganz im Gegenteil.«

»Sie ist doch weit weg.« Nynaeve war froh, daß ihre Stimme nicht zitterte. Sie sprachen nicht von Elaynes Mutter, sondern von der Verlorenen, die sie besiegt hatten. Mit einem Teil ihres Verstandes hoffte sie flehentlich, daß Moghedien sich weit entfernt befinde. Sehr weit.

»Und wenn nicht?«

»Bestimmt«, sagte Nynaeve überzeugt, doch sie zog dabei immer noch unsicher die Schultern ein. Sie erinnerte sich noch zu gut daran, wie sie von Moghedien gedemütigt worden war und hätte nichts lieber gehabt, als die Frau wieder vor sich zu haben und sie wieder zu besiegen, aber diesmal endgültig. Nur, was geschah, wenn Moghedien sie überraschte und sie angriff, wenn sie gerade nicht zornig genug war, um die Macht gebrauchen zu können? Das gleiche galt natürlich für alle Verlorenen oder auch jede Schwarze Schwester, doch nach ihrem Zusammenstoß in Tanchico hatte Moghedien allen Grund, sie ganz persönlich zu hassen. Nicht gerade ein angenehmer Gedanke, daß eine der Verlorenen ihren Namen kannte und höchstwahrscheinlich ihren Kopf wollte. *Das ist doch einfach nur Feigheit!* sagte sie sich energisch. *Du bist aber kein Feigling und wirst es nie sein!* Das ließ aber dieses Jucken zwischen ihren Schulterblättern nicht vergehen, jedesmal, wenn sie an Moghedien denken mußte, als fühle sie den Blick dieser Frau in ihrem Rücken.

»Ich schätze, mich immerzu nach hinten umzusehen wegen der Banditen hat mich nervös gemacht«, sagte Elayne so nebenher und tupfte sich das Gesicht mit dem Handtuch ab. »Also, wenn ich in letzter Zeit träume, habe ich oft das Gefühl, daß mich jemand beobachtet.«

Nynaeve fuhr leicht zusammen, als sie dieses Echo ihrer eigenen Gedanken hörte, aber dann wurde ihr die Betonung auf dem Wort ›träume‹ bewußt. Damit waren nicht irgendwelche Träume gemeint, sondern *Tel'aran'rhiod*. Noch eine Sache, von der die Männer nicht wußten. Sie hatte jedenfalls das gleiche Gefühl gehabt, aber andererseits spürte man in der Welt der Träume oftmals unsichtbare Augen. Das konnte natürlich unangenehm sein, aber sie hatten darüber schon öfters miteinander gesprochen.

Sie bemühte sich, in heiterem Tonfall zu sprechen: »Na ja, wenigstens sehen wir deine Mutter nicht in unseren Träumen, Elayne, sonst würde sie uns vermutlich beide an den Ohren packen.« Moghedien würde sie wahrscheinlich foltern, bis sie um die Gnade des Todes bettelten. Oder einen Kreis von dreizehn Schwarzen Schwestern und dreizehn Myrddraal zusammenholen. Damit konnte man jeden gegen den Willen zum Schatten bekehren und an den Dunklen König binden. Vielleicht konnte Moghedien das sogar allein fertigbringen… *Mach dich nicht lächerlich, Frau! Wenn sie das könnte, hätte sie es getan. Du hast sie besiegt, weißt du noch?*

»Ich hoffe nicht«, antwortete die andere Frau nüchtern.

»Wirst du mir auch eine Gelegenheit geben, mich zu waschen?« fragte Nynaeve leicht verärgert. Sie wieder zu beruhigen war ja in Ordnung, aber man sollte doch etwas weniger von Moghedien sprechen. Die Verlorene mußte sich irgendwo weit entfernt befinden, denn wenn sie wüßte, wo sie sich aufhielten, hätte sie sie doch nicht unbehelligt umherziehen lassen. *Das Licht gebe, daß es auch stimmt!*

Elayne leerte den Eimer selbst aus und füllte ihn wieder für Nynaeve. Sie war an sich ein sehr nettes

Mädchen, wenn sie daran dachte, daß sie sich nicht im königlichen Palast in Caemlyn befand. Und wenn sie sich nicht zum Narren machte. Aber dafür würde Nynaeve schon sorgen, wenn Thom zurück war.

Nachdem Nynaeve es genossen hatte, sich ausgiebig zu säubern, machte sie sich daran, das Lager zu richten und ließ Juilin abgestorbene Äste von den umstehenden Bäumen abbrechen, um ein Feuer vorzubereiten. Als Thom mit zwei gefüllten Weidenkörben zurückkehrte, die er dem Wallach übergehängt hatte, lagen ihre und Elaynes Decken unter dem Wagen bereit und die der beiden Männer unter den weit herunterhängenden Zweigen einer der zwanzig Fuß hohen Weiden, ein ordentlicher Stapel Feuerholz war aufgeschichtet, ein Teekessel stand zum Abkühlen neben der Asche eines kleinen Feuers auf einer kleinen, von Blättern gesäuberten und geschwärzten Fläche, und die dicken Steinguttassen waren abgewaschen. Juilin knurrte mürrisch in sich hinein, als er Wasser in dem winzigen Bächlein auffangen mußte, um die Fässer wieder aufzufüllen. Nach dem, was Nynaeve davon aufschnappen konnte, war sie froh, daß er das meiste zu leise brummte, um es verstehen zu können. Elayne hatte sich auf eine der Deichseln gesetzt und gab sich wenig Mühe, ihr Interesse an dem, was er so brummte, zu verbergen. Sowohl sie wie auch Nynaeve hatten sich hinter dem Wagen verborgen umgezogen und dabei zufällig genau die Farben ihrer Kleider vertauscht. In den sauberen, frischen Kleidern fühlten sie sich erheblich wohler.

Nachdem Thom dem Wallach die Fußfesseln angelegt hatte, hob er die schweren Tragekörbe problemlos herunter und begann mit dem Auspacken. »Mardecin ist nicht so wohlhabend, wie es aus der Entfernung wirkt.« Er legte ein Netz voll kleiner Äpfel auf den Boden und ein weiteres, gefüllt mit dunkelgrünen, großblättrigen Kohlköpfen. »Der Handel nach Tarabon hinein ist praktisch tot, und darunter leidet die Stadt.«

Der Rest schien nur aus Säcken mit getrockneten Bohnen und Zwiebeln zu bestehen, und dazu in Pfeffer eingelegtes Fleisch und scharf geräucherte Schinken. Und eine graue, mit Wachs verschlossene Steingutflasche, von der Nynaeve sicher war, daß sie Branntwein enthielt. Die beiden Männer hatten sich bereits beklagt, sie hätten gar nichts zu trinken, wenn sie abends ihre Pfeifen schmauchten. »Man kann kaum sechs Schritte tun, ohne einem oder zwei Weißmänteln zu begegnen. Die Garnison umfaßt ungefähr fünfzig Mann Besatzung. Das Lager liegt auf der anderen Hügelseite jenseits des Flusses hinter dem Ort. Es ist um vieles größer, aber wie es scheint, zieht Pedron Niall aus allen Richtungen die Weißmäntel in Amador zusammen.« Er strich sich den langen Schnurrbart und blickte einen Augenblick lang sehr nachdenklich drein. »Ich kann mir nicht vorstellen, was er eigentlich vorhat.« Thom war nicht der Mann, dem so etwas gepaßt hätte. Für gewöhnlich reichten ihm ein paar Stunden Aufenthalt an einem Ort, um herauszubekommen, was sich zwischen den Adelshäusern und den Kaufleuten abspielte, wer mit wem verbündet war, welche Intrigen und Gegenintrigen abliefen, eben alles, was dieses sogenannte ›Spiel der Häuser‹ ausmachte. »Den Gerüchten nach versucht Niall, einen Krieg zwischen Illian und Altara zu verhindern, oder vielleicht zwischen Illian und Murandy. Da hätte er aber keinen Grund, sein Heer zu mobilisieren. Aber ich sage Euch eines: Was der Leutnant auch gesagt hat, die Lebensmittel, die nach Tarabon gebracht werden, werden durch eine königlich erlassene Steuer bezahlt, und das gefällt den Menschen hier überhaupt nicht. Sie wollen alles andere als die Taraboner durchfüttern.«

»König Ailron und der kommandierende Lordhauptmann gehen uns nichts an«, sagte Nynaeve und musterte seine Einkäufe. *Drei* gesalzene und geräucherte Schinken! »Wir werden so schnell und unauffällig wie möglich durch Amadicia fahren. Vielleicht haben Elayne und ich mehr Glück dabei als Ihr, Gemüse aufzutreiben. Kommst du mit spazieren, Elayne?«

Elayne stand sofort auf, strich ihren grauen Rock glatt und nahm ihren Hut vom Wagen. »Das wäre sehr schön nach dem harten Kutschbock. Es könnte ja anders sein, wenn Thom und Juilin mich etwas öfter auf Schmoller reiten lassen würden.« Ausnahmsweise einmal warf sie dem alten Gaukler keinen koketten Blick zu, und das wollte schon etwas heißen.

Thom und Juilin tauschten einen Blick, und der tairenische Diebfänger zog eine Münze aus seiner Manteltasche. Doch Nynaeve ließ ihm gar nicht die Zeit, um sie zu werfen. »Wir können durchaus allein bleiben. Was soll uns schon passieren, wenn hier so viele Weißmäntel Recht und Ordnung wahren?« Sie setzte sich den Hut auf, band den Schal drüber, verknotete ihn unter dem Kinn und sah sie herausfordernd an. »Außerdem müssen all diese Sachen, die Thom gekauft hat, noch verstaut werden.« Beide Männer nickten, bedächtig und zögernd zwar, aber sie stimmten zu. Manchmal nahmen sie ihre Rolle als angebliche Beschützer doch etwas zu ernst.

Sie und Elayne kamen an die leere Straße und schlenderten am Straßenrand entlang, auf einem Streifen dünnen Grases, wo sie keinen Staub aufwirbelten. Schließlich hatte sie sich entschieden, wie sie sagen würde, was sie auf dem Herzen hatte. Doch bevor sie sprechen konnte, sagte Elayne: »Du willst offensichtlich allein mit mir sprechen, Nynaeve. Über Moghedien vielleicht?«

Nynaeve riß kurz die Augen auf und warf der anderen einen Seitenblick zu. Man sollte immer daran denken, daß Elayne alles andere als begriffsstutzig war. Sie hatte sich nur ein wenig dümmlich benommen. So beschloß Nynaeve, sich zu beherrschen, denn dies würde schon schwierig werden und konnte leicht in eine wilde Schreierei ausarten. »Nein, nicht darüber,

Elayne.« Das Mädchen war der Meinung, sie sollten Moghedien in ihre Suche einschließen. Sie erkannte offensichtlich nicht den Unterschied zwischen einer der Verlorenen und beispielsweise Liandrin oder Chesmal. »Ich dachte, wir sollten uns einmal darüber unterhalten, wie du dich Thom gegenüber verhältst.«

»Ich weiß nicht, was du willst«, sagte Elayne, wobei sie stur geradeaus zur Stadt hin blickte. Doch die roten Flecken auf ihren Wangen straften ihre Worte Lügen.

»Er ist nicht nur alt genug, um dein Vater – ja, dein Großvater zu sein, sondern ...«

»Er ist *nicht* mein Vater!« fauchte Elayne. »Mein Vater war Taringail Damodred, ein Prinz von Cairhien und der Erste Prinz des Schwerts von Andor!« Unnötigerweise rückte sie ihren Hut gerade und fuhr dann in sanfterem Tonfall – wenn auch nicht sehr gemäßigt – fort: »Es tut mir leid, Nynaeve. Ich wollte nicht schreien.«

Launen, mahnte sich Nynaeve selbst. »Ich dachte, du liebst Rand«, sagte sie und bemühte sich, sanft zu sprechen. Das fiel ihr nicht leicht. »Das ging jedenfalls aus den Briefen hervor, die du durch mich Egwene für ihn mitgegeben hast. Ich erwartete eigentlich, daß du ihr das gleiche gesagt hast.«

Die Wangen der anderen röteten sich noch stärker. »Ich liebe ihn, aber ... Er ist sehr weit weg, Nynaeve. In der Wüste, und von tausend Töchtern des Speers umgeben, die springen, wenn er etwas will. Ich kann ihn nicht sehen, nicht sprechen und ihn nicht berühren.« Am Ende flüsterte sie nur noch.

»Du kannst doch wohl nicht glauben, daß er sich einer Tochter des Speers zuwenden wird«, sagte Nynaeve ungläubig. »Er ist ein Mann, aber doch nicht so wetterwendisch, und außerdem würde eine von denen ihm einen Speer in den Leib rennen, wenn er sie nur schief anblickte, ob er nun dieser Morgendämmerung oder wie auch immer ist oder auch nicht. Darüber hinaus sagt Egwene doch, daß Aviendha für dich auf ihn aufpaßt.«

»Ich weiß, aber … Ich hätte sichergehen sollen, daß ihm meine Liebe wirklich bewußt ist.« Elaynes Stimme klang sehr entschlossen. Und besorgt. »Ich hätte es ihm selbst sagen sollen.«

Nynaeve hatte sich vor Lan eigentlich noch nie für einen Mann interessiert, aber sie hatte als Seherin natürlich viel gesehen und erfahren. Und ihrer Erfahrung nach gab es keinen besseren Weg, um einen Mann sofort zum Davonlaufen zu bringen. Nein, *er* mußte es zuerst sagen.

»Ich glaube, Min hatte eine Vision«, fuhr Elayne fort. »Von mir und auch von Rand. Sie hat immer darüber gescherzt, daß ich ihn mit anderen teilen müsse, doch ich glaube, es war gar kein Scherz und sie konnte sich einfach nicht überwinden, zu sagen, was sie wirklich gesehen hat.«

»Das ist doch lächerlich.« Und das war es auch. Obwohl – in Tear hatte ihr Aviendha von einer abscheulichen Sitte bei den Aiel berichtet … *Du teilst Lan mit Moiraine,* flüsterte eine kleine Stimme in ihr. *Das ist absolut nicht dasselbe!* antwortete sie knapp. »Bist du sicher, daß es eine von Mins Visionen war?«

»Ja. Zuerst war ich mir nicht darüber im klaren, aber je mehr ich darüber nachdenke, desto sicherer bin ich. Sie hat das zu oft im Scherz erwähnt, als daß es irgend etwas anderes bedeuten könnte.«

Nun, was Min auch gesehen haben mochte, Rand war jedenfalls kein Aiel. Oh, er mochte ja von Aiel abstammen, wie die Weisen Frauen behaupteten, aber er war in den Zwei Flüssen aufgewachsen und sie würde sowieso nicht dastehen und zusehen, wie er solch verruchte Aielsitten annahm. Sie bezweifelte auch sehr, daß Elayne sich dem beugen würde. »Hast du dich deshalb« – sie wollte nicht sagen: *an ihn herangeschmissen* – »so mit Thom abgegeben?«

Elayne blickte sie von der Seite her an, und das Rot kehrte auf ihre Wangen zurück. »Zwischen uns liegen tausend Wegstunden, Nynaeve. Glaubst du, daß Rand keine anderen Frauen ansieht? ›Ein Mann ist ein Mann, ob auf einem Thron oder im Schweinestall.‹« Sie hatte einen ganzen Vorrat solcher Sprichwörter auf Lager, die sie von ihrer ehemaligen Amme hatte, einer urvernünftigen Frau namens Lini, von der Nynaeve hoffte, sie könne sie eines Tages kennenlernen.

»Also, ich sehe ja nicht ein, daß du unbedingt flirten mußt, nur weil du glaubst, Rand täte das vielleicht auch.« Sie unterließ es, noch einmal Thoms Alter zu erwähnen. *Lan ist alt genug, um* dein *Vater zu sein,* murmelte diese kleine Stimme wieder. *Ich liebe Lan. Wenn ich nur einen Weg finden könnte, ihn von Moiraine wegzubringen ... Aber das ist jetzt nicht das Thema.* »Thom ist ein Mann mit Geheimnissen, Elayne. Denk daran, daß ihn Moiraine uns mitgegeben hat. Was er auch sein mag, ein einfacher Gaukler vom Land ist er jedenfalls nicht.«

»Er war ein großer Mann«, sagte Elayne leise. »Er hätte noch größer sein können, wenn nicht die Liebe gewesen wäre.«

Das brachte Nynaeves Zorn zum Überkochen. Sie fuhr auf die andere los und packte sie an den Schultern. »Dieser Mann weiß nicht, ob er dich übers Knie legen soll oder ... oder ... auf einen Baum klettern!«

»Ich weiß.« Elayne entwich ein hilfloses Seufzen. »Aber ich weiß nicht, was ich sonst tun soll.«

Nynaeve knirschte mit den Zähnen, so sehr mußte sie an sich halten, um Elayne nicht zu kräftig durchzuschütteln. »Wenn deine Mutter davon erführe, würde sie Lini herschicken, um dich ins Kinderzimmer zurückzuschleifen!«

»Ich bin kein Kind mehr, Nynaeve.« Elaynes Stimme klang gestreßt und die Röte ihrer Wangen rührte jetzt nicht mehr von Verlegenheit her. »Ich bin genauso eine Frau wie meine Mutter.«

Nynaeve beschleunigte ihren Schritt und packte dabei ihren Zopf so fest, daß ihre Knöchel schmerzten.

Nach ein paar Schritten hatte Elayne sie eingeholt. »Sollen wir wirklich Gemüse einkaufen?« Ihre Miene war beherrscht und ihr Tonfall heiter.

»Hast du gesehen, was Thom mitgebracht hat?« sagte Nynaeve mit gepreßter Stimme.

Elayne schauderte übertrieben. »Drei Speckseiten. Und dieses furchtbare in Pfeffer eingelegte Rindfleisch. Essen Männer überhaupt etwas anderes als Fleisch, wenn man es ihnen nicht direkt vor die Nase stellt?«

Nynaeves Laune besserte sich, als sie weitergingen und dabei über die Schwächen des schwächeren Geschlechts – natürlich der Männer – und andere ähnlich einfache Dinge plauderten. Natürlich verrauchte ihr Zorn nicht ganz, aber immerhin. Sie mochte Elayne und genoß ihre Gesellschaft. Zuzeiten schien es, als sei das Mädchen tatsächlich Egwenes Schwester. Manchmal hatten sich die beiden ja auch gegenseitig so bezeichnet – wenn Elayne nicht gerade das Flittchen spielte. Thom hätte dem natürlich entgegenwirken können, aber der alte Narr bestätigte Elayne noch, indem er sie behandelte wie ein wohlwollender Vater seine Lieblingstochter, selbst wenn er nicht wußte, ob er hüh oder hott sagen sollte. Wie auch immer, sie würde dem auf den Grund gehen. Nicht Rands wegen, sondern weil Elayne einfach zu gut für so etwas war. Es war, als habe sie sich ein fremdartiges Fieber eingefangen. Nynaeve hatte allerdings vor, sie davon zu heilen.

Die Straßen von Mardecin waren mit Granitplatten gepflastert, die von Generationen von Füßen und Wagenrädern ausgefahren und ausgetreten worden waren, und die Gebäude waren alle aus Backsteinen oder Naturstein erbaut. Allerdings stand eine ganze Anzahl davon leer, sowohl Geschäfte wie auch Wohnhäuser. Manchmal stand sogar die Vordertür offen, so daß Nynaeve in die leeren Räume dahinter blicken konnte.

Sie sah drei Schmieden, von denen zwei aufgegeben worden waren, während in der dritten der Schmied gerade seine Werkzeuge halbherzig mit Öl pflegte. Die Essen waren kalt. Vor einer Schenke mit einem Schieferdach saßen die Gäste verdrießlich auf Bänken im Freien. Ein Teil der Fenster war zerbrochen, und bei einer anderen Schenke hing die Tür zum danebenstehenden Stallgebäude schief in den Angeln. Eine verstaubte Kutsche stand im Stallhof. Auf dem Kutschbock brütete einsam eine Henne. Im Schankraum spielte jemand auf der Zither den ›Reiherflug‹, doch selbst diese Melodie klang irgendwie mutlos und halbherzig. Die Eingangstür einer dritten Schenke war mit zwei rissigen Brettern vernagelt.

Die Menschen drängten sich in den Straßen, doch sie bewegten sich träge, von der Hitze erschlagen. Trübe Mienen sagten deutlich aus, daß sie eigentlich – außer der Gewohnheit – eigentlich gar keinen Grund hatten, sich zu bewegen. Viele Frauen trugen große, breitkrempige Hüte, die ihre Gesichter fast ganz verbargen, und die Säume ihrer Kleider waren ausgefranst. Genauso ausgefranst wie die Krägen oder Manschetten an den knielangen Mänteln vieler Männer.

Tatsächlich waren auf den Straßen einige Weißmäntel zu sehen, und wenn es vielleicht nicht so viele waren, wie sie nach Thoms Bericht erwartet hatten, waren es immer noch genug. Nynaeve stockte jedesmal der Atem, wenn sie bemerkte, daß ein Mann in jungfräulich weißem Umhang und glänzendem Harnisch sie anblickte. Sie wußte wohl, daß sie keinesfalls lange genug mit der Macht gearbeitet hatte, um die typische Alterslosigkeit der Aes Sedai anzunehmen, aber bei diesen Männern war durchaus zu erwarten, daß sie eine Hexe aus Tar Valon, die sich nicht in Amadicia aufhalten durfte, töten würden, selbst wenn sie sie nur einer Verbindung zur Weißen Burg verdächtigten. Sie schritten durch die Menschenmenge und schienen die offensichtliche Armut ihrer Umgebung überhaupt nicht wahrzunehmen. Die Menschen machten ihnen respektvoll Platz und erhielten zur Antwort manchmal ein dankendes Nicken und oft ein streng-bigottes ›Wandelt unter dem Licht‹.

So ignorierte sie die Kinder des Lichts, so gut es möglich war, und machte sich daran, frisches Gemüse aufzutreiben. Doch als die Sonne ihren höchsten Punkt am Himmel erreicht hatte, hatten Elayne und sie getrennt zu beiden Seiten der Brücke den gesamten Ort abgegrast und lediglich ein kleines Bündel Süßerbsen aufgegabelt, ein paar winzige Rettiche, mehrere harte Birnen und einen Korb, in dem sie alles zurücktragen wollten. Vielleicht hatte sich Thom wirklich nach Gemüse umgesehen. Zu dieser Jahreszeit hätten die Karren und Verkaufsstände voll sein müssen mit der Ernte des Sommers, aber was sie hier sahen, waren meist Kartoffeln und Zwiebeln, die auch schon bessere Tage gesehen hatten. Wenn sie an all die verlassenen Bauernhöfe dachte, die sie auf dem Weg hierher passiert hatten, dann fragte sich Nynaeve, wie diese Menschen den Winter überstehen sollten. Sie schlenderte weiter.

Neben der Tür eines strohgedeckten Hauses, das den Laden einer Näherin beherbergte, hing ein Pflanzenbündel, das beinahe wie Besenkraut aussah. Winzige gelbe Blüten befanden sich daran, und die Stiele waren ganz mit weißen Bändern umwickelt. Alles hatte man mit einem gelben Band zusammengebunden. Das konnte wohl der schwache Versuch einer Frau sein, in harten Zeiten ein wenig freundlichen Schmutz anzubringen, doch sie war eigentlich sicher, daß es eine andere Bedeutung haben mußte.

Sie blieb neben einem leeren Laden stehen, auf dessen Schild über der Tür ein Messer geschnitzt war, tat so, als suche sie einen Stein in ihrem Schuh und betrachtete derweil den Laden der Näherin ganz genau. Die Tür stand offen, und in den Fenstern mit ihren kleinen Butzenscheiben sah sie bunte Stoffballen stehen. Doch es ging niemand hinein und keiner kam heraus.

»Kannst du ihn nicht finden, Nynaeve? Nimm doch den Schuh ab.«

Nynaeves Kopf fuhr herum, denn sie hatte beinahe vergessen gehabt, daß auch Elayne da war. Keiner achtete auf sie, und es war wohl auch niemand nahe genug, um sie zu belauschen. Trotzdem senkte sie die Stimme: »Dieses Bündel Besenkraut an der Ladentür. Das ist ein Signal der gelben Ajah, ein Notsignal von einem der Augen-und-Ohren der Gelben.«

Sie mußte Elayne nicht sagen, daß sie nicht auffällig hinübersehen sollte. Der Blick des Mädchens schien den Laden kaum zu streifen. »Bist du sicher?« fragte sie leise. »Und woher weißt du das?«

»Klar bin ich sicher. Es stimmt genau; sogar das gelbe Band, das herunterhängt, ist in drei Enden aufgeschnitten.« Sie schwieg einen Moment lang und holte tief Luft. Wenn sie sich nicht ganz und gar irrte, hatte dieses unbedeutende Bündel Kräuter eben doch eine Bedeutung als Notsignal. Falls sie im Unrecht war, machte sie sich zum Narren, und das haßte sie. »Ich habe mich in der Burg sehr häufig mit Gelben unterhalten.« Der wichtigste Lebenszweck der Gelben war das Heilen von Krankheiten und Verletzungen. Sie legten wohl nicht viel Wert auf Kräuter, aber die benötigte man auch kaum, wenn man mit Hilfe der Macht heilen konnte. »Eine von ihnen hat mir das erzählt. Sie hat es nicht für einen besonders relevanten Verstoß gegen die Vorschriften gehalten, da sie sicher war, daß aus mir eine Gelbe wird. Außerdem ist dieses Signal seit beinahe dreihundert Jahren nicht mehr benützt worden. Elayne, selbst in jeder Ajah wissen nur wenige Frauen überhaupt, wer die Augen-und-Ohren ihrer eigenen Ajah sind, aber ein Bündel gelber Blüten, das so wie dieses zusammengebunden und aufgehängt wurde, sagt jeder Gelben Schwester, daß sich hier eine befindet und etwas zu berichten weiß, das wichtig genug ist, um dafür sogar die Entdeckung zu riskieren.«

»Wie werden wir herausfinden, worum es geht?«

Das gefiel Nynaeve. Nicht: ›Was sollen wir tun?‹ Das Mädchen hatte Rückgrat.

»Folge mir einfach nur«, sagte sie und ergriff ihren Korb mit fester Hand, während sie sich aufrichtete. Sie hoffte, sich noch an alles erinnern zu können, was ihr Shemerin gesagt hatte. Sie hoffte auch, daß Shemerin ihr wirklich alles gesagt hatte. Die mollige Gelbe war für eine Aes Sedai schon recht geschwätzig.

Das Innere des Ladens war nicht sehr groß, und jedes bißchen Wandfläche wurde von Regalen eingenommen. Da lagen dann Ballen aus Seide oder feingewebter Wolle, Spulen mit Fäden oder Säumen, und dazu Bänder und Spitzen jeder Breite und Sorte. Schneiderpuppen standen in den Ecken, auf denen sowohl halbfertige, wie auch fertig genähte Kleidungsstücke hingen – von einem Tanzkleid aus besticktem grünen Wollstoff bis zu einem grauen Seidengewand, die sich auch an einem Hof gut ausgenommen hätte. Auf den ersten Blick strahlte der Laden Geschäftigkeit und Wohlstand aus, doch Nynaeves scharfe Augen entdeckten eine feine Staubschicht auf einer hohen Halskrause aus feinster Solindespitze und auf einer großen Samtschleife um die Taille eines anderen Kleides. Im Laden befanden sich zwei dunkelhaarige Frauen. Die eine, jung und mager, wischte sich ständig mit dem Handrücken die laufende Nase, während sie einen Ballen hellroter Seide ängstlich an den Busen drückte. Ihr Haar fiel in einer großen Anzahl langer Korkenzieherlocken auf ihre Schultern, wie das in Amadicia Mode war, doch gegenüber der ordentlichen Frisur der anderen Frau wirkte es verfilzt. Diese andere war von mittleren Jahren und sah recht gut aus. Sie mußte ganz bestimmt die Näherin sein, denn an einem Handgelenk trug sie ein großes, mit Nadeln gespicktes Nadelkissen. Ihr Kleid war aus grüner Wolle guter Qualität gefertigt, schön geschnitten, und sicher trug sie es, um ihre Kunst auf diese Art gleich vorzuführen. Um den hohen Kragen herum war es allerdings nur mit wenigen Stickereien in Form weißer Blumen geschmückt, sicher, um ihre Kundinnen nicht in den Schatten zu stellen.

Als Nynaeve und Elayne eintraten, rissen beide Frauen die Augen auf, als sei seit dem letzten Jahr niemand mehr hereingekommen. Die Näherin fing sich zuerst und musterte sie mit ernster Würde, während sie einen leichten Knicks andeutete. »Wie kann ich Euch behilflich sein? Ich heiße Ronde Macura. Mein Geschäft steht Euch zu Diensten.«

»Ich möchte ein Kleid, das am Brustteil mit gelben Rosen bestickt ist«, sagte Nynaeve zu ihr. »Aber bitte ohne Dornen«, fügte sie lachend hinzu. »Ich heile nicht so schnell.« Was sie sagte, spielte keine Rolle, solange die Worte ›gelb‹ und ›heilen‹ darin vorkamen. Wenn jetzt nur nicht dieses Kräuterbündel reiner Zufall war! Falls es so wäre, müßte sie eine Ausrede finden, warum sie doch kein Kleid mit Rosen kaufen wolle. Und einen Ausweg, damit Elayne nicht die ganze unglückliche Angelegenheit brühwarm Thom und Juilin auftischte.

Frau Macura blickte sie einen Augenblick lang mit ihren dunklen Augen an und wandte sich dann zu dem Mädchen. Sie schob sie in den hinteren Teil dieses Gebäudes. »Geh in die Küche Richtung Luci, und bereite eine Kanne Tee für diese guten Damen. Aus der blauen Dose. Das Wasser ist bereits heiß, dem Licht sei Dank. Geh nur, Mädchen. Leg das hin und hör mit der Gafferei auf. Schnell, schnell. Die blaue Dose, vergiß es nicht! Mein bester Tee«, sagte sie, als sie sich wieder Nynaeve zuwandte, während das Mädchen durch die Hintertür verschwand. »Ich wohne über dem Laden, und meine Küche befindet sich hinten.« Sie strich nervös ihren Rock glatt, wobei Daumen und Zeigefinger ihrer rechten Hand einen Kreis andeuteten. Für den Ring der

Großen Schlange. Sie würde, wie es schien, keine Ausrede des Kleides wegen benötigen.

Nynaeve erwiderte das Zeichen, und nach einem Augenblick tat es ihnen auch Elayne nach. »Ich heiße Nynaeve, und das ist Elayne. Wir haben Euer Signal gesehen.«

Die Frau bebte wie ein Vogel, der wegfliegen möchte. »Das Signal? Ach ja. Natürlich.«

»Also«, sagte Nynaeve. »Wie lautet Eure dringende Botschaft.«

»Wir sollten hier draußen nicht darüber sprechen ... äh ... Frau Nynaeve. Es könnte jemand hereinkommen.« Das bezweifelte Nynaeve. »Ich werde es Euch bei einer schönen Tasse Tee berichten. Mein bester Tee, hatte ich das erwähnt?«

Nynaeve tauschte einen Blick mit Elayne. Wenn Frau Macura so zögerte, ihre Botschaft loszuwerden, mußte sie wohl wirklich schlimm sein.

»Wenn wir einfach nach hinten gehen«, sagte Elayne, »wird uns niemand hören.« Ihr vornehmes Auftreten ließ die Näherin vor Ehrfurcht erstarren. Einen Augenblick lang hoffte Nynaeve, es werde ihre Nervosität lindern, doch im nächsten Moment plapperte die törichte Frau wieder los.

»Der Tee wird sofort fertig sein. Das Wasser ist bereits heiß. Wir haben sonst immer Tee aus Tarabon hier hereinbekommen. Deshalb bin ich ja wohl auch hier. Natürlich nicht wegen des Tees. All der Handel vorher und all die Neuigkeiten, die man von beiden Seiten her durch die Händler und ihre Angestellten erfuhr. Sie ... Ihr werdet vor allem an Ausbrüchen von Epidemien oder an neuen Krankheiten interessiert sein, und das interessiert mich auch. Ich beschäftige mich ein wenig mit ...« Sie hustete, und es sprudelte weiter aus ihr heraus. Hätte sie dabei ihr Kleid noch ein wenig fester geglättet, dann wäre es vermutlich bald verschlissen. »Es gibt natürlich auch einiges von den Kindern des Lichts, aber sie ... Ihr ... seid daran wohl kaum sehr interessiert.«

»Die Küche, Frau Macura!« mahnte Nynaeve, als die Frau einmal Luft holte. Wenn die Nachricht dieser Frau sie derartig verschüchtert hatte, dann würde Nynaeve kein Zögern mehr dulden. Sie mußte wissen, worum es ging.

Die Hintertür öffnete sich, und Lucis ängstliches Gesicht erschien. »Alles ist fertig, Frau Macura«, verkündete sie atemlos.

»Hier entlang, Frau Nynaeve«, sagte die Näherin, die immer noch über die Vorderseite ihres Rocks strich. »Frau Elayne.«

Ein kurzer Flur führte an einer engen Treppe vorbei in eine gemütliche Küche mit dicken Deckenbalken. Auf dem Herd stand ein dampfender Wasserkessel. Überall an den Wänden befanden sich hohe Schränke. Zwischen dem Hintereingang und einem Fenster, aus dem man in einen kleinen, von einem hohen Holzzaun umgebenen Hof sah, hingen kupferne Kochtöpfe. Auf dem kleinen Tisch in der Mitte des Raums standen eine leuchtend gelbe Teekanne, ein grüner Honigtopf, drei nicht zusammenpassende Tassen in genauso vielen Farben und eine viereckige, blaue Keramikdose, deren Deckel daneben lag. Frau Macura schnappte sich die Dose, legte den Deckel auf und stellte sie hastig in einen Schrank, in dem weitere Dosen in zwei Dutzend verschiedenen Farben und Schattierungen standen.

»Setzt Euch bitte«, sagte sie und goß ihnen Tee ein. »Bitte sehr.«

Nynaeve setzte sich auf einen Stuhl mit Sprossenrücklehne neben Elayne, und die Näherin stellte die Tassen vor sie hin und eilte zu einem der Schränke, um Zinnlöffel hervorzuholen.

»Die Botschaft?« forderte Nynaeve, als sich die Frau ihnen gegenüber hinsetzte. Frau Macura war zu nervös, um die eigene Tasse zu berühren, also rührte Nynaeve ein wenig Honig in ihre und nippte daran. Er war heiß, schmeckte aber irgendwie kühl und erfrischend wie Pfefferminz. Heißer Tee würde vielleicht die Nerven der Frau beruhigen, falls man sie zum Trinken brachte.

»Ein angenehmer Geschmack«, murmelte Elayne über den Rand ihrer Tasse hinweg. »Welche Sorte Tee ist das denn?«

Gutes Mädchen, dachte Nynaeve.

Doch die Hand der Näherin zitterte lediglich neben der Tasse. »Ein Tee aus Tarabon. Aus der Nähe der Schattenküste.«

Seufzend nahm Nynaeve einen weiteren Schluck, um ihren eigenen Magen zu beruhigen. »Eure Botschaft«, sagte sie eindringlich. »Ihr habt dieses Signal ja nicht hinausgehängt, um uns zum Tee einzuladen. Was sind denn nun Eure dringenden Neuigkeiten?«

»Ach ja.« Frau Macura fuhr sich mit der Zunge über die Lippen, musterte sie beide, und dann sagte sie bedächtig: »Das ist vor beinahe einem Monat durchgekommen und damit auch der Auftrag, es jeder Schwester unter allen Umständen mitzuteilen, die hier im Ort auftaucht.« Sie befeuchtete erneut ihre Lippen. »Alle Schwestern werden gebeten, zur Weißen Burg zurückzukehren. Die Burg muß vollständig besetzt und stark sein.«

Nynaeve wartete auf den Rest, aber die andere Frau schwieg. Und *das* sollte die dringende Nachricht sein? Sie blickte zu Elayne hinüber, doch das Mädchen schien unter der Hitze zu leiden. Sie saß zusammengesackt auf ihrem Stuhl und betrachtete ihre auf dem Tisch liegenden Hände. »Ist das alles?« wollte Nynaeve wissen und war überrascht, als sie sich beim Gähnen ertappte. Die Hitze machte wohl jetzt auch ihr zu schaffen.

Die Näherin beobachtete sie nur eindringlich.

»Ich sagte«, begann Nynaeve, doch plötzlich war ihr Kopf einfach zu schwer für ihren Hals. Elaynes Kopf war auf die Tischplatte gesunken, wie ihr noch bewußt wurde. Das Mädchen hatte die Augen geschlossen und ihre Arme hingen schlaff herab. Nynaeve blickte in plötzlichem Erschrecken die Tasse in ihren Händen an. »Was habt Ihr uns gegeben?« fragte sie mit schwerer Zunge. Der Pfefferminzgeschmack war immer noch zu spüren, doch ihre Zunge schien angeschwollen zu sein. »Sagt es mir!« Sie ließ die Tasse fallen und stützte sich auf den Tisch. Ihre Knie bebten. »Das Licht soll Euch versengen. Was war es?«

Frau Macura schob ihren Stuhl zurück und trat aus ihrer Reichweite. Aus der früheren Nervosität war jetzt ein Blick voll gelassener Zufriedenheit geworden.

Schwärze rollte über Nynaeve hinweg. Das letzte, was sie hörte, war die Stimme der Näherin: »Fang sie auf, Luci!«

KAPITEL 10

Feigen und Mäuse

Elayne wurde schwach bewußt, daß man sie an Schultern und Fußgelenken die Treppe hinauftrug. Sie öffnete die Augen und konnte auch sehen, doch der Rest ihres Körpers hätte genauso zu jemand anderem gehören können, so wenig Kontrolle besaß sie über ihn. Selbst ihr Wimpernschlag war langsam und mühevoll. Ihr Gehirn schien wie mit Federn gefüllt.

»Sie ist wach, Herrin!« kreischte Luci und ließ fast ihre Beine fallen. »Sie schaut mich an!«

»Ich habe dir doch gesagt, du brauchst dir keine Sorgen machen.« Frau Macuras Stimme ertönte von irgendwo über ihr. »Sie kann die Macht nicht gebrauchen und noch nicht einmal mit einem Muskel zucken. Nicht mit Spaltwurzeltee im Magen. Ich habe das nur durch einen Zufall bemerkt, aber es hat sich gewiß als nützlich erwiesen.«

Es stimmte. Elayne hing schlaff wie eine Puppe, der man die halbe Füllung herausgerissen hat, zwischen ihnen. Ihr Hinterteil stieß immer wieder gegen die Stufen, und sie konnte weder laufen noch die Macht gebrauchen. Sie spürte wohl die Wahre Quelle, aber der Versuch, sie zu ergreifen, war etwa so vergeblich, wie mit kältestarrenden Fingern eine Nadel von einem Spiegel aufheben zu wollen. Panik wallte in ihr auf, und eine Träne rollte über ihre Wange.

Vielleicht wollten diese Frauen sie den Weißmänteln zur Exekution übergeben, aber andererseits konnte sie kaum glauben, daß die Weißmäntel Frauen benützten, um eine solche Falle zu stellen, in der Hoffnung, eine

Aes Sedai könne hineintappen. Das ließ auf die Schattenfreunde schließen und darauf, daß sie neben den Gelben auch den Schwarzen Ajah dienten. Man würde sie bestimmt den Schwarzen Ajah ausliefern, falls Nynaeve nicht doch entkommen war. Doch wollte sie selbst entkommen, konnte sie auf niemand anderen zählen. Und sie konnte sich weder bewegen noch die Macht benützen. Mit einemmal wurde ihr bewußt, daß sie zu schreien versuchte, aber heraus kam nur ein dünnes, gurgelndes Winseln. Das zu unterbinden kostete sie den Rest ihrer Kraft.

Nyneve wußte doch alles, was Kräuter betraf. Zumindest behauptete sie das. Warum hatte sie nicht erkannt, welcher Tee das war? *Hör auf zu winseln!* Die kleine, feste Stimme in ihrem Hinterkopf hörte sich erstaunlich genau wie die Linis an. *Ein Ferkel, das unter einen Zaun geraten ist und quiekt, lockt damit nur den Fuchs an, statt sich zu befreien und wegzurennen.* Verzweifelt machte sie sich daran, *Saidar* auf irgendeine Weise wieder zu erreichen. Es war doch so einfach gewesen, aber jetzt schien es genauso unmöglich, wie *Saidin* zu ergreifen. Trotzdem gab sie nicht auf. Es war das einzige, was sie unternehmen konnte.

Frau Macura jedenfalls schien keine Sorge mehr zu haben. Sobald sie Elayne auf das schmale Bett in einer kleinen Kammer mit nur einem Fenster hatten fallenlassen, eilte sie ohne Blick zurück mit Luci wieder hinaus. Elaynes Kopf lag so, daß sie ein weiteres enges Bett und eine hohe Kommode mit stark angelaufenen Messingknöpfen an den Schubladen erkennen konnte. Die Augen konnte sie bewegen, doch der Kopf blieb wie gelähmt.

Nach wenigen Minuten kehrten die beiden Frauen schwer atmend zurück, schleppten Nynaeve herein und wuchteten sie auf das andere Bett. Ihr Gesicht war schlaff und glänzte feucht vor Tränen, doch ihre dunklen Augen… Zorn erfüllte diese und auch ein wenig

Angst. Elayne hoffte, der Zorn werde den Sieg davontragen. Nynaeve war stärker als sie, *wenn* sie gerade fähig war, die Macht zu benützen. Vielleicht schaffte Nynaeve, woran sie ein ums andere Mal erbärmlich scheiterte. Das mußten Tränen der Wut sein.

Frau Macura befahl dem Mädchen dazubleiben, während sie erneut hinauseilte. Diesmal kam sie mit einem Tablett zurück, das sie auf die Kommode stellte. Darauf standen die gelbe Teekanne, eine Tasse, ein Trichter und eine große Sanduhr. »Also, Luci, denke daran, daß du jedesmal, wenn die Sanduhr abgelaufen ist, jeder von beiden zwei Unzen eintrichterst. Sobald sie abgelaufen ist, nicht vergessen!«

»Warum geben wir es ihnen nicht schon jetzt, Frau Macura?« jammerte das Mädchen händeringend. »Ich möchte, daß sie wieder einschlafen. Ich mag es nicht, wenn sie mich ansehen.«

»Dann würden sie wie die Toten schlafen, Mädchen, während wir sie so hochbekommen können, um selbst zu gehen, wenn es notwendig ist. Ich werde sie schon stärker betäuben, wenn die Zeit gekommen ist, sie von hier wegzuschaffen. Sie werden Kopfschmerzen bekommen und auch Magenkrämpfe, aber wahrscheinlich verdienen sie es nicht besser.«

»Aber wenn sie doch die Macht gebrauchen können, Frau Macura? Was ist, wenn es doch geht? Sie schauen mich so an!«

»Hör auf mit dem Gejammere, Mädchen«, sagte die ältere Frau in scharfem Ton. »Wenn sie könnten, glaubst du dann etwa, sie hätten es nicht schon längst getan? Sie sind hilflos wie die Kätzchen im Sack. Und das wird so bleiben, solange du ihnen immer wieder eine Dosis verabreichst. Jetzt tu, was ich dir sage, verstanden? Ich muß weg und dem alten Avi sagen, er soll eine seiner Tauben losschicken. Dann werde ich ein paar Vorbereitungen treffen und zurückkommen, sobald ich kann. Du solltest vielleicht noch eine weitere

Kanne Spaltwurzeltee vorbereiten; sicher ist sicher. Ich gehe hinten raus. Schließe den Laden. Sonst kommt vielleicht doch jemand herein, und das können wir jetzt nicht gebrauchen.«

Nachdem Frau Macura weg war, stand Luci eine Weile da und betrachtete sie. Sie rang immer noch die Hände. Schließlich eilte auch sie hinaus. Ihr Schniefen verklang, als sie die Treppe hinunterstieg.

Elayne konnte erkennen, wie Schweiß auf Nynaeves Stirn trat. Sie hoffte, das rühre von der Anstrengung her und nicht von der Hitze. *Streng dich an, Nynaeve!* Auch sie versuchte wieder, nach der Wahren Quelle zu greifen. Sie schob sich ungeschickt durch die Schichten von Wolle, die in ihren Kopf gepackt worden waren, griff daneben, versuchte es wieder, griff wieder ins Leere … *Oh, Licht, streng dich an, Nynaeve! Versuch es!*

Die Sanduhr faszinierte sie; sie konnte nichts anderes anblicken. Der Sand glitt hinunter, jedes Körnchen ein weiteres Versagen ihrerseits. Das letzte Körnchen fiel. Und Luci kam nicht. Elayne strengte sich noch mehr an, um sich zu bewegen, um die Quelle zu erreichen. Nach kurzer Zeit zuckten die Finger ihrer linken Hand. *Ja!* Noch ein paar Minuten, und sie konnte die Hand heben. Nur ein paar lumpige Fingerbreit, doch sie hatte sich gehoben. Mit großer Mühe drehte sie den Kopf.

»Kämpf dagegen an«, murmelte Nynaeve mit belegter Stimme, zäh und kaum verständlich. Ihre Hände hatten die Bettdecke unter ihr fest gepackt. Sie schien sich aufrichten zu wollen. Doch noch nicht einmal ihr Kopf hob sich. Immerhin bemühte sie sich.

»Tu ich doch«, versuchte Elayne zu antworten, aber in ihren eigenen Ohren klang es mehr wie ein Murmeln.

Langsam, ganz langsam brachte sie es fertig, die Hand zu heben, so daß sie sie sehen konnte, und sie auch dort zu halten. Triumph stieg in ihr auf. *Du darfst dich weiter vor uns fürchten, Luci. Bleib noch ein Weilchen unten in der Küche und …*

Die Tür schlug auf, und sie wurde von enttäuschtem Schluchzen durchgeschüttelt, als Luci hereinschoß. Sie war so nahe dran gewesen. Das Mädchen warf einen Blick auf sie und eilte mit einem erschreckten Quieken zur Kommode hinüber.

Elayne versuchte, sie aufzuhalten, doch so mager sie auch war, schlug Luci doch mühelos ihre zittrigen Hände weg und zwang den Trichter genauso leicht zwischen ihre Zähne. Das Mädchen schnaufte, als renne sie. Kalter, bitterer Tee füllte Elaynes Mund. Sie blickte in Panik zu dem Mädchen auf, aber die gleiche Panik zeigte sich auf deren Gesicht. Dann schloß Lucis Hand Elaynes Mund, und sie streichelte ihre Kehle in grimmiger, wenn auch angsterfüllter Entschlossenheit, bis sie endlich schluckte. Dunkelheit überwältigte Elayne. Sie hörte aber noch Nynaeves Protest und glucksende Laute.

Als sich ihre Augen wieder öffneten, war Luci weg, und der Sand lief wieder durch das Stundenglas. Nynaeves dunkle Augen quollen heraus, ob vor Furcht oder Zorn, das konnte Elayne nicht entscheiden. Nein, Nynaeve würde nicht nachgeben. Das war eines der Dinge, die sie an der anderen Frau bewunderte. Selbst wenn ihr Kopf schon auf dem Richtblock läge, würde Nynaeve nicht aufgeben. *Unsere Köpfe liegen ja auch schon auf dem Richtblock!*

Sie schämte sich, soviel schwächer als Nynaeve zu sein. Eines Tages sollte sie schließlich Königin von Andor werden, und dabei hätte sie jetzt am liebsten vor Angst geweint. Doch das tat sie nicht, noch nicht einmal im Geist, und statt dessen versuchte sie wieder, mit aller Macht ihre Gliedmaßen zu bewegen und *Saidar* zu berühren. Wie konnte sie jemals Königin sein, wenn sie so schwach war? Wieder griff sie nach der Quelle. Wieder. Noch einmal. Ein Wettlauf gegen die Sandkörner. Wieder.

Noch einmal rann der letzte Sand durchs Stundenglas, ohne daß Luci erschien. Ganz, ganz langsam erreichte sie das Stadium, in dem sie ihre Hand wieder heben konnte. Und dann den Kopf, auch wenn er sofort zurücksackte. Sie hörte Nynaeve etwas in sich hineinknurren und verstand sogar die meisten Wörter.

Wieder schlug die Tür auf. Elayne hob den Kopf, um verzweifelt hinzusehen, und dann riß sie Augen und Mund auf. Thom Merrilin stand da wie der Held einer seiner eigenen Erzählungen. Mit der einen Hand hatte er Lucis Hals gepackt, und in der anderen hielt er ein Messer wurfbereit. Das Mädchen schien der Ohnmacht nahe. Elayne lachte glücklich, auch wenn es sich mehr nach einem Krächzen anhörte.

Grob stieß er das Mädchen in eine Ecke. »Du bleibst hier, oder ich ziehe dir dieses Messer über die Haut!« Mit zwei Schritten war er an Elaynes Seite, strich ihr über das Haar und auf seinem ledrigen Gesicht stand die Sorge. »Was hast du ihnen gegeben, Mädchen? Sag es mir, oder …«

»Sie nicht«, murmelte Nynaeve. »Andere Frau. Ging weg. Hilf mir hoch. Muß gehen.«

Thom verließ ihre Seite zögernd, wie Elayne zu erkennen glaubte. Er zeigte Luci noch einmal drohend das Messer, worauf sie sich ängstlich niederkauerte, als wolle sie sich nie mehr rühren, und ließ es dann in einem Wimpernschlag im Ärmel verschwinden. Er zog Nynaeve auf die Beine und begann, sie auf und ab zu führen, soweit es die kleine Kammer gestattete. Sie lehnte sich erschöpft an ihn und schlurfte mit.

»Ich bin froh, zu erfahren, daß Ihr euch nicht gerade von dieser verängstigten kleinen Katze in eine Falle habt locken lassen«, sagte er. »Wenn sie diejenige gewesen wäre …« Er schüttelte den Kopf. Zweifellos würde er auch nicht mehr von ihnen halten, falls ihm Nynaeve die Wahrheit berichtete. Elayne hatte das aber gewiß nicht vor. »Ich habe sie erwischt, als sie die Treppe hinaufraste, so in Panik, daß sie mich nicht hinter sich hörte. Ich bin aber nicht so glücklich darüber, daß eine zweite entkommen konnte, ohne von Juilin gesehen zu werden. Wird sie möglicherweise noch andere mitbringen?«

Elayne wälzte sich auf die andere Seite. »Ich glaube nicht, Thom«, brachte sie mühsam heraus. »Sie kann nicht… zu viele Leute… wissen lassen, was sie ist.« Noch eine Minute, dann konnte sie sich vielleicht aufsetzen. Sie sah Luci ins Gesicht. Das Mädchen zuckte zusammen und drückte sich an die Wand. »Die Weißmäntel… würden sie… genauso schnell wie uns… gefangennehmen.«

»Juilin?« fragte Nynaeve. Ihr Kopf wackelte, als sie zornig zu dem Gaukler aufblickte. Aber sie hatte keine Schwierigkeiten mit dem Sprechen mehr. »Ich habe Euch beiden gesagt, Ihr solltet beim Wagen bleiben.«

Thom pustete irritiert seinen Schnurrbart vom Mund. »Ihr habt uns gesagt, wir sollten die Lebensmittel wegräumen, aber dazu braucht man keine zwei Männer. Juilin folgte Euch, und als niemand zurückkehrte, habe ich mich nach ihm umgesehen.« Er schnaubte wieder. »Er hatte keine Ahnung, ob hier nicht ein Dutzend Männer warteten, aber er war bereit, Euch allein hinterherzugehen. Jetzt bindet er gerade Schmoller im Hof an. Gut, daß ich mich entschloß, hierher zu reiten. Ich glaube, wir brauchen das Pferd, um Euch beide hier herauszubringen.«

Elayne stellte fest, daß sie gerade so eben sitzen konnte. Sie zog sich Hand um Hand an der Bettdecke hoch, doch ein Versuch, zu stehen, hätte sie beinahe wieder niedergeworfen. *Saidar* war genauso unerreichbar wie zuvor. Ihr Kopf vermittelte ihr immer noch das Gefühl, ein mit Gänsedaunen gestopftes Kissen zu sein. Nynaeve fing an, sich etwas gerader aufgerichtet zu bewegen und die Füße beim Gehen zu heben, doch sie klammerte sich immer noch an Thom.

Minuten später trat Juilin ein und schob mit Hilfe seines Messers Frau Macura vor sich her. »Sie ist durch ein Tor hinten im Zaun hereingekommen. Glaubte, ich sei ein Dieb. Es schien mir am besten, sie herzubringen.«

Bei ihrem Anblick war die Näherin totenblaß geworden, so daß ihre Augen noch dunkler erschienen und ihr beinahe aus dem Kopf quollen. Sie leckte sich die Lippen und strich unaufhörlich ihren Rock glatt. Dazu warf sie immer wieder schnelle Seitenblicke auf Juilins Messer, als frage sie sich, ob es nicht besser sei, davonzulaufen. In erster Linie aber sah sie Elayne und Nynaeve an. Elayne konnte nicht entscheiden, ob die Frau als nächstes in Tränen ausbrechen oder in Ohnmacht fallen werde.

»Laßt sie dort hinübergehen«, sagte Nynaeve und nickte in Richtung der Ecke, in der Luci immer noch zitternd kauerte, die Arme um die Knie geschlungen, »und helft Elayne. Ich habe noch nie etwas von Spaltwurzeltee gehört, aber Gehen scheint zu helfen, die Wirkung aufzuheben. Man kann sich die meisten Dinge vom Hals laufen.«

Juilin wies mit dem Messer in die Ecke, und Frau Macura hastete hinüber und setzte sich neben Luci, wobei sie sich ständig ängstlich die Lippen befeuchtete. »Ich… hätte nicht getan… was ich getan habe… aber, ich… hatte Befehle. Das müßt Ihr doch verstehen. Ich hatte Befehle erhalten.«

Juilin half Elayne sanft auf die Beine und stützte sie beim Gehen. Sie konnten ja nur wenige Schritte in jeder Richtung zurücklegen und kreuzten dabei ständig den Weg des anderen Paares. Sie wäre lieber an Thoms Seite gegangen. Juilins Arm um ihre Taille war ihr viel zu vertraulich.

»Von wem stammen diese Befehle?« fuhr Nynaeve Frau Macura an. »Wem in der Burg schickt Ihr eure Berichte?«

Die Näherin sah aus, als sei ihr schlecht, doch sie hielt entschlossen den Mund.

»Wenn Ihr nicht redet«, sagte ihr Nynaeve mit finsterer Miene, »überlasse ich Euch Juilin. Er ist ein Diebfänger aus Tear, und er weiß, wie er genauso schnell wie ein Folterknecht der Weißmäntel ein Geständnis aus Euch herausbringt. Oder nicht, Juilin?«

»Ein Stück Seil, um sie zu fesseln«, sagte er mit einem so schurkischen Grinsen, daß Elayne beinahe einen Schritt von ihm weggetreten wäre, »einen Lumpen, um sie solange zu knebeln, bis sie bereit ist, zu reden, ein wenig Olivenöl und Salz …« Sein Lachen ließ Elayne das Blut gefrieren. »Sie wird alles ausplaudern, verlaßt Euch darauf.« Frau Macura lehnte steif an der Wand und starrte ihn mit weit aufgerissenen Augen an. Luci sah ihn an, als habe er sich soeben in einen Trolloc verwandelt, acht Fuß groß und mit Hörnern bewehrt.

»Sehr gut«, sagte Nynaeve nach einem Augenblick des Wartens. »Ihr solltet alles, was Ihr benötigt, in der Küche finden, Juilin.« Elaynes erstaunter Blick wanderte von ihr zu dem Diebfänger und zurück. Sicher hatten sie doch nicht wirklich vor …? Doch nicht Nynaeve!

»Narenwin Barda«, keuchte die Näherin plötzlich. Nun überschlugen sich die Worte beinahe, so sprudelte sie los: »Ich habe meine Berichte an Narenwin Barda geschickt in eine Schenke in Tar Valon. Sie heißt ›Zum Dammweg‹. Avi Shendar hält für mich am Stadtrand einige Brieftauben. Er weiß nicht, wem ich meine Botschaften schicke oder woher ich sie beziehe, und es ist ihm auch gleich. Seine Frau hatte die Fallsucht, und …« Ihre Worte verklangen, und sie schauderte, als sie Juilin anblickte.

Elayne kannte Narenwin oder hatte sie zumindest in der Burg kennengelernt. Eine schmächtige, kleine Frau, die so ruhig war, daß man ihre Anwesenheit glatt übersehen konnte. Und freundlich dazu. An einem Wochentag ließ sie regelmäßig Kinder ihre Haustiere auf das Gelände der Burg bringen, um sie zu heilen. Kaum die Art von Frau, die man bei den Schwarzen Ajah erwartete. Andererseits war auch eine der Frauen auf der Liste der Schwarzen Marillin Gemalphin, und die liebte Tiere über alles und nahm jede streunende Katze auf, die sie entdeckte.

»Narenwin Barda«, stellte Nynaeve grimmig fest. »Ich will weitere Namen hören, innerhalb und außerhalb der Burg.«

»Ich … ich kenne keine anderen«, sagte Frau Macura eingeschüchtert.

»Das werden wir ja sehen. Wie lange gehört Ihr schon zu den Schattenfreunden? Wie lange dient Ihr den Schwarzen Ajah?«

Luci entschlüpfte ein empörter Aufschrei: »Wir sind keine Schattenfreunde!« Sie blickte Frau Macura an und schob sich ein Stück von ihr weg. »Ich bin jedenfalls keine! Ich wandle unter dem Licht! Ganz bestimmt!«

Die Reaktion der anderen Frau war keine Spur schwächer. Ihr fielen vor Schreck fast die Augen aus dem Kopf. »Die Schwarzen …! Soll das heißen, daß es sie wirklich gibt? Aber die Burg hat das immer abgestritten … Ich habe doch Narenwin danach gefragt, an dem Tag, als sie mich für ihre Augen-und-Ohren auswählte, und ich konnte erst am nächsten Morgen mit Weinen aufhören und wieder aus dem Bett kriechen. Ich gehöre nicht – nicht! – zu den Schattenfreunden! *Niemals!* Ich diene der Gelben Ajah! Den *Gelben!*«

Elayne hing noch an Juilins Arm und tauschte von dort einen fragenden Blick mit Nynaeve. Natürlich würde jeder Schattenfreund das abstreiten, aber in den Stimmen der Frauen schien doch etwas Wahres mitzuschwingen. Ihre Empörung über die Anschuldigung schien sogar ihre Angst zu übertreffen. So, wie Nynaeve nun zögerte, empfand sie wohl das gleiche.

»Wenn Ihr den Gelben dient«, sagte sie bedächtig, »warum habt Ihr uns dann betäubt?«

»Es war wegen Ihr«, antwortete die Näherin und deutete mit dem Kopf auf Elayne. »Ich habe vor einem Monat ihre Beschreibung erhalten, bis hin zu der Art, wie sie manchmal ihr Kinn hält, so daß sie auf jeden herabzusehen scheint. Narenwin sagte, sie benütze möglicherweise den Namen Elayne und behaupte sogar, aus einem Adelshaus zu stammen.« Mit jedem Wort schien ihr Zorn darüber, als Schattenfreund bezeichnet worden zu sein, stärker zu werden. »Ihr seid vielleicht eine Gelbe Schwester, aber sie ist keine Aes Sedai – nur eine geflohene Aufgenommene! Narenwin schrieb, ich solle sofort über ihre Anwesenheit berichten und wer bei ihr sei. Und sie aufhalten, wenn ich kann. Oder sie sogar festhalten. Und jede in ihrer Begleitung. Wie sie es sich vorstellten, daß ich eine Aufgenommene einfangen sollte, weiß ich nicht – ich glaube nicht, daß selbst Narenwin über meinen Spaltwurzeltee etwas weiß –, aber so lauteten meine Befehle! Ich sollte sogar die Entdeckung riskieren, wenn es notwendig sei, und das hier, wo sie meinen Tod bedeuten würde! Wartet nur, bis Euch die Amyrlin in die Hände bekommt, junge Frau! Euch alle!«

»Die Amyrlin!« rief Elayne. »Was hat sie denn damit zu tun?«

»Es geschah auf ihren Befehl. Auf Befehl des Amyrlin-Sitzes, so stand es geschrieben. Es hieß, daß die Amyrlin selbst befohlen habe, jedes Mittel einzusetzen, ohne Euch gleich töten zu müssen. Ihr werdet Euch wünschen, Ihr wärt tot, wenn Euch die Amyrlin in die Finger bekommt!« Ihr scharfes Nicken war erfüllt von wütender Befriedigung.

»Denkt daran, daß wir uns noch nicht in den Händen irgendeiner Person befinden«, sagte Nynaeve trocken. »Aber Ihr in unseren.« Doch ihre Augen blickten genauso erschrocken drein wie die Elaynes. »Wurde irgendein Grund genannt?«

Nachdem sie der Frau in Erinnerung gerufen hatte, daß sie eine Gefangene sei, erlahmte deren Widerstand. Sie lehnte sich gegen Luci, und so stützte eine die andere. »Nein. Manchmal nennt Narenwin einen Grund, aber diesmal nicht.«

»Hattet Ihr vor, uns einfach betäubt hier festzuhalten, bis jemand kam, um uns abzuholen?«

»Ich wollte Euch in alte Kleider stecken und mit einem Karren wegschaffen lassen.« Kein bißchen Widerstand war mehr im Tonfall der Frau zu spüren. »Ich schickte eine Taube los, um Narenwin mitzuteilen, daß Ihr euch hier befindet und was ich unternommen habe. Therin Lugay schuldet mir noch einen großen Gefallen, und ich wollte ihm genug Spaltwurzeltee mitgeben, daß es bis Tar Valon gereicht hätte, falls Narenwin nicht inzwischen Schwestern ausschickte, um Euch früher abzuholen. Er glaubt, Ihr seid krank und nur der Tee könne Euch am Leben halten, bis eine Aes Sedai Euch heilt. In Amadicia muß eine Frau vorsichtig sein, wenn sie mit Heilmitteln umgeht. Wenn man zu viele heilt und zu nachhaltig, dann flüstert irgend jemand ›Aes Sedai‹, und im nächsten Augenblick brennt einem das Haus über dem Kopf. Oder es passiert noch Schlimmeres. Therin kann den Mund halten über alles, was er …«

Nynaeve bedeutete Thom, ihr etwas näher heranzuhelfen, so daß sie auf die Näherin herabblicken konnte. »Und die Botschaft? Die wirkliche Botschaft? Ihr habt doch das Signal nicht herausgehängt, nur um uns anzulocken.«

»Ich habe Euch die richtige Botschaft mitgeteilt«, sagte die Frau innerlich erschöpft. »Ich glaubte, es könne nicht schaden. Ich verstehe es auch nicht, und ich … bitte …« Mit einemmal schluchzte sie und hielt sich an Luci genauso fest, wie die jüngere Frau an ihr, und beide jammerten: »Bitte, laßt ihn kein Salz bei mir benützen! Bitte! Kein Salz! Oh, bitte!«

»Fesselt sie«, sagte Nynaeve angewidert nach einem kurzen Augenblick, »und wir gehen hinunter, wo wir uns unterhalten können.« Thom half ihr dabei, sich auf die Kante des am nächsten stehenden Bettes zu setzen, und dann schnitt er schnell Streifen aus der anderen Bettdecke.

Nach kurzer Zeit waren die beiden Frauen aneinandergefesselt, Rücken an Rücken, die Hände der einen an die Füße der anderen gebunden, und im Mund hatten sie dick zusammengelegte Stoffstreifen als Knebel. Das Pärchen war immer noch am Weinen, als Thom Nynaeve aus der Kammer half.

Elayne wünschte, sie könne bereits wieder so gut laufen wie Nynaeve, doch sie benötigte eben noch Juilin als Stütze, damit sie nicht die Treppe hinunterfiel. Sie empfand fast so etwas wie Eifersucht, als sie beobachtete, wie Thom seinen Arm hilfreich um Nynaeve gelegt hatte. *Du bist doch ein törichtes kleines Mädchen,* sagte Linis Stimme in ihr tadelnd. *Ich bin eine erwachsene Frau,* antwortete sie mit einer Entschlossenheit, wie sie sie selbst jetzt ihrer alten Kinderschwester gegenüber nie gezeigt hätte. *Ich liebe Rand wirklich, aber er ist weit weg und Thom ist abgeklärt und intelligent und ...* Das klang zu sehr nach Ausrede, das sah sogar sie ein. Lini hätte nur kurz geschnaubt, und das hätte dann bedeutet, daß sie diese Dummheiten unterbinden werde.

»Juilin«, fragte sie zögernd, »was hättet Ihr mit dem Salz und dem Öl angefangen? Nicht so genau, bitte«, fügte sie dann noch schnell hinzu, »nur so allgemein.«

Er sah sie kurz an. »Ich weiß nicht. Aber sie ebenfalls nicht. Das ist doch der Trick dabei: Ihr eigener Verstand erfindet dazu viel schlimmere Dinge, als ich das könnte. Ich habe einmal einen wirklich harten Mann aufgeben sehen, weil ich einen Korb mit Feigen und ein paar Mäuse bringen ließ. Aber man muß schon vorsichtig sein. Manche werden alles gestehen, ob es stimmt oder nicht, nur um dem zu entgehen, was sie sich vorstellen. Doch ich glaube, bei den beiden war das nicht der Fall.«

Das glaubte sie auch nicht. Trotzdem konnte sie ein Schaudern nicht unterdrücken. *Was konnte jemand mit Feigen und Mäusen anfangen?* Sie hoffte, darüber nicht so lange nachgrübeln zu müssen, bis sie Alpträume hatte.

Als sie die Küche erreichten, stolperte Nynaeve bereits ohne Hilfe umher und begann sofort, in dem Schrank voll bunter Dosen zu stöbern. Elayne benötigte einen der Stühle. Die blaue Dose stand auf dem Tisch und dazu eine gefüllte grüne Teekanne, doch sie mied jeden Blick darauf. Sie konnte die Macht immer noch nicht lenken. Wohl konnte sie mittlerweile *Saidar* berühren, doch es entschlüpfte ihr immer wieder. Wenigstens war sie nun sicher, bald wieder die Macht benützen zu können. Die Alternative war zu schrecklich, um darüber nachzudenken, und sie hatte das bisher auch vermieden.

»Thom«, sagte Nynaeve und hob die Deckel von einigen der Behälter, um hineinzuspähen. »Juilin.« Sie setzte wieder ab, holte tief Luft, sah die Männer immer noch nicht an und fuhr dann fort: »Ich danke Euch. Ich sehe allmählich ein, warum die Aes Sedai Behüter haben. Ich danke Euch sehr.«

Nicht alle Aes Sedai hatten Behüter. Die Roten beispielsweise betrachteten alle Männer als befleckt, der Schuld wegen, die jene Männer auf sich geladen hatten, die mit der Macht umgehen konnten. Ein paar hatten auch gar kein Interesse daran, weil sie die Burg nie verließen oder einfach einen verstorbenen Behüter nicht mehr ersetzten. Die Grünen gestatteten es als einzige Ajah, mehr als einen Behüter an sich zu binden. Elayne wollte eine Grüne werden. Natürlich nicht aus diesem Grund, sondern weil die Grünen sich selbst als die Kampf-Ajah bezeichneten. Wo die Braunen nach verlorengegangenem Wissen forschten und die Blauen sich immer für irgendeine gute Sache einsetzten, da hielten sich die Grünen Schwestern für die Letzte Schlacht bereit, in der sie wie im Trolloc-Krieg ausrücken würden, um neue Schattenlords zu bekämpfen.

Die beiden Männer blickten sich in unverhohlenem Erstaunen an. Sie waren mit Sicherheit darauf vorbereitet gewesen, von Nynaeve wie üblich gescholten zu werden. Elayne war allerdings fast genauso verblüfft, denn Nynaeve schätzte es nicht weniger, Hilfe zu benötigen wie etwa im Unrecht zu sein. Beides machte sie so wütend, wie überhaupt möglich. Natürlich behauptete sie immer, ein Muster an reiner Überzeugungskraft und Vernunft zu sein.

»Eine Seherin.« Nynaeve nahm eine Prise Pulver aus einer der Dosen und schnupperte daran. Dann berührte sie es sogar mit der Zungenspitze. »Oder wie man das hier auch immer nennen mag.«

»Sie haben hier keine Bezeichnung dafür«, sagte Thom. »In Amadicia betreiben nicht viele Frauen Eure alte Kunst. Zu gefährlich. Und die meisten von denen machen das auch nur so nebenher.«

Nynaeve zog einen kleinen Lederbeutel aus der untersten Schublade und begann, aus dem Inhalt einiger Dosen kleine Bündel in Tücher einzuwickeln. »Und zu wem gehen sie, wenn sie krank sind? Zu einem Quacksalber?«

»Ja«, sagte Elayne. Es machte ihr immer Spaß, Thom zu beweisen, daß auch sie einiges über die Welt um sie herum wußte. »In Amadicia sind es die Männer, die Kräuter sammeln und gebrauchen.«

Nynaeve runzelte mit verächtlicher Miene die Stirn. »Was kann ein Mann schon über das Heilen von Krankheiten wissen? Da kann ich mir ja gleich ein neues Kleid beim Hufschmied bestellen.«

Mit einemmal wurde es Elayne bewußt, daß sie an alles andere gedacht hatte, aber nicht an Frau Macuras

Aussage. *Wenn du nicht mehr an den Dorn denkst, tut dein Fuß deshalb noch lange nicht weniger weh.* Einer der Lieblingssprüche Linis. »Nynaeve, was glaubst du, hat die Botschaft zu bedeuten? Alle Schwestern werden gebeten, zur Burg zurückzukehren? Das ergibt doch keinen Sinn.« Eigentlich hatte sie etwas anderes sagen wollen, doch dies kam immerhin nahe genug.

»Die Burg hat ihre eigenen Regeln«, sagte Thom. »Was die Aes Sedai tun, unternehmen sie aus ihren ganz eigenen Gründen, und oft sind das nicht diejenigen, die sie anderen gegenüber nennen. Soweit sie überhaupt einen Grund nennen.« Er und Juilin wußten natürlich, daß sie lediglich Aufgenommene waren, und das war wenigstens zum Teil der Grund dafür, daß sie nicht immer genau das taten, was ihnen aufgetragen wurde.

An Nynaeves Miene konnte man deutlich sehen, wie sie mit sich kämpfte. Sie hatte es nicht gern, wenn man sie unterbrach oder wenn andere für sie antworteten. Es gab wirklich eine Menge Dinge, die Nynaeve nicht paßten. Doch es war erst einen Augenblick her, daß sie sich bei Thom bedankt hatte. Es war wohl nicht ganz einfach, nun einen Mann herunterzuputzen, der sie gerade davor bewahrt hatte, wie ein Sack Kartoffeln davongekarrt zu werden. »Die meiste Zeit über ergibt nur sehr Weniges in der Burg einen Sinn«, sagte sie säuerlich. Elayne vermutete, diese Spitze gelte sowohl der Burg wie auch Thom.

»Glaubst du, was sie gesagt hat?« Elayne holte tief Luft. »Daß die Amyrlin befohlen hat, ich solle mit allen Mitteln zurückgeholt werden?«

In dem kurzen Blick, den ihr Nynaeve zuwarf, schwang Sympathie mit. »Ich weiß es nicht, Elayne.«

»Sie hat die Wahrheit gesagt.« Juilin drehte einen der Stühle um und setzte sich rittlings darauf. Seinen Stab stellte er an die Lehne. »Ich habe genügend Diebe und Mörder verhört, um zu wissen, wenn jemand die Wahrheit sagt. Einen Teil der Zeit über war sie zu verängstigt, um zu lügen, und dann war sie zu wütend.«

»Ihr beiden...« Nynaeve atmete erst einmal tief durch, warf den Beutel auf den Tisch und verschränkte die Arme, um nicht in Versuchung zu kommen, wieder ihren Zopf zu packen. »Ich fürchte, Juilin hat möglicherweise recht, Elayne.«

»Aber die Amyrlin weiß doch, was wir tun. Sie hat uns doch schließlich von der Burg ausgesandt!«

Nynaeve schnaubte vernehmlich. »Bei Siuan Sanche glaube ich alles. Ich hätte sie gern einmal eine Stunde in den Fingern, wenn sie die Macht nicht benützen kann. Dann würde ich sehen, aus welchem Holz sie wirklich geschnitzt ist.«

Elayne glaubte nicht daran, daß das einen Unterschied machen würde. Wenn sie an diesen beherrschenden Blick aus den blauen Augen der Amyrlin dachte, kam ihr höchstens der Verdacht, Nynaeve würde sich eine ganze Menge einhandeln, falls ihr Wunsch einmal in Erfüllung ging. »Aber was sollen wir nun deshalb unternehmen? Wie es scheint, haben die Ajahs überall ihre Augen-und-Ohren. Und auch die Amyrlin selbst. Es kann uns passieren, daß uns auf dem ganzen Weg nach Tar Valon irgendwelche Frauen Drogen ins Essen zu mischen versuchen.«

»Nicht, wenn wir ganz anders aussehen, als sie erwarten.« Nynaeve hob einen gelben Krug aus dem Schrank und stellte ihn auf den Tisch neben die Teekanne. »Das ist weißes Hennenkraut. Es beruhigt, wenn man Zahnschmerzen hat, aber es färbt auch die Haare schwarz wie die Nacht.« Elaynes Hand fuhr erschrocken an ihre rotgoldenen Locken. Sie konnte wetten, daß Nynaeve damit *ihr* Haar gemeint hatte! Aber so sehr ihr der Gedanke mißfiel, nützlich war er schon. »Ein paar der Kleider im Laden draußen umnähen, und wir sind keine Kauffrauen mehr, sondern zwei vornehme Damen, die mit ihren Dienern durch das Land reisen.«

»Auf einer Wagenladung von Farben?« fragte Juilin.

Ihr gefahrverheißender Blick sagte deutlich aus, daß ihre Dankbarkeit nun erschöpft sei. »In einem Hof auf der anderen Seite der Brücke steht eine Kutsche. Ich denke, der Besitzer wird sie gern verkaufen. Falls ihr zu unserem Wagen zurückkommt, bevor ihn jemand stiehlt – ich weiß überhaupt nicht, was in Euch gefahren ist, ihn einfach so stehenzulassen, daß jeder herankann, der vorbeikommt! –, falls er also noch dort steht, könnt Ihr eine der Geldbörsen nehmen ...«

Ein paar Nachbarn machten große Augen, als Noy Torvalds Kutsche vor Ronde Macuras Laden vorfuhr, von einem Vierergespann gezogen, mit Reisekoffern auf dem Dach und einem gesattelten Pferd, das hinten angebunden war. Noy hatte alles verloren, als der Handel mit Tarabon zusammengebrochen war. Jetzt fristete er mühsam ein kärgliches Leben, indem er kleinere Arbeiten für die Witwe Teran ausführte. Niemand, der an dieser Straße wohnte, hatte den Kutscher jemals gesehen, einen hochgewachsenen, zäh wirkenden Burschen mit einem langen, weißen Schnurrbart und kalten, überlegenen Augen, oder den dunklen Lakaien mit seinem harten Gesicht unter einem Taraboner Hut, der geschmeidig zu Boden sprang und die Tür der Kutsche öffnete. Einige Stimmen wurden laut, als zwei Frauen mit Bündeln auf den Armen aus dem Laden rauschten. Die eine trug ein Kleid aus grüner Seide, die andere eines aus einfacher blauer Wolle. Beide hatten Kopftücher auf, so daß keine einzige Locke ihres Haars sichtbar war. Fast waren sie mit einem Satz in der Kutsche verschwunden.

Zwei der Kinder des Lichts schlenderten heran, um sich zu erkundigen, wer die Fremden seien, aber während der Lakai noch auf den Kutschbock kletterte, ließ der Kutscher bereits seine lange Peitsche knallen und schrie etwas von Platzmachen für eine Lady. Ihr

Name ging völlig unter, da die Kinder des Lichts aus dem Weg springen mußten und auf die staubige Straße taumelten. Die Kutsche rumpelte im Galopp der Straße nach Amador zu.

Die Zuschauer gingen ins Gespräch vertieft nach Hause zurück. Offensichtlich hatte eine geheimnisvolle Lady mit ihrer Zofe bei Ronde Macura Einkäufe getätigt und war dann vor den Kindern des Lichts geflüchtet. In letzter Zeit passierte in Mardecin sowieso schon wenig genug, und dieser Zwischenfall lieferte nun Gesprächsstoff für die nächsten Tage. Die Kinder des Lichts klopften sich wütend den Staub von der Kleidung, entschlossen sich aber dann, den Zwischenfall nicht weiter zu melden, da sie keine gerade rühmliche Rolle darin gespielt hatten. Außerdem konnte ihr Hauptmann Adlige nicht leiden. Er würde sie möglicherweise losschicken, um die Kutsche zurückzuholen, und das wäre ein langer, ermüdender Ritt bei dieser Hitze, nur um irgendeine arrogante vornehme Göre verhören zu können. Falls sie dann keine Anklage vorbringen konnten, und das war immer ein schwieriges Unterfangen Adligen gegenüber, würde bestimmt nicht der Hauptmann den Kopf hinhalten müssen. So hofften sie, daß sich ihre Demütigung nicht herumsprechen werde. Sie dachten überhaupt nicht daran, Ronde Macura zu verhören.

Kurze Zeit später lenkte Therin Lugay seinen Karren in den Hof hinter dem Laden. Proviant für die lange Reise hatte er bereits unter der gewölbten Zeltplane geladen. Tatsächlich hatte ihn Ronde Macura von einer Fiebererkrankung geheilt, an der im letzten Winter dreiundzwanzig Menschen gestorben waren, doch nicht die Dankbarkeit allein, sondern vor allem ein zänkisches Weib und eine herrschsüchtige Schwiegermutter ließen ihn froh darüber sein, die lange Reise antreten zu können bis dorthin, wo die Hexen wohnten. Ronde hatte allerdings gesagt, es könne geschehen, daß ihn jemand schon unterwegs treffen werde, wenn sie auch nicht wußte, wer das sein könne, aber er hoffte trotzdem, bis nach Tar Valon zu kommen.

Er klopfte sechsmal an die Küchentür, bevor er eintrat, aber er fand niemanden vor, bis er die Treppe hochstieg und oben nachsah. Im hinteren Schlafzimmer lagen Ronde und Luci angekleidet und leicht zerknittert ausgestreckt auf den Betten und schliefen fest, obwohl die Sonne noch am Himmel stand. Keine der Frauen erwachte, als er sie schüttelte. Das verstand er nicht. Genausowenig verstand er, wieso eine der Bettdecken am Boden lag, teilweise zerschnitten und in Streifen verknotet, oder warum in der Kammer zwei leere Teekannen standen, aber nur eine Tasse, oder weshalb auf Rondes Kopfkissen ein Trichter lag. Allerdings hatte er schon immer gewußt, daß es auf der Welt eine ganze Menge gab, was er nicht verstand. So kehrte er zu seinem Karren zurück, dachte über den Proviant nach, den er mit Rondes Geld erstanden hatte, dachte an seine Frau und seine Schwiegermutter und beschloß schließlich, als er das Pferd in Trab setzte, daß er sich doch einmal in Altara umschauen wolle oder vielleicht sogar in Murandy.

Wie auch immer, es dauerte jedenfalls eine ganze Weile, bis eine ziemlich zerzauste Ronde Macura zu Avi Shendars Haus schlurfte und eine Taube losschickte, eine dünne Knochenröhre an ein Bein gebunden. Der Vogel flog pfeilgerade nach Nordosten in Richtung Tar Valon. Nachdem sie eine Weile nachgedacht hatte, fertigte Ronde eine Kopie des schmalen Streifens aus dünnem Pergament an und befestigte sie am Bein eines Vogels aus einem anderen Schlag. Dieser flog nach Westen, denn sie hatte versprochen, Duplikate all ihrer Nachrichten dorthin zu schicken. In diesen schweren Zeiten mußte eine Frau schon sehen, wo sie blieb, und es konnte ja auch nicht schaden, jedenfalls nicht die Art von Bericht, wie sie ihn Narenwin sandte. Sie fragte sich, ob sie den Geschmack des Spaltwurzeltees jemals wieder los würde. Es hätte ihrer Meinung nach aber bestimmt nicht geschadet, wenn der Bericht mit dafür sorgte, daß diejenige, die sich Nynaeve nannte, bestraft würde.

Avi arbeitete wie gewöhnlich in seinem Garten und achtete nicht darauf, was Ronde machte. Und ebenfalls wie gewöhnlich wusch er die Hände, sobald sie weg war, und ging hinein. Sie hatte ein größeres Pergamentblatt als Schreibunterlage verwandt. Als er es gegen den Schein der Nachmittagssonne hielt, konnte er lesen, was sie geschrieben hatte. Bald darauf war eine dritte Taube auf dem Weg, die wiederum in eine ganz andere Richtung flog.

KAPITEL 11

›Zum Neunergespann‹

Ein breitrandiger Strohhut warf seinen Schatten auf Siuans Gesicht, als sie sich von Logain unter der brennenden Sonne des Spätnachmittags durch das Scheilientor nach Lugard hineinführen ließ. Die hohe, graue Außenmauer der Stadtbefestigung befand sich in recht schlechtem Zustand. An zwei verschiedenen Stellen, die sie von hier aus einsehen konnte, hatten Einstürze die Mauer auf nicht viel mehr als einen hohen Zaun reduziert. Min und Leane ritten gleich hinter ihr. Beide waren müde von dem strammen Tempo, zu dem sie der Mann in den Wochen seit Korequellen ständig angetrieben hatte. Er wollte die Führung ihrer Gruppe behaupten, und dazu brauchte es nicht viel. Wenn er den Zeitpunkt ihres Aufbruchs am Morgen bestimmte oder Zeitpunkt und Ort ihres Nachtlagers, wenn er ihr Geld verwaltete, und selbst wenn er von ihnen verlangte, daß sie nicht nur das Essen kochten, sondern es ihm auch noch servierten, dann focht sie das keineswegs an. Alles in allem tat er ihr sogar leid. Er hatte keine Ahnung, was sie in bezug auf ihn plante. *Ein großer Fisch als Köder für einen noch größeren,* dachte sie grimmig.

Dem Namen nach war Lugard die Hauptstadt von Murandy und der Sitz König Rödrans, doch die Lords in Murandy leisteten wohl ihren Treueeid, zahlten dann aber einfach keine Steuern und taten auch sonst kaum etwas von dem, was Rödran befahl. Die einfachen Menschen machten es ihnen natürlich nach. Murandy war nur noch dem Namen nach ein Staat. Das Volk

wurde kaum durch die vordergründige Anbindung an König oder Königin zusammengehalten. Der Thron wechselte sowieso häufig den Besitzer. Nur die Angst, von Andor oder Illian geschluckt zu werden, wirkte außerdem noch als verbindendes Element.

Kreuz und quer durch die Stadt verliefen weitere Mauern, meist allerdings in noch schlechterem Zustand als die große Stadtmauer. Lugard war im Laufe der Jahrhunderte ganz unregelmäßig und planlos gewachsen und war mehrfach durch sich befehdende Adelsparteien gespalten worden. Es war eine schmutzige Stadt. Viele der breiten Straßen waren ungepflastert und staubig. Die Männer trugen meist hohe Hüte und die Frauen Schürzen über Röcken, die ihre Knöchel zeigten. Sie mußten sich zwischen schwerfällig dahinrumpelnden Wagenzügen hindurchzwängen. In den tiefen Furchen spielten Kinder. Der Handel ernährte Lugard, Handel von Illian und Ebou Dar herauf, von Ghealdan im Westen und von Andor im Norden. Überall in der Stadt sah man große kahle Flächen, auf denen die Planwagen Rad an Rad abgestellt waren. Bei vielen zeichnete sich unter den heruntergelassenen Segeltuchplanen eine volle Ladung ab, während andere leer waren und auf Ladung warteten. An den Hauptstraßen waren ungezählte Schenken zu finden, daneben Pferdeställe und Koppeln. Ihre Anzahl übertraf beinahe die der grauen Steinhäuser und Läden, die alle mit glasierten Ziegeln in Rot oder Blau oder Violett oder Grün gedeckt waren. Staub und Lärm erfüllten die Luft, das Hämmern aus den Schmieden, das Rumpeln der Wagen, das Fluchen der Fahrer oder das schallende Gelächter aus den Schenken. Die Sonne brannte auf ihrem Weg zum Horizont auf Lugard hernieder, und die Luft vermittelte ein Gefühl, als werde es nie mehr regnen.

Als Logain endlich in einen Stallhof einbog und hinter einer Schenke mit grünem Dach und dem Namen

›Zum Neunergespann‹ abstieg, kletterte Siuan dankbar von Belas Rücken und tätschelte der zerzausten Stute ein wenig ängstlich die Nase, da sie deren Gebiß immer noch fürchtete. Ihrer Meinung nach war es einfach keine Art, Reisen auf dem Rücken eines Tieres zurückzulegen. Ein Boot fuhr in die Richtung, in die man es steuerte, aber ein Pferd könnte ja auf die Idee kommen, seiner eigenen Wege zu gehen. Boote bissen auch nicht. Sicher, Bela hatte das bislang auch nicht getan, aber sie war fähig dazu. Wenigstens waren diese furchtbaren Tage vorüber, an denen ihr Kreuz derart schmerzte, daß sie abends im Lager nur noch steif umherhumpeln und auch noch sicher sein konnte, daß Min und Leane hinter ihrem Rücken über sie grinsten. Nach einem vollen Tag im Sattel fühlte sie sich immer noch, als habe man sie gründlich verprügelt, aber jetzt schaffte sie es, ihre Gefühle wenigstens zu verbergen.

Sobald Logain anfing, mit dem Stallmeister zu verhandeln, einem schlacksigen, alten Burschen mit unzähligen Sommersprossen, einer Lederweste und ansonsten nacktem Oberkörper, schob sich Siuan dicht an Leane heran. »Wenn Ihr eure Verführungskünste üben wollt«, sagte sie leise, »dann übt die nächste Stunde über mit Dalyn.« Leane warf ihr einen zweifelnden Blick zu. Sie hatte in einigen Dörfern seit Korequellen ihr Lächeln und verheißungsvolle Blicke an Dorfbewohnern ausprobiert, doch Logain hatte von ihr kaum einmal einen direkten Blick abbekommen. Dann seufzte sie und nickte. Sie atmete tief durch und glitt in anmutigem, herausforderndem Gang vorwärts, ihren stolzen Grauen am Zügel, wobei sie Logain bereits anlächelte. Siuan war nicht klar, wie sie das anstellte. Es war, als seien ihre Knochen plötzlich nicht mehr so steif wie vorher.

Anschließend trat sie nahe an Min heran und sprach genauso leise mit ihr: »In dem Moment, wenn Dalyn mit dem Stallmeister fertig ist, sagt Ihr ihm, Ihr ginget mit zu mir hinein, und eilt los. Haltet Euch von ihm und Amaena fern, bis ich zurück bin.« Dem aus der Schenke dringenden Lärm nach war die Menge drinnen groß genug für eine ganze Armee. Ganz sicher also groß genug, um die Abwesenheit einer einzelnen Frau zu verbergen. Mins Miene nahm wieder einmal einen störrischen Ausdruck an, und sie öffnete den Mund, höchstwahrscheinlich, um nach dem Grund zu fragen, doch Siuan kam ihr zuvor: »Tut nur einfach, was ich Euch sage, Serenla. Oder ich werde Euch nicht nur sein Essen servieren lassen, sondern auch noch seine Stiefel putzen.« Der störrische Blick blieb, aber Min nickte mürrisch.

Siuan drückte Belas Zügel der anderen in die Hand, eilte aus dem Hof und ging die Straße hinunter. Sie hoffte, sie habe die richtige Richtung eingeschlagen. Sie wollte ja nicht die gesamte Stadt absuchen, jedenfalls nicht bei dieser Hitze und dem ewigen Staub.

Schwere Wagen mit Sechser-, Achter- oder sogar Zehnergespannen nahmen fast die ganze Straßenbreite ein. Die Fahrer ließen ihre langen Peitschen knallen und fluchten zu gleichen Teilen über die Pferde und über die Leute, die zwischen den Wagen hindurchhasteten. Grobgekleidete Männer mit den typischen langen Mänteln der Wagenlenker drängten sich mit durch die Menge und machten manchmal vorbeigehenden Frauen lachend zweideutige Angebote. Die Frauen mit ihren bunten Schürzen und leuchtenden Kopftüchern blickten stur geradeaus, als hörten sie nichts. Andere Frauen, die keine Schürzen trugen und deren Haar ihnen offen auf die Schultern hing – ihre Röcke so skandalös kurz, daß sie manchmal einen Fuß oder mehr über dem Boden endeten –, schrien gelegentlich noch ordinärere Bemerkungen zurück.

Siuan fuhr zusammen, als ihr bewußt wurde, daß einige Bemerkungen dieser Männer an ihre Adresse gerichtet waren. Sie wurde nicht wütend deshalb, denn irgendwie schien es ihr nicht, daß sie dadurch getroffen werden könne, nur überrascht war sie. Sie hatte sich noch immer nicht auf die Änderungen in bezug auf die eigene Person eingestellt. Daß Männer sich zu ihr hingezogen fühlten ...? Ihr Spiegelbild in dem schmutzigen Fenster einer Schneiderei fiel ihr auf: das etwas verschwommene Abbild eines Mädchens mit blasser Haut und einem Strohhut auf dem Kopf. Sie war jung. Soweit sie feststellen konnte, erschien sie nicht nur äußerlich jung, nein, sie war es. Nicht viel älter als Min. Wie es ihr von der Warte all jener Jahre aus erschien, die sie bereits erlebt hatte, konnte man sie wirklich als Mädchen bezeichnen.

Wenigstens ein Gutes hatte diese Dämpfung also, sagte sie sich. Sie hatte Frauen kennengelernt, die jeden Preis dafür gezahlt hätten, um wieder fünfzehn oder zwanzig Jahre jünger zu sein. Denen wäre selbst der Preis recht gewesen, den sie hatte zahlen müssen. Sie ertappte sich öfter dabei, wie sie solche Vorteile im Geist auflistete und sich selbst davon zu überzeugen versuchte, daß es sich gelohnt hatte. Sie war nun nicht mehr an die Drei Eide gebunden und konnte lügen, wann es ihr paßte. Und ihr eigener Vater hätte sie nun nicht mehr erkannt. Sie sah nicht so aus wie einst als junge Frau. Die Veränderungen, die mit wachsender Reife gekommen waren, waren immer noch zu sehen, aber durch die sanften Züge der Jugend abgemildert. Wenn sie kalt und objektiv urteilte, dann war sie jetzt etwas hübscher als zu ihrer Mädchenzeit, und das größte Kompliment, das sie damals gehört hatte, war, sie sei hübsch. Häufiger allerdings hatte man sie lediglich als apart bezeichnet. Irgendwie konnte sie keine echte Verbindung von diesem Gesicht zu ihr, zu Siuan Sanche, herstellen. Tief im Innern war sie dieselbe und in ihrem Verstand ruhte nach wie vor alles Wissen. Nur dort, in ihrem Kopf, war alles gleich geblieben.

Einige der Schenken und Tavernen in Lugard trugen Namen wie ›Zum Schmiedehammer‹, oder ›Zum Tanzbär‹, oder ›Zum silbernen Schwein‹. Manchmal waren die Schilder dazu genauso schreiend auffällig wie die Namen selbst. Andere führten sogar Namen, die man nicht hätte genehmigen dürfen. Der ›anständigste‹ unter jenen war noch ›Der Kuß des Domanimädchens‹. Dazu gehörte die Abbildung einer Frau mit kupferfarbener Haut und Schmollmund, die bis zur Hüfte nackt war! Siuan fragte sich, wie Leane das aufnehmen würde, aber so, wie sich die Frau jetzt benahm, fühlte sie sich vielleicht noch davon angeregt.

Schließlich durchschritt sie von einer Seitenstraße aus, die genauso breit war wie die Hauptstraße, eine Öffnung in einer der halb eingestürzten Innenmauern und fand dort die Schenke, nach der sie gesucht hatte. Drei aus grobem Naturstein erbaute Stockwerke trugen ein Dach mit lila Ziegeln. Auf dem Schild über dem Eingang war eine unwahrscheinlich üppige Frau abgebildet, die nur ihr langes Haar trug und mehr oder weniger alles zeigte. Sie ritt ohne Sattel auf einem Pferd. Den Namen überging sie schnell, kaum daß sie ihn gelesen und wiedererkannt hatte.

Der Schankraum drinnen war blau vom Tabaksqualm und voll von ausgelassenen Männern, die tranken und wild lachten und versuchten, die Bedienungen ins Hinterteil zu kneifen. Die wichen aus, so gut es ging, und antworteten mit müde-geduldigem Lächeln. Über dem Lärm war die Musik kaum hörbar. Eine Zither und eine Flöte begleiteten den Gesang einer jungen Frau, die auf einem Tisch ganz am Ende des langen Raums tanzte. Gelegentlich ließ sie dabei den Rock so hoch wirbeln, daß die ganze Länge ihrer nackten Beine sichtbar wurde. Was Siuan vom Text ihres Liedes verstehen konnte, ließ sie wünschen, dem Mädchen den Mund mit Seife auszuwaschen. Warum sollte eine Frau unbekleidet herumlaufen? Warum sollte eine Frau einem Haufen betrunkener Kerle darüber noch vorsingen? Sie hatte sich noch nie in einer solchen Umgebung befunden. So beschloß sie, den Besuch hier so kurz wie möglich zu gestalten.

Die Eigentümerin der Schenke war unschwer zu erkennen: eine große, schwere Frau in einem roten Seidenkleid, das teilweise zu glühen schien, dazu kunstvoll gedrehte und gefärbte Locken – die Natur hatte diesen Rotton niemals hervorgebracht und bestimmt auch nicht in Verbindung mit solch dunklen Augen –, doch ihr Kinn stand hervor, und die Mundpartie war ausgesprochen hart. Sie rief den Bedienungen immer wieder Anweisungen zu, und dazwischen blieb sie an diesem oder jenem Tisch stehen, sprach hier ein paar Worte oder klatschte einem Gast auf die Schultern oder lachte mit ihnen.

Siuan bewegte sich dagegen steif und bemühte sich, die abschätzenden Blicke der Männer zu ignorieren, während sie sich der Frau mit den hochroten Haaren näherte. »Frau Tharne?« Sie mußte den Namen dreimal wiederholen, und jedesmal lauter, bis die Wirtin sie endlich anblickte. »Frau Tharne, ich brauche eine Anstellung als Sängerin. Ich kann ...«

»Tatsächlich, könnt Ihr das?« Die massige Frau lachte. »Tja, ich habe wohl eine Sängerin, aber ich kann durchaus noch eine gebrauchen, um ihr eine Pause zu gönnen. Laßt mich mal Eure Beine sehen.«

»Ich kann das ›Lied der Drei Fische‹ singen«, sagte Siuan laut. Das mußte doch wohl die richtige Frau sein, oder? Sicher hatten keine zwei Frauen in der gleichen Stadt Haare wie diese und trugen den richtigen Namen in der richtigen Schenke?

Frau Tharne lachte noch schallender und klatschte einem der Männer am nächsten Tisch so auf die Schulter, daß es ihn beinahe von der Sitzbank warf. »Das wird hier ziemlich selten gewünscht, eh, Pel?« Pel, der große Zahnlücken aufwies und eine Kutscherpeitsche um die Schulter gewickelt hatte, gackerte mit ihr um die Wette.

»Und ich kann auch noch ›Blauer Morgenhimmel‹.«

Die Frau wurde richtiggehend durchgeschüttelt, und sie mußte sich die Tränen aus den Augen wischen, so sehr lachte sie. »Tatsächlich? Oh, ich bin sicher, das wird den Burschen gefallen. Jetzt laß mich deine Beine sehen. Deine Beine, Mädchen, sonst kannst du gleich wieder gehen!«

Siuan zögerte, aber Frau Tharne blickte sie lediglich erwartungsvoll an. Genau wie ein ständig wachsende Zahl von Männern. Das *mußte* einfach die richtige Frau sein. Langsam zog sie ihren Rock bis an die Knie hoch. Die große Frau gestikulierte ungeduldig. So schloß Siuan die Augen und raffte ihrem Rock weiter und weiter. Sie spürte, wie ihr Gesicht immer dunkler anlief.

»Auch noch verschämt«, gluckste Frau Tharne amüsiert. »Aber falls diese Lieder alles sind, was du singen kannst, mußt du eben viel Bein zeigen, um die Männer zum Toben zu bringen. Na ja, wenn diese Wollstrümpfe weg sind, kann man vielleicht mehr sagen, eh, Pel? Also komm mal mit nach hinten. Vielleicht hast du ja eine gute Stimme, aber hier drinnen kann ich sie bei diesem Lärm nichts hören. Los, Mädchen. Beweg deinen Arsch!«

Siuna riß die Augen auf und wollte sie zornig anfunkeln, doch die große Frau schritt bereits zur Hintertür des Schankraums. Siuan ließ den Rock fallen und folgte ihr, steif wie eine Eisenstange, wobei sie die grinsenden Männer zu ignorieren versuchte, deren lüsterne Bemerkungen ihr bis hinaus folgten. Ihre Miene war steinern, doch innerlich war sie aufgewühlt und schwankte zwischen Sorge und Zorn.

Bevor sie zur Amyrlin erhoben worden war, hatte sie bei den Blauen das Agentennetz der Augen-und-Ohren geleitet und einige von ihnen, wie auch später noch, als ihre ganz persönlichen Spitzel eingesetzt. Sie mochte zwar nicht mehr die Amyrlin sein und nicht einmal mehr eine Aes Sedai, doch diese Agenten kannte sie alle noch recht gut. Duranda Tharne hatte bereits für die Blauen gearbeitet, als sie damals das Netz übernahm, und sie hatte immer pünktlich und präzise berichtet. Augen-und-Ohren konnte man nicht überall finden, und ihre Zuverlässigkeit schwankte oft. Es hatte eigentlich zwischen Tar Valon und Lugard nur eine einzige wirklich zuverlässige Agentin gegeben – in Vier Könige im Lande Andor –, aber die war verschwunden. Gerade hier in Lugard konnte man durch die Wagenzüge der Kaufleute eine Unmenge an Informationen erhalten, seien es nun wahre Berichte oder auch nur Gerüchte. Bestimmt waren auch die Augen-und-Ohren anderer Ajahs hier am Werk, das sollte sie sich immer wieder ins Gedächtnis zurückrufen. *Vorsicht bringt das Boot sicher zum Hafen,* dachte sie unwillkürlich.

Die Frau entsprach genau der Beschreibung von Duranda Tharne, und sicherlich trug keine andere Schenke einen so abscheulichen Namen. Doch warum hatte sie so reagiert, als sich Siuan ihr gegenüber als Agentin der Blauen identifiziert hatte? Sie mußte das Risiko eingehen. Min und Leane wurden langsam genauso ungeduldig wie Logain. Vorsicht brachte wohl das Boot sicher zum Hafen, aber manchmal brachte einem ein wenig Kühnheit eine volle Ladung ein. Im schlimmsten Fall mußte sie eben der Frau irgend etwas über den Schädel schlagen und durch die Hintertür fliehen. Zweifelnd beäugte sie die Größe und Körperfülle der Frau und auch die kräftigen Arme. Hoffentlich war sie dazu imstande.

Eine einfache Holztür im Korridor zur Küche führte in ein spärlich eingerichtetes Zimmer. Ein Schreibtisch und ein einzelner Stuhl standen auf einem blauen Läufer, an einer Wand hing ein großer Spiegel und überraschenderweise an einer anderen ein Bücherbrett mit einigen Büchern. Sobald sich die Tür hinter ihnen geschlossen hatte und der Lärm aus dem Schankraum nur noch gedämpft zu ihnen drang, fuhr die mächtige Frau mit auf die breiten Hüften gestützten Fäusten Siuan heftig an: »Also, was ist? Was wollt Ihr von mir? Nennt mir ja keinen Namen; ich will ihn nicht wissen, ob es nun Euer richtiger ist oder nicht!«

Siuan verlor ein wenig von ihrer Anspannung. Der Zorn jedoch blieb. »Ihr hattet kein Recht, mich dort draußen so zu behandeln! Was habt Ihr euch dabei gedacht, mich zu zwingen …«

»Ich hatte jedes Recht dazu«, fauchte Frau Tharne, »und es war notwendig! Wenn Ihr bei Öffnung oder zu der Zeit gekommen wärt, wenn ich schließe, wie es normal wäre, hätte ich Euch schnell hereingeholt, ohne daß es jemand aufgefallen wäre. Ist Euch nicht klar, daß einige der Männer dort draußen Fragen gestellt hätten, wenn ich Euch wie eine lange verschollene Freundin nach hinten geführt hätte? Ich kann es mir nicht leisten, auf irgendeine Weise aufzufallen. Ihr habt Glück gehabt, daß ich Euch nicht wirklich an Susus Stelle für ein oder zwei Lieder auf den Tisch geholt habe! Und achtet gefälligst auf Eure Manieren, wenn Ihr mit mir sprecht!« Sie hob drohend eine breite, schwielige Hand. »Ich habe verheiratete Töchter, die älter sind als Ihr, und wenn ich sie besuche, benehmen sie sich anständig und korrekt. Wenn Ihr bei mir die Frau Schnippisch spielen wollt, dann werdet Ihr einiges lernen müssen. Niemand dort draußen wird Euch hören, wenn Ihr jault, und wenn, dann würden sie trotzdem nicht eingreifen.« Mit einem scharfen Nicken, als sei damit alles Notwendige gesagt, stemmte sie wieder die Fäuste in die Hüften. »Also, was wollt Ihr?«

Mehrmals hatte Siuan in die Gardinenpredigt eingreifen wollen, doch die Frau überrollte sie einfach wie eine Flutwelle. An so etwas war sie nicht gewöhnt. Als Frau Tharne ausgesprochen hatte, bebte sie vor Zorn. Beide Hände hatte sie so in ihren Rock verkrampft, daß die Knöchel vor Anstrengung weiß waren. Sie bemühte sich, so sehr sie nur konnte, an sich zu halten und nicht selbst loszulegen. *Sie nimmt ja von mir an, ich sei lediglich eine andere Agentin,* sagte sie sich entschlossen. *Nicht mehr die Amyrlin, sondern nur eine andere Agentin.* Außerdem hegte sie den Verdacht, die Frau könne wirklich ihre Drohung wahrmachen. Auch das war ihr eine vollkommen neue Erfahrung, daß sie sich vor jemandem in acht nehmen mußte, weil die größer und stärker war.

»Man gab mir eine Nachricht für eine Versammlung derjenigen mit, denen wir dienen.« Sie hoffte, Frau Tharne werde die sichtliche Anspannung in ihrem Tonfall als Ängstlichkeit oder Demut deuten, nachdem sie so von ihr heruntergeputzt worden war. Die Frau war ihr vielleicht eher behilflich, wenn sie glaubte, Siuan ordentlich eingeschüchtert zu haben. »Sie befanden sich aber nicht dort, wo ich sie antreffen sollte. Ich kann nur hoffen, daß Ihr etwas wißt, was mir hilft, sie zu finden.«

Frau Tharne verschränkte die Arme unter einem mächtigen Busen und musterte sie. »Ihr wißt also doch, Euch zu beherrschen, wenn es besser ist, eh? Gut. Was ist in der Burg eigentlich geschehen? Und versucht gar nicht erst, zu verleugnen, daß Ihr von dort kommt, mein feines, stolzes Frauenzimmer. Euch steht das Wort Kurier aufs Gesicht geschrieben, und dieses hochnäsige Getue habt Ihr nicht in einem Dorf gelernt.«

Siuan holte tief Luft, bevor sie antwortete: »Man hat Siuan Sanche einer Dämpfung unterzogen.« Sie war stolz darauf, daß ihre Stimme nicht bebte, als sie das sagte. »Elaida a'Roihan ist die neue Amyrlin.« Das klang nun allerdings doch ein wenig beißend.

Auf Frau Tharnes Gesicht zeigte sich keine Reaktion. »Nun ja, das erklärt einige der Befehle, die ich erhalten habe. Ein paar jedenfalls. Eine Dämpfung also, ja? Ich hatte geglaubt, sie werde für immer und ewig Amyrlin bleiben. Ich habe sie einmal vor Jahren in Caemlyn gesehen. Aus der Entfernung. Sie wirkte, als verspeiste sie Lederriemen zum Frühstück.« Diese unmöglich roten Locken schwangen hin und her, als sie den Kopf schüttelte. »Na ja, das ist nun vorbei. Die Ajah bekämpfen sich jetzt also gegenseitig, oder? Nur so läßt sich das alles erklären – meine Befehle und die Dämpfung dieses alten Geiers. Die Burg ist gespalten, und die Blauen laufen davon.«

Siuan knirschte mit den Zähnen. Sie versuchte mit aller Gewalt, sich einzureden, daß diese Frau den Blauen Ajah gegenüber loyal sei, wenn das auch nicht ihr selbst galt, aber es half nicht. *Alter Geier? Sie ist alt genug, um meine Mutter zu sein. Aber wenn sie das wäre, würde ich ins Wasser gehen.* Mit Mühe brachte sie es fertig, demütig zu klingen: »Meine Botschaft ist wichtig. Ich muß mich so schnell wie möglich auf den Weg machen. Könnt Ihr mir helfen?«

»Wichtig, ja? Also, das möchte ich ja bezweifeln. Das Dumme ist bloß, daß ich Euch wohl etwas sagen kann, aber die Bedeutung müßt Ihr selber herausfinden. Wollt Ihr es hören?« Die Frau wollte ihr die Sache nicht einfacher machen.

»Ja, bitte!«

»Sallie Daera. Ich weiß nicht, wer sie ist oder war, aber man befahl mir, jeder Blauen, die herkam und verloren wirkte, wenn man so sagen will, diesen Namen zu nennen. Ihr seid vielleicht keine der Schwestern, aber Ihr tragt die Nase hoch genug dafür, also sollt Ihr es wissen. Sallie Daera. Macht daraus, was Ihr wollt.«

Siuan unterdrückte einen Schauer der Erregung und bemühte sich, enttäuscht zu wirken. »Ich habe auch noch nie von ihr gehört. Ich muß wohl einfach weitersuchen.«

»Wenn Ihr sie findet, sagt Aeldene Sedai, daß ich weiterhin loyal bleibe, gleich, was geschieht. Ich habe so lange schon für die Blauen gearbeitet, daß ich gar nicht wüßte, was ich sonst anfangen sollte.«

»Das richte ich ihr aus«, sagte Siuan. Sie hatte nicht gewußt, daß Aeldene sie ersetzt hatte und nun die Augen-und-Ohren der Blauen leitete. Die Amyrlin gehörte ja unabhängig von ihrer ursprünglichen Ajah keiner der Parteien mehr an. »Ich schätze, Ihr braucht einen Grund, warum Ihr mich nicht einstellt. Ich kann wirklich nicht singen. Das sollte doch reichen.«

»Als ob das für diese Kerle draußen eine Rolle spielte.« Die große Frau zog eine Augenbraue hoch und grinste auf eine Weise, die Siuan gar nicht gefiel. »Ich werde mir etwas einfallen lassen, mein Frauenzimmerchen. Und ich werde Euch einen Rat geben: Wenn Ihr nicht ein wenig von Eurem hohen Roß herunterkommt, wird Euch irgendwann eine Aes Sedai zurechtstutzen. Es überrascht mich, daß das noch nicht geschehen ist. Jetzt geht aber. Raus hier.«

Fürchterliche Frau, grollte Siuan innerlich. *Wenn es nur eine Möglichkeit gäbe, würde ich sie zum Strafdienst verdonnern, bis sie nicht mehr kann!* Die Frau glaubte, daß man ihr mehr Respekt entgegenbringen müsse, ja? »Danke für Eure Hilfe«, sagte sie kühl und vollführte einen Knicks, der jeder Hofdame Ehre gemacht hätte. »Ihr wart zu gnädig.«

Sie befand sich drei Schritte weit im Schankraum, als Frau Tharne hinter ihr erschien und laut lachend durch den Lärm schrie: »Eine schüchterne Maid, die da! Beine, die weiß und schlank genug sind, um Euch alle zum Lechzen zu bringen, und sie jammerte wie eine Jungfrau, als ich ihr sagte, sie müsse sie Euch auch zeigen! Setzte sich einfach auf den Fußboden und heulte! Und das bei den runden Hüften und …!«

Siuan stolperte, als eine Welle des Gelächters über sie hereinbrach, was aber die Stimme der Frau keineswegs zum Schweigen brachte. Mit puterrotem Gesicht brachte sie noch drei Schritte fertig, aber dann rannte sie fluchtartig aus dem Raum.

Auf der Straße blieb sie erst einmal stehen, um wieder zu Atem zu kommen. Ihr Herzschlag beruhigte sich langsam. *Diese schreckliche alte Vettel! Ich sollte …!* Es spielte keine Rolle, was sie tun sollte; diese widerliche Frau hatte ihr alles gesagt, was sie benötigte. Nicht Sallie Daera allerdings, denn das war überhaupt keine Frau. Nur eine Blaue konnte das wissen oder auch nur vermuten. Salidar. Der Geburtsort von Deane Aryman, der Blauen Schwester, die als Nachfolgerin von Bonwhin Amyrlin geworden war und die Burg vor dem Ruin gerettet hatte, auf den Bonwhin sie zugesteuert hatte. Salidar. Einer der letzten Orte, an denen man nach einer Aes Sedai suchen würde, außer vielleicht in Amadicia.

Zwei Männer in schneeweißen Umhängen und auf Hochglanz polierten Rüstungen ritten die Straße entlang auf sie zu. Nur zögernd ließen sie ihre Pferde zur Seite treten, um die Planwagen durchzulassen. Kinder des Lichts. Heutzutage tauchten sie überall auf. Sie neigte den Kopf und beobachtete die Weißmäntel mißtrauisch unter dem Rand ihres Hutes hervor. Erschreckt drückte sie sich an die blau-grüne Vorderfront der Schenke. Sie blickten sie kurz im Vorbeireiten an – harte Gesichter unter glänzenden, kegelförmigen Helmen – und verloren sich in der Menge.

Siuan biß sich auf die Unterlippe. Sie hatte wahrscheinlich ihre Aufmerksamkeit auf sich gelenkt, weil sie vor ihnen zurückgeschreckt war. Und wenn sie ihr Gesicht gesehen hatten …? Aber das machte ja überhaupt nichts. Die Weißmäntel würden vielleicht eine Aes Sedai töten, wenn sie sie allein und hilflos antrafen, doch ihr Gesicht wies ja nicht mehr die typischen Züge einer Aes Sedai auf. Andererseits hatten sie gesehen, wie sie sich vor ihnen zu verstecken suchte. Hätte Duranda Tharne sie nicht so durcheinandergebracht, dann hätte sie auch nicht einen so törichten Fehler begangen. Sie erinnerte sich an Zeiten, wo eine solche Kleinigkeit wie Frau Tharnes Bemerkungen sie bestimmt nicht aus dem Tritt gebracht hätte. Damals hätte dieses übergroße, bunt schillernde Fischerweib nicht gewagt, auch nur ein Wort zu sagen. *Wenn diesem Hausdrachen meine Manieren nicht passen, dann werde ich …* Was sie nun aber tat, war, einfach mit dem weiterzumachen, was sie vorgehabt hatte, und Erleichterung darüber zu empfinden, von Frau Tharne nicht so verprügelt worden zu sein, daß sie in keinen Sattel mehr paßte. Manchmal war es schwierig, sich daran zu erinnern, daß die Tage vorüber waren, an denen sie sogar Könige und Königinnen herbeizitieren konnte.

Als sie die Straße entlangschritt, machte sie ein so böses Gesicht, daß sich einige der Wagenfahrer ihre Kommentare verbissen, die sie einer allein daherkommenden jungen Frau ansonsten zugeworfen hätten. Nur ein paar von ihnen konnten es nicht lassen.

Min saß auf einer Bank an der Wand des vollen Schankraums im Neunergespann und beobachtete einen Tisch, um den Männer herumstanden, manche mit eingerollten Peitschen, andere mit Schwertern an den Hüften, die unschwer erkennen ließen, daß es sich um die Leibwächter und Begleiter der Wagenzüge handelte. Sechs weitere Personen hockten Schulter an Schulter um den Tisch. Sie konnte gerade noch Logain und Leane erkennen, die an der gegenüberliegenden Seite saßen. Er machte eine mürrische Miene, während die anderen Männer verzückt jedem Wort der lächelnden Leane lauschten.

Die Luft war von Pfeifenrauch erfüllt und einem Geschnatter, in dem die Musik einer Flöte, eines Tambourins und der Gesang eines Mädchens unterging, das auf einem Tisch in der Mitte zwischen den beiden großen Kaminen tanzte. Ihr Lied handelte von einer Frau, die sechs Männer davon überzeugte, daß jeder von ihnen der einzige Mann in ihrem Leben sei. Min fand es interessant, auch wenn sie beim Zuhören einige

Male rot wurde. Die Sängerin warf von Zeit zu Zeit eifersüchtige Blicke zu dem umlagerten Tisch hinüber. Oder genauer – sie warf sie Leane zu.

Die hochgewachsene Domanifrau hatte Logain bereits am Gängelband geführt, als sie den Schankraum betraten, und sie hatte weitere Männer wie Honig die Fliegen angelockt mit ihrem Hüftschwung und den verheißungsvoll glühenden Augen. Es hatte sogar schon fast eine Auseinandersetzung zwischen Logain und den Leibwächtern gegeben. Hände hatten nach den Schwertern gegriffen, und Messer waren gezogen worden. Der kräftige Wirt und zwei muskulöse Burschen mit Knüppeln waren herbeigestürzt. Doch Leane hatte das Feuer ebenso schnell gelöscht, wie sie es entfacht hatte: ein Lächeln hier, ein paar nette Worte dort, ein Tätscheln auf eine Wange... Selbst der Wirt war noch eine Weile bei ihnen stehengeblieben und hatte ständig wie ein Narr gegrinst, bis ihn seine Kundschaft weglockte. Und Leane glaubte, sie benötige Übung! Es war einfach nicht fair.

Wenn ich das nur bei einem bestimmten Mann fertigbringen würde, dann wäre ich hochzufrieden. Vielleicht bringt sie es mir bei – Licht, was denke ich da? Sie war sich immer selbst treu geblieben, und jeder andere konnte sie entweder so akzeptieren, oder eben nicht. Nun dachte sie daran, sich zu ändern, und das eines Mannes wegen. Es war schon schlimm genug, daß sie sich hinter einem Rock verstecken mußte, statt Mantel und Hose zu tragen, wie sie es früher immer gehalten hatte. *In einem Kleid mit tiefem Ausschnitt würde er dich bestimmt bemerken. Du hast doch mehr vorzuzeigen als Leane, und sie... Hör auf damit!*

»Wir müssen nach Süden«, sagte plötzlich Siuan an ihrer Seite, und Min fuhr gehörig zusammen. Sie hatte die andere nicht hereinkommen sehen. »Und zwar sofort.« Siuans blaue Augen glänzten. Offensichtlich hatte sie etwas in Erfahrung gebracht. Ob sie es ihr anvertrauen würde, stand auf einem anderen Blatt. Die Frau schien sich die meiste Zeit über immer noch für die Amyrlin zu halten.

»Wir können aber vor Sonnenuntergang keinen anderen Ort mit einer Schenke erreichen«, sagte Min. »Genausogut können wir uns hier für heute Zimmer suchen.« Es war so angenehm, wieder in einem Bett zu schlafen, statt unter Hecken und in Heustadeln, auch wenn sie ein Bett zwischendurch meist mit Siuan und Leane teilen mußte. Logain war ja gewillt, ihnen Einzelzimmer zu beschaffen, aber Siuan war selbst dann noch geizig, wenn Logain das Geld verwaltete.

Siuan sah sich um, aber jeder im Raum, der nicht gerade Leane anstarrte, lauschte der Sängerin. »Das ist nicht möglich. Ich... ich glaube, daß vielleicht ein paar Weißmäntel nach mir fragen könnten.«

Min pfiff leise durch die Zähne. »Das wird Dalyn nicht gerade gefallen.«

»Dann erzählt es ihm nicht.« Siuan schüttelte den Kopf, als sie die Versammlung um Leane bemerkte. »Sagt lediglich Amaena, daß wir gehen müssen. Er kommt schon nach. Hoffentlich kommen aber nicht all die anderen auch mit.«

Min grinste. Siuan behauptete zwar, es sei ihr gleich, daß Logain – Dalyn – die Führung übernommen hatte, und tat, als ob nichts sei, wenn sie wieder einmal vergeblich versuchte, ihn dazu zu bringen, ihr zu folgen; doch sie war immer noch entschlossen, ihn wieder unter Kontrolle zu bringen.

»Was ist eigentlich ein Neunergespann?« fragte Min im Aufstehen. Sie war zuvor kurz hinausgegangen, um vielleicht irgendwo eine Andeutung zu entdecken, aber das Schild über der Tür trug lediglich diesen Namen. »Ich habe Achtergespanne gesehen und Zehner, aber niemals eines mit neun Pferden.«

»In dieser Stadt«, sagte Siuan knapp, »ist es besser, keine Fragen zu stellen.« Jedoch begannen dabei ihre

Wangen zu glühen, so daß Min glaubte, sie wisse durchaus Bescheid. »Geht und holt sie herbei. Wir haben einen langen Weg vor uns und dürfen keine Zeit verlieren. Und laßt die anderen nicht hören, was Ihr ihnen mitteilt.«

Min schnaubte leise. Solange Leane derart lächelte, würde keiner der Männer sie überhaupt bemerken. Sie hätte zu gern gewußt, wie Siuan die Aufmerksamkeit der Weißmäntel erregt hatte. Das war nun wirklich das Letzte, was sie brauchen konnten, und es sah Siuan überhaupt nicht ähnlich, Fehler zu begehen. Sie hätte auch zu gern gewußt, wie sie Rand dazu bringen könnte, sie so anzusehen, wie diese Männer Leane anstarren. Wenn sie schon die ganze Nacht durch reiten mußten, und sie fürchtete, es werde darauf hinauslaufen, dann würde ihr Leane vielleicht doch ein paar Tips geben.

KAPITEL 12

Eine alte Pfeife

Ein Windstoß wirbelte Staub über die schmutzige Straße in Lugard und erfaßte auch Gareth Brynes Samthut. Er wurde ihm vom Kopf gefegt und rollte direkt unter einen der schwerfällig heranrumpelnden Planwagen. Ein eisenbereiftes Rad zermalmte den Hut und walzte ihn in den harten Lehmbelag der Straße. Zurück blieb nur ein platter, schmutziger, zerfetzter Rest. Einen Augenblick lang stand er da und betrachtete die Überbleibsel, und dann ging er weiter. *Er war ja nicht mehr der neueste,* sagte er sich. Auch sein seidener Kurzmantel war schon ganz verstaubt gewesen, bevor sie Murandy erreichten. Bürsten half da nicht mehr, falls er sich überhaupt die Mühe machte. Er wirkte jetzt eher braun als grau. Vielleicht sollte er ohnehin etwas Einfacheres kaufen, denn schließlich war er ja nicht auf dem Weg zu einem Ball. Er schlüpfte zwischen den Wagen hindurch, die die ausgefahrene Straße entlangrollten, überhörte die Flüche der Fahrer, die ihm folgten – jeder anständige Soldat konnte noch im Schlaf besser fluchen –, und flüchtete schließlich in eine Schenke mit rotem Dach, die sich ›Zum Kutschbock‹ nannte. Das Bild auf dem Schild interpretierte den Namen allerdings auf ganz eigene und äußerst zweideutige Art und Weise.

Der Schankraum glich jedem anderen, den er in Lugard gesehen hatte. Wagenlenker und Leibwächter oder Begleitsoldaten saßen dichtgedrängt neben Stallburschen, Schmieden, Tagelöhnern, eben Männern jeder Art, und alle unterhielten sich oder lachten, so laut sie konnten, während eine Hand nach dem Becher griff und die andere nach den Mädchen grabschte, die sie bedienten. Damit unterschied er sich kaum von allen Schankräumen und Tavernen in vielen anderen Städten, auch wenn es in den meisten etwas weniger wild zuging. Eine junge Frau mit großem Busen, der beinahe ihre Bluse sprengte, tanzte und sang auf einem Tisch an einem Ende des Raums, im Lärm fast unhörbar begleitet von zwei Flöten und einer zwölfseitigen Zither.

Er war nicht sehr musikalisch, doch blieb er einen Augenblick stehen, um ihrem Lied zu lauschen. Sie hätte noch in jedem Soldatenlager für Aufsehen gesorgt. Andererseits wäre sie nicht weniger bewundert worden, wenn sie kein bißchen hätte singen können. Mit dieser Bluse am Leib hätte sie innerhalb kürzester Zeit einen Ehemann gefunden.

Joni und Barim befanden sich bereits hier. Jonis mächtige Gestalt hatte ihnen trotz seines dünnen Haars und der Bandage um die Schläfen einen Tisch für sie allein verschafft. Sie lauschten ebenfalls dem Lied des Mädchens. Oder starrten sie einfach an – schwer zu sagen. Er berührte jeden der beiden an der Schulter und nickte in Richtung einer Seitentür, die zum Stallhof führte, wo ihnen ein mürrischer, schielender Stallbursche gegen drei Silberpfennige ihre Pferde übergab. Vor etwa einem Jahr noch hätte Bryne für ein ordentliches Pferd nicht mehr zahlen müssen. Die Auseinandersetzungen im Westen und in Cairhien hatten den Handel gründlich durcheinandergebracht und die Preise ins Uferlose steigen lassen.

Niemand sprach, bis sie das Stadttor passiert hatten und sich auf einer wenig benutzten Straße befanden, die sich nach Norden zum Stornfluß hin schlängelte. Es war kaum mehr als ein Feldweg. Dann sagte Barim: »Sie waren gestern noch hier, Lord Gareth.«

Das hatte Bryne selbst auch in Erfahrung gebracht.

Drei hübsche junge Frauen zusammen, offensichtlich Ausländerinnen, kamen nicht durch eine Stadt wie Lugard, ohne aufzufallen. Jedenfalls den Männern.

»Sie und ein breitschultriger Bursche«, fuhr Barim fort. »Klingt, als sei vielleicht dieser Dalyn bei ihnen, derselbe wie bei dem Brand von Nems Scheune. Ist egal, wer er auch sein mag, aber sie waren eine Weile im ›Neunergespann‹. Sie tranken was und gingen dann wieder. Dieses Domani-Mädchen, haben mir die Kerle erzählt, die hätte beinahe einen Aufstand hervorgerufen mit ihrem Lächeln und diesem aufreizenden Gang. Wie die ihren Arsch schwenken kann, o Mann! Dann hat sie aber alle wieder auf die gleiche Weise beruhigt. Verdammich, ich hätte auch gern so ein Domani-Mädchen.«

»Hast du gehört, in welcher Richtung sie weiterzogen, Barim?« fragte Bryne geduldig. Das hatte er nicht in Erfahrung bringen können.

»Ach, leider nicht, mein Lord. Aber ich hörte, daß eine Menge Weißmäntel hier durchziehen, alle nach Westen zu. Glaubt Ihr, daß der alte Pedron Niall irgend etwas im Schilde führt? Vielleicht in Altara?«

»Das geht uns nichts mehr an, Barim.« Bryne war sich bewußt, daß seine Ungeduld diesmal nicht zu überhören war, aber Barim war ein so alter Hase, daß er wußte, er habe sich an seine Aufgabe zu halten und sonst nichts. »Ich weiß, wohin sie zogen, mein Lord«, sagte Joni. »Nach Westen auf der Straße nach Jehannah, und meinen Informationen nach hatten sie es sehr eilig.« Es klang besorgt. »Mein Lord, ich habe zwei von den Wagenbegleitern getroffen, die früher Mitglieder unserer Garde waren, und wir haben zusammen was getrunken. Zufällig waren die beiden in einer Spelunke namens ›Zum guten Nachtritt‹, als dieses Mädchen Mara hereinkam und eine Stellung als Sängerin haben wollte. Sie hat sie nicht bekommen, weil sie ihre Beine nicht so zeigen wollte, wie die Sängerinnen in den meisten Kneipen hier, und wer könnte ihr daraus einen Vorwurf machen, und dann ist sie wieder gegangen. Wenn das stimmt, was Barim berichtet, sind sie kurz danach nach Westen aufgebrochen. Das gefällt mir nicht, mein Lord. Sie ist nicht die Art von Mädchen, die in einer solchen Spelunke arbeiten will. Ich glaube eher, sie versucht, von diesem Kerl Dalyn wegzulaufen.«

Seltsamerweise hegte Joni trotz der dicken Beule an seinem Kopf keine feindseligen Gefühle diesen drei jungen Frauen gegenüber. Seiner Meinung nach, und das hatte er öfters kundgetan, seit sie das Herrenhaus verlassen hatten, befanden sich die Mädchen in irgendeiner schlimmen Lage und mußten gerettet werden. Bryne vermutete, wenn er sie einholte und auf seine Güter zurückbrachte, würde ihn Joni zu überreden versuchen, sie seinen Töchtern zur Betreuung zu übergeben, damit sie von denen bemuttert würden.

Barim teilte die Gefühle seines Kameraden nicht. »Ghealdan.« Er machte eine finstere Miene. »Oder vielleicht Altara oder Amadicia. Wir werden noch den Dunklen König küssen, um sie zurückzubekommen. Ist wohl kaum all diesen Ärger wert, wo doch bloß eine Scheune und ein paar Kühe draufgingen.«

Bryne sagte gar nichts. Sie waren den Mädchen bis hierher gefolgt, und Murandy war ein schlechter Aufenthaltsort für Menschen aus Andor. Es hatte über die Jahre hinweg zu viele Grenzstreitigkeiten gegeben. Nur ein Narr würde Meineidige über die Grenze hinweg nach Murandy verfolgen. Was für ein Narr erst mußte derjenige sein, der ihnen um die halbe Welt herum folgte?

»Diese Jungs, mit denen ich sprach«, sagte Joni schüchtern, »mein Lord, die erzählten … Es scheint, daß viele der alten Jungs, die … die unter Euch dienten, entlassen und weggeschickt werden.« Durch Brynes Schweigen ermutigt, fuhr er fort: »Viele neue Leute werden angeworben. 'ne Menge. Die Jungs sagten, für jeden Entlassenen werben sie mindestens vier oder fünf neue an. Die Sorte, die eher Schlägereien anzettelt, als sie zu unterbinden. Es gibt welche, die nennen sich die Weißen Löwen und gehorchen nur diesem Gaebril« – er spuckte aus, um zu zeigen, was er von dem Manne hielt –, »und ein Haufen anderer, die gar nicht zur richtigen Garde gehören. Keine aus dem Aufgebot der Häuser. Soweit sie es beurteilen konnten, hat Gaebril zehnmal so viele Männer, wie es Gardesoldaten gibt, und sie haben den Eid auf den Thron von Andor abgelegt, aber nicht auf die Königin.«

»Auch das geht uns nichts mehr an«, sagte Bryne kurz angebunden. Barim fuhr mit der Zunge in seiner Wange herum, wie er es immer tat, wenn er etwas wußte, das er nicht sagen wollte, oder wenn er sich nicht sicher war, daß es wichtig genug sei. »Was ist los, Barim? Heraus damit, Mann!«

Der Mann mit dem wettergegerbten Gesicht blickte ihn verwundert an. Barim hatte nie herausbekommen, woher Bryne immer wußte, wenn er etwas zurückhielt. »Also, mein Lord, ein paar der Leute, mit denen ich sprach, haben mir erzählt, daß einige dieser Weißmäntel gestern Fragen gestellt haben. Über ein Mädchen, auf das die Beschreibung dieser Mara paßt. Wollten wissen, wer sie sei und wohin sie ging. Einfach so. Ich hörte, daß sie erst richtig interessiert waren, als sie hörten, sie sei weg. Wenn die hinter ihr her sind, wird sie vielleicht gehängt, bevor wir sie finden. Wenn sie sich schon die Mühe machen müssen, sie zu verfolgen, werden sie möglicherweise nicht mehr lange fragen, ob sie wirklich zu den Schattenfreunden gehört. Oder was es auch sein mag, weswegen sie hinter ihr her sind.«

Bryne runzelte die Stirn. Weißmäntel? Was wollten denn die Kinder des Lichts von Mara? Er glaubte auf keinen Fall, daß sie zu den Schattenfreunden gehörte. Aber andererseits hatte er in Caemlyn erlebt, daß man einen milchgesichtigen jungen Burschen als Schattenfreund hängte, weil er den Kindern auf der Straße vom Glanz des Dunklen Königs erzählt hatte. Den ›Großen Herrn der Dunkelheit‹ hatte er ihn genannt. Der Bursche hatte im Laufe von drei Jahren mindestens neun Kinder ermordet, soweit man das noch feststellen konnte, als man ihn endlich erwischte. *Nein. Das Mädchen gehört nicht zu den Schattenfreunden, darauf verwette ich mein Leben.* Die Weißmäntel mißtrauten jedem. Und falls sie sich in den Kopf gesetzt hatten, daß sie aus Lugard floh, um ihnen zu entkommen …

Er gab seinem Pferd die Fersen zu spüren, so daß es in einen gleichmäßigen Galopp verfiel. Der braune Wallach mit der großen Nase war nicht gerade eine Schönheit, aber er besaß Ausdauer und Mut. Die anderen beiden holten ihn schnell wieder ein, aber da sie seine Stimmung wohl erkannten, hielten sie den Mund.

Etwa zwei Meilen von Lugard entfernt bog er in ein Dickicht mit Eichen und Lederblattbäumen. Hier hatte der Rest seiner Männer ein notdürftiges Lager aufgeschlagen. Unter den dicken, weit ausgebreiteten Ästen einer alten Eiche gab es Platz genug. Mehrere kleine rauchlose Feuer brannten. Sie nützten jede Gelegenheit, um sich heißen Tee zu bereiten. Einige dösten, denn Schlafen war auch etwas, das ein alter Soldat bei jeder Gelegenheit tat.

Die Wachgebliebenen versetzten den anderen einen Tritt, um sie aufzuwecken, und alle blickten erwartungsvoll zu ihm auf. Einen Augenblick lang blieb er im Sattel und musterte sie. Graues Haar und Glatzköpfe und faltige, alte Gesichter. Immer noch hart und gut in Form, aber trotzdem … Er war ein Narr, daß er das Risiko einging, sie nach Murandy zu führen, nur weil er wissen wollte, warum eine Frau meineidig geworden war. Und vielleicht auch noch die Weißmäntel im Nacken hatte. Man konnte nicht einmal sagen, wie weit und wie lange es noch gehen werde, bis die Suche vorbei war. Wenn er jetzt zurückkehrte, wären sie bereits mehr als einen Monat unterwegs, bevor sie wieder nach Korequellen kamen. Wenn er weiterzog, hatte er keine Garantie, daß die Suche vor Erreichen des Arythmeers vorbei sein werde. Er sollte diese Männer eigentlich nach Hause führen und so auch selbst heimkehren. Sollte er. Eigentlich. Er hatte kein Recht dazu, ihnen zu befehlen, diese Mädchen aus den Händen von Weißmänteln zu befreien. Er konnte Mara der Rechtsprechung der Weißmäntel überlassen.

»Wir ziehen nach Westen«, verkündete er, und sofort sprangen die Männer auf, löschten die Feuer mit Tee und befestigten die Kannen an den Sätteln. »Wir werden uns sehr beeilen müssen. Wenn ich kann, will ich sie in Altara erwischen, aber falls nicht, kann ich auch nicht sagen, wohin uns die Suche noch führen wird. Ihr werdet vielleicht Jehannah oder Amador oder Ebou Dar zu sehen bekommen, bevor alles vorüber ist.« Er lachte gezwungen. »Ihr werdet selbst herausfinden, welch harte Männer Ihr noch seid, falls wir bis Ebou Dar kommen. Dort haben sie Tavernen, wo die Barmädchen Illianern die Haut abziehen und Weißmäntel zum Vergnügen aufspießen.«

Sie lachten lauter, als es der Scherz wert war.

»Wir machen uns keine Sorgen, solange Ihr bei uns seid, Lord Gareth«, gackerte Thad, der gerade seinen Blechnapf in die Satteltasche steckte. Sein Gesicht war runzlig wie rissiges Leder. »Ich habe gehört, daß Ihr sogar einen Zusammenstoß mit der Amyrlin selbst hattet, und ...« Jar Silvin trat ihm gegen das Bein, und daraufhin fuhr er mit geballter Faust auf den jüngeren Mann los – grauhaarig, aber immer noch jünger als er. »Warum hast du das gemacht, Silvin? Willst du, daß ich dir den Schädel einschlage, oder was?« Schließlich kamen ihm die bedeutungsvollen Blicke Silvins und einiger anderer Männer zu Bewußtsein. »Oh. O ja.« Er beschäftigte sich mit einemmal ganz konzentriert damit, die Schnallen an seinem Sattel festzuziehen, aber jetzt lachte keiner mehr.

Bryne zwang sich, sein steinernes Gesicht zu entspannen. Es wurde höchste Zeit, daß er die Vergangenheit als vergangen hinnahm. Nur, weil eine Frau, die einst das Bett mit ihm geteilt hatte – und mehr, wie er glaubte –, nur weil diese Frau ihn jetzt ansah, als habe sie ihn noch nie gesehen, hatte er keinen Grund, ihren Namen nicht mehr auszusprechen. Nur weil sie ihn – unter Androhung des Todes – aus Caemlyn verbannt hatte, weil er sie beraten hatte, wie sein Eid es verlangte... Wenn sie unvermittelt vor diesem Lord Gaebril kroch, der so plötzlich in Caemlyn aufgetaucht war, dann ging ihn das nichts mehr an. Sie hatte ihm mit eisiger Stimme mitgeteilt, daß sein Name im Palast niemals mehr ausgesprochen werden dürfe und daß nur seine lange Dienstzeit sie davon abhielt, ihn wegen Verrats zum Henker zu schicken. Verrat! Er mußte in bessere Stimmung kommen, besonders dann, wenn diese Jagd sich länger hinziehen sollte.

Er hakte sein Knie am Sattelhorn ein, nahm seine Pfeife heraus und stopfte sie mit Tabak. Der Kopf war in Form eines wilden Bullen geschnitzt, um dessen Hals die Rosenkrone von Andor als Geschirr lag. Das war seit tausend Jahren das Wappen des Hauses Bryne gewesen: Stärke und Mut im Dienst der Königin. Er brauchte eine neue Pfeife, denn diese hier war alt.

»Das habe ich nicht so gut überstanden, wie Ihr anscheinend gehört habt.« Er beugte sich herunter und ließ sich von einem der Männer einen kleinen Zweig aus einem der Feuer reichen, der immer noch glimmte. Dann richtete er sich auf und paffte an seiner Pfeife, bis sie richtig brannte. »Das war vor ungefähr drei Jahren. Die Amyrlin veranstaltete eine Prozession von Cairhien über Tear, Illian und schließlich nach Caemlyn, bevor sie nach Tar Valon zurückkehrte. Zu der Zeit hatten wir Probleme mit den Grenzlords von Murandy – wie gewöhnlich.« Gelächter erscholl; sie hatten alle zu der oder jener Zeit Dienst an der Grenze nach Murandy gemacht. »Ich hatte einige Gardisten hinuntergeschickt, um den Leutchen in Murandy klarzumachen, wem die Schafe und Rinder auf unserer Seite der Grenze gehörten. Ich erwartete von der Amyrlin keineswegs, daß sie sich für diese Angelegenheit interessiere.« Alle lauschten ihm aufmerksam; wohl bereiteten sie noch immer den Aufbruch vor, doch sie ließen es langsam angehen.

»Siuan Sanche und Elaida zogen sich mit Morgase zurück« – da, jetzt hatte er ihren Namen wieder ausgesprochen und es tat überhaupt nicht weh – »und als sie herauskamen, war Morgase in Gewitterstimmung. Ihre Augen schleuderten Blitze. Sie sah aus, als sei sie gerade zehn Jahre alt und von ihrer Mutter versohlt worden, weil sie Honigkuchen stahl. Sie ist ja eine harte Frau, aber zwischen Elaida und der Amyrlin …« Er schüttelte den Kopf, und sie schmunzelten. Mit den Aes Sedai auszukommen, das überließen sie alle lieber den Lords und Herrschern, und keiner beneidete sie darum. »Sie befahl mir, alle Truppen sofort von der Grenze nach Murandy zurückzuziehen. Ich bat sie, das unter vier Augen mit ihr besprechen zu dürfen, und dann ging Siuan Sanche richtig auf mich los! Vor dem halben Hofstaat machte sie mich zur Schnecke wie einen grünen Rekruten. Sagte, wenn ich nicht tun wolle, was man mir aufträgt, werde sie mich als Köder zum Angeln benützen.« Er hatte sie vielmals um Entschuldigung bitten müssen – natürlich immer noch vor allen anderen –, weil er getan hatte, was zu tun er geschworen hatte. Es war völlig überflüssig gewesen, das von ihm zu verlangen. Bis zum Ende war er nicht sicher gewesen, ob sie Morgase nicht sogar dazu bringen werde, ihn enthaupten zu lassen, oder es sogar selbst besorgte.

»Muß aber einen mächtig großen Fisch im Auge gehabt haben – bei dem Köder!« lachte jemand, und andere fielen ein.

»Das Ergebnis war, daß ich mir die Finger verbrannt hatte und die Garde von der Grenze zurückgerufen wurde. Also, wenn Ihr jetzt glaubt, ich könne Euch in Ebou Dar beschützen, dann denkt immer daran, daß diese Barmädchen sogar die Amyrlin aufhängen würden, um sie neben uns auf der Leine zu trocknen.« Nun grölten sie vor Vergnügen.

»Habt Ihr je herausgefunden, worum es damals eigentlich ging, Lord Gareth?« wollte Joni wissen.

Bryne schüttelte den Kopf. »Aes-Sedai-Angelegenheiten, schätze ich. Leuten wie Euch und mir binden sie nicht auf die Nase, was sie vorhaben.« Das brachte ihm noch mal einige Lacher ein.

Sie stiegen mit einer Behendigkeit auf, die ihre Jahre Lügen strafte. *Ein paar von ihnen sind nicht älter als ich,* dachte er trocken. Zu alt, um hinter einem hübschen Augenpaar herzurennen, dessen Besitzerin jung genug war, um seine Tochter oder sogar seine Enkelin zu sein. *Ich will ja nur wissen, warum sie meineidig wurde,* sagte er sich energisch. *Nicht mehr als das.*

So hob er die Hand und gab das Zeichen zum Losreiten, und sie zogen nach Westen. Hinter ihnen erhob sich eine Staubspur. Sie hatten einen harten Ritt vor sich, wollten sie die Mädchen einholen. Aber er hatte es fest vor. Ob in Ebou Dar oder im Krater des Verderbens: er würde sie finden.

KAPITEL 13

Ein kleines Zimmer in Sienda

Elayne klammerte sich fest, weil die Kutsche in ihrer ledernen Aufhängung heftig hin und her schaukelte. Sie bemühte sich, Nynaeves düstere Miene ihr gegenüber nicht weiter zu beachten. Die Vorhänge standen auf, obwohl gelegentlich der Staub durch die Fenster hereinwirbelte, doch der leichte Fahrtwind ließ die Hitze des Spätnachmittags erträglicher werden. Sanfte, bewaldete Hügel zogen an ihnen vorüber. Der Wald wurde an manchen Stellen durch einen kurzen Streifen Ackerlands unterbrochen. Das Herrenhaus eines Lords, ganz im Stil Amadicias gehalten, krönte einen der Hügel ein paar Meilen von der Straße: ein mächtiger Steinsockel, fünfzig Fuß hoch, trug obenauf ein verwinkeltes Holzgebäude mit kunstvoll verzierten Balkonen und rotgedeckten Dächern. Einst hätte man das alles aus Stein erbaut, aber es waren schon viele Jahre vergangen, seit ein Lord in Amadicia eine richtige Festung benötigte. Mittlerweile gab es einen königlichen Erlaß, daß nur Holzbauten gestattet seien. Kein aufständischer Adliger konnte so dem König lange widerstehen. Natürlich waren die Kinder des Lichts von diesem Erlaß ausgenommen. Eine ganze Reihe der Gesetze Amadicias galten nicht für sie. Sie hatte von klein auf einiges über die Bräuche und Gesetze anderer Länder lernen müssen, was ihr jetzt manchmal zugute kam.

Auch abgeerntete Felder waren wie braune Flecken auf einem sonst grünen Tuch auf den fernen Hügeln zu sehen. Die dort arbeitenden Menschen kamen ihr wie

Ameisen vor. Alles wirkte ausgetrocknet; ein Blitz könnte ein Feuer entflammen, das auf viele Wegstunden alles vernichten würde. Doch Blitze bedeuteten im allgemeinen auch Regen, und dafür waren die wenigen Wolken zu hoch. Gelangweilt stellte sie sich vor, sie könne Regen erzeugen. Sie hatte ja schon eine ganze Menge darüber gelernt, wie man das Wetter beeinflußte. Trotzdem war es sehr schwierig, wenn die Voraussetzungen fehlten.

»Langweilt sich meine Lady?« fragte Nynaeve beißend. »So, wie meine Lady die Landschaft anblickt – so richtig von oben herab –, glaube ich, meine Lady möchte lieber etwas schneller vorankommen.« Sie faßte hoch über ihren Kopf, zog eine kleine Klappe auf und schrie: »Schneller, Thom. Widersprecht mir nicht! Ihr haltet auch den Mund, Juilin Diebfänger! Schneller, habe ich gesagt!«

Die Holzklappe knallte zu, aber Elayne konnte immer noch vernehmen, wie Thom laut grollte. Wahrscheinlich fluchte er kräftig. Nynaeve hatte schon den ganzen Tag über die Männer in diesem Ton angefahren. Einen Augenblick später knallte seine Peitsche, und die Kutsche rumpelte noch schneller dahin. Sie schaukelte so heftig, daß beide Frauen auf den goldfarbenen Seidenbezügen der Sitze auf und ab hüpften. Die Seide hatte man gründlich gereinigt, als Thom die Kutsche erwarb, doch die Polsterung selbst war alt und hart. Aber so sehr sie auch durchgeschüttelt wurde, die Kinnhaltung Nynaeves sagte deutlich aus, sie werde Thom keineswegs befehlen, wieder langsamer zu fahren, nachdem sie ihn einmal zum Schnellerfahren aufgefordert hatte.

»Bitte, Nynaeve«, sagte Elayne. »Ich ...«

Die andere ließ sie gar nicht weiter zu Wort kommen. »Ist es meiner Lady unbequem? Ich weiß, daß Ladies an Bequemlichkeit gewöhnt sind. Eine arme Zofe kennt so etwas eben nicht. Aber sicher möchte meine Lady doch vor Anbruch der Dunkelheit den nächsten Ort erreichen? Damit die Zofe meiner Lady ihr das Abendessen servieren und ihr Bett bereiten kann?« Ihre Kiefer schlugen aufeinander, als sie hochgeworfen wurde und wieder auf das harte Polster zurückprallte. Daraufhin funkelte sie Elayne wütend an, als sei es ihre Schuld gewesen.

Elayne seufzte tief auf. Damals in Mardecin hatte Nynaeve alles eingesehen. Eine Lady reiste nie ohne ihre Zofe, und zwei Ladies würden normalerweise auch zwei Zofen dabeihaben. Dann müßten sie aber Thom oder Juilin – jedenfalls einen von beiden – in ein Frauenkleid stecken. Nynaeve hatte auch eingesehen, daß Elayne mehr davon verstand, wie sich eine Lady benahm. Sie hatte es sehr zartfühlend ausgedrückt, und Nynaeve wußte gewöhnlich recht genau, was der vernünftigste Weg war. Gewöhnlich. Aber das war in Frau Macuras Laden gewesen, nachdem sie den beiden Frauen ihr eigenes schreckliches Gebräu eingeflößt hatten.

Sie hatten Mardecin verlassen und waren bis Mitternacht durchgefahren, um schließlich ein kleines Dorf mit einer Schenke zu finden. Deren Wirt hatten sie aus dem Bett geworfen, damit er ihnen zwei enge Zimmer mit schmalen Betten herrichtete. Noch vor Sonnenaufgang waren sie aufgestanden, um weiterzufahren. Sie hatten ein paar Meilen entfernt Amador umgangen. Man würde keine von ihnen auf den ersten Blick für etwas anderes halten, als sie vorgeben wollten, doch sie fühlten sich alles andere als wohl bei dem Gedanken, eine Stadt voll von Weißmänteln durchfahren zu müssen. In Amador befand sich die Festung des Lichts. Elayne hatte wohl gehört, der König regiere Amadicia, doch in Wirklichkeit regierte Pedron Niall.

Die Schwierigkeiten hatten am letzten Abend begonnen, und zwar in einem Ort namens Bellon an einem schlammigen Flüßchen, das den stolzen Namen Gaeanfluß trug, etwa zwanzig Meilen abseits der Hauptstadt. Die ›Furtschenke‹ in Bellon war größer als ihre erste Bleibe, und Frau Alfara, die Wirtin, bot Lady Morelin sogar ein eigenes Speisezimmer an. Das konnte Elayne wohl kaum abschlagen. Frau Alfara war der Überzeugung gewesen, daß nur die Zofe Lady Morelins, Nana, sie auch korrekt bedienen könne, denn Ladies wollten alles so haben, wie sie es gewohnt waren, und das sei ja auch ihr gutes Recht. Ihre eigenen Mädchen seien nicht daran gewöhnt, mit Ladies umzugehen, meinte die Frau. Nana wußte auch ganz genau, wie sie Lady Morelins Bett herrichten solle und würde ihr auch ein erfrischendes Bad bereiten, nachdem sie einen so heißen Reisetag hinter sich hatten. Die Liste der Dinge, die nur Nana ihrer Herrin recht machen könne, schien endlos.

Elayne war nicht sicher, ob der Adel Amadicias soviel erwartete, oder ob Frau Alfara lediglich statt der eigenen die Dienstbotin einer Ausländerin ausnützen wollte. Sie hatte sich bemüht, Nynaeve das meiste zu ersparen, doch die Frau hatte genauso wie die Wirtin immer ein »Wie Ihr wünscht, meine Lady« und »Meine Lady ist sehr eigenwillig« auf Lager gehabt. Sie hätte töricht dagestanden, oder zumindest hätte es eigenartig gewirkt, wenn sie Nynaeve alles abgenommen hätte. Und sie wollten ja keine unnötige Aufmerksamkeit erregen.

Solange sie sich in Bellon aufgehalten hatte, war Nynaeve in der Öffentlichkeit als die vollkommene Zofe aufgetreten. Wenn sie allein miteinander waren, war das allerdings etwas anderes. Elayne wäre es so viel lieber gewesen, hätte sich die Frau dann einfach wie normal benommen, statt sie wie etwas Abstoßendes aus der Großen Fäule ständig niederzuknüppeln. Auf Entschuldigungen bekam sie ein »Meine Lady ist zu gütig« zu hören, oder sie wurden einfach ignoriert. *Ich werde mich nicht noch einmal entschuldigen,* dachte sie zum fünfzigsten Mal. *Nicht für etwas, das letzten Endes nicht meine Schuld ist.*

»Ich habe nachgedacht, Nynaeve.« Sie packte einen herunterhängenden Halteriemen und fühlte sich dennoch wie ein Ball in einem Kinderspiel namens Hopf, das in Andor sehr beliebt war. Man mußte dabei einen bunten Holzball mit einem Schläger immer wieder hochprellen lassen und abfangen. Aber sie verlangte nicht, daß die Kutsche langsamer fahren solle. Sie konnte es genauso lang aushalten wie Nynaeve. Diese Frau war so etwas von stur! »Ich will ja nach Tar Valon und herausfinden, was dort eigentlich los ist, aber ...«

»Meine Lady haben nachgedacht? Meine Lady muß ja Kopfschmerzen haben von dieser Anstrengung! Ich werde meiner Lady einen feinen Tee aus Schafszungenwurzel und roten Gänseblümchen bereiten, sobald ...«

»Halt den Mund, Nana!« sagte Elayne ruhig, aber mit Entschlossenheit in der Stimme. Sie imitierte ihre Mutter, so gut sie nur konnte. Nynaeve blieb der Mund offenstehen. »Wenn du wieder an deinem Zopf reißt, kannst du beim Gepäck auf dem Dach mitfahren.« Nynaeve gab einen erstickten Laut von sich. Sie versuchte, etwas zu sagen, aber sie brachte nichts heraus. Sehr zufriedenstellend. »Manchmal scheinst du zu glauben, ich sei immer noch ein Kind, dabei benimmst *du* dich wie ein Kind. Ich habe dich nicht darum gebeten, mir den Rücken zu waschen, aber ich hätte dir einen Ringkampf liefern müssen, um dich davon abzuhalten. Erinnere dich bitte daran, daß ich dir angeboten habe, dasselbe für dich zu tun. Und ich habe dir angeboten, auf dem Klappbett zu schlafen. Statt dessen bist du aufgestiegen und warst nicht mehr herunterzubekommen. Hör mit der Schmollerei auf! Wenn du willst, spiele ich in der nächsten Schenke deine Zofe.« Das wäre möglicherweise eine komplette Katastrophe. Nynaeve würde vermutlich in der Öffentlichkeit Thom anschreien oder jemanden ohrfeigen. Doch was tat man nicht für ein wenig Ruhe und Frieden. »Wir können gleich anhalten und im Wald die Kleider tauschen.«

»Wir haben Kleider ausgesucht, die dir am besten passen«, murmelte die andere einen Augenblick später. Dann öffnete sie die Klappe wieder und rief: »Langsamer! Wollt Ihr uns umbringen? Törichte Männer!«

Oben herrschte Totenstille, als sich die Geschwindigkeit der Kutsche auf ein vernünftiges Maß verringerte, aber Elayne hätte wetten können, daß sich die beiden Männer nun empört unterhielten. Sie richtete ihr Haar her, so gut sie es ohne einen Spiegel vermochte. Es überraschte sie immer noch, diese schimmernden schwarzen Locken zu sehen, wenn sie sich erblickte. Die grüne Seide mußte auch wieder einmal gründlich ausgebürstet werden.

»Worüber hast du nachgedacht, Elayne?« fragte Nynaeve. Auf ihren Wangen standen hochrote Flecke. Zumindest war ihr klar, daß Elayne recht hatte, aber nachzugeben war das Höchste an Entschuldigung, was sie je herausbrachte.

»Wir reisen so schnell wir können nach Tar Valon zurück, aber wissen wir überhaupt, was uns in der Burg erwartet? Falls die Amyrlin wirklich diese Befehle ausgegeben hat… Ich glaube es eigentlich nicht und kann es auch nicht verstehen, aber ich habe nicht vor, die Burg zu betreten, bis ich wirklich Bescheid weiß. ›Nur eine Närrin steckt ihre Hand in einen hohlen Baum, ohne zu wissen, was drinnen ist.‹«

»Eine weise Frau, diese Lini«, sagte Nynaeve. »Vielleicht finden wir mehr heraus, wenn ich wieder ein Bündel gelber Blumen mit den Köpfen nach unten irgendwo hängen sehe, aber bis dahin sollten wir uns meiner Meinung nach verhalten, als beherrschten die Schwarzen Ajah die Burg.«

»Frau Macura hat bestimmt mittlerweile eine weitere Taube zu Narenwin geschickt: mit einer Beschreibung dieser Kutsche und der Kleider, die wir mitnahmen, und höchstwahrscheinlich auch einer Beschreibung Juilins und Thoms.«

»Das läßt sich nicht ändern. Das Ganze wäre nicht geschehen, wenn wir nicht durch ganz Tarabon getrödelt wären. Wir hätten ein Schiff nehmen sollen.« Elayne riß Augen und Mund auf, weil Nynaeve so anklagend geklungen hatte, und Nynaeve besaß soviel Anstand, wenigstens rot zu werden. »Na ja, was vorbei ist, ist vorbei. Moiraine kennt Siuan Sanche. Vielleicht kann Egwene sie darum bitten ...«

Plötzlich schlingerte die Kutsche und kam abrupt zum Stehen. Elayne wurde nach vorn geschleudert und fiel auf Nynaeve. Sie hörte die Pferde wiehern und spürte, wie die Tiere sich aufbäumten und ausschlugen, während sie sich von Nynaeve zu lösen versuchte, wobei diese kräftig schiebend nachhalf.

Sie griff nach *Saidar* und steckte den Kopf aus dem Fenster. Dann ließ sie die Macht jedoch erleichtert wieder ihrem Griff entgleiten. Das war etwas, was sie bereits mehr als einmal durch Caemlyn ziehen gesehen hatte. Ein kleiner Reisezoo – eine Menagerie – lagerte im Schatten der Bäume am Rand einer großen Lichtung nahe der Straße. Ein großer Löwe mit schwarzer Mähne lag dösend in einem Käfig, der die gesamte Rückseite eines der Wagen in Anspruch nahm, während seine beiden Weibchen in einem anderen auf und ab schritten. Ein dritter Käfig stand offen. Davor übte eine Frau mit zwei großen Schwarzbären mit weißen Gesichtern, wie sie auf großen roten Kugeln balancieren mußten, um nicht herunterzufallen. In einem weiteren Käfig lag etwas, das wie ein mächtiger, haariger Keiler wirkte, aber dafür war seine Schnauze etwas zu spitz und an den Zehen saßen kräftige Klauen. Sie wußte, daß dieses Tier aus der Aiel-Wüste stammte und dort Capar genannt wurde. Andere Käfige enthielten weitere Tiere und leuchtend bunte Vögel, doch im Gegensatz zu jeder anderen solchen Menagerie, die sie je gesehen hatte, arbeiteten hier auch Menschen an Vorführungen. Beispielsweise jonglierten zwei Männer gerade mit Bändern umwickelte Reifen, die zwischen ihnen hin und her flogen. Vier Akrobaten übten an einer Pyramide, und eine Frau fütterte zur Belohnung ein Dutzend Hunde, die auf den Hinterbeinen liefen und auf ihr Kommando Überschläge rückwärts vollführten. Im Hintergrund errichteten einige weitere Männer zwei hohe Masten. Sie hatte keine Ahnung, wofür die bestimmt waren.

Allerdings war es nichts von alledem gewesen, was die Pferde zum Scheuen und fast zum Ausbrechen gebracht hatte, und das trotz Thoms Können als Gespannführer. Die Löwen konnte sogar sie riechen, aber die Pferde starrten mit wild rollenden Augäpfeln drei riesige, runzlige, graue Tiere an. Zwei waren genauso hoch wie die Kutsche, hatten große Ohren und mächtige gekrümmte Hauer, und die Nase, die dazwischen hing, war so lang, daß sie bis auf den Boden reichte. Das dritte war etwas kleiner als die Pferde, wirkte allerdings genauso schwer wie diese und hatte keine Hauer. Sie hielt es für ein Junges. Eine Frau mit hellblondem Haar kratzte dieses ›Kleintier‹ mit einem schweren Stachelstock, der am Ende einen Haken aufwies, hinter dem Ohr. Elayne hatte bereits Geschöpfe wie diese gesehen, aber niemals erwartet, sie nun hier wiederzusehen.

Ein großer, dunkelhaariger Mann kam ihnen aus dem Lager entgegen. Er trug ausgerechnet bei dieser Hitze einen roten Seidenumhang, den er bei seiner eleganten Verbeugung mit großer Geste spreizte. Er sah gut aus, bewegte sich geschmeidig und war sich dessen nur zu bewußt. »Vergebt mir, gute Lady, wenn die riesigen Keilerpferde Eure Tiere erschreckt haben.« Als er sich aufrichtete, winkte er zwei seiner Männer heran, um beim Beruhigen der Pferde zu helfen, wandte sich dann wieder Elayne zu und musterte sie eingehend. Dann murmelte er: »Schweig still, mein Herz.« Es war gerade laut genug, daß Elayne es hörte, und das war ja wohl beabsichtigt gewesen. »Ich heiße Valan Luca, Lady, Künstler der außergewöhnlichen Unterhaltung. Eure Anwesenheit überwältigt mich.« Er verbeugte sich erneut und womöglich noch kunstvoller als beim ersten Mal.

Elayne tauschte einen Blick mit Nynaeve und fand auf deren Gesicht ein genauso amüsiertes Lächeln vor, wie sie selbst es zur Schau trug. Ein sehr von sich eingenommener Mann, dieser Valan Luca. Seine Männer schienen aber im Umgang mit Tieren einige Erfahrung zu haben, denn die Pferde hatten sich wirklich weitgehend beruhigt. Sie schnaubten wohl noch und stampften mit den Hufen, doch sie rollten nicht mehr mit den Augen und schienen lediglich etwas nervös. Thom und Juilin starrten die fremdartigen Tiere beinahe genauso erschrocken an, wie die Pferde es getan hatten. »Keilerpferde, Meister Luca?« fragte Elayne. »Wo kommen diese Tiere denn her?«

»*Riesige* Keilerpferde, Lady«, kam die schnelle Antwort, »aus dem sagenhaften Schara. Ich selbst führte eine Expedition in eine Wildnis voller eigenartiger Zivilisationen und noch fremdartigerer Sehenswürdigkeiten, um sie zu fangen. Ich würde Euch zu gern mehr darüber erzählen. Riesenhafte Menschen, zweimal so groß wie die Ogier.« Er begleitete seine Erzählung mit schwungvollen Gesten. »Kopflose Geschöpfe. Vögel, so groß, daß sie einen ausgewachsenen Stier davontragen können. Schlangen, die in der Lage sind, einen Menschen zu verschlingen. Städte, aus massivem Gold erbaut. Steigt nur herab, Lady, und laßt mich Euch berichten.«

Elayne zweifelte nicht daran, daß Luca nur zu gern seine Geschichten zum besten geben würde, aber sie bezweifelte doch sehr stark, daß diese Tiere aus Schara stammten. Zum einen sahen selbst die Meerleute nicht mehr von Schara als die ummauerten Häfen, auf die sie sich beschränken mußten, denn niemand, der diese Mauern passierte, wurde jemals wieder gesehen. Die Aiel wußten wenig mehr zu berichten. Zum anderen hatten Nynaeve und sie Geschöpfe wie diese in Falme gesehen, während der Invasion durch die Seanchan. Die Seanchan setzten sie als Arbeitstiere und im Krieg ein.

»Ich glaube nicht, Meister Luca«, entgegnete sie ihm.

»Dann laßt uns vor Euch auftreten«, sagte er darauf schnell. »Wie Ihr seht, ist dies keine gewöhnliche wandernde Menagerie, sondern etwas ganz Neuartiges. Eine Privatvorführung für Euch. Akrobaten, Jongleure, dressierte Tiere, der stärkste Mann der Welt ... Sogar Feuerwerk haben wir. Einer aus der Gilde der Feuerwerker zieht mit uns durchs Land. Wir sind auf dem Weg nach Ghealdan, und morgen ziehen wir ganz geschwind wieder ab. Es würde Euch nur eine Kleinigkeit ko ...«

»Meine Herrin hat doch bereits abgelehnt«, unterbrach Nynaeve seinen Redefluß. »Sie gibt ihr Geld für bessere Dinge aus, als lediglich Tiere anzusehen.« In Wirklichkeit verwaltete sie äußerst geizig ihr gesamtes Vermögen und rückte nur ungern überhaupt etwas heraus. Sie schien zu glauben, daß alles eigentlich nur soviel kosten sollte wie damals daheim bei ihr in den Zwei Flüssen.

»Warum wollt Ihr nach Ghealdan reisen, Meister Luca?« fragte Elayne. Die andere ging grob mit den Leuten um und überließ es ihr, die Wogen wieder zu glätten. »Wie ich hörte, herrschen dort Unruhen. Das Heer war anscheinend nicht in der Lage, einen Mann zu niederzuhalten, der sich als Prophet bezeichnet und vom Wiedergeborenen Drachen predigt. Sicher wollt Ihr doch nicht mitten in bürgerkriegsähnliche Zustände hineinziehen.«

»Das ist alles stark übertrieben, meine Lady. Stark

übertrieben. Wo sich große Volksmengen befinden, wollen sie auch unterhalten werden. Und wo die Menschen unterhalten werden wollen, ist meine Truppe immer willkommen.« Luca zögerte und trat dann noch näher an die Kutsche heran. Verlegenheit zeigte sich auf seinem Gesicht, als er zu Elaynes Augen hochblickte. »Lady, in Wirklichkeit würdet Ihr mir einen großen Gefallen tun, wenn Ihr mir gestattet, für Euch eine Vorführung zu veranstalten. Es ist so, daß uns eines der Keilerpferde in der nächstgelegenen Stadt in Schwierigkeiten gebracht hat. Es war nur ein Unfall«, fügte er hastig hinzu, »das versichere ich Euch. Es sind sanfte Geschöpfe. Überhaupt nicht gefährlich. Aber die Einwohner von Sienda waren nicht gewillt, uns unsere Künste vorführen zu lassen oder auch nur eine Vorführung hier draußen zu besuchen ... Nun, es hat mich all mein Geld gekostet, Schadenersatz und Buße zu bezahlen.« Er verzog schmerzhaft das Gesicht. »Besonders die Geldbuße war hoch. Wenn Ihr mir erlauben würdet, Euch zu unterhalten – es würde wirklich nicht viel kosten –, würde ich überall auf der Welt, wohin wir auch kommen, Euren Namen als unsere große Gönnerin nennen und den Ruhm Eurer Großmut verbreiten, Lady ...?«

»Morelin«, sagte sie. »Lady Morelin aus dem Hause Samared.« Mit ihrem gefärbten Haar konnte sie nun durchaus aus Cairhien stammen. Sie hatte keine Zeit, seine Vorstellung anzusehen, auch wenn sie sich zu einer anderen Zeit sehr darüber freuen würde, sagte sie ihm, und sie fügte hinzu: »Doch ich will Euch ein wenig helfen, wenn Ihr kein Geld habt. Gib ihm etwas, Nana, um ihm auf seinem Weg nach Ghealdan weiterzuhelfen.« Das letzte, was sie jetzt gebrauchen konnte, war, daß er ›ihren Namen als Gönnerin überall nannte‹, aber den Armen und Bedürftigen zu helfen, wenn sie die Mittel dazu hatte, war eine Pflicht, die sie äußerst ernst nahm, auch in einem fremden Land.

Mürrisch holte Nynaeve eine Geldbörse aus ihrer Gürteltasche und kramte darin. Dann beugte sie sich aus der Kutsche, legte etwas in Lucas Hand und drückte diese um ihre Gabe zu. Er blickte überrascht drein, als sie sagte: »Wenn Ihr eine anständige Arbeit annehmt, braucht Ihr nicht zu betteln. Fahrt weiter, Thom!«

Thoms Peitsche knallte und Elayne wurde auf ihren Sitz zurückgeworfen. »Du hättest nicht so unhöflich sein müssen«, sagte sie. »Und so plötzlich abfahren. Was hast du ihm gegeben?«

»Einen Silberpfennig«, antwortete Nynaeve gelassen, wobei sie die Börse in ihre Tasche zurücksteckte. »Mehr, als er verdient.« »Nynaeve«, stöhnte Elayne. »Der Mann glaubt wahrscheinlich, wir wollten uns über ihn lustig machen.«

Nynaeve schnaubte: »Bei diesen Schultern würde ihn ein Tag richtig harter Arbeit bestimmt nicht umbringen.«

Elayne hielt den Mund, obwohl sie anderer Meinung war. Jedenfalls nicht ganz der gleichen. Sicher würde dem Mann eine richtige Arbeit nicht schaden, aber sie glaubte nicht, daß es viele solcher Arbeitsplätze gab. *Vor allem glaube ich nicht, daß Meister Luca eine Arbeit annehmen würde, bei der er diesen Umhang nicht tragen kann.* Wenn sie aber weiter auf dieser Sache herumritt, würde Nynaeve wahrscheinlich widersprechen. Selbst wenn sie ganz zart Dinge andeutete, von denen Nynaeve nichts verstand, beschuldigte diese sie möglicherweise der Arroganz oder daß sie sich als Lehrerin aufspiele. Valan Luca war wohl kaum eine neue Auseinandersetzung wert, nachdem sie gerade erst die letzte begraben hatten.

Die Schatten wurden länger, als sie schließlich Sienda erreichten, ein großes Dorf mit strohgedeckten Steingebäuden und zwei Schenken. Die erste, ›Des Königs Pikeur‹, wies ein klaffendes Loch auf, wo sich die Eingangstür befunden hatte, und eine ganze Anzahl von Zuschauern beobachtete die Handwerker, die mit der Reparatur beschäftigt waren. Vielleicht hatte Meister Lucas ›Keilerpferd‹ das Schild nicht gefallen, das nun neben dem Loch an der Wand lehnte und das einen angreifenden Soldaten mit gesenkter Lanze zeigte. Es schien irgendwie heruntergerissen worden zu sein.

Überraschenderweise waren auf den belebten Lehmstraßen hier mehr Weißmäntel zu sehen als in Mardecin, viel mehr, und außerdem noch andere Soldaten, gerüstet und mit kegelförmigen Helmen auf den Köpfen. Ihre blauen Umhänge trugen Stern und Distel, das Wappen Amadicias. Es mußten wohl Lager in der Nähe sein. Die Männer des Königs und die Weißmäntel schienen nicht viel füreinander übrig zu haben. Entweder liefen sie aneinander vorbei, als existierten die anderen überhaupt nicht, oder sie blickten sich herausfordernd an, als fehle nicht viel, und sie würden die Schwerter ziehen. Einige der in Weiß gehüllten Männer trugen hinter der strahlenden Sonnenscheibe einen roten Hirtenstab auf ihren Umhängen. Die Hand des Lichts nannte sich ihre Organisation, die Hand, die nach der Wahrheit sucht, aber jeder andere nannte sie nur die ›Zweifler‹ oder bezeichnete sie hinter der hohlen Hand als Folterknechte. Selbst die anderen Weißmäntel hielten sich von ihnen fern.

Alles in allem reichte es, um Elayne Magenschmerzen zu verursachen. Aber glücklicherweise würde die Sonne in etwa einer Stunde untergehen, den langen Sommerabend eingerechnet. Und wenn sie die halbe Nacht weiterführen, hätten sie doch keine Garantie, daß sie auf eine weitere Schenke stoßen würden, aber Aufsehen würde eine solche Nachtfahrt bestimmt erregen. Dazu gab es noch einen Grund, frühzeitig haltzumachen.

Sie tauschte einen Blick mit Nynaeve, und nach

einem Augenblick des Überlegens nickte die andere und sagte: »Wir müssen Halt machen.«

Als die Kutsche vor der Schenke ›Zum Licht der Wahrheit‹ anhielt, sprang Juilin schnell vom Bock und riß die Tür auf. Nynaeve wartete mit nichtssagendem Blick, bis er Elayne herausgeholfen hatte. Allerdings lächelte sie Elayne kurz zu, als Zeichen, daß sie nicht wieder vorhabe zu schmollen. Die Ledertasche, die sie über die Schulter gehängt hatte, wirkte ein wenig auffällig, aber Elayne hoffte, daß es sich in Grenzen halten werde. Nachdem Nynaeve nun wieder über einen Vorrat von Kräutern und Tinkturen verfügte, ließ sie diese einfach nicht mehr aus den Augen.

Sie hatte einen ersten Blick auf das Schild über dem Eingang dieser Schenke geworfen und gewünscht, das ›Keilerpferd‹ hätte lieber dieses Haus verwüstet und nicht das andere, denn das Schild zeigte eine strahlende, goldene Sonnenscheibe, wie sie die Weißmäntel auf den Umhängen trugen. Wenigstens stand dahinter kein Hirtenstab. Die Hälfte der Männer, die den Schankraum füllten, war in schneeweiße Umhänge gehüllt. Die Helme hatten sie vor sich auf die Tische gelegt. Sie atmete tief durch und mußte sich gewaltig beherrschen, um nicht auf dem Fuße kehrtzumachen und hinauszulaufen.

Von den Soldaten abgesehen war es eine angenehme Schenke mit hohen Deckenbalken und dunkler, glänzend polierter Täfelung. Die kalten Feuerstellen der beiden großen Kamine waren mit frisch geschnittenen grünen Ästen dekoriert, und aus der Küche drangen Düfte der verschiedensten Speisen. Die Dienerinnen in ihren weißen Schürzen schienen alle gut gelaunt, als sie mit ihren Tabletts mit Weinkrügen und Bier und Essen zwischen den Tischen umhereilten.

Die Ankunft einer Lady erregte so nahe der Hauptstadt nicht viel Aufsehen. Oder vielleicht auch dieses Herrenhauses wegen. Ein paar der Männer sahen sie an, und andere musterten interessiert ihre ›Zofe‹, doch als Nynaeve bemerkte, daß sie angestarrt wurde, blickte sie so streng drein, daß sich die Männer lieber wieder schnell ihrem Wein zuwandten. Nynaeve schien die Blicke der Männer für ein Verbrechen zu halten, obwohl sie nichts gesagt und noch nicht einmal frech hergeschaut hatten. Elayne fragte sich, warum Nynaeve nicht einfach unauffälligere Kleidung trug, wenn sie so etwas vermeiden wollte. Statt dessen hatte sie hart arbeiten müssen, um das einfach geschnittene graue Kleid ganz genau auf Nynaeves Figur umzuarbeiten. Nynaeve selbst war ein hoffnungsloser Fall, wenn es an feinere Handarbeiten ging.

Die Wirtin, Frau Jharen, war eine mollige Frau mit langen grauen Locken, einem warmen Lächeln und durchdringenden dunklen Augen. Elayne hatte den Verdacht, sie könne einen ausgefransten Saum oder eine leere Börse auf zehn Schritt Entfernung entdecken. Sie bestanden offensichtlich die Musterung, denn sie knickste tief, wobei sie ihren grauen Rock weit ausbreitete, und hieß sie ausführlich willkommen. Sie wollte wissen, ob die Lady auf dem Weg nach Amador sei oder von dort komme.

»Von dort«, antwortete Elayne voll träger Arroganz. »Die Bälle in der Stadt waren wohl sehr, sehr schön und König Ailron sieht wirklich so gut aus, wie man es ihm nachsagt, was nicht gerade bei jedem König der Fall ist, doch ich muß auf meine Güter zurückkehren. Ich brauche ein Zimmer für mich und Nana und etwas für meinen Lakaien und den Kutscher.« Dabei fielen ihr Nynaeve und das primitive Klappbett wieder ein, und so fügte sie hinzu: »Und es sollten zwei richtige Betten im Zimmer stehen. Ich brauche Nana bei mir, aber wenn sie nur ein kleines Notbett hat, hält sie mich mit ihrem Schnarchen vom Schlafen ab.« Nynaeves respektvolle Miene verflog, wenn auch nur einen Augenblick lang, aber es stimmte durchaus. Sie hatte furchtbar geschnarcht.

»Selbstverständlich, meine Lady«, sagte die mollige Wirtin. »Ich habe gerade das Richtige für Euch. Aber Eure Männer werden sich mit einem Schlafplatz im Stall bescheiden müssen – auf dem Heuboden. Wie Ihr seht, ist mein Haus ziemlich voll. Eine Vagabundentruppe hat gestern ein paar schreckliche große Tiere ins Dorf mitgebracht und eines davon hätte fast ›Des Königs Pikeur‹ zerstört. Der arme Sim hat die Hälfte oder mehr von seinen Gästen nach dem Schreck verloren, und die sind alle hierher gekommen.« Frau Jharens Lächeln drückte eher Befriedigung aus denn Mitgefühl. »Ich habe aber noch ein Zimmer übrig.«

»Ich bin sicher, das wird unseren Ansprüchen genügen. Wenn Ihr uns eine kleine Erfrischung und etwas Wasser zum Waschen bringen würdet? Ich denke, ich werde mich heute sehr früh zurückziehen.« Durch die Fenster drang noch Sonnenschein, aber sie hielt graziös eine Hand vor den Mund, als unterdrücke sie ein Gähnen.

»Selbstverständlich, meine Lady. Wir Ihr wünscht. Hier entlang, bitte.«

Frau Jharen schien zu glauben, sie müsse Elayne andauernd unterhalten, während sie die beiden in den zweiten Stock führte. Die ganze Zeit über plapperte sie, wie überfüllt die Schenke sei und was für ein Wunder es sei, daß sie noch ein Zimmer übrig habe, über die Vagabunden mit ihren Tieren und wie man sie aus dem Ort gejagt habe und daß es dem Pack recht geschehe, über all die Adligen, die sich im Laufe der Jahre in ihrem Etablissement aufgehalten hatten und daß einmal sogar der kommandierende Lordhauptmann der Kinder des Lichts hier übernachtet habe. Obendrein sei erst gestern ein Jäger des Horns durchgekommen. Er sei auf dem Weg nach Tear, denn man behauptete, irgendein falscher Drache habe den Stein von Tear erobert. War das nicht schrecklich, daß Männer solche schlimmen Dinge anrichteten? »Ich hoffe, sie finden es niemals.« Die grauen Locken der Wirtin flogen, als sie den Kopf schüttelte.

»Das Horn von Valere?« fragte Elayne. »Warum sollen sie es nicht finden?«

»Aber, Lady, wenn sie es finden, bedeutet es doch, daß die Letzte Schlacht nahe ist. Und der Dunkle König bricht aus.« Frau Jharen schauderte. »Das Licht gebe, daß man das Horn niemals findet. Auf die Weise kann es doch auch nicht zur Letzten Schlacht kommen, oder?« Auf diese Art von Logik gab es wohl kaum eine schlüssige Antwort.

Das Zimmer war recht gemütlich, wenn auch ein bißchen eng. Zwei schmale Betten mit gestreiften Bettdecken standen zu beiden Seiten eines Fensters, aus dem man auf die Straße hinausblickte. Zwischen den Betten und bis zu den weißgetünchten Wänden blieben allerdings nur wenige Schritte. Unter dem Fenster stand ein kleiner Tisch mit einer Lampe und einer Zunderschachtel, auf dem Boden lag ein winziger, geblümter Läufer, und den Rest des Mobiliars stellte ein Waschtisch mit einem kleinen Spiegel darüber dar. Alles war jedoch sauber und in bestem Zustand.

Die Wirtin schüttelte die Kissen auf und strich die Bettdecke glatt. Sie sagte, die Matratzen seien mit den besten Gänsedaunen gefüllt und die Bediensteten der Lady würden ihre Koffer die Hintertreppe heraufbringen und alles werde sehr gemütlich, und wenn die Lady das Fenster öffnete und die Tür einen Spaltbreit offenließ, würde es angenehm kühl durchziehen bei Nacht. Als werde sie bei geöffneter Tür schlafen, wenn sich draußen ein jedem zugänglicher Flur befand! Zwei Mädchen mit Schürzen schleppten einen großen, blauen Krug mit dampfend-heißem Wasser und ein großes, lackiertes und mit einem weißen Tuch abgedecktes Tablett herein, bevor Elayne es endlich schaffte, Frau Jharen loszuwerden. Unter dem Tuch zeichneten sich auf der einen Seite die Umrisse eines Weinkrugs und zweier Becher ab.

»Ich denke, sie glaubte, wir könnten doch eventuell in ›Der Königin Pikeur‹ ausweichen, trotz des Lochs in der Wand dort«, sagte Elayne, sobald sich die Tür ganz geschlossen hatte. Sie sah sich im Zimmer um und verzog das Gesicht. Es gab kaum genug Platz für sie und ihr Gepäck. »Vielleicht sollten wir es sogar versuchen.«

»Ich schnarche nicht«, sagte Nynaeve mit leiser Stimme.

»Sicher nicht. Aber ich mußte doch irgend etwas sagen.«

Nynaeve räusperte sich laut, doch alles, was sie sagte, war: »Ich bin froh, daß ich müde genug bin, um jetzt schon ins Bett zu gehen. Von dieser Spaltwurzel abgesehen, habe ich keinerlei Schlafmittel unter den Dingen entdeckt, die diese Macura gesammelt hat.«

Thom und Juilin mußten dreimal gehen, bis sie die eisenbeschlagenen Koffer oben hatten. Sie brummten die ganze Zeit vor sich hin, wie es bei Männern so üblich ist, weil sie das Gepäck die enge Hintertreppe der Schenke hinaufwuchten mußten.Und sie meckerten auch darüber, daß sie im Stall schlafen mußten, während sie den ersten Koffer zu zweit hereinschleppten. Er hatte blattförmige Scharniere, und in ihm befand sich das meiste ihres Geldes und ihrer sonstigen Wertsachen, den wiedergefundenen *Ter'Angreal* eingeschlossen. Dann jedoch sahen sie sich im Zimmer um, warfen sich einen Blick zu und schwiegen. In bezug auf ihre Klagen jedenfalls.

»Wir werden runtergehen und sehen, was wir im Schankraum in Erfahrung bringen können«, sagte Thom, sobald die letzte Truhe hereingezwängt war. Sie hatten gerade noch genug Platz, um den Waschtisch zu erreichen.

»Vielleicht sehen wir uns auch im Ort um«, fügte Juilin hinzu. »Wenn etwas sie so erregt hat, wie wir das bei unserer Ankunft sahen, dann reden Männer sehr gern.«

»Das ist ausgezeichnet«, sagte Elayne. Sie legten offensichtlich größten Wert darauf, mehr zu tun, als nur Dinge zu schleppen. Gut, in Tanchico hatten sie wirklich ganz andere Aufgaben gehabt – und in Mardecin natürlich auch –, und das kam bestimmt auch wieder, aber hier war ja wohl nichts los. »Nehmt Euch aber gut in acht, daß Ihr keine Schwierigkeiten mit den Weißmänteln bekommt!« Sie tauschten einen leidenden Blick, als habe sie nicht bemerkt, wie sie von ihren ›Informationsgängen‹ verschrammt und mit blutenden Gesichtern zurückgekehrt waren, doch sie verzieh ihnen und lächelte Thom an. »Ich kann es gar nicht erwarten, zu hören, was Ihr in Erfahrung bringt.«

»Morgen früh«, sagte Nynaeve entschieden. Sie vermied so betont jeden Blick in Richtung Elayne, daß sie sie genausogut hätte anfunkeln können. »Falls Ihr uns vorher stört und nicht wenigstens Trollocs zu vermelden habt, werdet Ihr es bereuen.«

Der Blick, den die beiden Männer tauschten, sprach Bände. Nynaeve zog bereits die Augenbrauen hoch, aber dann entschloß sie sich doch zögernd, ihnen ein paar Münzen in die Hand zu drücken, worauf sie versprachen, die Frauen ungestört schlafen zu lassen.

»Wenn ich noch nicht einmal mit Thom sprechen kann…«, begann Elayne, kaum, daß die Männer draußen waren, doch Nynaeve schnitt ihr das Wort ab.

»Ich werde nicht zulassen, daß sie hereinspazieren, wenn ich im Hemd daliege.« Sie knöpfte sich bereits ungeschickt ihr Kleid am Rücken auf. Elayne wollte ihr helfen, doch sie sagte: »Ich schaffe es schon. Hol du den Ring für mich heraus.«

Elayne schnaubte und hob dann ihren Rock an, damit sie die kleine Tasche erreichen konnte, die sie über dem Saum innen eingenäht hatte. Sollte sich doch Nynaeve gereizt anstellen; sie würde nicht darauf eingehen, selbst wenn sie wieder wütend loslegte. In der Tasche lagen zwei Ringe. Sie ließ den goldenen mit der Großen Schlange, den sie bei ihrer Erhebung zur Aufgenommenen bekommen hatte, wo er war und nahm den Steinring heraus.

Überall Flecken und Streifen in Rot und Blau und Braun, zu groß, um auf einen Finger zu passen, abgeflacht und verdreht: ein eigenartiger Ring. Außerdem hatte er nur eine Kante. Wenn man mit dem Finger an der Kante entlangfuhr, kam man ganz von selbst nach innen und wieder heraus, bis man den Anfangspunkt wieder erreichte. Er war ein *Ter'Angreal* und gestattete der Trägerin den Zugang nach *Tel'aran'rhiod,* der Welt der Träume. Das galt sogar für diejenigen, die nicht über das Talent Egwenes und der Aiel-Traumgängerinnen verfügten. Alles, was man tun mußte, war, mit dem Ring auf der Haut einzuschlafen. Im Gegensatz zu den beiden *Ter'Angreal,* die sie sich von den Schwarzen Ajah zurückgeholt hatten, war es hier nicht notwendig, die Macht zu benützen. Soweit Elayne es überblicken konnte, war es möglich, daß auch ein Mann den Ring zum gleichen Zweck gebrauchen konnte.

Nur mit ihrem leinenen Hemd angetan, hängte Nynaeve den Ring an die Lederkordel neben Lans Siegelring und ihren eigenen Großen Schlangenring, verknotete die Kordel wieder und schlang sie sich um den Hals. Dann legte sie sich auf eines der Betten. Sorgfältig schob sie die Ringe zurecht, damit der Steinring auf ihrer Haut lag, und legte den Kopf bequem zurück auf ihr Kopfkissen.

»Ist noch Zeit, bis Egwene und die Weisen Frauen ankommen?« fragte Elayne. »Ich komme nie darauf, welche Zeit es gerade in der Wüste ist.«

»Es ist noch Zeit, außer, sie käme verfrüht, was ich nicht glaube. Die Weisen Frauen halten sie ziemlich kurz an der Leine. Aber auf die Dauer gesehen tut ihr das gut. Sie war schon immer so eigensinnig.« Nynaeve öffnete die Augen und sah sie geradewegs an – ausgerechnet sie! –, als gelte das auch für ihr Gegenüber.

»Denk daran, Egwene zu sagen, sie solle Rand wissen lassen, daß ich an ihn denke!« Sie würde es jetzt nicht wieder zu einem Krach mit Nynaeve kommen lassen. »Sag ihr, sie soll ihm sagen, daß ich ihn liebe – nur ihn.« So. Jetzt war es heraus.

Nynaeve rollte die Augen, als stünde sie weit über solchen Dingen. »Wenn du willst«, bemerkte sie spöttisch und machte es sich auf dem Bett noch ein wenig bequemer.

Als sich die Atemzüge der anderen langsam beruhigten, schob Elayne eine der Reisekisten vor die Tür und setzte sich darauf. Sie haßte diese Warterei. Es geschähe Nynaeve recht, wenn sie statt dessen in den Schankraum hinunter ging. Thom befand sich wahrscheinlich noch unten, und ... Und gar nichts. Er galt als ihr Kutscher. Sie fragte sich, ob Nynaeve das im Sinne gehabt hatte, als sie sich einverstanden erklärte, ihre Zofe zu spielen. Seufzend lehnte sie sich an die Tür. Wie sie dieses Warten haßte!

KAPITEL 14

Begegnungen

Die Auswirkungen des ringförmigen *Ter'Angreal* überraschten Nynaeve mittlerweile nicht mehr. Sie befand sich an dem Ort, an den sie gedacht hatte, als der Schlaf sie überwältigte, nämlich in der großen Halle in Tear, die man das Herz des Steins nannte, mitten in der enormen Festung des Steins von Tear. Die vergoldeten Lampen auf den hohen Ständern waren nicht entzündet, aber von überall her und doch aus keiner erkennbaren Quelle wurde die Halle von einem fahlen Lichtschein erfüllt, der einfach da war, um sie herum, und in der Ferne zu trüben Schatten verblaßte. Wenigstens war es nicht heiß. In *Tel'aran'rhiod* schien es niemals kalt oder heiß zu sein.

In jeder Richtung erstreckten sich Reihen riesiger Sandsteinsäulen. Die Kuppeldecke war so hoch, daß sie sich in den Schatten verlor. An goldenen Ketten hingen weitere vergoldete Lampen aus der Höhe herab. Die hellen Steinfliesen unter ihren Füßen waren ausgetreten. Wohl waren die Hochlords von Tear – natürlich in der Welt der Wirklichkeit – nur hierher gekommen, wenn Gesetz und Brauch es verlangten, aber sie kamen immerhin seit der Zerstörung der Welt in diesen Saal. In der Mitte unter der Kuppel befand sich *Callandor,* ein glitzerndes, scheinbar ganz aus Kristall gefertigtes Schwert, das zur Hälfte in den Steinboden hineingetrieben worden war. So, wie Rand es hinterlassen hatte.

Sie näherte sich *Callandor* nicht. Rand hatte behauptet, er habe mit Hilfe *Saidins* Fallen darumherum gewoben, Fallen, die keine Frau sehen könne. Sie vermutete, daß es wohl ziemlich hinterhältige Fallen sein mußten, denn auch der beste aller Männer konnte gemein werden, wenn er mit gezinkten Karten spielen mußte, und sie würden vermutlich eine Frau genau wie jeden Mann treffen, der diesen *Sa'Angreal* benützen wollte. Er hatte es vor den Aes Sedai der Weißen Burg im gleichen Maße schützen wollen wie vor den Verlorenen. Abgesehen von Rand selbst würde wahrscheinlich jeder sterben, der *Callandor* berührte, oder es würde ihm noch Schlimmeres zustoßen als der Tod.

Das war eine der Eigenschaften *Tel'aran'rhiods.* Was sich in der Welt der Wirklichkeit befand, fand man auch hier, aber umgekehrt galt das nicht immer. Die Welt der Träume, die Unsichtbare Welt, war ein Spiegel der Welt des Wachens. Doch dieser Spiegel verzerrte manchmal das Bild auf eigenartige Weise, und manchmal reflektierten sich in ihm auch noch andere Welten. Verin Sedai hatte Egwene erklärt, daß es ein Muster aus Welten gebe, gewoben aus unserer eigenen und anderen Wirklichkeiten, so wie das Gewebe menschlicher Leben das Muster der Zeitalter ergab. *Tel'aran'rhiod* berührte all diese Welten, doch nur wenige konnten es betreten, die meisten davon unfreiwillig und nur für kurze, unbewußte Augenblicke, wenn sie ihre irdischen Träume träumten. Es waren allerdings gefährliche Augenblicke für diese Träumer, auch wenn ihnen das nicht klar wurde, es sei denn, sie hatten extremes Pech. Denn eine weitere Eigenheit *Tel'aran'rhiods* war die Tatsache, daß alles, was hier einem Träumer zustieß, auch in der wachenden Welt mit ihm geschah. In der Welt der Träume zu sterben bedeutete, auch in der Wirklichkeit den Tod zu erleiden.

Sie hatte das Gefühl, aus der Düsternis zwischen den Säulen heraus beobachtet zu werden, aber das beunruhigte sie nicht weiter. Es war auf keinen Fall Moghedien. *Von der Phantasie erschaffene Augen. Es gibt keine Beobachter. Ich habe Elayne gesagt, sie solle es ignorieren, und jetzt habe ich selbst …* Moghedien würde bestimmt mehr tun als nur beobachten. Trotzdem hätte sie lieber Zorn gespürt, um so die Macht benutzen zu können. Natürlich fürchtete sie sich nicht, nur war sie eben auch nicht zornig genug. Angst jedoch hatte sie eindeutig nicht.

Der verdrehte Steinring fühlte sich so leicht an, als wolle er aus ihrem Hemd emporschweben. Er erinnerte sie daran, daß sie nichts anderes an Kleidung trug. Doch sobald sie daran dachte, hatte sie auch schon ein Kleid an. Das war etwas an *Tel'aran'rhiod,* was ihr gefiel. Oftmals war es unnötig, die Macht einzusetzen, denn sie konnte hier Dinge vollbringen, die wohl kaum jemals eine Aes Sedai mit Hilfe der Macht schaffen würde. Allerdings hatte sie nun nicht das Kleid aus guter, kräftiger Wolle von den Zwei Flüssen an, das sie erwartet hatte. Statt dessen reichte ihr der hohe, mit Jaerecruz-Spitze besetzte Stehkragen bis unter das Kinn, und darunter war sie in hellgelbe Seide gehüllt, die sich erregend an ihren Körper schmiegte. Wie viele Male hatte sie die typischen Taraboner Kleider wie dieses als unzüchtig bezeichnet, als sie eines trug, um in Tanchico nicht so aufzufallen? Wie es schien, hatte sie sich besser daran gewöhnt, als ihr bewußt geworden war.

Sie zog hart an ihrem Zopf, um sich für ihre gedankliche Abschweifung zu bestrafen, ließ aber das Kleid, wie es war. Es mochte nicht ganz das sein, was sie wollte, doch sie war keine oberflächliche Göre, die deshalb Theater machte. *Ein Kleid ist ein Kleid.* Sie würde es tragen, wenn Egwene kam und diejenige der Weisen Frauen, die sie diesmal begleitete, und falls eine von ihnen auch nur ein Wort sagte … *Ich bin doch nicht so früh gekommen, um mich ausgerechnet mit Kleidern zu beschäftigen!*

»Birgitte?« Schweigen war ihre Antwort, und so erhob sie die Stimme, obwohl das hier gar nicht notwendig sein sollte. In dieser Welt sollte diese bestimmte

Frau ihren Namen hören, auch wenn sie sich auf der anderen Seite *Tel'aran'rhiods* befand. »Birgitte?«

Eine Frau trat unter den Säulen hervor. Ihre blauen Augen blickten ruhig und mit stolzem Selbstvertrauen herüber, und ihr goldenes Haar war zu einem langen, noch kunstvolleren Zopf als dem Nynaeves geflochten. Ihr kurzer, weißer Mantel und die bauschige, gelbe Seidenpumphose, die an den Knöcheln über den kurzen Stiefeletten mit ihren hohen Absätzen zugebunden war, waren eigentlich Kleidungsstücke einer Moderichtung von vor zweitausend Jahren, die ihr eben besonders gefiel. Die Pfeile in dem Köcher an ihrer Seite schienen aus Silber zu bestehen, genau wie der Bogen, den sie trug.

»Ist Gaidal auch hier?« fragte Nynaeve. Er befand sich für gewöhnlich in Birgittes Nähe, und er machte Nynaeve nervös, da er sich standhaft weigerte, ihre Anwesenheit wahrzunehmen, und immer ein finsteres Gesicht machte, wenn Birgitte mit ihr sprach. Zuerst was es ja so etwas wie ein Schock gewesen, Gaidal Cain und Birgitte in *Tel'aran'rhiod* vorzufinden – lange verstorbene Helden, die in so vielen Sagen eine gemeinsame Rolle spielten. Doch, wie Birgitte selbst es ausgedrückt hatte, welcher Ort konnte für Helden, die an das Rad der Zeit gebunden waren, besser geeignet sein als ein Traum, um auf ihre Wiedergeburt zu warten? Ein Traum, der genauso alt war wie das Rad selbst. Sie waren es – Birgitte und Gaidal Cain und Rogosch Adlerauge und Artur Falkenflügel und all die anderen –, die das Horn von Valere zurückrufen würde, um in Tarmon Gai'don zu kämpfen.

Birgittes Zopf schwang herum, als sie den Kopf schüttelte. »Ich habe ihn schon einige Zeit nicht mehr gesehen. Ich glaube, das Rad hat ihn wieder hinausgeworfen in die Welt der Wirklichkeit. Das geschieht ja immer wieder.« Erwartung und Sorge mischten sich in ihrer Stimme.

Falls Birgitte recht hatte, war irgendwo auf der Welt ein Knabe geboren worden, ein fröhlich krähendes Kind, das keine Ahnung hatte, wer es war, und dem doch bestimmt war, dereinst große Abenteuer und Heldentaten zu bestehen und neue Sagen entstehen zu lassen. Das Rad verwob die Helden ins Muster, wann immer sie gebraucht wurden, um dieses Muster zu verändern. Wenn sie starben, kehrten sie nach hier zurück und warteten wieder. So war es, wenn man an das Rad gebunden war. Auch neue Helden konnten sich genauso gebunden wiederfinden, Männer und Frauen, deren Mut und deren Erfolge sie weit über die gewöhnlichen Menschen hinaushob. Doch einmal gebunden, konnten sie dem Rad nie mehr entkommen.

»Wie lange müßt Ihr noch warten?« fragte Nynaeve. »Bestimmt doch noch Jahre.« Birgitte war immer mit Gaidal verbunden, durch eine Sage nach der anderen hindurch, in Zeitalter auf Zeitalter, in einem fortlaufenden Abenteuer und einer Liebe gefangen, die auch das Rad der Zeit nicht zerbrach. Sie wurde immer nach Gaidal wiedergeboren; ein Jahr später, fünf Jahre, zehn, aber immer nach ihm.

»Ich weiß nicht, Nynaeve. Die Zeit läuft hier nicht wie in der wachenden Welt ab. Ich habe Euch hier vor zehn Tagen zuletzt getroffen, wie es mir scheint, und Elayne nur einen Tag zuvor. Wie war das bei Euch?«

»Vier Tage und dann drei«, murmelte Nynaeve. Sie und Elayne waren so oft wie möglich hergekommen, um mit Birgitte zu sprechen, aber es war nicht so oft möglich gewesen, da ja Thom und Juilin sich mit im Lager befanden und sich als Nachtwachen abwechselten. Birgitte erinnerte sich tatsächlich noch an den Krieg um die Macht, jedenfalls an ein ganzes Leben während dieses Kriegs, und an die Verlorenen. Ihre vergangenen Leben waren wie Bücher, an die man sich aus alter Zeit gern noch erinnert. Die ferneren waren natürlich in der Erinnerung getrübt, aber die Verlorenen hatte sie noch klar im Gedächtnis. Besonders Moghedien.

»Seht Ihr, Nynaeve? Hier kann sich der Strom der Zeit sogar in weit höherem Maße verschieben. Es kann Monate dauern, bis ich wiedergeboren werde, aber auch nur Tage. Für mich hier. In der wachenden Welt dagegen kann es noch Jahre dauern bis zu meiner Geburt.«

Mit Mühe unterdrückte Nynaeve ihren Verdruß. »Dann dürfen wir keine Zeit mehr verschwenden! Habt Ihr irgendwelche von ihnen gesehen, seit wir uns zuletzt trafen?« Es war nicht notwendig, zu erwähnen, wen sie meinte.

»Zu viele. Lanfear befindet sich natürlich oft in *Tel'aran'rhiod,* aber ich habe auch Rahvin, Sammael und Graendal gesehen. Demandred. Und Semirhage.« Bei der Erwähnung des letzten Namens klang Birgittes Stimme ausgesprochen nervös. Selbst Moghedien, die sie haßte, ließ bei ihr äußerlich keine Angst aufkommen, doch Semirhage war ein anderer Fall.

Auch Nynaeve schauderte. Die goldhaarige Frau hatte ihr schon zuviel über diese Verlorene erzählt. Dann wurde ihr bewußt, daß sie plötzlich einen dicken Wollumhang trug und eine tiefe Kapuze über den Kopf gezogen hatte, um ihr Gesicht zu verbergen. Errötend ließ sie sie verschwinden.

»Hat Euch keine von ihnen bemerkt?« fragte sie ängstlich. Birgitte war auf viele verschiedene Arten leichter verwundbar als sie, und das trotz ihrer Kenntnisse in bezug auf *Tel'aran'rhiod.* Sie besaß nicht die Fähigkeit, mit der Macht umzugehen. Jede der Verlorenen konnte sie vernichten, als zertrete sie eine Ameise, ohne auch nur im Schritt innezuhalten. Und sollte sie hier getötet werden, könnte sie auch niemals mehr wiedergeboren werden.

»Ich bin nicht so unerfahren oder töricht, um das zuzulassen.« Birgitte stützte sich auf ihren Silberbogen.

Die Legende berichtete, sie verfehle mit diesem Bogen und ihren silbernen Pfeilen niemals ihr Ziel. »Sie beschäftigen sich mit ihren Eifersüchteleien untereinander und achten sonst auf niemanden. Ich habe Rahvin und Sammael gesehen, Graendal und Lanfear, und jeder beobachtete ungesehen die anderen. Und Demandred und Semirhage beschatteten ebenfalls die anderen. Seit ihrer Befreiung habe ich sie allerdings nicht mehr so oft hier gesehen.«

»Sie haben irgend etwas vor.« Nynaeve biß sich frustriert auf die Unterlippe. »Aber was nur?«

»Ich kann es noch nicht sagen, Nynaeve. Im Schattenkrieg haben sie auch immer Pläne geschmiedet, genauso gegeneinander wie miteinander, aber ihr Werk hat noch nie etwas Gutes zu bedeuten gehabt, weder für die Welt der Träume noch für die der Wirklichkeit.«

»Versucht es herauszufinden, Birgitte, jedenfalls soviel Ihr nur in Erfahrung bringen könnt, ohne Euch in Gefahr zu bringen. Riskieren dürft Ihr nichts.« Der Gesichtsausdruck der anderen änderte sich nicht, aber Nynaeve glaubte, in ihren Augen Erheiterung zu entdecken. Diese törichte Frau achtete genausowenig auf Gefahren wie Lan. Sie hätte so gern nach der Weißen Burg gefragt und was Siuan wohl plante, doch Birgitte konnte die wachende Welt weder sehen noch berühren, es sei denn, sie wurde durch das Horn dorthin gerufen. *Du versuchst nur, deine eigentliche Frage zu vermeiden!* »Habt Ihr Moghedien gesehen?«

»Nein«, seufzte Birgitte, »aber ich habe es oft genug versucht. Normalerweise kann ich jeden finden, der weiß, daß er sich in der Welt der Träume befindet. Da ist so ein Gefühl, als ob sich Wellen durch die Luft ausbreiten. Oder vielleicht von seinem Bewußtsein aus. Ich weiß es einfach nicht. Ich bin Soldatin und keine Gelehrte. Entweder ist sie nicht nach *Tel'aran'rhiod* gekommen, seit Ihr sie besiegt habt, oder ...« Sie zögerte, und Nynaeve wollte sie daran hindern, auszusprechen, was als nächstes kommen mußte, doch Birgitte war zu stark, um vor unangenehmen Möglichkeiten die Augen zu schließen. »Oder sie weiß, daß ich nach ihr Ausschau gehalten habe. Die kann sich sehr gut verbergen. Man nennt sie nicht umsonst die Spinne.« Das war, was im Zeitalter der Legenden eine *Moghedien* gewesen war: eine winzige Spinne, die ihr Netz im Verborgenen webte, aber mit einem so giftigen Biß, daß er ein Opfer innerhalb weniger Herzschläge tötete.

Mit einemmal war sich Nynaeve wieder der unsichtbaren Augen nur zu bewußt, und sie schauderte. Es war kein Zittern vor Angst. Nur ein Schaudern, kein Zittern. Trotzdem hielt sie bewußt an dem Taraboner Kleid fest, damit sie sich nicht plötzlich in einer Rüstung wiederfände. Es war schon peinlich genug, wenn ihr so etwas allein passierte, aber unter den kühlen blauen Augen einer so heldenhaften Frau, daß sie Gaidal Cain gleichkam, wäre es noch viel peinlicher.

»Könnt Ihr sie aufspüren, obwohl sie verborgen bleiben will, Birgitte?« Das war mehr als nur eine einfache Bitte, falls Moghedien wußte, daß sie gesucht wurde. Es war, als suche man im hohen Gras nach einem Löwen, obwohl man nur mit einem Stock bewaffnet war.

Birgitte zögerte nicht. »Vielleicht. Ich werde es versuchen.« Sie nahm ihren Bogen auf und fügte hinzu: »Ich muß jetzt gehen. Ich will nicht riskieren, von den anderen gesehen zu werden, wenn sie kommen.«

Nynaeve legte ihr eine Hand auf den Arm, um sie aufzuhalten. »Es wäre eine Hilfe, wenn Ihr mich ihnen alles berichten ließet. So könnte ich mich über das, was Ihr mir über die Verlorenen gesagt habt, mit Egwene und den Weisen Frauen beraten, und sie könnten es Rand berichten. Birgitte, er muß doch erfahren …«

»Ihr habt mir Euer Wort gegeben, Nynaeve.« Diese strahlend blauen Augen blickten unnachgiebig wie Eis. »Die Anweisungen besagen, wir dürfen niemanden wissen lassen, daß wir uns in *Tel'aran'rhiod* aufhalten. Ich habe schon genug Vorschriften gebrochen, indem ich mit Euch darüber sprach, und noch mehr, wenn ich Euch half, denn ich kann nicht untätig herumstehen und Euch zusehen, wie Ihr gegen den Schatten kämpft. Diese Schlacht habe ich schon in mehr Leben geschlagen, als ich mich erinnern kann. Doch ich werde mich an so viele Vorschriften wie möglich halten. Ihr müßt Euer Versprechen ebenfalls halten.«

»Natürlich werde ich das«, sagte sie eingeschnappt, »es sei denn, Ihr befreit mich davon. Und ich bitte Euch um …«

»Nein.«

Damit war Birgitte verschwunden. Im ersten Moment ruhte Nynaeves Hand noch auf einem weißen Ärmel, im nächsten jedoch nur noch in der leeren Luft. Eine Reihe von Flüchen gingen ihr durch den Kopf, die sie bei Thom und Juilin gehört hatte. Natürlich hätte sie Elayne gescholten, wenn sie sie beim Belauschen derartiger Flüche ertappt hätte oder gar dabei, daß sie diese schmutzigen Ausdrücke auch noch benützte. Es hatte keinen Zweck, Birgitte noch einmal zu rufen. Sie würde wahrscheinlich nicht kommen. Nynaeve konnte nur hoffen, sie werde beim nächsten Mal, wenn sie oder Elayne nach ihr riefen, doch wieder erscheinen. »Birgitte! Ich werde mein Versprechen halten, Birgitte!«

Das hatte sie bestimmt gehört. Vielleicht wußte sie bei ihrem nächsten Treffen etwas über Moghediens Unternehmungen. Fast hoffte Nynaeve allerdings, sie werde nichts in Erfahrung bringen. Denn sollte sie etwas wissen, bedeutete das, Moghedien lauere ebenfalls in *Tel'aran'rhiod*.

Törichte Frau! ›Wenn du nicht nach Schlangen Ausschau hältst, kannst du dich auch nicht beklagen, falls dich eine beißt.‹ Sie hätte wirklich gern Elaynes Lini eines Tages kennengelernt.

Die Leere der riesigen Halle bedrückte sie. All diese

großen, schimmernden Sandsteinsäulen und dieses Gefühl, aus der Düsternis dazwischen beobachtet zu werden. *Falls wirklich jemand da ist, hätte es Birgitte gewußt.*

Sie ertappte sich dabei, wie sie das Seidenkleid an den Hüften glattstrich, und um sich von den Augen abzulenken, die gar nicht da waren, konzentrierte sie sich auf das Kleid. Als Lan sie kennengelernt hatte, trug sie ein gutes Wollkleid von den Zwei Flüssen, und als er ihr seine Liebe gestand, ein einfaches, besticktes Kleid. Doch sie wünschte, er könne sie in einem Kleid wie diesem sehen. Es wäre ja nicht unzüchtig, wenn er derjenige war, der sie darin sah.

Ein hoher Spiegel in einem Ständer erschien vor ihr. Sie musterte ihr Spiegelbild, während sie sich hin und her drehte und sogar nach hinten über ihre Schulter blickte. Der gelbe Stoff lag eng an und deutete mehr an, als er verbarg. Die Versammlung der Frauen in Emondsfeld hätte sie bestimmt bei dem Anblick zu einem ernsthaften, internen Gespräch bestellt, ob sie nun die Seherin war oder nicht. Aber es war wirklich schön. Hier und ganz im stillen konnte sie zugeben, daß sie sich nicht nur einfach daran gewöhnt hatte, so etwas in der Öffentlichkeit zu tragen. *Du hast es genossen,* schalt sie sich. *Du bist mindestens ein ebenso schlimmes Flittchen wie Elayne in letzter Zeit geworden ist!* Aber es war einfach schön. Und vielleicht auch nicht ganz so unkeusch, wie sie immer behauptet hatte. Es hatte ja keinen Ausschnitt bis zu den Knien wie bei dieser Ersten von Mayene beispielsweise. Nun, vielleicht war er auch bei Berelain nicht so tief, aber immer noch viel tiefer als ihrem Ansehen eigentlich zuträglich.

Sie hatte davon gehört, was die Domanifrauen so alles trugen. Selbst die Taraboner bezeichneten das als unanständig. Bei diesem Gedanken wandelte sich der gelbe Seidenstoff zu etwas Weiterem, Fließenden, mit einem schmalen Gürtel aus verwebten Goldfäden. Und dünn war dieser Stoff! Sie lief rot an. Sehr dünn.

Man konnte das nicht einmal mehr durchscheinend nennen. Dieses Kleid deutete nicht nur an. Falls Lan sie darin sah, würde er nichts mehr davon herausbringen, daß seine Liebe zu ihr hoffnungslos sei und daß er ihr keinen Witwenschleier als Brautgeschenk bringen wolle. Ein Blick, und sein Blut würde Feuer fangen. Er würde …

»Was unter dem Licht hast du denn da an, Nynaeve?« fragte Egwene in empörtem Tonfall.

Nynaeve sprang vor Schreck hoch, drehte sich dabei noch, und als sie wieder sicher stand, sah sie sich Egwene und Melaine gegenüber. Es mußte ausgerechnet Melaine sein, obwohl ihr auch die anderen Weisen Frauen in diesem Augenblick nicht lieber gewesen wären. Doch der Spiegel war weg, und sie trug ein dunkles Wollkleid im Stil der Zwei Flüsse, dick genug für den tiefsten Winter. Zu Tode erschrocken, daß sie sich so hatte überraschen lassen – das war tatsächlich der Hauptgrund –, änderte sie sofort das Kleid wieder ab, kehrte ohne nachzudenken zu dem durchsichtigen Domanikleid zurück und genauso schnell wieder zu dem gelben Kleid im Taraboner Stil.

Ihr Gesicht glühte. Sie hielten sie wahrscheinlich nun für eine komplette Idiotin. Und das vor Melaine. Die Weise Frau war eine Schönheit mit dem langen, rotgoldenen Haar und den klaren, grünen Augen. Nicht, daß es sie auch nur im geringsten interessierte, wie die Frau aussah. Aber Melaine war auch bei ihrem letzten Zusammentreffen mit Egwene zugegen gewesen und hatte sie Lans wegen geneckt. Nynaeve war deshalb beinahe explodiert. Egwene hatte wohl behauptet, das sei kein Necken gewesen, nicht unter den Aielfrauen, aber Melaine hatte doch tatsächlich Lans Schultern bewundert, seine Hände und seine Augen. Mit welchem Recht betrachtete diese grünäugige Katze Lans Schultern? Nicht, daß sie an seiner Treue zweifelte. Aber er war ein Mann und fern von ihr und Melaine war in sei-

ner Nähe und … Entschlossen beendete sie diesen Gedankengang.

»Ist Lan …?« Sie glaubte, ihr Gesicht müsse verschmoren. *Kannst du denn den Mund nicht halten, Frau?* Aber nun wollte – konnte – sie nicht mehr zurück, nicht, wenn Melaine vor ihr stand. Egwenes nachdenkliches Lächeln war schon schlimm genug, aber Melaine wagte es doch tatsächlich, verständnisvoll dreinzublicken! »Geht es ihm gut?« Sie bemühte sich um kühle Beherrschtheit, aber ihre Stimme klang trotzdem belegt.

»Es geht ihm bestens«, sagte Egwene. »Er macht sich Sorgen um deine Sicherheit.«

Nynaeve atmete langgezogen aus. Es war ihr nicht einmal bewußt gewesen, daß sie die Luft angehalten hatte. Die Wüste war ein gefährlicher Ort. Dazu brauchte es nicht einmal Leute wie Couladin und die Shaido. Außerdem kannte der Mann die Bedeutung des Wortes ›Vorsicht‹ überhaupt nicht. *Er* machte sich Sorgen um *ihre* Sicherheit? Glaubte dieser Narr, sie könne nicht auf sich selbst aufpassen?

»Wir haben endlich Amadicia erreicht«, sagte sie schnell, um von sich abzulenken. *Ein loses Mundwerk und dann noch seufzen! Der Mann hat mich um den Verstand gebracht!* Den Gesichtern der anderen konnte sie leider nicht ansehen, ob ihr Ablenkungsmanöver erfolgreich gewesen war. »Ein Dorf namens Sienda, östlich von Amador. Überall Weißmäntel, aber sie interessieren sich nicht weiter für uns. Es sind andere, über die wir uns Gedanken machen müssen.« Vor Melaine mußte sie vorsichtig sein und hier und da die Wahrheit ein wenig – abwandeln –, doch sie berichtete ihnen nun von Ronde Macura und ihrer eigenartigen Botschaft und wie sie versuchte, sie und Elayne zu betäuben. ›Versuchte‹, denn sie brachte es nicht fertig, vor Melaine zuzugeben, daß die Frau es tatsächlich geschafft hatte. *Licht, was stelle ich nur an? Ich habe Egwene noch nie im Leben belogen!*

Der eigentliche Grund, nämlich eine weggelaufene Aufgenommene zur Burg zurückzubringen, durfte hier natürlich nicht erwähnt werden; nicht vor einer Weisen Frau. Sie hielten Elayne und sie ja für vollwertige Aes Sedai. Aber sie mußte Egwene wissen lassen, worum es eigentlich ging. »Es könnte irgendwie mit einer Intrige gegen Andor zu tun haben, aber Elayne und du und ich haben einiges miteinander gemein, Egwene, so daß ich glaube, wir sollten uns genauso in acht nehmen wie Elayne.« Das Mädchen nickte bedächtig. Sie wirkte wohl höchst überrascht, was verständlich war, aber sie schien verstanden zu haben. »Gut, daß mich der Geschmack des Tees mißtrauisch gemacht hat. Stellt Euch vor: Jemandem Spaltwurzel andrehen zu wollen, der sich so gut mit Kräutern auskennt wie ich!«

»Komplotte über Komplotte«, murmelte Melaine. »Der Große Schlangenring ist ein passendes Abzeichen für die Aes Sedai, glaube ich. Eines Tages verschlingt Ihr euch durch Zufall noch selbst.«

»Wir haben auch Neuigkeiten«, sagte Egwene.

Nynaeve sah den Grund für die Hast des Mädchens nicht ein. *Ich werde mich ganz bestimmt nicht von der Frau dazu provozieren lassen, die Nerven zu verlieren. Und ich ärgere mich überhaupt nicht, wenn sie die Burg beleidigt.* Sie nahm die Hand von ihrem Zopf. Was Egwene zu berichten hatte, ließ ihren aufsteigenden Zorn sofort verfliegen.

Daß Couladin über das Rückgrat der Welt zog, war allerdings eine ernste Sache, genau wie die Tatsache, daß Rand ihm folgte. Er trieb seine Truppen zum Jangai-Paß, ließ sie vom ersten Tageslicht an bis nach Einbruch der Dunkelheit marschieren, und Melaine sagte, sie kämen bald dort an. Die Lebensbedingungen in Cairhien waren schon hart genug. Dort konnte man nicht auch noch einen Krieg unter den Aiel gebrauchen, der auf dem Territorium Cairhiens ausgefochten wurde. Und ganz sicher drohte ohnehin ein neuer Aielkrieg, falls er seinen wahnsinnigen Plan in die Tat umsetzen wollte. Verrückt. Nun, noch nicht ganz. Irgendwie mußte er seine geistige Gesundheit noch wahren.

Wie lange ist es her, als ich mir noch Gedanken darum machte, ihn zu beschützen? fragte sie sich bitter. *Und jetzt will ich nur noch, daß er normal bleibt, um die Letzte Schlacht ausfechten zu können.* Nicht nur aus diesem Grund, aber eben auch deswegen. Er war, was er war. *Licht, verschlinge mich, ich bin schon genauso schlimm wie Siuan Sanche oder die anderen!*

Doch das, was Egwene über Moiraine zu sagen hatte, schockierte sie noch mehr als alles Bisherige. »Sie *gehorcht* ihm?« fragte sie ungläubig.

Egwene nickte lebhaft. Sie hatte immer noch diesen lächerlichen Aielschal um den Kopf gewickelt. »Letzten Abend haben sie sich gestritten, denn sie will ihn immer noch davon abhalten, die Drachenmauer zu überqueren, und schließlich befahl er ihr, hinauszugehen und zu warten, bis sie sich abgekühlt habe. Sie sah aus, als wolle sie die eigene Zunge verschlingen, aber sie gehorchte. Jedenfalls blieb sie eine geschlagene Stunde draußen in der kalten Nacht.«

»Es ist nicht richtig so«, sagte Melaine und rückte resolut ihren Schal zurecht. »Männer haben kein Recht dazu, Aes Sedai herumzukommandieren, genausowenig wie sie Weisen Frauen Befehle erteilen können. Das gilt sogar für den *Car'a'carn*.«

»Das haben sie allerdings nicht«, stimmte ihr Nynaeve zu. Fast wäre ihr ob der eigenen Worte der Mund offen stehen geblieben. *Was geht es mich an, ob er sie nach seiner Pfeife tanzen läßt? Wir haben alle oft genug nach ihrer tanzen müssen.* Aber es war wirklich nicht recht. *Ich will doch gar keine Aes Sedai werden – nur mehr über das Heilen lernen! Ich will bleiben, wer ich bin. Laß ihn ihr doch Befehle erteilen!* Trotzdem, richtig war es nicht.

»Wenigstens spricht er jetzt mit ihr«, sagte Egwene. »Vorher verwandelte er sich in einen Eisblock, wenn sie sich ihm auf zehn Schritt näherte. Nynaeve, er wird mit jedem Tag hochmütiger.«

»Damals, als ich noch glaubte, du würdest meine Nachfolgerin als Seherin«, entgegnete ihr Nynaeve trocken, »habe ich dir beigebracht, wie du jemanden wieder zurückstutzen kannst. Es ist das Beste für ihn, wenn du genau das machst, obwohl er mittlerweile zum Leitbullen auf der Weide geworden ist. Wahrscheinlich hat er es gerade deshalb so nötig. Mir scheint, Könige und Königinnen können sich zum Narren machen, wenn sie vergessen, was sie sind, und nur danach handeln, wer sie sind. Aber es ist noch schlimmer, wenn sie vergessen, wer sie sind, und sich nur danach verhalten, was sie sind. Die meisten hätten es nötig, jemanden neben sich zu haben, der sie daran erinnert, daß sie essen und schwitzen und weinen wie jeder Bauer.«

Melaine zog ihren Schal enger zusammen und konnte offensichtlich nicht entscheiden, ob sie zustimmen solle oder nicht, doch Egwene sagte: »Ich bemühe mich schon, aber manchmal ist er gar nicht er selbst, und auch wenn er normal erscheint, ist seine Arroganz derart, daß man nicht zu ihm durchdringt.«

»Du mußt eben dein Bestes geben. Ihm zu helfen, sich selbst treu zu bleiben, könnte wirklich das Beste sein, was man ihm antun kann. Für ihn und für den Rest der Welt.«

Schweigen trat ein. Sie und Egwene hatten nicht vor, über die Möglichkeit zu sprechen, daß Rand dem Wahnsinn verfallen könne, und Melaine dürfte das Thema genausowenig gefallen.

»Ich habe noch etwas Wichtiges, das ich Euch sagen wollte«, fuhr sie nach einer kurzen Pause fort. »Ich glaube nämlich, die Verlorenen führen irgend etwas im Schilde.« Das war nicht dasselbe, als hätte sie ihnen von Birgitte berichtet. Sie ließ es so erscheinen, als habe sie selbst Lanfear und die anderen gesehen. In Wirklichkeit war Moghedien die einzige, die sie erkennen konnte, ja, und vielleicht noch Asmodean, obwohl sie den nur einmal und auf einige Entfernung gesehen hatte. Sie hoffte, keine der anderen werde auf die Idee kommen, sie zu fragen, woran sie denn die einzelnen erkannt hatte oder wieso sie glaube, daß Moghedien sich hier irgendwo herumtrieb. Tatsächlich lag das Problem, mit dem sie es nun zu tun hatte, ganz woanders.

»Habt Ihr etwa die Welt der Träume durchforscht?« Melaines Augen schimmerten wie grünes Eis.

Nynaeve erwiderte gelassen ihren Blick, obwohl Egwene bedauernd den Kopf schüttelte. »Ich hätte wohl kaum Rahvin und die anderen sehen können, wenn ich nicht hiergewesen wäre, oder?«

»Aes Sedai, Ihr wißt wenig und Ihr wagt zuviel. Man hätte Euch die wenigen Dinge, die Ihr wißt, nicht beibringen sollen. Was mich betrifft, so bedaure ich manchmal, daß wir diesen Treffen hier zustimmten. Man sollte keine ungeübten Frauen nach *Tel'aran'rhiod* lassen.«

»Ich habe mir selbst mehr beigebracht, als Ihr mich jemals lehrtet.« Nynaeve behielt mit einiger Mühe den kühlen Tonfall bei. »Ich habe allein gelernt, die Macht zu lenken, und ich sehe nicht ein, warum es bei *Tel'aran'rhiod* anders verlaufen sollte.« Nur aus Halsstarrigkeit und Zorn heraus sagte sie diese Dinge. Sicher hatte sie sich selbst das Lenken der Macht beigebracht, aber da hatte sie nicht einmal gewußt, was sie überhaupt tat, und sie hatte auch keineswegs alles richtig gelernt. Vor der Weißen Burg hatte sie manchmal Menschen mit Hilfe der Macht geheilt, aber unbewußt, bis Moiraine ihr die Augen geöffnet hatte. Ihre Lehrerinnen in der Burg hatten gesagt, genau hier liege der Grund dafür, daß sie zornig sein mußte, um die Macht anwenden zu können: Sie hatte ihre Fähigkeiten vor sich selbst verborgen gehalten, hatte sich davor gefürchtet, und durch diese Mauer der Angst konnte sie nur mit Hilfe ihres Zorns brechen.

»Also seid Ihr eine von denen, die von den Aes Sedai ›Wilde‹ genannt werden.« Es lag eine Andeutung in diesem Wort, ob es nun Verachtung war oder Mitleid, die Nynaeve nicht gefiel. Die Bezeichnung wurde in der Burg auch meist nicht gerade als Kompliment empfunden. Natürlich gab es unter den Aiel keine Wilden. Die Weisen Frauen, die mit der Macht umgehen konnten, fanden jedes Mädchen, das mit diesem Funken geboren wurde und früher oder später diese Fähigkeit entwickeln würde, auch wenn sie gar nicht versuchte, es zu erlernen. Sie behaupteten außerdem, auch jedes Mädchen aufzuspüren, dem dieses Talent wohl nicht angeboren war, das aber später unter entsprechender Anleitung das Lenken der Macht erlernen konnte. Kein Aielmädchen starb, weil sie das ganz allein zu lernen versuchte. »Ihr kennt doch die Gefahren, wenn man ohne Führung den Gebrauch der Macht lernen will, Aes Sedai. Glaubt ja nicht, die Gefahren des Traums seien geringer! Sie sind genauso groß, und für diejenigen, die ohne das notwendige Wissen den Traum betreten, sind sie vielleicht noch größer.«

»Ich bin schon vorsichtig«, sagte Nynaeve mit angespannter Stimme. Sie war nicht hergekommen, um sich von diesem sonnenhaarigen Drachen von Aielfrau Vorträge halten zu lassen. »Ich weiß, was ich tue, Melaine.«

»Ihr wißt gar nichts. Ihr seid genauso halsstarrig wie die hier, als sie zu uns kam.« Die Weise Frau warf Egwene ein Lächeln zu, das tatsächlich wohlwollend schien. »Wir haben ihre überschüssige Energie in die richtigen Bahnen geleitet, und nun lernt sie rasch. Obwohl sie noch immer viele Fehler hat.« Egwene verging das geschmeichelte Grinsen wieder. Nynaeve vermutete, nur dieses Grinsens wegen habe Melaine das Letztere hinzugefügt. »Wenn Ihr im Traum wandeln wollt«, fuhr die Aielfrau fort, »dann kommt zu uns. Wir werden Euren Eifer ebenfalls dämpfen und Euch unterweisen.«

»Danke sehr, aber ich benötige keine Zähmung«, sagte Nynaeve mit höflichem Lächeln.

»*Aan'allain* wird sterben an dem Tag, an dem er erfährt, daß Ihr tot seid.«

Eine Klinge aus Eis bohrte sich in Nynaeves Herz. *Aan'allain* war die Bezeichnung der Aiel für Lan. Der ›Eine Mann‹ bedeutete das in der Alten Sprache, oder ›Ein Mann Allein‹, oder ›Der Mann, der ein ganzes Volk ist‹. Es war oft schwierig, Ausdrücke aus der Alten Sprache genau zu übersetzen. Die Aiel brachten Lan großen Respekt entgegen, dem Mann, der seinen Kampf gegen den Schatten nicht aufgeben wollte, gegen den Feind, der sein Land zerstört hatte. »Ihr kämpft mit schmutzigen Waffen«, knurrte sie.

Melaine zog eine Augenbraue hoch. »Kämpfen wir denn? Falls ja, dann solltet Ihr wissen, daß es in einem Kampf nur Gewinner und Verlierer gibt. Regeln, die verbieten, jemanden zu verletzen, gelten nur in Spielen. Ich will Euer Versprechen, daß Ihr nichts im Traum unternehmt, ohne es zuvor mit uns abgesprochen zu haben. Ich weiß, daß Aes Sedai nicht lügen können, also will ich es von Euch ausgesprochen hören.«

Nynaeve knirschte mit den Zähnen. Es wäre ja leicht, die Worte auszusprechen. Sie mußte sich nicht daran halten, weil sie ja nicht an die Drei Eide gebunden war. Aber es würde trotzdem bedeuten, Melaine recht zu geben. Sie glaubte ihr jedoch nicht und würde ihr dieses Versprechen nicht geben.

»Sie wird es nicht versprechen, Melaine«, sagte Egwene schließlich. »Wenn sie diesen störrischen Blick an sich hat, kommt sie nicht einmal aus dem Haus, wenn Ihr beweist, daß ihr Dach in Flammen steht.«

Nynaeve bedachte auch sie mit einem wütenden Blick. Störrisch, ja? Wenn alles, was sie wollte, darin bestand, sich nicht wie eine Puppe herumschubsen zu lassen.

Das Schweigen zog sich in die Länge, und dann

seufzte Melaine. »Also gut. Aber es wäre gut für Euch, Aes Sedai, wenn Ihr im Gedächtnis behaltet, daß Ihr in *Tel'aran'rhiod* nur ein Kind seid. Kommt, Egwene, wir müssen gehen.« Ein amüsiertes Zucken überflog noch Egwenes Gesicht, während die beiden verblaßten und schließlich verschwanden.

Mit einem Mal wurde Nynaeve bewußt, daß sie schon wieder die Kleidung gewechselt hatte. Oder daß sie geändert worden war, denn die Weisen Frauen wußten genug von *Tel'aran'rhiod,* um auch Dinge an anderen abzuwandeln und nicht nur an sich selbst. Sie trug nun eine weiße Bluse und einen dunklen Rock, aber im Gegensatz zu den Röcken der beiden Frauen, die gerade aus dem Traum gegangen waren, reichte ihr Rock nicht einmal bis zu den Knien. Ihre Schuhe und Strümpfe waren weg und ihr Haar zu zwei Zöpfen geflochten, einem über jedem Ohr, in die gelbe Bänder eingebunden waren. Neben ihren bloßen Füßen lag eine Stoffpuppe mit geschnitztem und bemaltem Gesicht. Sie konnte tatsächlich hören, wie ihre Zähne knirschten. Das war schon einmal zuvor geschehen, und sie hatte von Egwene erfahren, daß dies die Kleidung der kleinen Aielmädchen war.

Wütend kehrte sie zu dem gelben Taraboner Seidenkleid zurück, das diesmal noch enger anlag, und gab der Puppe einen Tritt. Sie flog davon und verschwand in der Luft. Diese Melaine hatte wahrscheinlich ein Auge auf Lan geworfen. Die Aiel schienen ihn sowieso für eine Art Helden zu halten. Aus dem hohen Stehkragen wurde ein breiter Spitzenkragen, und der tiefe, enge Ausschnitt ließ die Ansätze ihrer Brüste deutlich sichtbar werden. Wenn diese Frau ihn auch nur anlächelte …! Wenn er …! Plötzlich bemerkte sie, daß der Ausschnitt ihres Kleids immer tiefer wurde und die Schultern immer freier. Hastig zog sie das Kleid wieder hoch, nicht ganz, aber genug, um nicht erröten zu müssen. Das Kleid war mittlerweile so eng, daß sie sich kaum rühren konnte. Auch das änderte sie wieder ab.

Also sollte sie *um Erlaubnis bitten,* ja? Zu den Weisen Frauen marschieren und betteln, bevor sie etwas unternahm? Hatte sie nicht Moghedien besiegt? Damals waren sie gebührend beeindruckt gewesen, aber nun schienen sie das vergessen zu haben.

Falls sie Birgitte nicht dazu benützen konnte, herauszufinden, was sich in der Burg abspielte, gab es vielleicht einen Weg, das selbst zu erledigen.

KAPITEL 15

Was man aus Träumen lernen kann

Sorgfältig ließ Nynaeve in ihrer Vorstellungskraft ein Bild des Arbeitszimmers der Amyrlin erstehen, so, wie sie sich vor dem Einschlafen das Herz des Steins vorgestellt hatte. Nichts geschah, und so runzelte sie die Stirn. Sie sollte sich nun eigentlich in der Weißen Burg befinden, in dem Raum, den sie sich vorgestellt hatte. Wieder versuchte sie es und sah vor ihrem geistigen Auge einen Raum, den sie schon viel öfter besucht hatte, wenn auch meist mit mulmigem Gefühl.

Nun wurde aus dem Herzen des Steins das Arbeitszimmer der Herrin der Novizinnen, ein relativ kleines Zimmer mit dunkler Täfelung und einfachen, robusten Möbeln, die von Generationen von Frauen benutzt worden waren, die diesen Posten innehatten. Wenn die Verfehlungen einer Novizin mehr Strafe verlangten, als nur zusätzliches Bodenschrubben oder Gartenarbeit, wurde sie hierher geschickt. Wenn eine Aufgenommene herbestellt wurde, mußte sie allerdings schon Schlimmeres angestellt haben, doch sie kam immer noch mit bleiernen Füßen her, weil sie wußte, daß das Ergebnis genauso schmerzhaft sein würde wie bei einer Novizin, ja, vielleicht sogar noch schmerzhafter.

Sheriam hatte sie bei ihren unzähligen Besuchen hier als vorsätzlich stur bezeichnet. Nun wollte Nynaeve das Zimmer gar nicht sehen, und doch ertappte sie sich dabei, wie sie in den Spiegel blickte, in den die Novizinnen und Aufgenommenen immer schauen mußten, um ihre eigenen tränenüberströmten Gesichter zu beobachten, während sie Sheriams Vortrag über Vorschriften oder den gebührenden Respekt oder was auch immer lauschten. Nynaeve hatte sich immer daran gestoßen, daß sie die Regeln anderer einhalten und diesen anderen den gebührenden Respekt erweisen sollte. Die verblaßten Reste einstiger Vergoldung am geschnitzten Spiegelrahmen zeigten, daß er bestimmt schon seit dem Hundertjährigen Krieg hier hing, oder vielleicht sogar seit der Zerstörung der Welt.

Das Taraboner Kleid war wunderschön, aber jeder, der sie darin erblickte, würde mißtrauisch werden. Selbst die Domanifrauen zogen sich weniger auffällig an, wenn sie die Burg besuchten, und sie konnte sich nicht vorstellen, daß eine Frau davon träume, sich in die Burg zu begeben, ohne ihr bestes Benehmen zur Schau tragen zu wollen. Es war allerdings kaum wahrscheinlich, daß sie hier irgend jemanden anders antraf. Höchstens träumte sich ein anderer für ein paar Augenblicke nach *Tel'aran'rhiod* und in die Burg hinein. Vor Egwene hatte es in der Burg vierhundert Jahre lang – seit Corianin Nedeal – keine Frau mehr gegeben, die ohne Hilfe, aber bewußt, die Welt der Träume betreten konnte. Andererseits waren es von den aus der Burg gestohlenen *Ter'Angreal,* die sich noch in der Hand Liandrins und ihrer Mitverschwörer befanden, insgesamt elf, die zuletzt gerade von Corianin untersucht worden waren. Die beiden anderen von Corianin erprobten, die sich in ihrer und Elaynes Hand befanden, gestatteten beiden den Zutritt zu *Tel'aran'rhiod*. So war es am besten, wenn sie annahm, die übrigen besäßen die gleiche Eigenschaft. Es war unwahrscheinlich, daß sich Liandrin oder eine der anderen ausgerechnet in die Burg zurückträumten, aus der sie geflohen waren, aber selbst diese geringe Möglichkeit barg das Risiko, daß man ihr auflauere. Darüber hinaus war sie auch nicht sicher, wie viele weitere *Ter'Angreal,* über die gestohlenen hinaus, Corianin noch untersucht hatte. Die schriftlichen Aufzeichnungen wurden oft ziemlich ungenau, wenn es an *Ter'Angreal* ging, die niemand verstand, und weitere konnten sich durchaus in den Händen anderer Schwarzer Schwestern befinden, die sich vielleicht noch in der Burg aufhielten.

Das Kleid änderte sich vollständig. Nun war es aus weißer Wolle gefertigt, weich, aber nicht von besonders guter Qualität, und umsäumt mit sieben farbigen Streifen, einem für jede Ajah. Falls sie jemand sah, die nicht nach ein paar Augenblicken wieder verschwand, würde sie sich schnell nach Sienda zurückbegeben, damit die andere glaubte, sie sei nur eine der Aufgenommenen, die im Traum *Tel'aran'rhiod* berührte. Nein. Nicht in die Schenke, sondern in Sheriams Arbeitszimmer. Jede andere mußte eine der Schwarzen Ajah sein, und schließlich sollte sie diese jagen.

Sie vervollständigte ihre Verkleidung, packte ihren plötzlich rotgoldenen Zopf und schnitt Melaines Gesicht im Spiegel eine Grimasse. Das war nun eine Frau, die sie nur zu gern Sheriam übergeben würde.

Das Arbeitszimmer der Herrin über alle Novizinnen befand sich in der Nähe derer Quartiere, und in den breiten, gekachelten Gängen flackerte immer wieder Bewegung auf, als sie an den kunstvoll gewebten Wandbehängen und den unbeleuchteten Lampenständern vorbeiging. Sie sah die Gesichter verängstigter Mädchen im Weiß der Novizinnen aufleuchten und wieder verschwinden. In unzähligen Alpträumen dieser Novizinnen würde Sheriam eine große Rolle spielen. Sie ignorierte alle im Vorbeihasten. Sie befanden sich nicht lange genug in der Welt der Träume, um sie wahrzunehmen, und wenn, dann würden sie sie für einen Teil des eigenen Traums halten.

Es war nur ein kurzer Weg die breite Treppe hoch bis zum Arbeitszimmer der Amyrlin. Als sie sich der Tür näherte, war da plötzlich Elaida vor ihr. Ihr Gesicht schien verschwitzt, sie trug eine blutrote Robe und hatte sich die Stola der Amyrlin um die Schultern gelegt. Nein, es war nur beinahe die der Amyrlin, denn sie wies keinen blauen Streifen auf.

Diese strengen, dunklen Augen richteten sich auf Nynaeve. »Ich bin die Amyrlin, Mädchen! Weißt du nicht, wie man mir Respekt zollt? Ich werde dich …« Mitten im Satz war sie verschwunden.

Nynaeve atmete erleichtert auf. Elaida als Amyrlin, das war tatsächlich ein Alptraum. *Vielleicht ist es ihr schönster Wunschtraum,* dachte sie trocken. *Es wird in Tear schneien, bevor sie jemals so weit kommt.*

Der Vorraum war genauso, wie sie ihn in Erinnerung hatte: ein breiter Tisch und ein Stuhl dahinter für die Behüterin der Chronik. An der Wand standen ein paar Stühle für Aes Sedai bereit, die mit der Amyrlin sprechen wollten. Novizinnen und Aufgenommene warteten im Stehen. Die Ordnung, die auf dem Tisch herrschte – ein sauberer Stapel von Papieren, gebundene Schriftrollen und große Pergamentbögen mit Brief und Siegel, alles sauber angeordnet –, sah allerdings Leane nicht ähnlich. Nicht, daß sie unordentlich war, ganz im Gegenteil, aber Nynaeve war der Meinung gewesen, daß sie abends grundsätzlich alles wegräumte und nicht auf dem Tisch liegenließ.

Sie schob die Tür zum inneren Raum auf, doch sie zögerte, ehe sie hineinging. Kein Wunder, daß sie nicht in der Lage gewesen war, sich hier hereinzuträumen. Der Raum glich nicht mehr dem, an den sie sich erinnerte. Dieser schwere, kunstvoll geschnitzte Tisch mit dem hohen, thronähnlichen Stuhl dahinter! Die Hocker mit ihren in Form von Reben geschnitzten Beinen, die in einem perfekten Halbkreis vor dem Tisch standen, keiner auch nur um eine Handbreit verschoben! Siuan Sanche bevorzugte einfache Möbel, als gebe sie vor, immer noch nur die Tochter eines Fischers zu sein, und sie hatte nur einen einzigen Stuhl ins Zimmer gestellt, den sie keineswegs immer Besuchern anbot. Und dann diese weiße Vase mit Rosen darin, die wie ein Denkmal auf einem Sockel stand! Siuan mochte Blumen, aber sie bevorzugte bunte Sträuße, bunt wie eine Wiese mit all den wild wachsenden Blumen. Über dem Kamin hatte eine einfache Zeichnung gehangen, die Fischerboote im hohen Schilf zeigte. Nun hingen dort zwei Gemälde, von denen Nynaeve eines erkannte: Rand, wie er gegen den Verlorenen kämpfte, der sich Ba'alzamon genannt hatte, hoch droben in den Wolken über Falme. Das andere Gemälde bestand aus drei Holztafeln. Sie konnte sich nicht erinnern, die darauf dargestellten Szenen jemals gesehen oder von ihnen gehört zu haben.

Die Tür öffnete sich, und Nynaeve erschrak fast zu Tode. Eine rothaarige Aufgenommene, die sie noch nie gesehen hatte, trat ein und sah sie an. Sie verschwand keineswegs wieder. Gerade, als Nynaeve sich entschloß, in Sheriams Arbeitszimmer zurückzuspringen, sagte die rothaarige Frau: »Nynaeve, wenn Melaine wüßte, daß du ihr Gesicht benützt, würde sie mehr anstellen, als dich nur in ein Kinderkleid zu stecken!« Und genauso plötzlich war sie Egwene in ihrer Aielkleidung.

»Du hast mich so erschreckt, daß ich beinahe zehn Jahre älter geworden wäre«, knurrte Nynaeve. »Haben sich die Weisen Frauen endlich entschlossen, dich kommen und gehen zu lassen, wie es dir paßt? Oder steckt Melaine dahin …«

»Du solltest auch Angst bekommen«, fauchte Egwene, und ihre Wangen verfärbten sich. »Du bist doch wohl närrisch, Nynaeve! Ein Kind, das in der Scheune mit einer brennenden Kerze spielt!«

Nynaeve blieb der Mund offen stehen. *Egwene* schalt *sie?* »Hör mal her, Egwene al'Vere! Das lasse ich mir nicht von Melaine sagen, und von dir schon …«

»Du solltest es dir aber von irgend jemandem sagen lassen, bevor du dich selbst umbringst in deinem Leichtsinn!«

»Ich …«

»Ich sollte dir diesen Steinring wegnehmen! Ich hätte ihn Elayne geben und ihr sagen sollen, daß sie ihn dir auf keinen Fall überlassen darf!«

»Elayne sagen, daß …!«

»Glaubst du etwa, Melaine habe übertrieben?« fragte Egwene streng und hob mahnend ihren Finger, beinahe so wie Melaine. »Hat sie nicht, Nynaeve. Die Weisen Frauen haben dir immer wieder nichts als die Wahrheit über *Tel'aran'rhiod* gesagt, aber du hältst sie anscheinend für vollkommene Närrinnen. Du solltest eigentlich eine erwachsene Frau sein und kein dummes kleines Kind. Ich schwöre dir, was immer du einst an Vernunft besessen hast, scheint mittlerweile verpufft zu sein! Du solltest dich schleunigst wieder besinnen, Nynaeve!« Sie schnaubte laut und rückte den Schal um ihre Schultern zurecht. »Gerade jetzt versuchst du, mit den hübschen Flammen im Kamin zu spielen, zu töricht, um zu erkennen, daß du dir die Finger verbrennen könntest.«

Nynaeve starrte sie verblüfft an. Sie stritten sich ja oft genug, aber Egwene hatte sie noch nie behandelt wie ein kleines Mädchen, das man gerade mit den Fingern im Honigtopf erwischt hat. Nie! Das Kleid. Es mußte daran liegen, daß sie das Kleid einer Aufgenommenen trug und das Gesicht einer anderen. Sie änderte alles schnell ab und wurde wieder sie selbst, angetan mit einem blauen Wollkleid, das sie oft bei Zusammenkünften des Frauenzirkels getragen hatte und im Gemeinderat, wenn sie den Männern kräftig den Kopf wusch. So fühlte sie sich in all ihre frühere Autorität als Seherin gehüllt. »Es ist mir durchaus klar, was ich alles nicht weiß«, sagte sie beherrscht, »doch diese Aiel …«

»Ist dir eigentlich klar, daß du dich in etwas hineinträumen kannst, aus dem du nicht mehr entkommst? Hier sind die Träume wirklich. Wenn du dich in einen Wunschtraum hineintreiben läßt, kann er dir zur Falle werden. Du würdest dich selbst in die Falle locken. Solange, bis du stirbst.«

»Würdest du …?«

»Es gibt lebendige Alpträume in *Tel'aran'rhiod,* Nynaeve!«

»Würdest du mich bitte zu Wort kommen lassen?« fauchte Nynaeve. Oder vielmehr, sie bemühte sich, die Worte zu fauchen. Doch es klang viel zu sehr wie eine demütige Bitte, um ihr zu gefallen. Nichts lag ihr ferner, als zu betteln.

»Nein, würde ich nicht«, sagte Egwene ganz entschieden. »Solange nicht, bis du etwas zu sagen hast, was es wert ist zu hören. Ich sprach von Alpträumen, und ich meinte damit Alpträume, Nynaeve! Wenn jemand einen Alptraum hat, während er oder sie sich in *Tel'aran'rhiod* befindet, dann wird er hier zur Realität. Und manchmal bleibt er bestehen, obwohl der Träumer längst weg ist. Das ist dir nicht klargewesen, oder?«

Mit einemmal packten grobe Hände Nynaeve an den Armen. Ihr Kopf schlug von einer Seite zur anderen, und die Augen quollen ihr heraus. Zwei riesige, zerlumpte Männer hoben sie empor. Ihre Gesichter waren Fratzen rohen Fleisches, und die triefenden Mäuler wiesen Reihen spitzer gelber Zähne auf. Sie versuchte, die beiden verschwinden zu lassen. Wenn das eine Traumgängerin der Weisen Frauen konnte, konnte sie es auch – und einer von ihnen riß ihr das Kleid vorne von oben bis unten wie Papier auf. Der andere nahm ihr Kinn in eine schwielige, mit Hornhaut überzogene Hand und drehte ihr Gesicht mit Gewalt zu sich herum. Sein Kopf neigte sich ihr zu, und er öffnete den Mund. Sie wußte nicht, ob er sie küssen oder beißen wolle, doch sie wollte lieber sterben, als eines von beiden zulassen. Sie griff nach *Saidar* und fand nichts. Panische Angst erfüllte sie statt des notwendigen Zorns. Scharfe Fingernägel bohrten sich in ihre Wangen und hielten ihren Kopf fest. Irgendwie war Egwene dafür verantwortlich. »Bitte, Egwene!« Es kam wie ein verängstigtes Quieken heraus, doch sie war so sehr von Furcht erfüllt, daß ihr das gleichgültig war. »Bitte!«

Die Männer – Kreaturen – verschwanden, und ihre Füße trafen auf dem Boden auf. Einen Moment lang konnte sie nur dastehen, schaudern und schluchzen. Dann zog sie hastig ihr Kleid wieder zurecht, doch die Kratzer von den langen Fingernägeln blieben auf ihren Wangen und über den Brüsten. Kleidung konnte man in *Tel'aran'rhiod* problemlos reparieren, aber was auch immer einem Menschen selbst geschah ... Ihre Knie zitterten so stark, daß sie alle Kraft benötigte, um wenigstens auf den Beinen zu bleiben.

Sie erwartete beinahe von Egwene, daß sie sie trösten werde, und diesmal wäre sie darüber mehr als nur froh gewesen. Aber die andere sagte lediglich: »Es gibt Schlimmeres hier, doch die Alpträume sind schon schlimm genug. Ich habe die beiden erschaffen und wieder verschwinden lassen, aber selbst ich habe meine Schwierigkeiten mit jenen, die ich bereits hier vorfinde. Und ich habe nicht versucht, die beiden zu halten, Nynaeve. Hättest du gewußt, wie man sie wieder los wird, dann hättest du das jederzeit tun können.«

Nynaeve warf zornig den Kopf in den Nacken. »Ich hätte mich wegträumen können. In Sheriams Arbeitszimmer oder zurück in mein Bett.« Es klang keineswegs schmollend. Natürlich nicht, oder?

»Wenn du nicht viel zuviel Angst gehabt hättest, um überhaupt daran zu denken«, sagte Egwene trocken. »Ach, schminke dir diese mürrische Miene ab. Das sieht töricht aus.«

Sie funkelte die andere an, aber das zeigte nicht die übliche Wirkung. Anstatt mit ihr Streit anzufangen, zog Egwene lediglich eine Augenbraue hoch. »Nichts von alledem sieht irgendwie Siuan Sanche ähnlich«, sagte Nynaeve, um das Thema zu wechseln. Was war nur in dieses Mädchen gefahren?

»Stimmt«, stellte Egwene nach einem Rundblick fest. »Jetzt weiß ich, warum ich den Umweg über mein altes Zimmer im Novizinnenquartier machen mußte, um hierher zu kommen. Andererseits lieben manche Leute eben auch ein wenig Abwechslung.«

»Was ich meine, ist folgendes«, sagte Nynaeve geduldig zu ihr. Sie hatte überhaupt nicht beleidigt geklungen und keineswegs mürrisch dreingeblickt. Er war einfach lächerlich. »Die Frau, die dieses Zimmer einrichtete, sieht die Welt ganz anders als die Frau, die das auswählte, was sich vorher hier befand. Schau dir diese Gemälde an. Ich weiß nicht, was dieses dreifache Ding zeigt, aber das andere erkennst du genauso schnell wie ich.« Sie waren beide bei diesem Ereignis dabeigewesen.

»Bonwhin, würde ich sagen«, meinte Egwene nachdenklich. »Du hast niemals beim Unterricht richtig zugehört. Das ist ein Triptychon.«

»Was auch immer, das andere ist das Wichtigere.« Sie hatte den Gelben jedenfalls genug abgelauscht. Alles andere war oft genug nutzloser Unsinn. »Mir scheint, die Frau, die dies aufhängen ließ, möchte sich ständig daran erinnern, wie gefährlich Rand ist. Falls sich Siuan Sanche aus irgendeinem Grund gegen Rand gestellt hat... Egwene, das könnte sich als viel schlimmer erweisen, als lediglich Elayne in die Burg zurückzuholen.«

»Vielleicht«, sagte Egwene unentschlossen. »Möglicherweise verraten uns die Papiere mehr. Du suchst hier drinnen. Wenn ich mit Leanes Schreibtisch fertig bin, helfe ich dir.«

Nynaeve blickte ungehalten hinter Egwene her, als die den Raum verließ. *Du suchst hier drinnen – pah!* Egwene hatte kein Recht, sie herumzukommandieren. Eigentlich sollte sie ihr sofort hinterhermarschieren und sie kräftig zurechtstoßen. *Warum stehst du dann noch hier wie angewurzelt?* fragte sie sich ärgerlich. Die Papiere durchzusehen war eine gute Idee, und ob sie das hier drinnen erledigte oder draußen, kam aufs Gleiche heraus. Der Schreibtisch der Amyrlin würde vielleicht sogar wichtigere Informationen herausrücken. So knurrte sie in sich hinein, was sie alles tun wolle, um Egwene den Kopf zurechtzurücken, stolzierte zu dem reich beschnitzten Tisch hinüber und schob bei jedem Schritt wütend ihren Rocksaum zur Seite.

Auf dem Tisch standen lediglich drei kunstvoll bemalte Kästen, peinlich sauber angeordnet. Sie erinnerte sich an die Arten von Fallen, die man an solchen Kästen anbringen konnte, wenn niemand den Inhalt sehen sollte, und so ließ sie in ihrer Hand erst einmal einen langen Stock entstehen, mit dem sie den Deckel des ersten anhob. Der Kasten war grün und golden lackiert und mit watenden Reihern geschmückt. Es war ein Schreibkasten, wie sich herausstellte, und er enthielt Feder, Tinte und Sand. Im größten der Kästen, auf dem sich rote Rosen durch goldene Runen rankten, befanden sich mehr als zwanzig fein gearbeitete Figuren aus Elfenbein und Türkis – Menschen und Tiere –, die auf hellgrauem Samtfutter lagen.

Als sie den Deckel des dritten Kastens anhob – goldene Falken, die an einem blauen Himmel unter Wolken miteinander kämpften –, bemerkte sie, daß die ersten beiden wieder geschlossen waren. Solche Dinge geschahen hier ständig; alles wies eine Tendenz auf, so bleiben zu wollen, wie in der wirklichen Welt, und außerdem konnte es geschehen, wenn man einen Moment lang weggeschaut hatte, daß sich dann Einzelheiten geändert hatten.

In dem dritten Kasten lagen Dokumente. Der Stock verschwand, und sie hob vorsichtig das oberste Pergament heraus. Offiziell mit ›Joline Aes Sedai‹ gezeichnet, war es eine demütige Bitte um Bestrafung, und zwar derart, daß Nynaeve unwillkürlich zusammenzuckte, obwohl sie den Text nur überflog. Nichts davon war wichtig, außer für Joline. An den unteren Rand hatte jemand in eckiger Schrift das Wort ›Befürwortet‹ gekritzelt. Als sie das Blatt weglegen wollte, verschwamm es und verschwand, und der Kasten war ebenfalls wieder geschlossen.

Seufzend öffnete sie ihn wieder. Die Papiere drinnen sahen anders aus. Sie hielt den Deckel offen, hob eines nach dem anderen heraus und überflog sie schnell. Oder versuchte es jedenfalls. Manchmal verschwanden die Briefe und Berichte, während sie sie gerade in die Hand nahm, manchmal aber auch während des Lesens. Wenn eine Anrede darauf stand, dann meist einfach: »Mutter, mit respektvollen Grüßen«. Einige waren von Aes Sedai unterschrieben, andere von Frauen mit verschiedenen Titeln, Adligen gewöhnlich, oder auch ganz ohne Erwähnung eines Ehrentitels. Keines davon schien mit den im Augenblick brennenden Fragen zu tun zu haben. Der Generalfeldmarschall von Saldaea und sein Heer waren unauffindbar, und Königin Tenobia weigerte sich, mit der Burg zusammenzuarbeiten ... Sie schaffte es, diesen Bericht bis zum Ende durchzulesen, aber er setzte voraus, die Leserin wisse, warum der Mann sich nicht in Saldaea aufhielt und in welcher Sache die Königin mit der Burg zusammenarbeiten sollte. Von den Augen-und-Ohren der Ajahs in Tanchico war bereits seit drei Wochen kein Bericht mehr eingetroffen. Weiter kam sie bei diesem Blatt nicht. Die Streitigkeiten zwischen Illian und Murandy schienen sich zu beruhigen, und Pedron Niall behauptete, es sei sein Verdienst. Selbst aus diesen wenigen Zeilen, die sie zu Gesicht bekam, konnte sie ablesen, daß die Schreiberin mit den Zähnen geknirscht haben mußte. Die Briefe waren zweifellos alle sehr wichtig, sowohl diejenigen, die sie zu überfliegen Gelegenheit hatte, wie auch die anderen, die vorher verschwanden, aber ihr nützten sie gar nichts. Sie hatte gerade mit einem Bericht über ein verdächtiges – dieses Wort wurde tatsächlich benützt – Zusammentreffen Blauer

Schwestern begonnen, als aus dem äußeren Raum ein verzweifeltes »Oh, Licht, nein!« erscholl.

Sie rannte zur Tür und ließ dabei einen kräftigen Holzknüppel in ihrer Hand erscheinen, dessen Kopf vor Dornen starrte. Doch als sie hineinhastete und erwartete, Egwene müsse sich gegen irgend etwas verteidigen, stand diese nur am Tisch der Behüterin und blickte versunken ins Leere. Entsetzen zeigte sich auf ihrer Miene, doch ihr selbst war nichts passiert, und soweit Nynaeve das beurteilen konnte, wurde sie durch nichts bedroht.

Egwene fuhr bei ihrem Anblick zusammen, raffte sich dann aber sichtlich auf, und sagte mit zittriger Stimme: »Nynave, Elaida ist die Amyrlin.«

»Sei kein Narr«, schalt Nynaeve. Und doch – dieser andere Raum, der Siuan Sanche so gar nicht ähnlich sah … »Das bildest du dir nur ein. Ganz bestimmt.«

»Ich hatte ein Pergament in der Hand, Nynaeve, das die Unterschrift trug: ›Elaida do Avriny a'Roihan, Bewahrer der Siegel, Flamme von Tar Valon, der Amyrlin-Sitz‹, und gesiegelt war es mit dem Siegel der Amyrlin.«

Nynaeves Magen begann sich umzudrehen. »Aber wie? Was ist mit Siuan geschehen? Egwene, die Burg setzt keine Amyrlin ab, es sei denn aus irgendeinem wirklich schwerwiegenden Grund. Es ist in fast dreitausend Jahren nur zweimal geschehen.«

»Vielleicht war Rand dieser schwerwiegende Grund.« Egwenes Stimme klang beherrscht, doch ihre Augen hatte sie weit aufgerissen. »Vielleicht litt sie an einer Krankheit, die von den Gelben nicht geheilt werden konnte, oder sie ist die Treppe hinuntergestürzt und hat sich das Genick gebrochen? Wichtig ist nur, daß Elaida jetzt Amyrlin ist. Ich glaube nicht, daß sie Rand so wie Siuan unterstützen wird.«

»Moiraine«, murmelte Nynaeve. »So sicher, daß Siuan ihn mit der Burg hinter sich unterstützen werde.« Sie konnte sich nicht vorstellen, daß Siuan tot war. Sie hatte die Frau oftmals gehaßt und hatte sie auch gelegentlich ein wenig gefürchtet – das gab sie jetzt wenigstens sich selbst gegenüber zu –, doch sie hatte sie auch respektiert. Sie hatte wirklich geglaubt, es werde Siuan ewig geben. »Elaida! Licht! Sie ist so hinterhältig wie eine Schlange und so grausam wie eine Katze. Ich kann gar nicht ermessen, was sie alles anstellen könnte.«

»Ich fürchte, ich habe einen Hinweis auf diese Angelegenheit.« Egwene preßte beide Hände auf ihren Bauch, als wolle sie Schmerzen unterdrücken. »Es war ein ganz kurzes Dokument. Ich habe es gerade noch geschafft, es ganz zu lesen. ›Alle loyalen Schwestern werden hiermit aufgefordert, den Aufenthaltsort der Frau Moiraine Damodred bekanntzugeben. Sie muß, wenn irgend möglich, festgehalten werden, welche Mittel auch dazu notwendig seien, und zur Weißen Burg gebracht werden, um dort des Hochverrats angeklagt zu werden.‹ Die gleichen Formulierungen wie vermutlich auch in Elaynes Fall.«

»Wenn Elaida will, daß man Moiraine festnimmt, dann bedeutet das, sie hat gewußt, daß Moiraine Rand unterstützt, und es paßt ihr nicht.« Darüber sprechen tat gut. Das Sprechen hielt sie davon ab, sich zu übergeben. Verrat. Dafür unterzogen sie Frauen einer Dämpfung. Sie hatte ja Moiraine zu Fall bringen wollen. Nun erledigte Elaida das für sie. »Sie wird Rand ganz gewiß nicht helfen.«

»Genau.«

»Loyale Schwestern. Egwene, das paßt zu der Botschaft dieser Macura. Was auch mit Siuan geschehen ist, die Ajah haben sich über der Frage von Elaida als Amyrlin aufgespalten. So muß es gewesen sein.«

»Ja, natürlich. Sehr gut, Nynaeve. Daran hatte ich nicht gedacht.«

Ihr Lächeln war so erfreut, daß Nynaeve zurücklächelte. »Auf Siu … auf dem Tisch der Amyrlin liegt ein Bericht über ein Zusammentreffen der Blauen. Ich habe gerade darin gelesen, als ich dich schreien hörte. Ich wette, die Blauen haben Elaida nicht gewählt.« Selbst zu besten Zeiten herrschte zwischen der Blauen und der Roten Ajah nur eine Art bewaffneten Friedens, und in schlechten Zeiten gingen sie sich fast an die Kehlen.

Doch als sie in den inneren Raum zurückkehrten, konnten sie den Bericht nicht mehr finden. Es lagen eine Menge Dokumente herum, wie beispielsweise Jolines wieder aufgetauchter Brief, der Egwene ein Stirnrunzeln entlockte, nachdem sie ihn überflogen hatte, aber nicht der, den sie suchten.

»Kannst du dich erinnern, was darin stand?« fragte Egwene.

»Ich hatte erst ein paar Zeilen gelesen bis zu deinem Schrei, und ... ich kann mich einfach nicht erinnern.«

»Versuche es, Nynaeve. Tu dein Bestes!«

»Mach' ich ja, Egwene, aber es kommt nichts. Ich bemühe mich wirklich.«

Dann traf Nynaeve die Erkenntnis, was sie da trieb, wie ein Hammerschlag. Sie entschuldigte sich! Und das Egwene gegenüber, einem Mädchen, dem sie noch vor nicht einmal zwei Jahren den Hintern versohlt hatte, weil sie einen Wutanfall gehabt hatte. Und einen Augenblick vorher war sie so stolz wie eine Henne neben dem frisch gelegten Ei gewesen, weil Egwene sie gelobt hatte! Sie erinnerte sich noch deutlich an den Tag, an dem sich das Gleichgewicht zwischen ihnen zum erstenmal verschoben hatte. Da waren sie nicht mehr die Seherin und das Mädchen, das sprang, wenn die Seherin es von ihr verlangte, sondern einfach nur zwei Frauen, die sich fern von zu Hause befanden. Wie es schien, hatte sich nun das Gleichgewicht noch weiter verlagert, und das paßte ihr überhaupt nicht. Sie würde etwas unternehmen müssen, um den alten Zustand wiederherzustellen.

Die Lüge. Sie hatte heute zum erstenmal Egwene bewußt belogen. Deshalb war ihre moralische Autorität dahin, deshalb war sie so ins Schwimmen gekommen und konnte sich nicht richtig verständlich machen. »Ich habe den Tee getrunken, Egwene.« Sie zwang jedes Wort aus sich heraus. Sie mußte sich wirklich zwingen. »Den Spaltwurzeltee dieser Macura. Sie und Luci haben uns nach oben geschleppt wie Mehlsäcke. Wir hatten auch nicht mehr Kraft als eben solche. Wenn Thom und Juilin nicht gekommen wären und uns am Kragen herausgezogen hätten, befänden wir uns vermutlich heute noch dort. Oder auf dem Weg zur Burg und so mit Spaltwurzel angefüllt, daß wir womöglich erst dort wieder aufgewacht wären.« Sie atmete tief durch und bemühte sich um einen festen und sicheren Tonfall, doch das war schwer, da sie gerade erst gestanden hatte, eine komplette Idiotin gewesen zu sein. Was herauskam, klang viel zaghafter, als ihr lieb war. »Wenn du den Weisen Frauen davon erzählst – insbesondere Melaine –, gebe ich dir eins aufs Ohr.«

Etwas an ihren Worten hätte eigentlich Egwenes Widerstandsgeist wecken sollen. Es schien seltsam, einen Streit bewußt vom Zaun brechen zu wollen, aber das war immer noch besser als dieser Zustand. Bei ihren Streitigkeiten ging es gewöhnlich darum, daß Egwene keine Vernunft annehmen wollte, und sie endeten meist unerfreulich, denn das Mädchen hatte sich angewöhnt, sich ständig zu weigern, etwas einzusehen. Und diesmal – lächelte Egwene sie lediglich an. Es war ein amüsiertes Lächeln. Ein *herablassendes* und amüsiertes Lächeln!

»Ich hatte das schon angenommen, Nynaeve. Du hast sonst Tag und Nacht von Kräutern gepredigt, aber dabei niemals eine Pflanze namens Spaltwurzel erwähnt. Ich war sicher, daß du noch nie davon gehört hattest, bis diese Frau es erwähnte. Du hast ja immer versucht, die Dinge zu beschönigen.

Wenn du mal mit dem Kopf voran in einen Schweinestall fällst, wirst du noch versuchen, jedem weiszumachen, daß es Absicht war. Nun – was wir jetzt zu entscheiden haben …«

»So etwas mache ich nicht!« Nynaeve spuckte Gift und Galle.

»Aber sicher doch. Das sind klare Tatsachen. Du kannst genausogut mit dem Winseln aufhören und mir helfen, einen Entschluß …«

Winseln! Das entwickelte sich ganz anders, als sie geplant hatte. »Das sind gar keine! Keine Tatsachen, meine ich. Ich bin noch nie so gewesen, wie du behauptest!«

Einen Augenblick lang sah Egwene sie schweigend an. »Du kannst nicht damit aufhören, was? Also gut. Du hast mich angelogen …«

»Das war keine Lüge«, murmelte sie. »Jedenfalls nicht direkt.«

Die andere überging ihren Einwurf. »… und du belügst dich selbst. Erinnerst du dich, was du mir zu trinken gegeben hast, als ich dich das letzte Mal anlog?« Plötzlich hatte sie eine Tasse in der Hand, gefüllt mit einem giftgrünen, zähen Gebräu. Es sah aus, als habe man es aus einem schmutzigen, stehenden Gewässer abgeschöpft. »Das *einzige* Mal, daß ich dich je angelogen hatte. Die Erinnerung an diesen Geschmack hat mir sehr geholfen, nie wieder zu lügen. Wenn du nicht einmal die Wahrheit vor dir selbst zugeben willst …«

Nynaeve trat einen Schritt zurück, bevor sie sich wieder im Griff hatte. Gekochter Katzenfarn mit zerstoßenem Asblatt; bei dem bloßen Gedanken daran schrumpfte ihr die Zunge. »Ich habe doch gar nicht richtig gelogen.« Warum suchte sie eigentlich nach Entschuldigungen? »Ich habe nur nicht die ganze Wahrheit gesagt.« *Ich bin die Seherin! Ich war die Seherin, und das sollte doch immer noch etwas zählen!* »Du kannst doch wohl nicht glauben ...« *Sag's ihr doch! Du bist hier doch nicht das Kind, und das wirst du ganz bestimmt nicht trinken.* »Egwene, ich ...« Egwene hielt ihr die Tasse direkt unter die Nase, so daß sie den ätzenden Geruch deutlich wahrnahm. »In Ordnung«, sagte sie schnell. *Das kann doch alles nicht wahr sein!* Doch sie konnte den Blick nicht von der Brühe in der Tasse wenden, und sie konnte die Worte nicht mehr zurückhalten, die aus ihr herausbrachen: »Manchmal versuche ich, die Dinge für mich selbst zu beschönigen. Manchmal. Aber nie, wenn es wirklich wichtig war. Ich habe niemals – in bezug auf etwas Wichtiges – gelogen. Niemals, das schwöre ich! Nur kleine Sachen.« Die Tasse verschwand, und Nynaeve seufzte tief und erleichtert auf. *Törichte, törichte Frau! Sie hätte dich nicht zum Trinken zwingen können! Was stimmt eigentlich nicht mit dir?*

»Was wir entscheiden müssen«, sagte Egwene, als sei überhaupt nichts gewesen, »ist, wem wir es sagen sollen. Moiraine muß es natürlich wissen, und Rand auch, aber wenn jeder davon erfährt ... Die Aiel stellen sich immer so an, was die Aes Sedai betrifft, genau wie alles andere. Ich denke, sie werden Rand als Dem, Der Mit Der Morgendämmerung Kommt, weiterhin folgen, gleich, was geschehen ist, aber sobald sie erfahren, daß sich die Weiße Burg gegen ihn stellt, läßt ihr Eifer möglicherweise nach.«

»Sie werden es früher oder später erfahren«, murmelte Nynaeve. *Sie hätte mich bestimmt nicht zum Trinken zwingen können!*

»Lieber später als früher, Nynaeve. Also platze bitte nicht bei unserem nächsten Treffen vor den Weisen Frauen damit heraus, wenn du auf sie sauer bist. Es wäre sogar viel besser, wenn du diesen Besuch in der Burg überhaupt nicht erwähntest. Dann kannst du es vielleicht geheimhalten.«

»Ich bin doch keine Närrin«, sagte Nynaeve steif,

und dann spürte sie, wie ihre Wangen schon wieder brannten, als Egwene eine Augenbraue hochzog. Sie würde ganz sicher diesen Besuch nicht vor den Weisen Frauen erwähnen. Nicht, daß es leichter war, sie hinter dem Rücken zu mißachten. Keineswegs. Und sie versuchte gewiß diesmal nicht, etwas zu beschönigen. Es war einfach nicht fair, daß Egwene in *Tel'aran'rhiod* herumspringen konnte, wie sie wollte, während sie selbst sich Lektionen und diese Herumschubserei gefallen lassen mußte.

»Das weiß ich«, sagte Egwene. »Es sei denn, du läßt dich von deiner Wut dazu hinreißen. Du mußt dich einfach besser beherrschen und klaren Verstand bewahren, wenn du in bezug auf die Verlorenen wirklich recht hast, besonders was Moghedien betrifft.« Nynaeve funkelte sie an und öffnete den Mund, um zu beteuern, daß sie sich sehr wohl beherrschen könne, und wenn sie es nicht glaube, werde sie Egwene eins auf Ohr geben, doch die ließ ihr gar keine Chance. »Wir müssen diese Versammlung der Blauen Schwestern aufspüren, Nynaeve. Wenn sie sich gegen Elaida stellen, werden sie vielleicht – vielleicht – Rand so unterstützen wie Siuan vorher. Wurde eine Stadt erwähnt oder ein Dorf? Wenigstens ein Land?«

»Ich glaube … nein, ich kann mich nicht daran erinnern.« Sie kämpfte mit sich, um diesen defensiven Tonfall abzumildern. *Licht, ich habe doch alles zugegeben, habe mich zum Narren gemacht, und jetzt ist es nur noch schlimmer!* »Ich werde es weiterhin versuchen.«

»Gut. Wir müssen sie finden, Nynaeve.« Einen Augenblick lang musterte Egwene sie, während sie sich selbst davon abhielt, sich zu wiederholen. »Nynaeve, sei bitte vorsichtig, was Moghedien betrifft. Leg nicht los wie ein Bär im Frühling, nur weil sie dir in Tanchico entwischt ist.«

»Ich bin keine Närrin, Egwene«, sagte Nynaeve in gemäßigtem Ton. Es fiel ihr schwer, sich so zurückhalten zu müssen, aber andererseits wollte sie doch nicht als ein noch größerer Dickkopf dastehen.

»Ich weiß. Das hast du schon gesagt. Erinnere dich aber bitte daran, wenn es ernst wird. Sei vorsichtig!« Diesmal wurde Egwene nicht zuerst durchscheinend, sondern verschwand auf der Stelle, genauso schnell wie Birgitte.

Nynaeve starrte den Fleck an, an dem sie sich befunden hatte, und ging im Kopf noch einmal alles durch, was sie hätte sagen sollen. Schließlich wurde ihr klar, daß sie die ganze Nacht noch hier stehen könne, denn sie wiederholte sich nur, und außerdem war die Chance, all das zu sagen, ja sowieso vorbei. So grollte sie leise vor sich hin und trat aus *Tel'aran'rhiod* heraus und geradewegs zurück in ihr Bett in Sienda.

Egwene öffnete die Augen in völliger Dunkelheit, nur durch ein wenig Mondschein unterbrochen, der durch den Rauchabzug hereinfiel. Sie war froh, unter einem ganzen Deckenstapel zu liegen, denn das Feuer war erloschen, und eisige Kälte erfüllte das Zelt. Ihr Atem stand als Nebelhauch vor ihrem Mund. Ohne den Kopf zu heben, suchte sie das Zeltinnere ab. Keine Weisen Frauen. Sie war noch allein.

Davor hatte sie bei ihren einsamen Ausflügen nach *Tel'aran'rhiod* am meisten Angst: daß sie bei ihrer Rückkehr Amys oder eine der anderen bereits im Zelt erwarten könnte. Nun, vielleicht war es nicht das Allerschlimmste; schließlich waren die Gefahren in der Welt der Träume wirklich so, wie sie sie Nynaeve geschildert hatte. Doch nicht die Strafe war es, vor der sie sich fürchtete, jedenfalls nicht die Art von Bestrafung, wie sie gewöhnlich durch Bair ausgesprochen wurde. Das hätte sie gern akzeptiert, wenn sie erwachen und eine der Weisen Frauen vorfinden würde, aber Amys hatte ihr gleich zu Beginn gesagt, falls sie ohne eine von ihnen als Begleitschutz *Tel'aran'rhiod* beträte, würde man sie wegschicken. Sie würden sich weigern, sie noch weiter zu unterrichten. Davor zitterte sie viel mehr als vor allen möglichen Strafen. Trotzdem mußte sie vorwärtskommen. So schnell die Weisen Frauen sie auch unterwiesen – es war nicht schnell genug. Sie wollte auf der Stelle alles wissen, alles.

Sie griff nach der Macht, entzündete ihre Lampe und ließ Flammen aus der Feuergrube hervorzüngeln. Es war wohl kein Brennstoff mehr vorhanden, aber sie verknotete das Gewebe und ließ es weiterbrennen. Dann lag sie da, beobachtete ihren Nebelatem und wartete darauf, daß es warm genug wurde, um sich anzuziehen. Es war wohl spät, aber vielleicht war Moiraine trotzdem noch wach.

Was mit Nynaeve geschehen war, verblüffte sie immer noch. *Ich glaube, sie hätte das Zeug wirklich getrunken, wenn ich sie gezwungen hätte.* Sie hatte solche Angst ausgestanden, Nynaeve könne herausbekommen, daß sie keineswegs die Erlaubnis der Weisen Frauen hatte, allein die Welt der Träume zu durchforschen. Sie war sicher gewesen, ihr Erröten habe sie verraten, und deshalb hatte sie Nynaeve einfach vom Sprechen abhalten müssen, damit sie keine peinlichen Fragen stellte und vielleicht die Wahrheit herausfand. Weil sie sich so lebhaft vorgestellt hatte, wie Nynaeve trotz allem die Wahrheit erfuhr – und die Frau war imstande, sie zu verraten und dann noch zu behaupten, es sei zu ihrem eigenen Besten –, hatte sie immer weiter geredet und nicht lockergelassen, über Nynaeves eigene Fehler zu sprechen, sie in die Enge zu treiben. Ganz gleich, wie sie sich auch über Nynaeve aufregte: sie hatte es nicht fertiggebracht, sie auch nur einmal anzuschreien. Und mit dieser Taktik hatte sie tatsächlich die Oberhand gewonnen!

Wenn sie es recht bedachte, dann erhob Moiraine nur selten ihre Stimme, und wenn sie es tat, war es nicht so wirkungsvoll, und sie erreichte meist nicht, was sie eigentlich wollte. Das war schon so gewesen, bevor sie sich Rand gegenüber so eigenartig zu benehmen begann. Die Weisen Frauen schrien auch niemals jemanden an – höchstens gelegentlich sich gegenseitig –, und trotz all ihrer Beschwerden, daß die Häuptlinge nicht mehr auf sie hörten, schienen sie doch zumeist zu bekommen, was sie wollten. Es gab da ein altes Sprichwort, das sie früher nie richtig verstanden hatte: ›Er bemüht sich, ein Flüstern zu hören, obwohl er sich weigert, einen Schrei wahrzunehmen.‹ Sie würde Rand nicht mehr anschreien. Eine ruhige, feste, frauliche Stimme, das war das Richtige. Und was das betraf, würde sie auch Nynaeve künftig nicht mehr anschreien, denn sie war eine Frau und kein kleines Mädchen mehr, das noch Trotzanfälle bekam.

Sie ertappte sich beim Kichern. Gerade bei Nynaeve sollte sie die Stimme nicht mehr erheben, wenn doch die ruhige Art solche Resultate hervorbrachte.

Das Zelt erschien ihr endlich warm genug, und so kroch sie unter den Decken hervor, um sich anzukleiden. Nachdem sie sich mit fast zu Eis gefrorenem Wasser den Schlaf aus dem Gesicht gewaschen hatte, legte sie sich den dunklen Wollumhang um und löste die Stränge aus Feuer, denn Feuer war zu gefährlich, wenn man es unbeaufsichtigt gebunden zurückließ. Als die Flammen verschwanden, duckte sie sich und trat aus dem Zelt. Die Kälte umschloß sie wie eine eisige Hand, während sie durch das Lager eilte.

Nur die nächstgelegenen Zelte waren zu sehen. Die schattenhaften Umrisse hätten auch ein Teil der hügeligen Landschaft sein können, doch das Lager erstreckte sich meilenweit nach allen Seiten in das Bergland hinein. Die hohen, zerklüfteten Gipfel waren jedoch noch nicht das Rückgrat der Welt; das war viel höher und lag noch Tage weit entfernt im Westen.

Zögernd näherte sie sich Rands Zelt. Die Klappe

stand ein klein wenig offen, und Licht fiel heraus. Als sie näher kam, schien eine Tochter des Speers aus dem Boden hervorzuwachsen. Auf ihrem Rücken hing ein Hornbogen, der Köcher an der Hüfte, und in den Händen hielt sie Schild und Speere. Egwene konnte keine weiteren mehr in der Dunkelheit ausmachen, aber sie wußte, daß noch mehr Wächterinnen das Zelt umstanden, selbst hier in einem Lager von sechs Clans, die alle dem *Car'a'carn* Treue geschworen hatten. Die Miagoma befanden sich irgendwo im Norden und marschierten parallel zu ihnen. Timolan sagte noch nicht, was er beabsichtigte. Rand schien es gleich zu sein, wo sich die übrigen Clans aufhielten. Seine ganze Aufmerksamkeit galt dem Wettlauf zum Jangai-Paß.

»Ist er wach, Enaila?« fragte sie.

Mondschatten schoben sich über das Gesicht der Tochter, als sie nickte. »Er schläft nicht genug. Auch ein Mann kann doch nicht ohne Schlaf auskommen.« Ausgerechnet *sie* klang wie eine Mutter, die sich Sorgen um den Sohn macht.

Ein Schatten neben dem Zelt rührte sich und wurde zu Aviendha. Sie hatte sich den Schal umgewickelt. Die Kälte schien ihr nichts auszumachen, wohl aber die späte Stunde. »Ich würde ihm ein Schlaflied singen, wenn ich glauben könnte, daß es wirkte. Ich habe davon gehört, daß Frauen eines Kindes wegen die ganze Nacht durchwachen müssen, aber ein erwachsener Mann sollte eigentlich wissen, daß andere lieber schlafen möchten.« Sie und Enaila lachten leise.

Egwene schüttelte den Kopf über das seltsame Aiel-Gebaren und bückte sich, um durch den Spalt zu spähen. Mehrere Lampen beleuchteten das Innere. Er war nicht allein. Nataels dunkle Augen wirkten abgespannt, und er unterdrückte ein Gähnen. Er zumindest sehnte sich nach Schlaf. Rand lag ausgestreckt neben einem der vergoldeten Lampenständer und las in einem zerfleddert wirkenden ledergebundenen Buch.

Die eine oder andere Übersetzung der Prophezeiungen des Drachen, falls sie ihn noch gut genug kannte. Mit einemmal blätterte er zurück, las und lachte lauthals. Sie versuchte, sich einzureden, daß an diesem Lachen nichts Wahnsinniges festzustellen sei, höchstens Bitterkeit. »Ein schöner Witz«, sagte er zu Natael, klappte das Buch zu und warf es dem Gaukler hinüber. »Lest einmal Seite zweihundertsiebenundachtzig und dann Seite vierhundert und sagt mir, ob Ihr der gleichen Meinung seid.«

Egwene verzog den Mund, als er sich aufrichtete. Er sollte wirklich etwas schonender mit einem Buch umgehen. Sie konnte jetzt nicht mit ihm sprechen; nicht vor dem Gaukler. Es war eine Schande, daß er einen Mann brauchte, den er kaum kannte, um ihm Gesellschaft zu leisten. Nein. Er hatte doch Aviendha und oft genug die Häuptlinge, und jeden Tag Lan und manchmal auch Mat. »Warum gehst du nicht zu ihnen hinein, Aviendha? Wenn du drinnen wärst, würde er vielleicht auch einmal über etwas anderes reden als über dieses Buch.«

»Er wollte aber mit dem Gaukler reden, Egwene, und das tut er nur selten vor mir oder anderen. Wenn ich nicht gegangen wäre, dann hätte er mit Natael das Zelt verlassen.«

»Kinder machen einem große Sorgen, habe ich gehört«, lachte Enaila. »Und Söhne sind am schlimmsten. Du findest möglicherweise die Wahrheit dessen auch für mich mit heraus, ja, nachdem du nun den Speer aufgegeben hast.« Auf Aviendhas mondbeleuchteter Stirn zeigte sich ein kritisches Runzeln, und sie stolzierte wie eine beleidigte Katze zurück an ihren Platz an der Seite des Zelts. Enaila hielt das wohl auch wieder für lustig. Sie hielt sich vor Lachen die Seiten.

Egwene knurrte etwas vom typischen Humor der Aiel in sich hinein, den sie sowieso nicht verstand, und machte sich zu Moiraines Zelt auf, das unweit von dem

Rands aufgeschlagen worden war. Auch hier entdeckte sie einen schmalen Lichtstreifen an der Öffnung und wußte, daß die Aes Sedai noch wach war. Moiraine benutzte gerade die Macht, wohl nur in winzigen Mengen, doch es reichte, um für Egwene spürbar zu sein. Lan lag schlafend neben dem Zelt. Er war in seinen Behüterumhang gehüllt, und abgesehen von seinem Kopf und den Stiefeln verschmolz sein Körper mit der Nacht, war ein Teil von ihr. Sie raffte ihren Umhang enger zusammen, hob den Rock und ging auf Zehenspitzen vorbei, um ihn nicht zu wecken.

Seine Atmung änderte den Rhythmus nicht, aber irgend etwas ließ sie noch einmal auf ihn herabblicken. Der Mondschein glitzerte in seinen geöffneten Augen, mit denen er sie beobachtete. Als sie sich wieder abwandte, bemerkte sie noch, wie sich seine Augen wieder schlossen. Kein Muskel regte sich ansonsten bei ihm, als sei er überhaupt nicht aufgewacht. Manchmal machte der Mann sie einfach nervös. Was Nynaeve in ihm sah, konnte sie nicht nachvollziehen.

Sie kniete sich neben den Zelteingang und spähte hinein. Moiraine saß da, von der glühenden Aura *Saidars* umgeben. Der kleine blaue Edelstein, der normalerweise auf ihrer Stirn hing, baumelte direkt vor ihrem Gesicht an seiner Kette in ihrer erhobenen Hand. Auch er glühte und fügte sein kleines Licht dem der einzigen Lampe im Zelt hinzu. In der Feuergrube lag nur Asche, und selbst der Geruch des Feuers war verflogen.

»Darf ich hereinkommen?«

Sie mußte die Frage wiederholen, bis Moiraine antwortete: »Natürlich.« Das Glühen *Saidars* verflog, und die Aes Sedai befestigte die dünne Goldkette mit dem Stein wieder in ihrem Haar.

»Habt Ihr Rand wieder belauscht?« Egwene setzte sich neben die andere. Hier im Zelt war es genauso kalt wie draußen. Sie entzündete mit Hilfe der Macht Flammen über der Asche in der Feuergrube und verknotete den Strang. »Ihr habt doch versprochen, daß Ihr es nicht wieder tut.«

»Ich sagte, da die Weisen Frauen ja seine Träume überwachen können, sollten wir ihm etwas mehr Privatleben gönnen. Sie haben mich nicht mehr um meine Hilfe gebeten, seit er sie abgeblockt hat, und ich habe sie ihnen nicht angeboten. Denkt daran, daß sie ihre eigenen Ziele haben, die nicht unbedingt mit denen der Burg übereinstimmen müssen.«

So schnell waren sie also zu dem richtigen Thema gekommen. Egwene war sich noch unsicher, wie sie berichten konnte, was sie erfahren hatte, ohne sich den Weisen Frauen gegenüber zu verraten. Wahrscheinlich war die einzige Möglichkeit, alles zu erzählen und dann nach Gefühl zu handeln. »Elaida ist jetzt Amyrlin, Moiraine. Ich weiß nicht, was mit Siuan passiert ist.«

»Woher wißt Ihr das?« fragte Moiraine leise. »Habt Ihr beim Traumwandeln etwas in Erfahrung gebracht? Oder ist Euer Talent als Träumer endlich durchgebrochen?«

Das war ihr Ausweg. Einige der Aes Sedai in der Burg glaubten, sie könne ein Träumer werden, eine Frau, deren Träume die Zukunft vorhersagten. Sie hatte auch tatsächlich Träume, bei denen sie wußte, daß sie bedeutsam waren, aber sie auslegen zu lernen war eine ganz andere Sache. Die Weisen Frauen sagten einfach, die notwendigen Kenntnisse müßten aus ihr selbst heraus erwachsen, und keine der Aes Sedai war ihr eine Hilfe gewesen. Rand, der auf einem Stuhl saß, und irgendwie wußte sie, daß die Besitzerin des Stuhls unglaublich zornig war, weil er ihren Stuhl genommen hatte. Doch ansonsten war die Tatsache, daß die Eigentümerin des Stuhls eben eine Frau war, das einzige, was sie aus dem Traum ablesen konnte. Mehr wußte sie nicht darüber. Manchmal waren die Träume recht komplex: Perrin, der mit Faile auf dem Schoß dasaß und sie küßte, während sie mit dem kurzgeschnittenen Bart

spielte, den er in ihrem Traum trug. Hinter ihnen flatterten zwei Flaggen: ein roter Wolfskopf und ein karmesinfarbener Adler. Ein Mann in einem leuchtend gelben Kurzmantel stand gleich neben Perrins Schulter. Er hatte ein Schwert auf den Rücken geschnallt, aber trotzdem wußte sie, daß er ein Kesselflicker war. Doch kein Kesselflicker würde je ein Schwert berühren. Und jede Einzelheit an diesem Traum bis auf den Bart erschien ihr wichtig. Die Flaggen, daß Faile Perrin küßte, sogar der Kesselflicker. Jedesmal, wenn er etwas näher an Perrin heranrückte, war es, als durchdringe eine eisige Weltuntergangsahnung alles. Ein anderer Traum: Mat warf die Würfel mit blutüberströmtem Gesicht. Er hatte die breite Hutkrempe tief heruntergezogen, so daß sie seine Wunde nicht sehen konnte. Daneben steckte Thom Merrilin seine Hand in ein Feuer, um daraus den kleinen blauen Stein hervorzuziehen, der nun auf Moiranes Stirn hing. Oder sie träumte von einem Gewitter: Mächtige dunkle Wolken türmten sich ganz ohne Wind oder Regen, während gezackte Blitze – alle identisch – die Erde aufwarfen. Sie hatte die richtigen Träume, doch bisher war sie als Träumer eine Versagerin gewesen.

»Ich sah einen Steckbrief, in dem Ihr gesucht wurdet, Moiraine, unterzeichnet von Elaida als Amyrlin. Und es war kein gewöhnlicher Traum.« Das stimmte ja auch. Es war nur nicht die ganze Wahrheit. Sie war mit einemmal froh, daß sich Nynaeve nicht hier befand. *Wenn sie hier wäre, dann würde diesmal ich in die Tasse blicken.*

»Das Rad webt, wie das Rad es eben wünscht. Vielleicht spielt es nun doch keine so große Rolle mehr, ob Rand die Aiel über die Drachenmauer führt. Ich bezweifle, daß Elaida deshalb mit den einzelnen Herrschern verhandelt, selbst wenn sie weiß, daß Siuan es getan hat.«

»Ist das alles, was Ihr zu sagen habt? Ich glaubte,

Siuan sei einst Eure Freundin gewesen, Moiraine. Könnt Ihr um sie keine Träne vergießen?«

Die Aes Sedai blickte sie an, und dieser kühle, würdevolle Blick sagte ihr, wie weit sie selbst noch kommen müsse, um diesen Titel ebenfalls verdient zu haben. Im Sitzen war Egwene beinahe um einen Kopf größer, und sie war um einiges stärker, was den Gebrauch der Macht betraf, doch es war mehr an einer Aes Sedai als nur die Kraft. »Ich habe keine Zeit für Tränen, Egwene. Die Drachenmauer liegt nun nur noch wenige Tagesreisen entfernt, und die Alguenya ... Siuan und ich waren einst Freundinnen. In ein paar Monaten werden es insgesamt einundzwanzig Jahre, seit wir unsere Suche nach dem Wiedergeborenen Drachen begannen. Nur wir beide waren es damals, zwei, die gerade erst zu Aes Sedai erhoben worden waren. Kurz danach wurde Sierin Vayu zur Amyrlin erwählt, eine Graue, die mehr als nur ein bißchen von den Roten beeinflußt war. Hätte sie erfahren, was wir vorhatten, dann hätten wir den Rest unseres Lebens damit verbracht, Strafdienst zu leisten, während uns Rote Schwestern selbst noch im Schlaf bewachten. Es gibt ein Sprichwort in Cairhien, das ich allerdings auch schon weit entfernt in Tarabon und Saldaea gehört habe: ›Nimm, was du willst, und zahle dafür.‹ Siuan und ich schlugen den Pfad ein, den wir nehmen wollten, und es war uns klar, daß wir irgendwann dafür bezahlen müßten.«

»Ich verstehe trotzdem nicht, wie Ihr so ruhig sein könnt. Siuan könnte tot sein oder vielleicht sogar einer Dämpfung unterzogen. Elaida wird entweder Rand ganz und gar feindlich gegenüberstehen oder versuchen, ihn bis Tarmon Gai'don irgendwo festzusetzen. Ihr wißt, sie wird niemals einen Mann frei herumlaufen lassen, der die Macht lenken kann. Wenigstens stehen nicht alle hinter Elaida. Einige der Blauen Ajah versammeln sich irgendwo – ich weiß noch nicht, an welchem

Ort –, und ich glaube, auch andere haben die Burg verlassen. Nynaeve berichtet, sie habe eine Botschaft erhalten, daß alle Schwestern gebeten werden, zur Burg zurückzukehren. Eine der Augen-und-Ohren der Gelben sagte ihr das. Wenn die Blauen und Gelben beide weg sind, sind bestimmt auch noch andere geflohen. Und wenn sie sich gegen Elaida stellen, werden sie möglicherweise Rand unterstützen.«

Moiraine seufzte leise. »Erwartet Ihr von mir, daß ich froh darüber bin, wenn sich die Burg gespalten hat? Ich bin eine Aes Sedai, Egwene. Ich habe mein Leben der Burg geweiht, lange bevor ich auch nur vermutete, daß der Drache noch zu meinen Lebenszeiten wiedergeboren werde. Die Burg war dreitausend Jahre lang unser Bollwerk gegen den Schatten. Sie hat Herrscher zu weisen Ratschlüssen geführt, Kriege beendet, bevor sie begannen, und andere, nachdem sie begonnen hatten. Daß sich die Menschheit überhaupt an das Warten des Dunklen Königs auf seine Befreiung und an die bevorstehende Letzte Schlacht erinnert, verdankt sie der Burg. Der vollständigen, vereinigten Kraft der Burg. Ich wünschte fast, alle Schwestern hätten Elaida die Treue geschworen, was auch mit Siuan geschehen sein mag.«

»Und Rand?« Egwene sprach mit genauso ruhiger, beherrschter Stimme. Die Flammen begannen endlich, die Luft im Zelt etwas zu erwärmen, aber Moiraine hatte dem auf ihre eigene Art eine innere Kälte hinzugefügt. »Der Wiedergeborene Drache. Ihr habt selbst gesagt, daß er nicht für Tarmon Gai'don gerüstet sein kann, wenn man ihm nicht Freiheit gestattet, Freiheit zu lernen und die Welt zu beeinflussen. Die vereinigten Kräfte der Burg könnten ihn trotz aller Aiel in der Wüste gefangenhalten.«

Moiraine lächelte ein klein wenig. »Ihr lernt gut. Kühle Vernunft ist immer besser als hitzige Worte. Aber Ihr vergeßt, daß nur dreizehn miteinander verknüpfte

Schwestern einen Mann vor *Saidin* abschirmen können, und selbst wenn sie nicht wissen, wie man die Stränge abbindet, genügen weniger, um die Abschirmung dann aufrecht zu erhalten.«

»Ich weiß, Ihr gebt nicht auf, Moiraine. Was habt Ihr vor?«

»Ich habe vor, so zu handeln, wie es sich ergibt, solange ich noch kann. Wenigstens wird es nun etwas leichter, bei Rand zu bleiben, nachdem ich ihn nicht mehr von dem abhalten muß, was er will. Ich muß mich wohl glücklich schätzen, daß er mich nicht als seine Bedienung bei Tisch einsetzt. Er hört ja auch meistens zu, läßt aber für gewöhnlich nicht erkennen, was er von dem hält, was ich ihm sage.«

»Ich werde es Euch überlassen, ihm von Siuan und den Ereignissen in der Burg zu berichten.« Damit vermied sie unangenehme Fragen, denn Rand mit seinem geschwollenen Kopf würde vielleicht mehr über ihre Fähigkeiten als Träumer wissen wollen, als sie erfinden konnte. »Dann ist da noch etwas. Nynaeve hat Verlorene in *Tel'aran'rhiod* beobachtet. Sie hat alle erwähnt, die noch am Leben sind, bis auf Asmodean und Moghedien. Einschließlich Lanfear. Sie glaubt, die Verlorenen planten irgend etwas, möglicherweise sogar gemeinsam.«

»Lanfear«, sagte Moiraine nach kurzem Schweigen.

Sie wußten beide, daß Lanfear Rand in Tear besucht hatte und vielleicht auch noch weitere Male, von denen er ihnen nicht erzählt hatte. Keiner wußte viel über die Verlorenen, außer den Verlorenen selbst natürlich, denn in der Burg waren nur noch Bruchstücke von Bruchstücken aller Überlieferungen vorhanden, doch war allgemein bekannt, daß Lanfear Lews Therin Telamon geliebt hatte. Sie beide und Rand wußten: Sie liebte ihn immer noch.

»Mit etwas Glück«, fuhr die Aes Sedai fort, »müssen wir uns über Lanfear keine Gedanken machen. Die übrigen, die Nynaeve sah, sind ein ganz anderer Fall. Ihr und ich, wir müssen so genau aufpassen, wie überhaupt nur möglich. Ich wünschte, mehr von den Weisen Frauen könnten die Macht lenken.« Sie lachte ein wenig. »Aber genausogut könnte ich mir wünschen, sie wären alle in der Burg ausgebildet worden, oder ich hätte das ewige Leben. In bezug auf eine ganze Menge Dinge sind sie ja sehr stark, aber bei anderen Dingen versagen sie eben.«

»Ständig aufzupassen ist ja schön und gut, aber was sonst noch? Wenn ihn sechs Verlorene auf einmal angreifen, braucht er jedes bißchen Hilfe, das wir ihm geben können.«

Moiraine beugte sich vor und legte ihr eine Hand auf den Arm. Sie blickte dabei schon fast liebevoll drein. »Wir können ihn nicht immer an der Hand halten, Egwene. Er hat das Laufen gelernt. Und er lernt auch das Davonlaufen. Wir können nur hoffen, er lernt es rechtzeitig, bevor ihn seine Feinde fassen. Und natürlich werden wir ihn weiterhin beraten. Ihn führen, wenn er es uns gestattet.« Sie richtete sich auf, streckte sich und unterdrückte hinter der vorgehaltenen Hand ein Gähnen. »Es ist spät, Egwene. Und ich rechne damit, daß uns Rand in ein paar Stunden bereits wieder aufscheucht, auch wenn er selbst kaum zum Schlafen kommt. Ich würde aber gern wenigstens soviel Schlaf bekommen, daß ich nachher nicht vom Pferd falle.«

Egwene stand auf, um zu gehen, aber eine Frage mußte sie vorher noch loswerden: »Moiraine, warum habt Ihr begonnen, alles zu tun, was Euch Rand befiehlt? Selbst Nynaeve hält das nicht für richtig.«

»So, sie hält es nicht für richtig?« murmelte Moiraine schläfrig. »Sie wird schon auch eine Aes Sedai, was sie auch sonst wünschen mag. Warum? Weil ich mich daran erinnert habe, wie man *Saidar* beherrscht.«

Nach einem Augenblick nickte Egwene. Um *Saidar* zu beherrschen, mußte man sich ihm zuerst ergeben.

Erst, als sie vor Kälte zitternd zu ihrem eigenen Zelt zurückging, wurde ihr bewußt, daß Moiraine zu ihr wie zu einer Gleichgestellten gesprochen hatte. Vielleicht war sie dem Zeitpunkt, an dem sie ihre Ajah wählen mußte, doch näher, als sie selbst geglaubt hatte.

KAPITEL 16

Ein unerwartetes Angebot

Sonnenschein, der durch das Fenster auf ihr Gesicht fiel, weckte Nynaeve. Einen Moment lang lag sie bequem ausgestreckt auf der gestreiften Bettdecke. Elayne lag schlafend im anderen Bett. Es war bereits warm an diesem frühen Morgen, und in der Nacht war es nicht viel besser gewesen, doch das war nicht der Grund dafür, warum Nynaeves Hemd verknittert und verschwitzt war. Sie hatte keine guten Träume gehabt, nachdem sie das Erfahrene mit Elayne besprochen hatte. In den meisten dieser Träume war sie wieder in der Burg gewesen und vor die Amyrlin gezerrt worden. Manchmal war Elaida Amyrlin und manchmal Moghedien. In ein paar Träumen hatte Rand wie ein Hund neben dem Schreibtisch der Amyrlin gelegen, mit Halsband, Leine und Maulkorb. Auf gewisse Weise waren auch die Träume von Egwene so schlimm gewesen, denn gekochter Katzenfarn und zerstoßene Asblätter darin schmeckten im Traum genauso schlecht wie im wachen Zustand.

Sie schlich müde zum Waschtisch, säuberte ihr Gesicht und putzte die Zähne mit Salz und Soda. Das Wasser war wohl nicht heiß, kühl konnte man das aber auch nicht nennen. Das durchnäßte Hemd zog sie aus und zog aus einem der Reisekoffer ein frisches hervor, zusammen mit einer Haarbürste und einem Spiegel. Als sie ihr eigenes Spiegelbild musterte, bereute sie bereits, den Zopf aufgeflochten zu haben, damit sie bequemer schlafen konnte. Es hatte nicht geholfen, und nun hing ihr Haar verfilzt bis an die Hüfte herunter. So setzte sie sich auf einen Koffer und löste mühsam die verfilzten Stellen, bevor sie es ausgiebig bürstete.

Sie hatte drei lange Kratzer, die vom Hals her bis unter ihr Hemd verliefen. Sie waren nicht so stark gerötet, wie sie befürchtet hatte, dank einer Tinktur – einem wahren Allheilmittel –, die sie von dieser Macura mitgenommen hatte. Elayne hatte sie erzählt, sie habe sich an Brombeersträuchern aufgekratzt. Töricht, denn sie vermutete, Elayne habe das so oder so für unwahr gehalten. Sie hatte ihr wohl erzählt, sie habe sich nach Egwenes Abgang noch auf dem Burggelände umgesehen, aber wäre sie nicht so verwirrt gewesen, hätte sie eine solche Ausrede gar nicht erfunden. Mehrmals hatte sie die andere wütend angefahren, obwohl sie keinen Grund dazu gehabt hatte. Sie regte sich lediglich über die unfaire Behandlung durch Melaine und Egwene auf. *Nicht, daß es ihr nicht gut täte, gelegentlich daran erinnert zu werden, daß sie hier nicht die Tochter-Erbin ist!* Trotzdem war das Mädchen nicht schuld gewesen, und sie würde es wiedergutmachen müssen.

Im Spiegel beobachtete sie, wie Elayne aufstand und sich zu waschen begann. »Ich glaube nach wie vor, daß mein Plan der beste ist«, sagte das Mädchen, während sie ihr Gesicht abrieb. Ihr rabenschwarz gefärbtes Haar schien keine einzige verfilzte Stelle aufzuweisen, und das trotz ihrer Locken. »Wir könnten auf meinem Weg viel schneller in Tear sein.«

Ihr Plan bestand darin, die Kutsche stehenzulassen, sobald sie den Eldar erreichten. Das würde in einem kleinen Dorf geschehen, wo sich wahrscheinlich nicht viele Weißmäntel aufhielten und, genauso wichtig, auch kaum Augen-und-Ohren für die Burg zu finden sein würden. Dann sollten sie auf einem Flußkahn hinunter nach Ebou Dar fahren und von dort aus mit einem Schiff nach Tear. Sie bezweifelten beide nicht mehr, daß sie sich nach Tear begeben mußten. Tar Valon würden sie unter allen Umständen meiden.

»Wie lange kann es dauern, bis ein Flußkahn dort anlegt, wo wir den Eldar erreichen?« fragte Nynaeve geduldig. Sie hatte die Diskussion für beendet gehalten, als sie sich schlafen legten. Ihrer Meinung nach war jedenfalls alles klar gewesen. »Du hast doch selbst gesagt, daß vielleicht nicht jeder Kahn dort anlegt. Und wie lange müssen wir in Ebou Dar warten, bis wir ein Schiff nach Tear finden?« Sie legte die Bürste weg und begann, ihren Zopf zu flechten.

»Die Dorfbewohner hängen eine Fahne auf, wenn sie wollen, daß ein Kahn anlegt, und das tun dann auch die meisten. Und in einem Hafen von der Größe Ebou Dars finden sich immer Schiffe nach allen Richtungen.«

Als wäre das Mädchen jemals in einem größeren Hafen gewesen, bevor sie die Burg mit Nynaeve verließ! Elayne glaubte immer, alles, was sie nicht schon als Tochter-Erbin von Andor gelernt hatte, habe sie dann in der Burg erlernt, obwohl so vieles ihr bewies, daß das Gegenteil der Fall war. Und wie konnte sie es wagen, in diesem frechen Ton mit ihr zu sprechen? »Wir werden diesen Treffpunkt der Blauen wohl kaum auf einem Schiff finden, Elayne.«

Ihrem eigenen Plan zufolge sollten sie weiter mit der Kutsche reisen, den Rest Amadicias durchqueren, dann Altara und Murandy, bis nach Far Madding in den Hügeln von Kintara und weiter über die Ebenen von Maredo nach Tear. Das würde sicher länger dauern, aber abgesehen von der Möglichkeit, diese Versammlung doch unterwegs aufzuspüren, gingen Kutschen sehr selten unter. Sie konnte wohl schwimmen, aber sie fühlte sich ganz und gar nicht wohl, wenn kein Land mehr in Sicht war.

Elayne tupfte sich das Gesicht trocken, wechselte ihr Unterhemd und kam herüber, um ihr beim Flechten des Zopfes zu helfen. Nynaeve ließ sich nicht täuschen; sie würde später wieder mit dem Gerede über Schiffe anfangen. Ihr Magen vertrug keine Schiffe. Natürlich hatte das ihre Entscheidung keineswegs beeinflußt. Wenn sie Aes Sedai dafür gewinnen konnte, Rand zu helfen, wäre das ganz bestimmt die längere Reisezeit wert.

»Hast du dich endlich an den Namen erinnert?« fragte Elayne mit Nynaeves Haarsträhnen in den Händen.

»Wenigstens habe ich mich daran erinnert, *daß* ein Name erwähnt wurde. Licht, gib mir mehr Zeit!« Sie war sicher, einen Namen gelesen zu haben. Es war vermutlich eine Kleinstadt, vielleicht sogar eine größere. Sie hatte aber bestimmt keinen Ländernamen gelesen und dann wieder vergessen. Nun holte sie erst einmal tief Luft und beherrschte ihre Ungeduld, um dann in milderem Tonfall fortzufahren: »Ich werde mich schon daran erinnern, Elayne. Gib mir nur etwas Zeit.«

Elayne gab einen nichtssagenden Laut von sich und flocht fleißig weiter. Nach einer Weile sagte sie: »War es wirklich klug, Birgitte hinter Moghedien herzusenden?«

Nynaeve runzelte die Stirn und warf der jungen Frau einen finsteren Seitenblick zu, der allerdings von ihr ablief wie Wasser von eingeölter Seide. Wenn schon das Thema gewechselt werden mußte, dann nicht gerade so. »Besser, wir finden sie als sie uns.«

»Das mag wohl sein. Aber was tun wir, wenn wir sie gefunden haben?«

Darauf hatte sie keine Antwort parat. Doch es war immer besser, der Jäger zu sein als der Gejagte, und wenn es noch so hart zur Sache ging. Das hatte sie aus der Jagd nach den Schwarzen Ajah gelernt.

Der Schankraum war nicht sehr voll, als sie hinuntergingen, doch selbst zu dieser frühen Stunde war unter den Gästen viel Weiß zu sehen. Meist waren es diesmal ältere Weißmäntel – alles Offiziere. Zweifellos zogen sie das Frühstück aus der Küche der Schenke dem vor, was ihre eigenen Köche im Lager auf den Tisch brachten.

Nynaeve hätte am liebsten wieder vom Tablett gegessen, aber ihr kleines Zimmer war denn doch zu sehr wie ein enger Käfig. Die Männer waren alle ganz auf ihr Frühstück konzentriert, die Weißmäntel nicht weniger als die anderen. Sicherlich konnten sie gefahrlos hier essen. Gerüche von Gekochtem erfüllten die Luft. Offensichtlich wollten diese Männer selbst am Morgen schon Rind- oder Hammelfleisch zu essen.

Kaum hatte Elaynes Fuß die letzte Stufe verlassen, da eilte auch schon Frau Jharen herbei und bot ihnen, oder besser ›Lady Morelin‹, ein getrenntes Speisezimmer an. Nynaeve warf Elayne keinen Blick zu, doch die sagte: »Ich glaube, wir essen hier. Ich habe selten Gelegenheit, in einer Schankstube zu essen, und es würde mir bestimmt Spaß machen. Laßt uns bitte von einem Eurer Mädchen etwas Erfrischendes bringen. Wenn es jetzt schon so warm ist, werden wir wohl zerlaufen, bevor wir das nächste Mal anhalten, fürchte ich.«

Nynaeve wunderte sich immer wieder, daß sie für dieses hochnäsige Getue nicht auf die Straße gesetzt wurden. Sie hatte mittlerweile genug Lords und Ladies kennengelernt, um zu wissen, daß sich fast alle so benahmen, aber trotzdem. Sie hätte das keine Minute lang geduldet. Die Wirtin jedoch knickste lächelnd, rang die Hände ein wenig und führte sie dann an einen Tisch in der Nähe eines Fensters zur Straße hin. Sodann huschte sie davon, um Elaynes Auftrag auszuführen. Vielleicht war das ihre Rache an dem Mädchen. Sie saßen wohl allein und weit genug von den Männern an den anderen Tischen entfernt, doch jeder, der eintrat, konnte sie anstarren, und falls ihr Essen doch heiß war, was sie nicht hoffte, saßen sie so weit von der Küche entfernt wie überhaupt möglich – zu weit, um sich ohne größere Umstände beschweren zu können.

Als sie bedient wurden, bestand das Frühstück aus würzigen Teigstücken, die in ein weißes Tuch gewickelt und noch warm waren, aber trotzdem gut schmeckten, gelben Birnen, blauen Trauben, die ein wenig verschrumpelt wirkten, und irgendwelchen roten Früchten, die von der Serviererin als ›Erdbeeren‹ bezeichnet wurden, obwohl sie keiner Beere ähnlich sahen, die Nynaeve jemals gesehen hatte. Sie schmeckten auch nicht gerade nach Erde, besonders mit geschlagener Sahne obenauf. Elayne behauptete, schon von ihnen gehört zu haben, aber das war ja typisch für sie. Zusammen mit einem leicht gewürzten Wein, der angeblich im Quellhaus gekühlt worden war – die Quelle konnte aber nicht sehr kühl sein, stellten sie nach einem Nippen fest –, ergab das ein erfrischendes Morgenmahl.

Der nächste Mann saß drei Tische entfernt und trug einen dunkelblauen Wollmantel. Vielleicht war er ein wohlhabender Kaufmann. Sie unterhielten sich trotzdem nicht. Genug Zeit zum Unterhalten, wenn sie sich wieder auf der Straße befanden und keine Lauscher mehr in der Nähe waren. Nynaeve war erheblich früher als Elayne mit dem Essen fertig. So, wie sich das Mädchen Zeit ließ, um eine Birne aufzuschneiden, konnte man denken, sie hätten den ganzen Tag über Zeit, am Tisch zu sitzen.

Plötzlich riß Elayne die Augen vor Schreck weit auf, und das kurze Obstmesser fiel klappernd auf den Tisch. Nynaeve fuhr herum und sah, daß ein Mann auf der gegenüberliegenden Bank an ihrem Tisch Platz nahm.

»Ich dachte mir doch, daß du das bist, Elayne, nur hat mich das Haar zunächst etwas verwirrt.«

Nynaeve starrte Galad an, Elaynes Halbbruder. Anstarren war der passende Ausdruck dafür. Hochgewachsen und schlank wie eine Stahlfeder, dunkelhaarig und dunkeläugig, war er der bestaussehende Mann, den sie je kennengelernt hatte. Gutaussehend war noch zu schwach ausgedrückt: Er sah phantastisch aus. Sie hatte gesehen, wie sich in der Burg die Frauen um ihn drängten, sogar Aes Sedai, und alle hatten Augen gemacht wie die Mondkälber. Sie hörte bei dem Gedanken an die anderen sofort mit Lächeln auf. Doch sie konnte nichts gegen die Beschleunigung ihres Herzschlags unternehmen oder wenigstens wieder gleichmäßig atmen. Sie empfand nicht das Geringste für ihn, aber er war derart schön! *Beherrsche dich, Frau!*

»Was macht Ihr denn hier?« Sie war froh, daß es sich nicht wie erstickt anhörte. Es war nicht fair, daß ein Mann so gut aussah.

»Und wieso trägst du *so etwas?*« Elaynes Stimme war leise, aber trotzdem beißend.

Nynaeve riß noch einmal die Augen auf, denn erst jetzt wurde ihr bewußt, daß er einen hochglänzenden Harnisch trug und dazu einen weißen Umhang mit zwei goldenen Rangknoten unter der strahlenden Sonnenscheibe. Sie spürte, wie ihr die Röte in die Wangen stieg. Einen Mann so fasziniert anzustarren, daß sie noch nicht einmal seine Kleidung bemerkte! Sie hätte vor Scham am liebsten ihr Gesicht verborgen.

Er lächelte, und Nynaeve mußte tief Luft holen. »Ich bin hier, weil ich zu den Kindern gehöre, die aus dem Norden zurückgerufen wurden. Und ich gehöre zu den Kindern des Lichts, weil es der richtige Weg zu sein schien. Elayne, als du und Egwene verschwunden wart, haben Gawyn und ich nicht lange gebraucht, um herauszufinden, daß ihr keineswegs Strafdienst auf einem Bauernhof leisten mußtet, auch wenn man uns das weismachen wollte. Sie hatten kein Recht, dich in ihre Intrigen einzubeziehen, Elayne. Keine von Euch.«

»Ihr scheint sehr schnell einen Offiziersrang erreicht zu haben«, sagte Nynaeve. War dem törichten Mann nicht klar, daß dieses Geschwätz von den Intrigen der Aes Sedai ihnen beiden hier ganz leicht den Tod einbringen konnte?

»Eamon Valda schien zu glauben, daß meine Erfahrung es rechtfertige, gleich, wo ich sie gewonnen hatte.« Sein Achselzucken ließ den Rang als unwichtig erscheinen. Es war, genau gesprochen, keine Bescheidenheit, aber auch kein Vorwand. Er war unter den Schülern der Behüter in der Burg der beste Schwertkämpfer gewesen, aber auch sehr gut in Strategie und Kampftaktik, doch Nynaeve konnte sich nicht daran erinnern, daß er je mit seinen Fähigkeiten angegeben hätte, noch nicht einmal im Scherz. Das Erreichte bedeutete ihm nichts, vielleicht, weil es ihm so leicht fiel.

»Weiß Mutter davon?« wollte Elayne wissen, immer noch mit gefährlich leiser Stimme. Ihre Miene hätte allerdings auch einem wilden Keiler Angst eingejagt.

Galad rutschte nur ein ganz klein wenig nervös auf der Bank umher. »Ich hatte noch gar keine Zeit, ihr zu schreiben. Aber sei nicht so sicher, daß sie etwas dagegen haben wird, Elayne. Sie steht nicht mehr auf so gutem Fuße mit dem Norden wie früher. Ich hörte sogar, daß ein gesetzlicher Bannspruch im Gespräch sei.«

»Ich habe ihr einen Brief mit Erklärungen geschrieben.« Elaynes zorniges Funkeln hatte einem fragenden Blick platzgemacht. »Sie muß es doch verstehen. Sie wurde doch selbst auch in der Burg ausgebildet.«

»Sprich leiser«, sagte er mit leiser und harter Stimme. »Vergiß nicht, wo du dich befindest.« Elayne lief dunkelrot an, aber Nynaeve wußte nicht, ob aus Ärger oder Verlegenheit.

Mit einemmal wurde ihr bewußt, daß er genauso leise wie sie gesprochen hatte und sich auch vorsichtig ausdrückte. Er hatte nicht ein einziges Mal die Burg erwähnt oder die Aes Sedai.

»Ist Egwene bei Euch?« fuhr er fort.

»Nein«, erwiderte sie, und er seufzte tief.

»Ich hatte gehofft… Gawyn war beinahe außer sich vor Sorge, als sie verschwand. Ihm liegt auch viel an ihr. Sagt Ihr mir, wo sie sich aufhält?«

Nynaeve bemerkte das ›auch‹ sehr wohl. Der Mann war wohl ein Weißmantel geworden, aber ›ihm lag viel‹

an einer Frau, die eine Aes Sedai werden wollte. Männer waren so seltsam, daß sie ihr manchmal kaum menschlich vorkamen.

»Das werden wir nicht«, sagte Elayne mit fester Stimme. Das Rot wich langsam aus ihren Wangen. »Ist Gawyn auch hier? Ich will nicht glauben, daß er ...« Sie senkte die Stimme noch weiter, sprach es aber trotzdem aus: »... ein Weißmantel geworden ist!«

»Er bleibt im Norden, Elayne.« Nynaeve vermutete, er meine damit Tar Valon, aber sicher war Gawyn doch von dort weggegangen. Er konnte doch wohl nicht Elaida unterstützen. »Du kannst ja nicht wissen, was dort alles geschehen ist, Elayne«, fuhr er fort. »All die Verderbtheit und Bösartigkeit an diesem Ort ist schließlich an die Oberfläche gekommen. Das mußte wohl so kommen. Die Frau, die Euch wegschickte, wurde beseitigt.« Er sah sich um und senkte die Stimme bis zu einem Flüstern, obwohl sich niemand nahe genug befand, um sie zu belauschen. »Einer Dämpfung unterzogen und dann hingerichtet.« Er holte tief Luft und gab einen angewiderten Laut von sich. »Das war nie der richtige Ort für dich. Oder für Egwene. Ich bin noch nicht lange bei den Kindern des Lichts, aber ich bin sicher, mein Hauptmann gibt mir die Genehmigung, meine Schwester heimzugeleiten. Dort solltest du dich befinden, bei Mutter. Sag mir, wo Egwene ist, und ich werde dafür sorgen, daß auch sie nach Caemlyn gebracht wird. Dort seid ihr beide in Sicherheit.«

Nynaeves Gesicht war aschfahl. Dämpfung. Und hingerichtet. Also kein Unfall und keine Krankheit. Daß sie auch diese Möglichkeit in Erwägung gezogen hatte, machte den Schock nicht geringer. Rand mußte der Grund dafür sein. Falls es je eine schwache Hoffnung gegeben hatte, daß sich die Burg doch nicht gegen ihn stellen werde, war die nun gestorben. Elayne blickte ausdruckslos drein. Ihre Augen blickten ins Leere.

»Wie ich sehe, hat Euch meine Neuigkeit erschüttert«, sagte er mit leiser Stimme. »Ich weiß nicht, wie tief diese Frau Euch in ihre Intrige mit eingesponnen hatte, aber jetzt seid Ihr sie endlich los. Laßt mich Euch sicher nach Caemlyn geleiten. Niemand muß erfahren, daß Ihr weitergehende Kontakte zu ihr hattet als die anderen Mädchen, die zum Lernen dorthin gingen. Keine von Euch.«

Nynaeve zeigte ihm die Zähne, in der Hoffnung, es wirke wie ein Lächeln. Es war immerhin nett, endlich mit eingeschlossen zu werden. Sie hätte ihm eine kleben können. Wenn er nur nicht so gut aussähe.

»Ich werde darüber nachdenken«, sagte Elayne bedächtig. »Was du sagst, ist wohl vernünftig, aber du mußt mir Zeit zum Nachdenken geben. Ich muß einfach nachdenken.«

Nynaeve starrte sie entgeistert an. Das sollte vernünftig sein? Das Mädchen plapperte baren Unsinn.

»Ich kann dir ein wenig Zeit geben«, sagte er, »aber ich habe nicht viel, wenn ich noch um Genehmigung bitten soll. Es kann sein, daß wir ganz schnell Order erhal…«

Plötzlich klatschte ein schwarzhaariger Weißmantel mit kantigem Gesicht Galad auf die Schulter und grinste breit. Er war älter und trug dieselben beiden Rangknoten auf dem Umhang. »Na, junger Galad, Ihr könnt doch nicht alle hübschen Frauen ganz für Euch beanspruchen. Jedes Mädchen im Ort seufzt, wenn Ihr vorbeigeht, und die meisten ihrer Mütter sind nicht anders. Stellt mich vor.«

Galad schob seine Bank nach hinten und stand auf. »Ich… glaubte, daß ich sie kenne, als sie herunterkamen, Trom. Aber welchen Charme ich auch Eurer Meinung nach versprühe, so scheint er doch auf diese Lady nicht zu wirken. Sie mag mich nicht, und ich glaube, sie wird auch keinen meiner Freunde mögen. Wenn Ihr heute nachmittag mit mir Schwertfechten übt, könnt Ihr vielleicht auch eine oder zwei anlocken.«

»Niemals, wenn Ihr dabei seid«, grollte Trom gutmütig. »Und ich würde lieber dem Grobschmied gestatten, mir seinen Hammer über den Kopf zu ziehen, als gegen Euch Übungskämpfe auszufechten.« Aber er ließ sich von Galad zur Tür schieben, wobei er den beiden Frauen lediglich einen bedauernden Blick zuwarf.

Kaum waren sie außer Sicht, da stand Elayne auf. »Nana, ich brauche dich oben.« Frau Jharen tauchte an ihrer Seite auf und fragte, ob ihnen das Frühstück geschmeckt habe, worauf Elayne lediglich sagte: »Ich benötige sofort meinen Kutscher und den Lakaien. Nana wird die Rechnung bezahlen.« Sie war bereits unterwegs zur Treppe, als sie noch nicht einmal ausgesprochen hatte.

Nynaeve blickte hinter ihr her, kramte dann ihre Geldbörse hervor und bezahlte die Frau. Sie versicherte ihr auch, daß ihre Herrin keinerlei Klagen habe. Bei dem Preis zuckte sie aber doch leicht zusammen. Sobald sie die Frau los war, eilte sie hinauf. Elayne stopfte bereits ihre Sachen in die Koffer, gleich, wo sie landeten. Sogar die schweißnassen Hemden, die sie zum Trocknen auf die Bettgestelle gehängt hatten, wanderten mit hinein.

»Elayne, was ist los?«

»Wir müssen sofort weg, Nynaeve. Sofort.« Sie blickte nicht auf, bevor nicht das letzte Gepäckstück verstaut war. »Genau in dieser Minute, wo er jetzt auch sein mag, knobelt Galad an einem Problem herum, wie es ihm noch nie untergekommen ist. Zwei Dinge, die beide rechtens sind, sich aber vollkommen widersprechen. Seinem Verständnis nach ist es richtig, mich notfalls auf ein Packpferd zu binden und zu Mutter zu schleppen, um sowohl ihre Sorgen zu lindern, wie auch mich davor zu *bewahren,* eine Aes Sedai zu werden, ob ich nun will oder nicht. Und es ist auch richtig, uns auszuliefern, entweder den Weißmänteln oder dem königlichen Heer oder beiden. Das ist Gesetz in Amadicia und auch Gesetz bei den Weißmänteln. Aes Sedai sind hier geächtet, genau wie jede Frau, die in der Burg ausgebildet wurde. Mutter ist einst mit Ailron zusammengetroffen, um einen Handelsvertrag zu unterzeichnen, und das mußten sie in Altara tun, weil Mutter Amadicia nicht betreten durfte. Ich habe nach *Saidar* gegriffen, sobald ich ihn erblickte, und ich werde nicht davon lassen, bis wir weit weg von ihm sind.«

»Du übertreibst doch sicher, Elayne. Er ist dein Bruder!«

»Er ist *nicht* mein Bruder!« Elayne holte tief Luft und atmete dann langsam wieder aus. »Wir hatten den gleichen Vater«, sagte sie mit ruhigerer Stimme, »aber er ist nicht mein Bruder. Ich erkenne ihn nicht an. Nynaeve, ich habe dir das immer wieder gesagt, doch du willst es nicht begreifen. Galad tut, was richtig und rechtens ist. Immer. Er lügt niemals. Hast du gehört, was er diesem Burschen Trom gesagt hat? Er hat nicht gesagt, er wisse nicht, wer wir sind. Jedes Wort, das er sprach, entsprach auch der Wahrheit. Er tut, was *recht* ist, gleich, wen er dabei verletzt, und wenn er selbst der Betroffene ist. Oder ich. Er hat Gawyn und mich immer verpetzt, bei jeder Gelegenheit, und er hat sogar sich selbst verpetzt. Wenn er die falsche Entscheidung trifft, warten die Weißmäntel bereits auf uns, bevor wir den Rand des Dorfes erreicht haben.«

An der Tür ertönte ein Klopfen und Nynaeve hielt unwillkürlich die Luft an. Sicher würde doch Galad nicht… Elayne machte eine entschlossene, kampfbereite Miene.

Zögernd öffnete Nynaeve die Tür einen Spaltbreit. Es waren Thom und Juilin. Letzterer trug diesen närrischen Hut in der Hand. »Die Lady wünschte uns zu sehen?« fragte Thom mit einem Hauch jener Unterwürfigkeit, die jeder zufällige Zuhörer erwartet hätte.

Sie war wieder zu atmen in der Lage, und jetzt war ihr ganz gleich, wer lauschte. Sie riß die Tür vollends auf. »Herein mit Euch, Ihr beiden!« Sie hatte langsam genug davon, daß jeder erst einmal den anderen anblickte, wenn sie mit ihnen sprach.

Bevor sie die Tür auch nur geschlossen hatte, sagte Elayne: »Thom, wir müssen sofort abfahren.« Ihre Miene wirkte nun nicht mehr so entschlossen, sondern eher ängstlich. So klang auch ihre Stimme. »Galad ist hier. Ihr erinnert Euch bestimmt daran, welches Ungeheuer er schon als Kind war. Also, jetzt ist er keineswegs besser, und außerdem ist er nun ein Weißmantel geworden. Er könnte...« Die Worte schienen ihr im Hals steckenzubleiben. Sie blickte Thom an. Ihr Mund bewegte sich, doch es kam nichts heraus. Er blickte sie allerdings mit genauso weit aufgerissenen Augen an wie sie ihn.

Er ließ sich auf eine der Reisekisten fallen, wandte aber den Blick nicht von Elayne. »Ich...« Er räusperte sich erst einmal laut und fuhr fort: »Ich glaubte, ihn gesehen zu haben, wie er die Schenke beobachtete. Ein Weißmantel. Doch er sah aus wie der Mann, der einst aus dem Jungen werden könnte. Ich denke, es sollte uns gar nicht wundern, daß er zu einem Weißmantel heranwuchs.«

Nynaeve ging zum Fenster. Elayne und Thom schienen kaum wahrzunehmen, daß sie zwischen ihnen hindurchging. Auf der Straße wurde der Verkehr langsam lebhaft. Bauern mit ihren Karren und Dorfbewohner vermischten sich mit Weißmänteln und Soldaten. Auf der gegenüberliegenden Seite saß ein Weißmantel auf einem umgekippten Faß. Das makellose Gesicht war unverkennbar.

»Hat er...?« Elayne schluckte. »Hat er Euch erkannt?«

»Nein. Fünfzehn Jahre verändern einen Mann stärker als einen Jungen. Elayne, ich glaubte, Ihr hättet es vergessen.«

»Ich habe mich in Tanchico wieder daran erinnert,

Trom.« Mit unsicherem Lächeln streckte Elayne ihre Hand aus und zupfte ihn an einem Ende seines langen Schnurrbarts. Thom lächelte beinahe genauso unsicher zurück. Er wirkte, als überlege er, ob er sich aus dem Fenster stürzen solle.

Juilin kratzte sich am Kopf, und Nynaeve wünschte, sie hätte eine Ahnung, wovon die beiden eigentlich sprachen, doch es gab wirklich wichtigere Dinge im Moment. »Wir müssen trotzdem abreisen, bevor er uns die ganze Garnison auf den Hals hetzt. Es wird nicht leicht, wenn er die Schenke beobachtet. Ich habe keinen anderen Gast gesehen, der aussah, als besitze er eine Kutsche.«

»Unsere ist die einzige, die im Hof steht«, sagte Juilin. Thom und Elayne blickten sich immer noch gegenseitig an und hörten offensichtlich kein Wort.

Mit geschlossenen Vorhängen abzufahren war also auch keine Lösung. Nynaeve hätte wetten können, daß Galad bereits genau erfahren hatte, wie sie nach Sienda gekommen waren. »Gibt es einen Hinterausgang vom Stallhof aus?«

»Eine Tür, die breit genug ist, daß immer gerade einer von uns durch kann«, sagte Juilin trocken. »Und auf der anderen Seite befindet sich sowieso auch nur eine Art von schmaler Gasse. Es gibt in diesem Dorf nicht mehr als zwei oder drei Straßen, die breit genug sind, um mit der Kutsche durchzukommen.« Er betrachtete diesen zylindrischen Hut, den er in den Händen hin und her drehte. »Ich könnte nahe genug an ihn herankommen, um ihm eins über den Schädel zu verpassen. Wenn Ihr bereit seid, könnt Ihr dann in der allgemeinen Verwirrung wegfahren. Ich kann Euch dann später auf der Straße wieder einholen.«

Nynaeve schnaubte laut. »Wie denn? Auf Schmoller hinterhergaloppieren? Selbst wenn Ihr nicht innerhalb einer Meile aus dem Sattel fallen würdet, glaubt Ihr doch nicht im Ernst, Ihr würdet überhaupt noch ein

Pferd erreichen, nachdem Ihr einen Weißmantel auf offener Straße angegriffen habt?« Galad befand sich nach wie vor an seinem Platz dort drüben, und Thom hatte sich ihm angeschlossen. Das Paar plauderte anscheinend angeregt. Sie beugte sich vor und riß kräftig an Thoms Schnurrbart. »Habt Ihr irgend etwas hinzuzufügen? Einen brillanten Plan vielleicht? Ihr hört doch immer auf alle Gerüchte. Hat sich da etwas ergeben, was uns helfen könnte?«

Er schlug eine Hand vors Gesicht und warf ihr einen beleidigten Blick zu. »Nichts, außer Ihr haltet die Tatsache für hilfreich, daß Ailron Anspruch auf irgendein Grenzdorf in Altara erhebt. Einen Landstrich, der sich die ganze Grenze entlangzieht, von Salidar nach So Eban und bis Mosra. Kann das irgendwie helfen, Nynaeve? Tatsächlich? Versucht, einem Mann den Schnurrbart aus dem Gesicht zu reißen! Jemand sollte zur Abwechslung Euch einmal eins hinter die Ohren geben.«

»Warum will Ailron einen ganzen Landstreifen an der Grenze haben, Thom?« fragte Elayne. Vielleicht interessierte sie sich wirklich dafür, denn sie schien immer an jeder törichten Wendung in Politik und Diplomatie interessiert, vielleicht versuchte sie aber auch nur, einen Streit zu verhindern. Sie hatte die ganze Zeit über die Wogen geglättet, bis sie begann, mit Thom zu flirten.

»Es ist nicht der König, Kind.« Seine Stimme klang im Gespräch mit ihr viel sanfter. »Es ist Pedron Niall. Ailron macht gewöhnlich, was man ihm sagt, obwohl er und Niall so tun, als sei er ganz selbständig. Die meisten dieser Dörfer stehen seit dem Weißmantelkrieg leer. Die Kinder bezeichnen den immer als ›Auseinandersetzung‹. Niall war zu der Zeit der Oberkommandierende des Heeres, und ich bezweifle, daß er den Gedanken jemals aufgegeben hat, Altara zu erobern. Falls er beide Ufer des Eldar beherrscht, kann er den

Flußhandel nach Ebou Dar abschnüren, und wenn er dann Ebou Dar erst in der Hand hat, fällt ihm der Rest Altaras zu wie eine reife Frucht.«

»Das ist ja alles schön und gut«, warf Nynaeve entschlossen ein, bevor er oder das Mädchen noch etwas sagen konnte. Irgend etwas an seinen Worten hatte in ihrem Gedächtnis eine Glocke läuten lassen, doch sie konnte nicht sagen, was oder warum. Jedenfalls hatten sie keine Zeit für Unterrichtsstunden über die Beziehungen zwischen Amadicia und Altara, wenn draußen Galad und Trom standen und den Eingang der Schenke beobachteten. Das sagte sie denn auch und fügte noch hinzu: »Wie steht es mit Euch, Juilin? Ihr bewegt Euch doch oft in der Unterwelt.« Der Diebfänger suchte sich immer die Taschendiebe und Einbrecher und Straßenräuber in einer Stadt als Gesellschaft aus, denn er behauptete, sie wüßten mehr von dem, was wirklich vorging, als alle Stadtbeamten. »Gibt es hier Schmuggler, die wir bestechen können, damit sie uns heimlich hinausbringen, oder ... oder ... Na ja, Ihr wißt doch genau, was wir jetzt brauchen, Mann.«

»Ich habe nur wenig herausbekommen. In Amadicia halten sich die Diebe gut versteckt, Nynaeve. Bei der ersten Verurteilung werden sie gebrandmarkt, bei der zweiten verlieren sie die rechte Hand und bei der dritten werden sie aufgehängt, gleich, ob sie die Königskrone gestohlen haben oder einen Laib Brot. In einem Ort von dieser Größe gibt es nicht viele Diebe, jedenfalls solche, die damit ihren Lebensunterhalt verdienen« – er verachtete Amateurdiebe –, »und die wollten meistens nur über zwei Dinge sprechen: ob der Prophet tatsächlich nach Amadicia kommt, wie die Gerüchte besagen, und ob die Stadtväter klein beigeben und diese Reisemenagerie doch in den Ort lassen, um ihre Vorführung zu veranstalten. Sienda liegt zu weit von der Grenze entfernt, als daß Schmuggler ...«

Sie unterbrach ihn höchst befriedigt: »Das ist es! Die

Menagerie!« Sie blickten sie alle an, als sei sie verrückt geworden.

»Selbstverständlich«, sagte Thom in betont sanftem Tonfall. »Wir bringen Luca dazu, seine Keilerpferde hierherzuführen, und dann fliehen wir, während sie noch etwas mehr vom Ort zerstören. Ich weiß nicht, was Ihr ihm gegeben habt, Nynaeve, aber er hat uns einen Stein hinterhergeworfen, als wir wegfuhren.«

Ausnahmsweise einmal vergab ihm Nynaeve den Sarkasmus, so milde er auch gewesen war. Und auch seine Unfähigkeit, zu sehen, was sie sah. »Das mag ja alles sein, Thom Merrilin, aber Meister Luca braucht einen Geldgeber, und Elayne und ich werden seine Gönnerinnen. Wir müssen ja trotzdem die Kutsche und das Gespann zurücklassen und durch den Hinterausgang hinausschleichen.« Das tat weh, denn für den Preis der Kutsche und des Gespanns hätten sie zu Hause an den Zwei Flüssen ein gemütliches Haus bauen können. Sie klappte den Deckel des Koffers mit den blattförmigen Scharnieren auf und kramte zwischen Kleidern und Decken und Töpfen und all dem anderen herum, das sie nicht bei dem Wagen mit den Farbstoffen hatte zurücklassen wollen. Sie hatte dafür gesorgt, daß die Männer alles einpackten bis auf das Pferdegeschirr. Dann fand sie die vergoldeten Schatullen und die Geldbörsen. »Thom, Ihr geht mit Juilin zur Hintertür hinaus und sucht uns irgendeinen Wagen und ein Gespann. Kauft auch etwas Proviant und trefft uns dann an der Straße zurück zu Lucas Lager.« Mit bedauernder Miene füllte sie Thoms Hand mit Goldstücken und machte sich noch nicht einmal die Mühe, nachzuzählen. Sie hatte keine Ahnung, was das alles kosten würde, und sie wollte nicht, daß er ihre Zeit mit langem Feilschen verschwendete.

»Das ist eine tolle Idee«, sagte Elayne grinsend. »Galad wird nach zwei Frauen Ausschau halten und nicht nach einer Truppe von Jongleuren und Tieren.

Und er würde niemals glauben, daß wir nach Ghealdan ziehen.«

Daran hatte Nynaeve noch gar nicht gedacht. Sie hatte vorgehabt, Luca geradewegs nach Tear ziehen zu lassen. Eine Menagerie, wie er sie zusammengestellt hatte, mit Akrobaten und Jongleuren und außerdem sowieso den Tieren, konnte überall gut verdienen, da war sie sicher. Doch falls Galad nach ihnen suchte oder jemanden hinter ihnen herschickte, würde er sich bestimmt nach Osten wenden. Und er war vielleicht wirklich schlau genug, um auch in einer Menagerie nach ihnen zu suchen. Männer zeigten manchmal tatsächlich Gehirn, gewöhnlich dann, wenn man es am wenigsten erwartete. »Daran habe ich natürlich gleich gedacht, Elayne.« Sie ignorierte den plötzlich auftauchenden schwachen Geschmack in ihrem Mund, eine ätzende Erinnerung an gekochten Katzenfarn mit zerstoßenen Asblättern.

Thom und Juilin protestierten heftig. Die Idee an sich war ihnen recht, aber sie schienen zu glauben, wenn einer von ihnen zurückblieb, könne er sie und Elayne vor Galad und jeder möglichen Anzahl Weißmäntel beschützen. Ihnen schien überhaupt nicht der Gedanke zu kommen, daß sie mit Hilfe der Macht zehnmal soviel wie sie beide vollbringen konnten. Sie ließen sich auch kaum überzeugen, doch schließlich brachte sie es fertig, beide mit strenger Stimme hinauszuschicken: »Und wagt es nicht, hierher zurückzukehren. Wir treffen Euch an der Straße.«

»Wenn es dazu kommt, daß wir die Macht anwenden müssen«, sagte Elayne leise, als die Tür wieder geschlossen war, »werden wir uns sehr bald der gesamten Garnison von Weißmänteln gegenüberfinden und möglicherweise auch noch sämtlichen regulären Soldaten hier. Die Macht läßt uns nicht unbesiegbar werden. Alles, was nötig ist, sind zwei Pfeile.«

»Darüber machen wir uns Gedanken, wenn es soweit

ist«, entgegnete ihr Nynaeve. Sie hoffte, die Männer hätten daran nicht gedacht. Falls doch, würde sich höchstwahrscheinlich einer in der Nähe herumtreiben und Galads Verdacht auf sich ziehen, wenn er nicht sehr vorsichtig war. Sie würde ihre Hilfe natürlich annehmen, wenn sie gebraucht wurde, das hatte sie durch Ronde Macura gelernt, auch wenn es ihr immer noch sauer aufstieß, daß man sie wie die Kätzchen aus dem Brunnen herausgeholt hatte, aber ob es notwendig war oder nicht, das bestimmte sie und nicht die Männer.

Nynaeve ging schnell hinunter und spürte Frau Jharen auf. Ihre Lady habe sich nun doch anders entschieden. Sie wolle nicht so schnell wieder Hitze und Staub der Reise ertragen und statt dessen lieber ein Nickerchen machen. Sie wolle nicht gestört werden, bis sie ein spätes Abendessen bestellte. Hier sei die Bezahlung für eine weitere Nacht. Die Wirtin hatte großes Verständnis für die zarte Natur einer adligen Lady und die Wankelmütigkeit ihrer Bedürfnisse. Nynaeve hatte das Gefühl, Frau Jharen würde für alles Verständnis haben, was nicht gerade nach Mord aussah, solange man dafür bezahlte.

Nynaeve verließ die mollige Frau und schnappte sich ganz kurz eine der Bedienungen. Ein paar Silberpfennige wechselten die Besitzerin, und das Mädchen eilte mit ihrer Schürze angetan weg, um ihnen zwei der breitrandigen Hüte zu besorgen, von denen Nynaeve behauptete, sie wirkten so schattenspendend und kühl. Natürlich sei so etwas nichts für eine Lady, aber ihr würde es gut stehen.

Als sie in ihr Zimmer zurückkehrte, hatte Elayne die vergoldeten Schatullen zusammen mit dem dunklen, glänzenden Kästchen, in dem der wiedergewonnene *Ter'Angreal* lag, und den Waschlederbeutel mit dem Siegel auf eine Decke gelegt. Auf dem anderen Bett lagen die dicken Geldbörsen neben Nynaeves Kräutertasche. Elayne faltete die Decke und schnürte das Bündel mit einem kräftigen Strick aus einem ihrer Koffer zu. Nynaeve hatte wirklich alles aufgehoben.

Sie bedauerte, nun doch so vieles zurücklassen zu müssen. Es ging ihr nicht nur darum, daß es teure Sachen gewesen waren. Das war nicht der einzige Grund. Man wußte schließlich nie, wann man etwas gebrauchen konnte. Beispielsweise die beiden Wollkleider, die Elayne auf ihrem Bett ausgebreitet hatte. Sie waren nicht fein genug für eine Lady, jedoch wieder zu gut für eine bloße Zofe. Hätten sie die beiden in Mardecin zurückgelassen, wie Elayne vorgehabt hatte, dann wären sie jetzt in Schwierigkeiten, was die Kleidung betraf.

Kniend durchwühlte Nynaeve einen anderen Koffer. Ein paar Unterhemden und zwei weitere Wollkleider zum Wechseln. Die beiden gußeisernen Bratpfannen in einem Segeltuchbeutel waren ausgezeichnet, aber zu schwer, und die Männer würden bestimmt daran denken, sie durch andere zu ersetzen. Das Nähzeug in dem ordentlichen Kästchen mit schöner Einlegearbeit mußte mit, denn sie würden niemals darauf kommen, auch nur eine Stecknadel zu kaufen. Doch nur mit einem Teil ihres Verstands traf sie diese Auswahl.

»Du hast Thom schon früher gekannt?« fragte sie so ganz nebensächlich. Sie hoffte jedenfalls, daß es so klinge. Dabei beobachtete sie Elayne aus dem Augenwinkel, während sie so tat, als konzentriere sie sich darauf, Strümpfe einzurollen.

Das Mädchen hatte damit begonnen, ihre eigenen Kleider herauszuholen. Sie seufzte, als sie die Seidenkleider beiseitelegte. Bei der Frage erstarrte sie mit den Händen tief in einer der Reisetruhen, sah aber Nynaeve nicht an. »Er war Hofbarde in Caemlyn, als ich noch klein war«, sagte sie ruhig.

»Aha.« Das sagte ihr nicht viel. Wie wurde aus einem Mann, einem Hofbarden, der die Königsfamilie zu unterhalten hatte und nicht weit von einem Adelstitel entfernt war, ein Gaukler, der von Dorf zu Dorf wanderte?

»Er war Mutters Liebhaber, nachdem Vater gestorben war.« Elayne war wieder mit Auswählen beschäftigt und sagte das so selbstverständlich, daß Nynaeve Augen und Mund aufriß.

»Deiner Mutter …«

Die andere blickte sie trotzdem noch immer nicht an. »Ich habe mich bis Tanchico nicht mehr an ihn erinnert. Ich war noch sehr klein. Es war sein Schnurrbart, als ich nahe genug vor ihm stand und zu seinem Gesicht aufblickte, während er Stücke aus der *Großen Jagd nach dem Horn* rezitierte. Er glaubte, ich hätte es wieder vergessen.« Ihr Gesicht lief ein wenig rot an. »Ich … trank zuviel Wein, und am nächsten Tag gab ich vor, ich könne mich an nichts mehr erinnern.«

Nynaeve konnte nur noch den Kopf schütteln. Sie erinnerte sich an den Abend, als dieses törichte Mädchen sich mit Wein hatte vollaufen lassen. Wenigstens hatte sie es dann nie wieder getan; der Zustand ihres Kopfes am nächsten Tag hatte sie wohl unwiderruflich davon geheilt. Nun war ihr klar, wieso sich das Mädchen Thom gegenüber so verhielt. Sie hatte zu Hause an den Zwei Flüssen ein paarmal Ähnliches beobachtet. Ein Mädchen, das gerade alt genug war, um sich selbst als Frau zu fühlen. An wem sonst konnte sie sich messen als an ihrer Mutter? Mit wem sonst konnte sie in Wettbewerb treten, um zu beweisen, daß sie eine Frau war? Gewöhnlich führte das höchstens dazu, daß sie versuchte, alles besser zu machen, vom Kochen bis zum Nähen, oder daß sie auf harmlose Art mit ihrem Vater flirtete, aber im Falle einer Witwe hatte Nynaeve zusehen müssen, wie sich die beinahe erwachsene Tochter zum Narren machte, als sie versuchte, sich den Mann zu angeln, den ihre Mutter heiraten wollte. Das Problem war, daß Nynaeve keine Ahnung hatte, was sie gegen Elaynes Torheit unternehmen solle. Trotz ernsthafter Mahnungen und noch mehr aus dem Frauenzirkel, hatte sich Sari Ayellin nicht beruhigt, bis schließlich ihre Mutter wieder verheiratet war und sie selbst ebenfalls einen Ehemann gefunden hatte.

»Ich schätze, er muß wie ein zweiter Vater für dich gewesen sein«, sagte Nynaeve rücksichtsvoll. Sie tat so, als konzentriere sie sich auf das Packen. So hatte jedenfalls Thom das Mädchen auch betrachtet. Und das erklärte soviel.

»Ich betrachte ihn aber nicht als solchen.« Elayne schien zu überlegen, wie viele Seidenhemden sie mitnehmen solle, doch sie blickte traurig drein. »Ich kann mich an meinen Vater wirklich nicht mehr erinnern. Ich war nur ein Baby, als er starb. Gawyn sagt, daß er sich die ganze Zeit mit Galad beschäftigte. Lini versuchte, das Beste daraus zu machen, aber ich weiß, daß er niemals ins Kinderzimmer kam, um Gawyn und mich zu besuchen. Ich weiß, er hätte das getan, wenn wir alt genug gewesen wären, daß er uns hätte unterrichten können, so wie Galad. Aber er starb, bevor das der Fall war.«

Nynaeve probierte es noch einmal: »Zumindest ist Thom für einen Mann in seinem Alter körperlich sehr gut beieinander. Wir wären ganz schön in der Klemme, wenn er bereits unter steifen Gelenken litte. Das ist doch oft bei alten Männern der Fall.«

»Er könnte immer noch einen Überschlag rückwärts machen, wenn nicht sein Hinken wäre. Und mir ist es gleich, ob er hinkt oder nicht. Er ist intelligent und weltgewandt und kennt sich überall gut aus. Er ist auch sanftmütig, und ich fühle mich ziemlich sicher bei ihm. Ich glaube aber nicht, daß ich ihm das sagen sollte. Er versucht auch so schon genug, mich zu beschützen.«

Seufzend gab Nynaeve auf. Jedenfalls für den Augenblick. Thom mochte ja Elayne als Tochter betrachten, aber wenn das Mädchen so weitermachte, würde er sich vielleicht irgendwann daran erinnern, daß sie das nicht war, und dann saß Elayne im Einmachglas. »Thom mag dich sehr gern, Elayne.« Zeit, das Thema zu wechseln. »Bist du sicher in bezug auf Galad? Elayne? Bist du sicher, daß uns Galad vielleicht ausliefert?«

Die andere fuhr zusammen, und die Falten auf ihrer Stirn verschwanden. »Was? Galad? Ich bin ganz sicher, Nynaeve. Und wenn er erfährt, daß wir nicht vorhaben, uns von ihm nach Caemlan bringen zu lassen, wird ihm das diese Entscheidung nur noch erleichtern.«

Nynaeve knurrte etwas in sich hinein und zog ein seidenes Reitkleid aus ihrem Koffer. Manchmal glaubte sie, der Schöpfer habe die Männer nur erschaffen, um den Frauen Schwierigkeiten zu bereiten.

KAPITEL 17

Nach Westen

Als das Stubenmädchen mit den Hüten kam, lag Elayne ausgestreckt auf einem der Betten, nur mit einem weißen Seidenhemd angetan, und hatte sich ein feuchtes Tuch über die Augen gelegt. Nynaeve tat so, als nähe sie etwas am Saum des hellgrünen Kleides, das Elayne getragen hatte. Sie stach sich beinahe bei jedem zweiten Stich in den Daumen. Sie hätte das anderen gegenüber niemals zugegeben, aber sie hatte kein Geschick für Handarbeiten. Sie trug natürlich ihr Kleid, denn Zofen lümmelten sich nicht so herum wie Ladies, aber ihr Haar hing lose herunter. Offensichtlich hatte sie nicht die Absicht, das Zimmer in nächster Zeit zu verlassen. Sie dankte dem Mädchen im Flüsterton, um ihre Lady nicht aufzuwecken, und drückte ihr einen weiteren Silberpfennig in die Hand. Dazu gab sie ihr die Anweisung, die Lady dürfe auf gar keinen Fall gestört werden.

Sobald die Tür hinter ihr ins Schloß gefallen war, sprang Elayne auf und begann, ihre Bündel unter dem Bett hervorzuziehen. Nynaeve warf das Seidenkleid zur Seite und langte sich auf den Rücken, um ihr Kleid aufzuknöpfen. Im Handumdrehen waren sie fertig, Nynaeve in grüne Wolle gekleidet und Elayne in blaue. Die Bündel trugen sie auf dem Rücken. Nynaeve hatte sich die Tasche mit den Kräutern und dem Geld umgehängt, und Elayne schleppte die in die Decke gehullten Schatullen. Die breiten, am äußeren Rand nach unten gezogenen Hutkrempen verbargen ihre Gesichter so gut, daß Nynaeve glaubte, sie könnten geradewegs an Galad vorbeilaufen, ohne daß er sie erkannte. Dazu trug sie das Haar offen, und er erinnerte sich bestimmt an ihren Zopf. Frau Jharen allerdings würde möglicherweise zwei fremde Frauen aufhalten, die mit dicken Bündeln ihre Treppe herunterkamen.

Die Hintertreppe führte außen an der Schenke hinab. Die schmalen Steinstufen schmiegten sich an die Mauer. Nynaeve empfand einen Augenblick lang Mitgefühl mit Thom und Juilin, die solch schwere Koffer und Kisten diese Treppe hinaufgeschleppt hatten, aber vor allem achtete sie auf den Hof und den schiefergedeckten Steinbau des Stalls. Ein gelber Hund lag im Schatten unter der Kutsche, vor der bereits stärker werdenden Hitze geschützt, doch alle Stallburschen befanden sich drinnen. Von Zeit zu Zeit konnte sie hinter der geöffneten Stalltür Bewegung wahrnehmen, doch niemand trat heraus. Schließlich war es drinnen ja auch schattig.

Sie liefen rasch über den Hof zu der kleinen Gasse zwischen dem Stall und einer hohen Steinmauer. Ein vollbeladener Mistkarren, fast genauso breit wie die Gasse und von einem Schwarm Fliegen begleitet, rumpelte vorbei. Nynaeve vermutete, daß Elayne vom Glühen *Saidars* umgeben sei, obwohl sie es nicht wahrnehmen konnte. Was sie betraf, hoffte sie vor allem, der Hund werde nicht zu bellen anfangen und niemand käme aus Küche oder Stall heraus. Wenn Elayne die Macht benützen mußte, konnten sie sich nicht mehr unauffällig davonschleichen, und auch wenn sie nur in Gespräche verwickelt wurden, hinterließ so etwas eine deutliche Spur für Galad.

Das grobgezimmerte Holztor am Ende der Gasse wies nur einen Kippriegel auf, und die enge Straße dahinter war bis auf eine Handvoll Jungen leer. Die Jungen spielten zwischen den einfachen Steinhäusern mit meist strohgedeckten Dächern ein Spiel, bei dem sie sich offensichtlich mit einem ausgestopften Bohnensack schlagen mußten. Der einzige Erwachsene, den sie erblickten, war ein Mann, der auf einem gegenüberliegenden Dach mit Kopf und Schultern aus einer Luke ragte und die Tauben in einem Schlag fütterte. Weder er noch die Jungen beachteten sie weiter, als sie das Tor schlossen und die gewundene Straße entlangschlenderten, als gehörten sie hierher.

Sie waren schon gut fünf Meilen von Sienda aus nach Westen die staubige Straße entlangmarschiert, als Thom und Juilin sie einholten. Thom fuhr etwas, das aussah wie der Wagen einer Kesselflickerfamilie, nur war er einfarbig in einem tristen Grün gestrichen, und die Farbe blätterte überall in großen Flecken ab. Nynaeve war froh, als sie ihre Bündel unter den Kutschbock schieben und neben Thom auf den Sitz klettern konnte. Weniger gefiel ihr, daß Juilin wieder Schmoller ritt. »Ich sagte Euch doch, Ihr solltet nicht wieder zur Schenke zurückkehren«, rief sie ihm zu und schwor innerlich, sie werde ihm den nächstbesten Gegenstand über den Schädel schlagen, falls er wieder zuerst Thom anblickte, bevor er antwortete.

»Ich bin nicht zurückgegangen«, sagte er, ohne sich darüber im klaren zu sein, daß er sich soeben eine dicke Beule erspart hatte. »Ich habe dem Stallmeister erklärt, meine Lady wolle ganz frische Beeren vom Land haben und Thom und ich sollten sie holen. Das ist doch der übliche Unsinn, den die Adli ...« Er brach ab und räusperte sich, als Elayne ihm einen kühlen und ausdruckslosen Blick von Thoms anderer Seite her zuwarf. Manchmal vergaß er, daß sie ja auch dem Hochadel angehörte.

»Wir mußten doch irgendeinen Grund nennen, warum wir die Schenke und den Stall verließen«, sagte Thom und ließ die Peitsche knallen, um die Pferde anzutreiben. »Ich glaubte zu hören, daß Ihr beiden sagtet, Ihr wolltet Euch oben in Eurem Zimmer etwas hinlegen, oder zumindest Lady Morelin erleide öfters Ohnmachtsanfälle, aber die Stallburschen hätten sich trotzdem gewundert, wieso wir bei dieser Hitze im Ort umherspazieren, anstatt uns faul und bequem in den schön kühlen Heustadel zu legen, vielleicht noch mit einem Krug Bier dazu. So werden wir hoffentlich kein Gerede auslösen.«

Elayne warf Thom einen kritischen Blick zu, vermutlich wegen der Ohnmachtsanfälle, den er nicht zu bemerken vorgab. Vielleicht bemerkte er ihn auch tatsächlich nicht. Männer waren oftmals blind, wenn es ihnen gerade paßte. Nynaeve schnaubte vernehmlich; das konnte er nicht überhören. Daraufhin ließ er die Peitsche noch etwas lauter knallen, um die Führpferde anzutreiben. Das war doch alles nur eine Ausrede, damit sie wechselweise reiten konnten. Das war auch typisch an den Männern: Sie gebrauchten Ausreden, um genau das tun zu können, was sie wollten. Wenigstens zog Elayne diesmal kritisch die Augenbrauen hoch und himmelte ihn nicht wieder an.

»Es gibt noch etwas, das ich gestern abend in Erfahrung bringen konnte«, fuhr Thom nach einer kurzen Pause fort. »Pedron Niall versucht, die Länder gegen Rand zu vereinigen.«

»Nicht, daß ich Euch nicht glaubte, Thom«, sagte Nynaeve, »aber wie konntet Ihr das erfahren? Ich kann nicht glauben, daß irgendein Weißmantel Euch das so einfach anvertraute.«

»Zu viele Leute sagten genau das gleiche, Nynaeve. In Tear halte sich ein falscher Drache auf. Ein falscher Drache wohlbemerkt, aber kein Wort von der Eroberung des Steins von Tear und von *Callandor*. Dieser Bursche sei gefährlich, und die Länder sollten sich zusammenschließen, genauso wie im Aielkrieg. Und wer könnte sie wohl besser gegen diesen falschen Drachen führen als Pedron Niall? Wenn so viele das gleiche sagen, dann stammt dieser Gedanke von weiter oben, und in Amadicia äußert noch nicht einmal Ailron eine Idee, ohne vorher Niall um Erlaubnis zu bitten.«

Der alte Gaukler schien immer alles zusammenzuwerfen – Gerüchte, was die Leute sich hinter vorgehaltener Hand zuflüsterten –, und in mehr als der Hälfte aller Fälle zog er daraus die richtigen Schlüsse. Nein, eigentlich war er ja kein Gaukler; das mußte sie im Kopf behalten. Was er auch behaupten mochte, er war jedenfalls Hofbarde gewesen und hatte möglicherweise die üblichen Hofintrigen immer vor Augen gehabt und hautnah erlebt. Vielleicht hatte er selbst manchmal seine Finger im Spiel gehabt, wenn er schon Morgases Liebhaber gewesen war. Sie beobachtete ihn von der Seite her: das ledrige Gesicht mit den buschigen, weißen Augenbrauen und dem langen Schnurrbart, der genauso schneeweiß war wie das Haar auf seinem Kopf. Über den Geschmack mancher Frauen konnte sie sich nur wundern.

»So etwas hätten wir ja schon lange erwarten müssen.« Sie hatte es nicht erwartet. Aber sie hätte es erwarten sollen.

»Mutter wird Rand unterstützen«, sagte Elayne. »Das weiß ich gewiß. Sie kennt die Prophezeiungen. Und sie hat genausoviel Einfluß wie Pedron Niall.«

Thoms leichtes Kopfschütteln galt wohl zumindest dem Letzteren. Morgase regierte ein reiches Land, doch die Weißmäntel gab es in jedem Land, und sie kamen ja auch aus aller Herren Länder. Nynaeve wurde klar, daß sie künftig Thom mehr Aufmerksamkeit schenken mußte. Vielleicht wußte er wirklich so viel, wie er vorgab. »Denkt Ihr also jetzt, wir hätten uns doch von Galad nach Caemlyn begleiten lassen sollen?«

Elayne beugte sich vor, um ihr an Thom vorbei einen entschlossenen Blick zuzuwerfen. »Ganz gewiß nicht. Zum einen gibt es keine Garantie dafür, daß er sich tatsächlich gerade so entscheiden würde. Und zum anderen…« Sie richtete sich auf und wurde dadurch von dem Mann verdeckt. Nun schien sie mit sich selbst zu sprechen, sich etwas ins Gedächtnis zurückzurufen: »Falls sich zum anderen meine Mutter wirklich nun gegen die Burg stellt, will ich mit ihr für den Augenblick nur brieflich verkehren. Sie ist dazu fähig, uns beide zu unserem Besten, wie sie meint, im Palast festzuhalten. Sie ist wohl nicht in der Lage, die Macht zu lenken, aber ich will mich auch nicht gegen sie stellen, solange ich keine volle Aes Sedai bin. Wenn überhaupt.«

»Eine starke Frau«, sagte Thom im Plauderton. »Morgase würde Euch sehr schnell Manieren beibringen, Nynaeve.« Sie gab ihm ein weiteres lautes Schnauben zur Antwort. Dieses ganze lose Haar, das ihr über die Schultern hing, konnte man einfach nicht richtig packen. Doch der alte Narr grinste sie nur an.

Die Sonne stand hoch am Himmel, als sie die Menagerie erreichten, die immer noch am gleichen Platz lagerte, wo sie sie verlassen hatten – auf der Lichtung an der Straße. In der stehenden Luft und der Gluthitze wirkten selbst die Eichen ein wenig welk. Außer den Pferden und den großen, grauen Keilerpferden befanden sich alle Tiere wieder in den Käfigen, und auch die Menschen waren nirgends zu entdecken. Zweifellos hatten sie sich vor der Hitze in ihren Wohnwagen verkrochen, die dem ihren recht ähnlich sahen. Nynaeve und die anderen waren bereits herabgeklettert, als schließlich Valan Luca erschien, noch immer in dieses lächerliche rotseidene Cape gehüllt.

Diesmal gab es keine blumige Ansprache und keine Verbeugungen mit gespreiztem Cape. Er riß die Augen auf, als er Thom und Juilin erkannte, und zog sie wieder zusammen beim Anblick des schachtelähnlichen Wohnwagens hinter ihnen. Dann bückte er sich und spähte unter ihre Hutkrempen. Sein Lächeln war diesmal nicht angenehm anzusehen. »So, sind wir mittlerweile etwas heruntergekommen, *Lady* Morelin? Oder vielleicht waren wir auch niemals oben? Habt eine Kutsche und die Kleider gestohlen, was? Na ja, es wäre eine Schande, wenn solch eine hübsche Stirn ein Brandzeichen erhielte. Das ist hier üblich, falls Ihr das nicht wußtet, wenn nicht sogar Schlimmeres. Da Ihr, wie es scheint, entdeckt worden seid, und warum solltet Ihr auch sonst davonlaufen, würde ich Euch empfehlen, so schnell Ihr könnt, weiterzufahren. Falls Ihr euren verdammten Pfennig zurückhaben wollt, liegt er irgendwo dort oben an der Straße. Ich habe ihn hinter Euch hergeworfen, und dort kann er meinetwegen bis Tarmon Gai'don liegenbleiben.«

»Ihr wolltet einen Gönner haben«, sagte Nynaeve, als er sich abwandte. »Wir können Eure Gönnerinnen werden.«

»Ihr?« höhnte er. Aber er blieb immerhin stehen. »Auch wenn ein paar Münzen, die Ihr aus der Börse irgendeines Lords gestohlen habt, helfen würden, werde ich doch kein gestohlenes ...«

»Wir bezahlen Eure gesamten Kosten, Meister Luca«, unterbrach ihn Elayne in diesem kühl-arroganten Tonfall, den sie oft an sich hatte, »und außerdem noch hundert Goldmark, wenn wir mit Euch nach Ghealdan reisen können und Ihr einverstanden seid, vor der Grenze nicht mehr anzuhalten.« Luca blickte sie unverwandt an und fuhr sich mit der Zunge über die Lippen.

Nynaeve stöhnte leise. Hundert Mark, und noch dazu in Gold! Hundert Silbermark würden seine Ausgaben leicht decken, bis Ghealdan und noch weiter, gleich, was diese sogenannten Keilerpferde fraßen.

»Habt Ihr soviel gestohlen?« fragte Luca vorsichtig. »Wer ist hinter Euch her? Ich riskiere nichts mit den Weißmänteln oder dem königlichen Heer. Die würden uns alle ins Gefängnis werfen und wahrscheinlich die Tiere töten.«

»Mein Bruder«, erwiderte Elayne, bevor Nynaeve zornig bestreiten konnte, daß sie etwas gestohlen hätten. »Wie es scheint, hat man eine Heirat vorbereitet, während ich abwesend war, und man hat meinen Bruder geschickt, um mich zu holen. Ich habe nicht die Absicht, nach Cairhien zurückzukehren und einen Mann zu heiraten, der einen Kopf kleiner ist, dreimal soviel wiegt und dreimal so alt ist wie ich.« Ihre Wangen röteten sich leicht. Sie bemühte sich vergeblich, Erbitterung vorzutäuschen. Ihr Räuspern klang da schon besser. »Mein Vater träumt davon, den Sonnenthron für sich zu beanspruchen, falls er genug Unterstützung gewinnen kann. In meinen Träumen dagegen gibt es einen rothaarigen Mann aus Andor, den ich heiraten *werde,* was mein Vater auch sagen mag. Und das, Meister Luca, ist alles, was Ihr über mich wissen müßt – eigentlich auch schon zuviel.«

»Vielleicht seid Ihr wirklich, wer zu sein Ihr behauptet«, sagte Luca bedächtig, »und vielleicht auch nicht. Zeigt mir einiges von diesem Geld, das Ihr mir angeblich geben wollt. Für Versprechungen bekommt man nur einen kleinen Becher Wein.«

Wütend kramte Nynaeve in ihrer Tasche nach dem prallsten Geldbeutel und hielt ihn dem Mann vor die Nase. Doch als er danach greifen wollte, steckte sie ihn sofort wieder weg. »Ihr bekommt, was Ihr braucht, sobald Ihr es braucht. Und die hundert Mark, wenn wir Ghealdan erreicht haben.« Hundert Goldmark! Sie würden einen Bankier aufsuchen müssen und ihm einen dieser Kreditbriefe Elaynes übergeben, falls die so weitermachte.

Luca knurrte enttäuscht. »Ob Ihr das nun gestohlen habt oder nicht, jedenfalls lauft Ihr trotzdem vor jemandem davon. Ich riskiere doch meine Vorstellungen nicht Euretwegen, ob es nun das Heer ist oder irgendein Lord aus Cairhien, der auf der Suche nach Euch hierherkommt. Der Lord könnte womöglich der Schlimmere sein, wenn er glaubt, ich hätte seine Schwester entführt. Ihr müßt unauffällig bleiben und Euch uns anpassen.« Dieses hinterhältige Lächeln stand wieder auf seinem Gesicht. Er vergaß diesen Silberpfennig bestimmt nicht. »Jeder, der mit mir reist, arbeitet auch bei mir, und das muß auch für Euch gelten, wenn Ihr nicht auffallen wollt. Falls die anderen erfahren, daß Ihr lediglich gegen Bezahlung mitkommt, wird es Gerede geben, und das wollt Ihr ja wohl nicht. Ihr müßt also zumindest Käfige reinigen, denn die Pferdepfleger beklagen sich immer darüber, daß sie das zusätzlich erledigen müssen. Ich gehe dafür sogar los und hole Euren Pfennig wieder, damit ich ihn Euch als Bezahlung geben kann. Laßt niemanden sagen, Valan Luca sei nicht großzügig.«

Nynaeve hatte schon vor, ihm überdeutlich klarzumachen, daß sie nicht bezahlen und dann auch noch arbeiten würden, als ihr Thom eine Hand auf den Arm legte. Wortlos bückte er sich, hob Kieselsteine vom Boden auf und begann, mit ihnen zu jonglieren. Sechs Steine flogen im Kreis durch die Luft.

»Ich habe bereits Jongleure«, sagte Luca. Aus den sechs Steinen wurden acht, dann zehn, dann ein Dutzend. »Ihr seid nicht schlecht.« Aus dem einen Kreis wurden zwei ineinander verschlungene. Luca rieb sich überlegend das Kinn. »Vielleicht kann ich Euch gebrauchen.«

»Ich kann auch Feuer schlucken«, sagte Thom und ließ die Steine fallen, »mit Messern arbeiten«, wobei er die leeren Hände spreizte und dann scheinbar aus Lucas Ohr einen Kieselstein hervorzog, »und noch ein paar andere Sachen machen.«

Luca unterdrückte sein erfreutes Grinsen. »Damit wäre für Euch gesorgt, aber wie steht es mit dem Rest?« Er schien sich über sich selbst zu ärgern, weil er einen Moment lang etwas wie Begeisterung oder auch nur Zustimmung gezeigt hatte.

»Was ist das?« fragte Elayne und deutete nach vorn.

Die beiden hohen Masten, über die sich Nynaeve

schon gewundert hatte, als sie errichtet wurden, waren jetzt mit Seilen festgezurrt worden, jede trug obenauf eine kleine Plattform und zwischen ihnen war ein etwa dreißig Schritt langes Seil straff gespannt. Von jeder Plattform hing eine Strickleiter herunter.

»Das ist Sedrins Gestell«, antwortete Luca und schüttelte den Kopf. »Sedrin der Seilgänger, der in zehn Schritt Höhe auf einem dünnen Seil wahre Kunststücke vollbringt. Der Narr.«

»Ich kann auch darauf laufen«, sagte Elayne daraufhin zu ihm. Thom faßte nach ihrem Arm, als sie den Hut abnahm und losging, doch nach einem Lächeln und einem leichten Kopfschütteln ihrerseits ließ er sie gehen.

Luca versperrte ihr allerdings den Weg. »Hört mal, Morelin oder wie Ihr sonst heißen mögt, Eure Stirn mag vielleicht zu hübsch sein, um ein Brandzeichen zu tragen, aber Euer Hals ist ganz gewiß zu hübsch, um ihn Euch zu brechen. Sedrin wußte, was er tat, und wir haben ihn vor kaum einer Stunde begraben. Deshalb befinden sich alle in ihren Wagen. Sicher, er hat letzten Abend zuviel getrunken, nachdem man uns aus Sienda verjagt hatte, aber ich habe ihn schon auf dem Seil laufen sehen, obwohl er mit Schnaps gefüllt war wie ein Faß. Ich sage Euch etwas. Ihr müßt die Käfige nicht reinigen. Ihr zieht zu mir in meinen Wagen und ich sage allen, Ihr wärt meine Geliebte. Nur einer Erklärung wegen natürlich.« Sein verschmitztes Lächeln sagte deutlich, daß er auf mehr als nur eine Erklärung hoffte.

Elaynes Lächeln dagegen hätte ihn eigentlich vor Kälte erstarren lassen sollen. »Ich danke Euch vielmals für Euer Angebot, Meister Luca, aber wenn Ihr nun freundlicherweise zur Seite treten würdet…« Uns blieb keine Wahl.

Juilin zerknüllte den zylindrischen Hut mit beiden Händen und dann rammte er ihn sich wieder auf den

Kopf, als sie gerade begann, eine der Strickleitern zu erklimmen. Sie hatte ein wenig Probleme mit ihrem Rock. Nynaeve wußte, was das Mädchen vorhatte. Den Männern sollte es an sich auch klarsein, wenigstens Thom, aber er wirkte immer noch sprungbereit, als wolle er hinüberlaufen und sie auffangen, falls sie stürzte. Luca trat ebenfalls näher heran, als gehe ihm der gleiche Gedanke durch den Kopf.

Einen Augenblick lang stand Elayne auf der Plattform und strich sich den Rock glatt. Jetzt, da sie oben stand, wirkte die Plattform viel kleiner und viel höher. Dann raffte sie graziös ihren Rock ein wenig höher, als schreite sie durch Schlamm, und trat hinaus auf das dünne Seil. Sie hätte genausogut über eine Straße gehen können. Nynaeve wußte, daß dieser Vergleich sogar auf gewisse Weise zutraf. Sie konnte das Glühen *Saidars* nicht erkennen, wußte aber wohl, daß Elayne zwischen den beiden Plattformen eine Brücke, zweifellos aus dem Element Luft, gewebt hatte, die ebenso hart war wie Stein.

Plötzlich streckte Elayne die Hände hinunter und schlug zweimal hintereinander ein Rad. Das rabenschwarze Haar wirbelte und die seidenbestrumpften Beine blitzen im Sonnenschein auf. Einen winzigen Augenblick lang, als sie sich gerade aufrichtete, schien ihr Rock über eine unsichtbare Fläche zu streifen, doch dann hatte sie ihn schon wieder hochgerafft. Zwei weitere Schritte brachten sie zu der anderen Plattform. »Hat Meister Sedrin so etwas fertiggebracht, Meister Luca?«

»Er hat Überschläge gemacht« rief er zurück. Viel leiser fügte er hinzu: »Aber er hatte keine solchen Beine. Eine Lady! Ha!«

»Ich bin nicht die einzige, die das kann«, rief Elayne. »Juilin und« – Nynaeve schüttelte wild den Kopf. Mit Hilfe der Macht oder nicht – ihr Magen würde oben auf dem Seil genauso rebellieren wie bei einem Sturm auf

See – »und ich haben das schon oft gemacht. Kommt rauf, Juilin. Zeigt es ihm.«

Der Diebfänger blickte drein, als würde er lieber mit bloßen Händen die Käfige reinigen. Die Löwenkäfige mitsamt den Löwen drinnen. Er schloß die Augen, formte mit den Lippen ein lautloses Gebet und kletterte die Strickleiter empor wie ein Mann, der das Schafott besteigt. Oben angekommen, blickte er von Elayne zu dem Seil und wieder zurück, ganz konzentriert und doch voller Angst. Mit einemmal trat er hinaus, ging schnell weiter, die Arme nach beiden Seiten ausgestreckt, den Blick auf Elayne gerichtet und mit einem weiteren Gebet auf den Lippen. Sie kletterte ein Stück hinunter, um ihm auf der Plattform Platz zu machen, und dann mußte sie ihm helfen, die Sprossen mit den Füßen zu finden. So geleitete sie ihn herunter.

Thom grinste sie stolz an, als sie zurück war und ihren Hut aus Nynaeves Händen entgegennahm. Juilin sah aus, als habe man ihn in heißem Wasser getränkt und dann ausgewrungen.

»Das war gut«, sagte Luca und rieb sich nachdenklich das Kinn. »Nicht so gut wie Sedrin, das müßt Ihr wissen, aber gut. Mir gefällt es besonders, wie leicht Ihr es erscheinen laßt, während – Juilin? – Juilin so tut, als ob er sich zu Tode ängstige. Das wird sehr schön rüberkommen.« Juilin grinste den Mann gequält an. Sein Lächeln hatte etwas von einem spitzen Messer an sich. Luca wirbelte tatsächlich sein rotes Cape elegant durch die Luft, als er sich zu Nynaeve umwandte. Er wirkte äußerst zufrieden. »Und Ihr, meine liebe Nana? Welches überraschende Talent besitzt Ihr? Seid Ihr vielleicht eine Akrobatin? Oder schluckt Ihr Schwerter?«

»Ich teile das Geld aus«, sagte sie zu ihm und klopfte auf ihre Tasche. »Es sei denn, Ihr möchtet *mir* Euren Wagen anbieten?« Sie warf ihm ein Lächeln zu, das seines ersterben ließ. Außerdem trat er zwei Schritte zurück.

Der ganze Lärm hatte die Leute aus den Wagen gelockt, und alle versammelten sich nun um Luca, der die neuen Artisten der Truppe vorstellte. Bei Nynaeve drückte er sich sehr vage aus und nannte das, was sie angeblich vorführte, lediglich ›überraschend‹. Sie würde sich mit ihm ernsthaft unterhalten müssen.

Die ›Pferdepfleger‹, wie Luca die Männer nannte, die kein Talent als Artisten aufwiesen, waren im allgemeinen eine schmuddelige und mürrische Gruppe, vielleicht, weil sie schlechter bezahlt wurden. Es waren allerdings auch nicht sehr viele, verglichen mit der Anzahl der Wagen. Tatsächlich stellte sich heraus, daß alle bei der Arbeit Hand anlegten, auch, was das Fahren der Wagen betraf. Man konnte sowieso in einer fahrenden Menagerie wie dieser nicht viel Geld verdienen. Die übrigen waren ein buntgemischtes Völkchen.

Petra, der starke Mann der Truppe, war der größte Mensch, den Nynaeve je gesehen hatte. Nicht so hochgewachsen, dafür aber breit. Aus seiner Lederweste ragten Arme in der Größe von Baumstämmen. Er war mit Clarine verheiratet, der molligen Frau mit den braunen Wangen, die die Hunde dressierte. Neben ihm wirkte sie schmächtig. Latelle, die mit den Bären arbeitete, war eine dunkeläugige Frau mit kurzem Haar und strengem Gesicht. Um ihre Lippen spielte anscheinend dauernd ein verächtliches Lächeln. Aludra, die schlanke Frau, die angeblich der Gilde der Feuerwerker angehörte, war möglicherweise sogar echt. Sie trug ihr Haar nicht zu Taraboner Zöpfen geflochten, was nicht überraschte, wenn man die vorherrschenden Gefühle in Amadicia diesem Land gegenüber bedachte, aber ihr Akzent stimmte, und wer wußte schon, was mit der Gilde der Feuerwerker tatsächlich geschehen war? Ihr Gildehaus in Tanchico war auf jeden Fall geschlossen worden. Die Akrobaten andererseits behaupteten, alles Brüder zu sein und Chavana zu heißen. Doch obwohl sie alle untersetzte, kräftige Männer waren, unterschieden sie sich doch gewaltig. Das ging von dem grünäugigen Taeric, dessen hohe Backenknochen und Hakennase deutlich die Abstammung aus Saldaea verkündeten, bis zu Barit, der dunkelhäutiger als Juilin war und typische Tätowierungen der Meerleute auf den Handrücken hatte, wenn er auch keine Ohrringe trug.

Alle bis auf Latelle begrüßten die Neuankömmlinge warm. Weitere Artisten bedeuteten eine größere Attraktivität der Vorführungen und letzten Endes mehr Geld. Die beiden Jongleure, Bari und Kin – wie sich herausstellte, waren sie wirklich Brüder –, verwickelten Thom gleich in eine Fachsimpelei, sobald sie herausfanden, daß er nicht das gleiche vollführte wie sie. Mehr Publikum anzulocken war eine Sache, Konkurrenzkampf eine ganz andere. Doch es war vor allem die hellhaarige Frau, die sich um die Keilerpferde kümmerte, die Nynaeves sofortiges Interesse erweckte. Cerandin stand steif abseits und sagte kaum etwas. Luca behauptete, sie sei mit den Tieren aus Schara gekommen. Aber ihre weiche, schleppende Aussprache ließ Nynaeve die Ohren spitzen.

Es kostete ein wenig Zeit, ihren Wagen bei den anderen einzureihen. Thom und Juilin schienen mehr als nur froh zu sein, daß sie die Hilfe der Pferdepfleger bei ihrem Gespann in Anspruch nehmen konnten, auch wenn diese nur mürrisch gegeben wurde, während Nynaeve und Elayne gleich Einladungen erhielten. Petra und Clarine baten sie zum Tee, sobald sie sich eingerichtet hätten. Die Chavanas wollten die beiden Frauen zum Abendessen einladen, genau wie Kin und Bari, was aus Latelles verächtlichem Lächeln eine finstere Miene werden ließ. Diese Einladungen lehnten sie freundlich ab; Elayne vielleicht ein wenig freundlicher als Nynaeve. Diese erinnerte sich immer noch nur zu gut an die Kuhaugen, die sie Galad gemacht hatte, und so brachte sie im Moment Männern gegenüber nicht mehr als ein Mindestmaß an Höflichkeit zustande. Luca hatte auch eine Einladung ausgesprochen, doch nur Elayne gegenüber, als Nynaeve nicht zuhörte. Dies brachte ihm eine Ohrfeige ein, und Thom ließ drohend Messer erscheinen, die über seine Hände rollten, bis sich der Mann knurrend trollte und dabei noch seine Wange rieb.

Nynaeve verließ Elayne, die ihre Sachen im Wagen verstaute – sie warf sie nur zornig hinein und knurrte dabei die ganze Zeit über –, und ging in Richtung der Stelle, wo die Keilerpferde angepflockt waren. Die riesenhaften grauen Tiere schienen ja durchaus friedlich, aber wenn sie sich an das Loch in der Wand von ›Des Königs Pikeur‹ erinnerte, kamen ihr doch Zweifel am Wert der Lederschnüre, die ihre massiven Vorderbeine aneinanderfesselten. Cerandin kratzte gerade den großen Bullen mit dem bronzebeschlagenen Stachelstock.

»Wie nennt man sie eigentlich richtig?« Vorsichtig tätschelte Nynaeve die lange Nase oder Schnauze, oder was auch immer, des Bullen. Diese Stoßzähne hatten einen Umfang wie ihr Bein und waren gut drei Schritt lang und trotzdem nur wenig länger als die der Kuh. Die Schnauze schnüffelte an ihrem Rock, und sie trat hastig zurück.

»S'redit«, sagte die Frau mit den bleichen Haaren. »Es sind *S'redit,* aber Meister Luca hielt einen leichter aussprechbaren Namen für vorteilhafter.« Diese schleppende Aussprache war unverkennbar.

»Gibt es viele *S'redit* in Seanchan?«

Der Stachelstock hielt einen Moment lang inne und setzte dann das Kratzen fort. »Seanchan? Wo ist das? Diese *S'redit* stammen aus Schara, genau wie ich. Ich habe noch nie von …«

»Vielleicht habt Ihr Schara gesehen, Cerandin, aber ich bezweifle es. Ihr seid eine Seanchan. Wenn ich mich nicht irre, wart Ihr an der Invasion auf der Toman-

Halbinsel beteiligt und wurdet nach Falme dort zurückgelassen.«

»Daran besteht gar kein Zweifel«, sagte Elayne, die in diesem Augenblick neben sie trat. »Wir haben den Akzent der Seanchan in Falme gehört, Cerandin. Wir werden Euch nichts antun.«

Das war mehr, als Nynaeve zu versprechen bereit war. Ihre Erinnerungen an die Seanchan waren alles andere als angenehm. Und doch … *Eine Seanchan half dir, als du Hilfe brauchtest. Sie sind nicht alle böse. Nur eben die meisten.*

Cerandin atmete tief aus und sackte ein wenig in sich zusammen. Es war, als wiche eine Anspannung endlich aus ihr, die so lange schon vorhanden gewesen war, daß sie sich ihrer gar nicht mehr bewußt war. »Nur wenige Menschen, die ich kennengelernt habe, wissen etwas, das auch nur annähernd der Wahrheit über Die Rückkehr oder Falme entspräche. Ich habe hundert Geschichten gehört, jede wilder als die andere, aber noch nie die Wahrheit. Was für mich durchaus günstig war. Ich wurde tatsächlich zurückgelassen, genau wie viele der *S'redit*. Diese drei waren alle, die ich zusammentreiben konnte. Ich weiß nicht, was mit den anderen geschehen ist. Der Bulle heißt Mer, die Kuh Sanit und das Kalb Nerin. Es stammt aber nicht von *Sanit*.«

»Habt Ihr das vorher auch schon getan?« fragte Elayne. »*S'redit* dressiert?«

»Oder wart Ihr eine *Sul'dam?*« fügte Nynaeve hinzu, bevor die andere antworten konnte.

Cerandin schüttelte den Kopf. »Ich wurde wie alle Mädchen überprüft, aber ich brachte nichts mit dem *A'dam* zustande. Ich war froh, für die Arbeit mit den *S'redit* ausgewählt zu werden. Das sind prachtvolle Tiere. Ihr wißt aber eine Menge, wenn Ihr sogar über die *Sul'dam* und die *Damane* Bescheid wißt. Ich bin zuvor noch nie auf jemanden gestoßen, der davon etwas wußte.« Sie zeigte keinerlei Furcht. Oder vielleicht war ihre ganze Furcht einfach ausgebrannt, seit sie sich allein in einem fremden Land zurückgelassen fand. Andererseits konnte sie auch lügen.

Die Seanchan verhielten sich Frauen gegenüber, die mit der Macht arbeiten konnten, genauso schlimm oder noch schlimmer wie die Leute in Amadicia. Sie schickten sie nicht fort oder töteten sie, nein, bei ihnen wurden sie gefangengehalten und benützt. Mit Hilfe einer Vorrichtung, die man einen *A'dam* nannte und bei dem Nynaeve sicher war, daß es sich um eine Art von *Ter'Angreal* handelte, wurde eine Frau mit der Fähigkeit, die Eine Macht zu benützen, von einer anderen Frau völlig beherrscht. Diese andere nannte man *Sul'dam,* und sie zwang die *Damane* dazu, ihr Talent so einzusetzen, wie es die Seanchan wünschten, sogar als Waffe. Eine *Damane* war nicht mehr als ein Tier, wenn auch ein wohlgepflegtes. Und sie machten jede, absolut jede Frau mit der Fähigkeit, die Macht zu lenken oder auch nur mit den Ansätzen dieser Fähigkeit zur *Damane*. So hatten die Seanchan auch die Toman-Halbinsel gründlicher abgesucht, als sich die Burg jemals träumen ließ. Bei dem bloßen Gedanken an *A'dam* und *Sul'dam* und *Damane* drehte sich Nynaeve schon der Magen um.

»Wir wissen ein wenig«, sagte sie zu Cerandin, »aber wir wollen mehr erfahren.« Die Seanchan waren fort, von Rand vertrieben, aber das hieß ja nicht, daß sie nicht eines Tages wiederkehren würden. Es war eine ferne Gefahr, die da über ihnen schwebte, wenn man alles andere bedachte, was an Hindernissen in ihrem Weg lag, aber nur, weil man bereits einen Dorn im Fuß hatte, hieß das ja nicht, daß sich der Kratzer am Arm nicht entzünden und eitern würde. »Es wäre gut für Euch, wenn Ihr unsere Fragen immer wahrheitsgemäß beantwortet.« Auf der Reise nach Norden war Zeit genug für Fragen.

»Ich verspreche Euch, das Euch nichts geschehen

wird«, fügte Elayne hinzu. »Ich werde Euch beschützen, wenn es notwendig ist.«

Der Blick der Frau mit dem offensichtlich gebleichten Haar wanderte von einer zur anderen, und mit einemmal warf sie sich zu Nynaeves Überraschung vor Elayne auf den Boden. »Ihr seid eine Hochlady dieses Landes, genau wie Ihr Luca gesagt habt. Ich hatte das nicht erkannt. Vergebt mir, Hochlady. Ich unterwerfe mich Euch.« Und damit küßte sie den Boden vor Elaynes Füßen. Elayne fielen fast die Augen aus dem Kopf.

Nynaeve war sich sicher, auch nicht gerade klüger dreinzublicken. »Steht auf«, zischte sie und sah sich verzweifelt um, ob irgend jemand sie beobachtete. Luca natürlich, verdammt sei der Mann, und Latelle, die nach wie vor finster wirkte, aber da konnte man nichts machen. »Steht auf!« Die Frau rührte sich nicht.

»Steht nun auf, Cerandin«, sagte Elayne. »In diesem Land verlangt niemand so etwas von anderen Menschen. Nicht einmal ein Herrscher.« Als Cerandin sich aufrappelte, fügte sie hinzu: »Ich werde Euch beibringen, wie man sich hier richtig verhält, wenn Ihr mir dafür meine Fragen beantwortet.«

Die Frau verbeugte sich mit den Händen auf den Knien und gesenktem Kopf. »Ja, Hochlady. Es wird geschehen, wie Ihr sagt. Ich gehöre Euch.«

Nynaeve seufzte tief. Das würde eine schöne Reise nach Ghealdan werden.

KAPITEL 18

Die Schattenjägerin

Liandrin lenkte ihr Pferd durch die belebten Straßen Amadors. Ihr verächtlich verzogener Schmollmund wurde durch die breite, heruntergezogene Krempe ihres Huts verborgen. Sie hatte nur äußerst ungern ihre vielen kleinen Zöpfe aufgegeben und konnte auch die absurde Mode dieses grotesken Landes absolut nicht ausstehen: Der rotgelbe Hut und das dazu passende Reitkleid mochten ja noch angehen, aber doch nicht die langen Samtschleifen an beidem! Nun, wenigstens verbarg der Hut ihre Augen, denn zusammen mit dem honigblonden Haar hätten braune Augen augenblicklich ihrer Herkunft aus Tarabon verraten, und das war momentan in Amadicia keine Empfehlung. Und außerdem verbarg die Hutkrempe etwas noch viel Gefährlicheres: ihr typisches Aes-Sedai-Gesicht. Wohlbehütet konnte sie die Weißmäntel heimlich angrinsen, und das war so etwa jeder fünfte Mann auf der Straße. Nicht, daß die Soldaten, die ein weiteres Fünftel der Passanten ausmachten, besser gewesen wären. Natürlich kam keiner von ihnen auf den Gedanken, unter ihren Hut zu spähen. Aes Sedai waren hier nun einmal geächtet, und das bedeutete, es gab hier keine.

Trotzdem fühlte sie sich etwas erleichtert, als sie an dem kunstvollen schmiedeeisernen Tor vor Jorin Arenes Haus einbog. Ein weiterer erfolgloser Ritt auf der Suche nach Neuigkeiten aus der Weißen Burg. Sie hatte nichts mehr in Erfahrung bringen können, seit Elaida glaubte, die Herrschaft in der Burg erlangt zu haben, und seit man diese Sanchefrau beseitigt hatte.

Sicher, Siuan war entkommen, aber jetzt war sie ein nutzloser Haufen Lumpen.

Der Garten hinter der grauen Steinmauer stand voller Pflanzen, die sich auf Grund der Dürre braun färbten. Sie waren wunderschön zurechtgeschnitten in Form von Würfeln und Kugeln, und ein Busch war sogar wie ein galoppierendes Pferd geformt. Nur einer natürlich. Kaufleute wie Arene imitierten häufig den Adel, aber sie wagten nicht, dabei zu weit zu gehen, damit niemand auf den Einfall kam, sie seien überehrgeizig und vielleicht gefährlich. An dem großen Holzhaus waren kunstvolle Balkone angebaut. Das Dach war mit roten Ziegeln gedeckt, und im Eingangsbereich stand sogar eine Reihe behauener Säulen, doch anders als in einem adligen Herrenhaus wirkte alles wie eine Kopie. Das Steinfundament war dementsprechend auch kaum zehn Fuß hoch. Ein lächerlicher Versuch, es wie das Herrenhaus eines Adligen erscheinen zu lassen.

Der drahtige, grauhaarige Mann, der unterwürfig heraneilte, ihren Steigbügel hielt, während sie abstieg, und dann die Zügel übernahm, war ganz in Schwarz gekleidet. Solche Kleidung wurde von den Menschen auf der Straße naserümpfend als ›Kaufmannslivree‹ bezeichnet. Liandrin verachtete den schwarzen Mantel des Burschen genauso wie Arenes Haus und Arene selbst. Eines Tages würde sie ein wirkliches Herrenhaus besitzen. Ganze Paläste. Das war ihr versprochen worden und auch die Macht, die so etwas mit sich brachte.

Sie streifte die Reithandschuhe ab und schritt die lächerliche Rampe hinauf, die sich entlang des Fundaments bis zum rankenbeschnitzten Tor hinzog. Die befestigten Herrenhäuser der Lords wiesen solche Rampen auf, und da konnte sich ja ein Kaufmann, der etwas auf sich hielt, nicht mit bloßen Stufen zufriedengeben. Eine in Schwarz gekleidete junge Zofe nahm ihr im runden Foyer Handschuhe und Hut ab. Viele Türen führten von hier ins Haus hinein, die Säulen waren prächtig geschnitzt und bunt bemalt, und rundherum zog sich ein Balkon. Die Decke war einem Mosaik ähnlich bemalt: Sterne innerhalb größerer Sterne, alle in Gold und Schwarz. »Ich werde in einer Stunde mein Bad nehmen«, sagte sie zu der Frau. »Diesmal wird das Wasser aber die richtige Temperatur haben, ja?« Die Zofe wurde blaß, knickste schnell, stammelte etwas Bestätigendes, und dann huschte sie davon.

Amellia Arene, Jorins Frau, kam, in die Unterhaltung mit einem fetten Glatzkopf in blütenweißer Schürze vertieft, durch eine der Türen herein. Liandrin schnaubte verächtlich. Die Frau hielt sich für etwas Besseres, und doch sprach sie persönlich mit dem Koch und brachte den Mann aus seiner Küche mit hierher, um über die Speisenfolge am Tisch zu sprechen. Sie behandelte den Dienstboten wie – wie einen Freund!

Der fette Evon entdeckte sie zuerst und schluckte schwer. Seine Schweinsäugelchen blickten sofort in eine andere Richtung. Sie mochte es nicht, von Männern angesehen zu werden, und so hatte sie ihm das bereits am ersten Tag in scharfem Ton erklärt, nachdem sein Blick etwas zu lange auf ihr geruht hatte. Er bestritt das zwar, aber sie kannte ja die schmutzigen Angewohnheiten der Männer. Ohne darauf zu warten, daß ihn seine Herrin entließ, lief Evon schnell wieder hinaus.

Die leicht ergraute Gattin des Kaufmanns war schon eine Frau mit strengem, ernstem Gesicht gewesen, als Liandrin und die anderen hier eintrafen. Nun leckte sie sich die Lippen und strich sich das mit Schleifen verzierte grünseidene Kleid überflüssigerweise glatt. »Oben ist jemand bei den anderen, meine Lady«, sagte sie unterwürfig. Am ersten Tag hatte sie noch geglaubt, sie könne so einfach Liandrins Namen benutzen. »Im vorderen Ruheraum. Ich glaube, sie kommt aus Tar Valon.«

Liandrin fragte sich, wer das sein könne, und ging

zur nächsten Wendeltreppe. Sie kannte natürlich nur wenige der anderen Schwarzen Ajah. Das war aus Sicherheitsgründen notwendig, denn was andere nicht wußten, konnten sie auch nicht verraten. In der Burg hatte sie nur die zwölf gekannt, die mitkamen, als sie fortging. Zwei der zwölf waren tot, und sie wußte, wem sie das zu verdanken hatte: Egwene al'Vere, Nynaeve al'Meara und Elayne Trakand. Und in Tanchico war alles so schiefgegangen, daß sie beinahe hätte glauben können, diese drei Emporkömmlinge unter den Aufgenommen seien dortgewesen, aber sie waren ja töricht genug gewesen, gleich zweimal seelenruhig geradewegs in ihre Fallen zu laufen. Daß sie entkommen waren, spielte keine weitere Rolle. Hätten sie sich in Tanchico befunden, wären sie ihr todsicher in die Hände gefallen, gleich, was Jeaine gesehen zu haben glaubte. Beim nächsten Zusammentreffen würden sie nicht mehr in der Lage sein, ihr jemals wieder zu entwischen. Sie würde dieses Kapitel beenden, obwohl ihre Befehle anders lauteten.

»Meine Lady«, stammelte Amellia, »mein Mann, Lady. Jorin. Bitte, kann eine von Euch ihm helfen? Er hat es nicht böse gemeint, Lady. Er hat seine Lektion ja erhalten.«

Liandrin blieb mit einer Hand auf dem geschnitzten Geländer stehen und blickte zu ihr zurück. »Er hätte nicht glauben dürfen, sein Eid dem Großen Herrn gegenüber könne so einfach mißachtet werden, oder?«

»Er hat es begriffen, meine Lady. Bitte. Er liegt den ganzen Tag unter Decken vergraben und zittert trotz der Hitze. Er weint, sobald ihn jemand berührt oder lauter spricht, als im Flüsterton.«

Liandrin tat so, als müsse sie überlegen, und dann nickte sie huldvoll. »Ich werde Chesmal bitten, zu sehen, was sie für ihn tun kann. Aber Ihr dürft nicht glauben, daß ich irgend etwas verspreche.« Die unsicheren Dankbezeugungen der Frau folgten ihr nach oben, aber sie achtete nicht darauf. Temaile hatte sich etwas hinreißen lassen. Sie war eine Graue Ajah gewesen, bevor sie zu den Schwarzen überging, und sie hatte immer Wert darauf gelegt, den Schmerz gleichmäßig zu verteilen, wenn sie vermittelte. So war sie als Vermittlerin sehr erfolgreich gewesen, denn es machte ihr Spaß, Schmerz zuzufügen. Chesmal meinte, er werde in ein paar Monaten wieder soweit sein, daß er kleinere Aufträge erfüllen könne, solange sie nicht zu schwierig waren und niemand ihn anschrie. Da sie unter den Gelben eine der besten Heilerinnen seit Generationen gewesen war, sollte sie es wissen.

Als sie den vorderen Ruheraum betrat, wurde sie doch überrascht. Neun der zehn Schwarzen Schwestern, die mit ihr gekommen waren, standen an der geschnitzten und bemalten Wandtäfelung, obwohl doch auf dem Teppich mit den Goldfransen genügend mit Seidenkissen ausgestattete Stühle standen. Die zehnte, Temaile Kinderode, reichte gerade einer dunkelhaarigen und auf maskuline Art gutaussehenden Frau in einem bronzefarbenen, langen Kleid unbekannten Schnitts eine dünne Porzellantasse mit Tee. Die Sitzende kam ihr irgendwie bekannt vor, obwohl sie keine Aes Sedai war. Offensichtlich näherte sie sich den mittleren Jahren, und trotz der straffen Haut ihrer Wangen hatte sie nichts von der für Aes Sedai typischen Alterslosigkeit an sich.

Die im Raum herrschende Stimmung machte Liandrin mißtrauisch. Temaile wirkte täuschend zerbrechlich mit ihren großen, blauen Kinderaugen, die sofort das Vertrauen der Menschen erweckten. Diese Augen blickten nun besorgt drein oder zumindest beunruhigt, und die Tasse klapperte ein wenig auf der Untertasse, bevor die andere sie ihr abnahm. Alle Gesichter blickten unruhig drein, außer dem dieser auf so eigenartige Weise bekannt wirkenden Frau. Jeaine Caide mit der kupferfarbenen Haut in einem dieser widerlichen Domanikleider, das sie hier im Haus trug, hatte sogar noch ein paar glitzernde Tränen auf den Wangen. Sie war einst eine Grüne gewesen und stellte sich noch lieber als die meisten Grünen den Männern zur Schau. Rianna Andomeran, einst eine Weiße und sogar dann noch arrogant und kalt, wenn sie jemand tötete, berührte immer wieder nervös die helle Strähne über dem linken Ohr in ihrem ansonsten schwarzen Haar. Ihre Arroganz schien einen Dämpfer erhalten zu haben.

»Was ist denn hier passiert?« wollte Liandrin wissen. »Wer seid Ihr und was …?« Plötzlich durchzuckte sie eine Erinnerung. Eine der Schattenfreunde, eine Dienerin aus Tanchico, die sich dauernd danebenbenommen hatte. »Gyldin!« fauchte sie. Diese Dienerin war ihnen offensichtlich irgendwie gefolgt und gab sich jetzt wohl als Kurier der Schwarzen aus. Wahrscheinlich hatte sie eine schlimme Nachricht überbracht. »Diesmal seid Ihr entschieden zu weit gegangen.« Sie griff nach *Saidar*, doch im gleichen Augenblick umgab das typische Glühen die andere Frau, und Liandrins Versuch endete an einer dicken, unsichtbaren Wand, die sie von der Wahren Quelle abschirmte. Die Quelle hing quälend und unerreichbar wie die Sonne außerhalb ihres Zugriff.

»Hör auf, mich so anzustarren, Liandrin«, sagte die Frau gelassen. »Du siehst aus wie ein Fisch auf dem Trockenen. Ich bin nicht Gyldin, sondern Moghedien. In diesen Tee muß mehr Honig, Temaile.« Die schlanke Frau mit dem Fuchsgesicht eilte schwer atmend herbei, um die Tasse entgegenzunehmen.

Es mußte stimmen. Wer sonst könnte die anderen derart beherrschen? Liandrin sah sie an, wie sie ängstlich an die Wand gedrückt dastanden. Eldrith Jhondar mit dem runden Gesicht wirkte diesmal gar nicht geistesabwesend, trotz des Tintenflecks auf ihrer Nase. Sie nickte lebhaft. Die anderen hatten wohl sogar Angst, sich überhaupt zu rühren. Warum sich eine der Verlore-

nen – die Bezeichnung durften sie eigentlich gar nicht verwenden, taten es aber, wenn sie unter sich waren –, warum sich also Moghedien hinter der Maske einer Dienerin verborgen hatte, war ihr unverständlich. Die Frau hatte alles oder konnte zumindest alles haben, was sie wollte. Nicht nur die Beherrschung der Einen Macht in einem Maße, von dem sie selbst nur träumen konnte, sondern vor allem Macht. Macht über andere, Macht über die Welt. Und Unsterblichkeit. Macht für ein ganzes Leben, das niemals enden würde. Sie und ihre Schwestern hatten bereits über Unstimmigkeiten zwischen den Verlorenen diskutiert. Befehle hatten sich widersprochen, und Befehle anderen Schattenfreunden gegenüber hatten wiederum ganz anders gelautet. Vielleicht hatte sich Moghedien vor den übrigen Verlorenen versteckt gehalten?

Liandrin breitete ihr geteiltes Reitkleid so gut sie konnte aus, während sie tief knickste. »Wir heißen Euch willkommen, Herrin. Wenn uns die Auserwählten führen, werden wir ganz sicher triumphieren, bevor der Tag der Wiederkehr des Großen Herrn kommt.«

»Hübsch ausgedrückt«, sagte Moghedien trocken und nahm die Tasse wieder von Temaile entgegen. »Ja, nun schmeckt er entschieden besser.« Temaile wirkte auf absurde Weise dankbar und erleichtert. Was hatte Moghedien mit ihnen angestellt?

Plötzlich kam Liandrin ein Gedanke, und der war ihr nicht gerade willkommen. Sie hatte eine der Auserwählten als Dienerin betrachtet und behandelt. »Große Herrin, in Tanchico wußte ich nicht, daß Ihr …«

»Natürlich wußtet Ihr das nicht«, sagte Moghedien gereizt. »Was nützte es, meine Zeit im Schatten verborgen zu verbringen, wenn Ihr und diese anderen von mir wüßten?« Mit einemmal umspielte ein leichtes Lächeln ihre Lippen. Ihr übriges Gesicht blieb davon unberührt. »Macht Ihr euch Sorgen wegen der vielen Male, die Ihr Gyldin zum Koch schicktet, um sich verprügeln zu lassen?« Auf Liandrins Gesicht standen plötzlich Schweißperlen. »Glaubt Ihr im Ernst, ich hätte das zugelassen? Zweifellos hat Euch der Mann Bericht erstattet, aber er berichtete nur, woran er sich erinnerte, woran sich zu erinnern ich ihm gestattete. Ihm tat Gyldin wirklich leid, da sie von ihrer Herrin so mißhandelt wurde.« Das schien sie sehr zu amüsieren. »Er gab mir einige der Desserts, die er für Euch bereitet hatte. Es würde mich freuen, wenn er noch lebte.«

Liandrin atmete erleichtert auf. Sie würde also nicht sterben. »Große Herrin, es ist überflüssig, mich abzuschirmen. Ich diene doch genauso dem Großen Herrn. Ich leistete meinen Eid als Schattenfreund, bevor ich noch in die Weiße Burg kam. Ich suchte von dem Tage an die Schwarzen Ajah, an dem ich erfuhr, daß ich die Macht lenken könne.«

»Also seid Ihr dann wohl die einzige in diesem schlecht geführten Rudel, die nicht erst lernen muß, wer ihre Herrin ist?« Moghedien zog eine Augenbraue hoch. »Das hätte ich gar nicht von Euch erwartet.« Das Glühen um sie herum verschwand. »Ich habe Aufgaben für Euch. Für Euch alle. Ihr werdet vergessen, was immer Ihr zu tun vorhattet. Wie in Tanchico bewiesen wurde, seid Ihr eine unfähige Meute. Mit meiner Hand an der Peitsche werdet Ihr vielleicht erfolgreicher jagen.«

»Wir erwarten Befehle aus der Burg, Große Herrin«, sagte Liandrin. Unfähig! Sie hatten doch beinahe gefunden, was sie in Tanchico gesucht hatten, doch dann explodierte die Stadt förmlich in Unruhen und sie waren denkbar knapp der Vernichtung durch Aes Sedai entgangen, die ihrem Plan irgendwie in die Quere gekommen waren. Hätte sich Moghedien dort zu erkennen gegeben oder vielleicht sogar zu ihren Gunsten eingegriffen, dann hätten sie sicher triumphiert. Wenn ihr Versagen auf einen Fehler einer Seite zurückzuführen war, dann auf Moghedien selbst. Liandrin griff nach der Wahren Quelle, nicht, um die Macht an sich zu ziehen, sondern um nachzuprüfen, ob die Abschirmung nicht nur einfach vernabelt worden war. Sie war weg. »Man hat uns große Verantwortung anvertraut, große Werke, die wir durchzuführen haben, und sicher wird man uns anweisen, weiter damit fort …«

Moghedien unterbrach sie in scharfem Tonfall: »Ihr dient jedem der Auserwählten, der oder die Euch gerade brauchen kann. Wer Euch auch von der Weißen Burg her Befehle schickt, nimmt nun selbst ihre Befehle von uns entgegen und kriecht dabei vermutlich auf dem Bauch. Ihr werdet mir dienen, Liandrin, verlaßt Euch darauf.«

Moghedien wußte also nicht, wer die Schwarzen Ajah anführte. Das war eine Offenbarung. Moghedien wußte doch nicht alles. Liandrin hatte die Verlorenen immer für nahezu allmächtig gehalten, weit jenseits aller gewöhnlichen Sterblichen. Vielleicht war die Frau in Wirklichkeit auf der Flucht vor den anderen Verlorenen. Sie ihnen zu übergeben würde ihr dann bestimmt eine hohe Führungsposition einbringen. Sie könnte sogar eine von ihnen werden. Sie hatte da einen Trick, den sie aus ihrer Kindheit kannte. Und sie konnte die Wahre Quelle berühren. »Große Herrin, wir dienen dem Großen Herrn genau wie Ihr. Auch uns versprach man ewiges Leben und Macht, wenn der Große Herr zur …«

»Glaubt Ihr, daß Ihr mir ebenbürtig seid, kleine Schwester?« Moghedien verzog angewidert das Gesicht. »Habt Ihr im Krater des Verderbens gestanden, als Ihr Eure Seele dem Großen Herrn verschwort? Habt Ihr die Süße des Triumphes bei Paaran Disen geschmeckt oder die bittere Asche am Asar Don? Ihr seid ein schlecht erzogener Welpe und nicht die Leithündin der Meute, und Ihr werdet springen, wohin ich zeige, bis ich der Meinung bin, Euch gehöre ein besserer Platz. Auch diese anderen glaubten, mehr zu sein, als sie sind. Wollt Ihr Eure Kraft mit der meinen messen?«

»Selbstverständlich nicht, Große Herrin.« Nicht, wenn sie gewarnt war und bereit zum Zuschlagen. »Ich ...«

»Ihr werdet es aber früher oder später probieren, und ich ziehe es vor, so etwas gleich hinter mich zu bringen, jetzt, zu Beginn. Warum wohl, glaubt Ihr, blicken Eure Begleiterinnen so fröhlich drein? Ich habe jeder von ihnen heute bereits die gleiche Lehre erteilt. Ich werde nicht darauf warten, bis ich dazu bei Euch ebenfalls gezwungen bin. Das erledige ich jetzt auf der Stelle. Versucht es.«

Liandrin fuhr sich ängstlich mit der Zunge über die Lippen und blickte sich unter den Frauen um, die so steif an der Wand standen. Nur Asne Zaremene wagte es, sich zu rühren: Sie schüttelte ganz leicht den Kopf. Asnes schrägstehende Augen, hohe Backenknochen und kräftige Nase zeigten deutlich, daß sie aus Saldaea stammte, und sie besaß all die Kühnheit, die man den Menschen dieses Landes nachsagte. Wenn selbst sie abriet, wenn in ihren dunklen Augen ein Hauch von Furcht stand, dann war es am besten, zu kriechen, bis Moghedien zufriedengestellt war und in ihrer Aufmerksamkeit nachließ. Und doch war da dieser kleine Trick.

Sie fiel mit gesenktem Kopf auf die Knie nieder. Dann blickte sie mit einer Furcht zu der Verlorenen auf, die nur teilweise geheuchelt war. Moghedien saß entspannt auf dem Stuhl und nippte an ihrem Tee. »Große Herrin, ich bitte Euch, mir zu vergeben, wenn ich hochmütig war. Ich weiß, daß ich nur wie ein Wurm unter Eurem Fuß bin. Ich bitte Euch als eine, die Eure treue Jagdhündin sein möchte, um Gnade für diesen verlorenen Welpen.« Moghedien blickte in ihre Tasse, und blitzschnell, während sie noch diese Worte stammelte, riß Liandrin die Macht an sich und lenkte sie auf

Moghedien, suchte den Riß im Selbstvertrauen der Verlorenen, den Riß, den jede Fassade von Kraft und Stärke aufwies.

Im gleichen Augenblick, als sie losschlug, war die andere Frau vom Glühen *Saidars* umgeben, und Schmerz hüllte Liandrin ein. Sie brach auf dem Teppich zusammen und versuchte, laut zu heulen, doch eine Qual jenseits aller Schmerzen, die sie jemals gefühlt hatte, ließ ihren weit aufgerissenen Mund verstummen. Ihre Augen wollten ihr aus dem Kopf bersten; ihre Haut wollte in Streifen abreißen. Eine Ewigkeit lang zuckte sie, und als es ebenso plötzlich aufhörte, wie es begonnen hatte, konnte sie nur noch daliegen, zittern und mit offenem Mund weinen.

»Fangt Ihr nun zu begreifen an?« fragte Moghedien gelassen und reichte Temaile die leere Tasse mit einem im Plauderton gesprochenen: »Das war sehr gut. Nächstesmal möchte ich ihn aber etwas stärker.« Temaile sah aus, als werde sie gleich in Ohnmacht fallen. »Ihr seid nicht schnell genug, Liandrin, Ihr seid nicht stark genug, und Ihr wißt nicht genug. Dieser armselige Angriff, mit dem Ihr mich überraschen wolltet. Möchtet Ihr sehen, wie das wirklich ist?« Sie wob die Macht.

Liandrin blickte bewundernd zu ihr auf. Sie kroch über den Fußboden und stammelte zwischen den Schluchzern, die sie nicht unterdrücken konnte: »Vergebt mir, Große Herrin.« Diese prachtvolle Frau war wie ein Stern am Himmel, wie ein Komet, und sie stand noch über allen Königen und Königinnen, so wundervoll war sie. »Bitte vergebt«, bettelte sie und küßte immer wieder den Saum von Moghediens Rock. Dazwischen stammelte sie weiter: »Vergebt mir. Ich bin eine Hündin, ein Wurm.« Sie schämte sich zu Tode, weil sie diese Dinge vorher wohl gesagt, aber nicht ernst gemeint hatte. Dabei stimmte das alles. Vor dieser Frau entsprach alles der Wahrheit. »Laßt mich Euch dienen, Große Herrin. Gestattet mir, Euch zu dienen. Bitte. Bitte.«

»Ich bin nicht Graendal«, sagte Moghedien und stieß sie mit einem Fuß im Samtpantoffel grob zur Seite.

Mit einemmal war diese Verehrung wie weggeblasen. Liandrin lag weinend wie ein Häufchen Unglück am Boden und erinnerte sich deutlich daran, wie sie diese Frau hündisch verehrt hatte. Sie starrte die Verlorene angsterfüllt an.

»Seid Ihr jetzt überzeugt, Liandrin?«

»Ja, Große Herrin«, brachte sie heraus. Sie war überzeugt. Überzeugt davon, nicht mehr an einen Angriff denken zu dürfen, bis ihr der Erfolg sicher war. Ihr Trick war nur ein schwacher Abklatsch dessen, was Moghedien fertiggebracht hatte. Wenn sie das nur erlernen könnte …

»Wir werden ja sehen. Ich glaube, Ihr gehört zu denen, die eine solche Lehre ein zweites Mal benötigen. Betet darum, daß es nicht notwendig wird, Liandrin, denn beim zweiten Mal reagiere ich mit größter Härte. Nehmt jetzt Euren Platz bei den anderen ein. Ihr werdet sehen, daß ich einige der mit der Macht behafteten Gegenstände aus Eurem Zimmer entfernt habe; die restlichen Spielzeuge könnt Ihr behalten. Bin ich nicht gut zu Euch?«

»Die Große Herrin ist so gut zu uns«, pflichtete ihr Liandrin abgehackt und unter gelegentlichem Schluchzen bei, das sie noch immer nicht unterdrücken konnte.

Erschöpft und schlaff taumelte sie hoch und ging hinüber, wo sie sich neben Asne stellte. Die Wandtäfelung an ihrem Rücken half ihr, aufrecht stehen zu bleiben. Sie sah, wie Stränge aus Luft verwoben wurden, nur aus Luft, doch sie zuckte zusammen, als sie ihren Mund verschlossen und jeden Laut von ihren Ohren fernhielten. Ganz sicher versuchte sie nicht, sich dem entgegenzustemmen. Sie ließ noch nicht einmal einen Gedanken an *Saidar* bei sich aufkommen. Wer wußte schon, was eine der Verlorenen alles vollbringen konnte? Vielleicht sogar ihre Gedanken lesen? Dieser Gedankengang ließ sie beinahe flüchten. Aber nein. Wenn Moghedien ihre Gedanken kannte, dann wäre sie jetzt schon tot. Oder läge noch immer schreiend auf dem Boden. Oder küßte Moghediens Füße und bettelte darum, dienen zu dürfen. Liandrin zitterte unwillkürlich wieder. Hätte das Luftgewebe ihren Mund nicht geknebelt, dann hätten jetzt ihre Zähne geklappert.

Moghedien webte die gleichen Fesseln um sie alle bis auf Rianna. Die holte sie mit einem Wink ihres Fingers zu sich heran und ließ sie vor sich niederknien. Nach kurzer Zeit stand Rianna wieder auf und ging. Nun wurde Marillin Gemalphin von ihren Knebeln erlöst und herangerufen.

Von ihrem Standpunkt aus konnte Liandrin ihre Gesichter sehen, auch wenn sich ihre Münder für sie völlig lautlos bewegten. Eindeutig empfing jede Frau nun Befehle, von denen die anderen nichts wissen sollten. Den Gesichtern war aber kaum etwas abzulesen. Rianna lauschte lediglich mit einer Andeutung von Erleichterung im Blick. Dann neigte sie den Kopf in schweigender Zustimmung und verließ den Raum. Marillin blickte erst überrascht und dann eifrig drein, aber sie war eben eine Braune gewesen, und die Braunen konnten sich für alles begeistern, was ihnen eine Gelegenheit verschaffte, irgendein verschimmeltes Fragment verlorenen Wissens auszugraben. Jeaine Caides Gesicht wandelte sich langsam zu einer Maske unverhohlenen Schreckens. Zuerst schüttelte sie den Kopf und versuchte, sich und dieses widerlich durchscheinende Kleid mit den Händen zu verdecken, doch dann verhärtete sich Moghediens Miene, und Jeaine nickte hastig und floh, nicht ganz so von Eifer erfüllt wie Marillin, aber genauso schnell. Berylla Naron, so mager, daß sie fast schwindsüchtig wirkte, aber eine der klügsten Intrigantinnen, die es gab, und Falion Bhoda mit ihrem langen und trotz ihrer offensichtlichen Furcht kalt wirkenden Gesicht zeigten genausowenig Ausdruck wie Rianna zuvor. Ispan Shefar, die wohl dunkelhaarig war, aber genau wie Liandrin aus Tarabon kam, küßte sogar Moghediens Rocksaum, bevor sie sich wieder erhob.

Dann wurden die Stränge um Liandrin gelöst. Sie dachte sich, jetzt sei sie an der Reihe, mit einem der Schatten wußte wie auch immer gearteten Auftrag losgeschickt zu werden. Doch dann sah sie, daß auch die Bande um die anderen verbliebenen Frauen gleichzeitig gelöst wurden. Moghediens Finger winkte herrisch, und Liandrin kniete zwischen Asne und Chesmal Emry, einer hochgewachsenen, gutaussehenden Frau mit dunklem Haar und dunklen Augen nieder. Chesmal, die ehemalige Gelbe, konnte mit gleicher Leichtigkeit heilen wie töten, doch so eindringlich und konzentriert, wie sie nun Moghedien anblickte, und so, wie sie die Hände in ihren Rock verkrampfte, wußte Liandrin, daß sie jetzt nur noch an Gehorsam dachte.

Sie würde sehr genau beobachten und sich an solche Beobachtungen auch halten müssen, überlegte Liandrin. Falls sie einer der anderen sagte, sie glaube, eine Belohnung erhalten zu können, wenn sie Moghedien den anderen Verlorenen übergab, konnte sich das möglicherweise katastrophal auswirken, denn vielleicht hatte sich die Angesprochene ja dafür entschieden, daß es in ihrem Interesse läge, Moghediens Schoßhündchen zu werden und wiederum sie zu verraten. Bei dem Gedanken an eine zweite ›Belehrung‹ dieser Art hätte sie beinahe gewimmert.

»Euch werde ich bei mir behalten«, erklärte die Verlorene nun, »und zwar für die wichtigste Aufgabe überhaupt. Was die anderen zu tun haben, mag ja süße Früchte tragen, aber für mich werdet Ihr die wichtigste Ernte einbringen. Eine ganz persönliche Ernte. Es gibt da eine Frau namens Nynaeve al'Meara.« Liandrins

Kopf ruckte hoch, und der Blick aus Moghediens dunklen Augen wurde schärfer. »Wißt Ihr von ihr?«

»Ich verachte sie«, erwiderte Liandrin der Wahrheit entsprechend. »Sie ist eine schmutzige Wilde, die man niemals zur Burg hätte zulassen dürfen.« Sie verabscheute alle Wilden. Während sie davon träumte, eine Schwarze Ajah zu werden, hatte sie sich ein ganzes Jahr lang bemüht, den Gebrauch der Macht allein zu erlernen, bevor sie zur Burg ging, aber natürlich war sie deshalb auf keinen Fall eine Wilde.

»Sehr gut. Ihr fünf werdet sie für mich suchen. Ich will sie lebend haben. O ja, ich brauche sie lebendigen Leibs.« Moghediens Lächeln ließ Liandrin schaudern. Ihr Nynaeve und die beiden anderen zu übergeben mochte sich als ausgesprochen vorteilhaft erweisen. »Vorgestern befand sie sich in einem Dorf namens Sienda, etwa sechzig Meilen östlich von hier, zusammen mit einer anderen jungen Frau, an der ich möglicherweise Interesse habe, doch dann sind sie verschwunden. Ihr werdet ...«

Liandrin lauschte hingebungsvoll. Was diese Sache betraf, würde sie eine zuverlässige Jägerin sein. Was die andere betraf, mußte sie sich in Geduld hüllen und abwarten.

GLOSSAR

VORBEMERKUNG ZUR DATIERUNG

Der Tomanische Kalender (von Toma dur Ahmid entworfen) wurde ungefähr zwei Jahrhunderte nach dem Tod des letzten männlichen Aes Sedai eingeführt. Er zählte die Jahre Nach der Zerstörung der Welt (NZ). Da aber die Jahre der Zerstörung und die darauf folgenden Jahre über fast totales Chaos herrschte und dieser Kalender erst gut hundert Jahre nach dem Ende der Zerstörung eingeführt wurde, hat man seinen Beginn völlig willkürlich gewählt. Am Ende der Trolloc-Kriege waren so viele Aufzeichnungen vernichtet worden, daß man sich stritt, in welchem Jahr der alten Zeitrechnung man sich überhaupt befand. Tiam von Gazar schlug die Einführung eines neuen Kalenders vor, der am Ende dieser Kriege einsetzte und die (scheinbare) Erlösung der Welt von der Bedrohung durch Trollocs feierte. In diesem zweiten Kalender erschien jedes Jahr als sogenanntes Freies Jahr (FJ). Innerhalb der zwanzig auf das Kriegsende folgenden Jahre fand der Gazarenische Kalender weitgehend Anerkennung. Artur Falkenflügel bemühte sich, einen neuen Kalender durchzusetzen, der auf seiner Reichsgründung basierte (VG = Von der Gründung an), aber dieser Versuch ist heute nur noch den Historikern bekannt. Nach weitreichender Zerstörung, Tod und Aufruhr während des Hundertjährigen Krieges entstand ein vierter Kalender durch Uren din Jubai Fliegende Möwe, einen Gelehrten der Meerleute, und wurde von dem Panarchen Farede von Tarabon weiterverbreitet. Dieser Farede-Kalender zählt die Jahre der Neuen Ära (NÄ) von dem willkürlich angenommenen Ende des Hundertjährigen Kriegs an und ist während der geschilderten Ereignisse in Gebrauch.

A'dam (aidam): ein Gerät der Seanchan, mit dessen Hilfe man Frauen kontrollieren kann, die die Macht lenken. Er besteht aus einem Halsband und einem Armreif, die durch eine Leine miteinander verbunden sind. Alles besteht aus einem silbrigen Metall. Auf eine Frau, die mit der Einen Macht nichts anfangen kann, hat er keinen Einfluß (*siehe auch: Damane,* Seanchan, *Sul'dam*).

Aes Sedai (Aies Sehdai): Träger der Einen Macht. Seit der Zeit des Wahnsinns sind alle überlebenden Aes Sedai Frauen. Man mißtraut ihnen und fürchtet, ja haßt sie. Viele geben ihnen die Schuld an der Zerstörung der Welt, und allgemein glaubt man, sie mischten sich in die Angelegenheiten ganzer Staaten ein. Gleichzeitig aber findet man nur wenige Herrscher ohne Aes-Sedai-Berater, selbst in Ländern, wo schon die Existenz einer solchen Verbindung geheimgehalten werden muß. Nach einigen Jahren, in denen sie die Macht gebrauchen, beginnen die Aes Sedai, alterslos zu wirken, so daß auch eine Aes Sedai, die bereits Großmutter sein könnte, keine Alterserscheinungen zeigt, außer vielleicht ein paar grauen Haaren (*siehe auch:* Ajah; Amyrlin-Sitz).

Aiel (Aiiehl): die Bewohner der Aiel-Wüste. Gelten als wild und zäh. Man nennt sie auch Aielmänner. Vor dem Töten verschleiern sie ihre Gesichter. Sie nehmen kein Schwert in die Hand, sind aber tödliche Krieger, ob mit Waffen oder nur mit bloßen Händen. Während sie in die Schlacht ziehen, spielen ihre Spielleute Tanzmelodien auf. Die Aielmänner benützen für die Schlacht das Wort ›der Tanz‹ und ›der Tanz der Speere‹. Sie sind in zwölf Clans zersplittert: die Chareen, die Codarra, die Daryne, die Goshien, die Miagoma, die Nakai, die Reyn, die Shaarad, die Shaido, die Shiande, die Taardad und die Tomanelle. Manchmal sprechen sie auch von einem dreizehnten Clan, dem Clan, Den Es Nicht Gibt, den Jenn, die einst Rhuidean erbauten (*siehe auch:* Aiel-Kriegergemeinschaften; Aiel-Wüste; *Gai'schain; Ji'e'toh;* Rhuidean).

Aiel, Verwandtschaftsgrade: Aiel-Blutsverwandtschaften werden auf sehr komplizierte Weise ausgedrückt. Außenstehende finden das meistens umständlich, doch die Aiel halten es für äußerst präzise. Einige wenige Beispiele dafür müssen an dieser Stelle ausreichen, denn eine vollständige Erklärung würde den Umfang eines Buches beanspruchen. Erstbruder und Erstschwester haben die gleiche Mutter. Zweitbruder und Zweitschwester beziehen sich auf die Kinder der Erstschwester oder des Erstbruders der Mutter. Schwestermutter und Schwestervater sind Erstschwester und Erstbruder der Mutter. Großvater oder Großmutter bedeuten Vater oder Mutter der eigenen Mutter, während die Eltern des eigenen Vaters Zweitgroßvater und Zweitgroßmutter sind. Man ist immer ein näherer Blutsverwandter der Mutter als des Vaters. Darüber hinaus wird es immer komplizierter, im besonderen, weil u. a. Freunden bzw. Freundinnen gestattet ist, den oder die andere als Erstbruder oder Erstschwester zu adoptieren. Wenn man außerdem noch bedenkt, daß Aielfrauen, die enge Freundinnen sind, manchmal den gleichen Mann heiraten und damit Schwesterfrauen werden, die sowohl miteinander, wie auch mit ihrem gemeinsamen Mann verheiratet sind, ist wohl klar, wie außerordentlich verwickelt diese Beziehungen sind.

Aielkrieg (976–78 NÄ): Als König Laman von Cairhien den *Avendoraldera* fällte, überquerten mehrere Clans der Aiel das Rückgrat der Welt. Sie eroberten und brandschatzten die Hauptstadt Cairhien und viele andere kleine und große Städte im Land. Der Konflikt weitete sich schnell nach Andor und Tear aus. Im allgemeinen glaubt man, die Aiel seien in der Schlacht an der Leuchtenden Mauer vor Tar Valon endgültig besiegt worden, aber in Wirklichkeit fiel König Laman in dieser Schlacht, und die Aiel, die damit ihr Ziel erreicht hatten, kehrten über das Rückgrat der Welt in ihre Heimat zurück (*siehe auch: Avendoraldera,* Cairhien).

Aiel-Kriegergemeinschaften: Alle Aiel-Krieger sind Mitglieder einer von zwölf Kriegergemeinschaften. Es sind die Schwarzaugen (*Seia Doon*), die Brüder des Adlers (*Far Aldazar Din*), die Läufer der Dämmerung (*Rahien Sorei*), die Messerhände (*Sovin Nai*), Töchter des Speers (*Far Dareis Mai*), die Bergtänzer (*Hama N'dore*), die Nachtspeere (*Cor Darei*), die Roten Schilde (*Aethan Dor*), die Steinhunde (*Shae'en M'taal*), die Donnergänger (*Sha'mad Conde*), die Blutabkömmlinge (*Tain Shari*) und die Wassersucher (*Duahde Mahdi'in*). Jede Gemeinschaft hat eigene Gebräuche und manchmal auch ganz bestimmte Pflichten. Zum Beispiel fungieren die Roten Schilde als Polizei. Steinsoldaten werden häufig als Nachhut bei Rückzugsgefechten eingesetzt und schwören oftmals, sich nicht zurückzuziehen, wenn einmal eine Schlacht begonnen hat. Um diesen Eid zu erfüllen, sterben sie, wenn nötig, bis auf den letzten Mann. Die Töchter des Speers sind besonders gute Kundschafterinnen. Die Clans der Aiel bekämpfen sich auch gelegentlich untereinander, aber Mitglieder der gleichen Gemeinschaft kämpfen nicht gegeneinander, selbst wenn ihre Clans im Krieg miteinander liegen. So gibt es jederzeit, sogar während einer offenen kriegerischen Auseinandersetzung, Kontakt zwischen den Clans (*siehe auch:* Aiel-Wüste, *Far Dareis Mai*).

Aiel-Wüste: das rauhe, zerrissene und fast wasserlose Gebiet östlich des Rückgrats der Welt, von den Aiel auch das Dreifache Land genannt. Nur wenige Außenseiter wagen sich dorthin, nicht nur, weil es für jemanden, der nicht dort geboren wurde, fast unmöglich ist, Wasser zu finden, sondern auch, weil die

Aiel sich im ständigen Kriegszustand mit allen anderen Völkern befinden und keine Fremden mögen. Nur fahrende Händler, Gaukler und die Tuatha'an dürfen sich in die Wüste begeben, und sogar ihnen gegenüber sind die Kontakte eingeschränkt. Es sind keine Landkarten der Wüste bekannt.

Ajah: Gesellschaftsgruppen unter den Aes Sedai. Jede Aes Sedai außer der Amyrlin gehört einer solchen Gruppe an. Sie unterscheiden sich durch ihre Farben: Blaue Ajah, Rote Ajah, Weiße Ajah, Grüne Ajah, Braune Ajah, Gelbe Ajah und Graue Ajah. Jede Gruppe folgt ihrer eigenen Auslegung in bezug auf die Anwendung der Einen Macht und die Existenz der Aes Sedai. Zum Beispiel setzen die Roten Ajah all ihre Kraft dazu ein, Männer zu finden und zu beeinflussen, die versuchen, die Macht auszuüben. Eine Braune Ajah andererseits leugnet alle Verbindung zur Außenwelt und verschreibt sich ganz der Suche nach Wissen. Die Weißen Ajah meiden soweit wie möglich die Welt und das weltliche Wissen und widmen sich Fragen der Philosophie und Wahrheitsfindung. Die Grünen Ajah (die man während der Trolloc-Kriege auch Kampf-Ajah nannte) stehen bereit, jeden neuen Schattenlord zu bekämpfen, wenn Tarmon Gai'don naht. Die Gelben Ajah konzentrieren sich auf alle Arten der Heilkunst. Die Blauen beschäftigen sich vor allem mit der Rechtsprechung. Die Grauen sind die Mittler, die sich um Harmonie und Übereinstimmung bemühen. Es gibt Gerüchte über eine Schwarze Ajah, die dem Dunklen König dient.

al'Meara, Nynaeve (Almehra, Nainiev): eine Frau aus Emondsfeld im Distrikt der Zwei Flüsse in Andor. Sie gehört jetzt zu den Aufgenommenen.

Alte Sprache, die: die vorherrschende Sprache während des Zeitalters der Legenden. Man erwartet im allgemeinen von Adligen und anderen gebildeten

Menschen, daß sie diese Sprache erlernt haben. Die meisten aber kennen nur ein paar Worte. Eine Übersetzung stößt oft auf Schwierigkeiten, da sehr häufig Wörter oder Ausdrucksweisen mit vielschichtigen, subtilen Bedeutungen vorkommen.

al'Thor, Rand: ein junger Mann aus Emondsfeld im Gebiet der Zwei Flüsse in Andor, ein Ta'veren, der einst Schäfer war und nun zum Wiedergeborenen Drachen ausgerufen wurde. Für die Aiel ist er Der Mit Der Morgendämmerung Kommt, von dem geweissagt wurde, daß er die Aiel einen und vernichten werde. Es scheint ebenfalls wahrscheinlich, daß er der Coramoor oder Der Auserwählte ist, den das Meervolk sucht (*siehe auch:* Aiel, Wiedergeborener Drache).

al'Vere, Egwene (Alwier, Egwain): eine junge Frau aus Emondsfeld im Gebiet der Zwei Flüsse in Andor. Sie ist eine Aufgenommene und wird gerade bei den Aiel zur Traumgängerin ausgebildet, da sie möglicherweise ein echter Träumer ist (*siehe auch:* Traumgänger; Talente).

Alviarin Freidhen: eine Aes Sedai der Weißen Ajah, die nun zur Behüterin der Chronik erhoben wurde und damit nur noch dem Amyrlin-Sitz untersteht. Eine Frau voll kalter Logik und noch kälterer Berechnung.

Amadicia: ein Staat südlich der Verschleierten Berge zwischen Tarabon und Altara. Die Hauptstadt ist Amador, das Zentrum der Kinder des Lichts, deren Lordhauptmann tatsächlich und schon beinahe offiziell mehr Macht besitzt als der König. Jeder, der die Fähigkeit besitzt, mit der Einen Macht umzugehen, ist in Amadicia geächtet. Das Gesetz verlangt, daß sie ins Gefängnis müssen oder ins Ausland verbannt werden, doch in Wirklichkeit werden sie häufig getötet, weil sie ›sich einer Verhaftung widersetzt‹ hatten. Die Flagge von Amadicia zeigt einen silbernen Stern mit sechs Spitzen über einer roten Distel auf blauem Feld (*siehe auch:* Kinder des Lichts).

Amyrlin-Sitz, der: (1.) Titel der Führerin der Aes Sedai. Auf Lebenszeit vom Turmrat, dem höchsten Gremium des Aes Sedai, gewählt; dieser besteht aus je drei Abgeordneten (Sitzende genannt, wie z. B. in »Sitzende der Grünen« ...) der sieben Ajah. Der Amyrlin-Sitz hat, jedenfalls theoretisch, unter den Aes Sedai beinahe uneingeschränkte Macht. Er hat in etwa den Rang einer Königin. Etwas weniger formell ist die Bezeichnung: die Amyrlin. (2.) Thron der Führerin der Aes Sedai.

Amys: die Weise Frau der Kaltfelsenfestung. Sie ist eine Traumgängerin, eine Aiel der Neun-Täler-Septime der Taardad Aiel. Verheiratet mit Rhuarc, Schwesterfrau der Lian, der Dachherrin der Kaltfelsenfestung, und Schwestermutter der Aviendha.

Andor: ein reiches Land, das sich von den Verschleierten Bergen bis zum Erinin erstreckt, zumindest auf der Landkarte, doch die Königin hat seit mehreren Generationen lediglich das Land bis zum Manetherendrelle beherrscht (*siehe auch:* Tochter-Erbin).

Angreal: ein Überbleibsel aus dem Zeitalter der Legenden. Es erlaubt einer Person, die die Eine Macht lenken kann, einen stärkeren Energiefluß zu meistern, als das sonst ohne Hilfe und ohne Lebensgefahr möglich ist. Einige wurden zur Benützung durch Frauen hergestellt, andere für Männer. Gerüchte über *Angreal,* die von beiden Geschlechtern benützt werden können, wurden nie bestätigt. Es ist heute nicht mehr bekannt, wie sie angefertigt wurden. Es existieren nur noch sehr wenige (*siehe auch: Sa'Angreal, Ter'Angreal*).

Arad Doman: Land und Nation am Aryth-Meer. Im Augenblick durch einen Bürgerkrieg und gleichzeitig ausgetragene Kriege gegen die Anhänger des Wiedergeborenen Drachen und gegen Tarabon zerrissen. Die meisten Kaufleute der Domani sind Frauen. Es gibt eine Redensart: ›Laß einen Mann mit einer Domani feilschen.‹ Sie steht für eine äußerst törichte Handlungsweise. Domani-Frauen sind berühmt und berüchtigt für ihre Schönheit, Verführungskunst und für ihre skandalös-offenherzige Kleidung.

Aufgenommene: junge Frauen in der Ausbildung zur Aes Sedai, die eine bestimmte Stufe erreicht und einige Prüfungen bestanden haben. Normalerweise braucht man ca. fünf bis zehn Jahre, um von der Novizin zur Aufgenommenen erhoben zu werden. Die Aufgenommenen sind in ihrer Bewegungsfreiheit weniger eingeschränkt als die Novizinnen, und es ist ihnen innerhalb bestimmter Grenzen sogar erlaubt, eigene Studiengebiete zu wählen. Eine Aufgenommene hat das Recht, einen Großen Schlangenring zu tragen, aber nur am dritten Finger ihrer linken Hand. Wenn eine Aufgenommene zur Aes Sedai erhoben wird, wählt sie ihre Ajah, erhält das Recht, deren Stola zu tragen, und darf den Ring an jedem Finger oder auch gar nicht tragen, je nachdem, was die Umstände von ihr verlangen.

Avendesora: in der alten Sprache der Baum des Lebens. Wird in vielen Geschichten und Legenden erwähnt, die ihn an ganz unterschiedlichen Orten ansiedeln. Wo er wirklich steht, ist nur wenigen bekannt.

Avendoraldera: ein in Cairhien aus einem *Avendesora*-Keim gezogener Baum. Der Keimling war ein Geschenk der Aiel im Jahre 566 NÄ. Es gibt aber keinen zuverlässigen Bericht über eine Verbindung zwischen den Aiel und *Avendesora* (*siehe auch:* Aielkrieg).

Aviendha (Awi-enda): eine Frau aus der Bitteres-Wasser-Septime der Taardad Aiel. Sie ist in der Ausbildung zur Weisen Frau. Sie fürchtet nichts außer ihrem Schicksal.

Bair: Weise Frau der Haido-Septime der Shaarad Aiel; eine Traumgängerin.

Behüter: ein Krieger, der einer Aes Sedai zugeschworen ist. Das geschieht mit Hilfe der Einen Macht, und er gewinnt dadurch Fähigkeiten wie schnelles Heilen von Wunden, er kann lange Zeiträume ohne Wasser, Nahrung und Schlaf auskommen und den Einfluß des Dunklen Königs auf größere Entfernung spüren. So lange er am Leben ist, weiß die mit ihm verbundene Aes Sedai, daß er lebt, auch wenn er noch so weit entfernt ist, und sollte er sterben, dann weiß sie den genauen Zeitpunkt und auch den Grund seines Todes. Allerdings weiß sie nicht, wie weit von ihr entfernt er sich befindet oder in welcher Richtung. Die meisten Aja gestatten einer Aes Sedai den Bund mit nur einem Behüter. Die Roten Ajah allerdings lehnen die Behüter für sich selbst ganz ab, während die Grünen Ajah eine Verbindung mit so vielen Behütern gestatten, wie die Aes Sedai es wünscht. An sich muß der Behüter der Verbindung freiwillig zur Verfügung stehen, es gab jedoch auch Fälle, in denen der Krieger dazu gezwungen wurde. Welche Vorteile die Aes Sedai aus der Verbindung ziehen, wird von ihnen als streng behütetes Geheimnis behandelt (*siehe auch:* Aes Sedai).

Berelain sur Paendrag: die Erste von Mayene, Gesegnete des Lichts, Verteidiger der Wogen, Hochsitz des Hauses Paeron. Eine schöne und willensstarke junge Frau und eine geschickte Herrscherin (*siehe auch:* Mayene).

Birgitte: legendäre Heldin, sowohl ihrer Schönheit wegen, wie auch ihres Mutes und ihres Geschicks als Bogenschütze halber berühmt. Sie trug einen silbernen Bogen, und ihre silbernen Pfeile verfehlten nie ihr Ziel. Eine aus der Gruppe von Helden, die herbeigerufen werden, wenn das Horn von Valere geblasen wird. Sie wird immer in Verbindung mit dem heldenhaften Schwertkämpfer Gaidal Cain genannt. Außer, was ihre Schönheit und ihr Geschick als Bogenschützin betrifft, ähnelt sie den Beschreibungen der Legenden allerdings kaum (*siehe auch:* Cain, Gaidal; Horn von Valere).

Breane Taborwin: Früher eine Lady von hohem Rang in Cairhien, ist sie nun ein mittelloser Flüchtling. Sie hat ihr Glück bei einem Mann gefunden, den sie früher von ihren Dienern aus dem Haus hätte prügeln lassen.

Cadin'sor: Uniform der Aielsoldaten: Mantel und Hose in Braun und Grau, so daß sie sich kaum von Felsen oder Schatten abheben. Dazu gehören weiche, bis zum Knie hoch geschnürte Stiefel. In der Alten Sprache ›Arbeitskleidung‹.

Caemlyn: die Hauptstadt von Andor.

Cain, Gaidal: legendärer heldenhafter Schwertkämpfer, immer in Verbindung mit Birgitte erwähnt. Er soll genauso gut ausgesehen haben, wie sie schön war. Man sagte ihm nach, er sei unbesiegbar, solange seine Füße auf Heimaterde stehen. Einer der durch das Horn von Valere zurückgerufenen Helden (*siehe auch:* Birgitte; Horn von Valere).

Cairhien: sowohl eine Nation am Rückgrat der Welt wie auch die Hauptstadt dieser Nation. Die Stadt wurde im Aielkrieg (976–978 NÄ) wie so viele andere Städte und Dörfer niedergebrannt und geplündert. Als Folge wurde sehr viel Agrarland in der Nähe des Rückgrats der Welt aufgegeben, so daß seither große Mengen Getreide importiert werden müssen. Auf den Mord an König Galldrian (998 NÄ) folgten ein Bürgerkrieg unter den Adelshäusern um die Nachfolge auf dem Sonnenthron, die Unterbrechung der Lebensmittellieferungen und eine Hungersnot. Im Wappen führt Cairhien eine goldene Sonne mit vielen Strahlen, die sich vom unteren Rand eines himmelblauen Feldes erhebt.

Callandor: ›Das Schwert, das kein Schwert ist‹ oder ›Das unberührbare Schwert‹. Ein Kristallschwert, das im Stein von Tear aufbewahrt wurde in einem Raum, der den Namen ›Herz des Steins‹ trägt. Es ist ein äußerst mächtiger *Sa'Angreal,* der von einem Mann benützt werden muß. Keine Hand kann es berühren, außer der des Wiedergeborenen Drachen. Den Prophezeiungen des Drachen nach war eines der wichtigsten Zeichen für die erfolgte Wiedergeburt des Drachen und das Nahen von Tarmon Gai'don, daß der Drache den Stein von Tear einnahm und *Callandor* in seinen Besitz brachte. Es wurde von Rand al'Thor wieder ins Herz des Steins zurückgebracht und in den Steinboden gerammt (*siehe auch:* Wiedergeborener Drache; *Sa'Angreal;* Stein von Tear).

Cauthon, Matrim (Mat): ein junger Mann aus Emondsfeld im Bezirk der Zwei Flüsse in Andor. Er ist *ta'veren* und hat außergewöhnliches Glück in all seinen Aktivitäten.

Colavaere (Ko-la-vier) **aus dem Hause Saighan:** eine hochangesehene Lady aus Cairhien, die gern und erfolgreich Intrigen schmiedet, was aber für den Adel Cairhiens allgemein zutrifft. Diese Adligen haben soviel Macht, daß sie manchmal vergessen, einer noch höheren Macht zu unterstehen.

Couladin: ein ehrgeiziger Mann aus der Domai-Septime der Shaido Aiel. Seine Kriegergemeinschaft heißt *Seia Doon,* die Schwarzen Augen.

Cuendillar: eine unzerstörbare Substanz, die im Zeitalter der Legenden erschaffen wurde. Jede Energie, die darauf angewandt wird, sie zu zerstören, wird absorbiert und macht sie nur noch stärker. Auch als Herzstein bekannt.

dämpfen (einer Dämpfung unterziehen): Wenn ein Mensch die Anlage zeigt, die Eine Macht zu beherrschen, müssen die Aes Sedai ihre Kräfte ›dämpfen‹, also komplett unterdrücken, da er sonst wahnsinnig wird, vom Verderben des *Saidin* bzw. *Saidar* getroffen, und möglicherweise schreckliches Unheil mit seinen Kräften anrichten wird. Ein Mensch, der einer Dämpfung unterzogen wurde, kann die Eine Macht immer noch spüren, sie aber nicht mehr benützen.

Wenn vor der Dämpfung eines Mannes der beginnende Wahnsinn eingesetzt hat, kann er durch den Akt der Dämpfung aufgehalten, jedoch nicht geheilt werden. Hat die Dämpfung früh genug stattgefunden, kann das Leben der Person gerettet werden. Dämpfungen bei Frauen sind so selten gewesen, daß man von den Novizinnen der Weißen Burg verlangt, die Namen und Verbrechen aller auswendig zu lernen, die jemals diesem Akt unterzogen wurden. Die Aes Sedai dürfen eine Frau nur dann einer Dämpfung unterziehen, wenn diese in einem Gerichtsverfahren eines Verbrechens überführt wurde. Eine unbeabsichtigte oder durch einen Unfall herbeigeführte Dämpfung wird auch als ›Ausbrennen‹ bezeichnet.

Damane: in der Alten Sprache: ›die Gefesselten‹. Frauen, die die Eine Macht lenken können, werden mit Hilfe eines *A'dam* unter Kontrolle gehalten und von den Seanchan zu verschiedenen Zwecken benutzt, vor allem als Wunderwaffen im Krieg. Im ganzen Reich von Seanchan werden jedes Jahr junge Frauen geprüft, bis hin zu dem Alter, in dem sich die Gabe, die Macht gebrauchen zu können, in jedem Fall bereits gezeigt hätte. Genauso wie junge Männer mit diesem Talent (die hingerichtet werden), werden die *Damane* aus den Familienbüchern und allen Bürgerlisten des Reichs gestrichen. Sie hören auf, als eigenständige Menschen zu existieren. Frauen, die dieses Talent besitzen, aber noch nicht zu *Damane* gemacht wurden, nennt man *Marath'Damane,* ›die gefesselt werden müssen‹ (*siehe auch: A'dam;* Seanchan; *Sul'dam*).

Dobraine (Dobrein) **aus dem Hause Taborwin:** ein hochrangiger Lord aus Cairhien, der sich buchstabengetreu an seine Eide hält.

Drache, der: Ehrenbezeichnung für Lews Therin Telamon während des Schattenkriegs. Als der Wahnsinn alle männlichen Aes Sedai befiel, tötete Lews Therin alle Personen, die etwas von seinem Blut in sich trugen und jede Person, die er liebte. So bezeichnete man ihn anschließend als Brudermörder (*siehe auch:* Hundert Gefährten; Wiedergeborener Drache, Prophezeiungen des Drachen).

Drache, falscher: Manchmal behaupten Männer, der Wiedergeborene Drache zu sein, und manch einer davon gewinnt so viele Anhänger, daß eine Armee notwendig ist, um ihn zu besiegen. Einige davon haben schon Kriege begonnen, in die viele Nationen verwickelt wurden. In den letzten Jahrhunderten waren die meisten falschen Drachen nicht in der Lage, die Eine Macht richtig anzuwenden, aber es gab doch ein paar, die das konnten. Alle jedoch verschwanden entweder, oder wurden gefangen oder getötet, ohne eine der Prophezeiungen erfüllen zu können, die sich um die Wiedergeburt des Drachen ranken. Diese Männer nennt man falsche Drachen. Unter jenen, die die Eine Macht lenken konnten, waren Raolin Dunkelbann (335–36 NZ), Yurian Steinbogen (ca. 1300–1308 NZ), Davian (FJ 351), Guaire Amalasan (FJ 939–43) und Logain (997 NÄ) (*siehe auch:* Wiedergeborener Drache; Krieg des Zweiten Drachen).

Drachenmauer: *siehe* Rückgrat der Welt

Dunkler König: gebräuchlichste Bezeichnung, in allen Ländern verwendet, für Shai'tan: die Quelle des Bösen, Antithese des Schöpfers. Im Augenblick der Schöpfung wurde er vom Schöpfer in ein Verließ am Shayol Ghul gesperrt. Ein Versuch, ihn aus diesem Kerker zu befreien, führte zum Schattenkrieg, dem Verderben des Saidin, der Zerstörung der Welt und dem Ende des Zeitalters der Legenden.

Dunklen König nennen, den: Wenn man den wirklichen Namen des Dunklen Königs erwähnt (Shai'tan), zieht man seine Aufmerksamkeit auf sich, was unweigerlich dazu führt, daß man Pech hat oder schlimmstenfalls eine Katastrophe erlebt. Aus diesem Grund werden viele Euphemismen verwendet, wie z. B. der Dunkle König, der Vater der Lügen, der Sichtblender, der Herr der Gräber, der Schäfer der Nacht, Herzensbann, Herzfang, Grasbrenner und Blattverderber. Jemand, der das Pech anzuziehen scheint, ›nennt den Dunklen König‹.

Eide, Drei: die Eide, die eine Aufgenommene ablegen muß, um zur Aes Sedai erhoben zu werden. Sie werden gesprochen, während die Aufgenommene eine Eidesrute in der Hand hält. Das ist ein *Ter'Angreal,* der sie an die Eide bindet. Sie muß schwören, daß sie (1) kein unwahres Wort ausspricht, (2) keine Waffe herstellt, mit der Menschen andere Menschen töten können, und (3) daß sie niemals die Eine Macht als Waffe verwendet, außer gegen Abkömmlinge des Schattens oder, um ihr Leben oder das ihres Behüters oder einer anderen Aes Sedai in höchster Not zu verteidigen. Diese Eide waren früher nicht zwingend vorgeschrieben, doch nach verschiedenen Geschehnissen vor und nach der Zerstörung hielt man sie für notwendig. Der zweite Eid war ursprünglich der erste und kam als Reaktion auf den Krieg um die Macht. Der erste Eid wird wörtlich eingehalten, aber oft geschickt umgangen, indem man eben nur einen Teil der Wahrheit ausspricht. Man glaubt allgemein, daß der zweite und dritte nicht zu umgehen sind.

Eine Macht, die: die Kraft aus der Wahren Quelle. Die große Mehrheit der Menschen ist absolut unfähig, zu lernen, wie man die Eine Macht anwendet. Eine sehr geringe Anzahl von Menschen kann die Anwendung erlernen, und noch weniger besitzen diese Fähigkeit von Geburt an. Diese wenigen müssen ihren Gebrauch nicht lernen, denn sie werden die Wahre Quelle berühren und die Eine Macht benützen, ob sie wollen oder nicht, vielleicht sogar, ohne zu bemerken, was sie da tun. Diese angeborene Fähigkeit taucht meist zuerst während der Pubertät auf. Wenn man dann nicht die Kontrolle darüber erlernt – durch Lehrer oder auch ganz allein (äußerst schwierig, die Erfolgsquote liegt bei eins zu vier) –, ist die Folge der sichere Tod. Seit der Zeit des Wahns hat kein Mann gelernt, die Eine Macht kontrolliert anzuwenden, ohne dabei auf die Dauer auf schreckliche Art dem Wahnsinn zu verfallen. Selbst wenn er in gewissem Maß die Kontrolle erlangt hat, stirbt er an einer Verfallskrankheit, bei der er lebendigen Leibs verfault. Auch diese Krankheit wird, genau wie der Wahnsinn, von dem Verderben hervorgerufen, das der Dunkle König über *Saidin* brachte. Bei Frauen ist der Tod mangels Kontrolle der Einen Macht etwas erträglicher, aber sterben müssen auch sie. Die Aes Sedai suchen nach Mädchen mit diesen angeborenen Fähigkeiten, zum einen, um ihre Leben zu retten und zum anderen, um die Anzahl der Aes Sedai zu vergrößern. Sie suchen nach Männern mit dieser Fähigkeit, um zu verhindern, daß sie schreckliches damit anrichten, wenn sie dem Wahn verfallen (*siehe auch:* Zeit des Wahns, die Wahre Quelle).

Elaida do Avriny a'Roihan: eine Aes Sedai, die einst zu den Roten Ajah gehörte, vormals Ratgeberin der Königin Morgase von Andor. Sie kann manchmal die Zukunft vorhersagen. Mittlerweile zum Amyrlin-Sitz erhoben.

Elayne aus dem Hause Trakand: Königin Morgases Tochter, die Tochter-Erbin des Throns von Andor. Sie befindet sich in der Ausbildung zur Aes Sedai und gehört mittlerweile zu den Aufgenommenen. Sie führt im Wappen eine goldene Lilie.

Enaila: eine Tochter des Speers aus der Jarra-Septime der Chareen Aiel. Sie ist ihrer Körpergröße wegen sehr empfindlich und hat eine eigenartige Haltung zu Rand al'Thor entwickelt, bedenkt man, daß sie kaum mehr als ein Jahr älter ist.

Fäule, die: *siehe* Große Fäule.

Faile (Faiehl): in der Alten Sprache: ›Falke‹. Der Name wurde von Zarine Baschere angenommen, einer jungen Frau aus Saldaea.

Falkenflügel, Artur: ein legendärer König (Artur Paendrag Tanreall, 943–994 FJ), der alle Länder westlich des Rückgrats der Welt und einige von jenseits der Aiel-Wüste einte. Er sandte sogar eine Armee über das Aryth-Meer, doch verlor man bei seinem Tod, der den Hundertjährigen Krieg auslöste, jeden Kontakt mit diesen Soldaten. Er führte einen fliegenden goldenen Falken im Wappen (*siehe auch:* Hundertjähriger Krieg).

Far Dareis Mai: wörtlich ›Töchter des Speers‹. Eine von mehreren Kriegergemeinschaften der Aiel. Anders als bei den übrigen werden ausschließlich Frauen aufgenommen. Sollte sie heiraten, darf eine Frau nicht Mitglied bleiben. Während einer Schwangerschaft darf ein Mitglied nicht kämpfen. Jedes Kind eines Mitglieds wird von einer anderen Frau aufgezogen, so daß niemand mehr weiß, wer die wirkliche Mutter war. (»Du darfst keinem Manne angehören und kein Mann oder Kind darf dir angehören. Der Speer ist dein Liebhaber, dein Kind und dein Leben.«) Diese Kinder sind hochangesehen, denn es wurde prophezeit, daß ein Kind einer Tochter des Speers die Clans vereinen und zu der Bedeutung zurückführen wird, die sie im Zeitalter der Legenden besaßen (*siehe auch:* Aiel-Kriegergemeinschaften).

Flamme von Tar Valon: das Symbol für Tar Valon, den Amyrlin-Sitz und die Aes Sedai. Die stilisierte Darstellung einer Flamme: eine weiße, nach oben gerichtete Träne.

Fünf Mächte, die: Das sind die Stränge der Einen Macht, und jede Person, die die Eine Macht anwenden kann, wird einige dieser Stränge besser als die anderen handhaben können. Diese Stränge nennt man nach den Dingen, die man durch ihre Anwendung beeinflussen kann: Erde, Luft, Feuer, Wasser, Geist – die Fünf Mächte. Wer die Eine Macht anwenden kann, beherrscht gewöhnlich einen oder zwei dieser Stränge besonders gut und hat Schwächen in der Anwendung der übrigen. Einige wenige beherrschen auch drei davon, aber seit dem Zeitalter der Legenden gab es niemanden mehr, der alle fünf in gleichem Maße beherrschte. Und auch dann war das eine große Seltenheit. Das Maß, in dem diese Stränge beherrscht werden und Anwendung finden, ist individuell ganz verschieden; einzelne dieser Personen sind sehr viel stärker als die anderen. Wenn man bestimmte Handlungen mit Hilfe der Einen Macht vollbringen will, muß man einen oder mehrere bestimmte Stränge beherrschen. Wenn man beispielsweise ein Feuer entzünden oder beeinflussen will, braucht man den Feuer-Strang; will man das Wetter ändern, muß man die Bereiche Luft und Wasser beherrschen, während man für Heilungen Wasser und Geist benutzen muß. Während Männer und Frauen in gleichem Maße den Geist beherrschten, war das Talent in bezug auf Erde und/oder Feuer besonders oft bei Männern ausgeprägt und das für Wasser und/oder Luft bei Frauen. Es gab Ausnahmen, aber trotzdem betrachtete man Erde und Feuer als die männlichen Mächte, Luft und Wasser als die weiblichen.

Gaidin: in der Alten Sprache ›Bruder der Schlacht‹. Ein Titel, den die Aes Sedai den Behütern verleihen (*siehe auch:* Behüter).

Gai'schain: in der Alten Sprache ›dem Frieden im Kampfe verschworen‹. Von einem Aiel, der oder die während eines Überfalls oder einer bewaffneten Auseinandersetzung von einem anderen Aiel gefangengenommen wird, verlangt das *Ji'e'toh,* daß er oder sie dem neuen Herrn gehorsam ein Jahr und einen Tag lang dient und dabei keine Waffe anrührt und niemals Gewalt anwendet. Eine Weise Frau, ein Schmied oder eine Frau mit einem Kind unter zehn Jahren können nicht zu Gai'schain gemacht werden (*siehe auch: Ji'e'toh*).

Galad; Lord Galadedrid Damodred: Halbbruder von Elayne und Gawyn. Sie haben alle den gleichen Vater: Taringail Damodred. Im Wappen führt er ein geflügeltes silbernes Schwert, dessen Spitze nach unten zeigt.

Gareth Bryne (Ga-ret Brein): einst Generalhauptmann der Königlichen Garde von Andor. Von Königin Morgase ins Exil verbannt. Er wird als einer der größten lebenden Militärstrategen betrachtet. Das Siegel des Hauses Bryne zeigt einen wilden Stier, um dessen Hals die Rosenkrone von Andor hängt. Gareth Brynes persönliches Abzeichen sind drei goldene Sterne mit jeweils fünf Zacken.

Gaukler: fahrende Märchenerzähler, Musikanten, Jongleure, Akrobaten und Alleinunterhalter. Ihr Abzeichen ist die aus bunten Flicken zusammengesetzte Kleidung. Sie besuchen vor allem Dörfer und Kleinstädte, da in den größeren Städten schon zuviel andere Unterhaltung geboten wird.

Gawyn aus dem Hause Trakand: Sohn der Königin Morgase, Bruder von Elayne, der bei Elaynes Thronbesteigung Erster Prinz des Schwertes wird. Er führt einen weißen Keiler im Wappen.

Gewichtseinheiten: 10 Unzen = 1 Pfund; 10 Pfund = 1 Stein; 10 Steine = 1 Zentner; 10 Zentner = 1 Tonne.

Grenzlande: die an die Große Fäule angrenzenden Nationen: Saldaea, Arafel, Kandor und Schienar. Sie haben eine Geschichte unendlich vieler Überfälle und Kriegszüge gegen Trollocs und Myrddraal (*siehe auch:* Große Fäule).

Große Fäule: eine Region im hohen Norden, die durch den Dunklen König vollständig verdorben wurde.

Sie stellt eine Zuflucht für Trollocs, Myrddraal und andere Kreaturen des Dunklen Königs dar.

Großer Herr der Dunkelheit: Diese Bezeichnung verwenden die Schattenfreunde für den Dunklen König. Sie behaupten, es sei Blasphemie, seinen wirklichen Namen zu benützen.

Große Schlange: ein Symbol für die Zeit und die Ewigkeit, das schon uralt war, bevor das Zeitalter der Legenden begann. Es zeigt eine Schlange, die ihren eigenen Schwanz verschlingt. Man verleiht einen Ring in der Form der Großen Schlange an Frauen, die unter den Aes Sedai zu Aufgenommenen erhoben werden.

Hochlords von Tear: Die Hochlords von Tear regieren als Rat diesen Staat, der weder König noch Königin aufweist. Ihre Anzahl steht nicht fest. Im Laufe der Jahre hat es Zeiten gegeben, wo nur sechs Hochlords regierten, aber auch zwanzig kamen bereits vor. Man darf sie nicht mit den Landherren verwechseln, niedrigeren Adligen in den ländlichen Bezirken Tears.

Horn von Valere: das legendäre Ziel der Großen Jagd nach dem Horn. Man nimmt an, das Horn könne tote Helden zum Leben erwecken, damit sie gegen den Schatten kämpfen. Eine neue Jagd nach dem Horn wurde ausgerufen, und die Jäger haben in Illian ihren Jägereid abgelegt.

Hundertjähriger Krieg: eine Reihe sich überschneidender Kriege, geprägt von sich ständig verändernden Bündnissen, ausgelöst durch den Tod von Artur Falkenflügel und die darauf folgenden Auseinandersetzungen um seine Nachfolge. Er dauerte von 994 FJ bis 1117 FJ. Der Krieg entvölkerte weite Landstriche zwischen dem Aryth-Meer und der Aiel-Wüste, zwischen dem Meer der Stürme und der Großen Fäule. Die Zerstörungen waren so schwerwiegend, daß über diese Zeit nur noch fragmentarische Berichte vorliegen. Das Reich Artur Falkenflügels zerfiel und die heutigen Staaten bildeten sich heraus (*siehe auch:* Falkenflügel, Artur).

Illian: ein großer Hafen am Meer der Stürme, Hauptstadt der gleichnamigen Nation. Im Wappen von Illian findet man neun goldene Bienen auf dunkelgrünem Feld.

Isendre: eine schöne und habsüchtige Frau, die den Zorn der falschen Frau erregte und ausnahmsweise einmal die Wahrheit sagte, als sie abstritt, gestohlen zu haben.

Ji'e'toh: in der Alten Sprache: ›Ehre und Verpflichtung‹ oder einfach ›Ehre und Pflicht‹. Der komplizierte Ehrenkodex der Aiel. Um ihn vollständig darzustellen, müßte man eine ganze Reihe von Büchern füllen. Ein typisches Beispiel sind die vielen Möglichkeiten, im Kampf Ehre zu gewinnen. Die wenigste Ehre gewinnt man durch Töten. Töten kann jeder. Die meiste Ehre gewinnt man, wenn man einen lebenden, bewaffneten Feind berührt, ohne ihm Schaden zuzufügen. Irgendwo in der Mitte liegt der Akt, einen Gegner zum *Gai'schain* zu machen. Auch die Schande ist sehr vielschichtig im *Ji'e'toh* enthalten, und sie gilt als schlimmer denn jeder Schmerz, jede Verwundung und sogar der Tod. Zum dritten gibt es auch viele Abstufungen des *Toh,* der Verpflichtung, doch selbst die geringste muß voll und ganz erfüllt werden. *Toh* wiegt schwerer als alles andere. Ein Aiel nimmt oftmals, wenn notwendig, eine Schande in Kauf, um eine Pflicht zu erfüllen, die einem Fremden als etwas sehr Geringes vorkommen mag (*siehe auch: Gai'schain*).

Juilin Sandar: ein Diebfänger als Tear.

Kadere, Hadnan: angeblich ein fahrender Händler, der es bereut, jemals die Aiel-Wüste betreten zu haben.

Kinder des Lichts: eine Gemeinschaft von Asketen, die sich den Sieg über den Dunklen König und die Vernichtung aller Schattenfreunde zum Ziel gesetzt hat.

Die Gemeinschaft wurde während des Hundertjährigen Kriegs von Lothair Mantelar gegründet, um gegen die ansteigende Zahl der Schattenfreunde als Prediger anzugehen. Während des Kriegs entwickelte sich daraus eine vollständige militärische Organisation, extrem streng ideologisch ausgerichtet und fest im Glauben, nur sie dienten der absoluten Wahrheit und dem Recht. Sie hassen die Aes Sedai und halten sie, sowie alle, die sie unterstützen oder sich mit ihnen befreunden, für Schattenfreunde. Sie werden geringschätzig Weißmäntel genannt. Im Wappen führen sie eine goldene Sonne mit Strahlen auf weißem Feld.

Krieg um die Macht: *siehe* Schattenkrieg.

Längenmaße: 10 Finger = 3 Hände = 1 Fuß; 3 Fuß = 1 Schritt; 2 Schritte = 1 Spanne; 1000 Spannen = 1 Meile.

Lamgwin Dorn: ein Straßenschläger, der sich seiner Königin gegenüber loyal verhält.

Lan, al'Lan Mandragoran: ein Behüter, der Moiraine zugeschworen wurde. Ungekrönter König von Malkier, Dai Shan (Kriegsherr) und der letzte Überlebende Lord von Malkier (*siehe auch:* Behüter; Moiraine; Malkier).

Lanfear: in der Alten Sprache ›Tochter der Nacht‹. Eine der Verlorenen, vielleicht sogar die mächtigste neben Ishamael. Im Gegensatz zu den anderen Verlorenen wählte sie ihren Namen selbst. Man sagt von ihr, sie habe Lews Therin Telamon geliebt und seine Frau Ilyena gehaßt (*siehe auch:* Verlorene; Drache).

Leane Sharif: einst eine Aes Sedai der Blauen Ajah und Behüterin der Chronik. Mittlerweile entmachtet und einer Dämpfung unterzogen. Sie bemüht sich, wiederzuentdecken, wer sie eigentlich ist oder sein könnte (*siehe auch:* Ajah).

Lews Therin Telamon; Lews Therin Brudermörder: *siehe* Drache.

Liandrin: eine Aes Sedai der Roten Ajah aus Tarabon. Mittlerweile wurde bekannt, daß sie in Wirklichkeit eine Schwarze Ajah ist.

Lini: Kindermädchen der Lady Elayne in ihrer Kindheit. Davor war sie bereits Erzieherin ihrer Mutter Morgase und von deren Mutter. Eine Frau von enormer innerer Kraft, einigem Scharfsinn und sehr wortgewaltig in bezug auf Redensarten.

Logain: ein Mann, der einst behauptete, der Wiedergeborene Drache zu sein, und der später einer Dämpfung unterzogen wurde (*siehe auch:* Drache, falscher).

Lugard: eigentlich die Hauptstadt von Murandy. Doch dieses Land ist ein Durcheinander von verwickelten Abhängigkeiten verschiedenen Städten und einzelnen Lords und Ladies gegenüber. Der jeweils amtierende König beherrscht meist nicht einmal die Hauptstadt selbst. Lugard ist ein wichtiges Handelszentrum, aber auch der Inbegriff für Diebstahl, Laster und einen schlechten Ruf.

Macura, Ronde: eine Schneiderin in Amadicia, die versuchte, zu vielen Herren und Herrinnen zu dienen, ohne wirklich zu wissen, wer sie waren.

Maighande: eine der größten Schlachten der Trolloc-Kriege. Die Sieg der Menschen in dieser Schlacht stand am Beginn der Gegenoffensive, die schließlich dazu führte, daß die Trollocs in die Fäule zurückgetrieben wurden (*siehe auch:* Große Fäule; Trolloc-Kriege).

Malkier: eine Nation, einst eins der Grenzlande, mittlerweile Teil der Großen Fäule. Im Wappen führte Malkier einen fliegenden goldenen Kranich.

Manetheren: eine der Zehn Nationen, die den Zweiten Pakt schlossen; Hauptstadt des gleichnamigen Staates. Sowohl die Stadt wie auch die Nation wurden in den Trolloc-Kriegen vollständig zerstört (*siehe auch:* Trolloc-Kriege).

Mayene (Mai-jehn): Stadtstaat am Meer der Stürme,

der seinen Reichtum und seine Unabhängigkeit der Kenntnis verdankt, die Ölfischschwärme aufspüren zu können. Ihre wirtschaftliche Bedeutung kommt der der Olivenplantagen von Tear, Illian und Tarabon gleich. Ölfisch und Oliven liefern nahezu alles Öl für Lampen. Die augenblickliche Herrscherin von Mayene ist Berelain. Ihr Titel lautet: die Erste von Mayene. Die Herrscher von Mayene führen ihre Abstammung auf Artur Falkenflügel zurück. Das Wappen von Mayene zeigt einen fliegenden goldenen Falken. Mayene wurde traditionell von Tear wirtschaftlich und politisch erpreßt und unterdrückt.

Mazrim Taim: ein falscher Drache, der in Saldaea viel Unheil anrichtete, bevor er geschlagen und gefangen wurde. Er ist nicht nur in der Lage, die Eine Macht zu benützen, sondern angeblich besitzt er außerordentliche Kräfte (*siehe auch:* Drache, falscher).

Meilan aus dem Hause Mendiana: ein Hochlord von Tear. Als General durchaus fähig, übertreibt er jedoch Ehrgeiz und Haß (*siehe auch:* Hochlords von Tear).

Meile: *siehe* Längenmaße.

Melaine (Mehlein): Weise Frau der Jhirad-Septime der Goshien Aiel. Eine Traumgängerin.

Melindhra: eine Tochter des Speers aus der Jumai-Septime der Shaido-Aiel. Eine Frau, deren Loyalität gespalten ist (*siehe auch:* Aiel-Kriegergemeinschaften).

Merrilin, Thom: ein ziemlich vielschichtiger Gaukler, einst Geliebter von Königin Morgase.

Min: eine junge Frau mit der Fähigkeit, die Aura der sie umgebenden Menschen erkennen und auf ihre Zukunft schließen zu können.

Moiraine (Moarän): eine Aes Sedai der Blauen Ajah. Sie stammt aus dem Hause Damodred, aber nicht aus der direkten Linie der Thronfolger. Sie wuchs im Königlichen Palast von Cairhien auf. Sie benützt nur selten ihren Familiennamen und hält ihre Beziehung zu dem Hause Damodred meist geheim.

Morgase (Morgeis): Von der Gnade des Lichts, Königin von Andor, Verteidigerin des Lichts, Beschützerin des Volkes, Hochsitz des Hauses Trakand. Im Wappen führt sie drei goldene Schlüssel. Das Wappen des Hauses Trakand zeigt einen silbernen Grundpfeiler.

Muster eines Zeitalters: Das Rad der Zeit verwebt die Stränge menschlichen Lebens zum Muster eines Zeitalters, das die Substanz der Realität dieser Zeit bildet; auch als Zeitengewebe bekannt (*siehe auch: Ta'veren*).

Myrddraal: Kreaturen des Dunklen Königs, Kommandanten der Trolloc-Heere. Nachkommen von Trollocs, bei denen das Erbe der menschlichen Vorfahren wieder stärker hervortritt, die man benutzt hat, um die Trollocs zu erschaffen. Trotzdem deutlich vom Bösen dieser Rasse gezeichnet. Sie sehen äußerlich wie Menschen aus, haben aber keine Augen. Sie können jedoch im Hellen wie im Dunklen wie Adler sehen. Sie haben gewisse, vom Dunklen König stammende Kräfte, darunter die Fähigkeit, mit einem Blick ihr Opfer vor Angst zu lähmen. Wo Schatten sind, können sie hineinschlüpfen und sind nahezu unsichtbar. Eine ihrer wenigen bekannten Schwächen besteht darin, daß sie Schwierigkeiten haben, fließendes Wasser zu überqueren. Man kennt sie unter vielen Namen in den verschiedenen Ländern, z. B. als Halbmenschen, die Augenlosen, Schattenmänner, Lurk und die Blassen. Wenig bekannt ist die Tatsache, daß die Myrddraal in einem Spiegel nur ein verschwommenes Bild erzeugen.

Natael, Jasin: ein von Asmodean benützter Name. Asmodean ist einer der Verlorenen.

Niall, Pedron: Lordhauptmann und Kommandeur der Kinder des Lichts (*siehe auch:* Kinder des Lichts).

Ogier: (1.) Eine nichtmenschliche Rasse. Typisch für Ogier sind ihre Größe (männliche Ogier werden im Durchschnitt zehn Fuß groß), ihre breiten, rüsselartigen Nasen und die langen, mit Haarbüscheln bewachsenen Ohren. Sie wohnen in Gebieten, die sie *Stedding* nennen. Nach der Zerstörung der Welt (von den Ogiern das Exil genannt) waren sie aus diesen *Stedding* vertrieben, und das führte zu einer als ›das Sehnen‹ bezeichneten Erscheinung: Ein Ogier, der sich zu lange außerhalb seines *Stedding* aufhält, erkrankt und stirbt schließlich. Sie sind weithin bekannt als extrem gute Steinbaumeister, die fast alle großen Städte der Menschen nach der Zerstörung erbauten. Sie selbst betrachten diese Kunst allerdings nur als etwas, das sie während des Exils erlernten und das nicht so wichtig ist, wie das Pflegen der Bäume in einem *Stedding,* besonders der hochaufragenden Großen Bäume. Außer zu ihrer Arbeit als Steinbaumeister verlassen sie ihr *Stedding* nur selten und wollen wenig mit der Menschheit zu tun haben. Man weiß unter den Menschen nur sehr wenig über sie, und viele halten die Ogier sogar für bloße Legenden. Obwohl sie als Pazifisten gelten und nur sehr schwer aufzuregen sind, heißt es in einigen alten Berichten, sie hätten während der Trolloc-Kriege Seite an Seite mit den Menschen gekämpft. Dort werden sie als mörderische Feinde bezeichnet. Im großen und ganzen sind sie ungemein wissensdurstig, und ihre Bücher und Berichte enthalten oftmals Informationen, die bei den Menschen längst verlorengegangen sind. Die normale Lebenserwartung eines Ogiers ist etwa drei- oder viermal so hoch wie bei Menschen. (2.) Jedes Individuum dieser nichtmenschlichen Rasse (*siehe auch:* Zerstörung der Welt; *Stedding;* Baumsänger).

Prophezeiungen des Drachen: ein nur unter den ausgesprochen Gebildeten bekannter Zyklus von Weissagungen, der auch selten erwähnt wird. Man findet ihn im größeren *Karaethon*-Zyklus. Es wird dort vorausgesagt, daß der Dunkle König wieder befreit werde, und daß Lews Therin Telamon, der Drache, wiedergeboren werde, um Tarmon Gai'don, die Letzte Schlacht gegen den Schatten zu schlagen. Es wird prophezeit, daß er die Welt erneut retten und erneut zerstören wird (*siehe auch:* Drache).

Rad der Zeit: Die Zeit stellt man sich als ein Rad mit sieben Speichen vor – jede Speiche steht für ein Zeitalter. Wie sich das Rad dreht, so folgt Zeitalter auf Zeitalter. Jedes hinterläßt Erinnerungen, die zu Legenden verblassen, zu bloßen Mythen werden und schließlich vergessen sind, wenn dieses Zeitalter wiederkehrt. Das Muster eines Zeitalters wird bei jeder Wiederkehr leicht verändert, doch auch wenn die Änderungen einschneidender Natur sein sollten, bleibt es das gleiche Zeitalter. Bei jeder Wiederkehr sind allerdings die Veränderungen gravierender.

Rhuarc: ein Aiel, der Häuptling des Taardad-Clans.

Rhuidean: eine Große Stadt, die einzige in der Aiel-Wüste und der Außenwelt völlig unbekannt. Sie lag fast dreitausend Jahre lang verlassen in einem Wüstental. Einst wurde den Aielmännern nur gestattet, einmal in ihrem Leben Rhuidean zum Zweck einer Prüfung zu betreten. Die Prüfung fand innerhalb eines großen *Ter'Angreal* statt. Wer bestand, besaß die Fähigkeit zum Clanhäuptling, doch nur einer von dreien überlebte. Frauen durften Rhuidean zweimal betreten. Sie wurden im selben *Ter'Angreal* geprüft, und wenn sie überlebten, wurden sie zu Weisen Frauen. Bei ihnen war die Überlebensrate erheblich höher als bei den Männern. Mittlerweile ist die Stadt wieder von den Aiel bewohnt, und ein Ende des Tals von Rhuidean ist von einem großen See ausgefüllt, der aus einem riesigen unterirdischen Reservoir gespeist wird und aus dem wiederum der einzige Fluß der Wüste entspringt.

Rückgrat der Welt: eine hohe Bergkette, über die nur wenige Pässe führen. Sie trennt die Aiel-Wüste von den westlichen Ländern. Wird auch Drachenmauer genannt.

Sa'Angreal: ein extrem seltenes Objekt, das es einem Menschen erlaubt, die Eine Macht in viel stärkerem Maße als sonst möglich zu benützen. Ein *Sa'Angreal* ist ähnlich, doch ungleich stärker als ein *Angreal.* Die Menge an Energie, die mit Hilfe eines *Sa'Angreal* eingesetzt werden kann, verhält sich zu der eines *Angreal* wie die mit dessen Hilfe einsetzbare Energie zu der, die man ganz ohne irgendwelche Hilfe beherrschen kann. Relikte des Zeitalters der Legenden. Es ist nicht mehr bekannt, wie sie angefertigt wurden. Es gibt nur noch eine Handvoll davon, weit weniger sogar als *Angreal.*

Sanche, Siuan (Santschei, Swahn): Tochter eines Fischers aus Tear. Dem tairenischen Gesetz entsprechend wurde sie auf ein Schiff nach Tar Valon verfrachtet, bevor noch die Sonne ein zweites Mal nach dem Tag untergegangen war, an dem ihre Fähigkeit, die Macht zu benützen, entdeckt worden war. Einst war sie eine Aes Sedai der Blauen Ajah und später der Amyrlin-Sitz. Aus diesem Rang wurde sie verdrängt und dann einer Dämpfung unterzogen. Nun bemüht sie sich, dem Schicksal zu entgehen, das sie so fürchtet.

Saidar, Saidin: *siehe* Wahre Quelle.

Schattenfreunde: die Anhänger des Dunklen Königs. Sie glauben, große Macht und andere Belohnungen zu empfangen, wenn er aus seinem Kerker befreit wird.

Schattenkrieg: auch als der Krieg um die Macht bekannt; mit ihm endet das Zeitalter der Legenden. Er begann kurz nach dem Versuch, den Dunklen König zu befreien und erfaßte bald schon die ganze Welt. In einer Welt, die selbst die Erinnerung an den Krieg vergessen hatte, wurde nun der Krieg in all seinen Formen wiederentdeckt. Er war besonders schrecklich, wo die Macht des Dunklen Königs die Welt berührte, und auch die Eine Macht wurde als Waffe verwendet. Der Krieg wurde beendet, als der Dunkle König wieder in seinen Kerker verbannt werden konnte. Diese Unternehmung führte Lews Therin Telamon, der Drache, zusammen mit hundert männlichen Aes Sedai durch, die man auch die Hundert Gefährten nannte. Der Gegenschlag des Dunklen Königs verdarb *Saidin* und trieb Lews Therin und die Hundert Gefährten in den Wahnsinn. So begann die Zeit des Wahns (*siehe auch:* Hundert Gefährten; Drache).

Schattenlords: diejenigen Männer und Frauen, die der Einen Macht dienten, aber während der Trolloc-Kriege zum Schatten überliefen und dann die Trolloc-Heere kommandierten. Weniger Gebildete verwechseln sie mit den Verlorenen.

Seanchan (Schantschan): (1.) Nachkommen der Armeemitglieder, die Artur Falkenflügel über das Aryth-Meer sandte und die die dort gelegenen Länder eroberten. Sie glauben, daß man aus Sicherheitsgründen jede Frau, die mit der Macht umgehen kann, durch einen *A'dam* beherrschen muß. Aus dem gleichen Grund werden solche Männer getötet. (2.) Das Land, aus dem die Seanchan kommen.

Seherin: eine Frau, die in die Versammlung der Frauen ihres Dorfs berufen wird, weil sie die Fähigkeit des Heilens besitzt, das Wetter vorhersagen kann und auch sonst als kluge Frau anerkannt wird. Ihre Position fordert großes Verantwortungsbewußtsein und verleiht ihr viel Autorität. Allgemein wird sie dem Bürgermeister gleichgestellt, in manchen Dörfern steht sie sogar über ihm. Im Gegensatz zum Bürgermeister wird sie auf Lebenszeit erwählt. Es ist äußerst selten, daß eine Seherin vor ihrem Tod aus ihrem Amt entfernt wird. Ihre Auseinandersetzungen mit dem Bürgermeister sind auch zur Tradition geworden. Je nach dem Land wird sie auch als Führerin, Heilerin, Weise Frau, Sucherin oder einfach als Weise bezeichnet.

Shayol Ghul: ein Berg im Versengten Land; dort befindet sich der Kerker, in dem der Dunkle König gefangengehalten wird.

Spanne: *siehe* Längenmaße.

Spiel der Häuser: bezeichnet das Intrigenspiel der Adelshäuser untereinander, mit dem sie sich Vorteile verschaffen wollen. Großer Wert wird darauf gelegt, subtil vorzugehen, auf eine Sache abzuzielen, während man ein ganz anderes Ziel vortäuscht, und sein Ziel schließlich mit geringstmöglichem Aufwand zu erreichen. Es ist auch als das ›Große Spiel‹ bekannt und gelegentlich unter seiner Bezeichnung in der Alten Sprache: *Daes Dae'mar.*

Stein von Tear: eine große Festung in der Stadt Tear, von der berichtet wird, sie sei bald nach der Zerstörung der Welt mit Hilfe der Einen Macht erbaut worden. Sie wurde unzählige Male angegriffen und belagert, doch nie erobert. Erst unter dem Angriff des Wiedergeborenen Drachen mit wenigen hundert Aielkriegern fiel die Festung innerhalb einer einzigen Nacht. Damit wurden zwei Voraussagen aus den Prophezeiungen des Drachen erfüllt (*siehe auch:* Drache; Prophezeiungen des Drachen).

Sul'dam: wörtlich: ›Trägerin der Leine‹. Bezeichnung der Seanchan für eine Frau mit der Fähigkeit, *Damane,* Frauen, die die Eine Macht benützen können, zu beherrschen und mit Hilfe eines *A'dam* unter Kontrolle zu halten. Junge Frauen werden von den Seanchan im gleichen Alter und zur gleichen Zeit auf diese Fähigkeit hin überprüft, wie die *Damane* selbst. Eine relativ ehrenvolle Position in der Seanchan-Gesellschaft. Was nur wenigen bekannt ist, ist die Tatsache, daß *Sul'dam* Frauen sind, die den Gebrauch der Macht selbst erlernen können (*siehe auch: A'dam; Damane;* Seanchan).

Talente: Fähigkeiten, die Eine Macht auf ganz spezifische Weise zu gebrauchen. Das naturgemäß populärste Talent ist das des Heilens. Manche sind verlorengegangen, wie z. B. das Reisen, eine Fähigkeit, sich von einem Ort zu einem anderen zu bewegen, ohne den Zwischenraum durchqueren zu müssen. Andere wie z. B. das Vorhersagen (die Fähigkeit, zukünftige Ereignisse zumindest auf allgemeinere Art und Weise vorhersehen zu können) sind mittlerweile selten oder beinahe verschwunden. Ein weiteres Talent, das man seit langem für verloren hielt, ist das Träumen. Unter anderem lassen sich hier die Träume des Träumers so deuten, daß sie eine genauere Vorhersage der Zukunft erlauben. Manche Träumer hatten die Fähigkeit, *Tel'aran'rhiod,* die Welt der Träume, zu erreichen und sogar in die Träume anderer Menschen einzudringen. Die letzte bekannte Träumerin war Corianin Nedeal, die im Jahre 526 NÄ starb, doch nur wenige wissen, daß es jetzt eine neue gibt.

Tallanvor, Martyn: Leutnant der Königlichen Garde in Andor, der seine Königin mehr liebt als Ehre oder Leben.

Ta'maral'ailen: in der Alten Sprache: ›Schicksalsgewebe‹. Eine einschneidende Änderung im Muster eines Zeitalters, die von einer oder mehreren Personen ausgeht, die *ta'veren* sind (*siehe auch:* Muster eines Zeitalters; *Ta'veren*).

Tanchico: Hauptstadt von Tarabon (*siehe auch:* Tarabon).

Tarabon: Land und Nation am Aryth-Meer. Hauptstadt: Tanchico. Einst eine große Handelsmacht und Quelle von Teppichen, Farbstoffen und Feuerwerkskörpern, die von der Gilde der Feuerwerker hergestellt werden. Jetzt von einem Bürgerkrieg und gleichzeitigen kriegerischen Auseinandersetzungen mit Arad Doman und den Anhängern des Wiedergeborenen Drachen zerrissen.

Tarmon Gai'don: die Letzte Schlacht (*siehe auch:* Prophezeiungen des Drachen; Horn von Valere).

Ta'veren: eine Person im Zentrum des Gewebes von Lebenssträngen aus ihrer Umgebung, möglicherweise sogar aller Lebensstränge, die vom Rad der Zeit zu einem Schicksalsgewebe zusammengefügt wurden (*siehe auch:* Muster eines Zeitalters).

Tear: ein großer Hafen und ein Staat am Meer der Stürme. Das Wappen von Tear zeigt drei weiße Halbmonde auf rot- und goldgemustertem Feld (*siehe auch:* Stein von Tear).

Telamon, Lews Therin: *siehe* Drache.

Tel'aran'rhiod: in der Alten Sprache: ›die unsichtbare Welt‹, oder ›die Welt der Träume‹. Eine Welt, die man in Träumen manchmal sehen kann. Nach den Angaben der Alten durchdringt und umgibt sie alle möglichen Welten. Im Gegensatz zu anderen Träumen ist das in ihr real, was dort mit lebendigen Dingen geschieht. Wenn man also dort eine Wunde empfängt, ist diese beim Erwachen immer noch vorhanden, und einer, der dort stirbt, erwacht nie mehr. Viele Menschen können *Tel'aran'rhiod* kurze Augenblicke lang in ihren Träumen berühren, aber nur wenige haben je die Fähigkeit besessen, aus freien Stücken dort einzudringen, wenn auch letztlich einige *Ter'Angreal* entdeckt wurden, die eine solche Fähigkeit unterstützen (*siehe auch: Ter'Angreal*).

Ter'Angreal: jedes einer Anzahl von Überbleibseln aus dem Zeitalter der Legenden, die die Eine Macht verwenden. Im Gegensatz zu *Angreal* und *Sa'Angreal* wurde jeder *Ter'Angreal* zu einem ganz bestimmten Zweck hergestellt. Z. B. macht einer jeden Eid, der in ihm geschworen wird, zu etwas endgültig Bindendem. Einige werden von den Aes Sedai benützt, aber über ihre ursprüngliche Anwendung ist kaum etwas bekannt. Einige töten sogar oder zerstören die Fähigkeit einer Frau, die sie benützt, die Eine Macht zu lenken. Wie bei den *Angreal* und *Sa'Angreal* ist auch bei ihnen nicht mehr bekannt, wie man sie herstellt. Dieses Geheimnis ging seit der Zerstörung der Welt verloren (*siehe auch: Angreal; Sa'Angreal*).

Tochter-Erbin: Titel der Erbin des Löwenthrons von Andor. Ohne eine überlebende Tochter fällt der Thron an die nächste weibliche Verwandte der Königin. Unstimmigkeiten darüber, wer die nächste in der Erbfolge sei, haben mehrmals bereits zu Machtkämpfen geführt. Der letzte davon wird in Andor einfach ›die Thronfolge‹ genannt und außerhalb des Landes ›der Dritte Andoranische Erbfolgekrieg‹. Durch ihn kam Morgase aus dem Hause Trakand auf den Thron.

Tochter der Nacht: *siehe* Lanfear.

Träumer: *siehe* Talente.

Traumgänger: Bezeichnung der Aiel für eine Frau, die *Tel'aran'rhiod* aus eigenem Willen erreichen kann.

Trolloc-Kriege: eine Reihe von Kriegen, die etwa gegen 1000 NZ begannen und sich über mehr als 300 Jahre hinzogen. Trolloc-Heere verwüsteten die Welt. Schließlich aber wurden die Trollocs entweder getötet oder in die Große Fäule zurückgetrieben. Mehrere Staaten wurden im Rahmen dieser Kriege ausgelöscht oder entvölkert. Alle Aufzeichnungen aus dieser Zeit sind fragmentarisch.

Trollocs: Kreaturen des Dunklen Königs, die er während des Schattenkriegs erschuf. Sie sind körperlich sehr groß und extrem bösartig. Sie stellen eine hybride Kreuzung zwischen Tier und Mensch dar und töten aus purer Mordlust. Nur diejenigen, die selbst von den Trollocs gefürchtet werden, können diesen trauen. Trollocs sind schlau, hinterhältig und verräterisch. Sie essen alles, auch jede Art von Fleisch, das von Menschen und anderen Trollocs eingeschlossen. Da sie zum Teil von Menschen abstammen, sind sie zum Geschlechtsverkehr mit Menschen imstande, doch die meisten einer solchen Verbindung entspringenden Kinder werden entweder tot geboren oder sind kaum lebensfähig. Die Trollocs leben in stammesähnlichen Horden. Die wichtigsten davon heißen: Ahf'frait, Al'ghol, Bhan'sheen, Dha'vol, Dhai'mon, Dhjin'nen, Ghar'ghael, Ghob'hlin, Gho'hlem, Ghraem'lan, Ko'bal und Kno'mon.

Verin Mathwin: eine Aes Sedai der Braunen Ajah. Ihr letzter bekannter Aufenthaltsort war das Gebiet der Zwei Flüsse, wo sie angeblich nach Mädchen suchte, denen man den Umgang mit der Macht beibringen kann (*siehe auch:* Ajah).

Verlorene: Name für die dreizehn der mächtigsten Aes Sedai, die es jemals gab, die während des Schattenkriegs zum Dunklen König überliefen, weil er ihnen dafür die Unsterblichkeit versprach. Sowohl Legenden wie auch fragmentarische Berichte stimmen darin überein, daß sie zusammen mit dem Dunklen König eingekerkert wurden, als dessen Gefängnis wiederversiegelt wurde. Ihre Namen werden heute noch benützt, um Kinder zu erschrecken. Es waren: Aginor, Asmodean, Balthamel, Be'lal, Demandred, Graendal, Ishamael, Lanfear, Mesaana, Moghedien, Rahvin, Sammael und Semirhage. Sie benützen übrigens für sich selbst die Bezeichnung ›die Auserwählten‹.

Wahre Quelle: die treibende Kraft des Universums, die das Rad der Zeit antreibt. Sie teilt sich in eine männliche (*Saidin*) und eine weibliche Hälfte (*Saidar*), die gleichzeitig miteinander und gegeneinander arbeiten. Nur ein Mann kann von Saidin Energie beziehen und nur eine Frau von *Saidar*. Seit dem Beginn der Zeit des Wahns ist *Saidin* von der Hand des Dunklen Königs gezeichnet (*siehe auch:* Eine Macht).

Wahrheitssucher: eine Polizei- und Spionageorganisation des Kaiserlichen Throns der Seanchan. Obwohl die meisten ihrer Angehörigen der kaiserlichen Familie gehören, besitzen sie weitreichende Machtbefugnisse. Selbst einer vom Blute (ein Seanchan-Adliger) kann verhaftet werden, wenn er die Fragen eines Wahrheitssuchers nicht beantwortet oder eine Zusammenarbeit verweigert. Ob das der Fall ist, bestimmen die Wahrheitssucher selbst. Nur die Kaiserin hat das Recht, ihre Entscheidungen in Frage zu stellen.

Weißmäntel: *siehe* Kinder des Lichts.

Weise Frau: Unter den Aiel werden Frauen von den Weisen Frauen zu dieser Berufung ausgewählt und angelernt. Sie erlernen die Heilkunst, Kräuterkunde und anderes, ähnlich wie die Seherinnen. Gewöhnlich gibt es in jeder Septimenfestung oder bei jedem Clan eine Weise Frau. Manchen von ihnen sagt man wundersame Heilkräfte nach und sie vollbringen auch andere Dinge, die als Wunder angesehen werden. Sie besitzen große Autorität und Verantwortung, sowie großen Einfluß auf die Septimen und die Clanhäuptlinge, obwohl diese Männer sie oft beschuldigen, daß sie sich ständig einmischten. Die Weisen Frauen stehen über allen Fehden und kriegerischen Auseinandersetzungen, und *Ji'e'toh* entsprechend dürfen sie nicht belästigt oder irgendwie behindert werden. Einige Weise Frauen besitzen die Fähigkeit, die Eine Macht benützen zu können, aber sie sprechen nicht darüber. Drei im Moment lebende Weise Frauen sind Traumgängerinnen, können also *Tel'aran'rhiod* betreten und sich im Traum u. a. mit anderen Menschen verständigen (*siehe auch:* Traumgänger; *Ji'e'toh; Tel'aran'rhiod*).

Wiedergeborener Drache: Nach der Prophezeiung und der Legende wird der Drache dann wiedergeboren werden, wenn die Menschheit in größter Not ist und er die Welt retten muß. Das ist nichts, worauf sich die Menschen freuen, denn die Prophezeiung sagt, daß die Wiedergeburt des Drachen zu einer neuen Zerstörung der Welt führen wird, und außerdem erschrecken die Menschen beim Gedanken an Lews Therin Brudermörder, den Drachen, auch wenn er schon mehr als dreitausend Jahre tot ist (*siehe auch:* Drache; Drache, falscher).

Wilde: eine Frau, die allein gelernt hat, die Eine Macht zu lenken, und die ihre Krise überlebte, was nur etwa einer von vieren gelingt. Solche Frauen wehren sich gewöhnlich gegen die Erkenntnis, daß sie die Macht tatsächlich benützen, doch durchbricht man diese Sperre, dann gehören die Wilden später oft zu den mächtigsten Aes Sedai. Die Bezeichnung ›Wilde‹ wird häufig abwertend verwendet.

Zeit des Wahns: die Jahre, nachdem der Gegenschlag des Dunklen Königs die männliche Hälfte der Wahren Quelle verdarb und die männlichen Aes Sedai dem Wahnsinn verfielen und die Welt zerstörten. Die genaue Dauer dieser Periode ist unbekannt, aber es wird angenommen, sie habe beinahe hundert Jahre gedauert. Sie war erst vollständig beendet, als der letzte männliche Aes Sedai starb (*siehe auch:* Hundert Gefährten; Wahre Quelle; Eine Macht; Zerstörung der Welt).

Zeitalter der Legenden: das Zeitalter, welches von dem Krieg des Schattens und der Zerstörung der Welt beendet wurde. Eine Zeit, in der die Aes Sedai Wunder vollbringen konnten, von denen man heute nur träumen kann (*siehe auch:* Rad der Zeit; Zerstörung der Welt; Schattenkrieg).

Zerstörung der Welt: Als Lews Therin Telamon und die Hundert Gefährten das Gefängnis des Dunklen Königs wieder versiegelten, fiel durch den Gegenangriff ein Schatten auf *Saidin*. Schließlich verfiel jeder männliche Aes Sedai auf schreckliche Art dem Wahnsinn. In ihrem Wahn veränderten diese Männer, die die Eine Macht in einem heute unvorstellbaren Maße beherrschten, die Oberfläche der Erde. Sie riefen furchtbare Erdbeben hervor, Gebirgszüge wurden eingeebnet, neue Berge erhoben sich, wo sich Meere befunden hatten, entstand Festland, und an anderen Stellen drang der Ozean in bewohnte Länder ein. Viele Teile der Welt wurden vollständig entvölkert und die Überlebenden wie Staub vom Wind verstreut. Diese Zerstörung wird in Geschichten, Legenden und Geschichtsbüchern als die Zerstörung der Welt bezeichnet (*siehe auch:* Zeit des Wahns; Hundert Gefährten).

Von Robert Jordans »Das Rad der Zeit« liegen in der Serie Piper vor:

1. Roman: Drohende Schatten (8551)
2. Roman: Das Auge der Welt (8552)
3. Roman: Die Große Jagd (8553)
4. Roman: Das Horn von Valere (8554)
5. Roman: Der Wiedergeborene Drache (8555)
6. Roman: Die Straße des Speers (8556)
7. Roman: Schattensaat (8557)
8. Roman: Die Heimkehr (8558)
9. Roman: Der Sturm bricht los (8559)
10. Roman: Zwielicht (8560)
11. Roman: Scheinangriff (8561)
12. Roman: Der Drache schlägt zurück (8562)
13. Roman: Die Fühler des Chaos (8563)
14. Roman: Stadt des Verderbens (8564)
15. Roman: Die Amyrlin (8565)
16. Roman: Die Hexenschlacht (8566)
17. Roman: Die zerbrochene Krone (8567)
18. Roman: Wolken über Ebou Dar (8568)
19. Roman: Der Dolchstoß (8569)
20. Roman: Die Schale der Winde (8570)
21. Roman: Der Pfad der Dolche (8571)
22. Roman: Neue Bündnisse (8572)
23. Roman: Kriegswirren (8573)
24. Roman: Das Herz des Winters (8574)
25. Roman: Die Herrschaft der Seanchaner (8575)
26. Roman: Flucht der Sklaven (8576)
27. Roman: Pfade ins Zwielicht (8577)
28. Roman: Die Weiße Burg (8578)
29. Roman: Der neue Frühling (8579)
30. Roman: Die Klinge der Träume (8617)

Als Hardcover-Broschur bei Piper:
Das Rad der Zeit 1. Das Original. Die Suche nach dem Auge der Welt
Das Rad der Zeit 2. Das Original. Die Jagd beginnt
Das Rad der Zeit 3. Das Original. Die Rückkehr des Drachen

Robert Jordan

Drohende Schatten

Das Rad der Zeit 1. Aus dem Amerikanischen von Uwe Luserke. 511 Seiten. Serie Piper

Der junge Rand al'Thor muß mit ansehen, wie eine Horde Trollocs seine Familie und sein Heimatdorf auslöscht. Nur knapp entgeht er selbst den Häschern des Dunklen Königs. Zusammen mit der magiebegabten Moiraine reist Rand in die große Inselstadt Tar Varlon – und erkennt dort, daß sein Schicksal mit dem seiner Welt eng verbunden ist … »Drohende Schatten« ist der Auftakt zu Robert Jordans weltberühmtem und millionenfach verkauftem Fantasy-Zyklus.

»Jordans Werk erinnert in seiner Dichte und Wärme an Tolkien.«
Publishers Weekly

05/1733/01/L

Robert Jordan

Die Herrschaft der Seanchaner

Das Rad der Zeit 25. Aus dem Amerikanischen von Andreas Decker. 348 Seiten. Serie Piper

Mat Cauthon, der treue Gefährte des Wiedergeborenen Drachen, gerät in Ebou Dar in größte Gefahr: Die Invasoren aus Seanchan festigen durch fortwährende Kämpfe ihre Herrschaft und bauen ihre Stellungen immer weiter aus. Mat muss fliehen. Doch er ist der Geliebte der Königin, die ihn nicht gehen lassen will. Und die Hochlady Tuon, die Tochter der Neun Monde, steht mit ihren Heeren schon vor den Toren der Stadt …

»Jordans Werk erinnert in seiner Dichte und Wärme an Tolkien.«
Publishers Weekly

05/1735/01/R